U0137735

國家出版基金資助項目

儒家文明省部共建協同創新中心研究成果

山東大學文史哲研究專刊

杜詩學通史

現當代編

趙睿才 劉冰莉 裴蘇皖 著

國家出版基金項目
NATIONAL PUBLICATION FOUNDATION

張忠綱 主編

秋峽

秋興八首

江濤萬古峽肺氣久衰翁不寐防巴虎全生狎楚童

衣裳垂素髮門巷落丹楓常怪商山老兼存翊贊功

傷楓對林巫山巫峽氣蕭森江間波浪兼天

湧塞上風雲接地陰叢菊兩重一作開他日淚孤舟一繫

圖書在版編目（CIP）數據

杜詩學通史.現當代編／趙睿才,劉冰莉,裴蘇皖
著.—上海：上海古籍出版社,2023.9
（山東大學文史哲研究專刊）
ISBN 978-7-5732-0835-4

Ⅰ.①杜… Ⅱ.①趙… ②劉… ③裴… Ⅲ.①杜詩—
詩歌研究—中國—現代②杜詩—詩歌研究—中國—當代
Ⅳ.①I207.227.423

中國國家版本館 CIP 數據核字（2023）第 157643 號

山東大學文史哲研究專刊

杜詩學通史·現當代編

趙睿才　劉冰莉　裴蘇皖　著

上海古籍出版社出版發行

（上海市閔行區號景路 159 弄 1-5 號 A 座 5F　郵政編碼 201101）

（1）網址：www.guji.com.cn

（2）E-mail：guji1@guji.com.cn

（3）易文網網址：www.ewen.co

山東韻傑文化科技有限公司印刷

開本 890×1240　1/32　印張 19.125　插頁 6　字數 504,000

2023 年 9 月第 1 版　2023 年 9 月第 1 次印刷

印數：1—1,800

ISBN 978-7-5732-0835-4

I·3758　定價：108.00 元

如有質量問題,請與承印公司聯繫

馮至《杜甫傳》

人民文學出版社1952年版

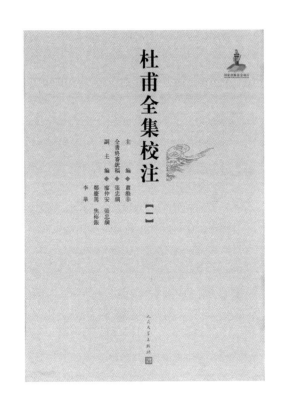

杜甫全集校注 [一]

主　編　◆　蕭滌非
全書終審統稿　◆　張忠綱
副　主　編　◆　廖仲安　張忠綱
　　　　　　　鄭慶篤　焦裕銀
　　　　　　　李華

蕭滌非主編、張忠綱全書終審統稿《杜甫全集校注》
全十二册，人民文學出版社 2014 年版

出 版 説 明

　　山東大學素以文史見長。二十世紀三十年代，以聞一多、梁實秋、楊振聲、老舍、沈從文、洪深等爲代表的著名作家、學者，在這裏曾譜寫過輝煌的篇章。二十世紀五十年代以來，以馮沅君、陸侃如、高亨、蕭滌非、殷孟倫、殷煥先爲代表的中國古典文學、漢語言文字學研究，以丁山、鄭鶴聲、黄雲眉、張維華、楊向奎、童書業、王仲犖、趙儷生爲代表的中國古代史研究，將山東大學的人文學術地位推向巔峰。但是，隨着時代的深刻變遷，和國内其他重點高校一樣，山東大學的文史研究也面臨着挑戰。如何重振昔日的輝煌，是山東大學領導和師生的共同課題。"周雖舊邦，其命維新。"山東大學文史哲研究院正是在這一特殊歷史背景下成立的，肩負着不可推卸的歷史責任，將形成山東大學文史學科一個新的增長點。

　　文史哲研究院是一個專門從事基礎研究的學術機構，所含專業有中國古典文獻學、中國古代文學、漢語言文字學、史學理論與史學史、中國古代史、科技哲學、文藝學、民俗學、中國民間文學等。主要從事科研工作，同時培養碩士、博士研究生。著名學者蔣維崧、王紹曾、吉常宏、董治安等在本院工作，成爲各領域的學科帶頭人。

　　"興滅業，繼絶學，鑄新知"，是本院基本的科研方針；重點扶持高精尖科研項目，優先資助相關成果的出版，是本院工作的重中之重。《山東大學文史哲研究院專刊》正是爲實現上述目標而編輯的研究叢書。感謝上海古籍出版社對本叢書的支持，歡迎海内外學友對我們進行批評和指導。

山東大學文史哲研究院

2003 年 10 月

【附記】

　　《山東大學文史哲研究院專刊》已陸續編輯出版多種,在海內外引起廣泛關注和好評。2012 年 1 月,山東大學文史哲研究院與山東大學儒學高等研究院、山東大學儒學研究中心和《文史哲》編輯部的研究力量整合組建爲新的山東大學儒學高等研究院,許嘉璐先生任院長,龐樸先生任學術委員會主任(龐樸先生于 2015 年病故)。本院一如既往,以中國古典學術爲主要研究範圍,其中尤以儒學研究爲重點。鑒于新的格局,專刊名稱改爲《山東大學文史哲研究專刊》,繼續編輯出版。歡迎海內外朋友提出寶貴意見。

2019 年 3 月

總　序

張忠綱

“杜詩學”之名，始于金代元好問。他在《杜詩學引》中云：

> 竊嘗謂子美之妙，釋氏所謂學至于無學者耳。今觀其詩，
> 如元氣淋漓，隨物賦形；如三江五湖，合而爲海，浩浩瀚瀚，無
> 有涯涘；如祥光慶雲，千變萬化，不可名狀，固學者之所以動心
> 而駭目。及讀之熟，求之深，含咀之久，則九經百氏，古人之精
> 華，所以膏潤其筆端者，猶可仿佛其餘韵也。夫金屑丹砂、芝
> 术參桂，識者例能指名之。至于合而爲劑，其君臣佐使之互
> 用，甘苦酸鹹之相入，有不可復以金屑丹砂、芝參术桂而名之
> 者矣。故謂杜詩爲無一字無來處，亦可也；謂不從古人中來，
> 亦可也。前人論子美用故事，有着鹽水中之喻，固善矣。但未
> 知九方皋之相馬，得天機于滅没存亡之間，物色牝牡，人所共
> 知者，爲可略耳。先東巖君有言，近世唯山谷最知子美，以爲
> 今人讀杜詩，至謂草木蟲魚，皆有比興，如試世間商度隱語然
> 者，此最學者之病。……乙酉之夏，自京師還，閒居崧山，因錄
> 先君子所教與聞之師友之間者，爲一書，名曰《杜詩學》。子美
> 之傳志年譜，及唐以來論子美者在焉。①

---

① 姚奠中主編《元好問全集》卷三六，山西人民出版社 1990 年版，下册，
第 24—25 頁。

元好問從杜詩研究史的角度，第一次明確地提出"杜詩學"的概念，成爲杜詩學史上一個重要的理性標記。自此以後，"杜詩學"，作爲一門專門學問，千餘年來，就像研究《文心雕龍》的"龍學"、研究《紅樓夢》的"紅學"一樣，成爲中國古典文學研究領域中的一個熱點，歷久不衰，彌久彌新，至今猶盛。

元好問的《杜詩學》一書，今已不存，我們無法窺知它的全貌和具體內容。詹杭倫、沈時蓉所撰《元好問的杜詩學》一文認爲，元氏已佚的《杜詩學》包含三個組成部分：（一）元好問之父及其師友有關杜甫的言論，（二）有關杜甫生平的資料，（三）唐、宋（指北宋）以來有關杜甫及其詩作的評論，並進而指出：元的《杜詩學》，是以杜詩輯注之學爲其根柢，以杜詩譜志之學爲其綫索，以唐、宋、金諸家論杜爲其參照，確實是一部博綜群言、體例完備的杜詩學專著①。我們今天借用其"杜詩學"一詞，所涵內容與其或有不同。杜甫是中國古典詩歌的集大成者，具有承前啓後、繼往開來的偉大功績。因此，對杜詩學的研究，一直是新時期杜甫研究的一個熱點，出版了一些著作，發表了大量論文。但迄今爲止，還沒有一部完整描述自唐至今杜詩研究全貌的《杜詩學史》。我們的《杜詩學通史》，試圖對唐代以來古今中外的杜詩學研究作一簡要的介紹，並稍加探討，總結杜甫研究的經驗和得失，主要集中於以下三個方面的內容：

（一）自唐迄今，杜甫其人其詩對後世的影響概述。

（二）自唐迄今，歷代對杜甫其人其詩的研究概況。

（三）杜詩流傳、刊刻、整理情況的研究。

《杜詩學通史》由張忠綱主編、多人撰寫，具體分工如下：

（一）《唐五代編》，張忠綱撰寫。

（二）《宋代編》，左漢林撰寫。

---

① 詹杭倫、沈時蓉《元好問的杜詩學》，《杜甫研究學刊》1990 年第 4 期。

（三）《遼金元明編》,綦維撰寫。

（四）《清代編》,孫微撰寫。

（五）《現當代編》,趙睿才、劉冰莉、裴蘇皖撰寫。

（六）《域外編》,趙睿才、劉冰莉、夏榮林撰寫。

　　《杜詩學通史》因所涉時間長,地域廣,內容繁富多樣,資料汗牛充棟,又成于多人之手,錯訛失察之處,在所難免。敬祈方家與讀者批評指正。

目　録

緒　　論

本編所謂"現當代",不是傳統意義上的"現當代"（1919 年五四運動以後）,而是上溯到 1911 年的辛亥革命,以與"清代編"相銜接。具體説來,主要是指從李詳《杜詩證選》刊行①至今百餘年之間對杜甫其人其詩的研究歷史。2014 年蕭滌非先生主編、張忠綱先生終審的《杜甫全集校注》出版②,標志着集大成式的杜甫研究成果的出現。從學術史的角度加以系統梳理、總結是有意義的,特別是在儒學熱潮席捲全球、海外杜詩學高度發達的情況下,對"詩聖"、"醇儒"、中國傳統詩歌"集大成"者的研究或再研究,理應具有非同一般的理論價值和現實意義。本編所評述的杜詩學材料以著作爲主,輔之以重要論文。

一

二十世紀中國的杜甫研究深受新舊文化、東西文化交互撞擊及多次政治思潮的影響,以 1949 年、1976 年爲界呈現出三個時期,依次表現出三個特點:剥去封建時代加給他的"聖化"的外衣,只把他作爲普通詩人來研究,將他視爲時代的代言人;被送以"人民詩人"的桂冠與將"揚李抑杜"推到驚世駭俗地步的大轉折;正本清源後全方位的中興、總結及努力建構杜詩學史。這三個時期又出現過兩個"高峰年": 1962 年和 1982 年。特別是 1962 年,如異峰

---

① 原載《國粹學報》1910 年第 64 期至 1911 年第 78 期。

② 《杜甫全集校注》,人民文學出版社 2014 年版。

突起,前後没有鋪墊和呼應,陡起陡落。因爲世界和平理事會將杜甫列爲 1962 年(亦即杜甫誕辰 1250 周年)紀念的"世界文化名人"。中國舉行了多種紀念活動,其中規模最大、規格最高的是全國政協在北京舉行的中國偉大詩人杜甫誕生 1250 周年紀念大會,大會由郭沫若致開幕詞,馮至作《紀念偉大的詩人杜甫》長篇報告。各地報刊也紛紛發表紀念文章。這年有關杜甫的研究成果和紀念文章達 217 項,占本年海内外杜甫研究成果量 256 項的 84.77%。1982 年杜甫研究成果量達到峰值,其時正值中國學者學術激情迸發的時期,加之成都杜甫研究會於 1980 年成立,學會旗下的刊物《草堂》在 1981 年創刊,中國唐代文學學會 1982 年在西安成立,學會和期刊的雙重推動與唐代文學研究力量的積蓄,終於在這一年掀起杜甫研究的新高潮。這年海内外杜甫研究的成果總量爲 264 項,中國就有 223 項,占 84.5%。可見 1982 年杜甫研究的高潮,主要來自國内的推動,而學會的成立、學會專刊的創刊和衆多期刊、集(輯)刊的興起成爲這年杜甫研究達到峰值的共同推手①。

　　1911 年以來,中國的杜甫研究基本經歷了新學與舊學的碰撞、新審美觀念的嘗試兩個階段。其間,李詳具有開創之功。嚴復手批《杜工部集》,具有較高的學術價值。黄節以其《詩學》《詩律》,吳宓以其《吳宓詩話》《吳宓詩集》《吳宓日記》及《續編》,都爲杜詩學做出貢獻。同爲"學衡派"的邵祖平,他的杜甫研究雖人爲埋没多年,我們開發出來,發現已透出現代學術氣息。梁啓超有意打破傳統"詩聖"説,而提出"情聖"説,還杜甫一個"完人"。在那個以"平民文學"對抗"貴族文學"的時代,胡適在其《國語文學史》中尊"杜甫是一個平民的詩人",又在《白話文學史》中進一步發揮,以安史之亂爲分水嶺,將唐代文學劃分爲前後兩段,認爲"開元天寶

----

　　①　參見王兆鵬、戴峰《20 世紀海内外杜甫研究成果量的時段變化》,《江海學刊》2015 年第 3 期。

是盛世,是太平世;故這個時代的文學只是歌舞昇平的文學,內容
是浪漫的,意境是做作的。八世紀中葉以後的社會是個亂離的社
會,故這個時代的文學是呼號愁苦的文學,是痛定思痛的文學,內
容是寫實的,意境是真實的"①。李白、杜甫分屬兩個時代,"李白
結束八世紀中葉以前的浪漫文學,杜甫開展八世紀中葉以下的寫
實文學"。他又將初唐比作唐代文學的兒童期,開元天寶比作少年
期,自安史之亂爆發,"從杜甫中年以後,到白居易之死,其間的詩
與散文都走上了寫實的大路,由浪漫而回到平實,由天上而回到人
間,由華麗而回到平淡"②,方纔進入成人期,"從杜甫到白居易這
一百年是唐詩的極盛時代",都彰顯着開拓精神。

　　隨後,蘇雪林、吳經熊等人以"寫實主義"、"真善美"標準研究
杜甫。蘇雪林《唐詩概論》譽杜甫爲"寫實主義開山大師"。她認爲
杜甫在安史之亂爆發後,與"李白逃到天上,王維、裴迪逃入山林,
高適、岑參則爽性逃歸靜默"不同,他"不但不退避反而迎上前去,
細心觀察它,解剖它","嚴肅地沉痛地喊出時代的痛苦",從而"成
爲唐詩一大宗派"。杜詩不僅是"詩史",而且在"偉大人格的映
射"與"詼諧趣味的流露"方面無不表現出"真實"。吳經熊《杜甫
論》也高度評價了杜詩真、善、美的寫實主義藝術成就:杜甫有尖銳
細密的觀察力與驚人的寫實手腕,即詩中"真"的表現;他有豐富的
感情與同情心和由同情心而產生的非戰思想與社會思想,即"善"
的表現;謂杜甫詩中的美,並非指詞藻、聲律等外在的美,而是屬於
他性格的美。此論確有藝術眼光。

　　以詩人兼學者的眼光研究杜甫的聞一多於杜多有發明,他的
《杜甫》既以堅實的舊學作其依托,又有新眼光、新方法及新文藝的
感染力,他的《少陵先生年譜會箋》"是我國年譜學的一種創新,也

---

① 胡適《白話文學史》,北京大學出版社 1998 年版,第 307 頁。
② 胡適《白話文學史》,北京大學出版社 1998 年版,第 307 頁。

爲歷史人物研究作出了新的開拓"。後來由其學生鄭臨川整理發表的《聞一多説唐詩》記述了聞一多對杜甫這樣的看法：兩漢時期文人有良心而没文學，魏晉六朝時期有文學而没良心，杜甫則二者兼備，有良心也有文學。可謂灼見！歸納聞一多的杜甫研究，表現出以下特點：詩人眼光的犀利與新穎的立説，主張人格與風格相通，杜甫文學與良心兼備，同時將杜甫其人其詩平民化，並認定杜甫是新詩境的拓荒者。

二十世紀二十年代前後，在各種因素的合力作用下，胡適、梁啓超、聞一多、汪静之、劉大杰、錢穆等學者深刻認識到杜詩的"平民性"，傳統的"詩聖"之譽，面對着"平民詩人"的嚴峻挑戰，但並不妨礙杜甫的"偉大"，所謂"不廢江河萬古流"也。民國時期，中國社會開始從傳統向現代轉型，學術文化也同樣發生着蜕變與轉型。杜甫研究是其重要内容，富於時代特點，能從一個側面反映這時期詩歌研究的新成就。從現存文獻看，陳引馳、周興陸主編的《民國詩歌史著集成》和張寅彭主編的《民國詩話叢編》，所收資料較爲集中，可以稽之。本編以 1937 年爲界限，系統梳理了其前後的杜詩學研究概况，發掘了一些新材料。而在抗戰期間，杜甫成了時代的喉舌。如洪業所説："杜甫的詩句就有好些都是代替我説出我要説的話：政之腐敗，官之貪婪，民之塗炭，國之將亡，我的悲哀憤慨。"

同時，出現了幾部富有時代、民族特色的專著，如程會昌《杜詩僞書考》《少陵先生文心論》、易君左《杜甫今論》、朱偰《杜少陵評傳》、王亞平《杜甫論》、哈佛燕京學社引得編纂處洪業等編《杜詩引得》、章衣萍《杜甫》等。由於有了郭紹虞、李辰冬、羅庸、程會昌（千帆）和金啓華等學者的努力探討，杜詩理論批評也得到了升華。我們回顧三四十年代的那場民族戰争，它直接激發了民族主義思潮，無可置疑地强化了杜詩的"詩史"説。學者們因戰亂而漂泊西南（以西南聯大爲中心），勾起了長期被壓抑的"詩趣"。與杜甫的"西南漂泊天地間"同一遭遇，師生們"漂泊西南多唱酬"。幾乎同時或稍晚，"戰亂"加上"入蜀"（入四川大學、燕京大學），學者們很容易想起一千多年前的大詩人杜甫，極易對杜詩産生共鳴，而有吟唱。

二

1949年以後，杜甫研究進入一個新的歷史階段。歷史唯物主義作爲一種思想方法，唯物辯證法作爲一種操作方法，給杜甫研究帶來新的刺激。學者們由此擺脱中國固有的歷史循環論的思維模式，以進步和發展的觀念來看待歷史人物，以存在決定意識的原理來闡釋文學現象，不僅使"一代有一代之文學"的傳統文學史命題得到合理的解釋，也使具體的作家作品研究與文體、風格研究有了基本的理論支點，使文學史敘述有了邏輯序列和系統的因果解釋，從而産生了現代意義上的杜甫研究，這就是新杜詩學的建立。馮至、錢鍾書、蕭滌非、傅庚生、馮文炳、浦江清、程雲青、劉開揚、繆鉞、萬曼等學者力圖以馬克思主義新觀點建立新杜詩學，可是由於受教條主義和狹隘文藝觀念的影響，特別是當現實主義與人民性成了評價古典作家作品的兩把尺子之後，二十世紀五十年代以後的杜甫研究明顯帶有庸俗社會學的印迹，單一的政治標準限定了人們的視野，將衆多複雜的文學史現象拒斥在學術研究的大門外，同時也造成對文學史現象解釋的膚淺和牽强，對杜甫其人其詩評價的失當。從五十年代初到七十年代末，相對民國年間的杜甫研究而言，這是個蜕變同時也是徘徊的時期，成果的積累和時間不成比例；雖有杜甫成爲"世界文化名人"而掀起的短暫的研究熱潮，杜甫被送給了"人民詩人"的桂冠。

此一部分有兩點值得注意。一是杜甫研究功臣馮至，他的杜甫研究具有"篳路藍縷，以啓山林"的開創之功。他的研杜成就雖然主要是在抗戰期間取得的，他的《杜甫傳》也是以《愛國詩人杜甫傳》爲題連載於《新觀察》雜志的，"愛國詩人"尤具"中華民族到了最危險的時候”的時代意義：他是以愛國熱情寫愛國詩人的。可是他的《杜甫傳》則是初版於 1952 年，以後多次再版。故在“新杜詩學體系的建立”中加以評述。

二是被譽爲“文化崑崙”的錢鍾書在《管錐編》《談藝録》《七綴集》《槐聚詩存》等著述中屢屢談及杜甫及其詩作，展現其“詩尊子美”的杜詩觀。其《談藝録》雖完成於二十世紀四十年代，《槐聚詩存》中的大部分詩作也作於 1949 年以前，可是其《管錐編》則是二十世紀七十年代末出版；雖然，“詩尊子美”、“七律杜樣”等觀點是在之前就已形成，放在“1977 年以後杜詩學的全面復興”也不合適，而放在“新杜詩學體系的建立”中較爲恰當。

綜觀這一時期的杜甫研究，學者們將杜詩的寫實性由傳統“詩史”的認識提高到“現實主義的創作方法”，無疑是一個進步。當將中國文學史研究歸結爲“現實主義與反現實主義鬥爭”的模式，特別是當“革命的浪漫主義”與“革命的現實主義”相結合的創作方法被强調的時候，杜甫在各種文學史中成爲“現實主義”的代表作家，杜詩的豐富性和多層次性就被人爲地忽視了。可是文學發展的規律告訴我們：古代的作家，即使是經典作家，言志、抒情本來就是他們的根本詩道，這本來就是中國的詩學傳統。就在紀念杜甫誕生 1250 周年（1962）的熱潮中，人們送給了杜甫“人民詩人”的桂冠，並闡發了其真正内涵：“對人民的無限同情。對祖國的無比熱愛。對統治階級的各種禍國殃民的罪行必然會懷着强烈的憎恨。”

十年“文革”，杜詩學備受冷落，留下的只有備受争議的郭沫若《李白與杜甫》、劉大杰《中國文學發展史》（七十年代版）杜甫部分，和少數有關的“極左”的論文。郭著的寫作動機首先受到懷疑：是投政治所好，還是個人趣味？他的研究方法更是存在問題，簡單地説，就是階級分析法加主觀好惡審美觀。它留給後人的啓示是深刻而慘痛的。劉著論杜的指導思想是“儒法鬥争貫串古今論”、“儒法鬥争是文學史主綫”,爲了迎合“政治潮流”,無視杜甫思想真實,人們不禁要問:杜甫真的“輕儒重法”嗎？如此煞費苦心,還是逃不掉“儒法鬥争”中的“揚李抑杜”牢籠,教訓同樣是慘痛的。

三

自二十世紀七十年代末學術秩序恢復正常以後,杜甫研究在二十世紀的最後二十年爆出耀眼的火花,成爲古代文學中成績顯著的一個研究領域,這就是杜詩學的復興與綜合研究。總而言之,大致經歷了對“詩史”説的重新審視、“詩史”與“詩聖”的綜合研究、“詩史”説的漸漸淡出三個階段。代表性著作如蕭滌非《杜甫研究》(修訂版),代表了我國二十世紀八十年代杜甫研究的水平。傅庚生《杜甫詩論》,是二十世紀五十年代以來較早“全面、系統地論述杜甫詩歌創作成就的專著”。朱東潤《杜甫叙論》深刻闡述了杜詩的兩次高峰:一是從《自京赴奉先縣詠懷五百字》到《同谷七歌》;二是寓居夔州時期,杜甫在七古、七律和排律上完成了集大成的光輝業績。莫礪鋒《杜甫評傳》的特點是既把杜甫作爲偉大詩人,論述其詩歌創作成就及其創作發展過程,又把杜甫當作偉大的思想家,對其人生哲學及政治、文學和美學思想進行了探討。張忠綱《杜詩縱横探》對杜甫思想、生平交遊、行踪遺迹、作品鑒賞、版本考證、詞語闡釋等方面的研究。朱明倫《杜甫散論》則“散論不散”,對杜甫其人其詩進行了多方位研究。陳貽焮《杜甫評傳》將杜甫與杜詩放在唐王朝由盛轉衰的紛繁複雜的歷史背景上,對時代和創作的關係、杜詩產生的主客觀因素對其創作的影響等進行了深入細緻的研究,是繼蕭著《杜甫研究》之後的又一豐碩成果。

程千帆、莫礪鋒、張宏生合著的《被開拓的詩世界》是一部關於杜詩的論文集,是程千帆杜詩研究與杜詩教學的雙重成果的結晶。該書的特點,“是始終把杜詩置於古典詩歌史的長河中進行考察,從而爲杜詩學提供了嶄新的切入點和宏闊的視野"①。葉嘉瑩《葉嘉瑩説杜甫詩》、吴小如《吴小如講杜詩》、黃玉峰《説杜甫》，也各有其特點。特別是葉著，她對杜甫和杜甫詩特點的歸納實在而中肯，對"詩聖"的理解簡明扼要：杜甫把詩人的感情和儒家的倫理結合得很自然，很完美。

這個時期的杜甫研究是全面的，如比較研究、杜甫研究資料的全面整理、區域研究的成果與現地研究的嘗試、杜甫年譜與傳記資料的再辨析等。其中李杜比較研究留給我們的啓示是：一，不能離開學術傳統去抽象地談論審美對象的等價性。二，文學批評離不開個人審美趣味。三，李白與杜甫並不是注定爲對方而存在的，因此，比較研究本身一開始就已帶着某種主觀的動機。重要的是研究思路的拓展。學術觀念的變革，使杜甫研究改變了過去單一的價值判斷傾向，而代之以對文學史現象、過程及意義的關注，將以往點的研究擴展到面；二十世紀八十年代"文化熱"和方法論的討論則開闊了研究的範圍和思路。如張忠綱指導的系列博士學位論文，就是圍繞着"杜甫與傳統文化"來選題的，將中國傳統文化給予杜甫的影響及杜甫給予後世的影響分成若干個歷史階段或研究課題分給他的學生。這就是一系列博士學位論文的完成或出版：《杜甫與先秦文化》（朋星）、《杜甫與兩漢文化》（趙海菱）、吴懷東《杜甫與六朝詩歌關係研究》、姜玉芳《杜詩與唐代文化》、梁桂芳《杜詩與宋代文化》、綦維《金元明杜詩學史》、孫微《清代杜詩學史》等。

政治上、文化上的撥亂反正帶來了"詩聖"的回歸。杜甫是大詩人，也是思想家。有關杜甫的思想研究，已不再僅僅局限於他的儒家思想，而對杜甫的釋、道思想研究也有一些新拓展。杜甫對道教、佛教都曾感興趣，他對道藏佛經都很熟悉，他與道士、佛徒都有

---

① 莫礪鋒《〈程千帆文集〉總序》，河北教育出版社 1999 年版。

交往，並在一定程度上受到影響，説明他在哲學思想上的態度甚爲平正、寬容、不排異端，但是他終身服膺且視爲安身立命之所的則是儒家思想，是以孔孟之道爲核心的原始儒家思想。在杜甫的思想研究上，特別是談到杜甫與釋、道的關係時應注意：影響與信仰是不一樣的。

如莫礪鋒《杜甫評傳》即認爲杜甫以儒家思想爲主流，一定程度地受過釋、道思想的影響。劉明華《杜甫研究論集》之《杜甫思想研究》部分以杜甫與社會良知爲核心，從文化層面入手探討了杜甫的憂患意識、批判精神、政治思想、民胞物與情懷、"忠君"的表現形態、悲劇命運、與佛教的關係等，爲"詩聖"擴大了内涵。

儒釋道三教思想影響着杜甫思想，也影響着他的性情。經過上一代學者如梁啓超、胡適、聞一多把杜甫還原爲普通人——"平民詩人"，杜甫性格的可愛之處和生活情趣纔開始凸顯。縱觀杜甫與性情有關的詩篇，我們發現：杜甫是一個敢怒敢惡，能哭能叫，也能樂能笑的人，這就是杜甫的性情。

這個時期，有關杜甫生平行迹家世交遊的考辨，如貢舉應試、任職棄官問題、卒葬問題、世家交遊問題，都有新的收穫。而杜詩藝術成就的研究，重在對其"大"和"真"特點的探討，這是其"沉鬱頓挫"風格的兩大核心内涵。有學者指出，杜詩的出現，中國詩史上遂有了一種厚重拙大的範式；中國詩歌繼屈、陶之後，再一次與文化核心價值發生了重要的關聯。有的學者不用"詩史"精神來審定杜詩的價值，而是強調其藝術上的"安排反省的餘裕"。又有學者論述杜甫對五倫（君臣、父子、兄弟、夫妻、朋友）的描寫所充盈着"真情實感"。

再者就是對杜甫詩學思想的探討。杜甫的詩歌理論，除《戲爲六絶句》《同元使君春陵行》《偶題》《解悶》等專門詩章外，大多散見於表現日常生活感受的各種詩作中。論者的論述集中在杜詩藝術上的集大成和理論上的"別裁僞體"、"轉益多師"兩個主要方面。羅宗强、張樫壽、周振甫、羅根澤、郭紹虞、康伊、王運熙、莫礪鋒、胡曉明等學者都有精彩的闡釋。郭紹虞《杜甫〈戲爲六絶句〉集解》、王運熙等《隋唐五代文學批評史》杜甫一節，闡釋都相當經典，具有權威性。

杜甫是語言大師，對語言有超乎尋常的渴求，所謂"語不驚人死不休"，對語言的錘煉可謂爐火純青。這時期關於杜詩語言藝術的研究，産生了多部力作。如曹慕樊《杜詩雜説》與《杜詩雜説續編》，劉明華《杜詩修辭藝術》與《杜甫研究論集》，後書中編以《杜詩的修辭藝術》對前書作了一定的修正，而下編《語詞探微及其他》也是對這一部分的有力補充。還有杜仲陵《讀杜卮言》，馬重奇《杜甫古詩韵讀》，文自成、范文質《詩聖的寫作藝術》，于年湖《杜詩語言藝術研究》等。可是，真正語言學意義上的杜詩詞語研究專著還没有出現，雖有《杜甫大辭典》所收的宋開玉撰寫的"語詞"部分。這正是劉明華所"前瞻"的杜詩未來研究課題之一。

關於新杜詩學的建立，集中表現在兩個方面，一是對杜甫"轉益多師是汝師"的探討，二是杜詩"集大成"意義之探討。其代表性論著有許總《杜詩學發微》《杜詩學通論》、胡可先《杜詩學引論》、楊義《李杜詩學》、郝潤華等《杜詩學與杜詩文獻》、徐希平《李杜詩學與民族文化論稿》、劉文剛《杜甫學史》等。而斷代性的"杜詩學史"則有吴懷東《杜甫與六朝詩歌關係研究》、朋星《杜甫與先秦文化》、孫微《清代杜詩學史》、梁桂芳《杜甫與宋代文化》、赫蘭國《遼金元杜詩學》、張巍《杜詩及中晚唐詩研究》等。作爲杜詩學史專門或個案研究的代表作，有林繼中《杜詩趙次公先後解輯校》、吴淑玲《〈杜詩詳注〉研究》等。

這一時期，出現了一批富於特色的專門研究機構和專門刊物，如四川省杜甫研究會（1980年）及其《杜甫研究學刊》、中國杜甫研究會（1994年）、夔州杜甫研究會（1999年）及其《秋興》、天水杜甫研究會（2006年）、河南省杜甫研究會（2010年）及其《杜甫》等，其中以四川省杜甫研究會最爲活躍，其會刊《杜甫研究學刊》每季出版一期。

以蕭滌非先生爲代表的山東大學研究團隊，梯隊龐大，成果豐碩。總結歸納起來有以下幾類：一是大文化背景下的杜甫研究；二是杜甫資料整理的全面而系統；三是集大成式的成果；四是現地研究的成功嘗試；五是普及與提高的結合。概而言之，表現出四個特點：高屋建瓴，規模宏大；以專代博，深入挖掘；尚古友今，追求真理；開宗立派，繼往開來。而《杜甫全集校注》的出版，作爲集古今之大成的杜甫研究的里程碑著作，堪爲本編的壓軸之作。

四

這時期中國臺灣地區的杜甫研究，學術隊伍龐大，梯隊健全。從他們的研究成果來看，明確呈現出如下特點：一是量多，二是質高，三是精細，四是多樣。進一步歸納，有這麽幾類：一是文獻資料整理之全面而深入，二是綜合研究所取得的成果，三是詩學語言研究，四是杜甫詩學思想研究，五是詩學批評研究，六是比較研究等。

關於杜甫生平行迹研究，一是側重於生平行迹的研究，二是側重於文學遊歷的研究，三是側重於傳記資料的研究，如陳文華著《杜甫傳記唐宋資料考辨》等。關於杜詩區域或現地性研究，也有許多成功嘗試，如簡錦松著《杜甫夔州詩現地研究》，爲杜詩研究開出一條新路。關於杜詩藝術的研究，表現爲多樣化，如藝術風格的研究、律法與章法的研究等。關於研究主題的開拓性研究，或側重杜甫寫實諷喻詩歌，或側重杜甫的詠物詩，或側重杜甫的題畫詩，或側重杜甫的追憶詩，或側重杜甫的婦女詩等。這類研究有一個特點，就是多爲碩士學位或博士學位論文，目前多數已出版。

該地區的杜詩學史著作頗多，代表性著作分量厚重。如胡傳安《詩聖杜甫對後世詩人的影響》、陳偉《杜甫詩學探微》、簡恩定《清初杜詩學研究》、呂正惠《杜甫與六朝詩人》、李立信《杜詩流傳

韓國考》、徐國能《歷代杜詩學詩法論研究》、蔡振念《杜詩唐宋接
受史》、陳文華編《杜甫與唐宋詩學》等。

　　香港地區雖是一個彈丸之地，杜甫研究却取得了可喜的成果。
這裏首先要注意的是錢穆在新亞書院講壇上的杜詩學貢獻，他大
力宣導杜詩學。其他學者們不僅進行杜詩選本與資料整理的工
作，還從事杜詩思想内容與藝術技巧、杜甫生平事迹及杜詩的歷史
地位的研究；不僅展開了一場圍繞郭沫若《李白與杜甫》的討論，還
以杜甫爲對象，開展文藝創作。尤其值得注意的是香港浸會大學
的鄺健行等編纂的《韓國詩話中論中國詩資料選粹》，其中有 140
條左右是關於杜詩的，學術價值不可低估。後出的陳莅珊《錢箋杜
詩研究》很見學術功力，對錢謙益之家世、生平與著述、《錢箋杜詩》
與宋人之杜集著述等内容，共分九章，展開了全面的討論。據鄺健
行、吳淑鈿主編《香港中國古典文學研究論文選粹——詩詞曲篇》
統計，從 1950 至 2000 年五十年間，在“香港出版”的中國古典文學
研究資料約 4 000 項。又據鄺健行、吳淑鈿主編《香港中國古典文
學研究論文目録》（1950—2000）統計，在“香港出版”的刊物如學
報、期刊、論文集等 142 種，其中杜甫研究論文約 140 篇。特別需
要指出的是，錢穆在 1955 至 1956 年爲書院講“中國文學史”中對
杜詩的闡釋，堪爲香港地區杜詩學的奠基之作。

五

　　杜甫研究是文學史、學術史的個案研究。可是，杜甫特殊的地
位決定了此一個案研究在古代文學研究中具有全域意義和引領作
用。因而，杜詩學史的撰寫是必要的，也應是及時的。本編所采取
的態度是“瞭解之同情”，所采用的方法主要是材料歸納分析法、比
較研究法。在長期的杜甫研究過程中，我們承繼前輩之餘緒，積累
了大量的杜甫研究資料和研究心得，掌握着歷年的研究成果，關注
本研究領域的最新研究成果，收集相關的出土文獻資料，若加以梳

理,加以分析歸納,加以縱横比較,會有新的收穫,得出較爲科學的結論。沒有歸納分析,已有成果就是材料的堆積;沒有比較研究,就沒有研究的深入和理論的升華。

從宋代開始,"杜詩學"就成爲"顯學"。在這個百餘年的杜詩學演變中,雖出現過曲折歷程,但總的趨勢是向"尊杜"、"崇杜"發展,並與當代儒學復興運動相適應。本編既注重杜詩學史料與理論的結合,又兼顧材料與問題的結合,依於史料,又不局限於史料;既注重杜詩學的學術流變,又兼顧具體問題分析。這就是本編的主要學術目標。

第一章　1949 年以前的杜甫研究

十九世紀末二十世紀初,西方文化思想的輸入對儒家思想體系形成不小的衝擊,學者們努力的方向是把所謂愚忠道德體現者的杜甫還原爲普通詩人,剝去封建時代加給他的"聖化"的外衣,只把他作爲詩人來研究,梁啓超"情聖説"、胡適"表現人生説"堪爲代表。三四十年代民族灾難期間,對後世影響最爲深刻的愛國詩人杜甫成了時代的代言人與志士仁人的師友,戰争促使人們去體驗杜甫的爲人與杜詩的精神。總結這一時期的杜甫研究,可以發現,在各種因素的合力作用下,學者們深刻認識到了杜詩的"平民性",傳統的"詩聖"之譽面對着"平民詩人"的嚴峻挑戰,但並未妨礙杜甫的"偉大",所謂"不廢江河萬古流"也。這樣,用一句時髦的話説,就是讓"偉大"更接"地氣"。

第一節　新舊、東西文化碰撞中的杜甫研究

十九世紀末二十世紀初,西學東漸,"民主"與"科學"的啓蒙主義鼓蕩人心,爲杜甫研究開闢一新的境界。梁啓超在詩學研究會上演講《情聖杜甫》針對道德標準第一的"詩聖"提法,首開以西方文論中的"真善美"標準評論杜詩的風氣,並封杜甫"情聖"的徽號。它包括情感內容的豐富、真實、深刻性與表情方法的極精熟、鞭辟入裏。杜詩"價值最大者"在於以"半寫實派"的手法"描寫出社會狀況","謳吟出時代心理";即使是"哭聲"也"是三板一眼的

哭出來,節節含着真美"①。可是,傳統研究畢竟占有主要陣地。如李詳、嚴復、章太炎、黃侃、林紓、章士釗、馬其昶、胡先驌、吳宓、任鴻雋、梅光迪、柳亞子、高旭等人,以《學衡》《國粹學報》《詩學》等雜誌爲陣地,整理國故,保存文化傳統。新舊學術的碰撞是在所難免的,梁啓超很有代表性:既有與舊派學人的對撞,也有自身新舊的衝突(詳見下文)。

一、李詳、嚴復、蔣瑞藻、熊希齡、俞平伯等人的杜甫研究

中國傳統學術,基本上可以説是缺乏邏輯的方法和實驗的方法的,對杜詩的研究多是訓詁、注釋、感悟式的點評等。可是,隨着國人的"睜眼看世界",學術研究方法漸趨科學化。如嚴復評西方學術云:

> 大抵學以窮理,常分三際。一曰考訂,聚列同類事物而各著其實。二曰貫通,類異觀同,道通爲一。……中西古學,其中窮理之家,其事或善或否,大致僅此兩層。故所得之大法公例,往往多誤,於是近世格致家乃救之第三層,謂之實驗。試驗愈周,理愈靠實矣:此其大要也。②

---

① 時在 1922 年 5 月 21 日,原載《晨報副刊》1922 年 5 月 28、29 日。此據《杜甫研究論文集》(一輯),中華書局 1962 年版。
② 嚴復《西學門徑功用》,《嚴復集》第 1 冊,中華書局 1986 年版,第 93 頁。嚴復(1854—1921),字又陵,後改名復,字幾道,福建閩侯(今屬福州)人,近代極具影響力的資產階級啓蒙思想家,著名的翻譯家、教育家,新法家代表人物。翻譯《天演論》《原富》《社會通詮》,創辦《國聞報》,系統介紹西方民主和科學,宣傳維新變法思想,將西方的社會學、政治學、政治經濟學、哲學和自然科學介紹到中國。有《嚴復全集》(五冊)傳世。手批《杜工部集》二十卷,學術價值較高。

　　同是受西方學術思想影響,胡適便說:"我的唯一的目的是注重學問思想的方法。"①此時總的學術思路就是這樣。特別是現代意義的大學的創立,杜甫研究的專門化亦趨明朗。如錢穆說:"民國以來,中國學術界分門別類,務爲專家,與中國傳統通人通儒之學大相違異。"②王國維的説法更具説服力:

　　　　今之世界,分業之世界也。一切學問,一切職事,無往而不需特別之技能,特別之教育。一習其事,終身以之。治一學者之不能使治他學,任一職者之不能使任他職,猶金工之不能使爲木工,矢人之不能使爲函人也。③

基於這種分工細密的考量,作爲集大成的杜詩除了綜合研究,分類研究也勢在必行。當然,縱觀這時期的杜甫研究成果,大多與研究者從事的教職有很大關係,如李詳的《杜詩釋義》就是他任教東南大學時的講義。

(一) 李詳的《杜詩證選》與《杜詩釋義》

　　李詳④,是本編杜甫研究第一人。其《杜詩證選》,原載《國粹

①　胡適《胡適文存》,上海亞東書局 1924 年版,第 2 頁。

②　錢穆《現代中國學術論衡》,生活·讀書·新知三聯書店 2005 年版,第 1 頁。錢穆(1895—1990),字賓四,江蘇無錫人。中國近現代著名歷史學家、思想家、教育家。一生著述頗豐,專著多達 80 種以上。代表作有《先秦諸子繫年》《中國近三百年學術史》《國史大綱》《中國歷代政治得失》《中國歷史精神》《中國思想史》《宋明理學概述》等。本書主要評述其《中國文學史》《談詩》等著述中的杜詩學。

③　《教育小言十三則》,《王國維遺書》第 5 冊之《靜安文集續編》,上海古籍書店 1983 年影印版,第 54 頁。

④　李詳(1859—1931),字審言,一字慎言,中年後號百藥生,又字窳生,復更愧生,晚號輝叟。江蘇興化人。貧而好學,尤嗜《文選》。先後受知於黃體芳、王先謙。他是揚州學派後期代表人物。清光緒二十七年(1901)(轉下頁)

學報》1910 年 64 期至 1911 年 78 期。其序云："杜少陵《宗武生日》詩'熟精《文選》理'，又《簡雲安嚴明府》詩'續兒讀《文選》'，後世遂據此爲杜陵精通《文選》之證。自宋以來，注家能舉其辭者，已略得六七。然或遺其篇目，或易其字句，或多引繁文而於本旨無關，或芟薙首尾而於佐證不悉，凡此皆病也。又少陵每句有兼使數事者，有暗用其語者，但舉其偏與略而不及，皆有愧於杜陵'熟精'二字。……余既治《韓詩證選》畢，又取杜詩證之。"又有自定稿本。後經其子李稚甫編校，作爲《文選學著述五種》之一，收入《李審言文集》中，由江蘇古籍出版社於 1989 年出版。李詳另有《韓詩證選》一卷。李稚甫在《二研堂全集叙錄》中云："二書取杜韓集中，單詞片典，遍加鈎稽，得其來歷，使知文家如杜韓，隸事之醇雅，蓋無一不出於選。"涉及杜詩 168 首，不錄原詩全文，只錄有關詩句，並於句下逐一注明在《文選》中出處，真所謂"無一字無來歷"也。亦偶加按語。如《白絲行》云："詳案：郭泰機《答傅咸詩》：'皦皦白素絲，織爲寒女衣。寒女雖妙巧，不得秉杼機。'此詩命名製篇，全用其意。"

　　李詳所撰《杜詩釋義》一卷，涉及杜詩 37 首，不錄原詩全文，只錄有關詩句，詮釋詞語，檢示出處。李詳治學謹嚴，其詮釋杜詩字句，徵引典實出處，簡明翔實，頗見功力。此編爲手抄稿本，僅

（接上頁）赴南京參加省試未中，旋即在蒯光典（江寧高等學堂創辦人）家任家庭教師，授其二子，在南京居住十年。此十年是其學術著述的旺盛時期。與詞人況周頤分撰《陶齋藏石記釋文》，後受安徽布政使沈曾植之聘，任安慶存古學堂教習。辛亥革命後，先客居上海，與馮煦共纂《江蘇通志》。1923 年在東南大學任國文系教授，以陶詩、《文選》、杜詩、韓詩授諸生，未二年又辭職歸里。1928 年蔡元培任大學院（後改爲中央研究院）院長，聘爲特約著述員。李詳生平著作甚豐，其子李稚甫編集整理成《李審言文集》，收錄李氏主要著作《文選學著述五種》《杜詩證選》《韓詩證選》《杜詩釋義》等 23 種，江蘇古籍出版社 1989 年出版。

存十三頁,其中有四頁版心印有"揚州興化李氏審言斠録"標識,有三頁印有"中華民國十三年十一月拾三日送"鈐記,當係李詳晚年任教東南大學時所編講義之殘稿,稿中屢屢提及其所著《杜詩證選》,知此稿乃據《杜詩證選》酌加修改而成,但頗有不同。如《望嶽》詩,《杜詩證選》只録"造化鍾神秀"、"蕩胸生層雲"、"決眦入歸鳥"三句;而《杜詩釋義》則録六句,如"會當凌絶頂"句下云:"會當,猶言須當。《三國志・崔季珪傳》注:'會當得數萬兵、千匹騎。'《顏氏家訓・勉學篇》:'人生在世,會當有業。'可證公兩字所出,此詳説。"亦有同一句而引出處不同,如"決眦入歸鳥",《杜詩證選》引司馬相如《子虛賦》:"中必決眦。"而《杜詩釋義》則引曹植《冬獵篇》:"張目決眦。"可謂後出轉精。此稿本後亦收入江蘇古籍出版社出版的《李審言文集》。

　　李詳《杜詩證選》共列舉杜甫 168 首詩歌、302 條。然而未盡人意之處也有不少,如所舉詩篇中尚有疏漏的條目,初步統計有181 條。當然這種情形的出現,或許與其《杜詩證選・序》中所説的"謂引選語,已見注中,而怪余爲剽襲,比之重臺累僕",即怕別人説他"剽襲"不無關係。又,從現存《杜詩證選》看,它最後一條僅到杜甫大曆元年(766)寫作的《雨》,其後五年間的創作未見列舉,可能有殘缺。今據仇兆鰲《杜詩詳注》,又可補充 96 條。這樣,杜詩與《文選》有關者共 579 條①。李詳對於杜詩的意義,在於他對前人零散的或不易確認的杜甫詩歌中所涉及的條目進行了盡可能的整理、排列,而集中窺發其覆,這方面李詳是不折不扣的第一人。

---

　　①　參見丁紅旗《李詳〈杜詩證選〉、〈韓詩證選〉的再審視》,《西南石油大學學報》2010 年第 2 期。

（二）嚴復手批《杜工部集》的學術價值①

嚴復推尊杜詩，論詩主張"清新俊逸"、"沉鬱兼頓挫"，他在《以漁洋精華録寄琥唐山春榆侍郎有詩見述率賦奉答》中説："李杜光芒萬丈長，坡谷九天紛咳唾。"又在《説詩用琥韵》説："取經愛好似未害，他日湘帆隨轉柁。清新俊逸殆天授，着眼沉鬱兼頓挫。"他手批《杜工部集》，堅持"切己體認"的批評原則，直述"詩貴沉鬱"、"文章佳處大抵在虚構"、"詩貴興象"等詩學觀念，注重詩歌創作結構、章法、字法藝術的闡發，客觀平議杜詩藝術優勢和先天缺陷，擁有獨立的價值判斷，成爲近代杜詩評點史上頗具特色的杜詩未刊評本之一。

嚴復批校《杜工部集》，黄色封皮，上題"杜工部集"，其右上角有墨筆摘録杜詩《偶題》中詩句"前輩飛騰入，餘波綺麗爲"，以表示書册順序（每册一字，共十册），詩句下標明"序、古體、近體、雜文"等體裁内容，扉頁題"乾隆乙巳孟夏，杜工部集，玉勾草堂藏版"等字樣。嚴復批點乾隆本《杜工部集》當在其晚年。在卷之九末尾處有墨筆旁批"壬子嘉平初四日批點訖"，可見前九卷完成於 1912 年十二月初四之前。而在卷之十二末頁處墨旁"癸丑五月初七日"；在卷之十三末頁墨旁"癸丑五月望夜"；在卷十四末頁墨旁"癸丑五月十七日訖此"等標識，可知在 1913 年五月都在批點杜詩。而根據卷十八處墨旁"民國三年一月十四夕讀訖"和《杜工部集後記》文末朱筆旁批"唐宋人文章皆有法，不獨八家如此，數篇於近五百年皆非庸手矣。民國五年六月記"等記載可知，嚴復在 1914 年、1916 年尚在不停地批點杜詩。故其批點《杜工部集》前後至少持續了 4 年。而從批本中的"壬子"、"癸丑"、"民國三年"、"民國

---

① 　嚴復手批《杜工部集》二十卷，共兩函十册，底本爲清乾隆五十年鄭澐玉勾草堂刻本，現藏華東師大圖書館。此處主要參考了曾紹煌論文《嚴復手批〈杜工部集〉的批評理念與價值》（《中國文學研究》2014 年第 2 期）的内容。

五年"等紀年可知,嚴復批點杜詩乃晚年之事。

從鈐印看,該本在不同位置鈐有"瘉壄堂長行報覽本"、"嚴復"、"幾道"、"天演學家陶江嚴氏"、"嚴復長壽"、"嚴"、"瘉壄"、"瘉壄堂"等各類嚴復藏書印章。"瘉壄堂"是嚴復晚年寓居福州時的書房名,其晚年亦自號"瘉壄老人"。其論文有時也直署"瘉壄堂",如在《外交報》(1902年第9、第10期,5月2日、12日)發表的《論教育書》便是。從印章可知,該本乃嚴復珍藏並親筆批點無疑。

嚴復批點有朱、墨二色,朱筆除第一册外,其他諸册均多標明"漁洋云"、"王云"等之類的提示,可知其大多爲過録王士禛評點。墨筆未有標識,故應爲嚴復自己批點。批點形式有圈、有點,也有朱筆分隔號等。其中第九册的朱筆圈點不爲嚴復所圈,因其在卷之九目録終處有墨筆旁批加以説明:

> 此集近體經妄人用硃筆圈點粗惡。壬子璩子至京,以此餉予,乃重以墨筆點勘,聊當温詩而已。嘉平朔日幾道並識。
> (卷之九)

據題識可判斷嚴復評點杜詩的底本係其長子嚴璩送給他的,且在嚴復批點之前,已有他人朱筆圈點在其上了。由其中的"重以墨筆點勘"之記載,亦可證墨色批點爲嚴復批點的事實。

"切己體認"是杜詩未刊評點的主要批評範式之一。嚴復在批點杜詩過程中,非常注意結合時代氛圍和親身經歷來批點杜詩。如批點《兵車行》一詩"信知生男惡,反是生女好。生女猶得嫁比鄰,生男埋没隨百草"處稱:"自列强競□,乃以尚武爲公□□品,而此□詩每爲人所詬病,然從公理説,兵自凶囂,不見近日歐戰,人死千餘萬,日費數十兆金錢,□過此□以黷武爲惑矣。"簡略的幾句評點,將杜甫所反映的唐代史實與嚴復所處之世界氛圍緊密聯繫起來。又善於聯繫自己的親身經歷來批點杜詩，如嚴復批點《贈衛八處士》一詩："記七八歲時讀此詩，師言此在杜詩，層次最爲分明，極便初學，然其中亦有頓挫叫應，不是順序挨着説也。"

宣導"詩貴沉鬱"，重"興象"、"文章佳處大抵在虛構"。如批點《贈李白》："詩貴沉鬱。沉鬱者，抽思深而折叠衆也。如此詩'野人對羶腥，蔬食常不飽'，不知造句時有多少曲折也。"又批點《夏夜嘆》："詩之爲道，於眼前物事，無不可言，然獨貴興象。興象云者，於小處見大，近處見遠，所謂'手揮五弦，目送飛鴻'，而後爲佳。"又批點《奉先劉少府新畫山水障歌》："文章佳處大抵在虛構。自《離騷》、漢賦以下，莫不皆然。武帝讀相如《子虛》，所以飄飄有陵〔凌〕雲意也。故觀少年作文字，但看有造想心力否？無此者，雖極用功，終成中駟。"同時強調詩歌"不必定有刺譏"。他批點《初月》云："又作詩者，非有所厚，即有所戒，亦不必定有刺譏。如此詩宋人謂爲蕭宗而作，亦揣度之詞耳。"兼闡詩歌創作的具體詩法。如評點《送人從軍》："注家謂其以濃麗語寫極惨澹事，誠然，此詩家五言着色法也。"評點《戲簡鄭廣文虔兼呈蘇司業源明》："戲簡之詩，貴多風趣嘲詼，傲兀而不淪於輕薄，□倍斯爲得之。"批點《天末懷李白》："律詩無論五七言，其上半皆須有騰擲蕩洩之勢，如此詩首四句可謂騰擲而出矣。"批點《九日奉寄嚴大夫》："説人思我，情乃更深，此詩家慣技也。"

另外，還有幾方面值得重視。（一）談及對詩歌内容與詩歌題目之間的關係問題，強調詩題與詩歌内容的相應。如批點《江上值水如海勢聊短述》："題於江水意極浩漫，而詩中第三聯乃輕描淡寫，轉於詩功，以全力寫之。題詩不相應如此，試問讀者有可味不？"又批點《聞高常侍亡》："以甫與適交情詩事言之，此詩殊負題矣。"（二）稱頌杜詩的藝術優勢。如批點《樂遊園歌》："總有每聯豪壯詇語，又與後幅感慨處相應成異彩，此是老杜獨絶，亦關熟精《選》理，乃有此詣。"又如批點《奉同郭給事湯東靈湫作》："老杜能以楚騷漢賦入詩，是其獨絕之處，不若他賢之偶學陶謝。"又對《江畔獨步尋花七絕句》的批點："七絕句極遛峭生新之致。真老杜獨步，後人學而似者，惟山谷、後山耳。"批點《所思》："此首與《有客》一律皆於五六故作失粘，然皆令人讀之不覺，而遛峭傲兀之音溢於弦外，此等境界，最不易到。"如此等等，都是點贊杜詩的特徵。

此批點本平議杜詩缺陷，也體現了其學術價值。（一）非議杜詩注家之解。如批點《石筍行》一詩時認爲："注家以此詩爲李輔國而作，客或有之，但中間牽合處殊強，讀之令人索然，不能隨衆爲諛頌也。"又如批點《月》質疑道："論者以謂此詩蓋有所比，以肅宗之側猶有小人女寵，故意或如是，不然兒戲耳。杜何所夜而詠之耶？"（二）剖析杜詩本身的不足。或批評其字句不佳，如在批點《贈獻納使起居田舍人》一詩以按語形式分析該詩結句之不佳："復按：此首非杜律之至者，'白雲篇'殊雜湊，結語亦未佳。"或指斥其審美風尚的"村氣"，這類批評往往一語破的，毫不留情。如批點《端午日賜衣》一詩稱："此正村夫子之詩矣。"批點《野人送朱櫻》一詩時，也具體分析了該詩前半部分具有"村氣"的特質："此詩佳在後幅，若前半雖舉之至多，吾終以爲有村氣也。"或指責杜詩粗率無味。此類批評，擁有自己強烈的價值判斷，也是體現嚴復詩學觀念的重要史料。

當然，有些評點不是單純的肯定或否定，而是具體剖析其得失之處，顯得異常客觀公允。比如批點《贈畢四曜》一詩稱："前半蒼樸可喜，五六稍率，結語殊不了了。"就是既肯定前半首之"蒼樸可喜"，又指出後半首"稍率"，客觀地評價了此詩的優劣之處。總之，嚴復批點《杜工部集》作爲稀見的杜詩批評資料之一，雖批語不算太多，但憑藉豐富的理論蘊涵和獨特的批評個性在杜詩評點史上別具意義。

（三）吴闿生、蒋瑞藻論杜

吴闿生《杜詩》①，不分卷，首載年譜。鉛印本，周采泉《杜集書録・内編・選本律注類二》著録，云："似爲民國初年講義。""清季選杜，當以此編爲最勝。"他論文主奇恣縱横，轉變究極筆勢，錢基博推崇備至，謂其辭氣噴薄而出，以醖釀深醇，頭象空邈，而能爲沉鬱頓挫，其勢沛然，其容穆然，震盪錯綜，是真能得父書之血脉者。這是他喜好杜詩的原因所在，周采泉譽爲"最勝"實不爲過。

蒋瑞藻輯有《續杜工部詩話》二卷②，輯於民國三年（1914），時蒋氏年方 24 歲。後收入《古今文藝叢書》第四集，1915 年由上海廣益書局排印出版。不見另有別本印行。胡懷琛《〈續杜工部詩話〉序》云："蒋子瑞藻孟潔能詩文，富藏書，於詩學杜，嘗輯《續杜工部詩話》，補萍鄉劉氏所未備也。余謂更有過之：劉輯多考訂，蒋輯多議論，尤能闡杜詩格律之微。"該書纂録自宋以來諸家評論杜詩之語，凡 120 餘條，搜羅頗廣，惜多不注明出處，且引文訛誤甚多，誠爲憾事。張忠綱先生編校《杜甫詩話六種校注》（齊魯書社 2002 年版），收有蒋氏此書，詳加校注，可資參看。按：胡序所謂

① 吴闿生（1878—?）（按：吴氏生卒年至今没有定論，此據錢仲聯編《中國文學家大辭典》），原名啓孫，字辟疆，號北江，學者稱北江先生。吴汝綸之子，桐城（今屬安徽）人。著有《北江先生文集》十二卷、《北江先生詩集》五卷。編有《國文教範》二卷、《古今體詩約選》四卷、《孟子文法讀本》七卷、《吴門弟子集》十四卷、《晚清四十家詩鈔》三卷等，著有《杜詩》。

② 蒋瑞藻（1891—1929），字孟潔，別號花朝生，又號羼提居士。浙江諸暨紫西鄉黄家埠村人。所輯《小説考證》集録我國元代以來小説、戲曲作者事迹、作品源流及前人評論等資料，搜羅豐富，頗爲學術界重視。魯迅在《〈小説舊聞抄〉序言》中説："昔嘗治理小説，於其史實，有所鈎稽。時蒋氏瑞藻《小説考證》已版行，取以檢尋，頗獲稗助。"蒋氏還有《小説枝談》二卷、《新古文辭類纂》六十卷、輯《越縵堂詩話》三卷、《神州異産志》（與胡懷琛合著）等印行傳世。尚有《花朝生文稿》《花朝生筆記》《羼提齋叢話》《紅樓夢》資料等未及梓行。輯有《續杜工部詩話》二卷。

"補萍鄉劉氏所未備也",乃指劉鳳誥的《杜工部詩話》,收錄杜詩話150條,於杜甫家世、親族交遊、生平事迹、思想性格、詩義闡釋及諸家評論多有評騭,偶有新見。

（四）熊希齡、余重耀、虞和欽、俞平伯論杜

熊希齡是中國近代史上一位頗有影響的人物①。他從政、治學兩不誤,所選《杜詩精選》,首載梁启超撰《情聖杜甫》一文。所選杜詩,皆爲名篇,爲一通俗讀物。有1921年北平香山慈幼院鉛印本、1930年北平中山公園大慈商店鉛印本。又有一版本,其版權頁上有"馬浮　於嘉州復性書院　庚申年仲夏"藍色鋼筆字迹及"湛翁"朱印一枚。考其時間,"庚申年"爲1920年,其時此書尚未出版。考印中"馬浮",即儒學大師馬一浮,浮乃其名,"湛翁"乃其號。復性書院,是抗戰時期國民政府教育部爲保存民族文化而開辦的一所學校,由馬一浮主持。創建於1939年夏,在四川樂山烏尤寺。書院從1939年9月15日開始講學,到1941年5月25日停止講學,前後共一年零八個月。之後,復性書院轉爲以刻書爲主（講學期間估計也有刻書）,馬一浮希望以此保存一點文化血脉。1946年5月,馬一浮離開了居住了六年多的烏尤山,回到杭州,復性書院也一併遷來。1948年秋,復性書院正式宣告結束。因而,推測"庚申"可能是"庚辰"（1940年）之誤。

---

① 熊希齡（1870—1937）,字秉三,號雙清居士,湖南鳳凰人。1891年中舉人,1894年補試成進士,朝考後授翰林院庶起士。1897年助陳寶箴推行維新新政,從此嶄露頭角。1898年戊戌政變後被革職,後經趙爾巽保舉,重被起用。主要從事練兵、辦學、辦報、辦實業和立憲活動。民國成立後,躋身政界,歷任財政總長、熱河都統、國務總理兼財政總長。後因不滿袁世凱獨裁統治,先後辭去財政總長及國務總理之職。退出政界後,專心致力於社會福利和教育事業。1937年底,上海淪陷,抵香港,突發腦溢血逝世。主要著作有《香山集》《雙清集》《雙愚堂集》《舊憾集》《杜詩精選》等。今人輯有《熊希齡集》《熊希齡先生遺稿》。

余重耀則是先從政①，後治學。其存抄本《杜詩讀本》二卷，朱墨批點。所抄多係由仇兆鰲《杜詩詳注》過錄，無甚新見。現藏浙江圖書館。周采泉《杜集書錄・内編・選本律注類二》著錄。另外，清代著名學者屈復評點杜詩的《杜工部詩評》18卷，今亡佚不存，但他評點的具體内容由杭世駿和余重耀過錄出來。余氏過錄《杜工部詩評》的具體内容，是存於《杜詩讀本》中，還是存於他著中，尚需詳考②。

虞和欽③，以善學少陵著稱於時。抗戰期間，虞和欽隱居上海。

蒿目時艱，腐心逆羯，作《滬戰雜錄》一卷，凡七言絕句一百五十首，其間頗多珍聞佳什，堪稱詩史。先生自謂生平辦香草堂，而遭時喪亂，愴懷家園，其履境正酷肖老杜也。詩成藏汪君北平處，先生旋鬱鬱以死，會日寇入據租界，搜查著籍，備極苛密，任意闖入人家，翻箱倒篋，勢洶洶欲大興文字之獄。汪君之太夫人深懼禍及，陰令汪君之長公子將此集秘藏複壁中。未幾汪子途遇敵兵威嚇，驚怖成疾，忽又夭殂。此詩遂無人知其下落，歷時既久亦不復省記矣。日前，汪君修葺屋漏，始於無意中爲匠人發現，乃如汲冢之書，魯壁之笈，得以重與世人相見，斯殆先生在天之靈，不甘嘔心鏤腎之作，長此湮沒

① 余重耀（1876—1954），字元紹，號鐵山，別號遁廬，浙江諸暨人。光緒二十九年（1903）中舉人。歷清末、民國，參加抗日戰爭。以文章爲道所重，文宗兩漢，詩學唐宋，書法魏晉，好學近乎癡，文辭茂密，經史百家以及内典，無不流覽。刊有《函雅廬詩文稿》《佛學叢著》《陽明先生傳纂》《醫學叢著》《宋儒理學》《道家者流》《金石考古》等，另有抄本《杜詩讀本》二卷。

② 參曾紹皇《杜詩評點：被有意擱置了的杜詩學文獻——從杜詩學與文學批評史的視閾出發》，《中國文學研究》2011年第4期。

③ 虞和欽（1879—1944），名銘新，字和欽，又字自勖，以字行，寧波鎮海人，著名化學家、詩人、學者。

而不彰,必欲奇文之共欣賞乎? 集尾一絕云:"衛國未曾學執戈,書生病老計無何。寒窗忍擱江郎筆,渴待他年作凱歌!"先生作詩之旨,具見於此。書生報國,別無他途,而歲寒之節,固比貞松柏也。爾時抗戰勝利,歌舞昇平,正有賴燕許如椽之筆爲作凱歌,以紀勛鳴盛,而先生則已騎箕歸去,不及躬於斯役矣! 天不假年,齎志以殁,可悲也夫! 嗟乎!"王師收復中原日,家祭毋忘告乃翁!"先生生有老杜之悲,而死不免放翁之恨,泉下有知,當引爲莫大憾事耳![1]

"其履境正酷肖老杜"、"生有老杜之悲",於老杜有戚戚焉,故撰有《杜古四品》。此書,周采泉《杜集書録·内編·選本律注類二》著録,稱"稿本,藏於家"。又有《杜韓五言古詩類纂》,係稿本。周采泉《杜集書録·外編·選本律注類存目》著録,並引虞氏自序云:"詩至杜而極,亦至杜而變,其變之大者,厥惟以詩爲文,五言古詩其尤著者也。……今以杜、韓五言古詩,爲變詩之宗,略仿姚、曾兩氏以類編文例,盡取其詩,以類隸之,名曰《杜韓五言古詩類纂》。類凡十一:曰論議,曰傳志,曰贈序,曰書牘,曰告令,曰叙志,曰雜記,曰題跋,曰頌贊,曰詞賦,曰哀誄。讀其目,直《文選》耳,而編以詩,學詩者可以知其變焉。"

俞平伯多才多藝[2],前人評曰:"平伯先生對於藝術修養之深,

① 秋蟲《虞和欽之詩史:生有杜老之悲,死有放翁之恨》,《新上海》1946年第11期,第10頁。

② 俞平伯(1900—1990),浙江德清人,生於蘇州。清末經學大師俞樾曾孫,幼從家學。1919年畢業於北京大學。曾赴英、美留學。回國後先後任燕京大學、清華大學、北京大學等校教授。主要著作有詩集《冬夜》《古槐書屋詞》,散文集《燕知草》《雜拌兒》,學術著述《清真詞釋》《唐宋詞選釋》《紅樓夢辨》(1923年初版,50年代初改名《紅樓夢研究》再版)及《讀紅樓夢隨筆》等。今人輯有《俞平伯全集》(十卷,花山文藝出版社1997年)行世。

趣味之廣,博雅沖淡,都可以説得是中國文人的典型的碩果的存在罷。"①其"修養"、"趣味"還表現在杜詩研究上。

所撰《杜詩從約》六卷,爲其手抄本,署"古槐書屋選録",《成都杜甫紀念館館藏杜集目録》著録。1919 年俞平伯移家北京朝陽門内老君堂 79 號,其院内有一棵大槐樹,遂名其齋爲"古槐書屋",俞平伯亦有"古槐居上"的筆名,並著有《古槐夢遇》《古槐書屋詞》等名著。俞平伯在大學亦曾開過杜詩課,則此書應爲俞平伯所選。但今編《俞平伯全集》及所附《年譜》,均未言及俞氏有此書,並不構成此書的作者問題。是書首題"古槐書屋選録",以白棉紙手抄,四册。詩分體編次,半頁十行,行二十一字,字仿趙孟頫體,甚工楷秀潤。俞平伯本是一位書法家,又是一個作家、文論家,如同時代人評論説:"俞君説要創作平民文學,便當生活到民間去。""俞君以爲文藝的真正價值,不在美和善,而在真實。换句話説:文藝的使命,是將各個心靈上的現象,老老實實地公布出來。"②

俞平伯這個杜詩選本,也是以此文學思想爲指導的,因爲杜詩在這個時代是"平民文學"的代表,是"現實主義"的代表。

這時期的其他老一輩學者一如古代詩論家對古典詩學深有好感,對杜詩全盤高度評價。如 1919 年 3 月,《東方雜志》第十六卷三期轉載《南京高等師範日刊》所載胡先驌《中國文學改良論(上)》:"韵文者,以有聲韵之辭句,傅以清逸雋遠之詞藻,以感人美術、道德、宗教之感想者也……如杜工部《兵車行》……諸詩,皆情文兼至之作,其他唐宋名家指不勝屈,豈皆不能言情達意,而必俟今日之白話詩乎?"③鈍劍《願無盡廬詩話》:"然新意境、新理想、

①　《古槐下的俞平伯先生》,《藝文雜志》1943 年第 1 卷第 3 期。

②　步洲《俞平伯君的〈文藝雜論〉》,《小説月報·讀後感》1923 年第 14 卷第 7 期。

③　羅家倫《駁胡先驌君的中國文學改良論》引,《新湖》1919 年 (轉下頁)

新感情的詩詞,終不若守國粹的、用陳舊語句爲愈有味也。"①極其重視杜甫詩歌的藝術性。

二、黄節對杜詩學的貢獻

黄節 1931 年作有《我詩》②:"亡國之音怨有思,我詩如此殆天爲。欲窮世事傳他日,難寫人間盡短詩。習苦蓼蟲惟不徙,食肥蘆雁得無危? 傷心群賊言經國,孰謂詩能見我悲。"隱約可見其詩學思想。吳宓《空軒詩話》之九"黄節晦聞"條有云:"黄晦聞師節爲近今中國詩學宗師,合詩教、詩學、詩法於一人,兼能創造。"③黄節的杜詩學思想,主要表現在他的《詩學》《詩律》中,又散見於他的《蒹葭樓詩》《詩旨纂辭》《變雅》《顧亭林詩說》《漢魏樂府風箋》《鮑參軍詩注》《謝康樂詩注》《阮步兵詠懷詩注》《曹子建詩注》《魏武帝魏文帝詩注》中。下面分兩部分談他的《詩學》《詩律》中

（接上頁）第 1 卷第 5 期。胡先驌(1894—1968),字步曾,江西新建人。《學衡》社員。1912 年留學美國,習農學和植物學。1918 年任南京高等師範學校教授。1949 年以後,任中國科學院植物研究所研究員。羅家倫(1897—1969),字志希,祖籍浙江紹興,生於江西進賢。他是"五四運動"的學生領袖和命名者,中國近代著名的教育家、思想家和社會活動家。著有《新人生觀》《逝者如斯集》《新民族觀》等。

①　張寅彭主編《民國詩話叢編》第五册,上海書店出版社 2002 年版,第195、197 頁。

②　黄節(1873—1935),原名晦聞,字玉昆,號純熙,廣東順德人。詩人,學者。長於舊體詩,與梁鼎芬、羅癭公、曾習經合稱"嶺南近代四家"。早年曾與鄧實、章太炎、馬叙倫等創立"國學保存會",創辦《國粹學報》,並加入同盟會、南社。旋就兩廣優級師範國文講席。後任北京大學教授、清華大學研究院導師,並短暫出任廣東省教育廳長及廣東通志館館長。1929 年秋,復返北京大學任教授,兼清華大學及北平師範大學講師。著有《詩學》《詩律》《蒹葭樓詩》《詩旨纂辭》《變雅》《漢魏樂府風箋》《魏武帝魏文帝詩注》《曹子建詩注》《阮步兵詠懷詩注》《鮑參軍詩注》《謝康樂詩注》《顧亭林詩說》等。

③　吳宓著,吳學昭整理《吳宓詩話》,商務印書館 2005 年版,第 187 頁。

的杜詩學。

（一）黃節《詩學》論杜詩

黃節的《詩學》，初名《詩學源流》，宣統二年（1910）由粵東編譯公司鉛印出版。民國六年（1917），任教北京大學後，將該書用作課程講義，曾兩次修訂。以後多次重印。2007 年，天津古籍出版社將之與其《詩律》合印，作《詩學詩律講義》，由韓嘉祥整理，吳小如審訂。《詩學》是中國古典詩歌史的綱要性作品，是本"現當代編"最早的詩學著作。該書七篇：詩學之起源、漢魏詩學、六朝詩學、唐至五代詩學、宋代詩學、金元詩學、明代詩學，依次論及各段詩歌發展脈絡及特色，介紹代表性作家的風格，梳理流派，評騭優劣。唐五代詩學兼及藝術形式與風格流派的演化，很有特色。

吳宓在《學衡》雜志 57 期上系統介紹了黃節的"詩教之旨"，先引《阮步兵詠懷詩注自序》："世變既亟，人心益壞，道德禮法，盡爲奸人所竊，黠者乃借詞圖毀滅之。惟詩之爲教，入人最深。獨於此時，學者求詩則若飢渴。余職在説詩，欲使學者由詩以明志，而理其性情，於人之爲人，庶有裨也。……國積人而成者，人之所以爲人之道既廢，國焉得而不絶，非今之世耶？……余亦嘗以辨別種族，發揚民義，垂三十年。其於創建今國，豈曰無與？然坐視疇輩及後起者，藉口爲國，乃使道德禮法壞亂務盡。天若命余重振救之，舍明詩莫繇。天下方毀經，又强告而難入，故余於《三百篇》既纂其辭旨，以文章之美，曲道學者，蘄其進窺大義。不如是，不足以存詩也。今注嗣宗詩。……於其事不敢妄附，於其志則務欲求明。不如是，不足以感發人也。……余是以窮老益力。雖心藏積疾，不遑告勞者；爲古人也，今爲人也。"後又引英國安諾德（Matthew Arnold，1822—1888）《論詩教》（*The Study of Poetry*）曰："詩之前途極偉大。因宗教既衰，詩將起而承其乏。宗教隷於制度，囿於傳説。當今世變俗易，宗教勢難更存。若詩則主於情感，不繫於事實。事實雖殊，人之性情不變，故詩可永存。且將替代宗教，爲人類所托命。"

最後談出自己的意見：

> 嗚呼，此非黄師之志耶？宓又按美國白璧德（Irving Babbitt，1865—1933）師倡導所謂新人文主義，欲使人性不役於物，發揮其所固有而進於善。一國全世，共此休戚，而藉端於文學。嗚呼，此又非黄師之志耶？黄師曰："天若命余重振救之，舍明詩莫繇。"其自任之重，有若孟子。然黄詩説詩之法，亦本於孟子。"於其事不敢妄附，於其志則務欲求明。"此非孟子所云"不以文害辭，不以辭害志，以意逆志，是爲得之"者乎？顧黄師之説詩與其作詩，乃一事而非二事，所謂相合而成其美也。①

可謂知師莫如徒！黄節對杜詩的認識自然離不開他的詩學思想、詩學批評思想。黄節説："逮乎開元天寶之間，氣格聲律，至詳極備，以有李、杜二家也。""同時，杜甫與白齊名，宏力厚畜，兼綜條貫。元稹志其墓云：'世之好古者遺近，務華者去實，效齊梁則不逮於魏晉，工樂府則力屈於五言，律切則骨格不存，閒暇則纖穠莫備。其惟子美，上薄風雅，下該沈宋，言奪蘇李，氣吞曹劉。掩顔謝之孤高，雜徐庾之流麗。盡得古人之體勢，而兼昔人之所獨專。'此杜之所以獨有千古也。"②一句"杜之所以獨有千古"，杜詩可謂登峰造極於中國詩歌史也。這可以説是總體評價杜詩。又把杜甫放在"有唐一代"詩歌史中評論杜甫：

> 總而論之，有唐一代作者，其力足以轉移風氣。起衰救敝

---

① 吴宓著，吴學昭整理《吴宓詩話》，第187—188頁。
② 黄節《詩學》，見氏著《詩學詩律講義》，天津古籍出版社2007年版，第20頁。

者,陳子昂、李白、杜甫、韓愈四人而已。①

下面是多方面、多角度評論杜詩。
比較評論杜詩。如以韓愈、孟郊與李白、杜甫相提並論:

> 昌黎薦孟郊於鄭餘慶,歷叙漢魏以來詩人至唐之陳子昂、李白、杜甫,而其下即云有窮者孟郊,受才實雄驁,固已推爲李、杜後一人。而其《贈東野》詩云:"昔年曾讀李白杜甫詩,長恨二人不相從。吾與東野生並世,如何復躡二子踪。我願化爲雲,東野化爲龍。"是又以李、杜自相期許,其心折東野可謂至矣。②

又以杜詩與李商隱、杜牧詩對比:

> 讀杜甫"漢朝陵墓",較李商隱《馬嵬》《錦瑟》;讀杜甫《九日藍田莊》,較杜牧《九日齊山》,則盛唐晚唐之升降,已可唷矣。③

此比較"盛唐晚唐之升降"。云"杜甫漢朝陵墓",指杜甫《諸將五首》其一:"漢朝陵墓對南山,胡虜千秋尚入關。昨日玉魚蒙葬地,早時金碗出人間。見愁汗馬西戎逼,曾閃朱旗北斗殷。多少材官守涇渭,將軍且莫破愁顏。""馬嵬錦瑟",指李商隱的《馬嵬二首》《錦瑟》等名詩。"杜牧九日齊山",指杜牧的《九日齊山登高》。
又談論讀唐史與讀杜詩的重要性,因爲杜詩乃"詩史":

---

① 黃節《詩學》,見氏著《詩學詩律講義》,第23頁。
② 黃節《詩學》,見氏著《詩學詩律講義》,第21—22頁。
③ 黃節《詩學》,見氏著《詩學詩律講義》,第23頁。

　　杜甫之詩，世稱"詩史"，以史義存焉，讀杜甫而不讀唐史，不足以知杜者也。天寶失政，明皇惑於楊氏，作《麗人行》。天子慕遠略，開邊釁，民疲於兵，作《兵車行》。安禄山反，王師敗績，天子入蜀，王子王孫流離道路，作《哀王孫》，作《悲陳陶》《悲青阪》《哀江頭》，皆七言古詩之最者也。廣德以後，感河北三鎮擁兵不朝，列藩不憂國，舉軍需自供，而回紇吐蕃共寇京師，作《諸將》。感禍亂未遠，民困初息，作《秋興》《諸將》《詠懷古迹》，皆其七言律詩之最者也。論其五言古詩，若《遣興十八首》，實足繼陳子昂《感遇》，李白《古風》之後。其時天下大亂，兩京盜賊充斥，民困而官邪，作《新安吏》《潼關吏》《石壕吏》《新婚別》《垂老別》《無家別》諸篇，皆五言古詩之可誦者也。至夫盛衰之感，則作《重遊何氏》。登臨憑吊之悲，則作《兗州城樓》《岳陽樓》《牛頭山亭子》《禹廟》《玉臺觀》《滕王亭子》諸篇，皆其五言律詩之可誦者也。又若五言排律，則《江陵望幸》稱焉，爲其不忘君也。七言排律，則《洗兵馬》稱焉，爲其憫農休兵而有餘憂也。故就其五言諸體觀之，甫實兼有李白之長。然則謂杜尤長七言則可，謂其不長五言則未可也。漁洋論杜七言，以爲前所未有，後所莫及。蓋舉其尤長者言之，惟五、七言絶詩，非杜所長，則不必以是求之耳。①

黃節的高明之處在於，在談論詩與史的關係中兼顧杜詩的各類詩體的特點，論點頓時有了立體感、充實感。在這裏，七律、五古、七排、五七絶井然有序。

　　又將杜詩放在中國詩歌史中，特別是對王安石的影響來論杜詩：

---

　　① 　黃節《詩學》，見氏著《詩學詩律講義》，第24—25頁。

以故荆公之詩,一致力於杜甫,嘗謂世之學者,至乎甫而後爲詩,不能至,要之不知詩焉爾(見《老杜詩後集序》)。夫在宋之初,綴拾韓文者歐公也(見《記舊本韓文後》)。綴拾杜詩者荆公也,荆公作鄞令,得杜甫遺落詩二百餘篇,而杜詩始窺其完,自謂於杜其詞所從出,一莫知窮極,而病未能學(亦見《老杜詩後集序》)。是其尊杜至矣。王漁洋曰:"歐公之後,學杜、韓者,以荆公爲巨擘。"①

王安石對杜甫及其詩歌推崇備至,可見杜甫的人格、詩歌思想與藝術對王安石的影響之深。

黃節反復談論杜甫對黃庭堅、陳師道的影響;然而,同是影響,亦有差異:

然則山谷教人爲詩,在乎精研經史,是故山谷於詩雖學杜,而能自成面目,由其讀書之功也。後山曰:"山谷詩得法杜甫,學甫而不爲者。"謂山谷之學之行過乎杜甫也。洪炎序其詩,稱"其發源以治心修性爲宗本,放而至於遠聲色,薄軒冕,極其致憂國愛民,忠義之氣,隱然見於筆墨之外。凡句法置字,律令新新不窮,包曹、劉之波瀾,兼陶、謝之宇量,可使子美分座,太白却行。非若察察然如《新安》《石壕》《潼關》《花門》《秦中吟》《樂遊原》之什,幾於罵者可比。"觀洪炎之語,亦後山所謂學甫而不爲者題也。②

黃庭堅、陳師道,同是"江西詩派"的"宗",然而"自成面目",各有側重。

---

① 黃節《詩學》,見氏著《詩學詩律講義》,第34頁。
② 黃節《詩學》,見氏著《詩學詩律講義》,第38頁。

下面仍論黄庭堅、陳師道學杜的差異及黄、陳的優劣：

　　或謂後山詩且賢於山谷，王原序其集曰："後山之於杜，神明於矩矱之中，折旋於虛無之際，較蘇之馳騁跌宕，氣似稍遜，而格律精嚴過之。若黄之所有，無一不有，黄之所無，陳則精詣。其於少陵，以云具體，雖未敢知。然超黄匹蘇，斷斷如也。"此論後山之詩賢於山谷者也。平心而論，後山之灑落，不如山谷，綜其全集觀之，大抵嘆老嗟卑之詞爲多，而山谷則否，此其所以不如也。當是時，江西詩派爲衆所趨，學山谷者往往規撫形似，惟後山雖師山谷，而實遠祖少陵。山谷嘆以爲深得於老杜（見任淵《序》），信知言矣。魏衍又稱其詩語精妙，未嘗無謂而作，其志意行事，班班見於其中。是則讀後山集者，尤當兼觀其行及其際遇，以見其立言之旨，始爲善學後山者耳。後山論詩曰："學詩當以子美爲師，有規矩故可學，學之不成，不失爲工。無韓之才與陶之妙，而學其詩，終爲白樂天爾。"[1]

又論及"放翁學杜甫"的情況：

　　劉後村論放翁詩曰："放翁學力似杜甫。"又曰："南渡而下，放翁爲一大宗。"朱子亦稱放翁詩"近代惟見此人有詩人風致"。然則在宋時已群推之耳。惟《後村詩話》載放翁詩，僅摘對偶之工者，已爲皮相。後人選陸詩又略其感激豪宕沉鬱深婉之作，而取其流連光景，可以剽竊移擝者，轉相販鬻，放翁詩派，遂爲論者口實。王漁洋論其詩作沉鬱頓挫少，毋亦誤歟。惟《唐宋詩醇》論之曰："觀游之生平，有與杜甫類者，少歷兵間，晚棲晨歗，中間浮沉中外，在蜀之日頗多，其感激悲憤忠君

---

[1]　黄節《詩學》，見氏著《詩學詩律講義》，第39—40頁。

愛國之誠,一寓於詩。酒酣耳熱,跌盪淋漓,至於漁舟樵徑,茶碗爐熏,或雨或晴,一草一木,莫不著詠歌以寄此意,此與杜甫之詩何以異哉。詩至萬首,瑕瑜互見,譬之深山大澤,包含者多,不暇剪除蕩滌。若捐疵纇、存英華,略纖巧可喜之詞,而發其閎深微妙之指,實可與李、杜、韓、白諸家,異曲同工,追配東坡而無愧者也。"然則讀放翁詩者,當善擇而取之,毋爲選家所誤足矣。①

對陸游的評價非常高:"實可與李、杜、韓、白諸家,異曲同工,追配東坡而無愧者也。"

詩歌發展到元代,黃節列舉了劉因(静修)的詩論:

　　元代以詩鳴者,首推劉因。静修論詩曰:"魏晉而降,詩學日盛,曹、劉、陶、謝,其至焉者也。隋唐而降,詩學日變,變而得正,李、杜、韓其至者也。周宋而降,詩學日弱,弱而後強,歐、蘇、黃其至者也。故作詩者不能《三百篇》則曹、劉、陶、謝;不能曹、劉、陶、謝則李、杜、韓;不能李、杜、韓則歐、蘇、黃,乃效晚唐之葦薕,學溫李之清新,擬盧仝之怪誕,非所以爲詩也。"(見《叙學》)觀其所論,然則静修亦江西派之支流苗裔者也。②

此乃借劉因(按:劉因,號静修,元代理學家、詩人)論詩歌之正變,表達自己的觀點:"静修亦江西派之支流苗裔者也。"即仍受杜甫影響。

吳小如說:"《詩學》一書,其學術價值足與魯迅《漢文學史綱

---

① 黃節《詩學》,見氏著《詩學詩律講義》,第43頁。
② 黃節《詩學》,見氏著《詩學詩律講義》,第49頁。

要》、劉師培《中古文學史講義》媲美。"①足以當之。

（二）黃節《詩律》論杜詩

《詩律》，主要針對五言和七言的近體詩的格律而論，自序中說："予説詩大學，既舉《三百篇》以下及漢魏六朝詩爲諸生講解，使從事於古詩，惟於詩律未遑深論也。諸生復有請者，乃析五七言律詩而成兹編。"其解析精微真是鞭辟入裏，批郤導窾。他引杜甫詩句"詩律群公問"，推測當時已失平仄之變：

> 其在詩律，猶屬淺然，劉勰云："聲有飛沉，響有雙疊。"飛沉云者，即輕重之謂也。雙疊云者，即雙聲疊韵也。輕重雙疊，寓乎平仄之中，唐賢視之甚重，故杜詩極平仄之變，而雙疊至多（周春有《杜詩雙聲疊韵譜》），其詩云："晚節漸於詩律細。"宋以後知者罕矣。②

黃節的這段議論是針對沈括的觀點而發的：

> 沈存中曰："詩第二字仄入謂之正格，第二字平入謂之偏格。"沈氏只舉五言律詩爲例，謂唐賢多用正格，蓋比較昔人所用平仄調之多寡，以定偏、正之名。兹譜竊有取於沈氏之言也。③

故而，《詩律》舉杜詩最多，從中可以見出黃節杜詩學思想的一些方面。

1. 五言律詩正格之恒調，所舉杜甫詩例：

起句：

---

① 韓嘉祥《出版題記》引，《詩學詩律講義》，第 2 頁。
② 黃節《詩律·序》，見氏著《詩學詩律講義》，第 64 頁。
③ 黃節《詩律·序》，見氏著《詩學詩律講義》，第 64 頁。

> 東郡趨庭日，南樓縱目初。
> 白露黃粱熟，分張素有期。①

次聯：

> 浮雲連海岱，平野入青徐。
> 已應春得細，頗覺寄來遲。②

三聯：

> 孤嶂秦碑在，荒城魯殿餘。
> 味豈同金菊，香宜配綠葵。③

結句：

> 從來多古意，臨眺獨躊躇。
> 老人他日愛，正想滑流匙。④

上譜恒調，起句二調，次聯二調，三聯二調，結句二調，全選杜詩。

2. 五言律詩正格之變調，所舉杜甫詩例：

起句：

---

① 分見杜甫《登兗州城樓》《佐還山後寄三首（其二）》詩。
② 分見杜甫《登兗州城樓》《佐還山後寄三首（其二）》詩。
③ 分見杜甫《登兗州城樓》《佐還山後寄三首（其二）》詩。
④ 黃節《詩律一》，見氏著《詩學詩律講義》，第 23 頁。分見杜甫《登兗州城樓》《佐還山後寄三首（其二）》詩。

　　　　　胡馬大宛名，鋒稜瘦骨成。

又二：落日在簾鈎，溪邊春事幽。

又三：涕泪不能收，哭君餘白頭。

又四：落日放船好，輕風生浪遲。

又五：江水最深地，山雲薄暮時。

又七：光細弦欲上，影斜輪未安。

又九：孤雁不飲啄，飛鳴聲念群。

又十：小雨夜復密，回風吹早秋。

又十二：野寺江天豁，山扉花竹幽。

又十三：夜醉長沙酒，曉行湘水春。①

次聯：

　　　　　清新庾開府，俊逸鮑參軍。

又二：客居愧遷次，春色漸多添。

又三：青錢買野竹，白幘岸上皋。

又四：世人共鹵莽，吾道屬艱難。

又八：不成向南國，復作遊西川。②

三聯：

　　　　　冉冉柳枝碧，娟娟花蕊紅。

────────

　　①　黃節《詩律一》，見氏著《詩學詩律講義》，第68—71頁。分見杜甫《房兵曹胡馬》《落日》《重題》《陪貴公子丈八溝携妓納涼晚際遇雨二首（其一）》《薄暮》《初月》《孤雁》《夜雨》《遊修覺寺》《發潭州》等詩。

　　②　黃節《詩律一》，見氏著《詩學詩律講義》，第72—74頁。分見杜甫《春日憶李白》《入宅三首（其一）》《北鄰》《空囊》《自閬州領妻子却赴蜀山行三首（其一）》等詩。

又二：老去一杯足，誰憐屢舞長。

又三：暮景巴蜀僻，春風江漢清。

又四：短日行海嶠，寒山落桂林。

又五：河漢不改色，關山空自寒。

又六：草木歲月晚，關河霜雪清。

又七：暫屈汾陽駕，聊飛燕將書。

又八：賈傅才何有，褚公書絕倫。①

結句：

何當擊凡鳥，毛血灑平蕪。

又二：故人得佳句，獨贈白頭翁。

又三：人生五馬貴，莫受二毛侵。

又四：別離已昨日，應見故人情。②

上譜變調，起句凡十六調，選杜詩十調；次聯凡九調，選杜詩五調；三聯凡九調，選杜詩八調；結句凡八調，選杜詩四調。

3. 五言律詩偏格之恒調，所舉杜甫詩例：

起句：

風林纖月落，衣露淨琴張。

---

① 黃節《詩律一》，見氏著《詩學詩律講義》，第 75—76 頁。分見杜甫《奉答岑參補闕見贈》《臺上得涼字》《送李卿曄》《哭李常侍嶧二首（其一）》《初月》《送遠》《收京三首（其一）》《發潭州》等詩。

② 黃節《詩律一》，見氏著《詩學詩律講義》，第 77—79 頁。分見杜甫《畫鷹》《奉答岑參補闕見贈》《送賈閣老出汝州》《送遠》等詩。

次聯：

　　暗水流花徑，春星帶草堂。

三聯：

　　檢書燒燭短，看劍引杯長。

結句：

　　詩罷聞吳詠，扁舟意不忘。①

上譜起句二調，舉杜詩一調；次聯二調，舉杜詩一調；三聯二調，舉杜詩一調；結句二調，選杜詩一調。

4. 五言律詩偏格之變調：

起句，此調之變，在首句第五字，蓋從恒調第三聯出句之第五字變平而成。杜甫未多見。

　　　　又二：華亭入翠微，秋日亂清暉。
　　　　又三：河間尚征戍，汝骨在空城。
　　　　又四：昔聞洞庭水，今上岳陽樓。
　　　　又五：花飛有底急，老去願春遲。
　　　　又六：幸因腐草出，敢近太陽飛。
　　　　又七：蕭蕭古塞冷，漠漠秋雲低。
　　　　又九：無家對寒食，有淚如金波。

① 黃節《詩律二》，見氏著《詩學詩律講義》，第80—81頁。俱見杜甫《夜宴左氏莊》詩。

又十：夜深露氣清，江月滿江城。①

次聯：

　　　　　　枕簟入林僻，茶瓜留客遲。
又二：平地一川穩，爲山四面同。
又三：不息豺狼亂，空慚鴛鷺行。
又七：冰雪鶯難至，春寒花較遲。②

三聯：

　　　　　　淹留問耆宿，寂寞向山川。
又三：隨風隔幔小，帶雨傍林微。
又四：世情只益睡，盜賊敢忘憂。
又五：時危未授鉞，勢屈難爲功。
又六：十年殺氣盛，六合人烟稀。
又八：暫遊阻詞伯，卻望懷青關。③

結句：

---

① 黄節《詩律二》，見氏著《詩學詩律講義》，第 83—84 頁。分見杜甫《重題鄭氏東亭》《不歸》《登岳陽樓》《可惜》《螢火》《秦州雜詩二十首（其十一）》《一百五日夜對月》《玩月呈漢中王》等詩。
② 黄節《詩律二》，見氏著《詩學詩律講義》，第 83—84 頁。分見杜甫《巳上人茅齋》、《自瀼西荆扉且移居東屯茅屋四首》（其一、其五）、《人日二首》（其一）等詩。
③ 黄節《詩律二》，見氏著《詩學詩律講義》，第 88—90 頁。分見杜甫《過宋員外之問舊莊》《螢火》《村雨》《寄贈王十將軍承俊》《北風》《暫如臨邑，至㟙山湖亭，奉懷李員外，率而成興》等詩。

　　　　莫守鄞城下,斬鯨遼海波。
　　又五:牛女年年渡,何曾風浪生。①

此譜起句十二調,舉杜詩四調;次聯十調,舉杜詩二調;三聯九調,
舉杜詩三調;結句八調,舉杜詩一調。

　　黃節在《詩律三》中說:五言律詩拗格,分正格拗起句體、偏格
拗起句體、正格拗次聯體、偏格拗次聯體、正格拗三聯體、偏格拗三
聯體、正格拗結句體、偏格拗結句體、正格拗中二聯體、偏格拗中二
聯體、前正後偏半拗體、前偏後正半拗體、一正一偏互拗體、一偏一
正互拗體、入句俱平俱仄體等,杜詩均未見。

　　黃節在談七律調譜時說:

　　　　梁公濟《冰川詩式》七言律詩平仄式一門,以起句第二字
　　仄入爲正格,平入爲偏格,與五律同。日本中井積善曰:"詩本
　　於五言,加兩字於五律以爲七律。"今試於七律平起詩去上兩
　　字,宛然正格五律矣;仄起詩去上兩字,宛然偏格五律矣。七
　　絕亦然。故七言第二字分正、偏,與五言相反。觀《唐詩品彙》
　　全部七律平起者過五百首,仄起者不及二百首,可以定正、偏
　　之數矣。蓋有於中井氏之言也。②

　　下面是舉例分談各調。

　　1. 七言律詩正格之恒調,所舉杜甫詩例:

　　起句:

---

　　①　黃節《詩律二》,見氏著《詩學詩律講義》,第90—91頁。分見杜甫《觀
兵》《天河》等詩。

　　②　黃節《詩律四》,見氏著《詩學詩律講義》,第109頁。

崆峒使節上青霄,河隴降王款聖朝。
昆明池水漢時功,武帝旌旗在眼中。

次聯:

宛馬總肥春苜蓿,將軍只數漢嫖姚。
織女機絲虛夜月,石鯨鱗甲動秋風。

三聯:

陳留阮瑀誰爭長,京兆田郎早見招。
波漂菇米沉雲黑,露冷蓮房墜粉紅。

結句:

麾下賴君纏併入,獨能無意向漁樵。
關塞極天惟鳥道,江湖滿地一漁翁。①

四聯調式所舉全用杜詩例。

2. 七言律詩正格之變調,所舉杜律如下:

起句:

天門日射黃金榜,春殿晴曛赤羽旗。
又二:寒輕市上山烟碧,日滿樓前江霧黃。
又三:重陽獨酌杯中酒,抱病起登江上臺。

---

①　黃節《詩律四》,見氏著《詩學詩律講義》,第 110 頁。俱見杜甫《贈田九判官梁丘》《秋興八首(其七)》。

又四：洛城一別四千里，胡騎長驅五六年。

又七：青簾白舫益州來，巫峽秋濤天地回。

又八：青蛾皓齒在樓船，橫笛短簫悲遠天。①

此變凡十二調，舉杜詩六例。

次聯：

澗道餘寒歷冰雪，石門斜日到林丘。

又二：逐客雖皆萬里去，悲君已是十年流。

又五：昔去爲憂亂兵入，今來已恐鄰人非。

又七：客子入門月皎皎，誰家擣練風淒淒。②

所舉凡八調，舉杜詩四例。

三聯：

腐儒衰晚謬通籍，退食遲回違寸心。

又四：不貪夜識金銀氣，遠害朝看麋鹿遊。③

所舉凡八調，舉杜詩二例。

結句：

---

① 黃節《詩律四》，見氏著《詩學詩律講義》，第 111—113 頁。分見杜甫《宣政殿退朝晚出左掖》《十二月一日三首(其二)》《九日五首(其一)》《恨別》《送李八秘書赴杜相公幕》《城西陂泛舟》等詩。

② 黃節《詩律四》，見氏著《詩學詩律講義》，第 114—116 頁。分見杜甫《題張氏隱居二首(其一)》《寄杜位》《將赴成都草堂途中有作先寄嚴鄭公五首(其五)》《暮歸》等詩。

③ 黃節《詩律四》，見氏著《詩學詩律講義》，第 116—117 頁。分見杜甫《題省中壁》《題張氏隱居二首(其一)》等詩。

　　　　傳語風光共流轉，暫時相賞莫相違。

　　又二：此別應須各努力，故園猶恐未同歸。

　　又三：谷口子真正憶女，岸高瀼滑限西東。

　　又五：自是秦樓壓鄭谷，時聞雜佩聲珊珊。①

凡舉七調，舉杜詩三例。

　　3. 七言律詩偏格之恒調：

　　起句：

　　　　獻納司存雨露邊，地分清切任才賢。

　　次聯：

　　　　舍人退食收封事，宮女開函近御筵。

　　三聯：

　　　　曉漏追隨青瑣闥，晴窗點檢白雲篇。

　　結句：

　　　　揚雄更有河東賦，惟待吹噓送上天。②

─────────────

　　①　黃節《詩律四》，見氏著《詩學詩律講義》，第 118—120 頁。分見杜甫
《曲江二首（其二）》《送韓十四江東省覲》《江雨有懷鄭典設》《鄭駙馬宅宴洞
中》等詩。

　　②　黃節《詩律五》，見氏著《詩學詩律講義》，第 122—123 頁。俱見杜甫
《贈獻納使起居田舍人澄》詩。

凡舉四調，舉杜詩四例。

　　4. 七言律詩偏格之變調：

　　起句：

　　　　　　　　五夜漏更催曉箭，九重春色醉仙桃。

　　　　又二：蜀主窺吳幸三峽，崩年亦在永安宮。

　　　　又三：野老籬前江岸回，柴門不正逐江開。

　　　　又五：愛汝玉山草堂靜，高秋爽氣相鮮新。

　　　　又六：宓子彈琴邑宰日，終軍棄繻英妙年。①

凡舉六調，杜詩五例。

　　次聯：

　　　　　　　　映階碧草自春色，隔葉黃鸝空好音。

　　　　又二：一聲何處送書雁，百丈誰家上瀨船。

　　　　又三：舊來好事今能否，老去新詩誰與傳。

　　　　又五：承家節操尚不泯，爲政風流今在茲。

　　　　又六：階前短草泥不亂，院裏長條風乍稀。②

凡舉六調，杜詩六例。

　　三聯：

---

① 黃節《詩律五》，見氏著《詩學詩律講義》，第 124—125 頁。分見杜甫《奉和賈至舍人早朝大明宮》《詠懷古迹五首(其四)》《野老》《崔氏東山草堂》《七月一日題終明府水樓二首(其二)》等詩。

② 黃節《詩律五》，見氏著《詩學詩律講義》，第 126—127 頁。分見杜甫《蜀相》《十二月一日三首(其一)》《因許八奉寄江寧旻上人》《七月一日題終明府水樓二首(其二)》《雨不絕》等詩。

　　　　殊錫曾爲大司馬,總戎皆插侍中貂。

　　又二:秋水纔深四五尺,野航恰受兩三人。

　　又三:予見亂離不得已,子知出處必須經。

　　又五:束帶發狂欲大叫,簿書何急來相仍。①

凡舉六調,杜詩四例。

　　結句:

　　　　酒闌却憶十年事,腸斷驪山清路塵。

　　又三:可憐後主還祠廟,日暮聊爲梁父吟。

　　又五:年過半百不稱意,明日看雲還杖藜。②

凡舉六調,杜詩三例。

　　黃節在《詩律六》談及七言律詩拗格問題:七言律詩拗格,分正格拗起句體、偏格拗體起句體,分正格拗次聯體、偏格拗次聯體,分正格拗三聯體、偏格拗三聯體,正格拗結句體、偏格拗結句體,正格拗中二聯體、偏格拗中二聯體,前正後偏半拗體、前偏後正半拗體,一正一偏互拗體、一偏一正互拗體等。

　　1. 正格拗起句體即以杜甫《詠懷古迹五首》其二爲例:

　　　　搖落深知宋玉悲,風流儒雅亦吾師。

　　　　悵望千秋一灑泪,蕭條異代不同時。

　　　　江山故宅空文藻,雲雨荒臺豈夢思。

---

　　①　黃節《詩律五》,見氏著《詩學詩律講義》,第 127—128 頁。分見杜甫《諸將五首(其四)》《南鄰》《覃山人隱居》《早秋苦熱堆案相仍》等詩。

　　②　黃節《詩律五》,見氏著《詩學詩律講義》,第 129—130 頁。分見杜甫《九日》《登樓》《暮歸》等詩。

最是楚宫俱泯滅，舟人指點到今疑。①

2. 偏格拗三聯體即以杜甫《所思》爲例：

苦憶荆州醉司馬，謫官尊酒定常開。
九江日落醒何處，一柱觀頭眠幾回。
可憐懷抱向人盡，欲問平安無使來。
故憑錦水將雙泪，好過瞿塘灩澦堆。②

3. 前正後偏半拗體，即以杜甫《賓至》爲例：

幽棲地僻經過少，老病人扶再拜難。
豈有文章驚海内，漫勞車馬駐江干。
竟日淹留佳客坐，百年粗糲腐儒餐。
不嫌野外無供給，乘興還來看藥欄。③

4. 前偏後正半拗體，即以杜甫《嚴公仲夏枉駕草堂，兼携酒饌，得寒字》爲例：

竹裏行廚洗玉盤，花邊立馬簇金鞍。
非關使者徵求急，自識將軍禮數寬。
百年地僻柴門迥，五月江深草閣寒。
看弄漁舟移白日，老農何有罄交歡。④

---

① 黃節《詩律六》，見氏著《詩學詩律講義》，第 133 頁。
② 黃節《詩律六》，見氏著《詩學詩律講義》，第 136 頁。
③ 黃節《詩律六》，見氏著《詩學詩律講義》，第 139 頁。
④ 黃節《詩律六》，見氏著《詩學詩律講義》，第 140 頁。

5. "入句俱平俱仄體"幾種情況全舉杜詩,只"後半俱平"一例用王維詩(略)。

起句俱平:

> 浣花溪水水西頭,主人爲卜林塘幽。
> 已知出郭少塵事,更有澄江銷客愁。
> 無數蜻蜓齊上下,一雙鸂鶒對沉浮。
> 東行萬里堪乘興,須向山陰上小舟。

次聯俱仄:

> 西嶽崚嶒竦處尊,諸峰羅立似兒孫。
> 安得仙人九節杖,拄到玉女洗頭盆。
> 車箱入谷無歸路,箭栝通天有一門。
> 稍等西風涼冷後,高尋白帝問真源。

三聯俱仄:

> 愛汝玉山草堂靜,高秋爽氣相鮮新。
> 有時自發鐘磬響,落日更見漁樵人。
> 盤剝白鴉谷口栗,飯煮青泥坊底芹。
> 何爲西莊王給事,柴門空閉鎖松筠。

結句俱平:

> 春日春盤細生菜,忽憶兩京梅發時。
> 盤出高門行白玉,菜傳纖手送青絲。
> 巫峽寒江那對眼,杜陵遠客不勝悲。

此身未知歸定處,呼兒覓紙一題詩。

前半俱平:

披垣竹埤梧十尋,洞門對霤常陰陰。
落花遊絲白日靜,鳴鳩乳燕青春深。
腐儒衰晚謬通籍,退食遲回違寸心。
袞職曾無一字補,許身愧比雙南金。①

《詩律》部分所舉律詩如上。陳三立評其《蒹葭樓詩》:"七律疑尤勝,效古而莫尋轍遠。必欲比類,於後山(陳師道)爲近,然有過之無不及也。"②我們以爲,所論很對。陳師道作爲"江西詩派"之一宗,亦學杜,黃節七律乃通過陳師道而學杜詩,可見作爲古今七律第一的杜律的影響。

三、吳宓對杜詩學的貢獻

二十世紀八十年代以來,吳宓成爲學術界研究的熱點,其原因較爲複雜,此不多言,下文僅就其杜詩學成就加以評析。吳宓集學者、詩人於一身,他的文學觀念是古典主義的,認爲文學是人生的表現,要與道德緊密聯繫;在文學創作上,他主張摹仿説、"三境説"、格律説;在文學作品的内質與形式關係上,强調形質並重;文學的審美理想要求真實、自然;等等。這種古典主義的文藝思想決定了他對杜甫及其詩歌的偏愛。吳宓在《學衡》雜志(第 9 期,1922年 9 月)刊載的《詩學總論》裏談到了"詩之定義":"詩者以切摯高

---

① 黄節《詩律六》,見氏著《詩學詩律講義》,第 142—144 頁。五詩分別是杜甫《卜居》《望岳》《崔氏東山草堂》《立春》《題省中壁》。

② 韓嘉祥《出版題記》引,見《詩學詩律講義》,第 3 頁。

妙之筆,具有音律之文,表示生人之思想情感者也。"杜詩是完全符合他這一"詩之定義"的。下面援引吳宓與蕭公權的唱和詩,來初步展示吳宓的形象及杜甫給予他的影響。

1944 年夏天,兩人在成都燕京大學會面。蕭公權在賀吳宓五十"生朝"賦詩兩首表祝壽之意①,其一有云:"杜陸遐踪今有迹,風流儒雅亦吾師(詩人自注:杜公句)。"其二又云:"詩健別從新境闢,道高猶許後生聞。"吳宓在《賦答公權二首》詩中,寫有"惟狂思作聖,向道能貴仁;一往殉情意,感君知我真"的詩句②,體現了友人對吳宓"道高"形象的認定和吳宓對自我期許"作聖"、"向道"與"貴仁"形象的體認。

(一)《吳宓詩話》《吳宓詩集》中的杜詩學

吳宓是"學衡派"的中堅人物,以文化保守主義者自居,對新文學運動、白話詩持反對的立場,他對杜甫的接受在舊派人物中相當具有典型性。吳宓與杜甫的關係,關涉多個方面,總結起來,包括與杜甫的厚緣、對杜甫人格精神的繼承、對杜甫詩歌的借鑒等。《吳宓詩話》中反復談論杜甫及其詩歌,《吳宓詩集》中化用杜詩、歌詠杜甫也是常事。在我們看來,悲天憫人、憂國憂民、宏揚儒道、天涯漂泊等是其主要內容。

---

①　按:吳宓生於光緒二十年七月二十日,恰是公元 1894 年 8 月 20 日。則吳宓五十生期,時爲 1944 年 8 月 20 日。

②　蕭公權《問學諫往錄——蕭公權治學漫憶》,學林出版社 1997 年版,第 166—167 頁。又見《吳宓詩集》,第 407—408 頁。蕭公權(1897—1981),原名篤平,字公權。江西泰和人。1915 年 6 月加入南社。1920 年清華學校畢業,留學美國,1926 年獲康奈爾大學哲學博士學位。歸國後,歷任南方大學、國民大學、南開大學、東北大學、燕京大學、清華大學、四川大學、華西大學教授。1948 年秋,任臺灣大學教授。同年當選中央研究院院士。次年秋赴美,任華盛頓大學教授,直至 1968 年退休。病逝於美。著有《中國政治思想史》等。

1.《吳宓詩話》中的杜詩學

　　吳宓常常說自己最欣賞古希臘人的兩句格言"to know thyself"（貴自知）和"never too much"（勿過甚）。其實，這就是儒家的忠恕、溫柔敦厚。這種詩學思想、詩學理念在他的《吳宓詩話》中有較爲集中的展示，主要表現爲"憂國憂民"。

　　如他這樣來說杜甫的傷世、陸游的憂時：

　　　　古者屈原賈生，狂之最著者。次如杜少陵之傷世，陸劍南之憂時，狂也。①

他這樣來說杜甫、陸游的"憂國憂民"、"因公忘私"：

　　　　夫詩之公私廣狹，應視作者之懷抱如何，而不可以題目字面定之者也。凡爲真詩人，必皆有悲天憫人之心，利世濟物之志，憂國憂民之意。蓋由其身之所感受而然，非好爲鋪張誇誕也。如杜工部，如陸放翁，細讀其詩，則謂之因公忘私也可。②

吳宓同時從"詩史"角度談論之：

　　　　世有先我而作者，則亦可一洗吾國詩人重私忘公之妄識矣。抑又有言者，古來詩史，如杜工部、李義山之類，皆待後人

---

① 吳宓著，吳學昭整理《餘生隨筆》之一一"詩人之狂"，《吳宓詩話》，第24頁。趙案：《餘生隨筆》爲作者在北京清華學校求學時所作，原登1915年9月至1916年4月出版的《清華周刊》第48—72期。

② 吳宓著，吳學昭整理《餘生隨筆》之二三"詩之公私廣狹，視作者之懷抱如何"，《吳宓詩話》，第34頁。

爲之箋注。引據史事，述明意旨，而後讀者乃盡解之。①

吳宓在肯定杜詩"集大成"的同時，看到了杜詩在中國詩歌史中承上啓下的歷史作用，即從"貴族派"到"平民派"的轉捩作用：

> 以詩一道言之，唐以前詩，貴族派也。宋詩則平民派也。以唐一代之詩言之，初唐四子，皆貴族派也。至開元天寶而大變，杜工部集詩之大成，蓋當此轉移之會，取貴族派之詞華，入以平民派之情理。如白香山，則已純然平民派。世稱其詩老嫗都解。此其間仍見如上之步驟。若唐末纖巧相尚，詩體卑靡，此則適成其爲衰世之詩，亂亡之徵。烏得語於貴族派，而尤遠乎於平民派也。②

吳宓以杜甫《兵車行》爲例談詩的內容與民心的關係：

> 國與種雖有別，而其詩之內容不異。詩人之喜怒哀樂，爲凡人類所同具。故謂中國詩多愁苦者，知其一、不知其二也。彼蓋唯讀杜甫《兵車行》，未見《無衣》同袍諸篇，未見唐人出塞之作，更未見陸劍南慷慨投筆、志切恢復之壯語也。且詩爲社會之小影，詩人莫不心在斯民。
> 杜工部有詩聖之稱，以其爲國憂民之心，尚非餘人所能及耳。③

---

① 吳宓著，吳學昭整理《餘生隨筆》之二三"詩之公私廣狹，視作者之懷抱如何"，《吳宓詩話》，第35頁。

② 吳宓著，吳學昭整理《餘生隨筆》之三〇"詩文隨時勢爲變遷"，《吳宓詩話》，第40頁。

③ 吳宓著，吳學昭整理《餘生隨筆》之三一"詩效至偉"，《吳宓詩話》，第41頁。

　　吳宓從唐史與杜詩的關係來談杜詩的史料價值,並高度評價杜詩看似"自然"、實是"慘澹經營"的審美價值:

　　　　詩中材料,多係本國之歷史國情,及當時之事迹、群衆之習尚、作者之境遇;凡此,非熟知之,詳解之,則不能領悟詩之妙義。例如未讀唐史者,決不能瞭解杜詩。
　　　　杜詩云:"美人細意熨貼平,裁縫減盡針綫迹。"凡詩文佳構,看來最自然者,其作出也必最費力。蓋慘澹經營、鍛煉爐錘之後,方能斟酌盡善。去蕪詞,除鄙想。他人讀之,以爲神來之筆,而不知其匠心久運也。他人以爲純出天籟,而不知其有意摹仿也。①

吳宓肯定杜詩的"集其大成"及革新性作用,同時不忘挖苦一下"文學革命"者:

　　　　絢爛之極,歸於平淡。故文章雕琢過甚,則必有作者出,一洗故套,返於清新。此在中西文學史上,常見不鮮,毫不足爲異。如齊梁之後,至唐初王楊盧駱當時體盛行,於是有陳子昂之高亢。其後杜工部別開天地,集其大成。……"文學革命"本不成語,(譬如吃飯坐椅,今日"吃椅",可乎?)即暫予通假,而究其實事,則所宜尊爲文學革命之元勛者,當爲杜工部、韓文公之流,應如何頂禮而崇祀之。反是則爲倒行逆施,矛盾甚矣。②

---

　　① 吳宓著,吳學昭整理《英文詩話》(本篇1920年初秋寫成,原載1920年秋季《留美學生季刊》第七卷第二號),《吳宓詩話》,第49頁。
　　② 吳宓著,吳學昭整理《英文詩話》,《吳宓詩話》,第51頁。

　　吳宓以杜甫爲例,强調了"博學行德"、"揣摩諳練"的重要性,這樣纔可"以求得韵律格調之美":

　　　　故善爲詩者,既博學行德,以自成其思想感情之美,更揣摩諳練,以求得韵律格調之美。夫然後其所作乃璀璨深厚,光焰萬丈。中國之屈原、杜甫,西方之但丁、彌爾頓,皆是也。①

　　吳宓又以杜詩爲例,闡明"加倍寫法"的審美效果,並譽之曰"切摯(Intense)之筆":

　　　　所謂切摯(Intense)之筆者,猶言加倍寫法,或過甚其詞之謂。……又如杜甫之"窮年憂黎元,嘆息腸内熱。取笑同學翁,浩歌彌激烈。"又"誰能久不顧,庶往共飢渴。入門聞號咷。幼子餓已卒。吾寧捨一哀,里巷亦鳴咽。"是切摯之筆也。②

　　吳宓又以杜詩爲例,分"寫人"、"寫事"、"寫景"、"寫物",闡明"提高一層寫法"的審美效果,並譽之曰"高妙(Elevated)之筆":

　　　　所謂高妙(Elevated)之筆者,猶言提高一層寫法。……略舉數例。如杜甫之"摘花不插鬢,采柏動盈掬。天寒翠袖薄,日暮倚修竹。"此寫人筆法之高妙也。"翻身向天仰射雲,一笑正墜雙飛翼。明眸皓齒今何在,血污遊魂歸不得。清渭東流

---

　　①　吳宓著,吳學昭整理《詩學總論》(本篇原載 1922 年 9 月《學衡》雜志第 9 期),《吳宓詩話》,第 64 頁。
　　②　吳宓著,吳學昭整理《詩學總論》,《吳宓詩話》,第 64 頁。

劍閣深，去住彼此無消息。"此寫事筆法之高妙也。"錦江春色
來天地，玉壘浮雲變古今。"又"無邊落木蕭蕭下，不盡長江滾
滾來。"此寫景筆法之高妙也。"數回細寫愁腸破，萬顆渾圓訝
許同。"又"此皆騎戰一敵萬，縞素漠漠開風沙。其餘七匹亦殊
絕，迥若寒空動烟雪。"此寫物筆法之高妙也。[①]

吳宓强調"以新材料入舊格律"的重要性，提倡以"宜以杜工爲
師，而熔鑄新材料以入舊格律"：

作詩之法，須以新材料入舊格律。……所謂以新材料入舊
格律之法，古今東西之大作者，無不行之，此其所以爲大作者
也。例如杜工部所用之格律，乃前世之遺傳，並世之所同。然
王楊盧駱只知蹈襲齊梁之材料，除寫花寫景寫美人寫遊樂以
外，其詩中絶少他物。杜工部則能以國亂世變，全國君臣兵民
以及己身之遭遇，政治軍事社會學藝美術諸端，均納入詩中。
此其所以爲吾國古今第一詩人也。（李白亦文學改革家。然
以李與杜較，則李之材料枯窘，多篇如一。故其詩常有重複之
病，真在杜下，不待辯矣。）今欲改良吾國之詩，宜以杜工部爲
師，而熔鑄新材料以入舊格律。[②]

王静安自沉，吳宓"欲仿杜甫《八哀》詩"，亦可見杜甫的影響：

王静安先生於丁卯五月初三日自沉於頤和園之魚藻軒。
一時哀挽者極多，宓僅成短聯。嘗欲仿杜甫《八哀》詩，爲詩述

<hr />

① 　吳宓著，吳學昭整理《詩學總論》，《吳宓詩話》，第65—66頁。
② 　吳宓著，吳學昭整理《論今日文學創造之正法》（原載1923年3月《學
衡》雜志第15期），《吳宓詩話》，第98頁。

諸師友之學行志誼，久而未成，所列八賢，乃已先後作古人矣。①

黃公度（遵憲）先生乃近世中國第一詩人，吳宓多年恒持此論。今試析言黃公度先生偉大崇高之故，約有五端。略云：（1）黃先生性情篤摯，忠厚惻怛，具詩人之本質。（2）黃先生精力彌滿，學積廣博，通古今中外之故。（3）黃先生洞明世界大勢，先機察變，愛國保種。（4）黃先生之詩，多詠國事，少叙私情，不愧爲詩史，可稱民族詩人。（5）黃先生以新材料入舊格律之主張，不特爲前此千百詩人所未能言，所未敢言，且亦合於文學創造之正軌，可作吾儕繼起者之南針。

吳宓接着説，這五條，亦即杜工部所以偉大崇高之故：

杜工部爲古來中國第一大詩人，而黃公度先生爲近世中國第一大詩人，此一貫之理也。又以其偉大崇高，故均可云正宗。然若細究黃公度先生所受古昔詩人之影響，則可得四源。一曰漢魏樂府。二曰杜工部。三曰吳梅村。四曰龔定盦。②

吳宓不僅自己作《翁將軍歌》，還高度評了友人常乃惪的同題作：

氣格高古，旨意正大。深厚而沉雄，通體精煉，無懈可擊。

---

① 吳宓著，吳學昭整理《空軒詩話》之一一《王國維詠史詩》，《吳宓詩話》，第 192 頁。
② 吳宓著，吳學昭整理《空軒詩話》之一九《黃遵憲》，《吳宓詩話》，第 206—207 頁。

其序係仿杜甫《同元使君春陵行》，其詩亦直追少陵及唐賢。①

需知，杜甫曾寫《春陵行》《賊退示官吏》二詩，稱讚元結是"知民疾苦"、"憂黎庶"的棟梁之材，希望朝廷重任，以偃甲兵、安黎民。此時彼時，國難相若也，宜"追少陵"也。

多災多難之時，愈見杜詩的價值，就連這時出版的詩集也來自杜詩：

> 自"九一八"國難起迄今，王君(越)所作長詩不少(曾選登《大公報·文學副刊》各期)。去年(民國二十三年)自編印成一集，曰《撫時集》，蓋取杜甫"感時撫事增悲傷"(《公孫大娘舞劍器行》)之意。②

吳宓自己評價説："宓一生效忠民族傳統文化，雖九死而不悔；一生追求人格上的獨立、自由，追求學術上的獨立、自由，從不人云亦云。"③這在他的詩論中有突出的表現。

2.《吳宓詩集》中的杜詩學

英國著名詩人、批評家馬修·阿諾德很受吳宓推崇，他曾自説"我本東方阿諾德"。阿諾德有一句名言"Poetry is at bottom a criticism of life"，魯迅在《摩羅詩力説》裏譯爲"詩爲人生之評騭"。吳宓的詩作也可以視爲其"人生之評騭"。吳宓在文章中多次高度贊賞杜甫的人格精神："杜工部有詩聖之稱，以其爲國憂民之心，尚

---

① 吳宓著，吳學昭整理《空軒詩話》之四〇《常乃悳翁將軍歌與論新詩》，《吳宓詩話》，第 239 頁。

② 吳宓著，吳學昭整理《空軒詩話》之四三《王越》，《吳宓詩話》，第245 頁。

③ 劉達燦《國學大師吳宓漫談録》引，新疆人民出版社 2003 年版，第161 頁。

非餘人所能及耳。""凡爲真詩人,必皆有悲天憫人之心,利世濟物之志,憂國恤民之意。蓋由其身之所感受而然,非好爲鋪張誇誕也。如杜工部,如陸放翁,細讀其詩,則謂之因公忘私可也。"①

探究吳宓生平,可以看出杜甫的人格精神已經内化爲他自身内在的精神氣質,外顯爲一生的處事原則。吳宓説,一個人"富於想象力和同情心(imaginative sympathy),善能設身處地……於是其人能忠恕,且能爲無私的奉獻"②。這種"忠恕"乃至"能爲無私的奉獻"貫穿在吳宓的一生中。如袁世凱恢復帝制時,吳宓連續寫下《哀青島》《五月九日即事感賦示柏榮》《秋日雜詩二十首》《感事八首》《春日感事》(八首)等詩篇,記録了袁世凱篡權、簽訂"二十一條"出賣青島利益、蔡鍔雲南起義一系列事件,對袁世凱的倒行逆施進行抨擊。又如抗日戰爭爆發後,吳宓所作詩篇幾乎篇篇都與國事相連,或隱或顯地表達了他憂傷國事的心情,可謂詩體的抗戰史。而《五月九日即事感賦示柏榮》一篇,"起首雄健,頗與李長吉相埒。'九州局殘驚劫急,白日沉昏海水立'之立字,令人披靡。與子美謁白帝城'空山立鬼神'之句,二立字,如在其上,如在其左右。"③

與杜甫安史之亂及之後的藩鎮割據時期的詩歌諸如《悲青坂》、《悲陳陶》、"三吏"、"三别"、《北征》等極爲相似,表現出强烈的愛國情懷。在中華人民共和國成立之際,吳宓既不願流落海外,做二等公民,也不願追隨蔣介石去臺灣,拳拳愛國之心與杜甫一脉相承。對於普通百姓的疾苦,吳宓除在詩歌中表達同情外,還身體

---

① 吳宓著,吳學昭整理《餘生隨筆》之二三"詩之公私廣狹,視作者之懷抱如何",《吳宓詩話》,第 34 頁。

② 趙瑞蕻《我是吳宓教授,給我開燈》,見氏著《離亂弦歌憶舊遊》,湖北人民出版社 2008 年版,第 92 頁。

③ 吳芳吉《讀雨僧詩稿答書》(民國四年八月十五日),吳宓著,吳學昭整理《吳宓詩集》之《序跋》,商務印書館 2004 年版,第 7 頁。趙案:"空山立鬼神",乃杜甫的《謁先主廟》詩句。

力行，一生扶貧濟困，經常資助窮困學生和友人。在自己工資被減至只能維持基本生活的程度時，還堅持資助他人，與杜甫對下層人民的平等博愛情懷一脈相承。

吳宓對杜甫詩歌的借鑒表現在多個方面。吳宓尊杜甫爲"古來中國第一大詩人"，在詩歌創作中也以杜甫爲學詩的最高典範，他於《吳宓詩集》之"自識"說："吾於中國之詩人，所追摹者三家。一曰杜工部，二曰李義山，三曰吳梅村。以天性所近，學之自然而易成也。"此外，吳宓還十分推崇顧亭林，從現存資料上看，除杜甫外，顧炎武與吳梅村對吳宓的影響最深。顧炎武於詩最推尊杜甫，一生精研杜詩，並刻意追摹。因而，吳宓專門評注了《顧亭林詩集》，已於 2012 年由人民文學出版社出版。吳梅村則最成功地繼承了杜甫所開創的"詩史"傳統。吳宓在詩作中推尊杜甫，如："杜陵忠愛誰能似，千古争傳詩史名。"（《論詩絕句》其一）"孤危見忠誠，詩聖杜子美。許身一何愚，高山終仰止。"（《海行雜詩二十首》其十九）"喪亂干戈懷杜老。"（《西征雜詩》其十九）他的朋友學生也每以杜甫許之，如："正值西遷可痛時，山居得誦少陵詩。"（劉壽嵩《讀壁報大劫三詩恭呈雨僧師》）"開卷幾番見杜老，傾心當代仰鄉賢。"（馮繩武《敬題吳宓詩集後》）"杜陵詩筆挽狂瀾，一代儒宗仰大觀。"（趙仲邑《奉贈雨僧師》）"彩筆更思追杜甫。"（鄧平巖《呈贈雨公教授》其二）從學習的重點來看，吳宓特別贊賞杜甫憂國憂民、悲天憫人的思想和勇於擔當的精神。從接受杜甫影響程度的時間段來看，以抗日戰争期間受影響最深，因爲這時二人的遭遇最爲接近，都是顛沛流離，長期漂泊，吳宓逃難的路綫及所到之處也與杜甫多有重合，加上吳宓在抗戰期間不斷讀誦杜詩。從接受途徑上看，吳宓受姑丈陳濤影響頗深，崇唐詩，不喜宋詩："宓夙不喜江西派之宋詩。"他學習杜甫也主要接受其與"唐詩富於想象，重全部之領略，渾融包舉"相契合之處，從語言上看，學習杜甫以俗語入詩，又化俗爲雅，參以散文筆法，得杜詩於淺近平易中寓山高水深的優長。陳濤是康有爲的門人,康爲陳的詩集《審安齋詩集》作序云:陳濤詩類元好問,"沉痛飛驚,歌泣纏營。哀屬幽情,悱惻芳馨。……杜少陵曰'賦詩何必多,往往凌鮑謝'。陝士多質,而伯瀾華嚴若是。……士生亂世,懷抱珠玉,沉屈下僚。或爲諸侯賓客,不能展才用。抑鬱磊落,窮愁放歌,不過聊自娛耳。然後世諷少陵玉谿之詩,浴日月而麗雲漢者。""伯瀾詩之雄健學少陵,綿麗學玉谿,而神似遺山,遇合亦同之。"①

　　吳宓之學杜經歷了"摹仿"之"形似"到"神似"的變化過程。早年,吳宓對杜詩的學習模仿可謂殫精竭慮,苦心孤詣。突出表現在引用、化用杜詩,用杜詩中字詞,摹仿杜詩章法、句法,摹仿杜詩調高聲洪、雄渾高壯的風格等。如其《鉅鹿懷古》的結尾,乃是學"子美《秋興》八首之'回首可憐歌舞地,秦中自古帝王州'。其收結何等魄力!"②又如《聞學界風潮有感》其二:"殺身寧可辱,唾面競無情。鞭笞良馬賤,鈞羽異才輕。"化用杜甫《三韻三篇》"高馬勿唾面,長魚無損鱗。辱馬馬毛焦,困魚魚有神"句,這是吳宓 1908年 14 歲時作的詩,已經開始嘗試運用杜詩典故了。《論詩絕句》襲用杜甫《戲爲六絕句》用七絕組詩的形式以詩論詩,並將杜甫置於篇首位置:"風雅原從至性生,美人香草盡閒情。杜陵忠愛誰能似,千古争傳詩史名。"拈出"忠愛"、"詩史"來概括杜詩的價值,這也正是他日後學習杜甫的重點。《石鼓歌》繼承了由杜甫《李潮八分小篆歌》開啓的,韓愈、蘇軾的同名詩作中以"物"爲載體追溯歷史滄桑,又在這種巨變中反襯出此物的永恒價值的詩歌傳統,風格雄

---

　　① 康有爲《審安齋詩集序》,吳宓著,吳學昭整理《吳宓詩集》卷一,第 27 頁。趙案:作序的時間,其落款:"辛酉八月二十五日夕,南海康有爲序。"考序中有云"吾戊戌遁海外","今二十餘年,世變日深",又署"辛酉",則時在 1921 年。
　　② 吳芳吉《讀雨僧詩稿答書》(民國四年八月十五日),吳宓著,吳學昭整理《吳宓詩集》之《序跋》,第 8 頁。

健蒼涼也頗似之。

吳宓《甲寅雜詩》三十首用杜典 13 處，如"懶對芳樽玩物華"用杜"且盡芳樽戀物華"（《曲江陪鄭丈八南史飲》），"中原豺虎尚縱橫"用杜"豺虎正縱橫"（《久客》），"涕淚風塵愁倦旅"用杜"海內風塵諸弟隔，天涯涕淚一身遙"（《野望》）等。用杜遣詞造句技巧 3 處，如"新來白起軍中將，空駐亞夫灞上營"仿杜甫"安得仙人九節杖，挂到玉女洗頭盆"（《望嶽》）的前二後五的字片語合方式，"青山滾滾依雲盡，黃葉蕭蕭帶雨來"仿杜甫"無邊落木蕭蕭下，不盡長江滾滾來"（《登高》）。《佳人》《古意》三首借鑒杜詩通首隱喻手法。《佳人》不僅承襲杜甫詩題，而且都是以象徵手法隱喻自己遺世獨立、潔身自好的品格，嘆無知音："時衰世亂嫁難成，抱璞懷貞空自守。"同是屈原"香草美人"比興傳統的承繼。《古意》其二："揮刀猛斫石，砉然生異光。頑石猶癡立，寶刀缺鋒鋩。"其三："鵬飛翼垂天，牛行膝依地。鵬足繫牛角，萬里何云致。"仿杜甫《遣興二首》"天用莫如龍"，以寓言的形式寄寓自己抱負難伸、孤獨無訴的情懷。

再如對杜詩"蒼茫"一詞的借用，以 1913 年至 1915 年之間最爲集中，達 11 處之多。杜詩用"蒼茫"一詞者如"此身飲罷無歸處，獨立蒼茫自詠詩"（《樂遊園歌》），"杜子將北征，蒼茫問家室"（《北征》），"蒼茫興有神"（《上韋左相二十韻》），"蒼茫步兵哭，展轉仲宣哀"（《秋日荊南述懷三十韻》），"蒼茫風塵際，蹭蹬騏驥老"（《奉贈射洪李四丈》）等，有時指空曠遼遠的景色，更多的則包含着悲歌慷慨的意緒，吐露自己憂時傷世和才大難爲用的百感交集的心曲，形成一種悲涼蒼勁的意境。吳宓詩句如"行途暮色蒼茫裏"（《太華》）、"蒼茫宇宙戰血渾"（《五月九日即事感賦示柏榮》）、"感是百憂集，蒼茫意何許"（《初秋感事》）、"歌思蒼茫獨立處，霜楓落葉滿庭中"（《秋日偶感》）、"自茲蒼茫心，乃與世情觸"（《二十初度》其二）、"蒼茫掉首哀吟處，滾滾江流夕照東"（《甲寅雜詩》其一）、"往事蒼茫歌俠少，新詞哀艷鑄騷愁"（《即事書懷賦贈真吾》其二）等，與杜詩用法相類。

　　這一時期，陳濤、饒麓樵兩位師長和吳芳吉、陳寅恪兩位朋友對吳宓有很大幫助，既指出吳宓學杜有所長進之處，又對於吳宓學杜的偏頗生硬處給予了不留情面的批評，推進了吳宓詩歌創作走向成熟。陳濤對於吳宓學杜影響最大，奠定了吳宓學杜偏重唐詩風格的整體基調。饒麓樵在點評吳詩時多次提醒吳宓對杜詩要細心揣摩，如對於吳宓《九月九日》一詩評曰："杜公善用拗，放翁學之，尚能得其仿佛。君詩好用拗，宜細味此二家。再君之詩多倔強語，宜學涪翁也。"在臨終前不久對《吳宓詩集》總評時說："選詩中如顏謝，唐人詩如杜陵，可多讀，益當深造有得。"吳芳吉直言不諱指出吳宓學杜的弊病，在《讀雨僧詩稿答書》中說："如'未能入世先遺世，豈必觸機始悟機'，與子美'戎馬不如歸馬逸，千家今有百家存'、'桃花細逐楊花落，黃鳥時兼白鳥飛'之句相似。但此類句法，最易生澀，不可取。又如子美《詠雞》'紀德名標五，初鳴度必三'之句，故意強合，皆宜棄之。""引用典故，宜含渾自如，不可牽強。《甲寅雜詩》三十首中，典故最多。如'兔死鳥飛剩只鴻'、'俗薄公輸羞智巧'、'人以親疏爲去取，黨分洛蜀自驚猜'諸句，皆不免牽強湊成。如'胡騎驚傳飛海嶠，漢廷競議棄珠崖'。此類經營，斯上上矣。玉谿昌谷之詩，最喜用典，其隱僻不可探測，不似子美明貴。玉谿輩若以引典爲作詩原料，子美僅以之點綴而已。"陳寅恪則多次提醒吳宓不要僅以唐詩爲限，要兼取宋詩之長。陳寅恪"總評"曰："（一）中有數句，不甚切落花之題。（二）間有詞句，因習見之故，轉似不甚雅。"又指出："大約作詩能免滑字最難。若欲矯此病，宋人詩不可不留意。因宋人學唐，與吾人學昔人詩，均同一經驗，故有可取法之處。尊意如何？總之，後四首甚好，遠勝前四首。"①吳宓本就對

①　陳寅恪《雨生落花詩評》，吳宓著，吳學昭整理《吳宓詩集》之《序跋》，第 14 頁。

詩歌創作無比用心，又得到嚴師諍友的指點，學杜逐漸拋開字詞、意象、章法等表層因素的摹仿，轉向更加深刻地體味杜甫的真摯性情與憂國憂民的情懷，追求沉鬱頓挫的美學風格和渾融無間的意境，筆法也日趨杜甫之老成渾厚，尤其是抗日戰爭之後，國難家仇，滿目瘡痍，加上自身顛沛流離的生活，使吳宓的詩歌雖然在用典上較前期遠遠減少，但在精神上更爲貼近杜詩，有些成功之作可算得上得杜詩之神了。如《流轉》詩："衡湘霧雨無乾土，滇越硫氛多瘴侵。遷客昔來恒怨死，間關群徙足傷心。中原淪陷歸難計，往事悲歡夢許尋。流轉苦荷情道責，緣空身老自悲吟。"《病中作》："鬱折平生態未頹，今年頓感我身衰。茫茫國難催人老，歷歷前塵着意悲。積病深思耽杜句，登樓乏力憶辛詞。逃形但慕清虛府，無可樂生死最宜。"《書事》："天南樂業誦詩書，浩劫中原慘不舒。築壘粵閩連豫晉，攻心江漢入淮徐。日傳都市來飛彈，彌望村郊盡廢墟。萬死一生求活國，陸沉差免共爲魚。"《歲暮雜感》其二："殺氣連三界，兵烽照五洲。安危頃刻異，天地網羅收。樂土忽焦土，深謀即淺謀。親朋不敢問，把卷自銷憂。"《答寅恪》："喜聞辛苦賊中回，天爲神州惜此才。心事早從詩句解，德明不與世塵灰。靈光歷劫孤峰秀，滄海橫流萬類哀。山水桂林得暫息，相依我正向黔來。"

　　以上詩篇及吳宓抗戰時期的大多數詩篇，都可用吳宓對友人周邦式詩歌《奉唁雨生老兄喪偶》的評語來概括，即："其看似平常處自不可及，由熟誦杜詩有得也。"無論寫景、懷人、紀行、詠物、即興，幾乎篇篇皆寄寓家國之思，用看似平淡的筆調納入博大深沉的情感，以七律爲主要形式，嘆國土之淪陷，哀百姓之流離，悲天憫人，情深意切，風格沉鬱頓挫，意境蒼涼悲壯，明顯借鑑杜甫《登高》《宿府》《白帝》《閣夜》《秋興八首》《諸將五首》《暮歸》等七律的優長，在尺幅之間壓縮進濃烈複雜的情感，與敘事議論渾融無間。超越對杜詩字詞句法的模仿，始得杜詩之神，可當得"意境分明追杜老"（楊啓宇《讀吳雨僧詩集書後》）的評價。

　　吳宓承傳杜甫詩歌的"詩史"精神。"千秋詩史推工部"（閻登龍《遊清華園賦贈雨僧》），正是贊譽吳宓詩歌對杜甫"詩史"傳統的一脈相承。杜甫一生顛沛流離，目睹了唐代由盛而衰的過程，其詩作一變初唐吟詠風月、歌舞昇平、酬唱應和之風，以時事入詩，如"三吏"、"三別"、《北征》等，幾乎囊括了他生活的年代國家發生的最重大的歷史事件，抒發了他憂國憂民、悲天憫人的情懷和抱負無法施展的沉痛激憤，堪稱"詩史"。吳宓首先學習杜甫的正是這種"詩史"精神。在題材選擇上，極力拓展詩歌表現領域的一面，以新材料入詩，凡他經歷的事，大至重大政治事件，小至與孩童戲耍，只要心有觸動感悟，盡納入詩中。"民生極憔悴，國運尤迍邅。淪落念友朋，寂寞經憂患。"（《太平洋舟中雜詩》其二）"民生"、"國運"成爲吳宓詩歌的核心主題，也正是吳宓詩歌的價值所在。

　　吳宓詩歌關於袁世凱稱帝始末、抗日戰争等重大事件的描述最能繼承杜甫詩歌的"詩史"特徵。關於袁世凱篡權稱帝、簽訂賣國求榮的"二十一條"、蔡鍔起兵反袁、袁世凱退位等一系列事件，吳宓在詩中均有反映。《秋日雜詩二十首》叙寫袁世凱稱帝始末及各界反應，抒發了對國人奴性未除、外有强鄰窺境的隱憂。《哀青島》寫日本於 1914 年對德宣戰，出兵攻占青島和膠濟鐵路沿綫，將德國在青島和山東的權益攫爲己有之事："廿載山河易主三，天運茫茫未易參。螳螂臂斷無餘勇，即今大陸尚沉酣。聖地淵源稱齊魯，一例蹂躪成赤土。鯨吞蠶食後患多，珠崖已棄難完補。"《五月九日即事感賦示柏榮》寫 1915 年 5 月 9 日袁世凱政府簽訂賣國求榮的"二十一條"，憂心似焚，長歌當哭："河山拱手讓他人，一紙約章飛孤注。哀我將作亡國民，泪眼依稀看劫塵。十年歌哭成何補，千祀文物自兹淪。醉生夢死生亦賤，酣嬉尚思巢幕燕。……憂患餘生百事窮，萬千恩怨羅胸中。骨肉無因陷荆棘，乾坤大好遍沙蟲。中原鹿走胡騎亂，避秦可有桃源縣。"《春日感事》八首記録蔡鍔起兵討伐袁世凱賣國罪行的經過，既對梁、蔡的正義表示贊許，又擔心外國强敵趁内戰之機侵略中國,並對百姓家破人亡深感憐憫。抗日戰争爆發後的詩篇更是篇篇都與國事相連,《亂離一首》、《大劫一首》、《魂亡一首》、《流轉》、《書事》、《蒙自湖濱晚立》、《歲暮感懷》("身衰漸有忘形樂")、《病中作》、《歲暮感懷》("忽逢歲暮又悲吟")、《歲暮雜感》、《哀香港》、《病中雜感》、《感事四首》、《續感事四首》等詩作,與杜甫安史之亂及之後的藩鎮割據時期的詩歌諸如《悲青坂》、《悲陳陶》、"三吏"、"三别"、《北征》等篇極爲相似,都將自身遭遇與國家、人民的命運聯繫在一起,表現出强烈的愛國情懷。"流離"、"兵禍"、"亂離"、"流轉"、"大劫"、"國破"、"陸沉"、"焦土"、"國難"等字眼觸目皆是,憂國憂民,杜詩之遺。

此外,吳宓也有不少針砭時政、憐憫貧苦民衆之作,如"自携女樂爲歡會,笑指民飢死路旁"(《西征雜詩》其六十),兩相對照,形成激烈反差,與杜甫"朱門酒肉臭,路有凍死骨"所描述的場景極爲相似。杜甫的《遭遇》、《三絶句》、《自京赴奉先縣詠懷五百字》、《前出塞》、"三吏"、"三别"等詩篇,抨擊苛捐雜税、窮兵黷武、强徵兵士、官貪民困等時弊,可謂爲民請命之作,吳宓也是如此,如:"卿士仍貪肆,軍民久困訛"(《賦贈彭雲生》),"逼餉真成敲骨髓,搜糧直欲盡罌瓶"(《西征雜詩》其五十九),"民少兵多千劫换,野荒糧絶萬家愁"(《西征雜詩》其九十七),"亂國用刑宜重典,民生此際亦堪哀。刀兵水火催租吏,萬劫輪回看後來"(《感事》其一),"狼貪鼠竊縻公帑,薪桂米珠苦下民"(《感事四首》其三),對政府酷政、民不聊生的現狀深感痛心,表達了對貪官污吏的憤恨和對時政的不滿。再如《偶成》("憂患三生身外夢")、《過打磨廠見人力車夫倒斃於途多人圍觀》等,抒發了對貧苦百姓的同情和對黑暗政治的不滿,抨擊力度不下杜甫。

其次,學習杜甫詩歌寫景、叙事、抒情、議論的方式。關於詩如何作,吳宓曾説過這樣的話:"予所爲詩,力求真摯明顯,此旨始終不變。""耻效浮誇騁豔辭,但憑真摯寫情思。傳神述事期能信,枯淡平庸我自知。"(《南遊雜詩》其九十)"予詩之内容,乃予一身此日之感情經歷,力主真切。"(《西征雜詩》序)而這"真摯"、"能信"、"真切"也正是杜甫詩歌的價值所在。吴宓在《詩學總論》中論及詩歌内質時有"切摯高妙"之説(詳見上文),而這"切摯"即"加倍寫法,或過甚其詞之謂",正是受杜甫詩歌啓發而來。

吴宓詩歌擅長對杜詩形式的模仿借鑒。吴詩用杜詩典故多達近百處,用杜典時注重古典與現實、古事與今情的契合。同時,還摹仿杜詩句法,用杜詩中詞語,摹仿杜詩調高聲洪的氣勢和雄渾高壯、沉鬱頓挫的風格。最後,需要特別指出的是,吴宓在學杜時並不以杜爲限,而是力圖在繼承的基礎上有所超越,以成自己之詩。他譯法國解尼埃的《創造》詩中的"采擷遠古之花兮,以釀造吾人之蜜;爲描畫吾儕之感想兮,借古人之色澤;就古人之詩火兮,吾儕之烈炬可以引燃;用新來之俊思兮,成古體之佳篇"作爲自己詩册的格言,表現了他對繼承傳統的態度。因此,吴宓在學習杜甫的同時,對古今中外很多詩人都有所借鑒。如《落花詩》仿王國維臨歿書扇詩,《西征雜詩》《歐遊雜詩》在結構上學拜倫長篇紀行詩恰爾德·哈樂德遊記的第三曲之長,《秋日雜詩》二十首仿陳伯瀾姑丈《傷春二十首》,《空軒十二首》類英國十七世紀玄學詩人 John Donne 一流,《南遊雜詩》借鑒龔自珍《己亥雜詩》三百十五首、友人李哲生《東歸雜詩》三十八首、胡先驌《旅途雜詩》三十八首,且在此基礎上,力圖破餘地,求創新,這種廣納博采又另辟新境的精神使吴宓的詩不僅僅停留在追步前人的水平上,越到後來越能隨意變化,成自己之詩。

"彭士與莎翁,無妨賡杜老。中西冶一爐,價值連城寶。"(徐英《雨生南來又匆匆北去祖帳離席餞之以詩》)"莎翁杜老無中外,舊律新詞有重輕。"(張志岳《二十六年春賦呈吴雨生先生七律二首》其一)吴宓詩友的評價正道出了吴宓接受杜甫的特點,吴宓在舊體詩上能有這樣的成就,與吴宓學杜兼學古今中外其他一流詩人並力圖超越的傳承態度是分不開的,雖然舊體詩有太多的限制,但吳宓對杜甫的接受迄今仍能給予我們很多的啓示,引導我們思考關於詩歌發展的問題。繆鉞評吳宓詩曰:"異日爲百川障,扶九服輪,擷莎(莎士比亞)米(密爾頓)之菁英,揚李杜之光焰,創爲真正之新詩者,舍雨僧外,誰可當此?"①吳詩可以當之。

(二)《吳宓日記》及其《續編》談杜詩

《吳宓日記》如實記録了新舊社會轉型和文化變革在吳宓身上、内心深處引發的巨大衝突和震盪。錢鍾書《吳宓日記‧序言》説:"其道人之善,省己之嚴,不才讀中西文家日記不少,大率露才揚己,爭名不讓,雖於友好,亦嘲毀無顧藉;未見有純篤敦厚如此者。於日記文學足以自開生面,不特一代文獻之資而已。"②吳宓的"純篤敦厚"是他喜歡杜甫的主要原因。粗略統計,《吳宓日記》及《吳宓日記續編》中提及杜甫與杜詩者多達 100 處左右,《吳宓詩集》中引用、化用、隱括杜詩者近百處,可見杜甫對吳宓的影響之深。

吳宓自小就有良好的家庭教育。八九歲時,繼母雷清芬爲他講授《唐詩別裁》,這是吳宓學杜的開端。稍後,吳宓跟隨姑丈陳濤學詩,陳濤作詩"取法盛唐,直學工部,參以玉谿"。吳宓受其影響,開始研讀杜詩。自此,杜甫成爲陪伴吳宓一生的重要人物,亦師亦友,敬愛有加。即使是留學時期也没有間斷過。1917 年,吳宓 24歲,赴美留學,入弗吉尼亞州立大學二年級。1918 年,25 歲,暑假,經梅光迪介紹,轉學哈佛大學比較文學系,師從白璧德(Irving Babbitt)。1919 年(26 歲)春,在哈佛大學中國學生會演講《紅樓夢

① 繆鉞《讀吳雨僧兄詩集》(民國十六年丁卯十月),吳宓著,吳學昭整理《吳宓詩集》之《序跋》,第 13 頁。

② 吳宓著,吳學昭整理《吳宓日記》第 I 册,生活‧讀書‧新知三聯書店1998 年版,第 1 頁。

新談》,得陳寅恪題詩,後刊於上海《民心周報》第 1 卷,第 17、18 期
(1920)。在《中國留美學生月報》第 7 卷第 3 期發表《英文詩話》。
1920 年(27 歲)6 月,哈佛大學本科畢業,獲文學士學位。論文《中
國之舊與新》刊於《中國留美學生月報》第 8 卷第 3 期。1921 年
(28 歲)6 月,哈佛大學研究院畢業,獲碩士學位。7 月 19 日離美,
8 月 6 日返國抵滬,應梅光迪邀,任南京東南大學英語系教授。

　　杜甫進入吳宓的生活,成爲他一生未曾謀面的良師摯友,是很
早的事。可惜入清華之前有關信息已失。吳宓從青少年時代起,
不時讀誦杜詩,很多篇章到老猶能背誦,一部《杜詩鏡銓》更是陪伴
了吳宓大半生的光陰,這一事實屢屢展現於他的日記中。

　　吳宓在清華學校求學時期,其日記中首次出現杜甫詩作(從現
存日記中獲悉)。1912 年 5 月 3 日"受課細目"中首次出現"文
杜詩《兵車行》《麗人行》"①。

　　憂患意識貫穿吳宓的一生,如 1919 年 7 月 24 日日記:

　　　　孟子曰:"生於憂患,而死於安樂"。非謂生當亂離,而及
　　死得見升平也。……今我生之憂患,亦已多矣。其最狹且小
　　者,則爲(一) 一己之身世。……若進而言(二) 國家之興亡,
　　則較難矣。……若進而究異國異時之事,則見(三) 今世界之
　　危亂……更進而讀歷史,則知(四) 古人所受之荼苦,蓋自盤
　　古與 Adam&Eve 以來,喪亂離憂,無時或歇。略舉二三例,讀杜
　　詩之《北征》《垂老別》諸詩,當日之情形立見。②

　　盛衰興亡觀念亦貫穿吳宓一生,如 1919 年 8 月 31 日日記:

---

① 吳宓著,吳學昭整理《吳宓日記》第 I 冊,第 248 頁。
② 吳宓著,吳學昭整理《吳宓日記》第 II 冊,第 39—40 頁。

稍讀歷史,則知古今東西,所有盛衰興亡之故,成敗利鈍之數,皆處處符合。……下至文章藝術,其中細微曲折之處,高下優劣、是非邪正之判,則吾國舊說與西儒之說,亦處處吻合而不相抵觸。陽春白雪,巴人下里,口之於味,殆有同嗜。今國中之妄談白話文學,或鼓吹女子參政,彼非不知西國亦輕視此等事。特自欲得名利,而遂悍然無所顧耳。其例多不勝舉。杜詩云,"勞生乾坤內,何處異風俗。冉冉自趨競,行行見拘束。"①

孤獨意識亦貫穿吳宓一生,如1919年8月24日日記:

高明之人,每患孤獨。此非謂形體之隔閡,乃精神之離異,殆情勢之不可逃者。十九世紀之詩與文,每見此種孤獨之境,所謂 Spiritual isolation,而以 Matthew Arnold 爲最著。杜詩云,"萬族各有托,孤雲獨無依"。②

又比較談論杜甫"詩史"的價值,如1919年12月14日日記:

(與陳寅恪談)中國之哲學、美術,遠不如希臘,不特科學爲遜泰西也。但中國古人,素擅長政治及實踐倫理學,與羅馬人最相似。其言道德,惟重實用,不究虛理,其長處短處均在此。長處即修齊治平之旨。短處,即實事之利害得失,觀察過明,而乏精深遠大之思。……然若冀中國人以學問、美術等之造詣勝人,則決難必也。宓按:即以中國之詩與英文詩比較,則中國之詩,句句皆關於人事,而寫景物之實象,及今古之事

① 吳宓著,吳學昭整理《吳宓日記》第Ⅱ冊,第59頁。
② 吳宓著,吳學昭整理《吳宓日記》第Ⅱ冊,第57頁。

迹者。故杜工部爲中國第一詩人，而以"詩史"見稱。若英文詩中之虛空比喻 Allegorical；Symbolical；Abstract Nouns；Personifications；etc 及仙人仙女之典故 Mythological Allusions 及雲烟天色之描寫，皆爲中國詩中所不多見者。宓意以詩論詩，中國詩並不弱，然不脱實用之軌轍也。①

1944 年是不平凡的一年，是抗戰最關鍵的一年，是《吳宓日記》中所記讀杜詩次數最多的一年，如 3 月 28 日、4 月 1 日："讀《杜詩鏡銓》。"②4 月 2 日："歸，讀杜詩。"③4 月 23 日："倦，讀《杜詩鏡銓》。"④6 月 28 日："歸讀《杜詩鏡銓》完。"⑤8 月 30 日："讀杜詩五律。"⑥9 月 9 日："讀杜詩。"⑦9 月 10 日："晚 8—11 讀杜詩五律。"⑧9 月 10 日："晚 8—11 讀杜詩五律。"⑨可知，《杜詩鏡銓》讀完以後，專門讀杜甫的五律。及至 1945 年 8 月 31 日，日寇業已投降，"留滯"之中，感慨萬端，於是：

> 連日惟讀杜詩。晚作《留滯》詩一首：
> 二豎蟠胸左，刀圭萬事休。晴雲飛洱海，烟雨夢嘉州。得失甘留滯，艱難豈自由？秋霖溢錦水，病客更添愁。

---

① 吳宓著，吳學昭整理《吳宓日記》第Ⅱ册，第 101 頁。
② 吳宓著，吳學昭整理《吳宓日記》第Ⅸ册，第 234、236 頁。
③ 吳宓著，吳學昭整理《吳宓日記》第Ⅸ册，第 237 頁。
④ 吳宓著，吳學昭整理《吳宓日記》第Ⅸ册，第 248 頁。
⑤ 吳宓著，吳學昭整理《吳宓日記》第Ⅸ册，第 284 頁。
⑥ 吳宓著，吳學昭整理《吳宓日記》第Ⅸ册，第 324 頁。
⑦ 吳宓著，吳學昭整理《吳宓日記》第Ⅸ册，第 332 頁。
⑧ 吳宓著，吳學昭整理《吳宓日記》第Ⅸ册，第 333 頁。
⑨ 吳宓著，吳學昭整理《吳宓日記》第Ⅸ册，第 333 頁。

又《住室》一首：

> 文廟一年住，濕卑引病魔。蹴登無地板，歌嘯望天河。每
> 事勞爭兢，隨緣慣折磨。追風狐鼠笑，芻豆爾能多。①

趙案：此時日寇已投降，作者正顛沛流離於西南邊陲，於暫宿文廟
中寫下兩詩，深得杜詩精髓。至 9 月 25 日，凌晨三時又作《艱難》
詩一首：

> 從人獲勝利，而我際艱難。揖讓分肢體，爭持見肺肝。遠
> 交堪近偪，越沼況秦摶。終古黃河界，宗邦文教殘。②

抗戰的勝利並沒有給吳宓帶來歡喜，而是"我際艱難"，這與杜甫在
"安史之亂"平定以後的心情很相似。因有 1945 年 10 月 20 日的
"讀杜詩"③。

每遇疑難之事常用杜詩占卜，這在吳宓那裏是一種很特別，也
很具傳奇色彩的文化現象。如 1939 年 3 月 25 日(星期六)日記：

> 近日心神恍惚，憂父在西安遇難。今晚尤惶擾不寧。乃用
> 閉目開書，手指某頁一句之法占卜。(先用《石頭記》占)宓大
> 驚。過頃，再占。用《杜詩鏡銓》，得卷十七，十七頁上。《昔
> 遊》詩云："……玉棺已上天，白日亦寂寞。幕升艮岑頂，巾几
> 猶未卻。言未除去，奉之如生也(原注)。弟子四五人，入來泪

---

① 吳宓著，吳學昭整理《吳宓日記》第Ⅸ冊，第 496 頁。
② 吳宓著，吳學昭整理《吳宓日記》第Ⅸ冊，第 512 頁。
③ 吳宓著，吳學昭整理《吳宓日記》第Ⅸ冊，第 523 頁。

俱落。……”宓益驚。按宓素信吉人天相之説，且吾父爲仁善
之尤。①

另如 1940 年 6 月 21 日：“以杜詩占卜（有人勸宓往西北事），
得《垂老別》中‘此去必不歸，還聞勸加餐’及‘何鄉爲樂土，安敢尚
盤桓’二句。決往西北矣。”②

1948 年 2 月 29 日日記：“二十六日晚，以《杜詩鏡銓》占卜，得
‘端午日’三字。二十七日晨，復以《杜詩鏡銓》占卜，意較誠，乃得
卷十七杜甫居夔州所作《麂》詩五律……”《吳宓自編年譜》記載，
1909 年，吳宓 16 歲時，“始得讀杜詩《秋興》八首，至能背誦”。
1911 年年譜中顯示：“此時期，宓讀《杜詩鏡銓》，多共仲侯兄講論
切磋。”抗日戰爭時期，在顛沛流離中，吳宓也把一本《杜詩鏡銓》帶
在身邊，不時翻閲。1944 年 3 月 28 日至 6 月 28 日日記中，標明讀
杜詩或讀《杜詩鏡銓》者共 19 處，最後一處記“歸讀《杜詩鏡銓》
完”，當是把杜詩從頭到尾閲讀了一遍，因爲 1944 年 6 月 28 日已
讀完。1945 年 8 月 31 日日記：“連日惟讀杜詩。”1946 年 3 月 17
日日記中説：“是故宓近今最後之幻滅，乃道德精神之幻滅，所謂殉
情殉道，直自欺欺人而已。”③也許是由於杜詩的救助作用，才未使
道德精神徹底幻滅。

1949 年以後的日記基本的主題是“不敢言其志”。1954 年 6
月 15 日日記：“終日惟讀《杜詩鏡銓》。”1955 年 6 月 25 日日記：
“宓近年每值煩惱苦厄之末，惟有取《四書》《無量壽經》《印光法師
文抄》《杜詩鏡銓》《蒹葭樓詩》《白屋詩稿》《白屋書牘》以及《吳宓
詩集》而靜心細讀。讀之至半時一時之久，便覺身心安和，豈但有

---

① 吳宓著，吳學昭整理《吳宓日記》第Ⅶ册，第 10 頁。
② 吳宓著，吳學昭整理《吳宓日記》第Ⅸ册，第 181 頁。
③ 吳宓著，吳學昭整理《吳宓日記》第Ⅹ册，第 19 頁。

消愁制怒之功哉？此宓修養之秘方、治病之良藥也。"1971 年 4 月
2 日日記："背誦杜詩《秋興》八首，全，無誤。"雖然後來的日記顯示
個別字有誤，但考慮到吳宓年過七旬的高齡，由此足以看出吳宓對
杜甫的熟稔與熱愛。吳宓友人王蔭南的詩作《丁丑春二月喜見雨
生兄於燕都感事抒情共得七章》其五有"聞君坐空軒，深宵斗星蕩。
高詠杜陵詩，悲聲破廣帳。淒於渴驥嘶，激似哀猿唱。此時眸子
橫，塵芥萬卿相"句，生動地刻畫了吳宓手把杜詩，高聲吟哦，思飄
天外，人我兩忘，渾不知身處何世，冥然與杜甫合一的情形。在吳
宓的高聲念誦中，杜甫的生命也在吳宓身上重新得到了恢復與延
續。1955 年 11 月 14 日日記："以《杜詩鏡銓》卜稚荃病，得《八哀
詩》李公弼之末句'灑涕巴東峽'，不覺慘然。"占卜本不足信，然
而由吳宓的這一習慣可知杜甫在吳宓心中的地位。

　　政治氣候越來越嚴，吳宓對杜甫雖"不述不作"，但一直十分關
注杜甫研究動態。如 1951 年 4 月 4 日，讀女學者、杜甫研究專家黃
稚荃的《杜詩札記》[1]，"並商出處，及免禍之方"。1962 年，關注鄭
思虞的《杜詩與蜀方言》及四川紀念杜甫誕辰 1 250 周年的相關活
動，並對文學系魏興南主任的題爲《杜甫詩與浪漫主義》的講演深
爲不滿。郭沫若的專著《李白與杜甫》出版後，吳宓於 1973 年 4 月
22 日細讀後在日記中寫道：

　　　其大旨：尊李白爲平民詩人，雖曾迷信道教燒丹，煉汞，求
　　仙，輕舉。而終覺醒。杜甫則代表地主階級與統治階級，故宣揚

---

　　① 黃稚荃(1908—1993)，又名黃先澤，號杜鄰。生於四川江安。早年畢
業於成都高等師範，後入北京師範大學研究院，受教於黃節先生。曾任國民政
府國史館纂修、立法委員、四川大學文學院教授。1949 年後，曾任四川省政協
常委、中華詩詞學會顧問。有《杜詩札記》《杜甫存稿》《杜鄰詩存》《梅譜》《文
選顏鮑謝詩評補》《李清照著作十論》《楚辭考異》等傳世。

儒家哲學，而不贊同主張人民革命、造反，其"三吏"、"三別"諸詩，亦只是"對人民廉價的同情"，而主張"伐叛"、"捕盜"、"剿匪"等事。杜甫(1)"階級意識"而外，又有(2)門閥觀念，(3)功名欲望，(4)地主生活，(5)宗教信仰——信佛教之禪宗，且(6)嗜酒終身。又曾(7)吹捧嚴武(8)推重岑參(9)傾倒蘇渙，以上之例證，具見於杜甫之詩中。……故由今日論之，李白實為優上，而杜甫實劣下也，云云。

在那個特殊的年代，讓吳宓不敢下一字評語。次日日記記載，送還該書後，友人錢國昌家人"謂'宓右目紅腫'，當由晚間在電燈下讀《人民日報》，今後當戒之"。維摩一默，其聲如雷。對於自己一生敬仰的杜甫，竟然得到如此不公正的評價，這種評價模式又假政治權力推行全國，成為杜甫研究的新時尚。在無法言説的境遇下，吳宓只能以沉默來表示對極"左"路線干擾下杜甫研究的畸形怪胎的抗議和不滿。

就是淒涼而悲慘的晚年，吳宓與杜甫也有相似之處。杜甫阻水於耒陽，尚有縣令"書致酒肉，療飢荒江"。吳宓則只有絕望地呼喚："我是吳宓教授，給我水喝！……我是吳宓教授，給我飯吃！我是吳宓教授，給我開燈！"[1]季羡林為《回憶吳宓先生》一書寫的序説吳宓"是一個不同流合污、特立獨行的奇人，是一個真正的人"[2]。我們感覺，吳宓的真性情、吳宓的"老大意轉拙"與杜甫是相似的，這正是他喜好杜甫的原因。

吳宓在1940年7月18日的日記中説：

---

① 趙瑞蕻《我是吳宓教授，給我開燈》，見氏著《離亂弦歌憶舊遊》，第94頁。

② 黃世坦編《回憶吳宓先生》，陝西人民出版社1990年版，第1頁。

　　宓述將來世界文化必爲融合衆流（eclectic），而中國文化
之特質，厥爲納理想於實際之中之中道（Ideal in the Real）。吾
儕就此發揮光大，使中國文化得有以貢獻於世界，是爲吾儕之
真正職責，亦不朽之盛業。①

吳宓對中國文化特質的概括極爲精辟——"厥爲納理想於實際之
中之中道"。這正是杜詩的精髓所在。按常理説，他的高瞻遠矚式
的預言在他去世（1978 年）前的 1962 年（杜甫成爲"世界文化名
人"的時候）應該實現，遺憾的是並没有到來。

四、邵祖平的杜甫研究

　　邵祖平曾是學衡派的重要詩人和著名學者②，熱愛杜詩，對杜
詩有精湛的分析和獨到的觀點，主要見諸其《唐詩通論》《杜詩研究
談》《讀杜札記》《杜甫詩法十講》和《杜詩精義》等著述中。邵祖平
論杜，就其系統性而言，已經初具現代學術品格。綜述如下：
　　一是 1922 年，邵祖平在《學衡》第 12 期發表《唐詩通論》。文
章的前半部分，後以《全唐詩説》爲名，重刊於《東方雜志》1947 年
第 43 卷 17 期；另一部分，則以《全唐詩評》爲題，載於《東方雜志》
1948 年第 44 卷第 2 期。二是邵祖平曾爲《學衡》雜志撰《無盡藏
齋詩話》讀杜數十則，但未盡印布於世。後又以課餘於 1932 年立

---

①　吳宓著，吳學昭整理《吳宓日記》第Ⅶ册，第 194 頁。
②　邵祖平（1898—1969），字潭秋，別號中陵老隱、培風老人，室名無盡藏
齋、培風樓，江西南昌人。早年肄業於江西高等學堂，爲章太炎高足。1922 年
後，爲《學衡》雜志編輯，是"學衡派"重要成員。歷任東南大學、之江大學、浙
江大學、朝陽法學院、四川大學、金陵女子大學、華西大學、西北大學、西南美術
專科學校、重慶大學及四川教育學院教授。曾爲章氏國學會講席，鐵道部次長
曾養甫秘書。1949 年以後，歷任四川大學、中國人民大學及青海民族學院
教授。

冬日,約成十九條,題爲《杜詩研究談》,刊於《國立浙江大學校刊》
1932 年第 113 期至 117 期,凡五期,"庶與天下學杜者商榷,交獲其
益"(趙案:1933 年,在《學藝雜志》第 12 卷第 2 期 103—112 頁發
表時更名《讀杜札記》,略作簡化)。三是《文史雜志》1945 年第 5
卷第 1、2 期合集刊其《杜甫詩法十講》(7—28 頁),有審體裁、明
興寄、探義蘊、究聲律、參事實、討警策、辨沿依、尋派衍、較同異
與論善學十端。四是同年又在《東方雜志》1945 年第 41 卷第 1
期發表《杜詩精義》(第 58—70 頁,與方豪合作),則僅有述抱負、
明興寄、探義蘊、究聲律、參事實與討警策六目。綜合言之,有如
下要點。

　　(一) 論"情真"、"氣豪"、"品目"

　　上文已言,《杜詩研究談》連續發表在《國立浙江大學校刊》上。
第一輯,載《國立浙江大學校刊》1932 年第 113 期第 1123—1125
頁;第二輯,載《國立浙江大學校刊》1932 年第 114 期第 1143—
1144 頁;第三輯,載《國立浙江大學校刊》1932 年第 115 期第
1159—1160 頁;第四輯,載《國立浙江大學校刊》1932 年第 116 期
第 1185—1186 頁;第五輯,載《國立浙江大學校刊》1932 年第 117
期第 1202—1203 頁。談及杜詩的十九個具體問題:(一) 杜甫生
平及其性情,(二) 杜詩品目及其自狀,(三) 杜詩出入風雅,
(四) 杜詩學選體與摹擬古人,(五) 讀杜詩話之發明,(六) 杜甫
五言詩聲律一斑,(七) 杜甫七言詩聲律一斑,(八) 杜甫七言歌行
之拙厚處,(九) 杜詩掩蓋唐代各家,(十) 杜詩開宋派,(十一) 杜
詩之好奇,(十二) 杜詩七律特長處,(十三) 杜詩絕句評,(十四) 杜
詩五七古起結法,(十五) 杜詩陰陽之美,(十六) 杜句標例,
(十七) 學杜者之成就,(十八) 學杜者之蔽,(十九) 讀杜隨感。

　　邵祖平開門見山地說:"頌其詩必先知其人。欲讀杜詩,必先
明杜甫,此開宗明義第一事也。"然後圍繞着杜甫"事君交友二端",
即"情真"、"氣豪"論杜:

　　一曰情真："情真"者，誠愛充盈，遇物固著，忽悲忽喜，不知爲累；故於其君，則曰："雖乏諫諍姿，恐君有遺失。""喜心翻倒極，嗚咽淚沾巾"也；於其民，則曰："窮年憂黎元，嘆息腸內熱。""朱門酒肉臭，路有凍死骨"也；於其國，則曰："今朝漢社稷，新數中興年。""不悉巴道路，恐濕漢旌旗"也；於其友，則曰："水深波浪闊，無使蛟龍得！""飄零迷哭處，天地日榛蕪"也；於其弟，則曰："烽舉新酣戰，啼垂舊血痕。""猶有淚成河，經天復東注"也；於其妻，則曰："何時倚虛幌，雙照淚痕乾。""誰家挑錦字，燭滅翠眉顰"也；於其子，則曰："汝啼吾手戰，吾笑汝身長。""憶渠愁只睡，炙背俯晴軒"也；甚而遭田父泥飲……二曰氣豪："氣豪"者，天姿英邁，不屑軟貼，睨傲狷蕩，遇事便發。（第 1123—1124 頁）

他還以"品目"論杜：

　　老杜之詩，人之推服至極者，如秦少游以爲孔子集大成，鄭尚明以爲周公制作，黃魯直以爲詩中之史，羅景綸以爲詩中之經，楊誠齋以爲詩中之聖，王元美以爲詩中之神，各衷一是，猶未若老杜自云之可信也。（第 1124 頁）

邵祖平所謂"自云"即是杜甫夫子自道，如"吾人詩家秀"、"詩接謝宣城"、"詩名惟我共"、"詩是吾家事"、"語不驚人死不休"等等。

（二）論杜詩法與"述抱負"

　　《杜甫詩法十講》是邵祖平 1941 年秋在中央大學師範學院國文系"專家詩"一門課的講課稿，他於文首即交代："先開杜詩班，與同學諸子共爲鈔杜、讀杜、以杜解杜諸討究，用力可謂勤矣！更刺取杜詩箋、注、評、話各家之長，斷以己意，補苴發皇；勒爲審體裁、明興寄、探義蘊、究聲律、參事實、討警策、辨沿依、尋派衍、較同異、論善學十端,顏曰'杜甫詩法十講',以爲學者考覽含泳之助;所以稱詩法者,一仍秉之杜詩;杜詩'法自儒家有'!'佳句法如何'?皆標揭詩法……杜甫已悉發其微矣!是講取材未宏,憑臆多謬,解蔽通庚,是所望于讀者。"如論"審體裁"很有代表性:"《詩經》立詩教之本,楚騷爲詞賦之祖。後世垂爲三體:漢魏體、唐體、宋體,唐體爲詩中之脊幹。"

《杜詩精義》之"述抱負",主要是針對《唐書》對杜甫的譏病而發的。邵祖平認爲杜甫實有大抱負,不過"所如不偶"而已。《讀杜札記》"二十"進而指出,杜甫初有用世之志,許身稷契,心憂黎元,是其本色。然自《三大禮賦》一動人主之後,即遇亂離,遭播徙,辛苦拜左拾遺,而終以救房琯之故,不蒙肅宗省録,自是階進之望絶無,前後依嚴武,得表爲節度參謀檢校工部員外郎,武卒,欲往依高適,適又亡。於是終爲漂泊之人而竟客死耒陽。考其詩篇,有可悲感者。"白頭趨幕府,深覺負平生";"滿目悲生事,因人作遠遊";"厚禄故人書斷絶,恒飢稚子色凄涼";"虚名但蒙寒温問,泛愛不救溝壑辱";"獨鶴不知何事舞,飢烏似欲向人啼";"北歸沖雨雪,誰憫敝貂裘";皆興悲於不可悲之地。杜甫的遭遇,只能指證肅、代二君的刻薄少恩。

(三) 論杜詩源流問題

積衆流之長。《唐詩通論》之五"唐詩作者師法淵源之概測"曾引秦觀的言論:"杜子美於詩,實積衆流之長,適當其時而已。昔蘇武、李陵長於高妙,曹植、劉公幹長於豪逸,陶潛、阮籍長於沖淡,謝靈運、鮑照長於峻潔,徐陵、庾信長於藻麗,於是子美窮高妙之格,極豪逸之氣,包沖淡之趣,兼峻潔之姿,備藻麗之態,而諸家之作所不及焉。"可是,"若非博采衆長,杜甫也斷不能獨至於斯"。因而"十講"之七"辨沿依",稱贊秦觀灼見杜詩之集大成,最爲通識。又引胡應麟言論:"王楊之繁富,陳杜之孤高,沈宋之精工,儲孟之閑曠,高岑之渾厚,王李之風華,昌齡之神秀,常建之幽玄,雲卿之古蒼，任華之拙樸，皆所專也。兼之者，杜甫也。"邵祖平認爲此語甚是，但惜無詩例證明，故在《讀杜札記》之九剔取杜詩中足可掩蓋諸家者，疏列其後。至於方回《瀛奎律髓》沈佺期詩評云："學古詩必本蘇武、李陵，學律詩必本陳子昂、杜審言、宋之問、沈佺期。此數人者，老杜詩所自出也。"則覺其見稍僻。

　　杜詩雅外風内。南宋吳沆《環溪詩話》曾云，"杜甫詩中有風有雅"（趙案：此詩話以杜甫爲"一祖"，以李白、韓愈爲"二宗"，又多重在句法）。此論與黃山谷稱杜詩表裏風雅頌者相同。溯源探本，以杜詩分列風雅頌，深得古人意。陳柱撰《十萬卷樓說詩文叢》，認爲自《三百篇》至唐，詩體不外乎風雅頌三類，而以杜甫入於雅。對此，邵祖平則有所質疑。《讀杜札記》之三認爲，杜詩初看本似雅，及加虛心諷詠，則覺雅者其外，風者其内，即令雖爲雅詩，亦不能少風詩之描寫。如《北征》前幅叙朝野多故，雅矣；後幅叙至尊蒙塵，亦雅矣。惟在中幅，則必叙"海圖坼波濤，舊繡移曲折。天吳及紫鳳，顛倒在裋褐……瘦妻面復光，癡女頭自櫛。學母無不爲，曉妝隨手抹。移時施朱鉛，狼藉畫眉闊"諸語，以膏澤之，足見風雅之相須。杜詩除風雅頌外，猶有騷之一體。次當更求漢魏樂府六朝諸家詩，再則是《文選》。唐人重《文選》，杜詩中即有"續兒誦文選"、"熟精文選理"之語。《札記》之四對此有所尋繹，舉其學選詩者如：劉公幹、謝靈運、陶淵明、鮑照等，其他如"濁醪有妙理，庶用慰沉浮"，"清暉迴群鷗，暝色帶遠客"，並可亂陶謝集，而《同谷七歌》脫胎於張衡《四愁》，《八哀》祖述於沈約《懷舊》，並不稍爽。可知，杜詩淵源有自，波瀾不二。但杜詩頗多創造性的轉化，《札記》十五有詳細的舉例論說。前人的詩作雖有工拙不同，而一經點化，便成杜甫自己的作品。

　　杜詩開宗立派之論，初見於孫僅《讀杜工部詩集序》，以爲杜甫之詩，支而爲六家，孟郊得其氣焰，張籍得其簡麗，姚合得其清雅，賈島得其奇僻，杜牧、薛能得其豪健，陸龜蒙得其贍博，雖得其奇偏,尚軒軒然自號一家。《唐詩通論》之五也略有論列,但邵祖平却認爲,晚唐詩家學杜者,尚有李商隱其人,孫僅略而未言,故在"十講"之八"尋派衍"中加以補叙。唐詩開啓宋派者,多爲白體、西崑體和晚唐體,而最著者則是杜甫。西崑體是杜詩的支裔流派,江西詩派也是。方回有"一祖三宗"之説。一祖者,杜甫;三宗者,黄庭堅、陳師道和陳與義。其間山谷得杜之高妙,後山得杜之精煉,簡齋得杜之宏放。蓋杜詩如長江大河,澄之不清,撓之不濁。一變而爲郊島,則如寒潭止水,清澈而無洪浪。再變而爲義山、西崑,則如清漣縠紋,綺美而少實用。三變而爲江西,則如盤渦急湍,能者操舟,僅無傾覆而已。《札記》之十,更有細繹。杜詩沾溉百代多矣。東坡句云:"天下幾人學杜甫,誰得其皮與其骨?"子美詩樸而近俚,故歐陽修不喜其"老夫清晨梳白頭"、"垢膩脚不襪"。王士禎則直讉爲村夫子。因此,《十講》又别列"論善學"一節。其得失,則見諸《讀杜札記》十九。學杜者,得其雄渾固難,得其簡麗亦不易;得其拙厚固難,得其新秀亦不易。而世俗之學杜者,往往於其悲天憫人憂嘆内熱者求之,而不知老杜逸情野趣,深自媚悦者,固亦有在。

(四) 綜論"詩史"與"詩聖"

老杜之詩,推服至極者,如秦觀以爲孔子集大成,鄭尚明以爲周公製作,黄庭堅以爲詩中之史,羅景綸以爲詩中之經,楊萬里以爲詩中之聖,王世貞以爲詩中之神。然而,對"詩史"一説,邵祖平頗不以爲然。《全唐詩評》的"盛唐詩評"指出,人以其善叙時事,律切精深,至千言不少衰,號爲"詩史",實則晚唐文宗時,始有"詩史"之目。蓋因"江頭宮殿鎖千門"記宮室,當時爲人主者,欲借詩人成句以興復土木;爲人臣者,則欲拈詩人成句以塞問,並非真正要尊爲"詩史"。其實,"詩史"距"詩聖"尊號甚遠。

詩惟稱聖,温柔敦厚,興觀群怨,始有意義與價值。若只紀事紀言,又何足言貴。至於楊萬里《江西宗派圖序》尊杜甫爲有詩以來第一大詩閥,則更爲可笑。在《杜詩精義》和《杜甫詩法十講》的

"參事實"指出,杜甫部分詩篇,確有史詩意味,但有主觀判斷與文學組織,所以今日尊杜甫,當尊其爲"詩聖",不當尊其爲"詩史"。不過,其詩中所叙述的時事,即所謂詩之本事,也可以事實目之。正是在此意義上,"十講"之"較同異"強調説:杜工部詩集不但爲唐玄、蕭、代三朝的詩史,也是杜甫一生的起居生活史。

雖不贊同"詩史"這一名號,但邵祖平仍認爲杜詩絕似《史記》,讀者當具一副眼目對觀。如《唐詩通論》引葉夢得之語,謂老杜《北征》《述懷》諸篇,乃如太史公紀傳者。《札記》十一對此多有剖析,如《北征》《奉先》諸詩似《高祖項羽本紀》;《八哀》《諸將》詩似《蕭曹世家》《淮陰黥布列傳》;《麗人行》《哀江頭》諸詩似外戚世家;《馬》《鷹》和《義鶻》諸詩似刺客列傳及遊俠列傳;《墜馬》《贈友》諸俳諧體似滑稽列傳;等等。而老杜的好"奇",尤與史公相似。其詩喜用"蒼兒角鷹"、"騏驥鳳麟"、"赤霄玄圃"和"死樹鬼妾"等,亦如史公好述"白晝殺人"、"刎首謝客"、"悲歌慷慨"和"箕踞罵坐"諸事,此雖僅就其纖小處推言,然就其一生而言,固無所而不遇。

（五）論李杜之優劣

嚴羽《滄浪詩話》雖云"二公,正不當論優劣","太白有一二妙處子美不能道,子美有一二妙處太白不能作;子美不能爲太白之飄逸,太白不能爲子美之沉鬱"。是較公允的。可是,他言詩有九品,大致有二:曰優遊不迫,曰沉着痛快;極致有一,曰入神,惟李杜得之。邵祖平對此提出異議,認爲嚴羽雖知之,却言之不詳,且以李白對舉,易惹起文學中的李杜優劣論,故不足取。但邵祖平論杜,自身並未逃出這一窠臼。《唐詩通論》秉承舊説,認爲唐詩分自然、工力兩大派。至李杜,天才學力,兩臻絕境。李白爲"自然派之神而聖者",杜甫則是"工力派神而聖者"。"盛唐詩評"即展開二者之間的比較,其間自有高下顯見。首先是五古,雖李白不能望其藩籬;其次是歌行。杜甫多以古文筆法爲之,故其氣骨蒼勁,造語橫絕,同時除太白外,無敢近之者。再則是五七言律詩。此爲杜甫絕

技,悲壯雄渾,千古一人。即論其絕句,亦惟一獨具之面目。他人
則悉多平調,此獨戛戛獨造。惜其源不從樂府出,以此遜太白一
籌。《十講》之九,則有更詳盡的分析。不過此番比較,更着眼于異
同而非優劣。太白與杜公有相同處者:一是太白抗心希古,志在述
作,以垂輝千春自任,而杜公氣劘屈賈,目短曹劉,以垂名萬年自
居。二是兩公俱懷壯志,欲扶社稷。杜公稷契自任,李以太公望、
管仲和諸葛亮自比;好談兵,《唐書》並稱其高而不切。三是兩公胸
次宏闊,灑落不群,俱欲突破天網思出宇宙。四是李杜挺起開元
間,七言歌行一以古文筆法出之,格勢高老,雄跨百代。相異處者
有:太白詩從《國風》、《離騷》、漢魏樂府及鮑謝諸風人出,多得風
人之旨。子美詩從二《雅》、蘇武、李陵、十九首、曹氏父子及陶淵明
諸人出,多合於詩家之軌。此其一。太白作詩不耐拘束,豪而見
率,故其七言、五言律詩均極少。惟五絕七絕,太白爲之,飛行絕
迹,極合其縱恣之性。子美則受才雄博,侈情鋪陳,精言律理,於詩
體除五、七言絕句自開一派不爲當行外,他體殆無不雄渾,無不精
絕,而五言排體,七言律詩,無不超軼絕倫,非太白所可望。此其
二。太白長於學,爲人頗近戰國時的縱橫家,又稍有道家神仙黃白
之意,故其詩隨處可見乘雲翔鳳、飄風驟雨之致。談笑却秦,指麾
楚漢,是其心志所在,故於安史犯闕之際,不思勤王,不奔行走,反
欲事逆王以取功名,殆有琴瑟不調甚者得爲更張之意。其弊在於
學未沉着,識未穩定,不及子美"麻鞋萬里,遠趨行在,嫉惡如仇,事
主盡年"那般可敬。這並非因爲杜甫之才優勝李白,而是子美好義
心切,法自儒家得來,詩的修養遠過太白,所以子美述古數章,沉博
絕麗處,輒凌駕於太白《古風》五十首之上。子美識力深邃,寓感重
大,不像太白惝恍無定,忽説辯士,忽説劍客,忽説神仙,忽説婦人,
不知其宗旨所在。此其三。子美詩格所得者古重高老,拙大雄渾;
太白詩格所得者,飄逸高曠,清新秀偉。太白不生於唐,則與鮑明
遠、謝玄暉諸人當並驅於六朝間;子美不生於唐,則有唐詩格,無以

産生。此其四。

（六）論杜詩體裁問題

《詩經》立詩教之本，楚騷爲詞賦之祖，垂爲體裁。至後世所謂古今詩，依時期演變，可示爲三體，即漢魏體、唐體和宋體。其中唐體爲詩中脊幹。杜詩兼善衆體，然於不變之中有矯變、有恢廓，如五言古詩，不覺自十韻展爲五十韻《自京赴奉先詠懷》，又展爲七十韻《北征》巨製。五言排律，更務鋪陳終始，排比聲韻，故《秋日夔府書懷》，則已展至一百韻。七言古詩歌行體，氣格蒼老，雄跨百代。《札記》之八，以爲老杜七言歌行，其雄悍處不可及，其拙厚處亦不可及，關鍵在其於換韻緊前一聯，慣用對語，以厚其勢。五言律詩則有扇對格、四句一氣格、八句一氣格。七言律詩，則變體尤多。杜詩七律潑辣悲壯，字字威凌逼人，考其謀篇之法，惟在得勢。《札記》十二認爲一篇重心，尤在頷聯。頷聯得勢，則後半幅不患無騰坡走阪之致。如《有客》《野望》《登樓》《秋興》等，皆各律頷聯，而爲一篇警策。七言絕句，少陵少佳作。樂府方面，杜甫不襲舊制，大創有唐新樂府，如"三吏"、"三別"、《哀江頭》、《哀王孫》、《兵車行》和《洗兵馬》皆是。更有《曲江三章章五句》學《詩經》格，《桃竹杖引》學騷體格，《杜鵑》學樂府詩《江南》曲格，再加上寫瑣事、紀風土的俳諧體，無不是杜甫爐錘自具、方寸獨運的新體變體詩，所以，究杜詩者，對此當首先審認清楚。

（七）論杜詩聲律問題

杜甫自謂"晚節漸於詩律細"，其精穩愜律處，常得力於改詩，故曰："賦詩新句穩，不覺自長吟。"又曰："新詩改罷自長吟。"杜詩聲調，可以"悲壯沉渾"四字概括，却又不能盡賅其能事，也有奇創險急之作，如七絕，子美就曾自創一種拗體，崒嵂不平，錯落排奡，最爲特殊，不容他人仿效。杜詩聲律，不唯近體中具之。五言古詩，邵祖平最喜《大雲寺贊公房四首》第三首，每誦之，覺其清幽激越，如聞九溪十八澗之泉聲活活，又疑環佩璆然。考其聲律，則此詩凡雙句第三字悉用平聲，其所押爲平聲韵。又杜詩七古中最工麗而善焉喜情者，當推《洗兵馬》第一，其音節亦極諧美，有絲竹之音嘹喨悦耳。此外七古如《同谷七歌》，颯遝飄忽，悲凄哀訴，音節幾疑神化。《哀王孫》《哀江頭》音悲而肅，《晚晴》音頹而放，《角鷹》音峭而急，讀者熟諷，可得其妙。又七律詩中之拗體者，則首推《白帝城最高樓》，音節奇恣，令人不可捉摸，惟有嘆此老伎倆之狡獪。

（八）"神來説"之闡釋與杜詩抉微

杜甫有文章通神之論，《讀杜札記》之二認爲是"神來"，故復補以數語："詩興不無神"、"下筆如有神"、"詩應有神助"、"詩成覺有神"、"文章有神交有道"等。《杜詩精義》和《杜甫詩法十講》有"探義藴"一條，指出這正是詩道的極詣。其中，神即理，理即義藴。關於杜詩的義藴，如《寫懷》一詩兼寫儒家之哲理、印度哲學之髓、老莊哲學。杜甫取精用宏，以儒家哲理，建立民胞物與的兼善思想；同時出入二氏之學，破除妄執，齊同得喪，從而鑄成其思想與義理。在邵祖平看來，杜甫於三家思想之外，又有一種不夷不惠、非周非禮、亦儒亦俠的詩人思想，超然獨存於天地之間。這種思想或精神，慈祥愷悌，通於人物，灑落飛騰，絶無凝滯。

宋人杜詩詩話甚多，惟皆包論大體，鮮及纖細。邵祖平則從小處着眼，發現杜詩精絶處有二。其一，李夢陽《李崆峒集》曾云：叠景者意必二，闊大者半必細，此最得律詩三昧，如《登兗州城樓》是也。又如前半闊大，後半工細，《送翰林張司馬南海勒碑》是也。古往今來，詩人雖衆，然未有及杜子美者，以工致者少悲壯，排槖者寡妥帖。其中奥秘，在於杜詩陰陽之美畢具而極勝。子美有"馬"、"鷹"、"畫松"諸詩，後有"風雨落花"之什；有《觀公孫大娘弟子舞劍器行》，後有"黄四娘家花滿蹊"之作；有"子章髑髏"、"王郎莫哀"之詞，復有"牙檣錦纜"、"香霧雲鬟"之句，莫不陰陽並美，配置愜當。就其《北征》一篇來看，渾雄壯闊；而"學母無不爲，曉妝隨手抹。移時施朱鉛,狼藉畫眉闊"諸句,則又細熨妥帖,香澤動人。一篇之中,陰陽之配置尚如是,況與他篇相互乎?此杜詩之所以獨絶。其二,少陵各篇起結必争,皆有奇采起句,如《天育驃騎歌》《慈恩寺塔》《奉先劉少府新畫山水障歌》《簡薛華醉歌》《病後過王倚飲贈歌》《短歌行》《王兵馬使二角鷹》等篇,捉筆直寫,奇横無匹。用比興起者雖多,却是各詩家常用的手法,故無需標榜。結句如《贈韋左丞丈》《北征》《洗兵馬》和《憶昔》諸巨篇,足握全篇之奇,固不必論。他篇悉用一種開拓法,而常喜用一"何"字,亦有多例。

第二節　杜甫研究的新嘗試

杜甫研究這種新嘗試,就是創新,就是由傳統向近代化或現代化轉變。没有創新,就不可能從傳統的治學格局中衝破出來。因而,梁啓超、胡適、蘇雪林、吳經熊、汪静之等人用"真善美"、"寫實主義"評論杜詩,就是創新。這派學者多數都有留洋經歷,程度不同地接受了西方文學批評方法。

一、梁啓超對杜詩學的貢獻

"戊戌變法"失敗以後,梁啓超一度傾向"革命",1899 年、1903年梁兩次遊美後,徹底放棄"破壞主義與革命之排滿主義";1918年遊歐歸來,徹底放棄"科學萬能"之迷夢,主張在中國文化上"站穩脚跟"。從而倡導"詩界革命"、"小説界革命"和"文界革命",梁啓超的啓蒙性的文學觀與新文化(含文學)的啓蒙性合起拍來。

(一)"情聖説"的提出及其内涵

早年的梁啓超,作爲戊戌改良運動的鼓吹者和主將,以爲文學只是政治事功之餘事,他喜好的文學是能唤醒民衆、振作士氣的文學作品。這方面,中國不如外國,古代不如當代,基於這一體認,他

對中國古典文學頗有微詞,對其中的代表——杜詩的評價也不是很高。他説:

> 希臘詩人荷馬(舊譯作和美耳),古代第一文豪也。其詩篇爲今日考據希臘史者獨一無二之秘本,每篇率萬數千言。近世詩家,如莎士比亞、彌兒敦、田尼遜等,其詩動亦數萬言。偉哉!勿論文藻,即其氣魄固已奪人矣。中國事事落他人後,惟文學似差可頡頏西域。然長篇之詩,最傳誦者,惟杜之《北征》、韓之《南山》,宋人至稱爲日月爭光;然其精深盤鬱雄偉博麗之氣,尚未足也。古詩《孔雀東南飛》一篇,千七百餘字,號稱古今第一長篇詩;詩雖奇絕,亦只兒女子語,於世運無影響也。中國結習,薄今愛古,無論學問文章事業,皆以古人爲不可幾及。余生平最惡聞此言。①

又説:

> 中國人無尚武精神,其原因甚多,而音樂靡曼亦其一端,此近世識者所同道也。昔斯巴達人被圍,乞援於雅典,雅典人以一眇目跛足之學校教師應之,斯巴達人惑焉。及臨陣,此教師爲作軍歌,斯巴達人誦之,勇氣百倍,遂以獲勝。甚矣聲音之道感人深矣。吾中國向無軍歌,其有一二,若杜工部之前後《出塞》,蓋不多見,然於發揚蹈厲之氣尤缺。此非徒祖國文學之缺點,抑亦國運升沉所關也。②

這裏梁氏説杜詩"發揚蹈厲之氣尤缺",不是有意貶斥杜詩,而是革

---

① 梁啓超《飲冰室詩話》,人民文學出版社1959年版,第4頁。
② 梁啓超《飲冰室詩話》,第42—43頁。

命的需要：革命需要打破傳統，不能墨守成規，需要提倡富於戰鬥的尚武精神，也是情理之事。維新變法期間，梁啓超大體上是以"經世"的眼光來看待杜詩的。

經歷了政治的沉浮與人生的坎坷，梁啓超對杜甫的評價發生了很大的變化：稱之爲"表情老手"、"情聖"。他在《中國韻文裏頭所表現的情感》寫道：

> 正式的五七言詩，用這類表情法（趙案：即"奔迸的表情法"）的很少，因爲多少總受些格律的束縛，不能自由了。要我在各名家詩集裏頭舉例，幾乎一個也舉不出，（也許是我記不起。）獨有表情老手的杜工部，有一首最爲怪誕！①

這首詩就是《聞官軍收河南河北》。評價如此之高，是有依據的："凡詩寫哀痛，憤恨，憂愁，悦樂，愛戀，都還容易；寫歡喜真是難。"②雖難，老杜却是淋漓盡致地寫出了。梁啓超在談"回蕩的表情法"時，便將"表情老手"老杜上升到"情聖"了：

> 中古以降的詩，用這種表情法用得最好的，我可以舉出一個人當代表。什麽人？杜工部。後人上杜工部的徽號叫做"詩聖"，別的聖不聖，我不敢説，最少"情聖"兩個字，他是當得起。他有他自己獨到的一種表情法，前頭的人没有這種境界，後頭的人逃不出這種境界。③

---

① 梁啓超《中國韻文裏頭所表現的情感》，梁啓超著，楊佩昌、朱雲鳳整理《梁啓超：國學講義》，中國畫報出版社 2010 年版，第 7 頁。
② 梁啓超《中國韻文裏頭所表現的情感》，《梁啓超：國學講義》，第 8 頁。
③ 梁啓超《中國韻文裏頭所表現的情感》，《梁啓超：國學講義》，第 18 頁。

梁啓超對老杜的這種"回蕩的表情法"及其達到的"境界"的評價之
高無以復加："前頭的人沒有這種境界,後頭的人逃不出這種境
界。"他集子中的這類情詩太多,他一下子列舉了《新安吏》《垂老
別》等詩,並且進一步分析説：

> 這類是由"同情心"發出來的情感。工部是個多血質的
> 人,他《自京赴奉先詠懷》那首詩裏頭説："窮年憂黎元,嘆息腸
> 内熱。"又説："彤庭所分帛,本自寒女出。鞭撻其夫家,聚斂貢
> 城闕。"又説："朱門酒肉臭,路有凍死骨。"他還有一首詩道：
> "堂前撲棗任西鄰,無食無兒一婦人。不爲困窮寧有此,只緣
> 恐懼轉相(須)親。"集裏頭像這樣的還多,都是同情心的表現。
> 他的眼睛,常常注視到社會最底下那一層;他最瞭解窮苦人們
> 的心理。所以他的詩因他們觸動情感的最多,有時替他們寫
> 情感,簡直和本人自作一樣。《三吏》《三別》,便是模範的作
> 品。後來白香山的《秦中吟》《新樂府》,也是這個路數,但主觀
> 的諷刺色彩太重,不能如工部之哀沁心脾。[1]

梁啓超還是對老杜"遭值離亂所現的情感"娓娓道來：《哀江頭》
《哀王孫》這"兩首是遭亂的當時做的",《憶昔》"是過後追想的"。
"後人都恭維他的詩是詩史;但我們要知道他的詩史,每一句每一
字都有個'杜甫'在裏頭。"[2]老杜對朋友和親人的情感可謂熱烈而
真摯。如《夢李白》,"這是他夢見他流在夜郎的朋友李白,夢後寫
的情感;他是個最多情的人,對於好些朋友,都有詩表示熱愛,這首

———————————

　　① 梁啓超《中國韻文裏頭所表現的情感》,《梁啓超：國學講義》,第
18頁。

　　② 梁啓超《中國韻文裏頭所表現的情感》,《梁啓超：國學講義》,第
19頁。

不過其一。他對於自己身世和家族,自然用情更真切了。"①他舉的代表性範例是《自京赴奉先詠懷》中的片段、《述懷》及《同谷七歌》中三首等,"讀這些詩,他那濃摯的愛情,隔着一千多年,還把我們包圍不放哩。那《述懷》裏頭,'反畏消息來'一句,真深刻到十二分;那《七歌》裏頭'長鑱'一首,意境峭入,這些地方,我們應該看他的特別技能。"②這種"特別技能"還表現在"他常常用很直率的語句來表情",如《百憂集行》。梁氏進一步評論説:

> 用近體來寫這種蟠薄鬱積的情感本來極不易,這種門庭,可以説是他一個人開出。我最喜歡他《喜達行在所》三首裏頭那第三首的頭兩句:
>> 死去憑誰報,歸來始自憐。
> 僅僅十個字,把那虎口餘生過去現在的甜酸苦辣,一齊迸出,我真不曉得他有多大筆力。③

這方面的好例就更多了,梁啓超"記憶最熟"的幾首,如《春望》《送遠》《擣衣》《月夜》《野老》《閣夜》等詩,極好地展示了這一"回蕩的表情法":

> 他的表情方法,可以説是《鴟鴞》詩或《黍離》詩那一路,不是《小弁》詩一路,和《楚辭》更是不同。他向來不肯用語無倫次的表現法,他所表現的情,是越引越深,越拗越緊。我想這

---

① 梁啓超《中國韵文裏頭所表現的情感》,《梁啓超:國學講義》,第19頁。

② 梁啓超《中國韵文裏頭所表現的情感》,《梁啓超:國學講義》,第20頁。

③ 梁啓超《中國韵文裏頭所表現的情感》,《梁啓超:國學講義》,第21頁。

或是時代色彩,到中古以後,那"《小弁》風"的堆壘表情法,怕不好適用,用來也很難動人了。至於那吞咽式,他却常用,《夢李白》那首,便是這一式的代表。但杜詩到底是曼聲的比促節的好。①

對杜詩的這種表情法評價極高:

> 我們要知道,這種表情法,可以説是杜工部創作,最少亦要説到了他纔成功,所以他在我們文學界占的位置,實在不同尋常;同時高、岑、王、李那些大家,都不能和他相提並論。後來這種表情法,雖然好的作品不少,都是受他影響,恕我不徵引了。②

1922 年 5 月 21 日,梁啓超應廣州詩學研究會的邀請作題爲《情聖杜甫》的演講,進一步發揮説:

> 杜工部被後人上他的徽號叫做"詩聖"。詩怎麽樣纔算"聖",標準很難定,我們也不必輕輕附和。我以爲杜工部最少可以當得起"情聖"的徽號。因爲他的情感的内容,是極豐富的,極真實的,極深刻的……中國文學界寫情聖手,没有人比得上他,所以我叫他做"情聖"。

從"詩聖"到"情聖"的轉變,自然也受新文化新思潮的影響。正是

---

①　梁啓超《中國韵文裏頭所表現的情感》,《梁啓超:國學講義》,第 21—22 頁。

②　梁啓超《中國韵文裏頭所表現的情感》,《梁啓超:國學講義》,第 22 頁。

這一時期的文化價值觀對個體的生命和價值的重視,所以纔有擺脫"拳拳忠愛"、"老不忘君"的傳統倫理尺規與"以禮節情"的中和觀點,也纔有對"情聖"的標舉。

　　梁啓超還多次表達對杜詩的看法、評價。下面以其《飲冰室詩話》爲中心做一概述。如他評論丁叔雅詩作時①,説丁氏部分詩作"絕似劍南學杜諸作"②。又如,評論康有爲的嗜杜説:"南海先生不以詩名,然其詩固有非尋常作家所能及者,蓋發於真性情,蓋詩外常有人也。先生最嗜杜詩,能誦全杜集,一字不遺,故其詩雖非刻意有所學,然一見殆與杜集亂楮葉。"③又如,在悼懷亡友陳千秋、吳樵、曹泰時與杜甫產生了共鳴:"歲暮懷人,萬感交集。自念我入世以來,不過十二三年,而生平所最敬愛之親友,淪亡大半,讀杜少陵'死別已吞聲,生別常惻惻','魂來楓林青,魂返關塞黑'之句,不自知其涕之淋浪也。"④他評論過某君的《歲暮雜感》四章其三:"夕陽西處憶鄉園,姝髮垂垂弟貌翩。別已忘情書忽至,國猶未破愛終牽。從前厭世依稀聽,夢裏逢君宛轉憐。四海及今同急難,教人長憶《鶺鴒篇》。"説:"吾尤愛其第三章,天性之言,純肖少陵也。"⑤他在評論自署芸子的詩作《夷陵述感》《至金陵有感》《孝陵》時説:"但其詩則學杜有得,且愛國憂種之誠,溢於楮墨也。"⑥

---

① 丁叔雅(1869—1909),名惠康,字叔雅,號惺庵,廣東豐順人。曾遊學日本。清末有負文學資望之四公子之一,"四公子"即湖南巡撫陳寶箴之子三立,湖北巡撫譚繼洵之子嗣同、提督吳長卿之子保初,福建巡撫丁日昌之子叔雅。陳衍《近代詩鈔》稱其"詩文雖未大成,而絕無一好法俗氣"。章士釗《論近代詩家絕句》稱其"曠代詩心"。著有《丁叔雅遺集》,多憂時傷事之作,即如梁啓超所評部分詩作"絕似劍南學杜諸作"。

② 梁啓超《飲冰室詩話》,第12頁。

③ 梁啓超《飲冰室詩話》,第19頁。

④ 梁啓超《飲冰室詩話》,第41頁。

⑤ 梁啓超《飲冰室詩話》,第107頁。

⑥ 梁啓超《飲冰室詩話》,第109頁。

又評論何翽高及其詩作:"翽高篤行熱誠士也,故其詩肖其爲人。余記其《送江孝通戶部出都》一首云:'忍泪吞聲立片時,斯人寧有出山期? 過江風雨夜來疾,罷憤龍愁亂我思。'其風格直逼杜集也。"①這都是其《飲冰室詩話》中的例子,或直評杜詩,或間評杜詩,的見頻出。

　　梁啓超在其《中國韵文裏頭所表現的情感》中還評論了杜詩的其他方面的貢獻,如邊塞詩。他説,經南北朝幾百年民族的大融合,到唐朝可告一段落:

　　　　唐朝的文學,用温柔敦厚的底子,加入許多慷慨悲歌的新成分,不知不覺,便産生出一種異彩來。盛唐各大家,爲什麼能在文學史上占很重的位置呢? 他們的價值,在能洗却南朝的鉛華靡曼,參以伉爽真率,却又不是北朝粗獷一路。拿歐洲來比方,好像古代希臘羅馬文明,攙入些森林裏頭日爾曼蠻人色彩,便開闢一個新天地。②

在這裏他舉的幾位代表作家的作品,如李白的《行路難》、高適的《燕歌行》和杜甫的《後出塞》《前出塞》等,其評價可謂慧眼獨具:

　　　　這類作品,不獨《三百篇》《楚辭》所無,即漢魏晋宋也未曾有。從前雖然有些摹寫俠客的詩,但豪邁氣概,總不能寫得盡致。内中鮑明遠最喜作豪語,但總有點不自然。所以這種文學,可以説是經過一番民族化合以後,到唐朝纔會發生。那時的音樂和美術,都很受民族化合的影響;文學自然也逃不出這

---

① 　梁啓超《飲冰室詩話》,第 116 頁。
② 　梁啓超《中國韵文裏頭所表現的情感》,《梁啓超: 國學講義》,第 34 頁。

個公例。①

又如，他在談論"蘊藉的表情法"時，分爲四類展開："第一類是：情感正在很強的時候，他却用很有節制的樣子去表現他；不是用電氣來震，却是用温泉來浸；令人在極平淡之中，慢慢的領略出極淵永的情趣。""杜工部詩雖以熱烈見長，他的五律，如'涼風起天末'、'今夜鄜州月'、'幽意忽不愜'等篇，也都是這一派。"②而"第二類的蘊藉表情法，不直寫自己的情感，乃用環境或别人的情感烘托出來"。這種方法從《詩經》的有關篇章到漢樂府，都有很好的代表作。再往後，"用這類表情法，也是杜工部最好。如他的《羌村》三首"：

> 這三首實寫自己情感的地方很少；（第二首有少歡趣、煎百慮等語，在三首中這首却是次一等。）只是説日怎麽樣，雲怎麽樣，鳥怎麽樣，雞怎麽樣，老妻怎麽樣，兒子怎麽樣，鄰居怎麽樣；合起來，他所謂"死去憑誰報，歸來始自憐"的情感，都表現出了。③

這類好例，還有《北征》裏頭的幾個片段，老杜所用表情技術，和《詩經·陟岵》一樣：

> 不寫自己情感，專寫别人情感。寫别人情感，專從極瑣末

① 梁啓超《中國韵文裏頭所表現的情感》，《梁啓超：國學講義》，第34—35頁。

② 梁啓超《中國韵文裏頭所表現的情感》，《梁啓超：國學講義》，第37、39頁。

③ 梁啓超《中國韵文裏頭所表現的情感》，《梁啓超：國學講義》，第40、41頁。

的實境表出，這一點又是和《東山》同樣。這一類詩，我想給他一個名字，叫做"半寫實派"：他所寫的事實，是用來烘出自己情感的手段，所以不算純寫實；他所寫的事實，全用客觀的態度觀察出來，專從斷片的表出全相，正是寫實派所用技術，所以可算得半寫實。①

"第三類蘊藉表情法，索性把情感完全藏起不露，專寫眼前實景（或是虛構之景），把情感從實景上浮現出來。"老杜用這種表情法也用得最好，如《倦夜》："看他前面僅僅三十個字，從初夜到中夜到後夜，初時看見月看見露，月落了看見星看見螢，天差不多亮了聽見水鳥，寫的全是自然界很微細的現象，卻是通宵睡不着很疲倦的人纔能看出。那'倦'的情緒，自在言外，末兩句一點便够。"②又如《登高》詩：

　　這首是工部最有名的七律，小孩子都讀過的。假令我們當作沒有讀過，掩住下半首，閉眼想一想情形，誰也該想得到是在長江上游——四川湖北交界地方秋天一個獨客登高時候所見的景物。底下"萬里悲秋常作客，百年多病獨登臺"那兩句，不過章法結構上順手一點，其實不用下半首，已經能把全部情緒表出。③

梁氏明説，這類詩和單純寫景詩不一樣："寫景詩以客觀的景爲重

---

①　梁啓超《中國韻文裏頭所表現的情感》，《梁啓超：國學講義》，第42頁。

②　梁啓超《中國韻文裏頭所表現的情感》，《梁啓超：國學講義》，第35頁。

③　梁啓超《中國韻文裏頭所表現的情感》，《梁啓超：國學講義》，第43頁。

心,他的能事在體物入微;雖然景由人寫,景中離不了情,到底是以景爲主。這類詩以主觀的情爲重心,客觀的景,不過借來做工具;試把工部的'竹涼侵臥內'和王右丞的'萬壑樹參天,千山響杜鵑。山中一夜雨,樹杪百重泉'比較,便見得王作是純客觀的,杜作是主觀氣分甚重。"①

（二）"半寫實派"的杜甫

梁氏曾論及杜甫"半寫實派"的幾首詩,在他看來,杜甫"純寫實派的作品也很不少,而且很好"。如《後出塞》,"這首詩是安禄山還未造反時作的,所指就是安禄山那一班軍閥。僅僅六十個字,把他們豪奢驕蹇情形都寫完了。他却並沒有一個字批評,只是用巧妙技術把實況描出,令讀者自然會發厭恨憂危種種情感。這是寫實文學最大作用。"②又如《麗人行》《遭田父泥飲美嚴中丞》,前者專寫社會黑暗方面,後者却是寫社會光明方面:"讀起來令人感覺鄉村生活之優美,那'田父'一種真率氣象以及他對於社交之親切對於國家義務之認真,都一一流露。"③

梁啓超對於杜詩的態度前後發生鮮明轉變,他不僅自己喜好杜詩,還多次把《杜工部集》列爲必讀書目向人推薦,如梁啓超在《國學入門書要目及其讀法》《最低限度必讀書目》中强調《杜工部集》的重要性,在答《清華周刊》記者問時,又把《杜工部集》列入留學美國應帶書目。

---

① 梁啓超《中國韵文裏頭所表現的情感》,《梁啓超:國學講義》,第43頁。

② 梁啓超《中國韵文裏頭所表現的情感》,《梁啓超:國學講義》,第62頁。

③ 梁啓超《中國韵文裏頭所表現的情感》,《梁啓超:國學講義》,第63頁。

二、胡適的杜甫研究

胡適對杜詩的研究和論述，主要集中於 1928 年修訂出版的《白話文學史》（上卷）以及它的前身即 1922 年初版的《國語文學史》中①，又散見於其單篇論文與書信中。

如他在《白話文學史》中用較爲系統的社會學方法，從文學思潮與時勢變遷的關係中研究杜甫和杜詩，認爲安史之亂是"呼號愁苦的文學"、"痛定思痛的文學"的時代，這正是杜甫"問題詩"産生的土壤。所謂"問題詩"，是以"表現人生"爲其責任的，即表現"民間的實在痛苦，社會的實在問題，國家的實在狀況，人生的實在希望與恐懼"。所以他在同書李白章的最後説："我們終覺得杜甫能瞭解我們，我們也能瞭解杜甫。杜甫是我們的詩人。"亂離中杜詩的藝術風格更趨於真實、深沉、平實忠厚。然而由於胡適力倡白話，將"多用白話"視爲杜甫"晚年的一大成功，替後世詩家開了不少的法門"，並大大影響到宋詩，又將滑稽風趣定爲晚期杜詩的"特別風格"，其間雖有獨到的發掘，但未免失之偏頗。他視杜甫晚年律詩爲"一種消遣的玩藝兒"、"用來消愁遣悶"的觀點②，尤爲後人不取。歸納起來不外乎以下幾點：

（一）早期的杜詩評論較重其思想性、美感作用

胡適在新文化運動之前，特別是留學期間，對杜詩的評論較爲全面，既重其強烈的思想性，也重其形式美，也指出某些杜詩的偏頗之處，這是很難得的，當爲一味迷信杜詩者戒。如他由法國的《征人別婦圖》想到了杜詩：

①　胡適《國語文學史》，1921 至 1922 年撰寫、油印，1927 年北京文化學社出版；《白話文學史（上卷）》1928 年由上海新月書店出版。

②　胡適《白話文學史》（上卷），《胡適文集》（8），北京大學出版社 1998 年版，第 329 頁。

　　杜工部《兵車行》但寫征人之苦,其時所謂戰事,皆開邊拓地,所謂"侵略政策",詩人非之,是也。至於執戈以衛國,孔子猶亟許之;杜工部但寫戰之一面,而不及其可嘉許之一面,失之偏矣。杜詩《後出塞》之第一章寫從軍樂,而其詞曰:"男兒生世間,及壯當封侯",其志鄙矣。要而言之,兵者,兇器,不得已而用之。用之而有名,用之而得其道,則當嘉許之。用之而不得其道,好戰以逞,以陵弱欺寡,以攻城掠地,則罪戾也。……國家思想惟列國對峙時乃有之。……老杜生盛唐之世,本無他國之可言,其無國家之觀念,不足責也。①

又如他在談論文學二派"理想主義(Idealism)"和"實際主義(Realism)"時,即以杜詩爲例平議之:

　　更以例明之:"感時花濺泪,恨別鳥驚心",理想也。"芹泥隨燕觜,蕊粉上蜂鬚",實際也。"熊羆咆我東,虎豹號我西。我後鬼長嘯,我前狨又啼",理想也。"平生所嬌兒,顏色白勝雪。見耶背面啼,垢膩腳不襪。床前兩小女,補綻纔過膝",實際也。"老妻寄異縣,十口隔風雪。誰能久不顧? 庶往共飢渴。入門聞號咷,幼子飢已卒。吾寧捨一哀,里巷亦嗚咽。所愧爲人父,無食致夭折",亦實際也。②

所引各詩分見《春望》《徐步》《石龕》《北征》《自京赴奉先縣詠懷五百字》。胡適最後的結論是:"唐代之實際的文學,當以老杜與香

---

　　① 《征人別婦圖》,原載《藏暉室札記》1914 年 10 月 7 日條,20 日且有補白,見《胡適文集》第 5 卷,人民文學出版社 1998 年版,第 12 頁。
　　② 《讀白居易〈與元九書〉》,原載《藏暉室札記》1915 年 8 月 3 日條,見《胡適文集》第 5 卷,人民文學出版社 1998 年版,第 25 頁。

山爲泰斗。惟老杜則隨所感所遇而爲之，不期然而自然。蓋老杜天才，儀態萬方，無所不能，未必有意爲實際的文學。"①

又如他在論文學的"有所爲而爲之"與"無所爲而爲之"説：

> 有所爲而爲之者，或以諷諭，或以規諫，或以感事，或以淑世，如杜之《北征》《兵車行》《石壕吏》諸篇，白之《秦中吟》《新樂府》，皆是也。②

而"有所爲而爲之者，美感之外，兼及濟用"。如：

> 老杜之《石壕》《羌村》諸作，美感具矣，而又能濟用。其律詩如：
>> 落日平臺上，春風啜茗時。石欄斜點筆，桐葉坐題詩。翡翠鳴衣桁，蜻蜓立釣絲。自今幽興熟，來往亦無期。（其三）
> 則美感而已耳。③

而且進一步評價道："作詩文者，能兼兩美，上也。"④不用質疑，所舉杜詩及多數杜詩都是"上也"的作品。

胡適反復舉《石壕吏》詩，多方面闡釋其價值。如在談我國傳統文

---

① 《讀白居易〈與元九書〉》，見《胡適文集》第 5 卷，人民文學出版社 1998 年版，第 26 頁。

② 《論"文學"》，原載《藏暉室札記》1915 年 8 月 18 日條，見《胡適文集》第 5 卷，人民文學出版社 1998 年版，第 29 頁。

③ 《論"文學"》，見《胡適文集》第 5 卷，人民文學出版社 1998 年版，第 31 頁。

④ 《論"文學"》，見《胡適文集》第 5 卷，人民文學出版社 1998 年版，第 31 頁。

學三大病之三“言之無物”時說:“詩人則自唐以來,求如老杜《石壕吏》諸作,乃白香山《新樂府》《秦中吟》諸篇,亦寥寥如鳳毛麟角。”①

(二) 審視杜詩的角度是“白話文學中心論”

胡適在其《白話文學史》中這樣來評論韓愈:

> 韓愈是個有名的文家,他用作文的章法來作詩,故意思往往能流暢通達,一掃六朝初唐詩人扭扭捏捏的醜態。這種“作詩如作文”的方法,最高的境界往往可到“作詩如說話”的地位,便開了宋朝詩人“作詩如說話”的風氣。後人所謂“宋詩”,其實沒有什麼玄妙,只是“作詩如說話”而已。這是韓詩的特別長處。②

引用這段評論,意在說明“白話”是胡適論文學的根本原則。由於觀點過激、片面,自出版至今一直招來非議③。我們以爲,強調“白話文學”、民間文學,有矯枉過正的意思,本無可厚非。當然,這更是新文學改良運動的直接結果,也是他作爲思想改良者的重要實踐。在他看來,杜甫是古典詩歌的代表,可是杜詩有一部分是用白話來寫的,如部分律詩、樂府詩、打油詩和小詩等,都是值得肯定的。他多次談到杜甫寫白話詩的問題,如:

民國五年(1916),他說:“文學革命的手段,要令國中的陶謝李

---

① 《吾國文學三大病》,原載《藏暉室札記》1916 年 4 月 17 日條,見《胡適文集》第 5 卷,人民文學出版社 1998 年版,第 43 頁。

② 《白話文學史》(上卷),《胡適文集》第 4 卷,人民文學出版社 1998 年版,第 284—285 頁。

③ 如朱光潛在其《詩論·替詩的音律辯護——讀胡適的〈白話文學史〉後的意見》說,“作詩如說話”是其“白話文學史”的出發點,也是近來新詩運動的出發點,這一“根本原則是錯誤的”。(《詩論》,生活·讀書·新知三聯書店 1984 年版,第 252 頁)

杜皆敢用白話高腔京調做詩；又須令彼等皆能用白話高腔京調做詩。"又説："文學革命的目的,要令中國有許多白話高腔京調的陶謝李杜。換言之,則要令陶謝李杜出於白話高腔京調之中。"①

民國六年(1917),他在《寄陳獨秀》函中又説："自杜工部以來,代代有之;但尚無人以全副精神專做白話詩詞耳。"②

民國十三年(1924)他在《國語文學史大要》的演講中説："唐朝的時候,國語文學的作品很多。唐詩大部分都是用白話做的,如大詩人杜工部、李太白等人的作品,差不多都是白話的。"③

民國二十三年(1934)他在《逼上梁山——文學革命的開始》一文中曾追記留美時的觀點："白話可以作詩,本來是毫無可疑的。杜甫、白居易,寒山、拾得,邵雍、王安石、陸游的白話詩都可以舉來作證。"④

在胡適看來,杜甫的"《聞官軍收河南河北》一首的確是好詩。這詩所以好,因爲他能用白話文寫出當時高興得很,左顧右盼,顛頭播腦,自言自語的神氣。第三,四,七,八句雖用對仗,都恰合言語的自然。五六兩句'白日放歌須縱酒,青春作伴好還鄉',便有點造作,不自然了。這可見律詩總不是好詩體,做不出完全好詩"。而"《諸將》五首,在律詩中可算得是革命的詩體。因爲這幾首極老實本色,又能發揮一些議論,故與別的律詩不同。但律詩究竟不配發議論,故老杜這五首詩可算得完全失敗"。而"《詠懷古跡》五首,也算不得好詩"。因爲"這都可證文言不易達

① 《與任叔永書》,最初發表於上海亞東圖書館初版《藏暉室札記》(即《胡適留學日記》)第四册,見《胡適文集》第3卷,人民文學出版社1998年版,第11頁。

② 《胡適文存》卷一,《胡適文集》(2),北京大學出版社1998年版,第24頁。

③ 《胡適演講集》,《胡適文集》(12),北京大學出版社1998年版,第136頁。

④ 《胡適文集》(1),北京大學出版社1998年版,第156頁。

意,律詩更做不出好詩"①。對於這部分律詩,胡適是這麼解釋的:杜甫"在於力求自然,在於用説話的自然神氣來做律詩,在於從不自然之中求自然"②。其實質是這些律詩用的是白話。又説,人們"爲什麼愛杜甫的《石壕吏》《兵車行》諸詩呢? 因爲他們都是用白話做的"③。同時,對於杜甫那類"有點做作,不自然"的律詩,胡適是持否定態度的。如他批評《聞官軍收河南河北》"白日放歌須縱酒,青春作伴好還鄉"一聯,便是一例,並説:"這可見律詩總不是好詩體,做不出完全好詩。"又批評《諸將五首》,"可算得完全失敗",《詠懷古迹五首》"也算不得好詩"④。對於杜甫的律詩,胡適的有關批評顯然有牽強之處,這一觀念的提出,根源在於他的白話文學觀念。

杜甫的樂府詩也是用白話,當然值得肯定。他的打油詩、晚年的小詩,也值得肯定。其實,胡適對打油詩的要求是很高的:"世上只有幾首打油詩可讀,也只有幾首寄托詩可讀。"⑤胡適認爲,杜甫傳承了其祖父杜審言的"滑稽風趣",正因爲有這種風趣,杜甫一生"在窮困之中而意興不衰頹,風味不乾癟"。這種"打油詩"的趣

---

①　引文俱見《答任叔永》,原載 1918 年 8 月《新青年》第五卷第二號(通信‧新文學問題之討論),見《胡適文集》第 3 卷,人民文學出版社 1998 年版,第 80 頁。

②　《白話文學史》(上卷),《胡適文集》第 4 卷,人民文學出版社 1998 年版,第 246 頁。

③　《建設的文學革命論》,原載 1918 年 4 月《新青年》第四卷第四號,見《胡適文集》第 3 卷,人民文學出版社 1998 年版,第 61、71 頁。

④　《答任叔永》,見《胡適文集》第 3 卷,人民文學出版社 1998 年版,第 80、81 頁。

⑤　《致沈尹默》,最初載 1921 年上海亞東圖書館初版《胡適文存》一集卷一,見《胡適文集》第 3 卷,人民文學出版社 1998 年版,第 110 頁。

味,成爲杜甫詩歌的"特別風格"①。尤其到晚年,杜甫的這種風趣"更特別發達,成爲第三時期的詩的最大特色"②。胡適又認爲,杜甫晚年的"小詩"開創了中國詩的一種重要風格,"純是天趣,隨便揮灑,不加雕飾,都有風味","是老杜晚年的一大成功,替後世詩家開了不少的法門;到了宋朝,很有些第一流詩人仿作這種'小詩',遂成爲中國詩的一種重要的風格"③。胡適又認爲,杜甫律詩有雜湊的毛病,"律詩很難沒有雜湊的意思與字句。大概做律詩的多是先得一兩句好詩,然後湊成一首八句的律詩。老杜的律詩也不能免這種毛病。如:'江天漠漠鳥雙去',這是好句子。他對上一句'風雨時時龍一吟',便是雜湊的了。又如:'重露成涓滴,稀星乍有無。'下句是實寫,上句便是不通的湊句了。又如:'暗飛螢自照,水宿鳥相呼。'上句很有意思,下句便又是雜湊的了。又如:'四更山吐月,殘夜水明樓。'這真是好句子。但此詩下面的六句便都是雜湊的了。這些例子都可以教訓我們:律詩是條死路,天才如老杜尚且失敗,何況別人?"④

這個"白話中心論"或曰"泛白話化"難免出現不能自圓其説的問題。如他説:"我們研究出來的是:盛唐的白話文學多於初唐,中唐的白話文學多於盛唐,晚唐的白話文學更多於中唐。至於元、白的詩才是否比得上李、杜,杜牧、杜荀鶴的詩是否比得上杜甫,這全是個人的天才的限制,與那些時代白話化的趨勢無關。……盛唐

① 《白話文學史》(上卷),《胡適文集》第 4 卷,人民文學出版社 1998 年版,第 223 頁。

② 《白話文學史》(上卷),《胡適文集》第 4 卷,人民文學出版社 1998 年版,第 225 頁。

③ 《白話文學史》(上卷),《胡適文集》第 4 卷,人民文學出版社 1998 年版,第 238、243 頁。

④ 《白話文學史》(上卷),《胡適文集》第 4 卷,人民文學出版社 1998 年版,第 248 頁。

的詩,如杜甫的詩,也許有些是中唐、晚唐人做不到的,但中唐、晚唐的白話詩確是比盛唐多得多了。"①這段話是自相矛盾的:一方面,依據詩學常識,胡適知道李、杜都是最有成就的偉大詩人,元、白、杜牧、杜荀鶴皆不能企及;但是另一方面,按照他自己確立的以"白話化"爲核心的評判標準,後者之詩的白話程度更高(因而成就也應該更大)。一方面承認李、杜"詩才"高於元、白,杜甫的詩高於晚唐二杜,另一方面却又認爲後者的詩歌價值更大,因其白話化程度更高。

因而,胡適的觀點存在缺陷:(一)稱杜甫的詼諧風趣之作爲"打油詩"不妥,打油詩通常指順口溜,不是嚴格意義上的文學;杜甫的這類作品(或詩句)應該叫詼諧詩。(二)胡適的說法有點誇張。比如說詼諧風趣"成爲第三期的詩的最大特色","打油詩裏的老杜乃是真老杜"。其實詼諧風趣只是杜甫多樣風格中的一種,也只有部分作品具有這種特徵。

(三)圍繞文學改良主張談論杜詩

他反對用典或陳套語,並以杜詩爲例加以說明:"凡人用典或陳套語者,大抵皆因自己無才力,不能自鑄新辭,故用古典套語,轉一彎子,含糊過去,其避難趨易,最可鄙薄!在古大家集中,其最可傳之作,皆其最不用典者也。老杜《北征》何等工力!然全篇不用一典(其'不聞殷周衰,中自誅褒妲'二語乃比擬非用典也)。其《石壕》《羌村》諸詩亦然。"②他在談及文學的"承前啓後之關係,最難截斷"時,說:"今之妄人論詩,往往極推盛唐,一若盛唐之詩,真

---

① 《國語文學史》第二編第五章,《胡適文集》(8),北京大學出版社1998年版,第69—70頁。

② 《致陳獨秀》,《胡適文集》第3卷,人民文學出版社1998年版,第15頁。胡適在其《文學改良芻議》"八不主義"之"六曰不用典"中也云老杜詩"未聞殷周衰,中自誅褒妲"爲"非用典也"。參見《胡適文集》第3卷,人民文學出版社1998年版,第23頁。

從天而下者。不知六朝人如陰鏗，其律詩多與摩詰、工部相敵（工部屢言得力於陰鏗。其贈李白詩，亦言‘李侯有佳句，往往似陰鏗’，則太白亦得力於此也），則六朝之詩與盛唐固不可截斷也。”①他進一步談及六朝詩人對唐代律詩的影響：

> 　　唐以前律詩之第一大家，莫如陰鏗（陳代人）。……按杜工部贈李白詩，“李侯有佳句，往往似陰鏗。”又有絕句云：“陶冶性情存底物，新詩改罷自長吟。孰知二謝將能事，頗學陰何苦用心。”陰，陰鏗；何，何遜也。此可見六朝人詩之影響唐人矣。有心人以歷史眼光求律詩之源流沿革，於吾國文學史上當裨益不少。②

他打破文體界限來談論杜詩：“到了唐朝，韵文散文中都有很妙的短篇小説。韵文中，杜甫的《石壕吏》是絕妙的例。”“這首詩寫天寶之亂，只寫一個過路投宿的客人夜裏偷聽的事，不插一句議論，能使人覺得那時代徵兵之制的大害，百姓的痛苦，丁壯死亡的多，差役捉人的橫行：——都在眼前。捉人捉到了生了孫兒的祖母老太太，别的更可想而知也。”③這種研究方法是新穎的，富有啓發性的，即“文學的經濟方法”。

　　集中談論了杜甫的律詩。因爲律詩起源於南齊時的“永明體”，所以他對此自然持否定態度。永明體的理論是“聲律説”，主要内容是“爲文皆用宫商，以平上去入爲四聲，以此製韵。有平頭、

---

　　①　《寄陳獨秀》，《胡適文集》第3卷，人民文學出版社1998年版，第31頁。

　　②　《論律詩》，原載《藏暉室札記》（又題《胡適留學日記》）1914年5月27日條，見《胡適文集》第5卷，人民文學出版社1998年版，第9—10頁。

　　③　《論短篇小説》，原載1918年3月22日至27日《北京大學日刊》，見《胡適文集》第3卷，人民文學出版社1998年版，第52頁。

上尾、蜂腰、鶴膝。五字之中,音韵悉異;兩句之間,角徵不同"(《南齊書·陸厥傳》)。胡適在引用了這種理論之後批評道:"文學到此地步,可算是遭一大劫。""文學遂成了極端的機械化。""駢偶之上又加了一層聲律的束縛,文學的生機被他壓死了。"①"六朝以來的律詩到此時期更加華麗工整,沈佺期、宋之問最工律體,嚴定格律,學者尊奉,號爲沈宋。這種體裁最適宜於應制與應酬之作,只要聲律調和,對仗工整,便没有内容也可成篇。律詩的造成都是齊梁以至唐代的愛文學的帝后造作的罪孽。"②總而言之,胡適對律詩是否定的,可謂嚴詞貶斥。他在《杜甫》一章中只是在結尾處"約略談談他的律詩"。"老杜是律詩的大家,他的五言律和七言律都是最有名的。律詩本是一種文字遊戲,最宜於應試應制應酬之作;用來消愁遣悶,與圍棋踢球正同一類。老杜晚年作律詩很多,大概只是拿這件事當一種消遣的玩意兒。他説:'陶冶性靈存底物? 新詩改罷自長吟。孰知二謝將能事,頗學陰何苦用心。'(《解悶》)在他不過是'陶冶性靈'而已。"③胡適僅據《解悶》詩把杜甫的律詩創作視爲"消遣",不免太片面。縱觀杜甫的一生,他是把寫作視爲嚴肅的事業的,如他説:"文章千古事,得失寸心知。……法自儒家有,心從弱歲疲。"(《偶題》)這裏面包含着對儒家視"立言"爲"不朽"理念的認同和選擇。

　　胡適把杜甫的律詩分爲"成功"與"失敗"兩種,也是值得探討的問題。首先他認爲:"老杜作律詩的特别長處在於力求自然,在於用説話的自然神氣來做律詩,在於從不自然之中求自然。最好

<hr>

① 以上見《白話文學史》第一編第八章《唐以前三百年中的文學趨勢》,北京大學出版社 2014 年版,第 100、101、107 頁。

② 《白話文學史》第二編第十二章《八世紀的樂府新詞》,北京大學出版社 2014 年版,第 171—172 頁。

③ 《白話文學史》第二編第十四章《杜甫》,北京大學出版社 2014 年版,第 233—234 頁。

的例子是《早秋苦熱堆案相仍》：‘七月六日苦炎蒸，對食暫餐還不能。每愁夜中皆是蠍，況乃秋後轉多蠅。束帶發狂欲大叫，簿書何急來相仍！南望青松架短壑，安得赤腳踏層冰！’”①胡適之所以認可這首詩，是因爲它“打破律詩”了。全詩雖然注意用平韻和對仗，但不調平仄，不用典，善用“虛字”斡旋，顯得較“自然”，像“説話”。他又認爲，“杜甫用律詩作種種嘗試，有些嘗試是很失敗的。如《諸將》等篇用律詩來發議論，其結果只成一些有韻的歌括，既不明白，又無詩意。《秋興》八首傳誦後世，其實也都是一些難懂的詩謎。這種詩全無文學的價值，只是一些失敗的詩玩意兒而已。”②

　　胡著的有些地方觸及杜詩的内部問題。如他在談論詩歌的意境時説，“意境要平實”：“‘朱門酒肉臭，路有凍死骨’，是一種意境。‘隔户楊柳弱嫋嫋，恰似十五女兒腰。誰謂朝來不作意，狂風挽斷最長條。’（《絶句漫興九首》其九）又是一種意境。”“往往一個人在不同的時代可以有不同的意境，年齡，學問，經驗，都可以影響他對於事物的看法。杜甫中年的詩和晚年的詩風格不同，只是因爲他的見解變了，意境變了，所以風格也變了。”③如他談及絶句的特點：

　　　　文人從民歌裏得了絶句體裁，加上新的見解，加上比較深刻的觀察，加上比較豐富的内容。所以詩人的絶句往往有新的境界，有民間歌唱不容易達到或不能達到的境界。老杜的《漫興》是最好的例子：

① 《白話文學史》第二編第十四章《杜甫》，北京大學出版社 2014 年版，第 234 頁。

② 《白話文學史》第二編第十四章《杜甫》，北京大學出版社 2014 年版，第 235 頁。

③ 《談談“胡適之體”的詩》，原載 1936 年《自由評論》第十二期，見《胡適文集》第 3 卷，人民文學出版社 1998 年版，第 304 頁。

　　　　　手種桃李非無主,野老墻低還是家。

　　　　　恰似春風相欺得,夜來吹折數枝花。(其二)

　　　　　隔户楊柳弱嫋嫋,恰似十五女兒腰。

　　　　　誰謂朝來不作意,狂風挽斷最長條。(其九)

　　這種境界是民歌裏稀有的,但這裏的語言都還是最樸素的,最
　　乾净的白話,不靠典故,不靠詞藻,意境超出了民歌,而語言還
　　是民歌的語言。①

而且不止一次地高度評價杜甫的絕句:"絕句的最上乘,前有老杜,
後有楊誠齋。其次則王荆公,劉夢得,杜牧之。二十八個字的小
詩,一千年來的作家寥寥如此。""詩人做的五言絕句,好的真少,我
最喜歡老杜的:'漫道春來好,狂風好放顛。吹花隨水去,翻却釣
魚船!'"②

　　胡適推崇樂府詩。從《國語文學史》到《白話文學史》,有個一
以貫之的觀念,即特别推崇樂府詩,論述樂府詩的文字特别多。後
書設了專章《八世紀的樂府新詞》,該章論述了"幾個樂府大家",
即高適、岑參、王維、王昌齡和李白等;而後面幾章的論述也存在着
一條樂府詩的綫索,他認爲杜甫、元結發起了"樂府詩運動",元稹、
白居易又自覺地將其發展爲"文學革新事業"。胡適説,中國文學
便分出了兩條路子:一條是那模仿的,沿襲的,没有生氣的古文文
學;一條是那自然的,活潑潑的,表現人生的白話文學。中國古代
文學一直存在着"上下兩層潮流",上層潮流是貴族文學,下層潮流
是平民文學;上層潮流的作者是"士大夫階級",下層潮流的作者是

---

　　① 《談絶句的一封信》,原載 1947 年 12 月 6 日《申報·文史周刊》第一
期,見《胡適文集》第 3 卷,人民文學出版社 1998 年版,第 308 頁。

　　② 《談絶句的一封信》,見《胡適文集》第 3 卷,人民文學出版社 1998 年
版,第 308、309 頁。

"小老百姓"；上層文學的特點是"仿古的"、"死的"、"没有生氣的"、"没有人的意味"、"古文的"，所以是"没有價值的文學"；而下層文學的特點是"自然的"、"活潑潑的"、"有生命"、"表現人生的"、"白話的"，所以是"真正的文學"。從漢到唐的白話韵文可以叫做"樂府"時期。其間，杜甫以其"無復依傍"的新題樂府，做出了獨特的貢獻。

如他拿杜甫的新題樂府《兵車行》與李白的古題樂府《戰城南》做比較："我們便可看出李白是仿作樂府歌詩，杜甫是彈劾時政。這樣明白的反對時政的詩歌，三百篇以後從不曾有過，確是杜甫創始的。……這樣的問題詩是杜甫的創體。"他稱《自京赴奉先縣詠懷五百字》是"更偉大的作品"、"一篇空前的彈劾時政的史詩"；"三吏"、"三別"等作品"遂開後世社會問題詩的風氣"①。這樣認識和評價杜甫在詩歌史上的貢獻是中肯的。

（四）高度評價杜甫社會問題詩

胡適認爲："杜甫的詩有三個時期：第一期是大亂以前的詩，第二期是他身在離亂之中的詩，第三期是他老年寄居成都以後的詩。"②而杜詩絕大多數直面實在的人生，反映了社會的問題，是時代的代表。胡適列舉第一期的《兵車行》評論道："拿這詩來比李白的《戰城南》，我們便可看出李白是仿作樂府歌詩，杜甫是彈劾時政。這樣明白的反對時政的詩歌，《三百篇》以後從不曾有過，確是杜甫創始的。……這樣的問題詩是杜甫的創體。"③他還説："老杜的社會問題詩在當時確是別開生面，爲中國詩史開一個新時代。

---

① 《白話文學史》第二編第十四章《杜甫》，北京大學出版社 2014 年版，第 216—218 頁。

② 《白話文學史》第二編第十四章《杜甫》，北京大學出版社 2014 年版，第 211 頁。

③ 《白話文學史》第二編第十四章《杜甫》，北京大學出版社 2014 年版，第 216 頁。

他那種寫實的藝術和大膽諷刺朝廷社會的精神，都能夠鼓舞後來的詩人，引他們向這種問題詩的路上走。"①胡適所說的就是杜甫"新題樂府"，肯定其首創之功，並揭示出兩個特徵：一是寫實主義的創作方法；二是批判現實的政治態度。

同時，胡適分析了八世紀上下葉中國文學的不同特點，把杜甫放在一個世紀文學發展史的大背景中來比較分析。胡適認爲，八世紀下半葉與八世紀上半葉的文學截然不同，最大的不同點就是"那嚴肅的態度與深沉的見解"。上半期的文學是"應試與應制的玩意兒"，是"仿作樂府歌詞供教坊樂工歌妓的歌唱或貴人公主的娛樂"，是"勉强作壯語或勉强説大話，想像從軍的辛苦或神仙的境界"。而八世紀下半葉以後，偉大作家的文學要能"表現人生——不是那想像的人生，是那實在的人生：民間的實在痛苦，社會的實在問題，國家的實在狀況，人生的實在希望與恐懼"。上半期是盛世，是太平世，所以這個時代的文學只是"歌舞昇平的文學，内容是浪漫的，意境是做作的"。而八世紀中葉以後的社會是個亂離的社會，所以這個時代的文學是"呼號愁苦的文學，是痛定思痛的文學，内容是寫實的，意境是真實的"。而八世紀下半葉與九世紀上半葉（755—850）的文學纔是真正的盛唐文學，是"中國文學史上一個最光華燦爛的時期"②。而這個最光華燦爛時期的"創始人與最偉大的代表"則是杜甫。封建時代，人們推崇杜甫，很大一部分原因是杜甫的忠君思想，所謂"每飯不忘君"是也。而胡適却與封建文人針鋒相對，否定了杜甫忠君的思想，把詩聖拉回到平民立場，從"爲社會"、"爲人生"的角度高度評價了杜甫"彈劾時政"的"社會問題

---

① 《白話文學史》第二編第十六章《元稹　白居易》，北京大學出版社2014年版，第284頁。

② 《白話文學史》第二編第十四章《杜甫》，北京大學出版社2014年版，第207頁。

詩"。如評《兵車行》説："這樣明白的反對時政的詩歌,三百篇以後從不曾有過,確是杜甫創始的。"①評《自京赴奉先縣詠懷五百字》:"這樣的慘痛使他回想個人的遭際,社會的種種不平;使他回想途中經過驪山的行宫所見所聞的歡娱奢侈的情形,他忍不住了,遂發憤把心裏的感慨盡情傾吐出來,作爲一篇空前的彈劾時政的史詩。"評《哀江頭》《哀王孫》:"使人從那片段的故事裏自然想象得出那故事所涵的意義與所代表的問題……這種方法遂成爲社會問題新樂府的通行技術。"又稱"三吏"、"三别"爲杜甫"最重要的社會問題詩",胡適甚至認爲杜甫是"我們的詩人",因爲"杜甫代表中國民族積極入世的精神"②。杜甫的這些詩受到胡適推崇,並不是因爲其高超的詩藝,而是因爲杜詩"反對時政"、"彈劾時政",是"社會問題詩"。

胡適的確"做過一番研究杜甫的功夫";"但是我讀杜詩,唯讀《石壕吏》,《自京赴奉先詠懷》一類的詩,律詩中五律我極愛讀,七律中最討厭《秋興》一類的詩,常説這些詩文法不通,只有一點空架子"③。並"主張用樸實無華的白描工夫,如白居易的《道州民》,如黄庭堅的《題蓮花寺》,如杜甫的《自京赴奉先詠懷》。這類的詩,詩味在骨子裏,在質不在文! 没有骨子的濫調,詩人決不能做這類的詩"④。

杜甫爲什麼能寫白話詩? 胡適説:"杜甫是一個平民的詩人,

<hr>

① 白話文學史》第二編第十四章《杜甫》,北京大學出版社 2014 年版,第216 頁。

② 《白話文學史》(上卷),《胡適文集》第 4 卷,人民文學出版社 1998 年版,第 230、231、233、226 頁。

③ 《〈嘗試集〉自序》,《胡適文集》第 3 卷,人民文學出版社 1998 年版,第 115 頁。

④ 《〈嘗試集〉自序》,《胡適文集》第 3 卷,人民文學出版社 1998 年版,第 118 頁。

因爲他最能描寫平民的生活與痛苦。但平民的生活與痛苦也不是貴族文學寫得出的,故杜甫的詩不能不用白話。"①胡適的這種話語方式和評判角度,明顯帶有"五四"時期知識分子關注時政、關懷社會民生的文化烙印。杜甫的詩歌表達了這一時期先進知識分子的文化訴求和人文情懷,因而受到新文化運動大將的首肯和推崇。

(五)李杜比較研究

關於李杜比較研究的第一個貢獻是:李白與杜甫分屬兩個不同時代。如前所述,胡適説,八世紀,人們雖籠統地誇説"盛唐",可是上半葉的文學與八世紀下半葉截然不同,開元天寶詩人與天寶以後的詩人有根本上的不同。前期的代表詩人是李白,後期代表是杜甫。即是説,李白杜甫代表兩個絶不同的趨勢:李白結束八世紀中葉以前的浪漫文學,杜甫開展八世紀中葉以下的寫實文學。可見,胡適以安史之亂爆發(755)爲大致坐標,將八世紀分成上下兩段,上段是"太平世",下段是"亂離世"。相應地,八世紀的文學也被分成兩段,前段是浪漫的文學,後段是寫實的文學。李、杜雖"並世而生",却分別代表着前後兩段的文學。而且杜甫是後段的開創者、最大的代表者,並與九世紀上半葉的白居易等人一起造成大約一百年的"唐詩的極盛時代"。胡適的看法有其合理性,是對唐詩分期以及李杜差異的認識深化。在當時的學術界產生了一定的影響,比如陸侃如和馮沅君先生所著《中國詩史》(見後文),就大刀闊斧地將有唐一代三百年的詩歌發展史分成"李白時代"和"杜甫時代"。黃澤浦《"七五五年"在唐詩上之意義》②、李嘉言《唐詩分期問題》③等論文也是闡釋、支持此説的。

第二個貢獻是分析了李、杜思想性格的差異。胡適説,李白所

處的時代"是個解放的時代,古來的自然主義哲學(所謂道家哲學)與佛教的思想的精彩部分相結合,成爲禪宗的運動;⋯⋯這是中國佛教史上的一大革命,也是中國思想史上的一大革命。這個大運動的潮流自然震盪全國,美術文學都逃不了他們的影響。這個時代的人生觀是一種放縱的、愛自由的、求自然的人生觀。⋯⋯這種風氣表面上看來很像是頹廢,其實只是對於舊禮俗的反抗,其實只是一種自然主義人生觀的表現。"①他認爲:"李白是一個天才絶高的人,在那個解放浪漫的時代裏,時而隱居山林,時而沉醉酒肆,時而煉丹修道,時而放浪江湖,最可以代表那個浪漫的時代,最可以代表那時代的自然主義的人生觀。"②這就是"解放浪漫的"盛唐時代精神,"放縱的、愛自由的、求自然的""自然主義人生觀"是李白思想性格的主要方面。

關於杜甫,他説:"他很關心時政,感覺時局不能樂觀,屢有諷刺的詩,如《麗人行》《兵車行》等篇。他是個貧苦的詩人,有功名之志而没有進身的機會。他從那'騎驢三十載'的生活裏觀察了不少的民生的痛苦,從他個人的貧苦的經驗裏體認出人生的實在狀況,故當大亂爆發之先已能見到社會國家的危機了。他在這個時代雖然也縱飲狂歌,但我們在他的醉歌裏往往聽得悲哀的嘆聲:'但覺高歌有鬼神,焉知餓死填溝壑!'"③杜甫"自比稷與契,寧可'取笑同學翁',而不願學巢父與許由。這是杜甫與李白大不同之處:李白代表隱遁避世的放浪態度,杜甫代表中國民族積極入

① 《白話文學史》(上卷),《胡適文集》(8),北京大學出版社 1998 年版,第 283—284 頁。

② 《白話文學史》(上卷),《胡適文集》(8),北京大學出版社 1998 年版,第 293 頁。

③ 《白話文學史》(上卷),《胡適文集》(8),北京大學出版社 1998 年版,第 308 頁。

世的精神。"①所舉"關心時政"、"有功名之志"、"積極入世"等,正是杜甫思想性格的主要方面。

第三個貢獻是肯定李白是樂府詩的"集大成"者,也擅長"歌詠自然"。杜甫則擅長寫實主義的"社會問題詩"(詳見上文)。

胡適爲什麼對杜詩的弱點津津樂道呢? 其一,胡適認爲,打油詩是白話詩的僅次於"民歌"的第二個來源;其二,反撥"詩聖"説,還原杜甫"人"的形象。"我們這樣指出杜甫的詼諧的風趣,並不是忘了他的嚴肅的態度,悲哀的情緒。我們不過要指出老杜並不是終日拉長了面孔,專説忠君愛國話的道學先生。他是一個詩人,骨頭裏有點詩的風趣。"②

第四個貢獻是論李杜優劣問題。在 1921 年至 1922 年所作的《國語文學史》裏,李白與杜甫都是放在《盛唐》一章中加以論述的。六七年之後的《白話文學史》卻發生了很大變化。李白放在第十二章《八世紀的樂府新詞》中與高適、岑參、王昌齡、王維等人一起論述,殿後卻是全章重點;此外在第十三章《歌唱自然的詩人》,又把他與孟浩然、王維、裴迪、儲光羲、元結等人相提並論。但是作者把杜甫拔出來單列爲第十四章,用較長的篇幅予以論述。並在接下來的第十五章《大曆長慶間的詩人》和第十六章《元稹白居易》中多次插叙杜甫。由此亦可窺見李杜在胡適心目中的不同地位。

前文已隱約可見胡適對李杜的評價問題。胡適認爲,八世紀上半葉詩歌的關鍵是製作樂府歌辭,而李白是集大成者。但他又説,從杜甫中年到白居易去世這約一百年是唐詩的"極盛期",其創始人和最偉大的代表是杜甫。從這裏也不難比較出作者對李杜的

① 《白話文學史》(上卷),《胡適文集》(8),北京大學出版社 1998 年版,第 313 頁。

② 《白話文學史》(上卷),《胡適文集》(8),北京大學出版社 1998 年版,第 325 頁。

差異含有評價。胡適雖對杜甫的律詩、打油詩不滿,可是他對李杜的態度是比較明顯的,即杜甫優於李白。這種較明顯的"揚杜抑李"論,究其原因是對李白的認識不到位,或有誤區。如認爲李白是"隱士",基本人生態度是"出世"的,這不準確。又如對"浪漫主義"的創作方法認識也有誤區。作爲創作方法,浪漫主義與現實主義並無優劣之分。李白詩風偏於浪漫主義,不能説其"意境是做作的"。在用寫實方法創作"社會問題詩"方面,李白不及杜甫是事實。但是文學藝術本來就有兩大類:一類是側重"再現"客觀的社會生活;一類是側重"表現"主觀的心靈世界。李白長於後者。

最後做一小結。李澤厚評論胡適的貢獻與歷史地位時説:"五四是一個群星明燦、人才噴湧的時期,許多人在歷史上留下了名字,不僅在當時而且在以後還有持久影響的也不少。其中,胡適、陳獨秀、魯迅,無疑是屈指先數的前三名。"又説:"胡適是開風氣者。開風氣者經常自己並不成功,膚淺浮泛,却具有思想史上的意義。"[1]"開風氣"之先是胡適的第一個貢獻。這裏,胡適對杜詩的評論,有的地方難免是膚淺的,甚至是可笑的,一直招來論者的非議,在那個特殊的"批胡"年代,他的一些觀點甚至被視爲"反動"的[2],而遭到批判;然其開創之功是抹殺不掉的。李澤厚又説:"胡

---

①　李澤厚《中國現代思想史論》,生活·讀書·新知三聯書店2008年版,第89、90頁。

②　可參蕭滌非的文章《批判胡適對杜甫詩的錯誤觀點》,見氏著《杜甫研究》(修訂本),齊魯書社1980版,第176—187頁。當時的批胡是一場全國性的運動,涉獵面很廣,蕭先生也沒有脱俗。案:批判文章結集爲《胡適思想批判》,前四輯由生活·讀書·新知三聯書店出版,上海人民出版社重印,時間是1955年3月—1955年6月,作者包括了汪子嵩、李達、王若水、周一良、游國恩、蔡儀、陰法魯、周谷城、賀麟、艾思奇、胡繩、羅爾綱、金岳霖等人。此外尚有《胡適思想批判資料集刊》《胡適反動思想批判》《批判胡適的實用主義哲學》《批判胡適實用主義的反動性和反科學性》等出版物。

適在中國現代思想史上的第二個主要貢獻，是給當時學術界以破舊創新的空前衝擊。"①李澤厚是以其《中國哲學史大綱》上卷和《紅樓夢考證》來說明這一論斷的。他對杜詩的評論又何嘗不是這樣的：第一次突破了千百年來傳統的觀念、準則、規範，"這種範式的變革，與其說是學術性的，毋寧說是思想性的"②。可是，由於種種原因，這種思想性的變革，一直未被杜詩學界所接受，實是憾事！當然，在這裏，我們無意也無能力全面評價胡適，僅就其對杜詩的某些言論做一評價而已。

三、蘇雪林、吳經熊、汪静之、傅東華等人的杜甫研究

（一）蘇雪林論杜甫及其詩

蘇雪林《唐詩概論》譽杜甫爲"寫實主義開山大師"③。她認爲杜甫"天性近於寫實派"，安史之亂爆發後，與"李白逃到天上，王

---

① 李澤厚《中國現代思想史論》，第 94 頁。

② 李澤厚《中國現代思想史論》，第 94 頁。

③ 蘇雪林（1897—1999），原名蘇小梅，後改爲蘇梅，字雪林，以字行。著名文學研究者、作家、畫家。1925 年起先後任東吳大學、滬江大學、安徽省立大學、武漢大學教授，抗戰時隨校遷往四川。1949 年赴臺灣，1952 年起歷任臺灣省立師範大學、成功大學教授，1974 年退休。生跨兩個世紀，杏壇執教 50 載，創作生涯 70 年，出版著作 40 部。其中學術著作涉及戲劇、文藝批評、中國古代文學和現當代文學領域。如《崑崙之謎》《詩經雜俎》《屈原與九歌》《天問正簡》《楚騷新詁》《屈賦論叢》《屈賦新探》《九歌中人神戀愛問題》《李義山戀愛事迹考》《唐詩概論》《試看紅樓夢的真面目》《中國文學史》《遼金元文學》《論中國舊小説》《中國二三十年代作家》《我論魯迅》《中國文化與天主古教》《文化史講議》等。《唐詩概論》，初版於 1934 年（商務印書館），收入王雲五主編的《國學小叢書》。該書參考的詩史著作，主要是陸侃如、馮沅君《中國詩史》與胡適《白話文學史》。作者曾師從胡適，故極力推崇胡適意義上語言鮮活生動的"白話文學"。由於個人的愛好，對李賀、李商隱等人的"唯美文學"做出了相當正面的評價。

維、裴迪逃入山林,高適、岑參則爽性逃歸靜默"不同,他"不但不退避反而迎上前去,細心觀察它,解剖它","嚴肅地沈痛地喊出時代的痛苦",從而"把文學由天上提到人間,由夢想變成真實,而且代浪漫主義而興,成爲唐詩一大宗派"。杜詩不僅是"詩史",而且在"偉大人格的映射"與"詼諧趣味的流露"方面無不表現出"真實"①。

　　而以講義形式編印的《中國文學史略》②,是略早於"文學史"出版的《唐詩概論》的有力補充③,它以進化論闡釋文學史、評論杜甫。如她從杜甫的生平切入其詩:"時天寶政局表面上雖如火如荼,而實際非常腐敗,甫屢有諷刺之詩如《麗人行》《兵車行》等篇。至天寶末(七五五)赴奉先縣去看他的妻子,而成《自奉先縣詠懷五百字》,老老實實地揭穿了開元天寶盛世的黑幕,墨迹未乾而大亂已不可收拾了。"④對於杜甫詩歌分期,蘇雪林接受胡適的"三期說"⑤:第一時期是大亂以前之詩;杜詩之第二時期自安禄山之亂至於入蜀定居,亦杜詩最光榮之時代;自入蜀至死時,爲杜詩之第三時期。早在"文學史"中,蘇雪林就認爲杜詩是"寫實文學",尤其是第二個時期,"大亂之後,他的寫實天才得了充分發展的機會"⑥。在這個"杜詩最光榮的時代",出現了許多經典的史詩般的

---

① 引文據上海書店 1992 年影印商務印書館 1947 年版第十一章。

② 武漢大學 1934 年編印《中國文學史略》講義,今存武漢大學檔案館,歸檔號 34—44。

③ 《唐詩概論》,1934 年由商務印書館出版,是我國現代意義上的第一本唐詩學專著,也是我國第一本斷代詩歌史。從 1932 年到 1947 年這十五年間,此書不斷重印並再版了三次,並被列入《國學叢書》和《新中學生叢書》,獲得了從文學史專家到中學生的廣大讀者群,是普及與提高完美結合的典範之作。

④ 《中國文學史》講義,第 176 頁。

⑤ 《中國文學史》講義,第 176—177 頁。

⑥ 《中國文學史》講義,第 177 頁。

作品,這些作品"皆具永久不磨之價值"。蘇雪林對其中的重要作品都作了具體分析並作了高度評價,如稱《石壕吏》在"三吏"之中"最動人"①,稱"三吏"、"三別""都寫得悲慘絶倫",稱《北征》一首"是杜集中壓卷之作"②。"我們現在所取於《北征》的不爲它'書一代之事',更不爲它'識君臣之大禮',倒在它家庭骨肉間瑣屑而真摯的情感的描寫。"③除了充分肯定杜詩的寫實性,蘇雪林還特別强調杜甫的政治眼光:"其政治眼光實超人一等,我們實不敢以詩人目之。"④當然,老杜也不是整天板着臉。"老杜是個幽默詩人,雖在飢寒窮困,流離顛沛之中,也能説幾句笑話,令人解頤。"⑤如此評杜,又説出了杜甫平易近人的一面。

蘇雪林研究發現,杜詩有三個方面的長處:第一個方面是情感真摯動人,第二是風格沉鬱頓挫,第三是體裁廣博,内容豐富。蘇雪林説:

> 杜詩之所長,一曰情真語摯,直抒肺腑。甫之性格極爲忠篤而真實,且有非常豐富之同情,極其鋭敏之感覺,故一飯不忘君,對於家人骨肉則絮述家常,於死生離别之際尤再三致其哀感。至語及國運之顛連,奸邪之誤國,蒼生之困阨,輒復大聲疾呼,怒髮上指,肝膽如火,涕泗横流。雖在千古之下讀之未嘗不令人感動。二曰沉鬱頓挫,蒼涼悲壯。杜之思想純爲儒家之入世思想,早年即欲致君堯舜,自許契稷,然骯髒不偶,畢生未得一展其志。其環境則自少至於老死,皆在窮困之中,

---

① 《中國文學史》講義,第 177 頁。
② 《中國文學史》講義,第 178 頁。
③ 《中國文學史》講義,第 178 頁。
④ 《中國文學史》講義,第 177 頁。
⑤ 《中國文學史》講義,第 178 頁。

中年之後遭世大亂流離道路，未常得連續數年之寧息。其情感鬱勃於胸中者深且厚，則文發之於筆墨也亦自必抑塞磊落悲歌慷慨，而形成其特殊之作風。三曰體裁廣博，涵蓋萬有。元稹稱甫詩"上薄風雅，下該沈宋，言奪蘇李，氣吞曹劉，掩顏謝之孤高，雜徐庾之流麗，盡得眾人之體勢，而兼眾人之所獨專"。《邃齋閑覽》云："或問王荊公編四家詩以杜甫爲第一，李白第四，豈白之才格詞致不逮甫耶？公曰：白之歌詩豪放飄逸，人固莫及，然其格止此而不知變也。至於甫則悲觀窮泰，發斂抑揚，疾徐縱橫，無施不可。故其詩有平淡簡易者；有綺麗精確者；有嚴重威武若三軍之帥者；有奮迅馳騁若泛駕之馬者；有淡泊閒静，若山谷隱士者；有風流蘊藉，若貴介公子者。蓋其縝密而思深，觀者苟不臻其閫奧，未易識其妙處。"沈臣嘉亦嘗言："今人多稱李杜，率無定品，余謂李如春草秋波，無不可愛，然注目易盡耳。至於老杜則堪與中然，泰山喬岳，長江巨海，纖草穠花，怪松古柏，惠風微波，嚴霜烈日，何所不有！"……故以西洋文學家相比，李則若擺侖、雪萊、海涅，雖天才絕代而僅此一格，杜則若莎士比亞，熔鑄萬象，入於豪端，可稱化工之筆。①

這三個方面，是從歷代詩話及前人的相關評論中總結出來的，體現出老一代學者的學術系統和規範。

（二）吳經熊論杜詩的真、善、美

吳經熊《杜甫論》也高度評價了杜詩真、善、美的寫實主義藝術成就②。吳氏認爲杜甫有尖銳細密的觀察力與驚人的寫實手腕，即

① 《中國文學史》講義，第180頁。
② 《中山文化教育館季刊》1936年3卷3期。吳經熊（1899—1986），一名經雄，字德生，浙江寧波鄞縣（今鄞州區）人。享有世界聲譽的法　（轉下頁）

詩中“真”的表現;他有豐富的感情與同情心和由同情心而産生的非戰思想與社會思想,即“善”的表現;謂杜甫詩中的美,並非指詞藻、聲律等外在的美,而是屬於他性格的美。此論確有哲學眼光。從中我們體會到身處東西文化碰撞接榫背景下的吳經熊,看待和思考中國文化對世界之貢獻的眼光和心境。

　　歸根結底,這一認識的獲得,取決於他的宗教信仰:作爲虔誠的中國天主教徒,天主教信仰和中國文化的熏陶使吳經熊真正體會到内心悦樂的源泉。他認爲:“儒家人文主義最美的地方,在於它既熱情而又豁達,凡是人們所關心的事物,它没有不關心的;而凡是人類所有正常的感覺與情欲,它也一概不予摒棄。儒家尋求人倫的和諧。”①儒家的最高境界爲“對人一視同仁,即具有‘以天下爲一家,中國爲一人’的胸襟,自然達到己立立人,己達達人的理想,這纔是人生的至樂”②。這就是其“善”的哲學基礎。道家的視野在吳經熊的眼裏甚至比儒家來得遼闊,“如果説儒家將人類看作一家,那麽道家就把整個宇宙視爲一體,如果説儒家從人際關係的和諧中找到快樂,那麽道家就是從人與大自然的和諧中找到快樂”③,並且“道家的樂趣,就是超然、天馬行空之樂。如果説儒家的樂是充實之樂,那麽道家之樂便是空靈之樂。前者之

(接上頁)學家、天主教思想家、人文學者。從其《唐詩四季》《杜甫論》《内心悦樂之源泉》《哲學與文化》《孟子的人生觀與自然法》等看,亦是國學大家。讀書甚勤,往往讀到深宵。有一首《夜讀》詩寫得很有意趣:“我生三十六,起居仍反復。喜怒同小兒,思想未成熟。無才偏愛書,津津深夜讀,忽聽酣睡聲,有妻不如獨。怒氣從中生,藉故與反目。怪我不早眠,振振豈肯服。心血忽來潮,抹唾强爲哭。見我淚如珠,頃刻即和睦。一滴能展眉,二滴能煮粥。食畢方就寝,日光映滿屋。”(天行《記吳經熊》,《禮拜六·人物志》1948 年第 129 期,第 6 頁)

①　吳經熊《中國哲學之悦樂精神》,東大圖書公司 1981 年版,第 3 頁。
②　吳經熊《中國哲學之悦樂精神》,第 5 頁。
③　吳經熊《中國哲學之悦樂精神》,第 6 頁。

樂,來自努力與行動,後者之樂,則來自無爲與恬淡。前者屬於人群的,後者則屬於宇宙的"①。吳經熊以爲道家的這種至樂的情懷,和天主教的悦樂精神亦有會通之處。而對禪宗的悦樂精神,他以爲禪宗已融洽了道家的空靈與儒家的人道,其樂趣在於"自己開悟和覺悟他人"。這就是其"真"與"美"的哲學基礎。可以説,他是以天主教的悦樂精神來統攝和體證中國儒釋道的悦樂精神②。另外,吳經熊在《唐詩四季》中稱杜甫"是夏天的詩人",很有見地。

(三) 汪静之全面比較研究李杜

汪静之《李杜研究》③,商務印書館 1928 年 5 月出版(1931 年、1933 年兩次再版),列爲《國學小叢書》之一。全書共七章,以"貴族的和平民的"文學的不同,從思想、作品、性格、境遇、行爲、嗜好、身體七個方面,比較李杜的相異之處,又深入探討李白的流浪生涯、頹廢思想、抒情妙筆,同杜甫的窮苦身世、博愛襟懷、寫實功夫進行對比。著者持"李杜並重論",對李杜的比較論述較爲全面、中肯。著者是"五四"以後傑出的新詩人,有豐富的詩歌創作體驗,故而書中論述李白的抒情藝術和杜甫的寫實藝術都較爲深細、獨到,對後來的杜甫研究影響很大。他批評的主要是當代的優劣論觀念。他指出,這種優劣論的產生,主要是因爲三個觀念:一是"愛平

---

① 　吳經熊《中國哲學之悦樂精神》,第 8 頁。

② 　按:這部分吸收了吳中勝《杜甫批評史研究》的成果。

③ 　汪静之(1902—1996),安徽績溪人。是詩人,也是學者。1921 年 10 月,與潘漠華、魏金枝、柔石、馮雪峰等發起成立晨光文學社。1922 年 4 月,與潘漠華、馮雪峰、應修人等組成我國現代文學史上最早的新詩社"湖畔詩社",並任社長,曾得到魯迅、胡適、朱自清等人的贊賞和關注。主要著述有《蕙的風》《耶穌的吩咐》《翠黃及其夫的故事》《鬻命》《寂寞的國》《人肉》《父與子》《詩廿一首》《作家的條件》《詩歌的原理》《李杜研究》《愛國詩選》《愛國文選》等。

民文學而惡貴族文學",二是"實用主義",三是"文學要描寫社會、全人類的苦難"(即"寫實主義")。

此書的獨到之處,首先把杜甫當成一個普普通通的人,而不是一個高不可攀的聖人。由此凡人之立足點來觀察杜甫,則杜甫的偉大襟懷變得符合情埋又親切自然。如論杜甫博愛襟懷,汪静之沒有説大話空話套話,而是從最基本的生存需求——吃飯談起。汪静之認爲,杜甫博愛襟懷的真正源泉在於一個"餓"字,"這飢餓的功勞真不小,成就了子美的博愛思想,而子美全部詩集也都是由餓所逼"①。杜甫"因爲有餓的經驗,所以詩中飢、餓、肉、飽等字極多,這是一個很有趣味的問題"②。汪静之分別舉了大量的詩例以證明之,並得出結論:"這'情不忘吃'乃是子美的博愛思想的根基,否則他決不會有那樣偉大的同情心。原來他不專顧自己'情不忘吃',他還要推己及人,設身處地替別人想想,知道和他一樣餓肚皮而情不忘吃的人觸目皆是,因而同疾相憐,就發生博愛的念頭。"③汪静之還説,杜甫的博愛之心,還與"怕死"有關:"怕死也和子美的博愛思想略有關係,他因怕凍餒而死,所以罵貴族富翁,又知道怕凍餒而死的人到處都是,所以同情一切怕死的人。"④無論"餓"還是"怕死",都是基於最基本的生存需求。也就是説,杜甫是基於基本的生存欲念而生博愛之心的,表面上好像降低了杜甫的思想層次,實際上使得我們認識到,杜甫的思想是人性的自然反映,杜甫首先是人,然後纔是聖人。汪静之緊緊扣住這一點,故而對杜甫有同情之解讀。

---

① 詹福瑞《不求甚解——讀民國古代文學研究十八篇》附,中華書局2008年版,第124頁。
② 汪静之《李杜研究》,商務印書館1928年版,第125頁。
③ 汪静之《李杜研究》,第132頁。
④ 汪静之《李杜研究》,第136頁。

　　找出了杜甫思想的真正源泉之後，汪静之進而説杜甫博愛襟懷的具體表現：“子美是一個熱血的人，是一個至情至性的人，極富於同情心。他的同情心的偉大可以震動天地，可以使我們心驚，使我們多欷歔泣下！他忠君憂世，很像屈原。能克己，能犧牲。”“他原是怕死的人，但爲了濟時竟能愛死了。”又説到杜甫憂國憂民、反對奢華、憤世嫉俗、同情下層社會、愛民如子等博愛思想①。杜甫的這些博愛思想不是天生的，而是基於人性的自然外露，所以也最自然、最親切、最美麗：“子美是一個平民詩人，他經驗過平民的痛苦，所以能寫得如此親切。”“他的詩都是最真摯的情感的表現。”“子美的同情心是十分的真而且美，中國詩人再找不出一個有他這樣美的同情心的。”②

　　關於杜甫詩歌的成就，《李杜研究》全方位與李白詩作比較，並仔細製訂了一個“李杜比較表”：

	李　白	杜　甫
思想方面	悲觀 個人主義 爲肉所霸占，但未到極端 要求無限的超越的發展 離經叛道 社稷蒼生從未繫其心 戰事不聞不問 不反對貴族 出世的	樂觀 利他主義 爲靈所統治，亦未到極端 要求有限的平凡的存在 拘守禮教 時以民生疾苦爲念 非戰，憂世憂時 憎惡貴族 入世的

---

① 汪静之《李杜研究》，第 136—145 頁。
② 汪静之《李杜研究》，第 142—143 頁。

	李　白	杜　甫
作品方面	貴族的文學 以貴族生活爲背景 浪漫派,唯美派 富於想象 詩中無事物可尋,全是情感 多抒發個人頹廢的心情 可説没有一首關於時事的詩 主觀的詩極多 詩中女酒的字甚多 纏綿委婉之戀歌甚多 賴天授,故以才勝 寫詩時信筆直書,一氣呵成 詩極豪爽輕快,悲哀頹喪自然 　　縹緲	平民的文學 以平民的生活爲背景 寫實派,人生派 善於刻畫 詩中處處有事有物,全是經歷 常描寫社會實際狀況 痛苦時事之詩極多,可作歷史讀 客觀的詩不少 詩中飢餓飯肉飽五字極多 絶對没有一首戀歌 賴人力,故以工勝 寫詩時慘澹經營,一字不苟 詩極工整勁健,沉鬱嚴肅慷慨 　　激烈
性格方面	浪漫 似知者所愛的海	敦厚 似仁者所愛的山
境遇方面	雖亦常在窮困中,然實際上未受 　　十分苦痛 没有餓肚皮 常來往吴楚安富之地 所到的地方,常受官府禮遇	屢遭兵難饑饉,備嘗艱苦 屢絶食 常奔走隴蜀僻遠之區 除嚴武外雖亦有接濟者,但不如 　　李之受優待
行爲方面	不居常調,不修小節 有錢時便奢侈縱樂 曾手刃數人	比較的拘禮 克己,儉約 魚雞蟲鳥亦不敢殺
嗜好方面	喜與豪俠貴族交遊 喜衣華麗服裝 好色,喜携妓	喜與田夫野老爲伍 不講究衣服 不好色,不携妓
身體方面	無久病,集中言病處極少見	有痼疾,如肺病,腳與手亦有病

這個表格中,全方位比較的視角是建立在平衡原則上的,它使李杜的差異性在同一個水平綫上展開①。後面又從表格中没有但很重要的地域差異中比較李杜的不同,汪静之説:"李偏於南方,故纏綿委婉之戀歌甚多,而杜偏於北方,絶對没有一首戀歌。"②從南北地域研究文學古已有之,而以之評論李白、杜甫則尚屬開先。後來劉經庵也説:"李白是代表南方的詩人,杜甫是代表北方的詩人。"③葛景春《李杜之變與唐代文化轉型》第七章"李杜詩歌的地域色彩與唐代南北文風走向之變"④,可以説是這一觀點的擴展和延伸。

(四) 傅東華簡單比較研究李杜

傅東華《李白與杜甫》⑤,上海商務印書館 1927 年初版,是《百科小叢書》第一百五十一種。此爲介紹李白與杜甫生平和創作的通俗讀物,包括了以下十個内容:一、詩的兩條大道;二、來自批評家的李杜比較論;三、遺傳的影響與少年時代;四、"歸來桃花巖"與"快意八九年";五、居長安的經驗不同;六、人生觀的根本差異;七、同時代的不同反映;八、晚年的不幸相仿佛;九、兩詩人的共同命運——客死;十、從純藝術的觀點一瞥。在這個小册中,作者提

---

①　汪静之《李杜研究》,第 39—42 頁。

②　汪静之《李杜研究》,第 86 頁。

③　劉經庵《中國純文學史綱》,北平著者書店 1935 年版,第 51 頁。

④　葛景春《李杜之變與唐代文化轉型》,大象出版社 2009 年版,第 198—224 頁。

⑤　傅東華(1893—1971),原姓王,後過繼給外祖父家,改姓傅,名則黄,後改東華。浙江金華人。早年,主要從事教育、編輯工作。1943 年後隱居上海,主要從事文學翻譯工作和文字學研究。1949 年後任《辭海》編譯所編審、中國文字改革委員會研究員等職。一生以翻譯爲主,譯有《唐·吉訶德》《失樂園》《伊利亞特》《紅字》《飄》《夏伯陽》《虎魄》等十幾種。著有《文學批評 ABC》《國文法程》《字源》《李白與杜甫》《杜甫詩》《李清照》《山核桃集》等。曾參加《漢書》《後漢書》《三國志》《資治通鑑》等的校點工作。

出了一個很有價值的觀點：反映論並不能作爲評價李杜的依據，雖然"同一時代背景，反映於杜甫詩中的，比反映於李白詩中的爲較真切，但我們不能因此便説杜詩的價值在李詩之上；因爲反映時代不是詩的唯一職務。能忠實於現實的，固是好詩；但不能忠實於現實，却能創造一種境界的，也未嘗不可爲好詩"①。

四、聞一多的杜甫研究

"我個人想象中的'詩聖'"，此話出自聞一多的《杜甫》②。聞一多既以堅實的舊學作其依托，又有新眼光、新方法及新文藝的感染力，於杜多有發明，最精辟的觀點是杜甫代表了"文學與良心兼備"的盛唐文學。

聞一多在武漢大學、山東大學、清華大學執教期間，都留下了寶貴的遺産，杜甫研究成果是其中重要部分。他的杜甫研究著作主要有《杜甫》前半部分、《少陵先生年譜會箋》、《少陵先生交遊考略》、《説杜叢鈔》等。概而言之，《少陵先生年譜會箋》是廣闊文化背景下的杜甫生平與創作資料的有意編排，這種"把眼光注射於當時的多種文化形態"，"提契全域、突出文化背景的作法，是我國年譜學的一種創新，也爲歷史人物研究作出了新的開拓"③。《少陵先生交遊考略》共考杜甫生平交遊計 111 姓 358 人之多，排比姓名（或官職、排行），全據仇兆鰲《杜詩詳注》本之卷次，列出這些人所在詩的篇名。其貢獻主要在材料的考據，可見其深厚的樸學功夫。《説杜叢鈔》實際上是一個讀書筆記，即從 20 餘種前人文獻中鈔錄出有關杜甫、杜詩的材料——既有筆記所載的名物、用語、人、事、字詞之類，又有詩話所載的對杜詩之評論、賞析等内容。其中有些

---

① 傅東華《李白與杜甫》，商務印書館 1927 年版，第 62 頁。
② 聞一多《唐詩雜論》，上海古籍出版社 1998 年版，第 134 頁。
③ 傅璇琮《〈唐詩雜論〉導讀》，《唐詩雜論》，第 10 頁。

材料非常罕見,彌足珍貴。而《杜甫》,是聞一多撰寫的一篇有關杜甫傳記的未完稿,他認爲杜甫是"中國有史以來第一個大詩人,四千年文化中最莊嚴、最瑰麗、最永久的一道光彩"①。

聞一多之所以選取杜甫作爲研究對象,是因爲"新文學運動以來,許多作者都認識了文學的政治性和社會性而有所表現,可是聞一多認識得特別親切,表現得特別強調。他在過去的詩人中最敬愛杜甫,就因爲杜詩政治性和社會性最濃厚"②。郭沫若在《聞一多全集序》中對聞一多的古典文學研究做過這樣的概括:"一多對於文化遺產的整理工作,内容很廣泛,但他所致力的對象是秦以前和唐代的詩與詩人。……就他所已成就的而言,我自己是這樣感覺着,他那眼光的犀利,考索的賅博,立説的新穎而翔實,不僅是前無古人,恐怕還要後無來者的。"③我們以爲聞一多這"前無古人"、"後無來者"的研杜實績,是在其"同情之態度"下取得的。聞一多立足於杜甫其人其詩的平民化,以其犀利的眼光、賅博的考索、立説的新穎而翔實,來探討杜甫的人格即是其詩格、杜甫在新詩境的拓荒方面的貢獻以及李、杜交往的文化意義等問題,這些學術創新都是破天荒的。

(一) 眼光的犀利與立説的新穎

聞一多首先是一個詩人,他有詩人的犀利眼光。這種眼光用於學術研究,帶來了一系列新的突破。聞一多從杜甫那裏取來不少有現代意義的理念。可是,正如朱自清序所云:"他覺得做詩究

---

① 聞一多《唐詩雜論》,第 135 頁。

② 朱自清《中國學術界的大損失——悼聞一多先生》,《朱自清選集》,人民文學出版社 2004 年版,第 215 頁。

③ 《聞一多全集》第 1 卷,生活·讀書·新知三聯書店 1982 年版,第 1—2 頁。

竟'狹窄',於是轉向歷史,中國文學史。"①要鑽到"故紙堆内討生活",要從歷史裏創造"詩的史"或"史的詩"②。即在開闢着一條新的道路;而那披荆斬棘,也正是一個鬥士的工作。

從《少陵先生年譜會箋》可以看到他學術眼光的非同一般(詳見卜文)。如他注意從音樂歌舞、繪畫、天文曆法、文獻編纂及宗教典籍等資料,特別是在杜甫參與宗教活動的大文化背景下,"回到那時代"去,探討杜甫的生平及其詩歌創作,是趙宋以來我國年譜學的一種創新,也爲歷史人物研究作出了新的開拓。這之後,他繼續沿着這一治學方向前進,從整個文化研究着眼,着力探討杜甫與唐代社會及整個思想文化的關係,探究杜詩是在怎樣的社會環境、生活環境中産生、發展的,又是怎樣同當時的文化環境(尤其是唐詩的繁榮)發生密切關係的。總之,他是站在歷史文化的高度,以歷史的眼光,觀察與分析杜詩的發展變化,衝破了傳統研究方法的某種狹隘性與封閉性。因爲聞先生始終把文學看作一種歷史運動,把文學發展作爲動態來把握。他那由"細心"與"大膽"得來的"融會貫通"③,在他論杜中俯拾可得,如《少陵先生年譜會箋》爲杜甫"天寶九載""初遇鄭虔"的立說是這樣的:先引《新唐書·鄭虔傳》之說:天寶初因著書坐謫十年。次引《唐會要》之說:"天寶九

---

① 《聞一多全集》第 1 卷,生活·讀書·新知三聯書店 1982 年版,第 15 頁。

② 聞一多 1944 年 11 月 25 日寫臧克家的信,見《聞一多選集》第二卷,四川文藝出版社 1987 年版,第 729、730 頁。

③ 朱自清《中國學術界的大損失——悼聞一多先生》有一段文字這樣來評論聞先生的《唐詩雜論》:"單就讀古書而論,固然得先通文字聲韵之學;可是還不夠,要没有活潑的想象力,就只能做出點滴的餖飣的工作,決不能融會貫通的。這裏需要細心,更需要大膽。聞先生能夠體會到古代語言的表現方式,他的校勘古書,有些地方膽大得嚇人,但却得細心吟味所得;平心静氣讀下去,不由人不信。"(《朱自清選集》,第 215—216 頁)

載七月,置廣文館,以虔爲博士。"而推定"拜廣文博士",必是"自
讁所甫歸京師時事",而且《新唐書》"天寶初"與"坐讁十年"必有
一誤者,而"與公相遇而訂交"必是"始得歸京"的"天寶九載",其
證據是:今存杜詩言及鄭虔者"不曰'廣文',即曰'著作',不曰
'著作',即曰'司戶',咸九載以後之作",而"以二公相交之深,相
從之密,何以九載以前,了不見過從酬答之迹?"

其立說的新穎,我們只看他如何闡釋杜甫與李白的交遊,就能
明白。杜甫與李白的交遊具有深厚的文化内涵和學術史意義。聞
一多認爲詩人是有等級的,而杜甫應該是一等,因爲他的詩博、大。
李、杜的優劣固不能有所軒輊,但聞一多還是作出了他自己的價值
判斷:"李白有他的天才,没有他的人格。"①杜甫人格的偉大在於
他能夠關心民生,爲民請命,借詩來憂國憂民。"他的筆觸到廣大
的社會與人群,他爲了這個社會與人群而同其歡樂,同其悲苦,他
爲社會與人群而振呼。"②關於李白、杜甫兩位大詩人碰面的時間,
聞一多認爲:李白"見公於東都當在(天寶三載)三五月之間"③,
其意義:

> 我們應該品三通畫角,發三通擂鼓,然後提起筆來蘸飽了
> 金墨,大書而特書。因爲我們四千年的歷史裏,除了孔子見老
> 子(假如他們是見過的),没有比這兩人的會面,更重大,更
> 神聖,更可紀念的。④

對李、杜的結識和交遊,唐詩研究者們都要提到甚至也要論述其意

---

① 《聞一多全集》第 6 卷,湖北人民出版社 1993 年版,第 75 頁。
② 《聞一多全集》第 2 卷,湖北人民出版社 1993 年版,第 221 頁。
③ 聞一多《唐詩雜論》,第 49 頁。
④ 聞一多《唐詩雜論》,第 143 頁。

義,甚至還有不少的爭論(特別是第一次見面的時地問題)。但是,無論之前或之後,從未有人像聞一多這樣滿懷激情地"大書而特書"。固然這有其作爲新詩人的濃鬱的浪漫氣質,用審美鑒賞的眼光來歌贊評價,但更多的是用文化審視的眼光,看待李、杜碰面的深層的文化意蘊。

第一,儒、道兩家是並存又互補的。聞一多通過研究杜甫給李白的三次贈詩發現:李、杜友誼的最初基礎不是什麼憂國憂民的志同道合,也不是詩歌才華的互相仰慕,而是對求仙訪道神仙境界的共同追求:除了唐時煉藥求仙的社會風氣影響外,也和杜甫對城市生活的厭倦,對青春浪漫理想的企慕有關①。然而,儘管李、杜兩人在求仙出世上曾有過一段志同道合的時期,"只是杜甫和李白的秉性根本不同","兩人的性格是根本衝突的"②。

在這裏,聞一多如此詳述李、杜從最初愛好的契合到後來性格的分歧,究竟有什麼意義呢?這實際上爲我們展現了中國傳統的儒、道兩家思想雖相反而又並存、雖並存而又分流的真實狀況。聞一多大書而特書兩個偉大詩人碰面的意義,不僅僅是由於歷史上文化巨人的産生往往是相隔多年甚至幾個朝代,像李、杜只相差十一歲而會面並相交甚篤乃絕無僅有,故可與傳說中的孔、老見面相

---

①　聞一多說:"子美集中第一首《贈李白》詩,滿紙都是企羨登真度此的話,假定那是第一次的邂逅,第一次的贈詩,那麼,當時子美眼中的李十二,不過一個神采趣味與常人不同,有'仙風道骨'的人,一個可與'相期拾瑤草'的侶伴,詩人的李白沒有在他腦中鐫上什麼印象。到第二次贈詩,說'未就丹砂愧葛洪',回頭就帶着譏諷的語氣問:'痛飲狂歌空度日,飛揚跋扈爲誰雄?'依然沒有談到文字。約莫一年以後,第三次贈詩,文字談到了,也只輕輕的兩句:'李侯有佳句,往往似陰鏗',不是什麼了不得的恭維,可是學仙的話一概不提了。……到不提學仙的時候,纔提到文字,也可見當初太白的詩不是不足以引起子美的傾心,實在是詩人的李白被仙人的李白掩蓋了。"(《唐詩雜論》,第144—145頁)

②　聞一多《唐詩雜論》,第145頁。

提並論；也不僅僅是通過李白的襯托而對杜甫思想、人格的肯定即對中國士大夫文人的濟世精神加以肯定，而是引導我們進一步發現、認識儒與道、窮與達有時是互補的，就連孔聖人也有雙重人格，這就是其根源，它對中國士人的影響是巨大的。

第二，確立了唐代文人交遊的新範式。唐代文人的生活方式出現了三大熱點：從政、科舉、漫遊。漫遊是創作、應舉、從政所不可缺少的重要環節，李白、杜甫、高適、岑參等等即如此，漫遊中自然而然形成了文人集群性質的活動，如李白、杜甫、高適等人的"齊州盛會"，便在濟南過了一段飲酒論詩、談天說地、裘馬清狂的交遊生活，這種交遊帶有與前代文人集群活動的不同性質：不是爲了向自然逃避，或怡情悅性，或探幽索微，而是帶着青春期的蓬勃朝氣和遠大理想，或在天地山川之觀覽中開闊眼界，或在與朋友交談中增進友誼，切磋詩藝："何時一樽酒，重與細論文？"（《春日憶李白》）或是在不拘一格的遊獵出行中馳騁自己的豪情。因此，李、杜的會面交遊，正是盛唐文人最典型的交遊範式，這對我們認識盛唐文人的生活方式、文化心理等都有深刻意義。

第三，保存了天地間一段元氣。中國人文思想中極爲重視友情，並列入五倫之中。朋友之倫的建立立足於人的自由的選擇與人情的真實的關切。杜詩中所表現的友情深厚真誠、圓潤廣大，所謂："由來意氣合，直取性情真"（《贈王二十四侍御契四十韵》）；"同心不減骨肉親"（《戲贈閿鄉秦少翁短歌》）。杜甫與李白兄弟般的友誼之誠摯，不只是中國詩史中一段佳話，更應是中國文化中友道的典範。李白現存詩中，只有《沙丘城下寄杜甫》一首，而老杜集中，則有《冬日有懷李白》《春日憶李白》《送孔巢父》《夢李白二首》《天末懷李白》《寄李十二白二十韵》《不見》等詩篇，這究竟是因爲李詩"什喪其九"（李陽冰語）呢，還是因爲杜甫對朋友之情遠爲深厚，我們不可輕下斷語。但是有一點却是可以肯定的，那就是杜詩寫出了老杜至性、至情的人格。在李白，杜甫或許不能成爲最親密的朋友,但在杜甫,天下有真性情的人,都能成爲最好的朋友,這是老杜對於中國人倫精神的不期然而然的實踐與真實的體現。如果説中國文化中的友道,乃是天地間一段元氣;如此看,纔看得出杜詩精神的不朽。

(二)人格與風格相通,文學與良心兼備

聞一多仰慕杜甫人格力量。他雖然接受了許多唯美主義的影響,但從思想深層而言,始終是一個憂國憂民的傳統主義者。他尋找的是民族復興的力量,關心的不是知識分子的個人修養,甚至認爲這種"修養"毫無用處。他認爲"救國立邦之本"在人民中間,在於唤起人民内心的"原始的野蠻的力"。聞一多的愛國始終是愛民、以民爲本。而杜甫的崇高而深摯的愛國主義精神打動了聞一多,朱自清稱讚他是"唯一的愛國新詩人"[1]。"致君堯舜上"的杜甫與"心裏有堯舜的心"的聞一多[2],是何其相似!

人格與風格是相通的。西洋文論上有一句名言,叫做"風格即是人"。聞一多是受過西洋教育的學者、詩人、畫家,自然懂得法國文論家布封這句名言的涵義,他這樣給青少年時期的詩聖杜甫來畫像:

> 子美第一次破口歌頌的,不是什麽凡物。這"七齡思即壯,開口詠鳳凰"的小詩人,可以説,詠的便是他自己。禽族裏再没有比鳳凰善鳴的,詩國裏也没有比杜甫更會唱的。鳳凰是禽中之王,杜甫是詩中之聖,詠鳳凰簡直是詩人自占的預言。……鳳凰你知道是神話,是子虛,是不可能。可是杜甫那

---

① 朱自清《中國學術界的大損失——悼聞一多先生》,《朱自清選集》,第215頁。

② 聞一多《祈禱》,《聞一多全集》第1卷,湖北人民出版社1993年版,第154頁。

偉大的人格,偉大的天才,你定神一想,可不是太偉大了,偉大
得可疑嗎? 上下數千年没有第二個杜甫(李白有他的天才,没
有他的人格),你敢信杜甫的存在絶對可靠嗎?①

在這裏,聞一多對他最敬愛的詩人作這樣的禮贊,是從心潮沸湧中
噴射出來的滚燙的語言,不僅活現了風華正茂、年輕的詩聖風貌,
亦是作爲詩人的學者對詩聖的惺惺相惜之情的淋漓流露;這種充
滿熱情的詩樣的抒情,是建立在"同情之瞭解"的基礎之上的。

　　聞一多是愛國詩人,他的愛國熱情貫串在整個唐詩研究,特別
是杜甫研究中,那就是立足於祖國優秀的文化傳統來揭示唐詩的
民族特色與杜詩的"窮年憂黎元"熱情。他認爲,詩格是人格的表
現。如説:"自從先秦士大夫發表了他們修養超人境界的議論以
後,在我國人思想中便逐漸形成了理想完美人格的概念與標準,並
且認爲只要照着聖賢所指示的理想去做人,即令無詩,也算有詩
了。"可是,"六朝人忽視人格之美,世風因以墮落,直到唐初,詩的
藝術一直很少進步。盛唐時代社會環境變了,人們復活了追求人
格美的風氣,於是這時期詩人的作品都能活現其人格,他們的人格
是否趕得上魏晉人那樣美固然難説,但以詩表現人格的作風却比
魏晉人進步得多。"②聞一多這一觀點反映到杜甫研究上,這就是
"文學與良心兼備"。

　　聞一多在其《人民的詩人——屈原》一文中説:"杜甫是真心爲
着人民的,然而人民聽不懂他的話。"③這是聞一多的研杜心得,這

① 　聞一多《杜甫》,《唐詩雜論》,第 135—136 頁。

② 　鄭臨川記録,徐希平整理《笳吹弦誦傳薪録——聞一多、羅庸論中國
古典文學》,上海古籍出版社 2002 年版,第 114—115 頁。

③ 　《聞一多全集》第 1 卷,生活·讀書·新知三聯書店 1982 年版,第
261 頁。

一心得突出地表現爲：從作家的良心肯定了杜甫的悲天憫人思想，而悲天憫人只是在走出夢境、走向現實後纔樹立起的意識，“文學與良心兼備”是杜甫偉大之由。

這是聞一多以文學進化論來闡述唐詩的發展歷程與杜甫的貢獻時發出的輝耀千古的真知灼見：“兩漢時期文人有良心而没有文學，魏晋六朝時期則有文學而没有良心，盛唐時期可説是文學與良心兼備，杜甫便是代表，他的偉大就在這裏。”①這種“文學與良心兼備”的理論總結，是那顆赤子般的愛心的寫照——是杜甫的，也是聞一多的。

聞一多把“安史之亂”作爲唐詩轉變的界綫，認爲關鍵在於詩人的成分有了大的改變，由貴族轉變爲士人。他推崇杜甫，因爲杜甫吸取了六朝以來的文學精華，恢復了兩漢文人關心生民哀樂的良心，突破了盛唐那種貴族詩人的風格，開啓了中晚唐和後世綿延不絶的現實主義詩風。在這裏，聞一多敏鋭地看到，自齊梁而晋宋而漢魏的過程，意味着向現實的回歸，其間從作家的良知方面肯定了杜甫一派的悲天憫人，而悲天憫人只是在走出夢境、走向現實後纔樹立起的意識，“文學與良心兼備”，杜甫的偉大正在其“調整了文學與人生的關係，認定了詩人的精神在中國詩壇是空前絶後的”②，而杜甫的貢獻亦正在於他以其“詩史”，突破了盛唐貴族詩人的局限，開啓了中晚唐與後世綿延不斷的現實主義詩風。

（三）平民化與新詩境

聞一多研究杜甫，始終站在歷史學家的高度，將目光投注於文學過程的發展變化與社會文化背景多層面的動態和影響，在龐大

---

① 鄭臨川記録，徐希平整理《笳吹弦誦傳薪録——聞一多、羅庸論中國古典文學》，第108頁。

② 鄭臨川記録，徐希平整理《笳吹弦誦傳薪録——聞一多、羅庸論中國古典文學》，第145頁。

複雜的"杜詩學"中抓住"平民化"來審視杜詩,上下貫通,左右融匯,一些難題迎刃而解①。

　　杜甫的"平民化"當然首先與其憂國憂民的思想分不開。歷史上憂國憂民之士多矣,他人多奉行"達則兼濟天下,窮則獨善其身"的哲學,順境時激昂慷慨,逆境時消沉隱退;而杜甫則不僅憂之深切:"窮年憂黎元,嘆息腸内熱",且始終如一,以飢寒之身仍懷憂民之志,處窮困之境猶作濟世之想:"安得廣廈千萬間……吾廬獨破受凍死亦足",且至死不變:"葵藿傾太陽,物性固莫奪"(《自京赴奉先縣詠懷五百字》)。他不僅廣泛描寫了社會各階層人民痛苦的各個層面,也深刻揭示了他們的心理以及造成痛苦的社會根源。更可貴的是,如蕭滌非所説"憂國憂民不自憂"②。對杜甫詩歌人民性形成的緣由,聞一多也作了深刻的剖析和富有詩意的描述,這裏有儒家傳統的陶冶熏陶,也有良好家風的耳濡目染③,

―――――――

　　①　聞一多《詩的唐朝》中指出:"天寶大亂以後,門閥貴族幾乎消滅乾浄,杜甫所代表的另一時代的新詩風就從此開始。宋人楊億曾譏笑杜甫是'村夫子',恰好是把他的士人身份跟以前那些貴族作者形成了鮮明的對比。和杜甫同時而調子完全一致的元結編選過一部《篋中集》,裏面的作品全帶鄉村氣味,跟過去那些在月光下、夢境中寫成的貴族作品風格完全兩樣。從這個系統發展下去,便是孟郊、韓愈、白居易、元稹等人的繼起。……他們能從自己的生活遭遇聯想到整個民生疾苦。從這點來説,也可以解釋杜甫的'三吏'、'三别'諸詩爲什麼會跟漢樂府近似,表現出一種清新質樸的健康風格。"(《笳吹弦誦傳薪録――聞一多、羅庸論中國古典文學》,第77頁)

　　②　蕭滌非《重謁邙山少陵墓》,《蕭滌非杜甫研究全集》附編,黑龍江教育出版社2006年版,第93頁。

　　③　聞一多説:"他的思想成熟得特别早,一半固由於天賦,一半大概也是孤僻的書齋生活釀成的。……是的,那政事、武功、學術震耀一時的儒將杜預便是他的十三世祖;那宣言'吾文章當得屈、宋作衙官,吾筆當得王羲之北面'的著名詩人杜審言,便是他的祖父;他的叔父杜并是個爲報父仇而殺身的十三歲的孝子;他的外祖母便是張説所稱的那爲監牢中的父親'菲屨布衣,往來供饋,徒行悴色,傷動人倫'的孝女;他外祖母的兄弟崔行芳,曾經要求(轉下頁)

這對杜甫儒家世界觀人生觀的形成具有重要影響：從"時間的世界"即歷史文化的積澱中尋找原因，這是聞一多獨有的研究方法。

當然，杜甫之所以成爲中國詩歌史上最偉大的"人民詩人"，之所以開啓了文人詩壇上平民化的寫實潮流，更有着身世遭際方面的原因，特別是安史亂中杜甫和廣大難民一起顛沛流離，對時代、人民的苦難感同身受，因此他能夠深切體會民衆的痛苦，喊出人民的心聲，表達人民的願望。聞一多之所以將"安史之亂"中的表現作爲評判詩人創作的標準，無疑是看到了它對於杜甫從一個貴族後裔成長爲平民化詩人的重要意義。

杜詩平民化不僅體現在爲人民說話的内容上，也表現在其創作方法上：不再是盛唐前期以李白爲代表的浪漫的主觀幻想，也不是以王維爲代表的貴族式的静觀凝思，而是對現實中人民生活、心理的客觀寫實。他的融寫景、抒情、議論於一爐的叙事手法，他的對人物語言、行動、心理的細節描寫，都與盛唐前期重在"味外之旨"、重在自我表現的高情遠韻大異其趣，而導向了中唐的"刻劃清楚"，平易通俗。杜甫開創的平民化寫實作風不僅直接開啓了中唐元、白詩派，也影響了宋代詩歌，"到了陸放翁便滿紙村夫子氣了"①（這與"東坡的作風是和天寶之亂以前那一段時期相近"不同），並一直貫串到明、清："從這種新作風的時代開始以

（接上頁）給二哥代死，没有詔準，就同哥哥一起就刑了，當時稱爲'死悌'。你看他自己家裏，同外家裏，事業、文章、孝行、友愛，——立德、立功、立言的人物這樣多；他翻開近代的史乘，等於翻開自己的家譜。這樣讀書，對於一個青年的身心，潛移默化的影響，定是不可限量的。"（《唐詩雜論》，第136—137頁）

①　鄭臨川記録，徐希平整理《笳吹弦誦傳薪録——聞一多、羅庸論中國古典文學》，第77頁。

後,平民跟文學的關係一天比一天密切,小説就跟着發達起來。"①

　　聞一多將杜甫研究放置在唐詩在天寶前後兩種不同的風格面目中加以論述,抓住"作者的身份和生活有了很大的改變"這一關鍵,通過對詩人詩風特點及其形成原因的論述,凸顯了唐時新文化背景的特徵:從貴族文化的延續與消亡,到外來胡文化作爲新興力量躍上歷史舞臺,再到平民文化的開啓和發展。而且在對李白、王維、杜甫三大詩人的對比評判中,剖析了唐詩三大風範的深刻内涵,引導我們對唐王朝三百年文化史作一巡禮,是决非就詩論詩或就史論史者可及的。

　　聞一多以爲,杜甫是新詩境的拓荒者。正如他的生前好友朱自清所説:"他在過去的詩人中最敬愛杜甫,就因爲杜詩的政治性和社會性最濃厚。"②聞一多推崇杜甫,乃因杜甫吸取了前代包括六朝以來的文學精華。聞一多又敏鋭地觀察到,王維到李白到杜甫詩風的變化,代表了盛唐詩歌各階段變化。而這種變化不是孤立的文化現象,而是"承前啓後"的,即從中概括出了從六朝詩到宋詩的發展趨勢。如前所述,聞一多將盛唐詩分爲三個"復古"階段,除"齊梁陳時期"實爲初唐到盛唐之過渡外,"晉宋風格"和"漢魏風格"實是盛唐詩歌之典型風格,而王維和李白爲晉宋之代表,杜甫則爲漢魏之集大成者,"新詩境的拓荒者",實爲遥接漢魏樂府"緣事而發"的寫實精神,在新的歷史條件下形成的新的寫實詩派。

　　如果説,王維是六朝以來貴族詩歌的"最後明星"③,杜甫不僅

　　①　鄭臨川記録,徐希平整理《笳吹弦誦傳薪録——聞一多、羅庸論中國古典文學》,第 77 頁。

　　②　朱自清《中國學術界的大損失——悼聞一多先生》,《朱自清選集》,第 215 頁。

　　③　聞一多《四千年文學大勢鳥瞰》,《聞一多全集》第 10 卷,湖北人民出版社 1993 年版,第 30 頁。

是集其大成者,而且是唐詩平民化的開啓者和宋詩格調的奠基者,李白則是盛唐中外文化融合而孕育的浪漫驕子。以"三才"作爲唐詩不同風範的代表,立足於唐而又放眼六朝與宋,深刻廣博而又舉重若輕,正顯示出文學史家聞一多運用歷史—文化方法研究唐詩的獨到之處。

　　傅璇琮認爲簡單評價半個世紀前聞一多的某些具體論點之得失,沒有多少積極意義。"對我們有意義的是,前輩是在什麼樣的情況下開拓他們的路程,是風和日麗,還是風雨交加;他們是怎樣設計這段路面,這段路體現了創設者自身的什麼樣的思想風貌;我們對於先行者,僅僅作簡單的比較,還是努力從那裏得到一種開拓者的啓示。"①夏中義將聞一多的學術理念與學術人格概括爲"史詩之烈,詩史之哀"②,主要是從聞一多對杜甫的"真瞭解"的研究中提煉出來的。

　　可是,在抗戰後期,聞一多對杜甫等詩人說過一些過激的言論,我們不能爲尊者諱。如1944年5月8日西南聯大國文學會主辦"五四"文藝晚會,聞一多講"講文學遺產",後以《新文藝與文學遺產》收入《聞一多全集》第2冊,需要注意的是,全集編纂者們對此稿作了較大的刪改。據當時(5月10日)昆明《中央日報》記者在《月夜中暢談新文藝——記西南聯大文藝晚會》的記錄了聞一多的講演,其中有一段言:

　　　　幾千年來的君主制度,君主是治人的,底下有管家,管家可分四種:有逃避現實的,如屈原、杜甫、韓愈、白居易等;有幫助主子嚴格整頓的法家;有擺架子的外莊內儒家;有徹底拒絕

---

① 傅璇琮《〈唐詩雜論〉導讀》,《唐詩雜論》,第3頁。
② 夏中義《九謁先哲書》第七章《謁聞一多書》,上海文化出版社2000年版,第199頁。

的莊子們。惟因前三種在擁護君主，所以莊子的學説不甚得力。五四以後，莊子派出了象牙塔，想撞出孔子出臺，搬舊塔之瓦堆砌新塔，换湯不换藥。①

這種過激言論是與上述對杜甫的高度評價相矛盾的。其實也不奇怪，聞一多始終站在新文化、新文學運動的前列，有時不免有些矯枉過正。

第三節　民國時期其他學者的杜甫研究

民國時期，中國社會開始從傳統向現代轉型，學術文化也同樣發生着蜕變與轉型。既是轉型期，文化往往是新舊交織，多元並存，百花齊放，百家爭鳴。就詩歌研究來説，傳統的詩話、評點、選本在本時期並没有完全消失，但出現了大量具有現代理論、邏輯的系統性的專題史論著。在這些論著中，杜甫研究是其重要内容，富於時代特點，能從一個側面反映這時期詩歌研究的新成就。民國時期，研究杜甫的學者很多，很難俱全。從現存文獻看，陳引馳、周興陸主編的《民國詩歌史著集成》和張寅彭主編的《民國詩話叢編》，所收資料較爲集中，可以稽之。另外，復旦大學出版社 2019 年出版的《中國學術名著提要》（合訂本）之第 6 卷爲民國編（上下），其語言、文學、藝術等類著述也提供了一些可貴的材料。民國詩話部分，諸如《飲冰室詩話》《吳宓詩話》等，本書已在梁啓超、吳宓的杜甫研究等章節中有專門研究，亦有與《民國詩歌史著集成》叠出者，故不對《民國詩

---

①　聞黎明、侯菊坤編《聞一多年譜長編》（下卷）引，湖北人民出版社 1994 年版，第 713—714 頁。

話叢編》中的杜詩材料做專題研究,只就《民國詩歌史著集成》做一梳理。

一、《民國詩歌史著集成》中的杜詩學

"民國詩歌史"跨度很大,本書擬以 1937 年的"盧溝橋事變"這一影響中華民族走向的大事變爲界分爲前後兩期。

(一) 1937 年以前的杜詩學研究

1. 謝無量《詩學指南》①

此書第一章《詩學通論》之第二節《詩體論》:(二) 以人分體者,有杜少陵體、杜甫之詩。(六) 以題目分體者,有"別體",杜甫有《無家別》《垂老別》《新婚別》。(七) 以韵分體者,"律詩至百五十韵"者,有"少陵有百韵律詩。樂天亦有之。而宋王黄州有五十韵五言律。按:明人排律有至二百餘韵者,不僅百五十韵也"②。(八) 以對句分體者,"如借對":少陵"竹葉於人既無分,菊花從此不須開"是也。如"就對",又曰當句對,如少陵:"小院回廊春寂寂,浴鳧飛鷺晚悠悠。"如"律詩徹首尾用對",少陵多此體。不可概舉。

他論唐代詩歌云:"唐時不好聲律體而專慕古道者,有陳子昂。至李杜出,遂奄有前古諸體。齊名當世,惟元微之作杜子美墓志,

---

① 謝無量(1884—1964),原名蒙,字無量,以字行,四川樂至人。1901 年考入上海南洋公學,深受新潮思想影響。曾任教於安徽公學、東南大學、中國人民大學。著有《詩經研究》《楚辭新論》《詩學指南》《中國大文學史》《中國哲學史》等。所著《詩學指南》一册,上海中華書局民國七年十一月初版,書前有吴興皞皞子之序。此後印本甚多,皆以此本爲濫觴。民國二十四年十月,中華書局在書名前冠以"初中學生文庫"字樣,重新印行。2011 年,中國人民大學出版發行《謝無量文集》,此書被收在第七卷中。全書分三章:詩學通論、古詩、律詩,囊括了詩論、詩體、詩法等内容。

② 謝無量《詩學指南》,《民國詩歌史著集成》第八册,第 33 頁。

優杜而劣李。其説曰……此論出，時人有不以爲然者。韓退之爲詩曰：李杜文章在，光焰萬丈長。不知群兒愚，那用故謗傷。蚍蜉撼大樹，可笑不自量。或曰隱諷微之也。"①其論宋詩，論及"江西詩派"之"一祖三宗"之説，杜甫乃一宗也。

其第三節《詩法論》論及"意思既立，乃言造語"時説：

> 楊誠齋曰："初學詩者，須用古人好語，或兩字，或三字。"……杜云'且看欲盡花經眼'，退之云'海氣昏昏水拍天'，此以四字合三字。"……《吕氏童蒙訓》論詩語當警策曰："陸士衡《文賦》云：'立片言以居要，乃一篇之警策。'文章無警策則不足以傳世，蓋不能悚動世人。如老杜及唐人諸詩，無不如此。晋宋間人，專致力於此，故失於綺靡，而無高古氣味。老杜詩云'語不驚人死不休'，所謂驚人語，即警策也。然又忌用工太過。《蔡寬夫詩話》云："詩語大忌用工太過，蓋煉句勝則意必不足，語工而意不足，則格力必弱。此自然之理也。'紅稻啄餘鸚鵡粒，碧梧棲老鳳凰枝。'可謂精切，而在其集中，本非佳處，不若'暫止飛鳥將數子，頻來語燕定新巢'爲天然自在。其用事若'宓子彈琴邑宰日，終軍棄繻英妙時'，雖字字皆本出處，然比'今日朝廷須汲黯，中原將帥憶廉頗'，雖無出處一字，而語意自到。故知造語用事，雖同在一人之手，而優劣自異，信乎詩之難也！"②

又在論及"造語貴乎簡妙"時説：

> 《詩眼》論造句務去陳言曰：有一士人携詩相示，首篇第一

---

① 謝無量《詩學指南》，《民國詩歌史著集成》第八册，第38頁。
② 謝無量《詩學指南》，《民國詩歌史著集成》第八册，第43—44頁。

句曰"十月寒"者,余曰,君亦讀老杜詩,觀其用月字乎? 其曰"二月已風濤",則記風濤之早也;曰"因驚四月雨聲寒"、"五月江深草閣寒",蓋不當寒。"五月風寒冷佛骨"、"六月風日冷",蓋不當冷。"今朝臘月春意動",蓋未嘗有春意,雖不盡如此。如"三月桃花浪"、"八月秋高風怒號"、"閏八月初吉"、"十月江平穩"之類,皆不繫月則不足以實錄一時之事。若十月之寒,既無所發明,又不足記錄。退之謂"惟陳言之務去"者,非必塵俗之言,止爲無益之語耳。然吾輩文字,如"十月寒"者多矣,方當共以爲戒也。①

論及"造語之中下字尤要"時説:

> 陳舍人從易,偶得杜集舊本,文多脱誤,至《送蔡都尉》云:"身輕一鳥",其下脱一字。陳公因與數客各以一字補之,或云疾,或云落,或云起,或云下,莫能定。其後得一善本,乃是"身輕一鳥過",陳公嘆服。余謂陳公所補四字不工,而老杜一"過"字爲工也。②

又如論及杜甫善用俗字時説:

> 《詩人玉屑》曰:數物以個,謂食爲喫,甚近鄙俗。獨杜子美善用之。如云"峽口驚猿聞一個","兩個黃鸝鳴翠柳","却繞井梧添個個"。"臨岐意頗切,對酒不能喫","樓頭喫酒樓下臥","梅熟許同朱老喫"。蓋篇中大概奇特,可以映帶之也。③

---

① 謝無量《詩學指南》,《民國詩歌史著集成》第八册,第44—45頁。
② 謝無量《詩學指南》,《民國詩歌史著集成》第八册,第45頁。
③ 謝無量《詩學指南》,《民國詩歌史著集成》第八册,第45頁。

趙案：此段引文，又見黃徹《碧溪詩話》卷五、《詩話總龜後集》卷二四，文字略有差異。

又說"下字又須要響"：

> 《呂氏童蒙訓》曰：潘邠老云：七言詩，第五字要響，如"返照入江翻石壁，歸雲擁樹失山村"，翻字、失字，是響字也。五言詩，第三字要響，如"圓荷浮小葉，細麥落輕花"，浮字、落字，是響字也。所謂響者，致力處也。予竊以爲字字當活，活則字字自響。①

又論及"下雙字極難"時，引及老杜的"無邊落木蕭蕭下，不盡長江滾滾來"與"江天漠漠鳥雙去，風雨時時龍一吟"。並許爲"超絕"②。

又論及"詩中用事，最要審慎"時說：

> 《西清詩話》云：杜少陵云："作詩用事，要如禪家語：水中着鹽，飲水乃知鹽味。"此說，詩家秘密藏也。如"五更鼓角聲悲壯，三峽星河影動搖"，人徒見凌轢造化之工，不知乃用事也。《禰衡傳》："撾《漁陽操》，聲悲壯。"《漢武故事》："星辰動搖，東方朔謂：民勞之應。"則善用事者，如繫風捕影，豈有迹耶！③

趙案：未見杜甫有此言語："作詩用事，要如禪家語：水中着鹽，飲水乃知鹽味。"竊以爲，此段文字有錯訛，"杜少陵云"宜在"如"字

---

① 謝無量《詩學指南》，《民國詩歌史著集成》第八冊，第 46 頁。
② 謝無量《詩學指南》，《民國詩歌史著集成》第八冊，第 46 頁。
③ 謝無量《詩學指南》，《民國詩歌史著集成》第八冊，第 47 頁。

後。又談及"用其事而隱其語"者,如老杜《戲題王宰畫山水圖歌》:"尤工遠勢古莫比,咫尺應須論萬里。"《垂老別》:"男兒既介胄,長揖別上官。"又説:"既難命意造語,又下字用事,詩法之要,略已具矣。……爲詩不可率意,須要鍛煉。"

> 少陵有"新詩改罷自長吟"之句,雖少陵之才,亦須改定。《漫叟詩話》曰:"桃花細逐楊花落,黃鳥時兼白鳥飛。"李商老云:"嘗見徐師川説,一士大夫家,有老杜墨迹,其初云,'桃花欲共楊花語',自以淡墨改三字。乃知古人不厭改也。"①

這就是"鍛煉"的重要性。謝無量論及了詩人承繼前人的重要性:

> 名家爲詩,亦有沿襲昔人者。杜甫《武侯廟》詩曰:"映階碧草自春色,隔葉黃鸝空好音。"此何遜《行孫氏陵》云"山鶯空樹響,壟月自秋暉"也。杜甫云:"薄雲岩際宿,孤月浪中翻。"此庾信"白雲岩際出,清月波中上"也,出上二字勝矣。陰鏗云:"鶯隨入戶樹,花逐下山風。"杜云:"月明垂葉露,雲逐渡溪風。"又云:"水流行地日,江入度山雲。"此一聯勝。庾信云:"永韜三尺劍,長卷一戎衣。"杜云:"風塵三尺劍,社稷一戎衣。"亦勝庾矣。《詩人玉屑》《誠齋詩話》均載。

作爲"轉益多師是汝師"的杜甫更是"頗學陰何苦用心"。因"清新庾開府"、"庾信文章老更成",亦頗學之。

謝無量在論含蓄時有云:"詩本以溫柔敦厚爲教,故論其全篇之旨,尤要在含蓄。"②如老杜"勛業頻看鏡,行藏獨倚樓"。是句含

---

①　謝無量《詩學指南》,《民國詩歌史著集成》第八册,第49頁。

②　謝無量《詩學指南》,《民國詩歌史著集成》第八册,第50頁。

蓄。老杜《九日藍田崔氏莊》詩："明年此會知誰健？醉把茱萸子細看。"是句意俱含蓄。同時論及了煉句、煉字、煉意、煉格等問題。

其第二章《古詩》之《樂府及古詩體勢論》有云：

> 唐人惟李太白喜擬古樂府，杜子美則自作題目。蓋齊梁以來文士，並爲樂府辭，而沿襲之久，往往失其命題本意。……雖太白亦不免此。子美《兵車行》《悲青坂》《無家別》等數篇，皆因事自出己意立題，略不更蹈前人前迹，真豪傑也。①

高度評價了杜甫《兵車行》《悲青坂》《無家別》等數篇不蹈襲前人的開創之功。

又論及了杜與《文選》的關係：

> 騷賦衰而五言盛，五言衰而七言盛。……唐人始亦好《文選》，李杜集中，多近於選體之作。故杜詩曰"熟精文選理"，至韓退之出，則風氣大變。……七言古則唐人獨掩前代，漁洋謂李太白、杜子美、韓退之三家七古，橫絕萬古，後之追風躡景，惟蘇長公一人耳。②

杜詩曰"熟精《文選》理"、"續兒誦《文選》"，説明"選體"的影響是很大的，不僅是誨其兒讀，他自己更是爛熟於胸的。

宋王禹偁説，"子美集開詩世界"。杜詩的開創作用和意義是什麼？謝無量分而述之。一是直開宋詩：

> 杜詩實綜有前古詩體，後人多讀杜集而得似古與變古之法。

---

① 謝無量《詩學指南》，《民國詩歌史著集成》第八冊，第60頁。
② 謝無量《詩學指南》，《民國詩歌史著集成》第八冊，第68頁。

元和以後,詩家甚衆,雖其形貌不盡與杜集相同,至於篇章變化,率是得杜之一體。宋以來學詩但稱李杜,不復上溯漢魏,亦以李杜能集詩體之成也。韓退之詩,亦頗開宋體,退之善押强韻,宋人每效之也。朱晦庵嘗曰:"作詩先用看李杜,如士人治本經然。本既立,次第方可看蘇黄以次諸家詩。"可見宋時風氣也。陶詩有平淡沖遠之趣,説者以唐之王孟韋柳配之,亦别成一派。然要不是大家。其餘名家甚多,終不出李杜門庭也。李義山詩號爲綺麗,而其高者多學杜。宋以江西宗派爲最盛,山谷諸人,亦是學杜者。故江西派謂一祖三家,即以杜爲一祖也。①

二是上繼六朝,下開元明:

六朝詩儘佳,而體格未備。至杜集各體皆精,故獨爲後人所宗。故詩至杜子美一大變,宋之黄山谷又一變。元世不出晚唐穠麗之習。明之何李,力倡復古,七子繼之,然惟五言效漢魏,間及六朝,餘如七言古及近體諸詩,無不規摹盛唐,不出李杜之範圍也。故吾國詩格之變,至宋已盡,其不足於宋者,乃求之於唐以前,惟襲其形貌,莫能自創一體。久之厭其膚廓,又復反於宋以下,如今世頗行江西派是也。②

如果説上述内容側重於杜甫宏觀的闡釋,下面便是轉入杜詩微觀的開發。如他在第二節《古詩實用格式》中,將杜甫《飲中八仙歌》作爲"古詩重用韻法"的範例:"此詩或五句一意,或三句一意,或二句或一句一意,任意單殺雙殺。重用三前字、三天字、二眠字、

①　謝無量《詩學指南》,《民國詩歌史著集成》第八册,第68—69頁。
②　謝無量《詩學指南》,《民國詩歌史著集成》第八册,第69—70頁。

二船字韵,然不失體,此子美之妙處。"①並加如此"按語":"一詩中重用韵非格,如曹子建《美女篇》用二'難'字,唐以前自沈約拘聲韵以來,不得重押韵,如任昉《哭范僕射》詩用二'生'字,如'夫子值狂生,千齡萬恨生',猶是二義;如'猶我故人情,生死一交情,欲以遺離情'三字皆一義。此外如《焦仲卿妻》詩三韵,六七用一韵,重用'二十餘'。謝康樂《述祖德》詩用二'人'字。王維《上平田》絶句用二'田'字。高適《玉真公主歌》用二'仙'字。在沈約以前者不論,在沈約以後者皆非也。《天廚禁臠》謂平韵可重押,殆未之思矣。"②剖析得異常細密。

談了《飲中八仙歌》的"重用韵",又在第三章《律詩》之第一節《聲韵及律體之淵源》上溯律詩的淵源:

> 沈宋以下益精。元微之曰,"沈宋之流,研練精切,穩順聲勢,謂之律詩",由是而後文體之變極焉。又謂"杜子美下該沈宋",沈宋在當時,時人爲語曰,蘇李居前,沈宋比肩。蘇李指蘇武、李陵,蘇李創五言,而沈宋成律詩。杜子美亦取沈宋,故其近體屬對雅切。夫既詳求之於聲韵,又精思之於對偶,是以唐律爲美文之至者也。③

在律詩的演進過程中,杜甫的作用的確是不可磨滅的,元稹的贊譽決不是虛美。

接下來他在第二節《句法》中談到"律詩句法"在律詩的寫作中"尤爲切要",這一觀點也很獨到。他以爲,五言煉句法,以第三字爲眼,並總結出 42 種句法。引以杜詩爲例的有:(1)詩眼用實事

---

① 謝無量《詩學指南》,《民國詩歌史著集成》第八册,第 79 頁。
② 謝無量《詩學指南》,《民國詩歌史著集成》第八册,第 79—80 頁。
③ 謝無量《詩學指南》,《民國詩歌史著集成》第八册,第 94 頁。

式(詩眼用實事方得句健),如"行雲星隱見,叠浪月光芒"(《遣悶》)。(2)詩眼用響字式,如"芹泥隨燕觜,蕊粉上蜂鬚"(《徐步》)。(3)練字次第式,如"紅入桃花嫩,青歸柳葉新"(《奉酬李都督表丈早春作》)。此練第二字。(4)句中自對式,如"桑麻深雨露,燕雀半生成"(《屏迹三首》其二)。(5)叠字次第句式,如"納納乾坤大,行行郡國遥"(《野望》),"野日荒荒白,春流泯泯清"(《漫成二首》其一)。(6)兩句一意式,如"忽聞哀痛詔,又下聖明朝"(《收京三首》其二)。即十字句法,當於頷聯用之。(7)連珠句式,如"百年雙白鬢,一別五秋螢"(《戲題寄上漢中王三首》其一)。(8)有聲對無聲式,如"山虚風落石,樓静月侵門"(《西閣夜》)。(9)健句,如"壯節初題柱,生涯獨轉蓬"(《投贈哥舒開府翰二十韵》)。(10)清句,如"月生初學扇,雲細不成衣"(《復愁十二首》其二),"古墙猶竹色,虚閣自松聲"(《滕王亭子二首》其二)。(11)麗句,如"御鞍金驟裏,宫硯玉蟾蜍"(《贈李八秘書別三十韵》)。(12)刻意句,如"露菊班豐鎬,秋蔬影潤瀍"(《秋日夔府詠懷奉寄鄭監審李賓客之芳一百韵》)。(13)意欲圓句,如"霄漢愁高鳥,泥沙困老龍"(《巴西驛亭觀江漲呈竇十五使君二首》其一)。(14)聲律爲竅句,如"花濃春寺静,竹細野池幽"(《上牛頭寺》),"別來頭並白,相見眼終青"(《秦州見敕目,薛三據授司議郎,畢四曜除監察,與二子有故,遠喜遷官,兼述索居,凡三十韵》)。(15)意格爲髓句,如"勛業頻看鏡,行藏獨倚樓"(《江上》),"感時花濺泪,恨別鳥驚心"(《春望》)。

在這部分的最後,謝無量説:

　　凡琢對之法,先須作三字對或四字對起,然後妝排成句,不可逐句思量。却似對偶,不成作手,或二字對起亦可。用字對事,又不可用俚語及偏方之言。凡摘用古經傳史書字樣,集成聯對,務要求一相當語言,二字如眉語、目成,三字如白虎觀、碧雞坊,四字如高鼻胡人、平頭奴子,推類可知。①

這種對句的方法,對初學爲詩者、對以後的研究者都是大有幫助的。

當然了,七言煉句法是謝無量論述的重點之一。基本的常識是:七言律詩,以第五字爲句眼。謝氏將其分成 37 種句式,引杜詩爲例者有以下數種。所以引爲例證,就是具有代表性。如(1)詩眼響字式,如"返照入江翻石壁,歸雲擁樹失山村"(杜甫《返照》)。(2)拗句換字式,此式"其法或二四皆平或仄,或六四皆平或仄,或三字一連皆平或仄,或當平處以仄聲易之"②。如"沙上草閣柳新暗,城邊野池蓮欲紅"(《暮春》),"一雙白魚不受釣,三寸黃柑猶自青"(《即事》)。(3)句中自對式,如"小院回廊春寂寂,浴鳧飛鷺晚悠悠"(《涪城縣香積寺官閣》)。(4)交股對式,如"影遭碧水潛勾引,風妒紅花却倒吹"(《風雨看舟前落花戲爲新句》)。(5)錯綜句式,如"紅稻啄餘鸚鵡粒,碧梧棲老鳳凰枝"(《秋興八首》其八)。(6)折腰句式,如"永夜角聲悲自語,中天月色好誰看"(《宿府》)。(7)叠字次第句式,如"無邊落木蕭蕭下,不盡長江滾滾來"(《登高》),"信宿漁人還泛泛,清秋燕子故飛飛"(《秋興八首》其三)。(8)虛字妝句式,如"更爲後會知何地,忽漫相逢是別筵"(《送路六侍御入朝》)。(9)清句,如"留連戲蝶時時舞,自在嬌鶯恰恰啼"(《江畔獨步尋花七絶句》其六)。(10)豪句,如"伯仲之間見伊呂,指揮若定失蕭曹"(《詠懷古迹五首》其五)。(11)意欲圓句,如"春水船如天上坐,老年花似霧中看"(《小寒食舟中作》),"短短桃花臨水岸,輕輕柳絮點人衣"(《十二月一日三首》其三)。(12)格欲高句,如"織女機絲虛月夜,石鯨鱗甲動秋風"(《秋興八

---

① 謝無量《詩學指南》,《民國詩歌史著集成》第八册,第 102 頁。

② 謝無量《詩學指南》,《民國詩歌史著集成》第八册,第 103 頁。

首》其七），"周宣漢武今王是,孝子忠臣後代看"（《承聞河北諸道節度入朝歡喜口號絕句十二首》其二）。（13）聲律爲竅句,如"胡騎中宵堪北走,武陵一曲想南征"（《吹笛》）。（14）物象爲骨句,如"旌旆日暖龍蛇動,宮殿風微燕雀高"（《奉和賈至舍人早朝大明宮》）。（15）意格爲髓句,如"艱難苦恨繁霜鬢,潦倒新停濁酒杯"（《登高》）。謝氏之所以將律細加縷析,是出於這樣的考量:

> 夫詩貴煉句尚矣。統貫聯屬,意與格實主之。故諧會五音,清便宛轉,宮商迭奏,金石相宣,謂之聲律。寫景摹象,巧奪天真,探索幽微,妙與神會,謂之物象。苟無意與格以主之,雖藻詞麗句,無取也。要在意圓格高,穠纖具備,句老而不俗,理深而意不雜,才縱而氣不怒,言簡而事不晦,識超古今,思入玄妙,方爲作者。故今論五七言律詩句法,並於其後列意格等句式,可以觀焉。①

他又在第三節《律詩實用格式》之"五言絕句格式"之闡釋中,也是多舉杜詩爲例。如杜甫《武侯廟》云:"遺廟丹青落,空山草木長。猶聞辭後主,不復臥南陽。"爲"五言絕句平仄正格"——凡以第二字仄入,昔人謂之正格。"五言律格式",如杜甫《春夜喜雨》:"好雨知時節,當春乃發生。隨風潛入夜,潤物細無聲。野徑雲俱黑,江船火獨明。曉看紅濕處,花重錦官城。"爲五言律平仄正格。"七言律平仄正格",如杜甫《九日》:"老去悲秋強自寬,興來今日盡君歡。羞將短髮還吹帽,笑倩旁人爲正冠。藍水遠從千澗落,玉山高並兩峰寒。明年此會知誰健? 醉把茱萸子細看。""失粘格"——律詩有定體,然時出變化,如用後出奇,故失粘詩自來亦引爲格式。如杜甫《卜居》:"浣花溪水水西頭,主人爲卜林塘幽。已

---

① 謝無量《詩學指南》,《民國詩歌史著集成》第八册,第108頁。

知出郭少塵事,更有澄江銷客愁。無數蜻蜓齊上下,一雙鸂鶒對沉浮。東行萬里堪乘興,須向山陰上小舟。"乃是"引韵失粘"。杜甫《詠懷古迹五首》其二:"搖落深知宋玉悲,風流儒雅亦吾師。悵望千秋一灑泪,蕭條異代不同時。江山故宅空文藻,雲雨荒臺豈夢思?最是楚宫俱泯滅,舟人指點到今疑。"乃是第二聯失粘。杜甫《嚴公仲夏枉駕草堂兼携酒饌得寒字》:"竹裏行廚洗玉盤,花邊立馬簇金鞍。非關使者徵求急,自識將軍禮數寬。百年地僻柴門迥,五月江深草閣寒。看弄漁舟移白日,老農何有罄交歡?"乃是第三聯失粘。杜甫《所思》:"苦憶荆州醉司馬,謫官樽酒定常開。九江日落醒何處?一柱觀頭眠幾回?可憐懷抱向人盡,欲問平安無使來。故憑錦水將雙泪,好過瞿唐灩滪堆。"乃是第三第四聯失粘。謝著闡釋精細,值得注意。

總之,謝無量在論及詩學原理時,薈萃了中國歷代論詩篇章的精華,多處援引了《毛詩序》、劉勰《文心雕龍》、鍾嶸《詩品》、沈約《宋書·謝靈運傳論》、嚴羽《滄浪詩話》等詩論的觀點,有的地方也能闡發自己的新見。

2. 陳去病《詩學綱要》①

此書第十五篇《唐詩之極盛》引王漁洋語説,開元大曆七言始盛,太白馳騁筆力,自成一家。工部集古今之大成,七言大篇尤爲前所未有,後所莫及:

---

① 陳去病(1874—1933),原名慶林,字佩忍,號巢南(一説爲字),江蘇吳江同里人。詩人,社會活動家。著有《浩歌堂詩鈔》《巢南文集》《明遺民録》等,編有《百尺樓叢書》。其《詩學綱要》二册,國光書局民國十六年(1927)初版,收入《百尺樓叢書》,卷首有作者自序。2009年收入社會科學文獻出版社《陳去病文集》。該書名爲"詩學",實則"詩史",凡十九篇。先述詩之名義,然後大致以朝代爲綱,歷述中國傳統詩歌的發展過程,是中國詩史從傳統向現代轉型的一次嘗試。

　　蓋天地元氣之奧，至杜而始發之，其能步趨者，貞元元和間韓愈一人而已。……獨少陵材力標舉，篇幅恢張，縱橫揮霍，詩品爲之一變。要其爲國愛君感時傷亂憂黎元，希稷高生平抱負，莫不流露於中，詩之變，情之正者也。王漁洋論七言亦云……工部沈雄激壯、奔放險幻如萬寶雜陳，千軍競逐，天地渾奧之氣至此，盡泄爲一體。……杜少陵獨開生面，寓縱橫顛倒於整密中，故應超然拔萃，終唐之世，變態雖多，無有越諸家之範圍者矣。①

杜甫七律的特點則是："少陵胸次閎闊，議論開闢，一時掩盡諸家。"②而"五言長律貴嚴整貴勻稱"，杜甫的則是："少陵出而瑰奇宏麗，變動開合，後此無能爲役。"③可謂眼光獨到，切中肯綮。

　　3. 江恒源《中國詩學大綱》④

　　此書本身無太多發明，然引黃季剛（侃）談詩與樂府的一席言論堪爲高見："詩與樂府，自其本而言之，毫無區別。凡詩皆可歌，通謂之樂府可也。自其末而言之，則惟嘗被管弦者，謂之爲樂府，其未詔令人者，遠之若曹陸依擬古題樂府，近之若唐人自撰新題之

---

① 陳去病《詩學綱要》，《民國詩歌史著集成》第一册，第 167—169 頁。

② 陳去病《詩學綱要》，《民國詩歌史著集成》第一册，第 169 頁。

③ 陳去病《詩學綱要》，《民國詩歌史著集成》第一册，第 169 頁。

④ 江恒源（1885—1961），字問漁，號蘊愚，江蘇灌雲人。光緒二十七年（1901）中秀才。1913 年考取北京大學夜班，1915 年獲文學學士學位。創辦《職業與教育》，編有《國文讀本》，著有《中國詩學大綱》《中國文字學大意》《中國先哲人性論》等書。《中國詩學大綱》一册，1928 年由上海大東書局印行。作者於書前自述編著此書旨趣、體例，扉頁標明由鄭劍西先生署端。嗣後，此書多次再版。二十世紀五十年代之後，北京五洲出版社、臺北新文豐出版公司曾整理發行此書。書前云："此書編著之目的，專爲供高級中學校師範學校國文學一部分講誦之用。"全書分兩編，上編爲詩學概論，簡述詩詞曲之特質，下編選詩以配合上編之論述。

樂府,皆當歸之於詩,不宜與樂府淆溷也。"①黄侃將樂府分爲四類,其中一類是:"不依樂府舊題,自創新題以製辭,其聲亦不被弦管者,若杜子美《悲陳陶》諸篇,白樂天《新樂府》是也。"②

4. 李維《詩史》③

此書卷中第五章《盛唐詩學鼎盛及詩體之大成》(中)專講李杜:王漁洋論盛唐詩,以李杜爲二聖,李富於才,杜深於學,富於才者豪於情,深於學者篤於性,詩原本乎性情,二家以性情爲詩,此其所以凌駕一代,妙絶千古也④。

王世貞曰:"太白以氣爲主,以自然爲宗,以俊逸高暢爲貴,子美以意爲美,以獨造爲宗,以奇拔沉雄爲貴。詠之使人飄揚欲仙者,太白也,使人慷慨激烈歔欷欲絶者,子美也。"其言尚屬中論⑤。而杜甫的偉大,不僅在於"慷慨激烈歔欷欲絶",還在於:

> 甫一寒士,飽經世變,故於人事之往還,盛衰之遞降,多所陳列,酸心痛泪,一一發之於詩。至於當時人民生活困苦之狀

① 江恒源《中國詩學大綱》引,《民國詩歌史著集成》第八册,第 154 頁。
② 江恒源《中國詩學大綱》引,《民國詩歌史著集成》第八册,第 154 頁。
③ 李維,生卒年不詳,曾師事清末詞學家、北大教授劉毓盤(1867—1927),受其啓發,寫作《詩史》一書,民國十七年由北平石稜精舍印行,卷首有沈尹默、梁啓超題簽及作者自序。1996 年東方出版社、2014 年吉林人民出版社和江蘇文藝出版社都曾據此重刊。該書是中國第一部以"詩史"命名的現代形態的詩歌通史,以文言寫成。作者提出"明其傳統,窮其體變,識其流别,詳其作者,而爲一有統系之記述之作"的詩史定義,重視對詩歌傳統的闡明,並以此爲基礎探討詩歌文學形式的演進和詩歌發展階段的劃分。這種觀念和方法具有現代的文學研究性質。儘管該書在論及具體問題時多沿襲舊説,但作爲現代詩史的早期嘗試,其基本研究視角和對詩歌演進整體形勢的判斷都很值得重視。
④ 李維《詩史》,《民國詩歌史著集成》第一册,第 416 頁。
⑤ 李維《詩史》,《民國詩歌史著集成》第一册,第 417 頁。

况，現身説法，猶能描寫盡致，故世稱詩史，又稱平民詩人之宗。歌行長篇及五七言律，味深氣厚，千秋絶調，絶句非所長。①

概括得多好！

5. 楊鴻烈《中國詩學大綱》②

此書"通論"中談及"詩話"時説："蔡夢弼的《杜工部草堂詩話》是'衰集宋人評論杜詩之語,共爲一編','頗足以資參考,遠在方道醇《老杜詩評》之上'的好書③。楊鴻烈評《韵語陽秋》,説:其"内容大部分還是純文藝評論的性質,關於説杜甫和唐宋詩人的思想受釋佛的影響的部分尤好,也不可不一讀。"④論詩體,則有"律詩至百五十韵者——少陵有古韵律詩,白樂天亦有之,而宋朝王黄州有百五十韵五言律"⑤。他在"中國詩的分類"中談"摹擬的歌謡"時説："中國這種'摹擬的歌謡'大概發生的時間是很早的,古詩十九首就有不少的人摹擬,《木蘭詩》也犯着'文人動筆'的嫌疑,……但這些民間的樂府,到了唐朝的李白杜甫白居易一般人手裏,就都儘量的摹擬;這種結果在詩壇上的評價無論怎樣好,而民

---

① 李維《詩史》,《民國詩歌史著集成》第一册,第 418 頁。

② 楊鴻烈(1903—1977),又名炳堃,別名憲武,號知不足齋主,雲南晋寧人。現代著名文史學家,著有《中國詩學大綱》《中國文學總論》《大思想家袁枚評傳》《史學通論》和《中國法律思想史》等。《中國詩學大綱》一册,1928 年商務印書館出版,爲《國學小叢書》之一,書前有作者自序。之後曾多次再版。臺北商務印書館曾於 1970 年、1976 年整理發行此書。該書較早使用了"中國詩學"這一概念,旨在借鑒歐美文學理論框架構造中國古代文論體系,闡發詩的本質問題。全書分九章:通論、中國詩的定義、起源、分類、組合原素、作法、功能、演進、結論等。

③ 楊鴻烈《中國詩學大綱》,《民國詩歌史著集成》第八册,第 197 頁。

④ 楊鴻烈《中國詩學大綱》,《民國詩歌史著集成》第八册,第 198 頁。

⑤ 楊鴻烈《中國詩學大綱》,《民國詩歌史著集成》第八册,第 265 頁。

間的意味,顯然的是被斷送了。"①他在談及"抒情詩"之"家庭親子之愛"的詩,以杜甫《同谷七歌》《詠懷五百字》《北征》片段爲例；"朋友社會之愛"的詩,以杜甫《夢李白》《贈衛八處士》等詩爲例。又在談及"抒情詩"之"悲感類"時説:"這類包括生人一切的失意和死人的追悼等。"舉《韻語陽秋》卷四來説明:"《七哀詩》起曹子建,其次則王仲宣,張孟陽也。……是皆以一哀而七者具也。"這是"生人一切的失意"的籠統的説明。還有"老杜之《八哀》,則所哀者八人也。王思禮、李光弼之武功,蘇源明、李邕之文翰,汝陽、鄭虔之多能,張九齡、嚴武之政事,皆不復見矣。蓋當時盜賊未息,嘆舊懷賢而作者也"②。在談及"自然類"抒情詩時説:"隋唐以來,李白杜甫更能博綜技藝,如'山從人面起,雲傍馬頭生','山隨平野盡,月涌大江流','秀色難爲名,蒼翠日在眼','海水不滿眼,松風如五弦','四更山吐月,殘夜水明樓','暗飛螢自照,水宿鳥相呼','蕩胸生層雲,決眦入歸鳥','暗水流花徑,春星帶草堂'等詩句,固舉不勝舉。……"③"在中國這許多自然類抒情詩裏有一種應該特別注意的便是'詠物詩',因爲這種詩可以有詩的價值的只限於:使'動物'或'礦物'人格化(personify)來抒發情感,如羅隱的《牡丹詩》……薛能詩筆尚豪,在蜀以杜子美無海棠詩,遂補作若干,亦徒見其墮詠物刻畫之陋習耳。"④

其第五章《中國詩的組合的原素》引葉燮《原詩》談詩的"理"、"事"、"情"的關係時説:

①　楊鴻烈《中國詩學大綱》,《民國詩歌史著集成》第八册,第 290—291 頁。

②　楊鴻烈《中國詩學大綱》,《民國詩歌史著集成》第八册,第 302 頁。

③　楊鴻烈《中國詩學大綱》,《民國詩歌史著集成》第八册,第 307 頁。

④　楊鴻烈《中國詩學大綱》,《民國詩歌史著集成》第八册,第 310 頁。

今試舉杜甫集中一二名句,爲子晰而剖之,以見其概,可乎?如《玄元皇帝廟》作"碧瓦初寒外"句,逐字論之:言乎"外",與内爲界也。"初寒"何物,可以内外界乎?將"碧瓦"之外,無"初寒"乎?"寒"者,天地之氣也。是氣也,盡宇宙之内,無處不充塞;而"碧瓦"獨居其"外","寒"氣獨盤踞於"碧瓦"之内乎?"寒"而曰"初",將嚴寒或不如是乎?"初寒"無象無形,"碧瓦"有物有質;合虛實而分内外,吾不知其寫"碧瓦"乎?寫"初寒"乎?寫近乎?寫遠乎?使必以理而實諸事以解之,雖稷下談天之辯,恐至此亦窮矣。然設身而處當時之境會,覺此五字之情景,恍如天造地設,呈於象、感於目、會於心。意中之言,而口不能言;口能言之,而意又不可解。劃然示我以默會想像之表,竟若有内、有外,有寒、有初寒。特借"碧瓦"一實相發之,有中間,有邊際,虛實相成,有無互立,取之當前而自得,其理昭然,其事的然也。①

隨後,談及了詩的内容方面(實質)的原素:感情、想象、思想。如談"感情"時説:"人之才性,各有所近,假如聖門四科,必使盡歸德行,雖宣尼所不能;君子修身先立其大,則其小者,毋庸矯飾。韓昌黎《上宰相書》、杜少陵《獻哥舒翰詩》,後人頗相疵瑕,而二賢集中,卒不刪去,想見古人心地光明,日月之食,人皆見之。"②説"想象"時説,包括"景"、"景物"、"象"、"理"、"事"等項。他這樣説:

前些時有人仿照美國心理學家勒耶(Wilfrid Lay)分析湯乃森、勃蘭寧詩裏想象的成分的辦法來分析杜甫的《秦州雜詩二十首》,其結果就是視覺想象有六十三次,聽覺想象有二十

① 楊鴻烈《中國詩學大綱》,《民國詩歌史著集成》第八册,第322頁。
② 楊鴻烈《中國詩學大綱》,《民國詩歌史著集成》第八册,第322頁。

一次，觸覺想象有三次，氣候想象有二次，飢餓想象有一次。……這樣看來，詩人的想象力，是如何的發達了，想象是組合詩的重要的原素，也可不言而喻了。這是什麼道理呢？簡括點説來，就是因爲詩是美術的一種，凡美術都是在造成人生的幻境（illusion），這個幻境和實境全不一樣；因爲實境（actuality）就是指某時某地某人所經歷的景物和所聞見的事物而言；幻境就沒有時地，在人的經歷聞見也沒有和它完全相同的……（上引）葉燮《原詩》那一大段話，粗看去似乎他是在那裏講哲學的本體論，或第一原理，但細加考究，由他解釋杜甫的“碧瓦初寒外”的話裏，纔知道他所説的“其‘理’昭然，其‘事’的然”便説的是詩裏的想象，不過他牽扯到美學的圈子裏罷了。①

該章最後論及詩的形式的原素：文字、格律等問題。錢大昕《杜詩雙聲叠韵譜序》（《潛研堂文集》卷二五）：

> 自書契肇興，而聲音寓焉。同類相召，本於天籟，而人聲應之。軒轅粟陸以紀號，皋陶厦降以命名；股肱叢脞，虞廷之賡歌也；崑崙滄浪，禹貢之敷土也；童蒙盤桓，文王之演《易》也；瞻天象，則有蝃蝀辟歷；辨土性，則有甌窶污邪；宣尼删《詩》，存三百五篇，而斯理彌顯。伊威蠨蛸，町畽熠燿，則數句相聯；崔嵬岨隤，高岡玄黃，則隔章遥對；倘有好古知音者，類而列之，牙舌脣齒喉，犂然各當於心矣。天下之口相似，古今之口亦相似也，豈古昔聖賢猶昧於兹，直待梵夾西來，方啓千古之長夜哉？魏世儒者，創爲反切；六朝人士，好言雙聲叠韵，

---

① 楊鴻烈《中國詩學大綱》，《民國詩歌史著集成》第八册，第 331—332 頁。

故其詩文，鏗鏘流美，異於傖楚之音。唐之杜子美聖於詩者也，其自言曰"老去漸於詩律細"，蓋詩家皆祖述風騷，唯子美性與天合，不徒得《三百篇》之性情，并《三百篇》之聲韵而畢肖之；組織纏綿，自然成章，良工之用心，通於天籟，此之謂律細也。①

其第六章講《中國詩的作法》，他說："子美云，'新詩改罷自長吟'，子美詩聖，猶以改而後工，下此可知矣。"②在談詩之"學問説"時引清人李沂在《秋星閣詩話》中一段話：

> 讀書非爲詩也，而學詩不可不讀書。詩須識高，而非讀書則識不高；詩須力厚，而非讀書則力不厚；詩須學富，而非讀書則學不富。昔人謂子美詩無一字無來處，由讀書多也。故其詩曰："讀書破萬卷，下筆如有神。"此老自言其得力處。又嘗以教其子曰："熟精文選理，休覓彩衣輕。……"讀書則識見日益高，力量日益厚，學問日益富，詩之神理，乃日益出，詩之精采，乃日益焕，何患不能樹幟於詞壇，而蜚聲於後世乎？③

楊鴻烈引錢謙益《曾房仲詩序》云：

> 余蓋嘗奉教於先生長者，而竊聞學詩之説，以爲學詩之法，莫善於古人，莫不善於今人，何也？自唐以降，詩家之途轍，總萃於杜氏。大曆後，以詩名家者，靡不緣杜而出，韓之

---

① 楊鴻烈《中國詩學大綱》引，《民國詩歌史著集成》第八册，第335—336頁。
② 楊鴻烈《中國詩學大綱》，《民國詩歌史著集成》第八册，第374頁。
③ 楊鴻烈《中國詩學大綱》引，《民國詩歌史著集成》第八册，第374頁。

《南山》、白之諷諭,非杜乎? 若郊若島,若二李,若盧仝、馬異之流,盤空排奡,縱橫譎詭,非得杜之一技者乎? 然求其所以爲杜者無有也。以佛乘譬之,杜則果位也,諸家者分身也,逆流順流,隨緣應化,各不相師亦靡不相合;宋元之能者亦縣是也。向令取杜氏而優孟之,飭其衣冠,效其顰笑,而曰必如是乃爲杜,是豈復有杜哉! 本朝之學杜者以李獻吉爲鉅子,獻吉以學杜自命,聾瞽海内,比及百年,而訾謷獻吉者始出;然詩道之敝滋甚,此皆所謂不善學也。夫獻吉之學杜,所以自誤誤人者,以其生吞活剝,本不知杜,而曰必如是乃爲杜也。今之訾謷獻吉者,又豈知杜之爲杜,與獻吉之所以誤學者哉? 古人之詩,了不察其精神脉理,第抉摘一字一句,曰此爲新奇,此爲幽異而已。於古人之高文大篇,所謂鋪陳終始,排比聲韵者,一切抹殺,曰此陳言腐詞而已。斯人也,其夢想入於鼠穴,其聲音發於蚓竅,殫竭其聰明,不足以窺郊、島之一知半解,而況於杜乎? 獻吉輩之言詩,木偶之衣冠也,土菑之文繡也。爛然滿目,終爲象物而已。若今之所謂新奇幽異者,則木客之清吟也,幽冥之隱壁也。縱其淒清感愴,豈光天化日之下所宜有乎? 鳴呼! 學詩之敝,可謂至於斯極者矣! 奔者東走,逐者亦東走,將使誰正之? 房仲有志於是,余敢以善學之一言進焉。杜有所以爲杜者矣,所謂上薄《風》《雅》,下該沈、宋者是也。學杜有所以學杜者矣,所謂別裁僞體,轉益多師者是也。舍近世之學杜者,又舍近世之訾謷學杜者,進而求之,無不學無不捨焉,於斯道也,其有不造其極矣乎? (《初學集》三十二)[1]

這是强調杜甫所謂"轉益多師"的主張。轉益多師,則上薄《風》

---

[1]　楊鴻烈《中國詩學大綱》引,《民國詩歌史著集成》第八册,第 378—379 頁。

《雅》，下該沈、宋，無不學而又無不捨，纔能成爲真詩，不致流爲僞
體。在這方面，又可看出牧齋對於論詩之態度，也與七子、鍾、譚諸
人異趣。錢謙益是以杜詩學爲其詩學，所以消極方面，批評七子、
鍾、譚，都很中肯，積極方面，又能建立比較完善之詩論。牧齋之爲
杜甫功臣，又豈僅僅在箋注杜詩一方面！

　　又引晁補之《海陵集序》：

　　　　文學，古人之餘事，不足以發身。……至於詩，又文學之
　　餘事。始漢蘇、李流離異域，因窮悓別之辭，魏晉益競，至唐家
　　好而人能之。然爲之而工，不足以取世資，而經生法吏咸以章
　　句刀筆致公相，兵家鬥士亦以方略脅力專斧鉞。詩如李白杜
　　甫，於唐用人安危成敗之際，存可也，亡可也。故世稱詩人少
　　達而多窮。由漢而下枚數之，皆孫樵所論"相望於窮"者也。
　　(《雞肋集》卷三四《海陵集序》)①

楊鴻烈是這樣議論的：

　　　　本來文學藝術自己有自己的真價值，不能把他看做比政績
　　功業低下的東西；就如唐人所以受後代稱美的地方，倒不在那
　　般"以章句刀筆致公相"的經生法吏，和"以方略脅力專斧鉞"
　　的兵家鬥士，反在專做"不足以發身的詩"的李白杜甫。中國
　　人這種狹義的功利思想，和與此相生的道德思想，在文藝上種
　　下深固而不可拔的大毒。②

趙案，"不足以發身的詩"亦出自晁補之《海陵集序》："文學不足以

---

①　楊鴻烈《中國詩學大綱》引，《民國詩歌史著集成》第八冊，第385頁。
②　楊鴻烈《中國詩學大綱》，《民國詩歌史著集成》第八冊，第386頁。

發身,詩又文學之餘事,爲之而工,不足以取世資,故世稱少達而多窮。"

在談到"詩的理論的功能"時,楊鴻烈引朱彝尊《與高念祖論詩書》來批評朱氏的"道學先生"面孔:"魏晉而下,指詩爲緣情之作,專以綺靡爲事……唐之世二百年,詩稱極盛,然其間作者,類多長於賦景,而略於言志,其狀草木鳥獸甚工,顧於事父事君之際,或闕焉不講;惟杜子美之詩,其出也有本,無一不關乎綱常倫紀之目,而寫時狀景之妙,自有不期工而工者。然則善學詩者,捨子美其誰師也歟?"這是朱氏的原話。楊鴻烈評說:"朱先生這樣的推重道德,我們可反問他那首'出乎閨房兒女之思'的《風懷詩》爲什麼總不肯刪去呢? 這不能不說他受傳統思想的束縛了。"①

又引方苞《徐司空詩集序》:

> 詩之用,主於吟詠性情,而其效足以厚人倫,美教化。蓋古之忠臣孝子、勞人思婦,其境足以發其言,其言足以感動人之善心,故先王著爲教焉。魏晉以降,其作者窮極工麗,清揚幽眇,而昌黎韓子,一以爲亂雜而無章,蓋發之非性情之正,導欲增悲,而不足以感動人之善心故也。唐之作者衆矣,獨杜甫氏爲之宗,其於君臣父子夫婦昆弟朋友之間,流連悱惻,有讀

---

①　楊鴻烈《中國詩學大綱》,《民國詩歌史著集成》第八冊,第 395 頁。趙案:朱竹垞有《風懷詩》二百韵,當時即傳其十分珍視,謂寧不食兩廡之特豚,不肯刪除此作。近人姚大榮撰《風懷詩本事表徵》,考證此詩爲其小姨子作。松江姚鵷雛作説部《燕蹴筝弦録》,即演其事,自序云:"書中事迹,大類聖朝之初,秀水某鉅公早年影事,要之寓言十九,無足深考。"蓋尚存忠厚,以迷離惝恍出之。金山高吹萬序云:"考竹垞娶於馮,其妻名福貞,字海媛。妻之妹名壽常,字寧志。詩中所云'巧笑元名壽,妍娥合唤嬙'者。分藏其名,最爲明顯。"則明言無隱矣。參范烟橋編《茶烟歇》,上海書店出版社 1934 版,第67 頁。

之使人氣厚者,其於詩之本義蓋合矣!①

方苞氏亦是重詩的道德、人倫的。

其第八章《中國詩的演進》之"詩的退化説",引章太炎《國故論衡‧辨詩》:

> 夫觀王粲之《從軍》,而後知杜甫卑隔也;觀潘岳之《悼亡》,而後知元稹凡俗也;觀郭璞之《遊仙》,而後知李賀詭誕也;觀《盧江府吏》《雁門太守》叙事諸篇,而後知白居易鄙倍也;淡而不厭者陶潛,則王維可廢也;矜而不寋者謝靈運,則韓愈可絶也。要之,本性情,限辭語,則詩盛;遠性情,熹雜書,則詩衰。②

楊鴻烈評曰:"章先生這幾段話是很有價值的,他解釋詩所以退化的理由,雖嫌發揮得不透徹,但是很扼要。不過章先生有一個錯誤,便是他不知道這種詩的退化的趨勢,乃是人類'理智'進步,'感情''想象'退減的結果;這是自然的結果,並不是人爲。因此他想用人力去阻擋的退化的趨勢,他説:'今宜取近體一切斷之——唐以後詩,但以參考史事,存之可也,其語則不足誦——古詩斷自簡文以上,唐有陳張李杜之徒,稍稍删取其要,足以繼風雅,盡正變。'這樣便是發可笑的言論了。章先生那裏有這樣的大力能把人們的理智遏制着不進步,使情感一如古人來做幾首好詩?我從詩的本質上和心理方面觀察,我是相對的——或部分的——贊同章先生的這種説法;要是從歷史進化的觀點看來,我們又不能不承認詩是進

---

① 楊鴻烈《中國詩學大綱》,《民國詩歌史著集成》第八册,第 396 頁。
② 楊鴻烈《中國詩學大綱》引,《民國詩歌史著集成》第八册,第 417 頁。

步的。"①

他又引元稹《杜子美墓志》、都穆《南濠詩話》、方苞《蔣詹事牡丹詩序》、吳雷發《說詩菅蒯》、袁枚《答沈太宗伯論詩書》、葉燮《原詩》來談"詩的進步說"。

楊鴻烈指出："中國千多年前就有詩學原理，不過成系統有價值的非常之少，只有一些很零碎散漫可供我們做詩學原理研究的材料。"②所以他的這本著作，是"絕對的要把歐美詩學書裏所有的一般'詩學原理'拿來做說明或整理我們中國所有豐富的論詩的材料的根據"③。從研究方法、理念上說是很有啓發意義的。

6. 胡雲翼《唐詩研究》④

此書第一章《導言》之第一節《古今對於唐詩的誤解》說："杜

---

①　楊鴻烈《中國詩學大綱》，《民國詩歌史著集成》第八冊，第 418 頁。

②　楊鴻烈《中國詩學大綱》，《民國詩歌史著集成》第八冊，第 190 頁。

③　楊鴻烈《中國詩學大綱》，《民國詩歌史著集成》第八冊，第 213 頁。

④　胡雲翼（1906—1965），本名胡耀華，字南翔、北海，筆名拜萍女士，湖南桂東人。文學史家、作家。一生著述豐富，有小說《瀟湘暮雨》，劇本《新婚的夢》，小說集《愛與愁》（後改爲《結婚以後》），散文集《麓山的紅葉》《愛晚亭的風光》《中秋月》《西泠橋畔》，詩集《廢筆吟》等；編選《古詩選》《唐詩選》《唐文選》《詞選》《宋詞選》《歷代文評選》《女性詞選》《宋詩一百首》《唐宋詞一百首》等；學術著作《唐代的戰爭文學》《浪漫詩人杜牧》《唐詩研究》《宋詩研究》《宋詞研究》《中國詞史略》《國文學習法》《新著中國文學史》《中國文學概論》《文學欣賞引論》等。其中《唐詩研究》，上海商務印書館 1930 年初版，收入王雲五主編的《國學小叢書》。1992 年上海書店《民國叢書三編》據 1930 年初版影印，2004 年華東師範大學出版社出版《胡雲翼集》，將該書整理爲簡體橫排本，與《宋詩研究》《明清詩選》合印，名爲《胡雲翼說詩》。《唐詩研究》凡八章，四個部分，前兩章爲總論，介紹唐詩源流及時代背景；第三到第六章分四個時期介紹唐詩的發展情況；第七章專論唐代女詩人的作品；第八章爲"附錄"，據《全唐詩》的記載，著錄了六百多位唐代重要詩人的小傳，以及他們的作品在《全唐詩》中的收錄情況。

甫乃第一流詩人,然其絕句可讀者甚少。"①第二節《唐詩的意義與特質》在談唐宋詩之分時引葉燮"反對伸唐絀宋"的見解說:"唐人詩有議論者,杜甫是也。杜五言古,議論尤多,長篇如《赴奉先縣》《詠懷》《北征》及《八哀》等作,何首無議論?而獨以議論歸宋,何歟?……杜甫前後《出塞》及《潼關吏》等篇,其中豈無似文之句?"②在第三章《唐詩的來源及其背境》中談"軍事的背景":

唐玄宗時代	安禄山叛變,陷兩京,玄宗奔蜀,天下大亂
唐肅宗時代	安慶緒之亂 史思明之亂 史朝義之亂
唐代宗時代	吐蕃之寇 吐蕃回紇之寇
唐德宗時代	李希烈、朱滔、王武俊之叛 朱泚之叛 李希烈內部之變 李晟破吐蕃之戰 吳少誠之亂 韋皋破吐蕃之戰
唐武宗時代	盧龍軍之亂 劉沔破回鶻之戰
唐懿宗時代	浙東盜匪之亂 高駢南征之戰
唐僖宗時代	王仙芝之亂 黃巢回應王仙芝之叛 兩京之得而復失 秦宗權之僭號,帝奔鳳翔

---

① 胡雲翼《唐詩研究》,《民國詩歌史著集成》第十七冊,第3—4頁。
② 胡雲翼《唐詩研究》,《民國詩歌史著集成》第十七冊,第22頁。

續　表

唐昭宗時代	李克用之變 李茂貞之變 朱全忠之變

第三章《唐詩的第一期》談"初唐四傑"時說：

> 杜甫詩云："王楊盧駱當時體，輕薄爲文哂未休。爾曹身與名俱滅，不廢江河萬古流。"此詩評四傑，未免過譽；然如王世貞所云："盧、駱、王、楊，號稱四傑，詞旨華麗，固緣陳隋之遺，骨氣翩翩，意象老境，超然勝之。"我們讀過四傑的詩，便深知《藝苑卮言》的話是不錯的。①

其第四章《唐詩的第二期》（自開元至大曆初，凡五十餘年）說，就詩的表現方面說，盛唐的升平時間很短，不久"漁陽鼙鼓動地來，驚破霓裳羽衣曲"。天寶以後便成紛亂的世界，因而，盛唐詩人後半部作品所以能引起我們的感慨哀傷，都是時代的背景使然。

> 尤其是杜甫，我們很明顯的看得出來，假如沒有天寶以後紛亂時代的社會背景，杜甫的詩，絕不會有那樣偉大的成功，這是可以斷言的。②
> 說到李杜，誰亦不能否認他們是中國詩歌史上的兩大權威，誰亦知道他們是中國二千年來詩壇的兩大柱石。但是他們怎樣造成這麼偉大的權威呢？有的說李白是復古派詩人，有的說杜甫是創新派詩人，有的說杜甫是"讀破萬卷書"，纔能

---

① 胡雲翼《唐詩研究》，《民國詩歌史著集成》第十七冊，第 52 頁。
② 胡雲翼《唐詩研究》，《民國詩歌史著集成》第十七冊，第 63 頁。

"下筆如有神",有的説李白詩的成功……①

僅僅用"天才説"、"復古説"、"崇新説"是説明不了問題的。那怎麼理解呢?

> 老實説罷,我們如其要明白李杜何以在詩壇上造成偉大的權威,決不能架造空中樓閣的理論,必須站在"時代文學"的立場,纔能得着關於李杜詩的正當解釋。所謂時代文學,形成之條件不外下列三項。第一,在體裁上,必須有新的形式;第二,在風格上,必須有新的格調;第三,在描寫上,必須有新的内容。②

即是説明,李杜詩的特色在有新形式、新格調和新内容,而且有豐富的實踐與極大的成功。這是總體合論李杜。胡雲翼單論杜甫,精辟之處時有所見。

杜甫是積極用世、熱忱用世的人,很想建功立業——有心改造社會。然而,"無如用世之心意切,却無往而不失意。所謂'百年歌自苦,未見有知音';'此生任草木,垂老獨漂萍'。可見老杜晚年的感慨生哀了。"③但是,雖受遍地荆棘的折磨,政治生活失意的打擊,這却成就了"杜甫在文學上的造詣"④。這就是人們常説的"憤怒出詩人"。如果杜甫没有那種困苦的經歷,就不會有描寫社會痛苦的最爲精彩的詩篇,不會成就杜詩的偉大。那麼,用"時代文學"的眼光來看,杜詩的成功表現在兩個方面:

---

① 胡雲翼《唐詩研究》,《民國詩歌史著集成》第十七册,第64頁。
② 胡雲翼《唐詩研究》,《民國詩歌史著集成》第十七册,第65—66頁。
③ 胡雲翼《唐詩研究》,《民國詩歌史著集成》第十七册,第73頁。
④ 胡雲翼《唐詩研究》,《民國詩歌史著集成》第十七册,第73頁。

　　（一）有生活内容的悲劇叙事詩，

　　（二）有情感生命的新體律詩。①

前者的形體是舊的，内容却是新的，如被譽爲"詩史"的"三吏"、"三別"、《兵車行》等都是此類。而後者，則是用新形式表現新内容，即"將活躍的情感，無礙的注入嚴格的律詩裏面去，不但不現雕琢之迹，而且描寫得如天衣無縫，這纔令人拜服其藝術之神妙"②，"能够在十分板滯的律詩裏面，隨意抒發他那歌哭驚喜的感情，毫無束縛"，這正是唐代其他詩人（包括李白）所不能的；但是"他却不能運用形式比律詩更自由的絶句，這或許是天才的缺陷吧"③。胡雲翼在書中的第五章《唐詩的第三期》談到了杜甫的影響，中唐四派之元白一派"承襲杜甫的作風，着重在表現社會的痛苦"，"他們的描寫更通俗了"④，如白居易的《賣炭翁》《新豐折臂翁》描寫得極爲"沉痛"。第六章《唐詩的第四期》談到了杜牧崇尚李杜，擬於杜詩，"冶蕩甚於元白"的情況⑤。

　　7. 范況《中國詩學通論》⑥

　　此書共分六部分：緒言、論規式、論意匠、論結構、論指摘、結論。范況曰："詩句長短，其意無殊，而其體則異。故詩之流別，有

---

①　胡雲翼《唐詩研究》，《民國詩歌史著集成》第十七册，第 73 頁。
②　胡雲翼《唐詩研究》，《民國詩歌史著集成》第十七册，第 75 頁。
③　胡雲翼《唐詩研究》，《民國詩歌史著集成》第十七册，第 76 頁。
④　胡雲翼《唐詩研究》，《民國詩歌史著集成》第十七册，第 76 頁。
⑤　胡雲翼《唐詩研究》，《民國詩歌史著集成》第十七册，第 109 頁。
⑥　范況（1880—1929），字彦殳，江蘇南通人。詩人，學者，曾任東南大學（後改名中央大學）文科教授，有《彦殳詩》。譯有《秘密軍港》《蛇首黨》。所著《中國詩學通論》一册，民國十九年商務印書館初版，收入王雲五主編《國學小叢書》，後再版多次。據卷首自序，該書乃作者任東南大學（後改名中央大學）文科教授時編寫，較爲系統而詳細地介紹了中國傳統詩歌的體制以及寫作方法。其著述體例，往往先簡要説明，再引詩爲例，詩下時有簡要注釋。

二言、三言、四言、五言、六言、七言、八言、九言。"①他在第一節《古體》中援引杜甫的《曲江》,作爲七言五句在一韻内者;《貧交行》,作爲長短句五句在一韻内者;《北征》,作爲五言用一韻,而每兩句押者;《玄都壇歌寄元逸人》,作爲七言换四韵者;《奉先劉少府新畫山水障歌》,作爲長短句换四韵者;《渼陂行》,作爲七言换八韵者;《入奏行贈西山檢察使竇侍御》,作爲此古詩長短句不轉韵格,且是篇中叠韵,猶轉韵也;《陪王侍御同登東山最高頂,宴姚通泉,晚携酒泛江》,作爲叠韵與轉韵同格。如此等等,詩行間有簡單的注釋,主要注聲韵。

他又在第二節《樂府》,援引杜甫《悲陳陶》《哀江頭》《兵車行》《麗人行》等,談論樂府。第三節《絕句》,援引杜甫《絕句》(遲日江山麗)、《絕句》(兩個黄鸝鳴翠柳),四句皆對。《贈花卿》則是四句皆散。《江南逢李龜年》乃"趕至末句盡處,始見題眼,謂之到頭結穴格"②。

第四節《近體》是他着力處。范況説:

> 五言律,陰鏗、何遜、庾信、徐陵已開其體。唐初人研揣聲音,穩順體勢,其制乃備;神龍之世,陳杜沈宋,渾金璞玉,不須追琢,自然名貴;開寶以來,李太白之明麗,王摩詰孟浩然之自得,分道揚鑣,並推極勝;杜子美獨闢畦徑,寓縱横排戛於整密中,故應包涵一切。③

強調杜甫在五言律的"獨闢畦徑"處。而"律詩之法:有四實者,有

---

① 范況《中國詩學通論》,《民國詩歌史著集成》第九册,第28頁。
② 范況《中國詩學通論》,《民國詩歌史著集成》第九册,第119頁。
③ 范況《中國詩學通論》,《民國詩歌史著集成》第九册,第121頁。

四虛者,有前實後虛者,有前虛後實者;此正格也"①。並援引杜甫
《對雪》,爲起不對,惟中二聯及結對格。杜甫《九日》(此思弟妹之
作),乃起及中二聯至結俱對格。杜甫《熱》,乃"前聯景而實,後聯
情而虛,謂之前實後虛格"②。《題省中院壁》則"謂之拗格"③。
《晴》乃"新晴之意","謂之一意格"④。《王十五司馬弟出郭相訪
遺營草堂貲》,范況説:"後四句雖與上文不接,而實相流通也。謂
之續腰格。"⑤《擣衣》,范況這樣解:"擣衣,代戍婦方情:戍不返,
擣衣之故;拭清砧,擣衣之事。三四承首句,五六承次句;七承五
六,仍應拭清砧;八承三四,仍應戍不返。分之則各有條緒;合之則
一氣貫通。"⑥《哭長孫侍御》乃"上四句説生前,是開;下四句説死
後,是合。……謂之前開後合格"⑦。

范況評介長律特別是杜甫的長律説:"長律之體也,對偶平仄,
與律詩同;其起止照應,與長篇古詩同;惟於律詩八句之外,任意鋪
排,聯句多寡不拘,其所尚在氣局嚴整,屬對工切,段落分明;而其
要在開合相生,不露鋪叙轉折過接之迹,使語排而忘其爲排,長律
之能事盡矣。……杜甫出,而瑰奇鴻麗,一變故方,後此無能爲
役。"⑧如杜甫的《寄岳州賈司馬六丈巴州嚴八使君兩閣老五十韵》
可爲"楷模"。

接着在第六節《聯句》説:

---

① 范況《中國詩學通論》,《民國詩歌史著集成》第九册,第 122 頁。
② 范況《中國詩學通論》,《民國詩歌史著集成》第九册,第 127 頁。
③ 范況《中國詩學通論》,《民國詩歌史著集成》第九册,第 131 頁。
④ 范況《中國詩學通論》,《民國詩歌史著集成》第九册,第 132 頁。
⑤ 范況《中國詩學通論》,《民國詩歌史著集成》第九册,第 133 頁。
⑥ 范況《中國詩學通論》,《民國詩歌史著集成》第九册,第 134 頁。
⑦ 范況《中國詩學通論》,《民國詩歌史著集成》第九册,第 138 頁。
⑧ 范況《中國詩學通論》,《民國詩歌史著集成》第九册,第 139 頁。

　　虞廷賡歌,漢武《柏梁》,是唱和聯句之所由起。《柏梁》近於詩矣,但《柏梁》爲漢武帝君臣二十八人之所賦,人各一句,各自成章,非必一一聯屬。自晉賈充與妻李氏始爲聯句,遂創人各兩句之體。其後陶謝諸人亦偶一爲之,何遜集中最多,然文義斷續,筆力懸殊,仍爲各人之製,又皆寥寥短篇,唐時如顏真卿等亦有聯句,而無足采,杜集止送宇文石首聯句可以爲法。韓孟二公,天才傑出,旗鼓相當,聯句之詩,製爲大篇,誇示奇麗,城南聯句,凡一百五十韻,歷叙城南景物,巨細兼收,虛實互用,自來聯句之盛,無如此者;此長篇也。①

這可以説是"聯句"簡史,杜集中的《夏夜李尚書筵送宇文石首赴縣聯句》在這段簡史上"可以爲法",范況評之曰:"首聯李餞宇文,次聯筵宴之事,三聯宇文赴縣,四聯送別時景,五聯同席聯句,六聯座中惜別,七聯記宇文之賢,八聯記送別之情。"②第七節《詩之衆體》指出,"詩三百篇"爲詩法之祖。"杜甫大要出於《國風》《小雅》;《北征》似序體;《八哀》似狀體。"③

　　第二章《論意匠》。其第一節《師承與妙悟》即云:

　　　唐三百年間詩人,若王摩詰之字字精微,杜子美之言言忠孝,此其選也。雖然,吾深有憾焉:摩詰不能統子美,子美不能攝摩詰,豈妙悟師承,詣有偏至;又豈内聖外王,道難兼至歟?竊見今之詩家,俎豆子美者比比。而皈依摩詰者甚鮮。蓋子美嚴於師承,尚有尺寸可循;摩詰純乎妙悟,絶無迹象可即。

---

①　范況《中國詩學通論》,《民國詩歌史著集成》第九册,第 143 頁。
②　范況《中國詩學通論》,《民國詩歌史著集成》第九册,第 142—143 頁。
③　范況《中國詩學通論》,《民國詩歌史著集成》第九册,第 153 頁。

作詩者能於師承妙悟上究心，則詣唐人之域不難矣。①

在這裏拿王維與杜甫加以比較：王維精微，杜甫言忠孝，誰也"統"不了誰。而學杜甫者多，學王維者鮮，蓋在於杜甫嚴於師承，有尺寸可循，王維則純乎妙悟，無迹可即。其結論是："作詩者能於師承妙悟上究心，則詣唐人之域不難矣。"

第三節《詩訣》之《勉讀書》有云：

> 讀書非爲詩也，而學詩不可不讀書；詩須識高，而非讀書則識不高；詩須力厚，而非讀書則力不厚；詩須學富，而讀書則學不富；昔人謂子美詩無一字無來處，由讀書多也。故贈韋左丞詩曰："讀書破萬卷，下筆如有神。"此老自言其得力處。又其子《宗武生日》詩曰："熟精文選理，休覓綵衣輕。"②

這裏重點探討了讀書與學詩的關係問題：識之高與不高、力之厚與不厚、學之富與不富，杜詩"無一字無來處"，"讀書破萬卷，下筆如有神"，正是"自言其得力處"，即很好處理了這一複雜的問題。

又在第三節《詩訣》之《五長》："詩有五長，曰：以神運者一；以氣運者二；以巧運者三；以詞運者四；以事運者五。……詩之宗莫若李杜，杜生氣遠出，而總以神行其間；李神采飛動，而皆以浩氣舉之，是兩人得之於天，各擅其長矣。惟夫杜之妙，神行而氣亦行；李之妙，氣到而神亦到，此其所以未易優劣爾。"③

又第四節《命意》之《詩以意爲主》："詩無論何體，俱以意爲主，意猶帥也。無帥之兵謂之烏合。李杜所以稱大家者，無意之

---

① 范況《中國詩學通論》，《民國詩歌史著集成》第九册，第 153—154 頁。
② 范況《中國詩學通論》，《民國詩歌史著集成》第九册，第 156 頁。
③ 范況《中國詩學通論》，《民國詩歌史著集成》第九册，第 159 頁。

詩,十不得一二也。"①即是强調了詩意在筆先,"以意爲主"的大道理。又在第五節《審題》之《功德題》舉杜甫《秋日荆南送石首薛明府辭滿告别,奉寄薛尚書頌德叙懷斐然之作三十韵》爲例,第五節《審題》之《寄題》,又舉杜甫《君不見簡蘇徯》,第五節《審題》之《酬答題》,舉杜甫《酬高使君》《酬郭十五判官》,第五節《審題》之《謝題》,舉杜甫之《孟倉曹步趾領新酒醬二物滿器見遺老夫》《謝嚴中丞送青城山道士乳酒一瓶》,第五節《審題》之《哭挽題》,舉杜甫之《故武衛將軍挽辭》。第五節《審題》之《當身門》,舉杜甫之《麗人行》、《虢國夫人》、《喜雨》、《即事》(百寶裝腰帶)、《得舍弟觀書,自中都已達江陵。今兹暮春月末,行李合到夔州。悲喜相兼,團圓可待,賦詩即事,情見乎詞》、《即事》(暮春三月巫峽長)、《即事》(聞道花門破)、《花鴨》、《鸂鶒》、《黑鷹》等,意在證明杜詩是製題的典範。

又在第六節《情景》之《小景傳大景之神》中,舉杜甫《紫宸殿退朝口號》"花覆千官淑景移"句加以説明,在《景與情之關係》曰:

> 情景名爲二,而實不可離,神於詩者,妙合無垠,巧者則有情中景,景中情。景中情者:如"長安一片月"(李白《子夜歌》),自然是孤棲憶遠之情;"影静千官裏"(杜甫《喜達行在所》),自然是喜達行在之情。情中景尤難曲寫:如"親朋無一字,老病有孤舟"(杜甫《登岳陽樓》),自然是登岳陽樓詩,嘗試設身作杜甫,憑軒遠望,則心目中二語,居然出現,此所謂情中景也。情景兼者:如"露從今夜白,月是故鄉明"(杜甫《月夜憶弟詩》)是也。情到者:如"病中吾見弟,書到汝爲人"(《喜觀即到復題短篇》)是也。景到者:如……"感時花濺泪,恨别鳥驚心"(杜甫《春望》),情景相融而不分也。"白首多年

---

① 范況《中國詩學通論》,《民國詩歌史著集成》第九册,第162頁。

病,秋天昨夜凉"(杜甫《送章遙牧韶州》詩),一句情,一句景也。①

又在第七節《詩之六義》之《興與比之比較》曰:"詩有六義……杜甫《發潭州》云:'岸花飛送客,檣燕語留人。'因飛花而語燕,傷人情之薄,言送客留人,止有燕與花耳,此賦也,亦興也。若杜甫《春望》云:'感時花濺淚,恨別鳥驚心。'則賦而非興也。若杜甫《草堂成》云:'暫止飛烏將數子,頻來語燕定新巢。'乃因烏飛燕語,而喜己之携雛卜居,其樂與之相似,此比也,亦興也。若杜甫《君不見簡蘇徯》云:'百年死樹中琴瑟,一斛舊水藏蛟龍。'則比而非興也。蓋比但有物象耳,興則有義。"②即舉杜詩爲例談比興的妙用,能起到意想不到的藝術效果。

第三章是《論結構》。其第一節《題面》云:"古今人不相及,詩無論矣。即觀其題,已顯判時代。唐人作詩,於題目不輕下一字,亦不輕漏一字,必斟酌妥善,其間頗多寓意。作詩必顧題,並不遺漏參差。亦有詩成然後裝題者,其命題不苟可知。"即舉杜甫兩詩《遊龍門奉先寺》《劉九法曹鄭瑕丘石門宴集》爲例。解前首曰:"題云遊,而詩却是宿。蓋龍門近東都,其地喧熱,日間未覺山水之妙,偶然下榻,而其妙始見,必一宿後,遊事方了;故不曰宿而曰遊也。"解後首云:"金聖嘆曰:'題中無枉字,又無陪字,然則先生不與宴集矣。如何又有此詩? 及讀掾曹能吏二聯,而後知劉乃枉駕,鄭則黃緣,一段幽事,敗於俗物,故不書枉不書陪。'"③

他第二節《押韵》又説:"詩中韵腳,猶大厦之有柱石也。此處不牢,傾折立見。故有看去極平,而斷難更移者,安穩故也;安穩

---

① 范況《中國詩學通論》,《民國詩歌史著集成》第九册,第 209 頁。
② 范況《中國詩學通論》,《民國詩歌史著集成》第九册,第 213 頁。
③ 范況《中國詩學通論》,《民國詩歌史著集成》第九册,第 216—217 頁。

者,牢之謂也。譬如造室築墻,苟基址不固,則棟宇有傾墜之患矣。杜詩'懸岩置屋牢',可悟韵腳之法。"①"杜甫《彭衙行》二十三韵,韓愈《謝自然》詩三十四韵,固'先真文元寒删'六韵相通也。"②其言"杜詩'懸岩置屋牢',可悟韵脚之法",可謂得之。第三節《章法》,顧名思義:"一首有一首章法,一題數首,又合數首爲章法,詩體既各有不同,章法亦因之而異,非可概論也。"③如:"五言長篇章法之嚴整,當推杜甫《贈蜀僧閭丘師兄》詩,觀於此詩,可以知段落匀稱之法矣。"他進一步分析説:"此篇首尾中腰各四句提束,前後兩段俱十六句鋪叙,有毫髮不容增減者;然此法起於魏人繁欽《定情詩》,'我出東門遊'八句作起,'中情既款款'八句作結,前面'何以致拳拳'兩句一轉者十段,後面'與我期何所'六句一轉者四段,後段本張平子《四愁詩》,其前十段,則韓昌黎《南山詩》所自出也;古詩各有淵源如此。"④

談了五言長篇,談七言長篇:"七古長篇章法,有分段、過段、突兀、字貫、贊嘆、再起、歸題、送尾等名稱。分段、過段、再起三者,其意易明。突兀則不用過句,陡頓便説他事,杜甫詩大多如此。岑參專尚此法,爲一家數。字貫前後重三叠四,用兩三字貫串,極精神好誦,岑參所長。贊嘆如一篇三段,説了前事,再提從頭説去,謂反覆有情,如杜甫《魏將軍歌松子障歌》是也。歸題乃本末一二句,繳上起句,又謂之顧首,如李白《蜀道難》、杜甫《洗兵馬》行是也。送尾則生一段餘意結末,或反用,或比喻,如杜甫墜馬歌曰:'君不見嵇康養生被殺戮';又曰:'如何不飲令人哀';長篇有此,便覺從容而不迫促,此其大概也。至於七古長篇段落之匀整者,當推杜甫

① 范况《中國詩學通論》,《民國詩歌史著集成》第九册,第217頁。
② 范况《中國詩學通論》,《民國詩歌史著集成》第九册,第218頁。
③ 范况《中國詩學通論》,《民國詩歌史著集成》第九册,第225頁。
④ 范况《中國詩學通論》,《民國詩歌史著集成》第九册,第227頁。

《送孔巢父謝病歸遊江東兼呈李白》詩。""此篇通首分四段,前三段各四句,末段六句收;首段叙,次段寫,三段議,末段叙收。首段叙巢父往江東,次段寫東遊景,三段稱其隱志已決,末段結出送孔呈李之意。段落還題,極其分明,此學者之正鵠也。"①而杜甫《羌村三首》則是"古詩每章各有起承轉闔,一題數章者,互爲起承轉闔"的好例②:"此詩首章是總起,次章上四句爲承,中四句爲轉,下四句爲闔,三章上八句爲承,中四句爲轉,下四句爲闔,此詩法之可類推者。"③章法研判,極爲細緻。

范況在談到組詩或聯章詩的寫作要求時説:"作詩無論若干首,其氣脉必須聯絡照應,此法,杜甫近體,最爲擅長。"④如其《陪諸貴公子丈八溝携妓納涼晚際遇雨二首》,他這樣解析:"二首相爲首尾,以雲雨爲過脉;而歸路蕭颯與放船好照應;放下翻字,此二首章法也。"⑤杜甫《春日江村五首》亦是前後聯絡照應的好例:"一章叙春日江村,有躬耕自給之意。二首,言歸蜀而依嚴武。三首,言薦授郎官之事。四首,方辭還幕僚之故。末首,借古人以自况。此五首,首尾開闔,始終相承,皆有意義,連環不斷,如一篇文字。"⑥又舉《秋野五首》説:"一首,記秋野景事;二首,言秋野可以避世;三首,言見秋野可以自娱,承上北山薇來;四首,言見秋野無羡於榮禄,承上山林興來;末首,言身在秋野,而自傷留滯,承上隔南宫來;此銜接也。前三首,叙日間景事;四首,則自日而晚;末首,則自晚而夜矣;此層次也。考此詩銜接層次之法,與陶潛《歸園田居五首》中之末首相似;其詩曰:'悵恨獨策還,崎嶇歷榛曲。山澗清且淺,

---

① 范況《中國詩學通論》,《民國詩歌史著集成》第九册,第 227—228 頁。
② 范況《中國詩學通論》,《民國詩歌史著集成》第九册,第 228 頁。
③ 范況《中國詩學通論》,《民國詩歌史著集成》第九册,第 228 頁。
④ 范況《中國詩學通論》,《民國詩歌史著集成》第九册,第 231 頁。
⑤ 范況《中國詩學通論》,《民國詩歌史著集成》第九册,第 231 頁。
⑥ 范況《中國詩學通論》,《民國詩歌史著集成》第九册,第 233 頁。

可以濯我足。漉我新熟酒,隻雞招近屬。日入空中闇,荆薪代明
燭。歡來苦夕短,已復至天旭。'此言還也。詩中悵恨二字,承上昔
人死無餘意來,起四句,還路未至,漉酒四句,既還後,以至明燭至
旭,古人言之有序如此。"①杜甫的聯章詩特多,早年即有嘗試,然而
其成熟是在晚年。

范況進一步説:"古人有一題展開作數首者,其章法貴在意緒
各清,上列三題(按:指杜詩三題),每題至多不過五首,意緒易清,
若《何氏山林》,《秦州雜詠》,俱一題數詩也。惟《何氏山林》十首,
《秦州》二十首,欲求意緒之清,談何容易,讀之可悟作法。"②可謂
得之。如《陪鄭廣文遊何將軍山林十首》:"一首,乃未至而遥望之
詞。二首,志林中景物之勝。三首,記林間花卉之奇。四首,羨林
傍幽僻之致。五首,見山林景物而喜逢豪飲。六首,見山林高寒而
美其淳樸。七首,記山林物産而嘆其景幽。八首,因水府而旁記遊
迹。九首,宿何園而記其韵事。末首,總結,乃出門以後情事,叙述
特詳,有條不紊。"③又析《秦州雜詩二十首》曰:"此詩以入秦起,以
去秦終,中皆言客秦情事,凡山川城郭之異,土地風氣所宜,盡在二
十首中,此網山《送蘄帥》詩所謂'杜陵詩卷是圖經'也。此詩一
首,説初至秦州事。二首,詠城北寺。三首,詠降戎。四首,詠鼓
角。五首,借天馬以喻意。六首,詠防河戍卒。七首,詠使臣未還。
八首,借漢使以慨時事。九首,詠秦州驛亭。十首,詠秦州雨景。
十一首,對雨傷寇亂。十二首,詠秦州南郭寺。十三首,遊東柯谷。
十四首,詠仇池穴。十五首,在秦而羨東柯。十六首,欲卜居東谷。
十七首,詠山居苦雨。十八首,客居而憂吐蕃。十九首,憂亂而思
良將。末首,乃慨世不見用而羈棲異地。蓋此二十首,由入秦而覽

山川城郭景物,而感時傷世,層次秩然,意緒各清。唐人遊邊之作,數十首,間有三數首可采。一首,間有一二聯可采,未若此作之完善也。"①又析《諸將五首》曰:"五首合而觀之,漢朝陵墓,韓公三城,洛陽宮殿,扶桑銅柱,錦江春色,皆從地名叙起。分而觀之,一二章,方吐蕃回紇,其事對,其詩章句法亦相似;三四章,言河北廣南,其事對,其詩章句法又相似;末則收到蜀中,另爲一體,所謂'晚節漸於詩律細'也。當與《秋興》並觀。"②

因析《秋興八首》曰:"杜甫七律,當以《秋興》爲裘領,乃一生心神結聚之所作也。前三首,詳夔州而略長安,後五首,詳長安而略夔州,此次第秩然之足法也。後五首,以瞿塘一首爲樞紐,承上長安、蓬萊二首,先宮殿而後池苑,下繼昆明、昆吾二首,先内苑而及城外,上下四首,皆前六晞長安,後二句夔州,此首在中間,首句從瞿塘引端,下六句則專言長安事,此章法變化之足法也。蓋律體普通章法,以首尾爲起闔。三四承上,五六轉下,方覺勻整,若在六句分截,則上重下輕,若在二句分截,則上輕下重,易致板滯之弊,老杜爲此,則轉折自如,觸處皆饒生動之趣,不易及也。且此詩章法極佳,不獨後五首聯絡一氣,八首實是一篇文字,八首中又各自開闔,分之則爲八首,合之則爲一首,第一首發興四句,便影時事,見喪亂凋殘景象,後四句,乃其悲秋心事,此一首便包括後七首,而故園心,乃畫龍點睛處。至四章故園思,讀者當另着眼,易家爲國,其意甚遠,後面四章,又包括於其中,如人主之荒淫,盛衰倚伏,景物之繁華,人情之佚豫,皆能召亂,平居思之,已非一日,今漂泊於此,止有頭白低垂而已。此中情事,不忍明言,不能盡言,人當自得於言外也。"③可謂得杜詩要領。

①　范況《中國詩學通論》,《民國詩歌史著集成》第九册,第 241 頁。
②　范況《中國詩學通論》,《民國詩歌史著集成》第九册,第 242 頁。
③　范況《中國詩學通論》,《民國詩歌史著集成》第九册,第 244—245 頁。

　　范況又分析一種情況:"章法中有所謂兩層遥頂格者,有所謂兩段分截格者,如杜甫題柏學士茅屋詩,兩層遥頂格也;若移動中二聯之次序,則變爲兩段分截格矣。"①他分析《題柏學士茅屋》曰:"此詩晴雲秋水二句,遥頂首聯;富貴男兒二句,遥頂次聯;此之謂兩層遥頂格。若移晴雲秋水二句,上接首聯;移古人年少二句,下接末聯;則謂之兩段分截格。"②

　　范況又分析一種情況:"凡作詩時,有題事,有心事,因不能悉以心事爲題;故借諸題以常見心事,而巧生於規矩之中,則有單抛雙縮之法。杜甫《大曆二年九月三十日》詩,是其例也。"此詩,黄生謂:"題作特書之體,記爲客之歲月,便自具文見意。"范況怎麼分析呢?"此詩首句,心事也。次句,題事也。中二聯止承次句,則首句是單抛。至尾聯,則題事心事雙縮矣。"③

　　還有一種排律,范況説:"凡排律章法,多在首聯扼題;若作長排,有首段總挈者;有用兩語提綱,而後用兩扇對承者;有分兩段,而以每段起句總挈者。"還是舉杜詩《寄彭州高三十五使君適、虢州岑二十七長史參三十韵》:"此首段總挈之章法也。此篇首段,凡四語標眼,而後用四段分應;即起八句爲首段,總挈全域:'高岑'十二句爲一段,應首段'故人何寂寞'句;'男兒'十句爲一段,言多病而凄涼也;'何太'十句爲一段,言遠客而凄涼也;此兩段俱應首段'今我獨凄涼'句;'彭門'十二句,應首段'雲端各異方'句;結八句賓主總收,又應首段'詞客未能忘'句;是也。"④同樣是長篇排律,章法也不盡一致:"有用兩語提綱,而後用兩扇對承者,如《寄岳州賈司馬六丈巴州嚴八使君兩閣老五十韵》,即用此章法。……此詩起

---

①　范況《中國詩學通論》,《民國詩歌史著集成》第九册,第245頁。
②　范況《中國詩學通論》,《民國詩歌史著集成》第九册,第246頁。
③　范況《中國詩學通論》,《民國詩歌史著集成》第九册,第246頁。
④　范況《中國詩學通論》,《民國詩歌史著集成》第九册,第248頁。

八句爲首段，而以‘開闢乾坤正，榮枯雨露偏’二句總挈：‘憶昨’四十四句爲一段，言天寶之末，目擊亂離，收京以後，同爲近侍，所謂‘開闢乾坤正’也。‘每覺’四十四句爲一段，言方登仕籍，旋被謫遷，在嚴賈不免憂讒畏譏，在己則又衰頹羈旅，所謂‘榮枯雨露偏’也。末四句用賓主並收，其章法之整齊，有如此者。”①

又有一種較短的排律，“通首分兩段，而以每段起句總挈者，如杜甫《偶題》是也”：“此詩分兩段：自起句，至‘虛傳幼婦碑’爲一段；自‘緣情慰漂蕩’，至末句‘愁來賦別離’爲一段；首段論詩文，以首段首句‘文章千古事’爲綱領；二段叙境遇，以二段首句‘緣情慰漂蕩’爲關鍵；首段結云，‘漫作潛夫論，虛傳幼婦碑’，隱以千古事自期矣。二段結云，‘不敢要佳句，愁來賦別離’，仍以慰漂蕩自解矣。其段落之整嚴，脉理之細密，實爲章法之精者。”②

第四節《句法》之《造句》，其造句法“有九：即擇字，煉名，用諺語，采成句而增字減字者，歇上歇下語，句格，雙聲叠韵，含蓄，裝置是。”③“擇字”如杜甫“且看欲盡花經眼”，“此以四字合三字，入口便成詩句，不至生硬。要誦詩多，擇字精，始而摘用，久而自出肺腑，縱橫出没，如百練之師，非烏合之衆”④。“用諺語”，則如杜詩“禾頭生耳黍穗黑”。“采成句而增字減字者”，如杜詩“閶闔開黃道，衣冠拜紫宸”，即節去王維詩“九天閶闔開宮殿，萬國衣冠拜冕旒”二字。又杜詩“獨當省署開文苑，兼泛滄浪學釣翁”，即增加薛據詩“省署開文苑，滄浪學釣舟”二字，句便流逸。“歇上歇下語”，指詩家用古人成句，有歇上歇下語者，如：“張載詩：泪下沾衣襟；周弘正則云，行住兩沾衣。曹植詩：歔欷涕沾衣；杜甫詩則云：爲

① 范况《中國詩學通論》，《民國詩歌史著集成》第九册，第 248 頁。
② 范况《中國詩學通論》，《民國詩歌史著集成》第九册，第 249 頁。
③ 范况《中國詩學通論》，《民國詩歌史著集成》第九册，第 250 頁。
④ 范况《中國詩學通論》，《民國詩歌史著集成》第九册，第 251 頁。

爾一沾巾。此是歇上語。又如用詒厥而去孫謀，用友于而去兄弟，此是歇下語。"①

又，關於"句格"，有五言三句格、六句格、五句格、六言格、長短句格、三五七言格、五七言格、兩句斷續另成句法者、十字格和一句可分兩截者，其中"五句格"是："第四句不入韻，用第五句協之，五七言詩俱有是格。七言如杜甫曲江詩'曲江蕭條秋氣高，芰荷枯折隨風濤。遊子空嗟垂二毛，白日素沙亦相蕩，哀鴻獨叫求其曹'是也。"②

而"雙聲叠韵"，《三百篇》已有之，自沈約創四聲切韵，有前浮聲後切響之説，唐初律體盛行，而其法愈密。至杜甫，方"精於此道，神明變化，遂爲用雙聲叠韵之極則"③。在雙聲正格中，杜甫《絶句漫興九首》其一曰："即遣花開深造次，便教鶯語太丁寧。""造次"是雙聲，"丁寧"是叠韵。在叠韵正格中，舉杜甫《暮秋枉裴道州手札率爾遣興寄遞呈蘇涣侍御》："鳥雀苦肥秋粟菽，蛟龍欲蟄寒沙水。"粟菽，叠韵；沙水，雙聲也。"雙聲借用格"，字可兩讀，即行借用，叠韵仿此。如杜甫《三川觀水漲二十韵》句"礧硊共充塞"之塞字，《南池》句"春時好顔色"之色字，《客堂》"欲起慚筋力"之力字，《久雨期王將軍不至》"人生會面難再得"、《桃竹杖引贈章留後》"江妃水仙惜不得"、《天邊行》"天邊老人歸未得"之得字，《桃竹杖引贈章留後》"滿堂賓客皆嘆息"、《天邊行》"十年骨肉無消息"之息字，並與屋沃韵通叶。以上都是雙聲借用的例子。又如杜甫《將赴成都草堂途中有作先寄嚴鄭公五首》其四："新松恨不高千尺，惡竹應須斬萬竿。"松，讀思恭切。杜甫《近聞》："渭水透迤白日静，隴山蕭瑟秋雲高。"瑟，讀如塞。也都是借用。"叠韵借用

---

①　范況《中國詩學通論》，《民國詩歌史著集成》第九册，第 253 頁。
②　范況《中國詩學通論》，《民國詩歌史著集成》第九册，第 254 頁。
③　范況《中國詩學通論》，《民國詩歌史著集成》第九册，第 258 頁。

格"，如杜甫《空囊》："世人共鹵莽，吾道屬艱難。"杜甫《舟中苦熱遣懷奉呈陽中丞通簡臺省諸公》："偏裨表三上，鹵莽同一貫。"二莽字，讀漠古切。

而"雙聲廣通格"，如杜甫《玉臺觀二首》其二："宮闕通群帝，乾坤到十洲。"《九成宮》："紛披長松倒，揭嶸怪石走。"宮闕、乾坤，披、揭，均雙聲廣通格之例。范況在談"雙聲對變格"(不用正對，皆變格。變者，或二句中，或四句中，參差多寡，其變不一)時，還是舉杜詩爲例，其律詩如："臨老羈孤極，傷時會合疏。"(《得家書》)臨老羈孤，傷時會合，俱雙聲，此四用之例。《秦州雜詩二十首》其四："鼓角緣邊郡，川原欲夜時。"鼓角、欲夜，俱雙聲；緣邊、川原，俱叠韵。此四用之變之例。《奉酬寇十侍御錫見寄四韵復寄寇》："詩憶傷心處，春深把臂前。"傷心、春深、把臂，俱雙聲，此三用之例。《孟氏》："負米夕葵外，讀書秋樹根。"負米、葵外、秋樹，俱雙聲，亦三用之例。《嚴鄭公宅同詠竹得香字》："色侵書帙晚，陰過酒樽涼。"色侵、酒樽，俱雙聲，此兩用之例。《暮春江陵送馬大卿公恩命追赴闕下》："潘陸應同調，孫吳亦異時。"同調、亦異，俱雙聲，此兩用之變之例。《登樓》："錦江春色來天地，玉壘浮雲變古今。"錦江春色、天地古今，俱雙聲，此四用之例。《至後》："青袍白馬有何意？金谷銅駝非故鄉。"白馬、金谷、銅駝，雙聲；何意，叠韵，此四用之變之例。《聞官軍收河南河北》："却看妻子愁何在，漫捲詩書喜欲狂。"却看、妻子、詩書，雙聲，此三用之例。《九日五首》其一："竹葉於人既無分，菊花從此不須開。"無分、從此，俱雙聲，此兩用之變之例。《詠懷古迹五首》其五："三分割據紆籌策，萬古雲霄一羽毛。"割據、一羽，俱雙聲，此兩用之變之例。

杜甫的古詩如《同諸公登慈恩寺塔》："羲和鞭白日，少昊行清秋。"羲和、清秋，雙聲；白日、少昊，叠韵，此四用之例。《八哀詩·贈左僕射鄭國公嚴公武》："開口取將相，小心事友生。"開口、小心，雙聲；將相，叠韵，此三用之例。

在談"疊韻對變格"時，律詩如杜甫《奉贈蕭十二使君》："聯翩葡萄禮，意氣死生親。"聯翩、意氣，疊韵；葡萄、生死，雙聲。《送賈閣老出汝州》："艱難歸故里，去住損春心。"艱難、去住、損春，疊韵；歸、故，雙聲。《曉望白帝城鹽山》："日出清江望，暄和散旅愁。"日出、江望，疊韵；暄和，雙聲。《王閬州筵奉酬十一舅惜別之作》："浮舟出郡郭，別酒寄江濤。"浮舟，疊韵；郡郭、寄江，雙聲。《題鄬縣郭三十二明府茅屋壁》："雲散灌壇雨，春青彭澤田。"灌壇，疊韵；春青，雙聲。《佐還山后寄三首》其二："味豈同金菊？香宜配綠葵。"味豈，疊韵；金菊，雙聲。《贈李八秘書別三十韵》："事殊迎代邸，喜異賞朱虛。"喜異、朱虛，疊韵。《建都十二韵》："時危當雪耻，計大豈輕論？"時危，疊韵；豈輕，雙聲。《贈崔十三評事公輔》："陰沉鐵鳳闕，教練羽林兒。"陰沉，疊韵；林兒，雙聲。《月三首》其三："爽合風襟静，高當泪臉懸。"襟静，疊韵；泪臉，雙聲。《畏人》："萬里清江上，三年落日低。"江上，疊韵；落日，雙聲。《奉送二十三舅録事之攝郴州》："徐庶高交友，劉牢出外甥。"高交，疊韵；劉牢，雙聲。《詠懷古迹五首》其二："悵望千秋一灑泪，蕭條異代不同時。"悵望、灑泪、蕭條、異代，疊韵；千秋，雙聲。《玉臺觀二首》："江光隱見黿鼉窟，石勢參差烏鵲橋。"江光，疊韵；隱見、石勢、參差，雙聲。《清明二首》其二："十年蹴踘將雛遠，萬里秋千習俗同。"蹴踘，疊韵；雛遠、秋千、習俗，雙聲。《詠懷古迹五首》其五："伯仲之間見伊吕，指揮若定失蕭曹。"間見、伊吕、指揮、蕭曹，疊韵。《紫宸殿退朝口號》："晝漏希聞高閣報，天顔有喜近臣知。"晝漏、近臣，疊韵；高閣，雙聲。《冬至》："江上形容吾獨老，天涯風俗自相親。"江上、天涯，疊韵；形容，雙聲。《見螢火》："忽驚屋裏琴書冷，復亂簷前星宿稀。"簷前，疊韵；星宿，雙聲。以上爲杜甫律詩之例。

下面看古詩中杜詩的例。《次晚洲》："羈離暫愉悦，嬴老反惆悵。"羈離，疊韵；愉悦、嬴老、惆悵，雙聲。《白沙渡》："差池上舟楫，窈窕入雲漢。"差池、窈窕，疊韵。舟楫、雲漢，雙聲。《橋陵詩三

十韻因呈縣内諸官》:"坡陀因厚地,却略羅峻屏。"坡陀、却略、峻
屏,叠韻。《橋陵詩三十韻因呈縣内諸官》:"高嶽前嵂崒,洪河左瀅
瀠。"嵂崒、瀅瀠,叠韻;洪河,雙聲。《上後園山脚》:"曠望延駐目,
飄颻散疏襟。"曠望、飄颻,叠韻;散疏,雙聲。《八哀詩·贈左僕射
鄭國公嚴公武》:"寂寞雲臺仗,飄颻沙塞旌。"飄颻,叠韻;沙塞,雙
聲。《八哀詩·故著作郎貶台州司户滎陽鄭公虔》:"圭臬星經奥,
蟲篆丹青廣。"星經,叠韻;蟲篆,雙聲。《樂遊園歌》:"拂水低徊舞
袖翻,緣雲清切歌聲上。"低徊,叠韻;緣雲、清切,雙聲。《追酬故高
蜀州人日見寄并序》:"嘆我悽悽求友篇,感君鬱鬱匡時略。"求友,
叠韻;感君,雙聲。《洗兵馬》:"三年笛裏關山月,萬國兵前草木
風。"關山,叠韻;木風,雙聲。以上是杜甫古體詩中叠韻對變之格
的例。

　　范況論"含蓄",析爲句含蓄、意含蓄、句意含蓄、結語含蓄、情
語含蓄等類。舉杜詩《江上》:"勳業頻看鏡,行藏獨倚樓。"是"句
含蓄"。又舉杜詩《九日藍田崔氏莊》:"明年此會知誰健?醉把茱
萸子細看。"是"句意含蓄",即句意俱含蓄。又舉杜詩《秦州雜詩
二十首》其二:"清渭無情極,愁時獨向東。"《船下夔州郭宿,雨濕
不得上岸,别王十二判官》:"柔艣輕鷗外,含悽覺汝賢。"是"情語
能以轉折爲含蓄者,杜甫居勝"[1]。

　　范況在談"裝置"時説:"句之裝置法,可分爲六種:即倒插法、
反接法、突接法、倒裝法、後二句續前二句法、下句抱上句法。"[2]其
中倒插法,杜甫擅長。如其《送重表侄王砅評事使南海》篇中"上云
天下亂"云云,"次問最少年"云云,初不説出某人,而下倒補云:
"秦王時在坐,真氣驚户牖。"即此法也。《麗人行》云"賜名大國虢
與秦",又云"慎莫近前丞相嗔",亦是。"反接法",如杜甫《述懷》:

----

① 范況《中國詩學通論》,《民國詩歌史著集成》第九册,第 275 頁。
② 范況《中國詩學通論》,《民國詩歌史著集成》第九册,第 275 頁。

"自寄一封書,今已十月後。"若云不見消息來,平平語耳。此云:
"反畏消息來,寸心亦何有。"陡覺驚心動魄矣。"突接法",如杜甫
《醉歌行》:"汝身已見唾成珠,汝伯何由髮如漆。"突接"春光澹沱
秦東亭"。又如《蘇端薛復筵簡薛華醉歌》,上云:"諸生頗盡新知
樂,萬事終傷不自保。"突接"氣酣日落西風來"。上寫情欲盡木盡,
忽入寫景,激壯蒼涼,神色俱王。"倒裝法",如杜甫《秋興八首》其
八:"香稻啄餘鸚鵡粒,碧梧棲老鳳凰枝。"倒裝句也。"後二句續前
二句法",如杜甫《喜觀即到,復題短篇二首》其二:"待爾嗔烏鵲,
抛書示鶺鴒。枝間喜不去,原上急曾經。"《晴二首》其二:"啼烏爭
引子,鳴鶴不歸林。下食遭泥去,高飛恨久陰。"《江閣臥病走筆寄
呈崔、盧兩侍御》:"滑憶雕胡飯,香聞錦帶羹。溜匙兼暖腹,誰欲致
杯罌。"《寄張十二山人彪三十韵》:"曹植休前輩,張芝更後身。數
篇吟可老,一字賣堪貧。"這一格起於謝靈運《廬陵王墓下作》:"延
州協心許,楚老惜蘭芳。解劍竟何及,撫墳徒自傷。""下句抱上句
法",如杜甫《朝》詩首聯及三聯,俱用下句抱上句法。首聯:"清旭
楚宮南,霜空萬嶺含。"若用直叙,只是"萬嶺楚宮南,霜空清旭含"。
三聯:"俊鶻無聲過,飢烏下食貪。"烏鶻並列,言飢烏貪而下食,不
知俊鶻之在其上。

　　進一步談《句法》,起句有興起、賦起、比起幾種形式。杜詩有
大量的賦起句,律詩如《聞斛斯六官未歸》:"故人南郡去,去索作碑
錢。"《南鄰》:"錦里先生烏角巾,園收芋栗不全貧。"古體詩如《送
重表侄王砅評事使南海》:"我之曾老姑,爾之高祖母。"《送孔巢父
謝病歸遊江東兼呈李白》:"巢父掉頭不肯住,東將入海隨烟霧。"這
些均是賦起句。范況談《句法》之"對句":"對句種類甚多,有異類
對者,有同類對者,有連珠對者,有扇對者,有句中對者,有巧對者,
有借對者,有流水對者。"①如"異類對",杜甫《登岳陽樓》:"吳楚東

---

① 　范況《中國詩學通論》,《民國詩歌史著集成》第九冊,第279頁。

南坼,乾坤日夜浮。"是"吳楚"對"乾坤","東南"對"日夜"。《賓至》:"豈有文章驚海內? 漫勞車馬駐江干。""文章"對"車馬"。兩例均異類對。至於"連珠對",如杜甫《江亭》:"寂寂春將晚,欣欣物自私。""寂寂"對"欣欣"。

第七節《字法》有云:"詩貴煉字。字者,眼也。自來作者,不廢此法。然以意勝,而不以字勝。故能平字見奇,常字見險,陳字見新,樸字見色。盛唐句法渾涵,如兩漢之詩,不可以一字求。至杜甫而後,句中有奇字者,謂之詩眼。……蓋詩句以一字爲工,……杜甫句中有眼,嘗爲山谷所嘆賞。"①如《春宿左省》:"星臨萬户動,月傍九霄多。"《晚出左掖》:"樓雪融城濕,宮雲去殿低。"動與多,濕與低,乃眼之在句底者。《陪鄭廣文遊何將軍山林十首》其二:"卑枝低結子,接葉暗巢鶯。"低與暗,乃眼之在第三字者。《重過何氏五首》其四:"雨抛金鎖甲,苔臥綠沉槍。"抛與臥,乃眼之在第二字者。《陪鄭廣文遊何將軍山林十首》其五:"剩水滄江破,殘山碣石開。綠垂風折筍,紅綻雨肥梅。"皆是一句中有二字眼:剩破,殘開,垂折,綻肥。

第八節《下字》有云:"難下之字,莫如俗字叠字二種。"②何爲俗字? 數物以個,食爲喫,個喫爲俗字。杜甫善用之,如《夜歸》"峽口驚猿聞一個",《絕句四首》其三"兩個黃鸝鳴翠柳",《見螢火》"却繞井欄添個個",《狂歌行贈四兄》"樓頭喫酒樓下臥",《絕句四首》其一"梅熟許同朱老喫",又如《送李校書二十六韻》:"臨岐意頗切,對酒不能喫。"真善用"喫"、"個"字矣。詩中叠字最難下,惟杜甫用之獨工。如七律中有用之於句首者:"娟娟戲蝶過閑幔,片片輕鷗下急湍。"(《小寒食舟中作》)"短短桃花臨水岸,輕輕柳絮點人衣。"(《十二月一日三首》其三)"青青竹筍迎船出,日日江魚

---

① 范況《中國詩學通論》,《民國詩歌史著集成》第九冊,第 282 頁。
② 范況《中國詩學通論》,《民國詩歌史著集成》第九冊,第 283 頁。

入饌來。"(《送王十五判官扶侍還黔中得開字》)以上各例均是首字疊者。也有用之於句尾者,如:"信宿漁人還泛泛,清秋燕子故飛飛。"(《秋興八首》其三)"小院回廊春寂寂,浴鳧飛鷺晚悠悠。"(《涪城縣香積寺官閣》)"客子入門月皎皎,誰家搗練風淒淒。"(《暮歸》)以上都是句尾疊字者。有用之於上腰者:"宮草霏霏承委佩,爐烟細細駐遊絲。"(《宣政殿退朝晚出左掖》)"江天漠漠鳥雙去,風雨時時龍一吟。"(《灩澦》)"雲石熒熒高葉曙,風江颯颯亂帆秋。"(《簡吳郎司法》)"山木蒼蒼落日曛,竹竿嫋嫋細泉分。"(《示獠奴阿段》)都是疊字用之於上腰者例。有用之於下腰者:"穿花蛺蝶深深見,點水蜻蜓款款飛。"(《曲江二首》其二)"風含翠筱娟娟净,雨裛紅蕖冉冉香。"(《狂夫》)"無邊落木蕭蕭下,不盡長江滾滾來。"(《登高》)"碧窗宿霧濛濛濕,朱栱浮雲細細輕。"(《江陵節度使陽城郡王新樓成,王請嚴侍御判官賦七字句,同作》)以上均下腰疊字者。總之,"聲諧義恰,句句帶仙靈之氣,真不可及矣"①。

第九節《用虛字》。詩中所用虛字,如而、焉、哉字等。如"焉"字,杜甫《又作此奉衛王》:"白頭授簡焉能賦? 愧似相如爲大夫。"《次空靈岸》:"可使營吾居,終焉托長嘯。"《詠懷二首》其二:"虎狼窺中原,焉得所歷住?"《岳麓山道林二寺行》:"依止老宿亦未晚,富貴功名焉足圖!"如用"哉",《同諸公登慈恩寺塔》:"惜哉瑤池飲,日晏崑崙丘。"《前出塞九首》其四:"哀哉兩決絶,不復同苦辛。"《醉時歌》:"儒術於我何有哉,孔丘盜蹠俱塵埃。"《蘇端薛復筵簡薛華醉歌》:"如澠之酒常快意,亦知窮愁安在哉。"等等。一聯用二虛字的,杜甫也有,如《峽口二首》其二:"去矣英雄事,荒哉割據心。"又,《寄岳州賈司馬六丈巴州嚴八使君兩閣老五十韵》:"古人稱逝矣,吾道卜終焉。"逸而有致,妙不陳腐。

---

① 范況《中國詩學通論》,《民國詩歌史著集成》第九册,第284頁。

第十節《用事》:"詩言志,古人善詩者,皆不喜以故事填塞,若填塞,則詞重而體不靈,氣不逸,必俗物也。"①如杜詩《閣夜》:"五更鼓角聲悲壯,三峽星河影動搖。"人徒見其凌轢造化之工,不知乃用《禰衡傳》"漁陽摻聲悲壯"、《漢武故事》"星辰影動搖,東方朔謂民勞之應",可謂善用事。又如杜詩《戲題王宰畫山水圖歌》:"尤工遠勢古莫比,咫尺應須論萬里。"乍讀似非用事,實則用梁蕭文奐善畫事:於扇上圖山水,咫尺之內,便覺萬里爲遥。又如《垂老別》:"男兒既介胄,長揖別上官。"乃用介胄之士不拜事:《漢書·周亞夫傳》:"亞夫持兵揖曰:'介胄之士不拜,請以軍禮見。'"又如《新婚別》:"婦人在軍中,兵氣恐不揚。"乃用軍中豈有女子乎?《漢書·李廣傳》:"陵曰:'吾士氣少衰而鼓不起者,何也?軍中豈有女子乎?搜得皆斬之。'"又《禹廟》:"荒庭垂橘柚,古屋畫龍蛇。"橘柚,錫貢,驅龍蛇,皆禹事,於題《禹廟》最合適。又如《送王十五判官扶侍還黔中得開字》:"青青竹筍迎船出,日日江魚入饌來。"用"二十四孝"之孟宗哭竹事:孟宗冬月入林求筍,筍爲之生;姜詩舍宅,每旦出雙鯉佐饌。二者皆養親事,於題中"扶侍"字最切。

第四章《論指摘》:"昔賢著作,映照千秋,然尺璧微瑕,不能相掩。後人才不及古人,未得其瑜,而先有其疵乎?至梁沈約所標律詩八病,雖不免過嚴,然亦宜知之。"②律詩之失粘,杜甫亦不能免。如其《卜居》:"浣花溪水水西頭,主人爲卜林塘幽。"便是起聯失粘:第一句用仄平起,第二句不當用仄平對也。又如其《詠懷古迹五首》其二:"悵望千秋一灑淚,蕭條異代不同時。"則是第二聯失粘:第二句"風流儒雅亦吾師"用平平起,下聯不當以仄仄起。又如第三聯失粘:"百年地僻柴門迥,五月江深草閣寒。"(《嚴公仲夏枉駕草堂兼携酒饌得寒字》)因第四句"自識將軍禮數寬"用仄仄

---

① 范況《中國詩學通論》,《民國詩歌史著集成》第九冊,第286頁。
② 范況《中國詩學通論》,《民國詩歌史著集成》第九冊,第289頁。

起,下聯不當用仄平起也。范況論"失律",如杜甫《鄭駙馬宅宴洞中》第三句"春酒杯濃琥珀薄",第五句"誤疑茅堂過江麓",第七句"自是秦樓壓鄭谷",此三句末字,用薄、麓、谷三字,俱入聲,麓、谷二字又同韵。又論沈約所標八病,如"上尾":上句尾字,與下句尾字俱用平聲,雖韵異而聲則同,是犯上尾。如杜甫《鄭駙馬宅宴洞中》"春酒杯濃琥珀薄"、"誤疑茅堂過江麓",薄、麓同係入聲。又如《秋興八首》其五:"西望瑤池降王母,東來紫氣滿函關。雲移雉尾開宮扇,日繞龍鱗識聖顔。"王母、函關、宮扇、龍顔,俱在句尾,未免叠足,亦犯上尾。而《曲江對雨》:"林花着雨燕脂落,水荇牽風翠帶長。龍武新軍深駐輦,芙蓉別殿漫焚香。"前聯拈"落"、"長"二字於句尾,後聯移"深"、"漫"二字於上面,便不犯同。又論"正紐",杜甫《又作此奉衛王》"遠開山嶽散江湖",是正紐:如溪起憩三字爲一紐,上句有溪字,下句再用憩字,便是。杜詩《曲江陪鄭八丈南史飲》"丈人才力猶强健",丈、强是旁紐。

在《中國詩學通論》的末尾,范況在其簡短的《結論》部分説:

> 今人論古人之詩,不如古人論古人之詩爲允。古人以話言論古人之詩,不如以詩論詩之爲允。①

下面列舉杜甫《戲爲六絶句》、李白《古風五十九首》(大雅久不作)、韓愈《薦士》來加以説明:

> 李杜論事,却有不同,杜之六絶句,不廢六朝暨初唐四傑。李之古風開章,則專推漢魏風騷。韓之論詩,至李杜而止,言外有捨我其誰之意,故其自爲恒有奇氣。白居易寄韓詩有"户

---

① 范況《中國詩學通論》,《民國詩歌史著集成》第九册,第299頁。

大嫌甜酒,才高笑小詩”之句,頗得韓傲兀之情。①

　　總而言之,在當時學術語境下,“詩學”概念內涵豐富,往往將詩史、詩歌原理、詩歌批評等也包括在內,而該書所謂的“詩學”則僅指詩歌體制與作法,對於大學文科的“詩學通論”課程而言,容有不足之處;但在指導作詩實踐方面,則較其他“詩學”類著作更爲明晰與詳細。

　　8. 胡懷琛《中國詩論》②

　　該書談及“中國詩歌實質上的變化”時,分析了“因民族關係而發生的變化”,西北胡人的尚武精神及其粗豪情感對唐代邊塞詩的影響,王翰、王昌齡、杜甫、陸游都有這類名詩。在談及“因哲學關係而發生的變化”中,順次談了:一、孔子的溫柔敦厚的情感,二、老莊的玄談,三、釋氏的覺悟語,四、宋儒的理學語。他說:“孔子的哲學詩,完全是周民族的哲學,他的哲學,簡直不能稱爲哲學,只算是倫理學。他所說的,都是關於父子、夫婦、朋友、君臣間應盡的職務。他的詩教,是要把人民造成溫柔敦厚的性情,所以詩歌裏所表現的,不外乎父子、夫婦、朋友、君臣間的情感,並沒有什麼新奇的思想,高超的見解。”《詩經》裏的詩大都是這一類的。之後,“就不多見,就有的,也不大好。只有唐朝杜甫,他的思想,完全是儒家的思想,一點沒有旁的哲學思潮混入,所以杜詩可說

---

①　范況《中國詩學通論》,《民國詩歌史著集成》第九册,第 299 頁。

②　胡懷琛(1886—1938),原名有忭,字寄仁,後名懷琛,字寄塵,安徽涇縣人。早年爲南社人物,辛亥革命後,協助柳亞子編撰《警報》《太平洋報》。後任文明書局、商務印書館、上海市通志館編纂,又曾任上海滬江大學、中國公學、國民大學等校教授。著有《中國文學史概要》《中國小說概論》《國學概論》《中國八大詩人》等。《中國詩論》,收錄於《中國文學講座》一書中,世界書局 1934 年初版,1935 年再版。

全是這一類的詩"①,如《月夜》(今夜鄜州月)、《春望》、《月夜憶舍弟》等,"大概如此。我們試把他和李白的詩一比,就可以知道杜甫是儒家的思想,李白是道家的思想了"②。胡懷琛在談"因政治關係而發生的變化"時,其中談到"亂世的呼籲":"直到唐朝的杜甫、白居易,纔以文人而代替平民呼籲。杜甫生當天寶亂時,眼見的戰爭的痛苦,都把他很忠實的描寫出來。他的三別、三吏,尤爲著名。三別是《新婚別》《無家別》《垂老別》。三吏是《新安吏》《潼關吏》《石壕吏》。"③

總之,該書精煉而系統地闡釋了詩歌的意義及變化。從詩歌的產生年代和七種產生原因來爲之下定義,接着從形式與實質兩方面論述詩歌的變化,其間引述了歷代了優秀詩篇,特別是杜甫的詩歌。

9. 陸侃如、馮沅君《中國詩史》(卷貳)

此書商務印書館 1931 年初版。其第四篇是《杜甫時代》,將從安史之亂到唐亡的一個半世紀,稱之爲杜甫時代。其中第二章專講《杜甫》。

(一)論杜甫創作的分期:

> 安史亂前的作品爲第一期。此時正當他的壯年,故詩中多自抒抱負的話,而稱頌權要的話及碰壁後發牢騷的話也不少。在亂離中的作品爲第二期。此時主要題材即爲安史之亂,有時亦自傷身世,或譏刺尸位。他入蜀後的作品爲第三期。此時他似乎灰心了,只是安分的過他的平淡的日子。所以寫景的及詠物的詩,在量的方面頗不少。同時,他喜歡用絕句的體

---

① 胡懷琛《中國詩論》,《民國詩歌史著集成》第八冊,第 481 頁。
② 胡懷琛《中國詩論》,《民國詩歌史著集成》第八冊,第 482 頁。
③ 胡懷琛《中國詩論》,《民國詩歌史著集成》第八冊,第 490 頁。

裁,來寫他一煞那的印象。離蜀東下直到他死的二三年的作品爲第四期。他年已望六,作風頗極感傷,喜歡回憶童年,又喜歡追念亡友。綜合看來,他的詩在形式方面的特點是注重技巧,在内容方面的特點是注重民間疾苦——即在第二期以外的作品中亦多寫民間疾苦之作。這兩方面,便衍成韓愈及白居易兩派。①

這一分期法一直爲後世沿用。第一期的作品約一百三十餘首,以自抒抱負的作品最爲重要。第二期的作品約一百四十餘首,其中一半以上是寫安史之亂的。或寫當時戰迹,或述喪亂情形,或自傷身世,或挂念妻子,或希望太平,或譏刺尸位等。第三期的作品約五百四十餘首。此時,杜甫的熱心腸漸漸冷淡了。寫亂離的詩較少,多遊賞閒適之作。第四期的作品約六百首。此時杜甫年已望六,頗有點"烈士暮年"的樣子,作風比較傷感,又喜歡追念過去,如懷念古人,追悼死友,回憶童年等。

（二）言簡意賅的年表:

紀　　年			記　　　事		
西　曆	中　曆	杜甫	歷史的	傳記的	文學的
七一二年	唐睿宗先天元年	一	睿宗傳位於太子隆基,是爲玄宗。	杜甫生。	
七一五年	玄宗開元三年	四			觀公孫大娘舞劍器。

---

①　陸侃如、馮沅君《中國詩史》,《民國詩歌史著集成》第三册,第356—357 頁。

紀　　年			記　　　事			
西　　曆	中　　曆	杜甫	歷史的		傳記的	文學的
七一八年	六年	七			能作詩。	賈至生。
七二〇年	八年	九			能書大字。	
七二六年	一四年	一五			始與文士相酬應。	
七三一年	一九年	二〇			遊晋吴越。	
七三五年	二三年	二四			赴京兆,舉進士不第。	
七三七年	二五年	二六			遊齊趙。	
七四一年	二九年	三〇			遊京都。	
七四五年	天寶四載	三四			遊齊州。	
七四六年	五載	三五			歸長安。	
七四七年	六載	三六			應詔,退下,留長安。	李邕卒。
七五一年	十載	四〇			進三大禮賦,命待制集賢院。	孟郊生。
七五五年	一四載	四四	安禄山、史思明反。		授河西尉,不拜,改右衛率府胄曹參軍。十一月往奉先省家。	
七五六年	至德元載	四五	玄宗奔蜀,蕭宗繼位靈武。		奔行在,陷賊中。	

續　表

紀　　年			記　　事		
西　曆	中　曆	杜甫	歷史的	傳記的	文學的
七五七年	二載	四六	安慶緒殺禄山。	脱賊,謁帝於鳳翔,拜左拾遺。以房琯事放還鄜州。	
七五八年	乾元元年	四七		夏爲華州司功,冬至成都。	
七五九年	二年	四八	史思明殺安慶緒。	春回華州,秋客秦州,冬至成都。	王維卒。
七六二年	寶應元年	五一	玄宗肅宗崩,史思明去年爲史朝義殺,至是朝義亦敗死。	因亂,徙家梓州。	李白卒。
七六三年	廣德元年	五二		召補京兆功曹,不赴。	
七六四年	二年	五三	嚴武鎮蜀。	武表爲節度參謀檢校工部員外郎,賜緋魚袋。	
七六五年	永泰元年	五四	嚴武卒。	辭幕府,離蜀至雲安。	
七六六年	大曆元年	五五		至夔州。	
七六八年	三年	五七		出峽至岳州。	韓愈生。
七六九年	四年	五八		至潭州。	
七七〇年	五年	五九		避亂至耒陽。秋冬之際,卒於潭岳間之寓次,殯岳陽。	

（三）論杜詩内容與形式：

内容方面，"他的詩和李白時代不同，以描寫政治社會上的實際痛苦爲主，不僅以流連風月爲能事"①。"以後，經白居易一派詩人的發揚光大，此類作品便日增月盛，而占到一個重要位置。七五五年以前與以後的唐詩所以大相逕庭者即在此，而杜甫實開其端。"②

在形式方面，"杜詩也有許多特殊的地方。他是一個注意於詩的形式的技巧而以工力見長的人"③。"李白一斗詩百篇"，而他自己一再説"新詩改罷自長吟"、"語不驚人死不休"、"晚節漸於詩律細"，漸趨"奇險"。這一風格，"頗爲韓愈一派詩人所取法，直到宋代的黃庭堅。他們都是由警煉而趨於奇險的路上去的"④。

10. 劉麟生《中國詩詞概論》⑤

此書第五章《七古詩與近體詩的完成》之第四節專講《杜甫》。有幾個方面值得注意：一是稱杜甫爲杜并之子，這不知何據，可能是繼子。杜并少年時期爲報父仇，手刃仇家，亦慘死。杜家據民間習俗，把杜甫過繼給其叔爲子，也有可能，可惜現在没找到歷史與文獻依據，俟考。

二是將杜甫的成功，歸結爲"除得家學與天才之外，還有二大關係：一是苦吟，二是時代背景"⑥。這成就了杜詩的沉鬱頓挫。他進一步歸納説："古人推崇杜詩，無所不至，歸納言之，不外二點：

---

① 陸侃如、馮沅君《中國詩史》，《民國詩歌史著集成》第三册，第 387 頁。
② 陸侃如、馮沅君《中國詩史》，《民國詩歌史著集成》第三册，第 389 頁。
③ 陸侃如、馮沅君《中國詩史》，《民國詩歌史著集成》第三册，第 389 頁。
④ 陸侃如、馮沅君《中國詩史》，《民國詩歌史著集成》第三册，第 391 頁。
⑤ 劉麟生《中國詩詞概論》，世界書局 1933 年初版，收入《民國詩歌史著集成》第五册。
⑥ 劉麟生《中國詩詞概論》，《民國詩歌史著集成》第五册，第 269 頁。

（一）杜詩沉鬱頓挫，悲壯蒼涼；（二）杜詩兼有眾長。”①

　　三是詩歌的分體研究。（一）五言古，導源於謝鮑而“陽開陰闔，轉接無痕”（沈德潛語），代表作如《北征》、“三吏”、“三別”、《贈衛八處士》、前後《出塞》等。（二）七言古，李杜最大的貢獻都在於此，沈德潛說：“太白以高勝，少陵以大勝。”杜七古中，有流利自然的，如《醉時歌》，有藻麗堆砌的，如《麗人行》，有閒適瀟灑的，如《飲中八仙歌》，有沈痛欲絕的，如《哀江頭》，縱橫變化，無不如意。（三）五律，太白五律，多一氣呵成，使用流水對。杜詩則氣象宏大，用事工切。（四）七律，杜之七律是唐代七律之大成，《秋興》《諸將》《詠懷古迹》諸篇，膾炙人口，都是間架開闊，議論紛披，造句工致。但如《九日藍田崔氏莊》《客至》《賓至》諸詩，更爲閒適而自然。《石林詩話》說：“七言難於氣象雄渾，句中有力，而紆徐不失言外之意，自老杜‘錦江春色來天地，玉壘浮雲變古今’與‘五更鼓角聲悲壯，三峽星河影動搖’句之後，常恨無復繼者。”（五）五七絕，杜之絕句是絕句中的變體，不能謂之不好，宋人多所取法。

　　11. 王玉章《中國詩史講義》

　　此書第四章《唐代之詩學》這樣評論杜詩：其詩多指陳時事，故稱爲“詩史”。又以其詩包羅眾有，集詩之大成，故亦稱“詩聖”。因是講義，自己的見解少，而襲前人的觀點多。如引王弇州（世貞）語云：“太白以氣爲主，以自然爲宗，以俊逸高暢爲貴；子美以意爲主，以獨造爲宗，以奇拔沈雄爲貴。其歌行之妙，詠之使人飄揚欲仙者，太白也；使人慷慨激烈、欷歔欲絕者，子美也。五言律、七言歌行，子美神矣，七言律，聖矣。五七言絕，太白神矣，七言歌行，聖矣，五言次之。太白之七言律，子美之七言絕，皆變體，間爲之可耳，不足多法也。”②此雖是轉引，然論李杜詩，堪稱精到。

①　劉麟生《中國詩詞概論》，《民國詩歌史著集成》第五冊，第 270 頁。
②　王玉章《中國詩史講義》，《民國詩歌史著集成》第五冊，第 467—468 頁。

12. 劉聖旦《詩學發凡》①

此書談論杜詩有以下幾端：如第二篇《詩的演化》之第四節《樂府》，指出如果沒有安禄山的漁陽鼙鼓，當然産生不出像杜甫那麼偉大的寫實文學。其實，身逢天寶大亂的詩人，照理都應該發出幾聲沈痛的吶喊，在文學史上煊染一點新的彩色的。

> 然而失望得很，當時的有名作家，簡直沒有理會，所以負荷新時代使命的元勛，祇有讓杜甫獨霸詩壇了。他全部作品的評價，且存而不論，單就樂府來説，創造的努力，絕非其他詩人所能望其項背。②

很有眼光。類似觀點，聞一多也曾有過，如説王維、李白等人逃到了天上，好像只有杜甫在吶喊。胡應麟説："少陵不效四言，不仿《離騷》，不用樂府舊題，是此老胸中壁立處。然風騷、樂府遺意，杜往往得之。……太白……樂府奇偉高出六朝，古質不如兩漢，較輸杜一籌。"（《詩藪》）這是從詩體特別是樂府方面評價杜甫的偉大貢獻，就連李白也是"輸杜一籌"的。楊倫也説："自六朝以來，樂府率多摹擬剽竊，陳陳相因，最爲可厭，子美出而獨就當時所感觸，上憫國難，下痛民窮，隨意立題，脱去前人窠臼，《菁華》《草黄》之哀，不是過也。樂天《新樂府》《秦中吟》等篇，亦自此出，而語稍平易，

---

① 劉聖旦，生卒年不詳，江蘇常州人。作家，著有歷史小説集《發掘》，並在《申報·自由談》《光明》等報刊發表短篇小説、散文等。所著《詩學發凡》一册，1935 年天馬書局出版。柳亞子題書名並以書信代序，曹聚仁代跋尾。僅此一版，至今無新版發行。該書先論詩的演變，展現了從歌謠到律詩的我國古代詩歌體式的發展過程；次述聲韻，是作者對《詩經》《楚辭》用韻、雙聲叠韻以及四聲八病等詩歌聲韻現象的研究；最後從詩歌的體制、意匠、結構三方面介紹作詩的準則。柳亞子在代序稱是"以科學的方法整理中國舊詩"的專著。

② 劉聖旦《詩學發凡》，《民國詩歌史著集成》第六册，第 122 頁。

不及杜之沈警獨絶矣。"(《杜詩鏡銓》)也表達同樣的意思：杜甫的新樂府可謂"沈警獨絶"。下文詳細分析了杜甫的樂府詩。

在劉聖旦看來，杜甫所作樂府，其取材不一：

> 或譏刺時政，或記述喪亂，或悲懷社會，莫不深沈精切，入木三分。並且一字一句，都有來歷；所以他的作品，可以和正史相印證，如《麗人行》《哀江頭》《兵車行》《茅屋爲秋風所破歌》等，全是寫實的成功作品。[1]

劉聖旦在評論整個唐詩時，也沒有忘記大詩人杜甫的"領導的前鋒"作用，他這樣説：

> 唐代全部詩歌，值得我們追憶的，不是古典主義，不是浪漫主義，也不是唯美主義，而爲自天寶大亂以至長慶之際的寫實文學。連天烽火激動了詩人的性靈，由歌頌戰爭一變而爲詛咒戰爭；滿地蒿萊引起了詩人的愴悲，由贊揚田園一變而爲憫懷田園。於是詩歌的內涵，都染上了沙場的血腥，農民的熱淚，以及一般社會的鬱憤，反映着時代的特色。我們的大詩人杜甫，實爲領導的前鋒。他如白居易、元積等，作風雖不能盡趨一致，皆向着寫實的方向進行，並力造成六十餘年光榮的歷史。[2]

杜甫的"領導前鋒"作用，造成了此後"六十餘年光榮的歷史"。而且據胡適研究杜詩的分期法來研究杜詩：一、天寶以前的作品，已經奠定寫實文學的基礎，因爲他從自己的窮苦裏面觀察到平民的

---

① 劉聖旦《詩學發凡》，《民國詩歌史著集成》第六册，第 123 頁。
② 劉聖旦《詩學發凡》，《民國詩歌史著集成》第六册，第 201—202 頁。

各種痛苦,以及社會國家隱伏的危機,所以他的意識,自然和別人不同。二、自安之史亂至入蜀定居所有的詩篇,則社會崩潰的慘狀,一一抒寫出來,形成了寫作的光榮時代。三、從入蜀至死於道路,生活雖則窮困,但較前已見安定,因之詩境趨於平靜。至於他的作詩態度,也非常認真,與"李白一斗詩百篇"不同,杜甫曾說"頗學陰何苦用心",又說"語不驚人死不休",又說"老去漸於詩律細",所以他的作品對於形式的技巧,也十分講究,如其《哀江頭》等。劉聖旦隨後論道:

> 自七世紀末至八世紀初,唐代的詩壇,又風氣一轉,誠如蘇雪林所說:"由人生文學改而爲藝術文學。"(見《唐詩概論》)其轉變的原因,於時代背境,實大有關係。我們知道:在天寶以至長慶,詩人唯一的希望,是在藉詩歌的力量,把國家回復太平;老杜的呐喊,樂天的諷喻,都懷抱着這種熱望,及敬宗而後,國事日壞,政權旁落,文人爲避免自身的危險,便相率逃入藝術的小天地中,以吟弄風月爲事。風氣既成,"宮體"文學又復活起來,同時"盛唐"的七古,也日益消衰了。①

這裏,在時代與詩歌的轉變中、盛唐向中唐的滑落中,突出"老杜的呐喊"。

劉聖旦在第二篇第六節《絕句》中評論杜甫的絕句:

> 老杜的絕句,似乎總不能洗净律體格調,所以從來不爲人家重視,然而五絕中也有成功的作品,如《絕句》:"江碧鳥欲白,山青花欲然;今春看又過,何日是歸年?"未始不是名作。②

---

① 劉聖旦《詩學發凡》,《民國詩歌史著集成》第六册,第205頁。
② 劉聖旦《詩學發凡》,《民國詩歌史著集成》第六册,第224頁。

然而,老杜的絕句,似乎過於嚴謹。

劉聖旦談《律詩》一節,談到了齊梁時期的律詩運動、律詩成立的要因、盛中唐作家與五律、唐初七律、開天間七律作家、中晚唐的七言律詩等。他論五律時,以爲:"李白氣魄既大,神韵又足,實凌駕王孟高岑之上,因此小句短篇,往往不够容納。王世貞評'盛唐'五律,獨許杜甫而不及李白,似屬公允(參《藝苑卮言》),實則其原因即在於此。並且他對於聲律,也有所非議,曾説:'梁陳以來,豔薄斯極。沈休文又尚以聲律,將復古道,非我而誰?'(見唐孟啓《本事詩》)雖然没有露骨表示反對律詩,而所謂'將復古道',自然可以窺見其作詩的態度了。他還有一首譏誚老杜的小詩,末句云'總爲從前作詩苦',在戲言之中,更可印證不喜律詩的意向。"①杜甫的五律到底應怎麽評價? 劉聖旦這樣説:

> 杜甫的五律,遺存極多;而形式的整齊,也可稱獨步。這是因爲他作詩的態度,比較他人格外認真。但性真自然流露,却並不因此減少;五言律如《遣憂》《奉濟驛重送嚴公四韵》《贈韋贊善别》《不見》《月夜憶舍弟》等數十篇,無不凄婉動人。②

其影響是深遠的。大曆以下,推演寫實主義的人生的一派,如韓愈、白居易、張籍等,即受他影響,即所謂"六十餘年光榮的歷史"。劉聖旦在"開天間七律作家"中首先説:"開元天寶間的詩壇,以李杜爲兩大柱石;然而李白的詩歌革新運動,偏重於新樂府的創造,對律詩的貢獻,似乎不及杜甫,並且體裁也不能脱離樂府範圍,因此王世貞批評他的七言律詩近於變體(參《藝苑卮言》),即就數量

---

① 劉聖旦《詩學發凡》,《民國詩歌史著集成》第六册,第261頁。
② 劉聖旦《詩學發凡》,《民國詩歌史著集成》第六册,第262頁。

而言,據趙翼的統計,僅有十二首。至於杜甫的律詩,一般人皆備極崇揚。"①

　　他引盧世㴶的觀點:"杜以魁傑之才,攄其蘊憤之氣,揮斥百代,包舉衆家;或遒麗精神,或沉雄悲壯,或真摰雋永,或曠逸清疏,咸稱傑構。"又引程邦瑞觀點説:"杜公七律,含天地之元氣,包古今之正變。"他們的觀點很具啓發意義。劉聖旦是這樣看待的:

　　　　其實老杜的不朽傑作,自以"三別""三吏"等長篇爲最,律體不過格調嚴整而已。但杜律的題材,屬於喪亂描寫一類的,尚不失爲時代吶喊的作品。②

　　劉聖旦又在第三篇《聲韻》之第二節《雙聲疊韻》中盛贊:"老杜對於此道,極善運用,因之他的作品,調高律諧,最爲精細,爲有唐一代詩人中講究雙聲疊韻的巨擘。"③如杜詩"每歲攻駒冠邊鄙","攻駒冠"、"邊鄙"同爲雙聲。杜詩"雀舌苦肥秋粟菽","粟菽"疊韻。這都是一些明顯的例子。劉聖旦在第四篇《規律》談詩的體制,將古體分爲五古:四句一韻,六句一韻,六句二韻,八句一韻,八句二韻,十二句一韻,十四句二韻。七古:五句一韻,如杜甫《曲江》。六句一韻,六句三韻,八句一韻,如杜甫《發閬中》。八句二韻。長短句:四句一韻,五句一韻,如杜甫《貧交行》。六句一韻,七句一韻,八句二韻。五七言長篇古詩:五言一韻,隔句押韻,如杜甫《無家別》。五言換四韻,七言一韻,七言換兩韻,七言四句一韻、換九韻,七言換十五韻,長短句換四韻,如杜甫《奉先劉少府新畫山水障歌》等。

① 劉聖旦《詩學發凡》,《民國詩歌史著集成》第六册,第273頁。
② 劉聖旦《詩學發凡》,《民國詩歌史著集成》第六册,第273頁。
③ 劉聖旦《詩學發凡》,《民國詩歌史著集成》第六册,第291頁。

在《詩與意匠》又分命意、儲材、情景、命題等四個方面。在談
"命意"的表達手段時劉聖旦說：這關係到各人的主觀和客觀的見
解。如白居易《長恨歌》："六軍不發無奈何，宛轉蛾眉馬前死。"杜
甫《北征》："不聞夏殷衰，中自誅褒妲。"二者相比，一樣記楊貴妃
賜死一回事，然而前者純本客觀的紀實，可以看出當時六軍反叛，
明皇不得已而誅寵妃。但後者卻指爲玄宗自己悔禍，和官軍無涉。
可見兩詩的命意完全相異。在談"儲材"時，古人倡"讀破萬卷
書"。然則作詩就是處理情與景的關係，大致說來有幾種情況：
一、情到，如杜甫《登岳陽樓》："親朋無一字，老病有孤舟。"二、景
到，如杜甫《旅夜書懷》："星垂平野闊，月湧大江流。"三、情中景，
如杜甫《憶弟二首》："故園花自發，春日鳥還啼。"四、景中情，如杜
甫《春望》："感時花濺淚，恨別鳥驚心。"五、情兼景，如杜甫《月夜
憶舍弟》："露從今夜白，月是故鄉明。"六、情景融合，如杜甫《江
漢》："片雲天共遠，永夜月同孤。"七、景而情，如謝靈運《登池上
樓》"池塘生春草"。八、情而景，如王灣《次北固山下》"風正一帆
懸"等。關於"命題"，老杜最能當"細"字，所謂"晚節漸於詩律
細"。（一）抒情類，有閨情、憑弔、哭挽（如老杜《故衛將軍挽
辭》）、送別、留別、書懷、寓旅、征行、登臨、尋訪、酬答、嘲戲、即事
（如杜甫《即事》）、志喜、思（如杜甫《憶弟》）、寄、贈、逢、謝（如杜
甫《謝嚴中丞送青城山道士乳酒一瓶》）、叙事。（二）戰爭類，有詠
物、寫實、古意、陳訴等。

關於詩的結構，也是大有學問的。如關於作古詩，用古韻，舉
了杜甫的《彭衙行》詩，爲六韻通押。至於入聲通轉，杜甫《北征》
即爲一例。至於"用事"，舉杜甫《戲題王宰畫山水圖歌》"尤工遠
勢古莫比，咫尺應須論萬里"。關於字法，說杜甫是下俗字的高手，
如舉"個"、"喫"等。關於"練字"，杜甫的練字最爲精彩。如五言
練字："香霧雲鬟濕，清輝玉臂寒。""濕"、"寒"爲形容詞。杜甫的
七言練字："思家步月清宵立，憶弟看雲白日眠。""立"、"眠"爲動

詞。劉聖旦又總結出杜甫練字的五端：

一、形容景色。“野日荒荒白，春流泯泯清。”(《漫成二首》其一)“荒荒”，形容日色。“泯泯”，形容江流。

二、表示感慨。“國破山河在”(《春望》)，“在”，表示時代盛衰的悲哀。

三、間接寫景。“碧委墙隅草”(《雨過蘇端》)，“霜倒半池蓮”(《宿贊公房》)，“委”，寫雨後的青草，“倒”，寫深秋的光景。

四、描寫物體。“兩行秦樹直，萬點蜀山尖。”(《送張十二參軍赴蜀州因呈楊五侍御》)“直”，描寫秦地的樹，“尖”，描寫蜀中的山。

五、雙重寫法。“細動迎風燕，輕搖逐浪鷗。”(《江漲》)“細”，寫燕，兼寫大江中的燕。“搖”，寫鷗，兼寫急流中的鷗。①

這一總結是細緻而有見地的。

劉聖旦又談“練句”，也是多以杜詩説明。練句的方法，與情景極有關係，妙在一句中，多一字不可，省一字不行，換一字更不可。五言着重在第三字，七言重在第五字，所謂“眼”之所在。至於“對句”，有句中對、隔句對、連珠對、精巧對、異類對、同類對、實字對、虛字對、錯綜對、巧變對、懷古對、情景對等。如：“桃花細逐楊花落，黃鳥時兼白鳥飛。”(《曲江對酒》)“桃花”對“楊花”、“黃鳥”對“白鳥”爲“句中對”。“高江急峽雷霆鬥，翠木蒼藤日月昏。”(《白帝》)“高江”對“急峽”，“翠木”對“蒼藤”，亦是。又如：“得罪台州去，時危棄碩儒。移官蓬閣後，穀貴殁潛夫。”(《哭台州鄭司户蘇少監》)是隔句對中的“扇對”，即第一句對第三句，第二句對第四句。又如：“吳楚東南坼，乾坤日夜浮。”(《登岳陽樓》)“吳楚”對“乾坤”，“東南”對“日夜”。“浮雲連海岱，平野入青徐。”(《登兗州城樓》)“浮雲”對“平野”，“海岱”對“青徐”。“豈有文章驚海内？漫勞車馬駐江干。”(《賓至》)“文章”對“車馬”。“却看妻子愁何在，

---

① 劉聖旦《詩學發凡》，《民國詩歌史著集成》第六册，第387頁。

漫捲詩書喜欲狂。"(《聞官軍收河南河北》)"妻子"對"詩書"。都是
"異類對"的好例。又如："伯仲之間見伊呂，指揮若定失蕭曹。"(《詠
懷古迹五首》其五)"伊呂"對"蕭曹"，屬於"同類對"。又如："飛星
過水白，落月動沙虚。"(《中宵》)"星""水""月""沙"都是實字。
"入簾殘月影，高枕遠江聲。"(《客夜》)"簾""月""枕""江"亦都是
實字。"旌旗日暖龍蛇動，宮殿風微燕雀高。"(《奉和賈至舍人早朝
大明宮》)"旌旗""宮殿"，實字，"龍蛇""燕雀"，亦實字。三例都是
"實字對"。又如："長爲萬里客，有愧百年身。"(《中夜》)"萬里""百
年"虚字。"計拙無衣食，途窮仗友生。"(《客夜》)"計拙""途窮"虚
字。二例爲"虚字對"。又如："香稻啄餘鸚鵡粒，碧梧棲老鳳凰枝。"
(《秋興八首》其八)"香稻"對"碧梧"，"啄餘"對"棲老"，"鸚鵡"對
"鳳凰"，"粒"對"枝"，乃典型的錯綜對。又如："桃花細逐楊花落，黄
鳥時兼白鳥飛。"(《曲江對酒》)屬於巧變對。

　　而"句法"，無論是五言，還是七言，杜詩都可爲典範。五言上
二下三句：回首——白雲多。七言上三下四句：漁人網——集寒
潭下。賈客船——從返照來。五言三折句：飛星——過水——白。
天遠——暮江——遲。微風——燕子——斜。七言上五下二句：
五更鼓角聲——悲壯。錦江春色來——天地。七言三折句：盤
殽——市遠——無兼味。樽酒——家貧——只舊醅。故國霜
前——白雁來。七言錯亂句：香稻啄餘鸚鵡粒，碧梧棲老鳳凰枝。
至於句中倒插法，如杜甫的《麗人行》等是好例。

　　至於"章法"，劉勰曾説："夫人之立言，因字而生句，積句而成
章，積章而成篇。篇之彪炳，章無疵也；章之明靡，句無玷也；句之
清英，字不妄也。"(《文心雕龍・章句篇》)下面看杜甫的律句。其
"《秦州雜詩二十首》以入秦起，以去秦終，章次井然，足爲楷式"[1]。
第一首，説留秦的原因。第二首，詠城北寺。第三首，記降戎的居

---

　　[1]　劉聖旦《詩學發凡》，《民國詩歌史著集成》第六册，第 390 頁。

地。第四首,詠鼓角。第五首,以天馬寄慨。第六首,述防河戍卒
的悲苦。第七首,寫使臣的滯留。第八首,借漢使抒寫時事。第九
首,詠驛亭的景色。第十首,寫秦州遇雨。第十一首,因雨而悲懷
身世。第十二首,詠南郭寺。第十三首,遊東柯谷。第十四首,詠
仇池穴。第十五首,途中阻雨,回想東柯。第十六首,意欲卜居東
柯,歸隱終老。第十七首,記山居苦雨。第十八首,寫身在秦州,而
心念吐蕃。第十九首,因時逢喪亂,追懷良將。第二十首,寫懷才
莫用,遂致身留異鄉。

　　因而,"七律章法變化之妙,在有唐一代作家中,自然首推杜
甫,而《秋興八首》,尤爲此老一生精心會神的傑作"①。那麼五古
情況如何呢? 一篇詩裏有承轉,有鋪叙,有議論,必須段落勻稱,章
次分明,纔算得完美的作品。如杜甫《贈蜀僧閭丘師兄》詩,即是嚴
整的古體詩。而老杜的《送孔巢父謝病歸遊江東兼呈李白》一篇,
爲七古章法嚴整之首選。"至於結構的方法,又有分段,過段,突
兀,字貫,贊嘆,再起,及歸題,壓尾等名目。杜詩全篇分作四段:首
段四句,述巢父歸遊。次段四句,寫征途景色。三段四句,稱道他
隱志的高超。末段六句,表出送孔呈李,爲全詩的結束。"②

　　13. 楊啓高《唐代詩學》③

　　此書"自叙"説:"詩至唐有古律雜三體區分","古體至盛唐李白
始集其大成"。"至於律體,則是杜甫開其康莊。雖自初唐沈宋之謳
歌,已聲調鏗鏘,辭藻儷對,然而正體律詩之獅吼,杜甫崛起,始聲振

---

①　劉聖旦《詩學發凡》,《民國詩歌史著集成》第六册,第393頁。
②　劉聖旦《詩學發凡》,《民國詩歌史著集成》第六册,第411頁。
③　楊啓高,重慶南川人,生平無考。著有《史記通論》《唐代詩學》《中國
文學體例談》等。《唐代詩學》,南京正中書局1935年出版,該書内容大致分
三個部分,第一部分總叙唐詩的背景、淵源、流派、特質、體例,第二部分以初、
盛、中、晚分期,分别介紹各期唐詩的特點與代表作家,第三部分列叙唐詩對
宋、元、明、清乃至民國時期詩風的影響。

盛唐。他若絕句鶴鳴,排律馬嘶,亦肇後世無量法門。"①並高度評價
了杜詩的"沉鬱頓挫"風格:"情感悲悶,聲調宛轉。杜甫、岑參之流,
多精此品。"②又談及杜詩在古律轉變中的作用:"杜甫感時之興賦,
藉排律擅且場,是爲古律轉關之樞紐,號稱盛唐大家。"③這類大家異
於前代:"惟唐代詩人傑出,涵情幽邃,雖感於物而高歌,亦隱復以立
言。若杜甫《北征》《秋興》之倫,其情感不得謂非熱烈矣,然以雄渾
悲壯出之,此乃詩人敦厚之情,善通立言足意之術,鎔鑄智慧二
也。"④杜詩之博大,還在於情見乎辭,深鎔於意,陶養神思,如老杜之
詠懷詩是也。而老杜的熱情雄辭、雄渾悲壯之風骨,亦影響深遠。

　　楊啓高在"盛唐"中專門談及"時事詩":

　　　　時事詩以杜甫爲最精。杜與李白在天寶間齊名,時稱李
　　杜。自元稹、白居易即贊其詩,元曰:"李白壯浪縱恣,擺去拘
　　束,誠有差肩子美矣。至若鋪陳終始,排比聲律,大或千言,次
　　猶數百,詞氣豪邁,而風調清深。屬對律切,而脱棄凡近。則
　　李尚不能歷其藩籬,況堂奧乎?"白曰:"杜詩貫穿古今,盡工盡
　　善,殆過於李。"元白雖未知李集復古大成之功,與杜甫開革新
　　局面不同。然而知杜實以忠君憂國傷時念亂爲本恉,讀其詩
　　可以知其世,故當時謂之詩史。⑤

並進一步舉《兵車行》《麗人行》《潼關吏》《新婚別》等以證之,言
"均可見當時史事"。又於"學古塗廣"一類説:

---

① 楊啓高《唐代詩學》,《民國詩歌史著集成》第十八册,第 3—4 頁。
② 楊啓高《唐代詩學》,《民國詩歌史著集成》第十八册,第 5 頁。
③ 楊啓高《唐代詩學》,《民國詩歌史著集成》第十八册,第 6 頁。
④ 楊啓高《唐代詩學》,《民國詩歌史著集成》第十八册,第 7 頁。
⑤ 楊啓高《唐代詩學》,《民國詩歌史著集成》第十八册,第 161—162 頁。

　　至於杜工部則於古大詩人，無所不學。其摹雅制以定習，課精思以取篇；真能學超古人，得詩之奧妙者矣！其古詩《北征》寫喪亂，乃學蔡文姬《悲憤》。而《詠懷》與“三吏”、“三別”，多得力於曹操《薤露歌》與《苦寒行》。其五律《秦州雜詩》，則從庾子山《感懷詩》出。此外，對於曹王劉阮陶謝陰何徐庾沈宋王楊盧駱，均有關係。①

在“盛唐”中專列“李杜比較”一部分，“總叙”其情況曰：“唐代爲中國文學之黃金時代，唐詩爲中國文章精華，李杜復爲唐詩之代表作家，固宜詳爲比論。惟李杜之詩，精深博大，欲比較而識其真相，談何容易。是以自來講文學史乘與文學品藻者，均難免有出入，約有下述二點：一爲根據地理環境，一爲根據思想。”②還談及二人的主要貢獻及影響。爲方便比較，我們現列一圖表：

	杜　甫	李　白
地理環境	生於河南鞏縣，住長安久。詩富於寫實，乃黃河流域特色，代表北方。	生於四川，流連湖北。詩富浪漫色彩，乃長江流域特質，代表南方。
思想狀況	中年近於儒家。入蜀後偏於道家。	近於仙家。少年豪俠，有縱橫之氣。
主要貢獻	開革新局面。律體詩自盛唐至現代，以杜爲開端。	集復古大成。古體詩自周至盛唐，至李結束。
影響	唐以後學杜者多。	唐以後學李者少。

杜甫生平所經離亂較李白尤苦，然其詩與李白不同。不同在哪裏？

---

① 楊啓高《唐代詩學》，《民國詩歌史著集成》第十八册，第 163—164 頁。
② 楊啓高《唐代詩學》，《民國詩歌史著集成》第十八册，第 184—185 頁。

他説：

> 白以沈約、庾子山、初唐四傑均不佳，而推建安至永明之
> 詩人，自顯有軒輊之分。而甫則以各代有各代之勝，不必拘定
> 何代，凡爲名家，皆推崇而無鄙視，此其論詩之態度也。惟其
> 作詩，則重時代觀念，既不模擬齊梁，亦不摹仿建安。由杜集
> 中可以見其取各代之勝者，曹王劉阮，陶謝鮑顏，陰何徐庾，王
> 楊盧駱，皆不菲薄。①

並舉老杜《偶題》詩加以説明，杜甫不輕詆古人，以存其勝。然而，
又非全學古人；各代雖有名家，作品不必盡佳，故學名家，同時又不
拘泥各家，以求新爲貴。爲什麽這樣説？凡成大家者，必遵三
程式：

> 初則學古，中則伴古，終則超古。不學古人，不能入文境；
> 不伴古人，不能備體制；不超古人，不能表個性。若杜之學詩，
> 蓋深明此意者！②

那麽，杜詩怎樣開革新局面，換言之，其革新途徑是什麽呢？一是
用字。子美極重鍛煉，所謂“爲人性僻耽佳句，語不驚人死不休”，
“新詩改罷自長吟”。杜詩煉字，是留心於動詞，諸如“孤月浪中
翻”之“翻”字，“風急春燈亂”之“亂”字，“江鳴夜雨懸”之“懸”字，
“聲拔洞庭湖”之“拔”字，“老樹空庭得”之“得”字，“清渠一邑傳”
之“傳”字，“月明垂葉露”之“露”字，“雲逐渡溪風”之“逐”字，“青
惜峰巒過”之“過”字，“黃知橘柚來”之“來”字等，均用得恰當生

---

① 楊啓高《唐代詩學》，《民國詩歌史著集成》第十八册，第 193—194 頁。
② 楊啓高《唐代詩學》，《民國詩歌史著集成》第十八册，第 194—195 頁。

動。二是聲調。古詩與律詩各有定調,至杜益趨分明。研究古詩聲調者,始自王漁洋《古詩平仄論》、趙執信《聲調譜》談及七古結論:凡七古用平韵,末後三字必爲平聲,尤以第五字爲最要。古詩作成平仄,開元以後有二種,一是平韵,如李白《山中答人》、杜甫《丹青引》詩,二是用仄韵,如杜甫的《哀江頭》詩。此二調,對韓愈、北宋諸家影響極大。至於律調,杜律可以見古體與律體變遷者,明顯的例子是《秦州雜詩二十首》。如五律,至杜時始有定式,有正格與偏格之分:仄起爲正格,平起爲偏格。如《春望》第一句第二字"破"用仄聲,故爲仄起,即爲正格。又如《登岳陽樓》第一句第二字"聞"用平聲,即爲偏格。如七律則正相反,平起爲正格,仄起爲偏格。唐人七律第一句押韵爲通則,此與七言絕句相同。七律規則約有七條,杜律中均可見:一爲二四不同二六對,二爲粘法,三爲押韵法,四爲前聯與後聯,五爲不用相同字,六爲避孤平,七爲避下三連。如杜甫《野望》及《蜀相》均可見其法。前者爲平起平聲蕭韵,爲正格。後者是仄起平聲侵韵,是偏格。至於五絕,杜以拗體見長,與李白以律調見長不同。三是內容。該書總結杜詩的內容説:"杜擴大詩之內容,無論何種題材,均可入詩,平時以詩抒情景,杜則以叙事論理。以詩叙時事,則俾詩歷史化;以詩論義理,則俾詩散文化。"[1]如杜甫的《北征》《詠懷古迹五首》是典型範例。

杜詩學是唐詩學的重要組成部分。因而此書在"中唐"中叙韓愈時談及韓學杜的情況也有一定價值。如云,韓愈步杜甫後塵,有詩曰:"李杜文章在,光焰萬丈長。"杜甫主張詩之變格,韓愈更加倍變之。雖與孟郊同學杜,然不及孟之純粹。又云,杜甫以議論入詩,即不免正統詩人之詬病,韓愈乃變本加屬。

此書"影響"部分談及杜甫對宋的影響,如"韓杜與反西崑派"

---

[1]　楊啓高《唐代詩學》,《民國詩歌史著集成》第十八册,第 211 頁。

言，"反西崑宗韓杜，約可別爲萌芽與成熟兩期。萌芽期爲梅蘇歐，宗韓昌黎，成熟期爲蘇東坡與王安石，由學韓而宗杜。"①又在"杜甫與蘇王"中補充説："反西崑詩成熟時期，爲蘇東坡與王安石。兩家古體詩妙極一時，蓋由學韓而漸趨學杜。"②蘇詩七律佳作，如《常潤道中有懷錢塘寄述古三首》《紅梅》等詩，《宋詩鈔·東坡集》評論説："子瞻詩氣象洪闊，鋪叙宛轉，子美之後一人。"而王安石的《明妃曲》，"其細處委婉動人，自是學杜"③。

此書在"影響金元"部分談及了杜詩的影響。如金之元好問，"乃趙秉文最深重之詩人，學杜甫最有名，尤以拗體之雄健風格冠冕金詩"，如《西樓曲》《橫波亭爲青口帥賦》，"皆與杜詩相上下，由此亦可見杜詩之潛勢力焉"④。

又在"影響明代"部分談及李夢陽、何景明等人的復古，古體必漢魏，近體必盛唐，而李氏的《空同子集》多學杜甫，王維楨以爲七律自杜甫以後，善用頓挫倒插之法，惟夢陽一人。又補充説，"杜甫七律最多拗體，如《燕子》《夔州》等是。李夢陽學杜，亦喜此體。即世通稱吳體"⑤，李詩如《送李帥之雲中》《九日南陵送橙菊》等，都是學杜較好者。

又在"影響清代"部分説，錢牧齋詩"出入李杜韓白間，可以《陸宣公墓道行》及《嶽中雜詩》見之"⑥。又在"影響現代"部分中，談及對"現代民族詩派"的影響，這一派作詩，"以振奮中華民族爲主，於民族生存之大劇場，獨具掀天揭地之氣概，首紹周民族詩之風雅頌，次崇漢魏六朝之詠懷與紀事詩，次承唐代詩人杜甫、白居易論

①　楊啓高《唐代詩學》，《民國詩歌史著集成》第十八册，第408頁。
②　楊啓高《唐代詩學》，《民國詩歌史著集成》第十八册，第410頁。
③　楊啓高《唐代詩學》，《民國詩歌史著集成》第十八册，第411頁。
④　楊啓高《唐代詩學》，《民國詩歌史著集成》第十八册，第414頁。
⑤　楊啓高《唐代詩學》，《民國詩歌史著集成》第十八册，第418頁。
⑥　楊啓高《唐代詩學》，《民國詩歌史著集成》第十八册，第420頁。

詩之趨向，以詩歌合爲人而作。祖杜是一般風尚，宗白乃別具詩
情。統其綱領，約有三派：一、曰愛國詩派；二、曰革命詩派；
三、曰佛子詩派"①。"愛國詩派"中以康有爲、黄遵憲、吳芳吉等爲
有名。康有爲的弟子梁啓超在《飲冰室詩話》中説："先生最喜杜
詩，能誦全集一字不遺。故其詩雖非刻意有所學，然一見殆與杜集
亂楮葉。"（參見本書梁啓超部分）康有爲學杜之歌行，雖不佳，然以
愛國爲名，寫過不少愛國短歌行，近於杜詩。康是戊戌變法主要人
物，其《己亥出都》七律四首，亦近於杜。黄遵憲（1848—1905）雖
是以韓愈、白居易爲宗，亦學陶謝李杜蘇。吳芳吉（1896—1932）乃
吳宓好友，有多詩唱和（詳本書吳宓部分）。他於本國詩人學屈原、
陶淵明、謝朓、李白、王維、杜甫、丘逢甲，於英國詩人學彭士、丁尼
生、克茨等，然以杜甫爲多：

　　　　其學杜可以《成都紀行》詩末章爲證，詩曰："幼讀少陵詩，
　　深識少陵志，一生愛此翁，發憤爲翁繼。"吳雖學杜詩，惟以創
　　造民族詩爲己任，有詩曰："第一奇功休讓人，開國文章我輩
　　始。"曾發憤欲作國史詩，以黄帝、孔子、孫中山爲上中下三部
　　之主人翁，各三萬六千字，合爲十萬八千字。欲以有三部音之
　　六言抒寫，開中國詩歌未有之雄奇瑰瑋。②

可惜篇未成而於 1932 年 5 月 9 日辭世。他創作"國史詩"，明顯是
受杜詩的啓迪。

　　"革命詩派"以于右任、胡漢民、汪精衛（汪成爲漢奸是後來的
事，兹不論）爲代表，他們學杜韓等抒情詩而寫革命詩，即以"杜韓
等體制，在以熱烈情感，爲振奮民族之原動力。對詩體固無大創

　　①　楊啓高《唐代詩學》，《民國詩歌史著集成》第十八册，第 429 頁。
　　②　楊啓高《唐代詩學》，《民國詩歌史著集成》第十八册，第 435 頁。

造;然其風趣,則多屬雄壯。較愛國詩人,更爲偉大。雖同是愛國之藝術表現,世稱報國文章。然而歌詠者,恒以生命與敵人對壘,是雅言與壯行一致,恒由高腔以獻丹誠"①。如于右任(1879—1964),多律體、歌行,有《于右任詩存》存之。他"祖杜甫,其風格多雄渾悲壯"②。可以其《鞏縣謁杜工部祠》詩爲證:"鞏梅遲我已經年,今日梅開拜座前。河洛交流歸大海,齊梁諸子等寒蟬。舊居幾處爭粉社,遺集千家作鄭箋。日暮鄉關渺何處,杜陵西望一潸然。"又其《義旗》《孝陵》詩皆其民元前學杜之律詩。至其1917年所作《昭陵石馬歌》,則是"杜之《丹青引》歌行一類。句法多由此中變來,如杜詩'英姿颯爽來酣戰',則變爲'英姿颯爽猶酣戰'"③。

胡漢民(1879—1936),本是國民黨元老,這裏不談。其詩豪肆雄偉,初學宋人王安石、蘇東坡、黃山谷等人,後轉入唐學老杜,再後專精韓律,與于右任專精杜律遙相映照,世稱"北于南胡":"兩位詩情均極雄壯;富於振撼民族之丹誠,則爲其共鳴之高風。"④胡氏之《遊十三陵》《書憤》《西伯利亞雪》《貝加爾湖道中兩首》《讀韓二十首》《與精衛同舟無月夜夢有月共醉》等,堪爲代表作。汪兆銘(1883—1944),其"詩風多豪放壯麗,雖不以杜甫爲主,然仍守杜甫造成盛唐律體之格調。由其詩存觀察,始出入於六朝陶謝,與唐杜甫王維諸家"⑤。

總觀唐詩特別是杜詩對現代詩的影響,以民族詩派最合時代思潮。惟民族詩以唐人特別是杜甫爲典型,因而在博積學識、雅煉

① 楊啓高《唐代詩學》,《民國詩歌史著集成》第十八册,第441頁。
② 楊啓高《唐代詩學》,《民國詩歌史著集成》第十八册,第441頁。
③ 楊啓高《唐代詩學》,《民國詩歌史著集成》第十八册,第442頁。
④ 楊啓高《唐代詩學》,《民國詩歌史著集成》第十八册,第445頁。
⑤ 楊啓高《唐代詩學》,《民國詩歌史著集成》第十八册,第449頁。

體制、發展趨向等方面,杜詩是他們自覺或不自覺的選擇。

（二）1937 年以後的杜詩學研究

1. 蔣伯潛、蔣祖怡《詩》①

　　其第七章《古樂府與新樂府》説:"李白、杜甫、白居易是三位唐代有名的新樂府者,但李白作樂府,還承六朝的遺緒,也有以樂府的舊題來用的,而杜甫的新樂府却一反本來面目,一直到白居易而新樂府的名目纔定,内容纔揭櫫出來。杜甫的三吏、三别,便是新樂府的好例。"②當然,《前出塞》《後出塞》是杜甫前期擬樂府,但"三吏"、"三别"却是創造的新樂府。其第八章《唐代近體詩的成立與寖盛》又曰:"律詩的成立,也是經過齊梁之間的醖釀至唐初而

---

　　①　二蔣屬於父子關系。蔣伯潛(1892—1956),名起龍,又名尹耕,以字行,著名學者、教育家。於經學、文學、校讎目録學等方面,均有很深造詣,著有《十三經概論》《諸子通考》《校讎目録學》等。《詩》一册,世界書局 1946 年初版,次年二版,1948 年三版,1986 年廣東人民出版社出版影印本,更名爲《詩論》,2012 年首都經貿大學出版社以 1948 年版爲底本,參以 1986 年版重編出版。該書是《國文自學輔導叢書》第二輯第三册,初供高級中學學生國文課外閲讀及一般程度之青年自修國文之用。對詩的發生、演進及不同時代的代表詩人、作品做了系統的介紹,以介紹舊詩的類别、聲韻、句法、用典等爲主,同時涉及新詩、譯詩,最後探討了舊詩之病以及中國詩發展的新途徑。蔣祖怡(1913—1992),上海世界書局編輯、編審。著有《論衡選》《王充卷》《文心雕龍論叢》《中國人民文學史》等。與其父蔣伯潛合撰《國文自學輔導叢書》,包括《詩》《經與經學》《諸子與理學》等,並合力完成《國學匯纂叢書》,其中蔣伯潛撰寫《經學纂要》等七種,蔣祖怡撰寫《詩歌文學纂要》等三種。《詩歌文學纂要》一册,正中書局 1946 年初版。1949 年後,臺北正中書局多次再版。該書分爲四編:首編爲緒論,論及詩歌文學之起源、特質、流變,著重强調詩歌的音樂性;繼而將詩歌文學分爲歌唱文學和表演文學兩編詳析;第二編歌唱文學涵蓋了自《詩經》至新詩的整個發展歷程;第三編表演文學則聚焦於宋元明戲曲;第四編餘論對音律、文字、體式這三個詩歌文學的重要維度加以補充説明。

　　②　蔣伯潛、蔣祖怡《詩》,《民國詩歌史著集成》第七册,第 91 頁。

成立的,當然,也是先五律而後七律的。在音韵之外,又加了一種'對偶'的束縛。但一般人都稱律詩起於唐初的沈佺期、宋之問。嚴羽《滄浪詩話》:'《風》《雅》《頌》一變而爲《離騷》,再變而爲兩漢五言,三變而爲歌行雜體,四變而爲沈宋律詩。'"①開元天寶之際,李白和杜甫最爲後代所推崇。第十二章《舊詩的類别》,將詩的内容分爲四類:A. 記叙:1. 記物,2. 記事,3. 記時,4. 記人,5. 記景,6. 記兵;B. 抒情:1. 懷古,2. 羈旅,3. 懷人,4. 閨思,5. 諷刺,6. 賀挽;C. 酬答:1. 代簡,2. 口號,3. 酬贈,4. 答謝,5. 留别,6. 送别;D. 1. 論禪,2. 論詩,3. 論學,4. 論政,5. 論人生,6. 論古人。記物詩,如杜甫的《詠鸂鶒》《李潮八分小篆歌》。"記事"的,如杜甫的《北征》。"記時"的,如杜甫的《九日藍田崔氏莊》。"記人"的,如杜甫的《佳人》。"記兵"的,如杜甫的前後《出塞》爲最著名,也間寫戰士的感情。"懷人"的,如杜甫的《春日憶李白》《夢李白二首》《月夜憶舍弟》等。寫"諷刺"的,如杜甫的《麗人行》後面有"炙手可熱勢絶倫,慎莫近前丞相嗔!"這兩句有些諷刺楊國忠的。寫"酬答"的,如杜甫的《將赴成都草堂途中有作先寄嚴鄭公五首》,是以詩代信的名製。論政的詩,容易流於枯燥無味,一種是歌功頌德,一種是諷刺時政,很少以議論出之。如杜甫的"三吏""三别"等,往往是借事以諷。論人之詩,或論古人,即是詠史,或論今人,即是記人。詠史之作,始於班固,大成於左思,杜甫之《秋興八首》《諸將五首》等。至於論詩的作品,杜甫的論詩絶句之後,元好問、袁枚等也有以詩論詩的作品。都是主觀的批評,而非科學的研究。

其第十三章《文字上的修飾與安排》,劉勰説:"綴字屬篇,必須煉擇。"(《文心雕龍·練字篇》)杜甫説,"新詩改罷自長吟"。詩中用字,常常隱用,使詩句婉曲,如杜甫《贈韋左丞丈二十二韵》:"紈

---

①　蔣伯潛、蔣祖怡《詩》,《民國詩歌史著集成》第七册,第 100 頁。

袴不餓死,儒冠多誤身。"紈袴用以指富貴子弟,儒冠用以代替文人。還有一種情況是將幾個實詞排列在一起,讀者有一種濃厚的意感。如杜甫的:"寒衣處處催刀尺,白帝城高急暮砧。"第三種情況是《文心雕龍》上説的"誇飾"。誇飾得當,可以使讀者的興會濃厚。如杜甫的"錦江春色來大地,玉壘浮雲變古今"、"吴楚東南坼,乾坤日夜浮"。

可以從文法的立場來討論詩的用字,其中的動詞形容詞和虚字常是所煉的字眼。如杜甫《春望》:"國破山河在,城春草木深。感時花濺泪,恨别鳥驚心。"其中的"在""深""濺""驚"都是下過一番斟酌的。形容詞還有叠字形容與非叠字形容,如杜甫的"無邊落木蕭蕭下,不盡長江滚滚來"。"無邊""不盡"不是叠字,而"蕭蕭""滚滚"是叠字。"信宿漁人還泛泛,清秋燕子故飛飛。""穿花蛺蝶深深見,點水蜻蜓款款飛。""車轔轔,馬蕭蕭。"都是叠字形容。

至於造句,往往有許多必要的部分省略。以語氣來説,大抵五言的上三下二,上二下三;七言的上六下一,上四下三,如杜甫《秦州雜詩》其十五:

> 未暇泛滄海(上二下三),悠悠兵馬間(上二下三)。塞門風落木(上三下二),客舍雨連山(上三下二)。阮籍行多興(上二下三),龐公隱不還(上二下三)。東柯遂疏懶(上二下三),休鑷鬢毛斑(上二下三)。

至於"句中字詞的排列,不必求異,以明白爲第一,如杜甫'久拚野鶴如雙鬢,遮莫鄰雞下五更',照理應該説'雙鬢如野鶴'的。又如'香稻啄餘鸚鵡粒,碧梧棲老鳳凰枝。'照理應該説'鸚鵡啄餘香稻粒,鳳凰棲老碧梧枝'。故意爲奇,這不是作詩造句中應該有的例子"。可是,也有"顛倒而不損害文意的,如杜甫的'天闕象緯

逼，雲卧衣裳冷’”①。關於章法問題，主要談一題之下有許多首近
體，或者指古風的長篇而言的，即是組詩，或曰聯章體。如李白的
《清平調》三章，杜甫的《春日江村》《秋興八首》《陪諸貴公子丈八
溝携妓納涼晚際遇雨》《秋野》《秦州雜詩》等都是好例。

　　虚字用在詩句中間，有些使人感到不雅馴，但用得妥當，却是
很有趣味。如杜甫的“去矣英雄事，荒哉割據心”。駢中有散的意
味，但這是不容易的事。詩中下字最難，非有相當的經驗和閱歷不
能知道如何可以恰如當時情景。

　　其第十六章《對偶與詩句的變化》，律詩講求對偶。杜甫：“豈
有文章驚海内？漫勞車馬駐江干。”(《賓至》)“文章”與“車馬”屬
於異類對。“桃花細逐楊花落，黄鳥時兼白鳥飛。”(《曲江對酒》)
是流水對，“桃花”對“楊花”，“黄鳥”對“白鳥”，意思是連貫在一起
的。“羞將短髮還吹帽，笑倩旁人爲正冠。”(《九日藍田崔氏莊》)
是借對，乃是衍音而作對。《前出塞》之一：“挽弓當挽强，用箭當用
長。射人先射馬，擒賊先擒王。”看似兩兩相對，實是排句，也没有
雕刻的氣息，這是對偶中較生動的例子。“自唐代律詩的興起，對
偶便成爲詩中的一個重大因素，於是談詩者無不以對偶爲主題。”②

　　第十八章《典故與性靈》，關於“故典”的引用，乃是引以往的事
實和言論，用以證明今事，它的好處：一、可以使言語簡賅，二、可
以使自己的理論有根據，三、可以使文章的用意格外明顯，原始的
“典”，並非一定是事實，而大都是諺語和古語。而且多是“暗
引”——引用了别人或古人的言與事，而不完全説出來，只以幾字
簡單的字面來表示。如杜甫的《天末懷李白》：“涼風起天末，君子
意如何。鴻雁幾時到，江湖秋水多。文章憎命達，魑魅喜人過。應
共冤魂語，投詩贈汨羅。”其中“鴻雁幾時到”是用典。以後便以鴻

---

　　①　蔣伯潛、蔣祖怡《詩》，《民國詩歌史著集成》第七册，第 164 頁。
　　②　蔣伯潛、蔣祖怡《詩》，《民國詩歌史著集成》第七册，第 199 頁。

雁代書信了。"汨羅",以屈原的放逐比李白的流徙。又如杜甫《別房太尉墓》:"他鄉復行役,駐馬別孤墳。近淚無乾土,低空有斷雲。對棋陪謝傅,把劍覓徐君。唯見林花落,鶯啼送客聞。""對棋陪謝傅",用謝安下棋賭墅的故事。"把劍覓徐君",用《史記·吳太伯世家》吳季札將寶劍掛在徐君墳上的故事。

第十九章是《中國詩的批評》。《本事詩》評李杜的詩,是尊李抑杜的。杜甫論詩的《戲爲六絕句》往往爲人們所引用。

2. 蔣祖怡《詩歌文學纂要》

此書第一編《緒論》之第三章《詩歌文學之流變》談及"因政治背景的不同而發生的改變"時說:"亂離的呼籲——'說到滄桑句便工',亂離之世,文人們感極而詩,其中多動人心魄之作。如杜甫、白居易等的作品便是此類。"①其第二編《歌唱文學》之第三章《樂府系統》談及"唐代的新樂府",談到杜甫時說:

> 杜甫身經天寶之亂,受盡了流離的苦惱,對於社會生活有了真正的認識,記述喪亂,譏刺時政,均有獨到之處。所以胡應麟《詩藪》中批評:"少陵不效四言,不仿《離騷》,不用樂府舊題,是此老胸中壁立處……(太白)樂府奇偉,高出六朝,古質不如兩漢,較輸杜一籌。"然而杜詩比李詩可貴的地方,前者是現實的,人間的,後者是理想的,超人間的。並不是"古質"與"奇偉"的問題。楊倫《杜詩鏡銓》中說得好:"自六朝以來,樂府多摹擬剽竊,陳陳相因,最爲可厭。子美出而獨就當時所感觸,上憫國難,下痛民窮,隨意立題,脫去人間窠臼,《荳花》《黃草》之哀,不過是也。樂天《新樂府》《秦中吟》等篇,亦自此出,而語稍平易,不及杜之沈警獨絕矣。"杜詩之長在寫人間疾苦,活躍紙上,如"八月秋高風怒號,卷我屋上三重茅。茅飛

---

① 蔣祖怡《詩歌文學纂要》,《民國詩歌史著集成》第七冊,第 274 頁。

渡江滿江郊,高者掛胃長林梢,下者飄轉沉塘坳。南村群童欺
我老無力,忍能對面為盜賊。公然抱茅入竹去,唇焦口燥呼不
得,歸來倚杖自嘆息!"其他如"三吏"、"三別"、《麗人行》等均
係同樣的作品,他的刻畫感情,確有過人之處。①

在談杜甫對中唐詩人的影響時說,白居易、元稹"崇拜杜詩的能够
表現現實,同時又更進一步將杜甫哀吟的消極的作風,一變為積極
的,憤怒的指摘。"②

他在第四章《古詩系統》中說:"杜甫雖以近體擅長,但他論詩
詩中却說'楊王盧駱當時體,輕薄為文哂未休。爾曹身與名俱滅,
不廢江河萬古流。'並不以齊梁為可貴。"③他談"唐代之詩受了復
古的影響,同時七古也已成立"時④,杜甫的對邊塞詩派的評價很有
代表性。杜甫說:"岑生多新詩,性亦嗜醇酎。"又說:"高岑殊緩步,
沈鮑得同行。"

他在第五章《律詩系統》中說,杜甫也有評論同時代詩人的詩
句,如《解悶》評王維:"不見高人王右丞,藍田丘壑蔓寒藤。最傳秀
句寰區滿,未絕風流相國能。"《遣興》中評孟浩然:"吾憐孟浩然,
裋褐即長夜。賦詩何必多,往往凌鮑謝。"又《解悶》:"復憶襄陽孟
浩然,清詩句句盡堪傳。"繼續評高岑詩派,如《寄彭州高三十五使
君適、虢州岑二十七長史參三十韻》:"海內知名士,雲端各異方。
高岑殊緩步,沈鮑得同行。意愜關飛動,篇終接混茫。"《寄高三十
五書記》:"嘆息高生老,新詩日又多。美名人不及,佳句法如何。"
具體評論杜甫:"杜甫用力頗深,故其作品刻畫殊甚。如:'子雲清

① 蔣祖怡《詩歌文學纂要》,《民國詩歌史著集成》第七册,第322頁。
② 蔣祖怡《詩歌文學纂要》,《民國詩歌史著集成》第七册,第323頁。
③ 蔣祖怡《詩歌文學纂要》,《民國詩歌史著集成》第七册,第340頁。
④ 蔣祖怡《詩歌文學纂要》,《民國詩歌史著集成》第七册,第342頁。

自守,今日起爲官。''雲''日'借對;'次第尋書札,呼兒檢贈詩。'
'第''兒'借音作對;而《詠懷古迹》之一中的'三分割據紆籌策,萬
古雲霄一羽毛。'幾不可解。自己也承認'新詩改罷自長吟','語
不驚人死不休','晚節漸於詩律細',以致墮入奇僻的魔道。"[1]

杜甫自述詩學之道:

> 未及前賢更勿疑,遞相祖述復先誰。別裁僞體親風雅,轉
> 益多師是汝師。(《戲爲六絕句》其六)

杜甫晚年絕句喜用律體。胡應麟《詩藪》中説:"杜以律爲絕,
如'窗含西嶺千秋雪,門泊東吳萬里船'等句,本七律壯語,而以爲
絕句,則斷錦裂繒類也。"如《絕句》:"江碧鳥逾白,山青花欲燃。
今春看又過,何日是歸年。"

杜甫晚年,比較多感傷之作,如《詠懷古迹》:"庾信平生最蕭
瑟,暮年詩賦動江關。""搖落深知宋玉悲,風流儒雅亦吾師。"又如
《江南逢李龜年》:"岐王宅裏尋常見,崔九堂前幾度聞。正是江南
好風景,落花時節又逢君。"

更是批權貴之奢淫,如《麗人行》:"楊花雪落覆白蘋,青鳥飛去
銜紅巾。炙手可熱勢絕倫,慎莫近前丞相嗔!"揭群盜之橫行,如
《三絕句》:"前年渝州殺刺史,今年開州殺刺史。群盜相隨劇虎狼,
食人更肯留妻子!"哀農事的荒蕪,如《蠶穀行》:"天下郡國向萬
城,無有一城無甲兵。焉得鑄甲作農器,一寸荒田牛得耕。"

杜甫的好奇的形式,衍生出韓愈奇僻的一派,杜甫的詩關懷社
會的内容,衍生出白居易爲社會而藝術的一派。

另,其第四編《餘論》之第三章《論文學》談"含蓄":"所謂含
蓄,便是有餘不盡的意思。一件事情或者一種情感,作者只説出三

---

① 蔣祖怡《詩歌文學纂要》,《民國詩歌史著集成》第七册,第356頁。

分之二,其餘的要待讀者自己去體會,便會發生有餘不盡的趣味。其原則也在乎'婉曲'。"①蔣祖怡爲了説明這一問題,引用了司馬光《迂叟詩話》中有關杜詩的一節:

> 古人爲詩,貴於意在言外,使人思而得之,故言之者無罪,聞之者足戒也。近世詩人惟杜子美最得詩人之體,如"國破山河在,城春草木深。感時花濺泪,恨別鳥驚心"。山河在,明無餘物矣;草木深,明無人矣;花鳥平時可娱之物,見之而泣,聞之而悲,則時可知矣。他皆類此,不可遍舉。②

3. 朱光潛《詩論》③

此書第二章《詩與諧隱》談到陶潛與杜甫的"詼諧":"中國詩人中陶潛和杜甫是於悲劇中見詼諧者",並引胡適《白話文學史》中的觀點:"陶潛與杜甫都是有詼諧風趣的人,訴窮説苦,都是

---

① 蔣祖怡《詩歌文學纂要》,《民國詩歌史著集成》第七册,第 450 頁。
② 蔣祖怡《詩歌文學纂要》引,《民國詩歌史著集成》第七册,第 451 頁。
③ 朱光潛《詩論》,《民國詩歌史著集成》第九册,第 355 頁。朱光潛(1897—1986),字孟實,安徽桐城人。他學貫中西,視野寬闊,著述豐贍,是中國現代美學的奠基人和開拓者。主要著作有《文藝心理學》《悲劇心理學》《談美書簡》《美學拾穗集》等,譯著有柏拉圖《文藝對話集》、萊辛《拉奥孔》、黑格爾《美學》等。《詩論》的綱要,作者留法期間業已草成,約在 1931 年至 1933 年間;其後每因講授有所改易,初版時的定稿已是歷經十年斟酌打磨的成果。1943 年的"抗戰版"包含十章一附録,由重慶國民圖書出版社印製單行本。1948 年,正中書局推出十三章的增訂版,加收了《中國詩何以走上律的路》(上、下)和《陶淵明》三篇。1984 年,生活·讀書·新知三聯書店出版時,作者補入了《中西詩在情趣上的比較》《替詩的音律辯護》兩篇舊文並撰後記。此後,該書重印不斷。1998 年收入"三聯精選"書系重刊,2012 年編輯改版重印;岳麓書社、人民出版社、江蘇文藝出版社等都推出單行本。《詩論》是一部系統完備、邏輯嚴謹的詩學理論專著,在中國現代美學史上具有奠基性意義。

肯抛棄這一點風趣。因爲他們有這一點説笑話做打油詩的風趣，故雖在窮餓之中不至於發狂，也不至於墮落。"①朱光潛評論説："這是一段極有見地的話，但是因爲着重在'説笑話做打油詩'一點，他似乎把它的沉痛的一方面輕輕放過去了。陶潛、杜甫都是傷心人而有豁達風度，表面上雖詼諧，骨子裏却極沉痛嚴肅。"高度贊揚了胡適的觀點。可是，"如果把《責子》《挽歌辭》等類作品全看作打油詩，就未免失去上品詩的諧趣之精彩了。"②彌補了胡適以偏概全的不足。

第九章爲《中國詩的節奏與聲韵的分析(中)：論頓》，"頓"，又叫"逗"或"節"。如杜詩：永夜—角聲—悲自—語，中天—月色—好誰—看。五更—鼓角—聲悲—壯，三峽—星河—影動—摇。"這裏我們要特別注意的就是説話的頓和讀詩的頓有一個重要的分别。説話的頓注重意義上的自然區分，例如'彼崔嵬'，'采芙蓉'，'多芳草'，'角聲悲'，'月色好'諸組必須連着讀。讀詩的頓注重聲音上的整齊段落，往往在意義上不連屬的字在聲音上可連屬，例如……'星河影動摇'可讀成'星河—影動摇'，粗略地説，四言詩每句含兩頓，五言詩每句表面似僅含兩頓半而實在有三頓，七言詩每句表面僅含三頓半而實在四頓，因爲最後一字都特別拖長，湊成一頓。"③然後説，胡適在談新詩裏把詩的"頓挫段落"看成"自然的節奏"，似還有商酌的餘地。例如他舉的杜詩的例子：紅綻—雨肥—梅。江間—波浪—兼天—湧。他説："這兩句詩照習慣的舊詩讀法，應該依他這樣頓。但是這樣頓法不能説是依意義的自然區分，因爲就意義説，'肥'字和'天'字都是不頓的。"④

---

①　朱光潛《詩論》引，《民國詩歌史著集成》第九册，第 356 頁。
②　朱光潛《詩論》，《民國詩歌史著集成》第九册，第 357 頁。
③　朱光潛《詩論》，《民國詩歌史著集成》第九册，第 546 頁。
④　朱光潛《詩論》，《民國詩歌史著集成》第九册，第 547 頁。

4. 劉開榮《唐人詩中所見當時婦女生活》①

此書第三章《勞動婦女》（下）第二節《負薪女工及負鹽女工》中討論了杜甫的《負薪行》與《負鹽行》，在西南夔州一帶，山多民貧，婦女多在山地工作，二詩"不但把當地風俗和她們的工作生活説得詳細，連她們的妝飾以及精神苦痛都給了一個大概。至今四川西部還有女多於男的處所，女子作工負擔家庭經濟，男子倒在家中閑着。至於四十五十歲嫁不售的老處女，一生做着負重的工作，確可以代表婦女辛苦生活的另一角"②。又在第四節《安史及黃巢亂時的婦女生活》中討論了杜甫與韋莊的"詩史"作品。亂中的婦女下了機杼，背上鋤頭，又加上戰時種種的恐怖和蹂躪，她們的痛苦真是深刻到萬分。詩人據他們的經歷見聞，"用血和泪一一刻畫出來"。如杜甫筆下亂中的婦女，男人出征了，婦女負起了民食的生產工作來："縱有健婦把鋤犁，禾生隴畝無東西。"（《兵車行》）"丈夫則帶甲，婦女終在家。力難及黍稷，得種菜與麻。"她們同時還得顧及紡織，照樣納帛給官家："彤庭所分帛，本自寒女出。鞭撻其夫家，聚斂貢城闕。"有時官家強索壯丁，她們也得充兵役："室中更無人，惟有乳下孫。有孫母未去，出入無完裙。老嫗力雖衰，請

----

① 劉開榮（1909—1973），湖南衡陽人。1935年秋考入金陵女子文理學院中文系。1949年後歷任金陵女子文理學院、南京師範學院、江蘇師範學院中文系教授。著有《唐人詩中所見當時婦女生活》《唐代小説研究》等學術著作。《唐人詩中所見當時婦女生活》一册，商務印書館1943年出版。2014年，山西人民出版社整理印行此書，收入《近代名家散佚學術著作叢刊》。此書分九章，將唐代婦女按階層分爲勞動婦女、民間一般婦女、妓女、宫廷及貴族婦女、女冠子等五類，分章加以討論，勾勒出她們的日常生活、精神生活、家庭關係及社會地位全貌。尤可注意的是，此書受當時陳寅恪"以詩證史"觀念的影響，以詩歌爲綫索，書寫一部唐代婦女生活史。

② 劉開榮《唐人詩中所見當時婦女生活》，《民國詩歌史著集成》第二十一册，第484頁。

從吏夜歸。急應河陽役,猶得備晨炊。"(《石壕吏》)那新婚的婦女,生離死別之情更是凄慘:"嫁女與征夫,不如棄路傍。……暮婚晨告別,無乃太匆忙。……自嗟貧家女,久致羅襦裳。羅襦不復施,對君洗紅妝。"(《新婚別》)她們有時還直接受到戰爭的蹂躪,敵兵與官軍同樣欺凌她們:"殿前兵馬雖驍雄,縱暴略與羌渾同。聞道殺人漢水上,婦女多在官軍中。"(《三絕句》其三)劉著的結論是:"在此期中,婦女身心雙方面受到的痛苦無以復加。"①

我們僅從劉著討論"安史之亂"中杜甫筆下的婦女詩作,可知此著有仿陳寅恪《元白詩箋證稿》來做"詩史互證"的想法,可是書中很少涉及當時的史籍,她的工作就是把《全唐詩》中關於婦女的詩作檢索、排比出來,讓人知道唐詩中的這一類,是一部有趣的書。倘若她能夠進一步讓讀者知道杜詩中所寫的這些婦女生活,哪些合於唐代史實,哪些是詩人虛構,即如《元白詩箋證稿》一樣,那其學術價值就不止於此了。從書名來看,她大約認定唐代詩歌中所寫即是當時社會中所有,杜甫詩中所寫就是"安史之亂"中的社會生活。

二、杜甫年譜、傳記著述概貌

這個時期有關杜甫年譜、傳記的著述較少,可是畢竟出版過幾本杜甫年譜,或冠以"會箋",或冠以"新編",或冠以"新譜",學術價值較高的有以下幾部,現逐一評析。

一是聞一多《少陵先生年譜會箋》,該譜初載於 1930—1931 年武漢大學印《文哲季刊》第一卷第一至四期。有開明書店排印本,又見《聞一多全集》《唐詩雜論》。"會箋"是廣闊文化背景下的杜甫生平與創作資料的有意編排,這種"把眼光注射於當時的多種文

---

①　劉開榮《唐人詩中所見當時婦女生活》,《民國詩歌史著集成》第二十一册,第 487 頁。

化形態"，"提契全域、突出文化背景的作法，是我國年譜學的一種創新，也爲歷史人物研究作出了新的開拓"（傅璇琮《〈唐詩雜論〉導讀》）。

聞一多欲"回到那時代"去，全面探討杜甫的生平及其詩歌創作的時代背景，如：

音樂歌舞方面：如開元二年，杜甫三歲時，據《唐會要》《雍録》等書，記設置教坊於蓬萊宮側，玄宗親自教以法曲，稱爲"皇帝梨園弟子"。開元五年嘗至郾城，觀公孫大娘舞"劍器、渾脱"。開元十一年，初製《聖壽樂》，令諸女衣五方色衣，以歌舞之。

文獻編纂方面：開元四、五年，連續記載了洛陽乾元院（後改麗正書院），輯集群書。開元十五年，徐堅纂修文藝性類書《初學記》成。開寶三載，芮挺章選開元迄天寶三載詩爲《國秀集》。天寶十二載，殷璠選永徽迄本年的《河嶽英靈集》成。

繪畫方面：開元十三年，封泰山還歸潞州金橋，吳道玄等合製《金橋圖》，以記"旗纛鮮潔，羽衛齊整"之威儀。開元二十年，吳道子作《地獄變相圖》。

天文曆法方面：開元九年，命僧一行造新曆（即"大衍曆"），梁令瓚造黃道遊儀。

宗教典籍及宗教活動方面：崇玄學，開元二十年，玄宗親注《道德經》，令學者習之。二十三年玄宗又注《老子》。二十九年，兩京諸州置玄元皇帝廟，以"老莊文列"爲"四子"，並作爲科舉考試明經舉考（道舉）的依據。天寶元年二月，封莊子爲南華真人、文子爲通玄真人、列子爲沖虛真人，其書悉號"真經"。天寶三載三月，諸郡玄元廟改紫極宮。

年譜中又以較多的篇幅記載佛教的活動，如開元七年《華嚴經》成，八年印度金剛智、不空金剛來華（合善無畏稱"開元三大師"），開元十八年僧人智升撰《開元釋教録》（此書爲我國唐以前佛教經録之總彙），開元二十四年五月名僧義福卒，賜號大智禪師,七月葬於洛陽龍門之北,送葬者數萬人,大臣嚴挺之爲之作碑。

天寶三載,杜甫渡河遊王屋山,謁道士華蓋君,其人雖亡,有《憶昔行》《昔遊》詩可證。聞一多是這樣看待此事的:"二詩追述謁華蓋君事至詳盡","是時詩中屢言學仙,一若真有志於此者。今則渡大河,走王屋,將求華蓋君而師事之,至而其人適亡","宜其歷久不忘,一再追念而不厭也"。

在兗州時,李白偕杜甫同訪城北范十隱居。約天寶四載,初遇元逸人及董煉師。

天寶八載冬歸東都,謁玄元皇帝廟,觀吳道子所畫壁,作有《冬日城北謁玄元皇帝廟》詩。至德二載,於長安從贊公蘇端(贊公,大雲經寺僧,嘗以青絲履白氈巾贈公)遊,作有《雨過蘇端》詩。乾元二年,在秦州又與贊公相會,作有《宿贊公土室》《宿贊公房》《寄贊上人》等詩。

天寶四載九月,詔改兩京波斯寺爲"大秦寺",聞氏認爲"此中土最古之天主教堂",似不確,因爲古波斯即以今伊朗爲中心的伊斯蘭帝國,此"大秦寺"很可能是伊斯蘭教堂而非天主教堂。

文化交流方面:開元十九年,吐蕃求《毛詩》《禮記》《左傳》《文選》,以經書賜與之。趙宋以來,爲杜甫作年譜的不下幾十家,但都沒有像聞一多那樣,把眼光投射於當時的多種文化形態,這種提綱挈領、突出文化背景的做法,是我國年譜學的一種創新,也爲歷史人物研究作出了新的開拓。這之後,他繼續沿着這一治學方向前進,從整個文化研究着眼,着力探討杜甫與唐代社會及整個思想文化的關係,探究杜詩是在怎樣的社會環境、生活環境中產生、發展的,又是怎樣同當時的文化環境(尤其是唐詩的繁榮)發生密切關係的。較之宋以來所作的數十家杜甫年譜,這種注重文化活動、成就,在歷史—文化背景中展現譜主生平的寫法,堪稱創格,爲年譜學的更新作出了開拓性的貢獻。總之,他是站在歷史文化的高度,以歷史的眼光,觀察與分析杜詩的發展變化,衝破了傳統研究方法的某種狹隘性與封閉性。因爲聞一多始終把文學看作一種歷史運動,把文學發展作爲動態來把握。

不可諱言,此譜也有不盡如人意之處,如洪業在肯定聞一多"嘗試重新構建杜甫生平"後,客觀分析了其不足:"聞教授相當明智,他並未將那些沒有明確繫年證據的詩篇加以編年,而是將關注點放在那些能夠提供杜甫生平經歷信息的詩篇上。"這的確是聞一多的明智之處。洪業接着説:"不過我有點遺憾,聞教授沒有注意到詩人生平思想的發展變化。他也未能充分辨識那些把我們對杜甫的理解弄得頗爲糊塗的僞作。而且,聞教授的研究有點過分依賴仇兆鰲的注本了——他沒有注意到楊倫注本對某些詩篇有更好的重新編年。"①可謂公允的批評。

二是李書萍編著《杜甫年譜新編》,此書編成於 1933 年的南京,臺北西南書局有限公司 1975 年出版。全書分杜甫事略、杜甫家系、杜甫官歷表、杜甫遊歷地域圖、杜甫交遊名氏錄、杜詩年表與解題、杜詩欣賞七個部分,分門別類,簡要明晰,極便查檢。雖云"新編",由於體例的原因,創新較少,因襲較多,如關於杜甫的世系問題:清人錢謙益《錢注杜詩》附錄《少陵先生年譜》世系及仇兆鰲作《杜詩詳注》附錄載《杜甫世系》則將杜預列爲第一代始祖,其第二代並列錫、躋、耽、尹四人,而未能確定到底是誰。三代、四代、五代空闕,六代始爲乾光。《杜甫年譜新編》所載杜甫世系,也與錢、仇二氏一致。這樣做法比較審慎,而其依據則主要是《元和姓纂》。

三是李春坪編《少陵新譜》,北平來薰閣書店 1935 年初版,臺北西南書局 1975 年再版。書首載有作者自序、一幀杜甫畫像。書分六卷,即杜甫事略、杜甫家系、杜甫官歷表、杜甫遊歷地域圖(附

---

① 洪業著,曾祥波譯《杜甫:中國最偉大的詩人》,上海古籍出版社 2011 年版,第 5—6 頁。

地名釋)、杜甫交遊名氏録(附名不可考者一覽)、杜詩年表與解題。杜詩編次依據仇兆鰲《杜詩詳注》略事變更,而題解則廣取前人成說並參以己意。關於李春坪的材料,我們現在查不到多少。

總之,這幾部杜甫年譜,或冠以"會箋",或冠以"新編",或冠以"新譜",都在前人研究的基礎上有所發明,而對後世影響大者當屬聞一多的《少陵先生年譜會箋》。

三、"平民詩人"挑戰"詩聖"

"平民詩人"和"詩聖"的稱謂,都包含着道德評判價值和標準。二十世紀二十年代前後,在各種因素的合力作用下,胡適、梁啓超、聞一多、江靜之、劉大杰、錢穆等學者深刻認識到了杜詩的"平民性",杜甫從此被稱作"平民詩人",傳統意義上的"詩聖"正在經受着嚴峻的挑戰。如胡適在那個以"平民文學"對抗"貴族文學"的文學改良時代,指出:

> 杜甫是一個平民的詩人,因爲他最能描寫平民的生活與痛苦。但平民的生活與痛苦也不是貴族文學寫得出的,故杜甫的詩不能不用白話。[1]

胡適所謂的"平民詩人",一是指對平民階層的情感關懷,二是指以"白話"進行寫作,三是不同於"聖性"的個性。胡適説:"杜甫很像是遺傳得他祖父的滑稽風趣,故終身在窮困之中而意興不衰頹,風味不乾癟。"[2]這固然是交代杜甫"滑稽風趣"的家學淵源,夫子自

---

[1]　胡適《國語文學史》,《胡適文體》第 8 卷,北京大學出版社 1998 年版,第 41 頁。

[2]　胡適《白話文學史》,《胡適文集》第 8 卷,北京大學出版社 1998 年版,第 311 頁。

道"詩是吾家事"麼！其實杜甫的處境與乃祖是大不一樣的：

> 喪亂的餘音自然還不能完全忘却，依人的生活自然總有不少的苦況，幸而杜甫有他的詼諧風趣，所以他總尋得事物的滑稽的方面，所以他處處可以有消愁遣悶的詩料，處處能保持他那打油詩的風趣。①

杜甫在如此險惡的處境中，仍處處不忘"他那打油詩的風趣"，那就更應該注意了。胡適用"滑稽風趣"這種日常人格去詮釋杜甫，雖引來衆多非議，實際上是用新道德觀去消解"聖"字所包含的傳統道德內涵的一種"嘗試"。所以胡適説："我們這樣指出杜甫的詼諧的風趣，並不是忘了他的嚴肅的態度，悲哀的情緒。我們不過要指出老杜並不是終日拉長了面孔，專説忠君愛國話的道學先生。"②這便是有意要剝去其"聖"的外衣，還原其"平民性"。

　　類似的努力，還表現在晚年梁啓超的一次演講中。1922 年 5 月 21 日，梁啓超在詩學研究會的一次演講中指出："他（杜甫）的眼光，常常注視到社會最下層。這一層的可憐人那些狀況，別人看不出，他都看出；他們的情緒，別人傳不出，他都傳出。"他所舉的最突出的例子是"三吏"、"三別"，"便是那時代社會狀況最真實的影戲片"。他在論及《茅屋爲秋風所破歌》時又説："有人批評他是名士説大話，但據我看來，此老確有這種胸襟，因爲他對於下層社會的痛苦看得真切，所以常把他們的痛苦當作自己的痛苦。"這種民本

---

　　①　胡適《白話文學史》，第 322—323 頁。此外，鄭振鐸也稱杜甫"時時做着很有風趣的事，説着很有風趣的話"，"滿具着赤子之心"。見《插圖本中國文學史》(2)，第 339 頁，作家出版社 1957 年版。蘇雪林也沿用了胡適的看法，説"這個老頭子十分趣味，無限風情"；這種日常人格並非不偉大，"有這樣輕鬆的趣味，調劑其間，使我們覺得他更近人情，更自然"（《唐詩概論》，第 93 頁）。

　　②　胡適《白話文學史》，第 325 頁。

主義精神,正是構成胡適所說的"平民詩人"的内涵之一。梁啓超還說杜甫是一個"情聖"——一個從"詩聖"衍生出來的名號,除了"中國文學寫情高手没有人比得上他"這層意義之外,就是指他的内心情感是"極豐富的,極真實的,極深刻的",這裏既有近似於"現代社會黨"的那種胸懷,又有個性主義者的真性情①。杜甫"情聖"的人格體現了一種民本主義精神,具體表現在五倫中:杜甫與其妻感情之篤深,愛子心之真厚;杜甫的思念弟、妹詩置於戰亂的大背景上,在一片親情流注於空間與時間之際,將人倫之情絲編織成生命共同體的情繭;杜詩中的友情深厚真誠、圓潤廣大;忠君愛民,憂國憂民。

在聞一多的眼裏,杜甫有時"偉大"到近乎抽象。他説,"我個人想象中的'詩聖'",是"中國有史以來第一個大詩人",是"四千年文化中最莊嚴、最瑰麗、最永久的一道光彩";杜甫是一隻鳳凰,是"不可思議"的"類似神靈的人物"②。但杜甫的這種偉大,其實並不是一種"聖人"式的偉大。聞一多説,杜甫曾被楊億譏爲"村夫子",這恰恰表明"他的士人身份跟以前那些貴族作者形成了鮮明的對比",他"跟人民生活比較接近","能從自己的生活遭遇聯想到整個民生疾苦"③。所以,從杜甫開始,唐代詩歌就進入了一個新的時代,那就是它的作者從"貴族"轉變爲"平民"。聞一多稱杜甫是第一個"平民詩人",同胡適等人出於同一評判標準,是時代文化潮流使然。

類似的意思在後來的錢穆那裏就説得比較明白了。錢穆説:杜甫在詩裏没有講自己有怎樣的忠君愛國的人格,"把自己全部一

---

① 梁啓超《情聖杜甫》,《晨報副鎸》1922 年 5 月 28、29 日,此據《杜甫研究論文集》(一輯),中華書局 1962 年版。

② 聞一多《杜甫》,見氏著《唐詩雜論》,上海古籍出版社 1998 年版。

③ 鄭臨川記録,徐希平整理《笳吹弦誦傳薪録——聞一多、羅庸論古典文學》,第 77 頁。

生都放進"詩裏,"放進詩中去的只是他日常的人生","只是講家常","不講忠君,不講忠孝,不講道德","他的詩,就高在這上";如果他只顧講儒道、講忠孝來表現他自己是怎樣一個有大道理的人,"那麼,這人還是個俗人"①。也就是説,傳統道德意義上的"詩聖",在錢穆眼裏終不過是一個"俗人"而已,而杜甫的偉大處,只在他將自己的"日常的人生"放到詩裏去罷了。

老一代學者敢於顛覆傳統道德意義上的"詩聖",還原杜甫爲"平民詩人",是杜詩學史上的第一次"撥亂反正",爲後世杜甫研究提供了寶貴經驗。

"平民詩人"如何挑戰"詩聖"呢?回顧二十世紀初,"詩史"説與各種文化思潮密切相關。梁啓超倡"小説界革命",以爲文學的現實批判功能與啓蒙效應初顯。他解釋"寫實派小説"的特徵是能够真實地將人生的種種情感懷抱、生活狀態"和盤托出,徹底而發露之"②。而"五四"新文學的宣導者繼續呼籲文學有用於社會革命與文化啓蒙,從而産生了反映論觀念,使"寫實主義"成爲一種啓蒙形式。在這種以啓蒙主義的現實主義思潮背景下,杜詩的"詩史"價值重新被審視。如鄭振鐸説:

> 杜甫便在這個兵連禍結,天下鼎沸的時代,將自己所身受的,所觀察到的,一一捉入他的苦吟的詩篇裏去。這使他的詩,被稱爲偉大的"詩史"。差不多整個痛苦的時代,都表現在他的詩裏了。③

---

① 錢穆《談詩》,《中國文學講演集》,巴蜀書社1987年版,第70頁。

② 梁啓超《論小説與群治之關係》,《新小説》創刊號(1902年第1卷第1期)。

③ 鄭振鐸《插圖本中國文學史》(中卷),人民文學出版社1957年版,第332頁。

這段話表明：反映時代是文學的一種價值，作爲“詩史”的杜詩之所以“偉大”，正在於它在這方面所達到的廣度，這時，杜詩的紀實性價值也就凸顯出來。鄭振鐸再三强調“喪亂”的影響：

> 自經此喪變，全盛時代之開元天寶的文化爲之一掃無遺，回紇、吐蕃又相率侵擾。諸詩人俱深受其刺感，於是從前雍容流麗之詩篇不多見，而悲壯沉鬱的歌聲則爲之大揚。甫即爲受此種刺激最深而他的歌聲因變而成最悲鬱的一個詩人。①

而胡適、劉經庵、蘇雪林、鄭賓于、劉大杰等都以“寫實主義文學”來疏理唐代詩歌，説盛唐時期是以“浪漫派”爲主流，杜甫之後轉向“寫實主義的社會派”。這是對“詩史”内涵的新的闡釋，極大地凸顯了杜甫安史之亂時期的詩歌的地位，以及承前啓後的樞紐作用②。

第四節　抗戰時期的杜甫研究

戰争尚未結束，謝幼偉在《抗戰七年來之哲學》中斷言，嚴酷的戰争環境並没有阻礙中國哲學的進展，反而“可以説是中國哲學的新生”。陳平原在《永遠的“絃吹弦誦”——關於西南聯大的歷史、追憶及闡釋》中添了一句：“哲學研究如此，史學、文學、語言、宗教等領域，何嘗不是這樣。若聯大教授湯用彤的《漢魏兩晋南北朝佛

---

① 鄭振鐸《文學大綱》（上），東方出版社 2012 年版，第 340 頁。
② 按：此一部分吸納了黃霖主編、羊列榮著《20 世紀中國古代文學研究史·詩歌卷》（東方出版中心 2006 年版）與吴中勝《杜甫批評史研究》（中國社會科學出版社 2012 年版）的成果。

教史》、陳寅恪的《隋唐制度淵源略論稿》、錢穆的《國史大綱》、雷海宗的《中國文化與中國的兵》等，都是不可多得的一代名篇。戰爭没有完全阻隔學術，反而激起中國學術的强大生命力，這點很讓人欣慰。"①我們還想添上句：杜甫成了這一時代的詩人。

二十世紀三四十年代是民族災難尤爲深重的時期，杜詩的民族意識感召着人們，杜甫在安史之亂中顛沛流離的人生遭際極易引起時人的共鳴，這就是時代召唤杜甫。正如老舍於1939年1月8日所説："我到了四川，家在河北，我們用什麽來傳達感情？自然就會想起'烽火連三月，家書抵萬金'十個字來。上面這兩句把離家的情緒一切寫在裏面了。"②當時雜志上常見有關杜甫的文章，學界常有關於杜甫的演講，出版界常見杜詩選本的出版，戰爭促使人們去體驗杜詩的精神。正如馮至所説："我個人在青年時期，並不瞭解杜甫，和他很疏遠，後來在抗日戰争流亡的歲月裏纔漸漸與他接近，那時我寫過一首絶句：'携妻抱女流離日，始信少陵句句真。不識詩中盡血泪，十年伴作太平人。'從此杜甫便成爲我最愛戴的詩人之一，從他那裏我吸取了許多精神上的營養。"③馮至的"壯歲流離愛少陵"④，代表了有民族正義感的正直的知識分子的普遍的心聲。

一、杜甫成了時代的喉舌

洪業在他的《我怎樣寫杜甫》裏説：

---

① 陳平原《讀書的"風景"——大學生活之春花秋月》，北京大學出版社2012年版，第156頁。

② 老舍《抗戰以來的中國文藝——在内江沱江中學的講話》，《老舍全集》第16卷，人民文學出版社1998年版，第618頁。

③ 馮至《祝〈草堂〉創刊並致一點希望》，《草堂》1981年創刊號，第2頁。

④ 1972年，68歲的馮至寫了這樣一首雜詩："早年感慨恕中晚，壯歲流離愛少陵。回顧此生真浪費，不曾一語創新聲。"引自《馮至的唐詩之旅》，《人民日報》2009年11月27日。

　　對於四十多歲的我，杜甫的詩句就有好些都是代替我説出我要説的話：政之腐敗，官之貪婪，民之塗炭，國之將亡，我的悲哀憤慨。盧溝變起，華北淪亡之後，那些杜句，“國破山河在，城春草木深”，“泱泱泥汙人，狺狺國多狗”，“嶔岑猛虎場，鬱結回我首”，“天地軍麾滿，山河戰角悲”，“不眠憂戰伐，無力正乾坤”，“誰能叫帝閽，胡行速如鬼”，等等，差不多天天在唇舌之上。①

洪業四十多歲的時候，正是二十世紀三四十年代，杜甫這些詩句不僅僅是在他的“唇舌之上”，而是充盈在一切有良心的愛國家愛民族的國人心中，杜甫成了時代的代言人。

　　因而，圍繞着民族戰爭這一大背景，多數杜甫研究文章往往聯繫抗日戰爭的現實，挖掘了杜甫描寫戰亂、渴望收復失地這類作品的現實意義。如馮至《杜甫與我們的時代》指出身受日寇侵略戰爭之苦的人們讀“三吏”、“三別”之類作品，感到句句真實，並説《悲陳陶》《悲青坂》《春望》等“正是淪陷區裏人民的血淚”，“我們讀這些名詩與名句，覺得杜甫不只是唐代人民的喉舌，並且好像也是我們現代人民的喉舌”②。錢來蘇《關於杜甫》認爲杜甫的“詩總是喚起朝野的人們趕快的把胡寇逐出中國去。他的詩集裏表現民族氣節，民族意識的作品，是很多的”③。高度評價了杜甫及其詩歌，有意強調杜甫的民族意識與民族氣節。同一時期《解放日報》上刊載了煥南的《案頭雜記》，亦稱杜甫“有極崇高的人格，也就鍛煉出他極偉大的作品”。同時介紹了延安的杜公祠、少陵川，談到延安紀念杜甫將修葺杜公祠、開紀念大會。翦伯贊《杜甫研究》一方面認

---

①　洪業著，曾祥波譯《杜甫：中國最偉大的詩人》，第 346 頁。
②　《萌芽》第 1 卷第 1 期，1946 年 7 月，收入《杜甫研究論文集》（一輯）。
③　延安《解放日報》，1946 年 11 月 3 日。

爲:"杜甫的詩是詩也是史,是一部用詩歌體裁寫出來的天寶前後的唐代歷史。……杜甫的詩不僅在文學的造詣上前無古人,而且具有極大的史料價值。"一方面認爲:"杜甫不僅爲自己的窮愁抑鬱而哭叫,也爲貧苦大衆,爲變局的時代而哭叫……杜甫的詩揚溢着愛國家愛窮人的熱情,所以他的詩具有不冷的熱力,一直到現在,尚能震盪讀者的心弦。"①此文共分六部分,包括《前言》《杜甫的時代》《杜甫的身世》《杜甫的性格》《杜甫的作品》《餘論》,並附《杜甫年表》。此文刊出後,由於"硬傷"很多,即招來不少批評②。如杜呈祥《與翦伯贊論〈杜甫研究〉》③,末署"三十三年十二月於渝",極爲迅速。翦文的"失誤",出於對杜詩的"誤解"、"誤用",以致"張冠李戴"。如在"杜甫的性格"一節中,把"叢臺"從"趙"(河北)擺到"齊"(山東)。又如,將"痛飲狂歌空度日,飛揚跋扈爲誰雄"兩句用來諷諫李白的"極普通"的詩,"看作杜甫的自叙",並據以斷定其曾是一個"醉酒狂歌"的青年。同時,也將鄭虔的事情誤認爲是杜甫的自叙。再如,"親朋無一字,老病有孤舟",係杜甫在岳陽所作,却被誤作是寫於長沙;《又呈吳郎》的寫作地點,原是夔州,却被誤認爲成都。更有甚者,杜詩名句"朱門酒肉臭,路有凍死骨",本出自《自京赴奉先縣詠懷五百字》,竟被誤作爲"贈韋左丞詩"。最可笑的是,翦伯贊在"杜甫的作品"中引到"箭入昭陽殿,笳吹細柳營。内人紅袖泣,王子白衣行"一節時,下注"送郭充詩"四字。究其原因,當是將詩題"奉送郭中臣兼太僕卿"和"隴右節度使三十韵"之間的動詞"充",誤作是郭中臣兼太僕卿的大名。上述

_____

① 《群衆》第 9 卷第 21 期,1944 年 11 月。

② 鄧廣銘《在"文革"中被迫害致死的翦伯贊》中説:"真正是一篇粗製濫造的文章",其中"對杜詩的誤解以及這樣那樣的硬傷,不勝枚舉。"(《鄧廣銘全集》第 10 卷,河北教育出版社 2005 年版,第 367 頁)

③ 《文化先鋒》第 4 卷第 21 期,1944 年 12 月。

種種,均表明翦伯贊的"治學態度欠慎審"。又如翦文在"史料批評和事實考訂"方面的錯誤也是"令人驚異",如"杜甫在安史亂前安置和探視家小的情形"、"叙杜甫從賊中脱險到鳳翔以後的情形"、"撰者寫杜甫棄官後流寓秦隴,輾轉入蜀的情形",錯誤比比皆是。

李廣田《杜甫的創作態度》以爲杜甫的"創作態度"是"爲人生"的。其所謂"人生",即指"時代生活";作者個人"是生活在他那時代人群中的一個人",他的創作對象是"那時代的大多數人的生活"①。杜甫的思想研究,由於時代的刺激,多側重其儒家思想的探討。如黄芝岡《論杜甫詩的儒家精神》將"致君堯舜上,再使風俗淳"視爲杜甫儒家思想的核心内容。"杜甫以稷契爲心,實是他軫念民生疾苦的出發點";"杜甫的仁者用心,即是他視人我如一體,從某一人到多數人,到任何人,到人類全體都一視同仁,絶不懷自私自利之念"。以"能近取譬"爲仁之方因而進於"博施濟衆"是儒家精神的實踐,也是杜以稷契自比的真切的解答②。墨僧《杜工部的社會思想》認爲杜甫窮困流離的生活境遇與孔子陳、蔡絶糧的痛苦境遇相類似,有"鰥寡孤獨廢疾者皆有所養"的大同思想:"與其説他是個詩人,無寧説他是個社會思想家。"③

這時期出現的抑李揚杜現象也是"時代使然"(動亂的時代更需要杜甫)。如胡小石《李杜詩之比較》(胡小石演講,蘇拯筆記)根據地理、思想簡比二人之後,重點從藝術上展開比較研究,肯定李杜以"特立精神""推翻時尚"、"求其心安"的貢獻。然而在詩歌創作上,李白是一個"復古派的健將",杜甫則"是詩國中一位狂熱

---

①　《國文月刊》第 51 期,1947 年 1 月。

②　《學術雜志》第 1 卷第 1 期,1943 年 9 月,收入《杜甫研究論文集》(一輯)。

③　《文友》第 3 卷第 6 期,1944 年 8 月。

的革命家"①。杜甫從"用字"、"内容"（描寫時事、輸入議論）、"聲調"等方面，"革前代詩人之命"，成爲"革命的先鋒"。這裏有必要談一下胡小石。文學史家胡小石以楚辭研究、杜詩研究成就爲顯。他關於杜詩研究的著述並不多，除《李杜詩之比較》之外，還有《杜甫〈北征〉小箋》②和《杜甫〈羌村〉章句釋》③等。善於從"史"的角度對杜詩進行考察、歸納，將朴學的治學方法運用到杜詩研究中，使得杜詩研究深入細化。而身爲詩人，他對杜詩的體驗與會心，也有獨到之處。

由毓淼《杜甫及其詩歌的研究》認爲杜甫詩歌反映的是平民思想，李白詩歌反映的則是貴族思想④。墨僧《杜工部的社會思想》側重李杜人生觀相異的考察："李是出發於個人主義的，只想到自己的苦樂，絶不關心到他人的苦樂；杜甫則近於社會主義，以社會大衆的苦樂爲苦樂，從自己的苦樂推想到他人的苦樂，甚至忘了自己的苦樂，專門關心他人的苦樂。"⑤傅庚生《評李杜詩》以感情、思想、想象、形式的主次關係，真、善、美的渾同如一作爲評論李杜的"客觀標準"，其結果是："杜甫有八九分的光景了，李白要遜似二三分。"杜甫遠遠超過李白的原因在於"生活態度的不同"："子美他常是用深情的目光去注視社會，用諧趣來安慰自己；太白却是永遠抱着遊戲的人生觀，把自己看成天字第一號的超人，而跟一切的人們去開大的小的玩笑。"這直接導致了杜李詩風——"沈鬱"與"豁達"的差異，此差異歸根到底在於"天真"與"不真"的品格的不同⑥。

---

①　《國學叢刊》（南京）第 2 卷第 3 期，1924 年 9 月。
②　《江海學刊》1962 年第 4 期。
③　《胡小石論文集》，上海古籍出版社 1982 年版。
④　《文學年報》1937 年第 3 期。
⑤　《文友》第 3 卷第 6 期，1944 年 8 月。
⑥　《國文月刊》第 75、76 期，1949 年 1、2 月。

二、富有時代特色的著作

據北京圖書館編《民國時期總書目》(1911—1949 文學理論、
世界文學、中國文學卷)、張忠綱等編《杜集叙録》統計,抗戰時期專
門或有章節評述杜甫的著作有程會昌《杜詩僞書考》《少陵先生文
心論》、易君左《杜甫今論》、朱偰《杜少陵評傳》、王亞平《杜甫論》、
哈佛燕京學社引得編纂處洪業等編《杜詩引得》、章衣萍《杜甫》
等①。較有時代特色的有:

一是易君左著《杜甫今論》(又稱《杜甫及其詩》)②,首先載於
《民族詩壇》1939 年第 2 卷第 6 期,第 3 卷 2、3、4、5 期上,後彙輯成
書,1940 年由重慶獨立出版社出版,列入《民族詩壇叢刊》。是書
分三部分重點研究杜甫的政治思想、人生觀及文藝觀,前邊還有一
《緒論》,其實也是一部杜甫傳記。其主旨是:透視其時代背景、國
家環境、社會動態、個性及遺傳經驗,與其文藝上的成就,以瞭解杜
甫的全部及整個的杜詩,進而估定其價值,堅定我們對杜甫的信
念;認識我們當前的大時代,需要一種什麼精神,一種什麼力量,纔

---

① 章衣萍(1902—1947),現代作家、翻譯家,安徽績溪人。著作甚豐,有
短篇小説集、散文集、詩集、學術著作、少兒讀物、譯作和古籍整理等 20 多部。
另有同名漫畫編輯。著有《杜甫》《磨刀新集》(詩詞集)及《情書一束》(小説
集)等。章衣萍在他的雜文《不行》(首載《語絲》第 4 期,1924 年 12 月 15 日)
中説:"五百年後的楊鴻烈做《中國詩學史大綱》,當大書特書曰:'詩仙李白、
詩聖杜甫之後,千有餘年,於是又有人也,曰詩哲'。"

② 易君左(1899—1972),原名家鉞,後以字行。號意園,又號敬齋。筆
名古君、花蹊、二郎神、康陶父、空谷山人。湖南漢壽人。二十世紀四十年代,
赴上海任《和平日報》社副社長,後辭職創辦《新希望》周刊。1949 年到臺灣。
自 1959 年起,執教於香港浸會學院,一邊教書,一邊繼續寫作。1972 年病逝於
臺灣。主要著述有《閒話揚州》《西子湖邊》《江山素描》《君左詩選》《杜甫傳》
《中國文學史》等 60 餘種。

能使我們"抗戰必勝,建國必成",因而有發揚光大杜甫思想的必要①。

在那全民族抗戰的特殊年代,易君左一直對杜甫充滿懷慕和景仰。1939 年,他在長歌《謁杜工部草堂》(又名《謁杜子美草堂》)中說:"平生心折唯杜陵,其餘紛紛無足稱。有如汪洋大海破浪長風乘,又如摩空嵯峨巨嶽誰能登?""先生萬古一完人,先生九天一尊神。但有丹心照日月,長留浩氣領群倫。"又自述:"來渝二三月,成書十萬言:一寫少陵先生居蜀之梗概,再寫少陵先生思想之根原。"②前者主要見諸兩文:《杜甫居蜀》③與《杜甫居蜀第三年》④。後者就見於《杜甫今論》(又稱《杜甫及其詩》)和《杜甫的時代精神》,闡明杜詩的精義在於:"國家民族高一切,豈止忠君肝膽熱?能以萬衆之聲爲其聲,能以舉國之轍爲其轍。反抗割據尊中央,抵抗侵略制胡羌。戰鬥意志最堅強,垂死宗邦永不忘!"⑤易君左的杜甫研究成果,當然以《杜甫今論》爲代表,具體探討了以下問題:杜甫的革命主義人生觀、思想源流問題;杜甫人生觀的四大支點——反破滅的求生存、反侵略的重奮鬥、反動亂的尚安定和反勢利的立氣節,四者歸根結底,即"革命主義的人生觀"上的"國家至上主義";"三吏"、"三別"的真意義;杜詩的藝術技巧;李杜的優劣比較;等等。

二是朱偰撰《杜少陵評傳》⑥,1939 年 9 月 17 日,"全書脫稿於

---

① 《杜甫今論・緒論》,《民族詩壇》1939 年第 2 卷第 6 期。

② 易君左《入蜀三歌・謁杜工部草堂》,《新四川月刊》1939 年第 1 期。

③ 《文藝月刊》戰時特刊 1939 年第 3 卷第 1、2 期。

④ 《精神動員》1941 年第 2 卷第 1 期。

⑤ 易君左《入蜀三歌・謁杜工部草堂》,《新四川月刊》1939 年第 1 期。

⑥ 朱偰(1907—1968),是著名學者、教育家朱希祖之子。字伯商,浙江海鹽人。1919 年入北京第四中學學德文。1923 年至 1929 年在北京大學求學(政治學本科)。主要著作有《日本侵略滿蒙之研究》《中國財政問 (轉下頁)

重慶佛圖關下"（第169頁），1941年6月由重慶青年書店出版。
全書有三序，分五章，三序即朱希祖《杜少陵評傳叙》、歐陽翥《杜少
陵評傳序》和作者《自序》①。五章即杜甫之生平及其事迹（八節：
家世、生卒年月、幼年遊學情況、中年之壯遊、天寶亂後之流離生
涯、劍南之漂泊、江漢之流寓、著述並附年表）、杜甫之交遊（六節：
杜甫與李白；杜甫與高適；杜甫與岑參；杜甫與王維孟浩然；杜甫與
嚴武；杜甫與鄭虔）、杜甫之思想及其個性（三節：杜甫之政治思
想、杜甫之社會思想、杜甫之個性）、少陵詩學之淵源及其流變（三

（接上頁）題）《鄭和》《元大都宮殿圖考》《江浙海塘建築史》《鄭成功——明末
解放臺灣的民族英雄》《遼金燕京城郭宮苑圖考》《萬里長城沿革》《中國運河
史料選輯》《金陵古迹名勝影集》《金陵古迹圖考》《南京的名勝古迹》《蘇州的
名勝古迹》等。兼治唐詩，主要著作有《李商隱和他的詩》《李商隱詩新詮》《杜
少陵評傳》《盛唐詩歌中河西走廊及西域》《杜少陵在蜀之流寓》等。另有《越
南受降日記》，翻譯德國作家施篤姆的《漪溟湖》（即《茵夢湖》）。

①　朱《叙》，朱希祖（1879—1944）1940年2月24日，"書於重慶中央大
學"。嘗編《中國文學史》，謂李白結古風之局，杜甫開新體之端。《叙》重申此
旨："自李杜之後，吾國古今詩體大定，不能越其範圍。然杜之詩體，較李尤能
自開境界。杜不效四言，不仿《離騷》，不用樂府舊題。"可謂的論。歐陽翥
《序》，1939年10月10日，"序於重慶沙坪壩中央大學"。歐陽翥（1898—
1954），字鐵翹，號天驕，長沙人。他以爲，杜少陵"懷高世之才，遭有唐文學昌
盛之世，承先人之休烈，而續其遺緒。浸饋六經，逍遙子史，旁及漢魏六朝文章
辭賦"；"弱冠而後，薄遊吳越齊趙，所至交其賢豪，流覽名山大川，以激發其志
氣"，於是"俯仰興感，一發於詩"。"其奇氣橫溢，雅贍典重，沉鬱頓挫，光焰萬
丈；而格律謹嚴，無悖於規矩。""總工部所爲詩，無體不備。祖述風騷，桃宗蘇
李曹阮，近取庾鮑之精華，一掃齊梁靡麗之習，卓然自成大家，冠絕千古"。且
杜工部雖流離播遷，窮愁潦倒以終其身，其心則未嘗一日不憂家國民生，故可
謚之曰"民族詩人"。"朱子伯裔"，"心折工部，反覆玩索，豁然有得"，"乃根
據正史，撮拾載籍舊聞，旁引博徵，參證本集，釐析而條貫之，成《杜少陵評傳》
一書，對工部平生行事，及其所爲詩歌時代之先後，莫不詳加訂正，揭前人之所
未發。而於杜詩之淵源，及其抱負與身世之感，尤三致意焉"。該書"正前人之
失誤，爲後學之津梁"，實有裨於"文學批評與學詩"（歐陽翥序）。

節：少陵之論詩、少陵詩之淵源、少陵詩之流變）、少陵詩在詩史上
之地位（兩節：各家之批評；少陵詩之特色及其在文學史上之地
位）。這個"評傳"較爲全面，學術價值也較高，將杜甫生平事迹、家
世交遊、思想個性與其詩學淵源、詩學地位交叉論述，堪爲"大手
筆"。這一評論可從其《自序》得之：該書旨在對其生平思想融會
貫通，從大處着眼，系統論述。少陵先生是中國的民族詩人，"所
謂民族詩人者，其詩歌足以表現民族共同之理想，共同之願望，共
同之想象，共同之情感，共同之生活"。"杜詩之大，無所不包，上
自忠君愛國，憂傷黎元；下至悲歡離合，餞送投贈，從國家大事以
至個人日常生活"，皆可反映中國民族的思想及動作。數千年詩
人中，能代表民族者，無出其右。考世界文化民族，每多以其最偉
大的詩人，作爲民族精神的寄托。惟中國對於民族詩人，"政府不
加宣揚，學者不加表彰，寥寂荒涼，一至於斯"。此爲著書動機之
二。自盧溝橋事變發生，二京淪陷，山河變色。作者隨學校西遷，
飄泊江關。"搖落之恨，甚於宋玉之悲楚；播遷之哀，有似庾信之
羈秦。"①

　　1944 年 2 月 17 日，朱偰作《杜少陵在蜀之流寓》，發表於《東
方雜志》四十卷第八期，是對上著杜甫生平及其事迹章節的有力補
充。論文分爲以下幾個部分：一、前言；二、由秦入蜀；三、成都草
堂；四、蜀州，青城，新津；五、東川之漂泊；六、重返成都；七、戎
州，渝州，忠州，雲安；八、夔州西閣，赤甲，瀼西，東屯。不可懷疑，
朱文是這一時期研究杜甫生平諸作的翹楚，可是，它於許多問題，
尚嫌考證未精。7 月 20 日，杜呈祥撰文與之商榷②。首先，關於杜
甫到達成都的時間，杜呈祥以爲，當在乾元二年十二月二十日前。

---

① 《杜少陵評傳・自序》，第 169 頁。
② 杜呈祥《藝文叢談：關於"杜甫在蜀流寓"一文商榷》，《讀書通訊》
1944 年第 96 期，第 10—12 頁。

其二,關於高適刺蜀和杜甫往依,杜呈祥亦有新論。在他看來,杜甫遊新津時的蜀州刺史爲王侍郎,所以杜甫是時由成都去蜀州,絶非往依高適。其三,杜甫寓蜀期間,曾避漢州,但並非"往謁房琯"。推其時間和緣由,疑即是廣德二年的春天,杜甫從閬州回成都時的路遊。其四,杜甫與嚴武相知最深,感情逾恒,《新唐書》少陵本傳關於嚴武欲殺杜甫的記載,絶不可信。至於嚴武遷拜出鎮的年月,錢牧齋已有考證。對朱文所謂"唐肅宗寶應元年(762),嚴武自東川調西川,權令兩川都節制",杜呈祥頗有質疑。

三、杜甫詩論研究的升華

早在二十世紀二十年代,就有學者撰文專論杜甫的文學批評,如段熙仲《杜詩中之文學批評》將杜集中涉及文學批評者全部鈎稽出來①,並分爲評古、評並時作者、自述三大類,又從中見出杜甫的文學觀點:(1)派別。杜甫非復古派,"蓋工部以文學爲演進的代異其制;師古可也,泥古則不必"。(2)態度。"'不薄今人愛古人'是也。其於批評多同情之欣賞,而不屑於尋疵摘瑕。"(3)方法。一曰類比,多用古今人類比之,以致其意;二曰標德,形容其美。(4)工部用詩以遣興者也。(5)詩法。工部論詩,大略四端:修養、精思、意興、風格。該文較爲系統、全面地評述杜甫文學批評方法和觀點的文章,所以顯得十分可貴。

這一時期杜甫詩論研究已上升到理論階段,有郭紹虞《杜甫〈戲爲六絶句〉集解》、李辰冬《杜甫〈戲爲六絶句〉研究大綱》、羅庸《少陵詩論》、程會昌《少陵先生文心論》、金啓華《杜甫詩論》等。

如郭紹虞文,名爲"解集"實爲總結,以爲老杜"一生詩學所詣,與論詩主旨所在,悉萃於是,非可以偶爾遊戲視之"。其"解題"的

---

① 段熙仲《杜詩中之文學批評》,《金陵光》1926年第15卷第1期,第55—61頁。

結果是從前人論述中總結出以下諸説：（1）少陵自况；（2）主旨在告誡後生；（3）少陵論詩談藝之作；（4）不止論詩，亦論文。所加案語迻出新見，其大要是少陵論詩以"轉益多師"爲宗旨，多次强調"清新"與"老成"的互動關係①。

　　時隔三十餘年，郭紹虞在《論〈戲爲六絶句〉與〈論詩三十首〉》一文補充了上文的觀點②，並有所發明：杜甫的《戲爲六絶句》是有爲而作，論點不妨稍偏，即强調詩論的某一點或某一面，而我們研究他的詩學理論，就不應只局限於他所强調的一面，更應注意他所不曾强調或不許講到的一面，因爲不如是，就不可能理解他詩作的全面，也不可能理解他詩論的全面。"杜甫的詩論儘管强調繼承，强調藝術性"，"却並不因此而妨礙杜甫詩作的成就"，"反而能和他具有一定高度的思想性結成完整的統一體，以發揮更大的作用"。從杜甫提到的"親風雅"三字，"可知杜甫詩論是不會片面地强調藝術性的"。而對"親風雅"怎麼理解？"杜甫似重在興觀群怨方面。"特別應須注意的是，從元稹一直到宋祁、秦觀等人都以"轉益多師是汝師"的主張論杜詩之成就，贊其"盡有衆美，集古人之大成"，"這無疑對杜詩的理解成爲片面的了"。正確的態度是："既不致强調繼承，錯誤地誤解他的多師爲師説；也不致强調批判把這六絶句看作是重在藝術而加以貶抑。"

　　李辰冬有感於郭紹虞在燕京大學上《中國文學批評史》課時，費了三個鐘頭講杜甫的《戲爲六絶句》，講得太詳細，太過深求，故撰此文③。李辰冬認爲杜甫的《戲爲六絶句》是一時興之所至之作，並不是深思冥想以後的作品，只要看此詩的自然與流暢，就可知之；題爲"戲"字，意指並非慎重的作品。所以該文對六絶句的解

①　《文學年報》第 1 期，1932 年 5 月。
②　《學術月刊》1964 年第 7 期。
③　《燕大月刊》1929 年第 5 卷第 1、2 期。

釋也就比較自然流暢、簡單明瞭。

　　這一時期較有代表性的著述還有羅庸《少陵詩論》①。羅庸是當時著名的文學史研究專家,擅詩詞駢文,"他的杜詩專題課是西南聯大最叫座的課程之一"②。"羅先生上課,不帶片紙。不但杜詩能背寫在黑板上,便仇注都背出來。"③《少陵詩論》從杜詩中理出論詩和涉及詩的 189 條,"其中有自述、有泛説,有對於古人和並世作家的評論",論證了"神"與"興"的關係,"神"的質素是"性情"。以此爲出發點,論述了"動趣"與"虛静"、"清新"與"老成"、意氣與理趣、法度與佳句的關係④。

　　羅庸説,"老杜平生自陳甘苦的話,最簡括扼要也最不易捉摸的莫過於"他的"讀書破萬卷,下筆如有神"兩句。其中"有神","是老杜最喜歡的一個'玄談',論文,論詩,論字,常常提到",而且

①　羅庸(1900—1950),原名羅松林,考入北京大學後改名羅庸。字膺中,號習坎,筆名耘人、佗陵、修梅等。蒙古族,原籍江蘇江都,羅聘(揚州八怪之一)的後人。生於北京,1917 年考入北京大學文科中國文學門(1919 年改稱國文系)。1922 年考入研究所國學門,同學有鄭天挺、馮沅君、容庚等。1924 年畢業後,先後供職歷史博物館、教育部(與魯迅同事)等機構。之後在多所大學任教。1942 年 12 月,任北大中文系教授兼西南聯大中國文學系教授、中法大學文史系主任。1944 年 11 月,任西南聯大中文系主任。1946 年填詞《滿江紅》作爲聯大校歌,並書寫紀念碑文。秋,西南聯大解散,任昆明師範學院國文系主任。1949 年 5 月,應梁漱溟之邀赴重慶勉仁文學院講學。1950 年 6 月,病逝於重慶北碚醫院。所撰《習坎庸言》和《鴨池十講》都是學生整理的演講稿。羅庸的主要事迹可參其弟子張書桂等所撰《羅庸教授年譜》(收入《中國當代社會科學家》第六輯,書目文獻出版社 1984 年版)。

②　羅庸講述,鄭臨川記錄,徐希平整理《羅庸西南聯大授課録》封面簡介,北京出版社 2014 年版。

③　羅庸《習坎庸言　鴨池十講》之《出版前言》引汪曾祺《西南聯大的中文系》語,新星出版社 2015 年版,第 2 頁。

④　《新苗》第 2 期,1936 年 5 月。《杜甫研究論文集》(一輯)輯録(中華書局 1962 年版),《習坎庸言　鴨池十講》(新星出版社 2015 年版)亦輯録。

延伸出"傷神"、"神憮然",乃至"鬼神"。"神"是什麼?"神就是一種心理狀態"。那麼,"神"與"興"是什麼關係?

> "神"是要待有"感"才没有"遁心",這在唐人有兩個很常用的字叫做"感興"。老杜自己説:"感激時將晚,蒼茫興有神。"(《上韋左相二十韻》)"草書何太古?詩興不無神。"(《寄張大彪三十韻》)
>
> 可見"神"是靠"興"才動;"興"是待"感"而發,這在老杜叫做"發興",或"動興"。①

在老杜這裏,坐對雲山可以"發興",進到隱士的幽居也可以"發興",憑高遠望也可以"發興",看見東閣的梅花也可以"動興",這要靠詩去打發它:"環境越豐富,變化,'發興'的機會就越多";"發興越多,所感的範圍也就越廣,這就是《文賦》所説的'方天機之駿利,夫何紛而不理?'老杜是已經做到"。

既是這樣,"神"的質素是什麼?是"性情";陶冶的功夫在"虛静"。"性情涼薄,身心浮亂,是没法做詩人的,要做詩人,須要有着'水流心不競,雲在意俱遲'的清定,'三夜頻夢君,情親見君意'的纏綿。"老杜是性情最厚的人,他不作詩便情無所寄。在老杜這裏,發興所得是"動趣",陶冶所得是"静趣";動趣之見於詩是"飛騰",静趣之見於詩是"清新";動趣之見於文字,便是有風骨,有波瀾;静趣之見於文字,便有了清省、要近道、見道;飛騰是意氣,清新是理趣,所以越見道也就越清新,杜甫所謂"清詩"、"詩清"、"佳句"、"秀句"、"苦思"等等,正是此意。

那麼,法度與佳句是什麼關係?所謂"晚節漸於詩律細"。佳句要有法度,法和律要統一,中律的作品無往不宜。因而,羅庸説,

---

① 羅庸《少陵詩論》,《杜甫研究論文集》(一輯),第 68 頁。

老杜對於詩有兩種深刻的認識：第一，"眼界之高，使得滿意之作少"，如云："妙取筌蹄棄，高宜百萬層。白頭遺恨在，青竹幾人登？"（《寄峽州劉伯華》）第二，"眼界之大，使得他把文章看成小技"，如云："文章一小技，於道未爲尊。"（《貽華陽柳少府》）並且："有求常百慮，斯文亦吾病。"（《早發》）這不僅僅是技巧問題了。

　　另外，羅庸對杜甫樂府詩的認識也很有眼光：杜甫"絕不作當時之樂府調"，即"當時流行之古題樂府"，原因是："安史之亂後，見民生疾苦甚多，非舊作體裁所能包容，過去亦少範作可資參考，有之則唯漢樂府一體，故此段時期，乃模仿漢樂府以命篇，詩境至此得一開展。"這也是杜甫不同李白的二端之一：少陵不作此類古題樂府，"而太白專作此類"①。他的學生嚴學宭寫過回憶文章，記下了他對杜甫部分"即事名篇"的新題樂府的探討：

　　　　舊説杜詩韓文，無一字無來歷，尤其杜詩的樂府，没有一篇不是寫實的。但《前出塞》《後出塞》就是一個很大的問題。《後出塞》五首寫安禄山征奚、契丹事，字字不空。但《前出塞》九首就仿佛是泛寫征戍之苦。假使果是泛寫，那末"杜詩《樂府》是寫實的"這句話就有了例外。我們認定這是問題，便抛棄舊注，從歷史上找證據。結果發現這詩完全詠天寶六載高仙芝證小勃律的事，而且是根據岑參從征歸來口述的見聞，其字字不空，和《後出塞》一樣。這是一個老材料，就有了新的解決。②

---

　　①　羅庸講述，鄭臨川記録，徐希平整理《羅庸西南聯大授課録》，北京出版社 2014 年版，第 163、164 頁。

　　②　嚴學宭《竟委窮源——羅膺中師説述聞之一》，載《光明日報》1961 年 5 月 1 日。

從爲人忽略的問題中以細緻入微的考證解決問題，展示出文學史家敏鋭犀利的洞察力。

羅庸論杜甫之集大成也很有見地。他在談論"作者之成功及其因緣"時，將中國文學史上成功的大家概括爲三派："不範疇於傳統之文學系統下而全憑自己的才氣成功的"，如李白、蘇曼殊；"能復古的"，韓愈爲代表；"集大成的"，孔子、杜甫爲代表。"在中國文化上有孔子，詩中有杜甫"：

> 孔子能將前人所有的長處，變爲自己的長處；而自己的長處，又超出乎別人的長處之上，這樣便是集大成。所以成功。
>
> 工部他憑自己的力量，將古人的作品融會貫通，而另外自成一家，其所以能如此者，不外兩個因素：一個是"取材豐富"，一個是"用功深厚"。

並且説："集大成的人，恐怕是最成功的。"①

另外，羅庸還有一些零星的論杜言論。如云："自詩教廢壞，作者之心量日狹，藹然仁者之言，日以少見，除了《離騷》的'長太息以掩涕兮，哀民生之多艱'，杜子美的'窮年憂黎元，嘆息腸内熱'，頗得詩人之旨外。如阮籍《詠懷》，陳子昂《感遇》，元白《新樂府》，只算得'其餘則日月至焉而已矣'。"②評價極高——"頗得詩人之旨外"。羅庸評價了屈原的"掬出肝膽"，杜甫、白居易的系列名篇："此後如杜子美的《自京赴奉先縣詠懷》《悲陳陶》《悲青坂》《留花門》，白樂天《新樂府》裏《立部伎》《時世妝》各篇，都有見微知著的意思，去風雅未遠。詩人之即爲哲人，正在此處。若乃奄然媚世，

---

① 羅庸著，杜志勇輯校《中國文學史導論》，北京出版社 2016 年版，第145 頁。

② 羅庸《詩人》，《習坎庸言　鴨池十講》，第 181 頁。

隨波逐流,甚至長君之惡,文過飾非,則是側媚小人,曾俳優之不若者,又如何算得詩人!"①贊它們"去風雅未遠"。又説"詩人必能以天下爲己任",孔子、孟子、屈原之後,杜甫最能見此精神,如"許身一何愚,竊比稷與契","致君堯舜上,再使風俗淳",都是這種精神的體現。杜甫的"居然成濩落,白首甘契闊。蓋棺事則已,此志常覬豁",又是"猶有詩騷遺意"②。杜甫的"自斷此生休問天,杜曲幸有桑麻田"、"問法看詩妄,觀身向酒慵"所達到的境界,是仁者忘憂,"詩人亦即是哲人了"③。羅庸也談到了詩與語言文字的關係:詩人使用語言文字的能力必須"技術精熟,得心應手"。這就是多識前言往行的自然收穫,就是杜甫所説的"別裁僞體親風雅,轉益多師是汝師"也。

　　能仁便能與物同體,杜子美的"黄鶯並坐交愁濕,白鷺群飛太劇乾",姜白石的"數峰清苦,商略黄昏雨",皆是此境。識此則鳶飛魚躍,無物不活矣。此心能虛静則能體物入微,杜子美的"仰蜂粘落絮,行蟻上枯梨","細雨魚兒出,微風燕子斜",絶不同於纖巧小家,即在其能静觀自得,非刻意求之也。能寫静態者必能寫動態,杜子美的《茅屋爲秋風所破歌》:"茅飛渡江灑江郊,高者掛胃長林梢,下者飄轉沉塘坳",三句中用了八個動詞;李太白的《戰城南》:"烏鳶啄人腸,銜飛上掛枯樹枝",兩句中用了四個動詞,在他人罕能有此,實在都由静觀而來,杜子美所謂"静者心多妙"也。能寫物態者必能寫事態,如子美的《新安吏》《石壕吏》《兵車行》,亦不過是寫茅屋秋風的一副眼光。能寫事境者必能寫情境,子美的《無家别》《垂老别》

①　羅庸《詩人》,《習坎庸言　鴨池十講》,第182頁。
②　羅庸《詩人》,《習坎庸言　鴨池十講》,第184頁。
③　羅庸《詩人》,《習坎庸言　鴨池十講》,第185頁。

和《夢李白》比較,初無親疏彼我之分,愛人如已故也。能寫情境者必能寫理境,子美的"水流心不競,雲在意俱遲",何遽不若"三夜頻夢君,情親見君意"也!①

羅庸雖强調語言文字對於詩的重要性,可是,"學詩若先從詞華技巧上着手,便是已落二乘,況下於此,其何以自致於高明?"②

下面我們再看一下當年在西南聯大聽過羅庸杜詩課的學生的回憶。著名外國文學專家趙瑞蕻當年就讀外文系,常聽羅庸的課。他說,羅是《論語》《孟子》和杜詩專家,有精湛的研究。某天去聽課,他正好講杜甫的《同諸公登慈恩寺塔》一詩:

> 我眼前出現這麼一個場景:羅先生自己仿佛就是杜甫,把詩人在長安慈恩寺塔上所見所聞所感深沉地一一傳達出來;用聲音,用眼神,用手勢,把在高塔向東南西北四方外望所見的遠近景物仔細重新描繪出來。③

羅庸又把杜甫這首詩跟岑參的《與高適薛據登慈恩寺浮圖》作了比較,認爲杜詩精彩多了,"因爲杜甫思想境界高,憂國憂民之心熾熱,看得遠,想得深"④。而詩的廣度和深度從何而來?又說到詩人的使命等。他說從杜甫這首詩裏已清楚看到唐王朝所謂"開元盛世"中埋伏着的種種危機,大樹梢頭已感到强勁的風聲。果然,時過三年,安禄山叛亂,大唐帝國支離破碎,杜甫《春望》一詩是最好

---

① 羅庸《詩人》,《習坎庸言　鴨池十講》,第 186 頁。
② 羅庸《詩人》,《習坎庸言　鴨池十講》,第 186 頁。
③ 趙瑞蕻《離亂弦歌憶舊遊——紀念西南聯大六十周年》,《離亂弦歌憶舊遊》,第 31 頁。
④ 趙瑞蕻《離亂弦歌憶舊遊——紀念西南聯大六十周年》,《離亂弦歌憶舊遊》,第 31 頁。

的見證。又如易君博教授回憶説:"羅先生講杜詩,他每講一段,就念一段,解釋這首詩的背景,什麽樣的環境之下寫成的,什麽樣的心情之下寫成的,然後他講他的思想。有一首詩,'穿花蛺蝶深深見,點水蜻蜓款款飛'。他就講,他説這個是國人的宇宙觀。"①真是耐人尋味,自然萬物是有靈性的,"道法自然"是中國人的最高準則。

又如著名語言學家、外國文學專家許淵沖回憶羅庸講杜甫的《登高》詩:

> 　　羅先生説這首詩被前人譽爲"古今七律第一",因爲通篇對仗,而首聯又是當句對,"風急"對"天高","渚清"對"沙白";一、三句相接,都是寫所聞;二、四句相接,都是寫所見;在意義上也是互相緊密聯繫,因"風急"而聞落葉蕭蕭;因"渚清"而放眼滾滾長江;全詩融情於景,非常感人,學生聽得神往。②

與羅文相類似,金啓華《杜甫詩論》論述了杜甫學詩、作詩、論詩的獨得之見:"不薄今人愛古人"與"轉益多師是汝師"爲其"學詩綱領";杜甫作詩"原於有神",而"有神發於感興,感興因時地而生";杜甫論詩亦有指歸③。

杜詩資料考據亦有新收穫。洪業《杜詩引得序》是一篇較系統、較全面的杜詩源流考證、注本評介的長篇論文。作者以富贍的資料與所見版本爲主要依據,詳細考辨了杜集由成書到注釋、評

---

① 張曼菱《西南聯大行思録》,生活·讀書·新知三聯書店 2013 年版,第 250 頁。

② 許淵沖《追憶流水年華》,莊麗君主編《世紀清華》,光明日報出版社 1998 年版,第 259 頁。

③ 《學燈》第 326、327 期,1946 年 3 月 11 日、19 日。

點、批選的發展過程及諸本間的源流關係,並對自宋至清的數十種杜詩注本作了言簡意賅的評介,幾成一部杜詩學簡史。

程會昌(千帆)《杜詩僞書考》對署名王洙《杜工部集注》、蘇軾《老杜事實》、黃庭堅《杜詩箋》、虞集《杜律注》、杜舉《杜陵詩律》進行了詳細考辨,徵引了不少頗具説服力的新材料①。《少陵先生文心論》分五部分論述了杜甫詩論與儒家政治思想、文學觀的淵源關係。該文是程會昌 1936 年春天寫的金陵大學畢業論文,是程千帆的第一篇文學論文,是由中文系主任劉繼宣指導的,是專門探討杜甫詩學理論的:以杜證杜,就杜詩探求杜甫的文心所在②。這五部分分別是:第一部分,從追溯評詩之作、之文開始,"至唐而得老杜",其《偶得》《戲爲六絶句》諸篇對後世影響很大;然後説到"杜公成就","唐世已獲公認",之後歷代評論彌高。因之決定"今輒就杜公之詩,探其文心所在",且"以杜還杜,亦懼聆法來稗販之詞,期説詩有解頤之樂"。第二部分,從其儒家出身開始,談其"用世"、志業之悲。第三部分,專論其詩緣情體物之意,是此文核心所在。以"三術"論之:其一,識足以會通變也。《偶得》《戲爲六絶句》都有體現。其二,才足以嚴律令也。老杜所謂"詩律群公問"、"晚節漸於詩律細"、"文律早周旋"、"律中鬼神驚"是也。其真本領要在"語不驚人死不休"一句。其三,學足以達標準也。老杜所謂"示我百篇文,詩家一標準"、"文章有神交有道"、"詩成覺有神"、"篇什若有神"、"詩應有神助"等等是也。此三者,"皆杜公詩法之尤精尤大者。觀其綜貫超卓,知非徒以篇章爲百代雄也"。此三者,一言以蔽之曰:"杜公所持者,乃所謂積儲之説也。"第四部分補充説明"積儲之説"。前人所説杜詩"無一字無來處"、"妙絶古今"、"杜詩之佳,似全由學力"、"以學力爲勝"、"學至於無學者"等云者,實

---

① 見其《古詩考索》,上海古籍出版社 1984 年版。
② 見其《古詩考索》,論文寫作時間是 1936 年 5 月。

質就是"轉益多師"、"以學力集諸家之大成";唯如此,方有"神、秀、清、新之爲警策,與警策之出自積儲,其説有似礙而實通者也"。第五部分總結杜詩之源遠流長。其源,如孟子、屈、宋等。其流,如孫僅《讀杜工部詩集序》云"公之詩支而爲六家",是言唐人學杜。王漁洋《池北偶談》言:"宋明以來,詩人學杜子美者多矣。予謂退之得杜神,子瞻得杜氣,魯直得杜意,獻吉得杜體,鄭繼之得杜骨。它如李義山、陳無己、陸務觀、袁海叟輩,又其次也。陳簡齋最下。"①是唐宋明三代學杜概況。然而,蘇軾説:"天下幾人學杜甫,誰得其皮與其骨?"發人深省。

四、學者們西南漂泊中的杜甫情結

因戰亂而漂泊西南,反而勾起了長期被壓抑的"詩趣"。然而,詩人們的"南渡"意識是難以平静的。如 1938 年 7 月 7 日,陳寅恪在蒙自作七律一首《七月七日蒙自作》:"地變天荒意已多,去年今日更如何。迷離回首桃花面,寂寞銷魂麥秀歌。近死肝腸猶沸熱,偷生歲月易蹉跎。南朝一段興亡影,江漢流哀永不磨。"此詩表達了聯大知識分子的一種"南渡"意識,徵諸歷史,晋人南渡,以及後來的宋人南渡、明人南渡,都無以真正"北歸",異族統治成爲現實,"南渡"也由此成爲知識者内在的傷痛。這種"南渡"意識的背後是知識分子的憂鬱情懷。又此詩雖爲舊體詩作,但在學生層面也頗具影響。趙瑞蕻在回憶文章中,將此詩連同吳宓、馮友蘭的各兩首詩作一併録入,這些詩大體創作於同一時期,均表達出"南渡"意識。如吳宓的《大劫》:"綺夢空時大劫臨,西遷南渡共浮沉。魂依京闕烟塵黯,愁對瀟湘霧雨深。"馮友蘭的《詩二首》之一:"洛陽文物一塵灰,汴水紛華又草萊。非只懷公傷往逝,親知南渡事可哀。"

---

① 王士禛撰,靳斯仁點校《池北偶談》卷一六,中華書局 1982 年版,第 391 頁。

可見"南渡"對廣大愛國知識分子的影響①。

（一）西南聯大師生借杜書懷

在中華民族與日寇作生死決戰之際,中華民族需要有支援民族決戰的精神文化支撐。不可懷疑,杜詩是其重要組成部分。

"漂泊西南多唱酬"②,與杜甫的"漂泊西南天地間"同一遭遇,同一情懷,是廣大學者漂泊九年的寫照。亂離之際,蒿目時艱,教授們之所以"漂泊西南多唱酬",一是思接千古,慰藉平生;二是修養在此,積習難改;三是友情支撐,互相寬慰。陳鏊(陳寶琛孫)於1938 年春作的《聞雨僧師自湘行步之滇集杜句爲三絕寄呈誨政》很有代表性:

> 信有人間行路難,愁看直北是長安。少陵野老吞聲哭,飄泊西南天地間。
>
> 關塞極天惟鳥道,昆明池水漢時功。欲知趨走傷心地,萬國兵前草木風。
>
> 古往今來皆涕泪,風流儒雅亦吾師。更爲後會知何地,故國平居有所思。③

陳寅恪《庚辰元夕作時旅居昆明》詩云:"念昔傷時無可說,剩將詩句記飄蓬。"在我們看來,這些詩作不僅僅記錄下當事人在特定歲月的艱辛生活,更是那個時代中國讀書人的心靈史。而陳寅

---

① 參見趙瑞蕻《南岳山中,蒙自湖畔》,《離亂弦歌憶舊遊》,文匯出版社 2000 年版,第 85 頁。

② 出自馮至的小詩:"紅樓十載成長憶,漂泊西南多唱酬。浩蕩滇池春色好,感君邀我泛輕舟。"自注:一九三九年春與(魏)建功學長泛舟滇池,暢談今古,因題《獨後來堂十年詩存》。即馮至爲魏建功詩集《獨後來堂十年詩存》所寫題跋。

③ 吳宓著,吳學昭整理《吳宓詩集》卷一四《南渡集》附,第 332 頁。

恪(1890—1969)、吳宓(1894—1978)、朱自清(1898—1948)、潘光旦(1899—1967)、浦薛鳳(1900—1997)、魏建功(1901—1980)、浦江清(1904—1957)、蕭滌非(1906—1991)等八位西南聯大教授抗戰期間的舊體詩作,堪稱抗戰"詩史"。本書依據的版本分別是:《陳寅恪集・詩集》,生活・讀書・新知三聯書店2001年版;《吳宓詩集》,商務印書館2004年版;《猶賢博弈齋詩鈔》,載《朱自清全集》第五卷,江蘇教育出版社1996年版;《鐵螺山房詩草》,載《潘光旦文集》第11集,北京大學出版社1995年版;《太虛空裏一遊塵——八年抗戰生涯隨筆》,即《浦薛鳳回憶錄》中册,黄山書社2009年版;《獨後來堂十年詩存》,載《魏建功文集》第五卷,江蘇教育出版社2001年版;《浦江清文錄》(附錄"詩詞"),人民文學出版社1989年版;《有是齋詩草》,載《蕭滌非杜甫研究全集》附編,黑龍江教育出版社2006年版。以這八大教授爲中心,組成以下八個群體:

1. 陳寅恪——吳宓、劉永濟、容肇祖、楊樹達,此外還有陳妻唐篔。

2. 吳宓——陳寅恪、朱自清、蕭公權、劉永濟、潘伯鷹、繆鉞、李思純、容肇祖、浦江清、林同濟、胡小石、毛子水、汪懋祖、錢鍾書、徐震堮、徐梵澄、龐俊、趙紫宸、陳柱、金毓黻、常乃惠、胡步川,此外,還有學生輩的張志岳、趙仲邑、周珏良、李賦寧、張爾瓊、張敬等。

3. 朱自清——蕭公權、浦薛鳳、孫曉孟、葉聖陶、潘伯鷹、俞平伯、李鐵夫、陳福田、楊振聲、陳岱孫、夏丏尊、豐子愷、程千帆、潘光旦等。

4. 潘光旦——趙文璧、修中誠、陳福田、李琭庵等。

5. 浦薛鳳——陳寅恪、吳宓、蕭公權、浦江清、王化成、孫曉孟等。

6. 魏建功——老舍、沈兼士、唐蘭、魯實先等。

7. 浦江清——朱自清、吳宓、施蟄存、容肇祖、王季思、徐震堮、楊業治、游國恩、李安宅，此外還有岳父張琢成。

8.蕭滌非——游國恩、聞一多、朱自清等。

陳寅恪等人的唱酬對象，第一，沒有權貴人物，絕大多數是大學教授；第二，基本上是漂泊西南的教授，很少與仍在淪陷區生活者唱和；第三，熱衷於詠懷、寄贈、唱和的，以文科（尤其是中文系）教授爲主，理工科教授極爲罕見。

在那個烽火連天的年代，顛沛流離之中，還能有這麼多好詩篇。若吳宓評陳寅恪《七月七日蒙自作》云：“寅恪詩學韓偓，音調淒越而技術工美，選詞用字均極考究。”①浦薛鳳也稱“寅恪天分最高，所作絕出凡響，我確心折”。之前陳寅恪作有《南湖即景》一詩。吳宓即作和詩《南湖遊步和寅恪》，趙仲邑《奉贈雨僧師》有云：“杜陵詩筆挽狂瀾，一代宗師仰在觀。……最是要隨南渡日，幾人揮淚望長安。”②1939年春，陳寅恪作《己卯春日劉宏度自宜山寄詩，方擬遷眉州，予亦將離昆明往英倫，因賦一律答之》，開篇就是：“得讀新詩已淚零，不須藉卉對新亭。”乃用“新亭之淚”或“新亭對泣”之典。而“萬里乾坤孤注盡，百年身世短炊醒”，與作者1942年抵桂林詩尾聯“萬里乾坤空莽蕩，百年身世任蹉跎”同樣意思，亦化用姜夔《玲瓏四犯》：“萬里乾坤，百年身世，唯有此情苦。”這裏提及的劉永濟新詩，以及陳寅恪、吳宓的和詩，均收錄在《吳宓詩集》卷一五《昆明集》中。除了“萬里乾坤、百年身世”的共同感慨，還有戰亂中老朋友間的相互牽掛。劉永濟詩題作《奉酬天閔樂山見懷長句》，其下半曰：“萬里乾坤流轉盡，百年身世涕洟稠。遙憐西蜀山川美，杜老吟多易白頭。”吳宓的和詩有此兩句：“萬里乾坤餘幾角，百年身世等微塵。”三詩都有“萬里乾坤”、“百年身世”，均源於杜甫《登高》的“萬里悲秋常作客，百年多病獨登臺”。與此類似的，

① 吳宓著，吳學昭整理《吳宓詩集》卷一五《昆明集》，第340頁。
② 吳宓著，吳學昭整理《吳宓詩集》卷一五《昆明集》，第340頁。

尚有浦江清 1940 年作的《蟄存自閩中來書却寄》："人事久蕭索，蒼茫殘歲催。故人一葉書，暖我心頭灰。三年各爲客，萬里同追陪……"①浦、施兩人本是同鄉、同學，從小學到中學十年間朝夕相處，抗戰初期又在昆明重逢，而今施蟄存轉往福建長汀的廈門大學任教，仍不忘"寄我閩遊詩"，難怪浦江清大爲感慨。更讓人意想不到的是，兩年後，浦從上海輾轉回昆明，路過長汀時，還有機會與老友暢談。這種"爲客"心態，與杜甫有同感，更是受到了杜甫"長爲萬里客，有愧百年身"（《中夜》）的浸潤。

作爲著名歷史學家，陳寅恪對自己所處的時代、文字的意義，以及詩與史如何互動，有十分清醒的認識，也正因此，其再三吟詠"南渡"，確實意味深長。查《陳寅恪集·詩集》，陳寅恪 1938 年吟詩 7 題 9 首，而後每年均有詩作存留，1945 年更是多達 26 題 32 首，這些詩作兼及個人感懷與家國興亡，可當"詩史"閱讀與鑒賞。若不考慮韵律，從不同時期四首詩中各抽一句，可作此"詩史"的梗概：1938 年《蒙自南湖》（即《南湖即景》）的"南渡自應思往事"②，1939 年《乙卯秋發香港重返昆明有作》的"亂離骨肉病愁多"③，1940 年《庚辰元夕作時旅居昆明》的"剩將詩句記飄蓬"，以及 1945 年《憶故居并序》的"破碎山河迎勝利"④。陳詩之所以最值得作爲

①　浦江清《浦江清文録》，人民文學出版社 1958 年版，第 311 頁。

②　《蒙自南湖》全詩："風物居然似舊京，荷花海子憶升平。橋邊鬢影猶明滅，樓上歌聲雜醉醒。南渡自應思往事，北歸端恐待來生。黃河難塞黃金盡，日暮關山幾萬程。"

③　《乙卯秋發香港重返昆明有作》全詩："暫歸總別意如何，三月昏昏似夢過。殘剩河山行旅倦，亂離骨肉病愁多。狐狸埋揹摧亡國，雞犬飛升送世波。人事已窮天更遠，只餘未死一悲歌。"

④　《憶故居》全詩："渺渺鐘聲出遠方，依依林影萬鴉藏。一生負氣成今日，四海無人對夕陽。破碎山河迎勝利，殘餘歲月送淒涼。松門松菊何年夢，且認他鄉作故鄉。"

"詩史"閱讀,除了自身韵味,還因其被吳宓抄録在日記中(包含各家唱和),故寫作的時間、背景及意涵,修訂的過程、讀者的反應等,都比較容易得到確認。

《浦江清文録》中收有《過南平病瘧,喜遇聲越、季思,匆匆別後却寄》以及《同題另成五律一首》,前詩有云:"別後盧王詩各瘦,尊前杜衞語初長。"當事人之一王季思日後追憶:"1942年,我和聲越先生隨浙江大學龍泉分校遷居福建南平。他自屯溪沿浙贛路南下,也到了南平,相見驚喜。戰時道路艱苦,他瘧疾新愈,形容憔悴,而一燈相對,劇談直至深夜。"這麼説還是不夠具體,必須跟浦江清的《西行日記》對讀,才能理解爲何是:"千里經行近戰場,幾穿鋒鏑到康莊。來讎君子真成瘧,喜見故人欲夢鄉。"以及什麼叫"弦誦飄行李,干戈入鬢華;山頭同一宿,曉夢各天涯"。及至1944年,作有《龍泉村中同遊澤承論詩,即酬其東坡糳字詩韵》有曰:"屈宋啓騷心,陰陽割昏旦。曹王共淵明,千古接几案。李杜生同時,蓬飄天寶亂。吾愛蘇黄詩,三薰三沐盥。"其"蓬飄"之感堪比李杜。

潘光旦《鐵螺山房詩草》所收詩歌的時段是1941年至1950年。所寫詩歌借杜詩而興感的也不少。如其《目眚稍可感賦》有云:"蠡測螢鳴劇可憐,行藏有道孰先傳? 杜陵佳句留多少,記取膏因明自煎。"1945年,抗戰勝利的前夜,作《賀李琢庵爲子授室》(代作),中有兩聯:"萬里羈棲成莫逆,幾家賓主不相煎。千間廣廈杜翁志,一廡居安楚客緣。""千間廣廈杜翁志",是用杜甫《茅屋爲秋風所破歌》意:"安得廣廈千萬間,大庇天下寒士俱歡顔,風雨不動安如山。嗚呼! 何時眼前突兀見此屋,吾廬獨破受凍死亦足。"

這一特殊的歷史時期,蕭滌非先生的《有是齋詩草》也記下了一些唱和之作與獨抒胸臆之作。1941年秋,蕭先生由峨山四川大學到西南聯大執教。先後寫下《昆明翠湖月下戲作》《悼沈君崇誨》《早斷》《桃源風高,被冷無眠,却起炭壚,獨自賦此》《次韵奉酬澤承先生》《往事》《早汲》《我家行》《有適》《題李振華女士紀念册》

《吊〈古詩歸〉》《聽雨有懷澤承先生，却呈索詩》《題畢業同學紀念册》《將別桃源題壁二首》《答魏君仲儒》《自題〈漢魏六朝樂府史〉》《歪詩戲呈聞一多》《登昆明西山龍門題壁》《哭潘炎君二首》《答朱自清先生問》《叠韵呈朱自清先生二首》《感事‧書贈尹彦輝》等，幾乎首首化用杜詩而無痕。如其《早斷》詩，廖仲安在《憶蕭滌非師——兼述先生熱愛杜詩的精神》説：

> 讀着這首詩，不能不令人想到杜甫《三絶句》裏那個逃荒的農民"自説兩女齧臂時，回頭更向秦雲哭"，也想起《自京赴奉先縣詠懷五百字》裏杜甫"入門聞號咷，幼子餓已卒"時的心情。可見蕭先生在未寫《杜甫研究》《杜甫詩選注》以前早就熱愛杜詩，並體驗了杜甫在安史之亂中經歷過的苦難，也早就寫出了內容風格都近似杜甫的近體詩。①

又如作於 1943 年的《吊〈古詩歸〉》詩有云："前年來昆明，不謂喪杜甫。豈意今年來，《詩歸》復作古。《詩歸》實明刊，杜集出粵斧。"作者自注："廣刻五色朱批《杜工部集》（五家評本），以二百金售予母校精華圖書館。"

浦薛鳳於 1938 年吟成《讀史三律》，第三首曰：

> 天崩地坼運非窮，故國新胎轉變中。卅載貪私隨劫火，萬方血肉抗頑戎。求蘇百代漢家好，忍痛今朝玉瓦同。走馬昆侖東向望，波翻黑海夕陽紅。

作者承認"予此三首詩之短處，在講政理，在太牢實，在過淺顯，文學上之三忌也"，可又强調"但論其中客觀至理，則不易一字，敝帚

---

① 《蕭滌非杜甫研究全集》附編，第 27 頁。

自珍"。正是於此判斷,浦薛鳳毅然將這三首得意之作全部抄錄在回憶錄中。潘光旦的《四十三歲生朝》(五首),明顯比浦詩好多了。請看第一首:

> 轉眼重逢八一三,門前逝水去無還。舉頭不惑天行健,着
> 腳方知國步艱。已分窮愁關性命,任教破碎總河山。興邦多
> 難尋常事,看取前修憂患間。

此類表達抗戰必勝的詩作,在同時期作品中占很大比例。這是一種心情,更是一種自我期許,值此危難之際,確實需要此類信念與詩篇。至於詩藝如何,不是最爲要緊的。

今人陳平原在《説"詩史"——兼論中國詩歌的叙事功能》中提及:"'詩史'這麼一個稱號,不單屬於杜甫,而且屬於一批生活在民族存亡的緊要關頭,用詩筆記下民族的苦難與屈辱,表達民族的悲憤與希望的愛國詩人。他們崇拜杜甫,自覺繼承杜甫'窮年憂黎元''濟時肯殺身'的人格精神與'以韵語紀時事'的表現手法,形成中國文學史上獨特的'詩史'傳統。"①這一傳統的特點是,除了康有爲所説的"上念君國危,下憂黎民病。中間痛身世,慷慨傷蹉跎",更着重將"紀事"轉化爲"感事",故浦起龍稱杜詩"一人之性情,而三朝之事會寄焉者也"②。後世的讀者,很容易借助詩人的眼睛來捕捉民族危亡之際的社會心理,以及積澱在詩人主觀感覺中的時代氛圍,從一個更高的層次上把握歷史精神。抗戰期間西南聯大教授們的吟詠,也當作如是觀。

---

① "文化:中國與世界"編委會編《文化:中國與世界》第 2 輯,生活·讀書·新知三聯書店 1987 年版,第 45 頁。

② (清)浦起龍《讀杜心解·少陵編年詩目譜附記》,中華書局 1961 年版,第 61 頁。

　　這裏舉陳寅恪、魏建功、蕭滌非的三首詩（見下），看詩人如何以舊體詩形式，記録下大時代的精神氛圍以及讀書人的悲歡離合。

　　對於抗戰期間漂泊於西南的教授們來説，離開熟悉安謐的京津，踏上充滿未知數的征途，是關鍵性的一步。危難之際，除了民族大義，還得考慮個人生計、學術前程，以及一家妻兒老小的安頓等，並非説走就能走。如陳寅恪因妻子生病，獨自赴滇執教。從盧溝橋事變爆發，到絶大部分教授放棄安逸的家，離開北平南下，大約是四個月時間。每個人的情況不一樣，有人早走，有人晚走（不走的是少數），但在留北平閉門著述還是南下顛簸流徙之間，大都有過挣扎。讀吳宓、朱自清等人日記，以及各家回憶録，很能體會當年北大、清華教授那種糾結的心情，以及南下路上之艱辛。1940年 11 月 17 日，時寓居昆明青雲街靛花巷三號北京大學文科研究所的羅常培，撰寫並發表《臨川音系跋》，"作爲離平四年、久別妻子的一個紀念"。文中稱，七七事變後，自己"幽居在北平，閉門謝客，悲憤中只好借辛勤工作來遣日"，"每天總花去 5 小時以上來寫這本東西"。可心情很鬱悶，對於"是否應該每天關在屋裏還埋頭伏案地去做這種純粹學術研究"感到困惑，但又"不能立刻投筆從戎的效命疆場，也没有機會殺身成仁，以死報國"，直到接獲趙元任長沙來信，再加上胡適勸勉的詩句，明白確實是"天南萬里豈不太辛苦？因爲智者識得重與輕"，故趕緊南下。這個故事，羅常培 1948 年 12 月爲紀念北京大學五十周年而撰寫《七七事變後北大的殘局》，又講了一遍，不過這回納入一個大的時代背景，即北大教授是如何撤離北平的。在這個過程中，時任北大秘書長的鄭天挺表現極佳，而積極配合的有馬裕藻、孟森、湯用彤、毛子水、羅庸、陳雪屏、羅常培、魏建功等。中文系教授魏建功的"可憐落照紅樓影，愁絶沙灘泣馬神"，寫的正是此情此景。臨別北平，魏建功更是留下了《廿六年居圍城三月，女病猩紅熱，一家顛沛，忽又獨行投南，將行再作》：

居危入亂皆非計，別婦離兒此獨行；歡樂來時能有幾，艱難去路怖無名。文章收拾餘灰爐，涕淚縱橫對甲兵；忍痛含言一揮手，中原指日即收京。

對於當年無數拋妻別子、孤身南下的讀書人來說，這裏的"忍痛含言一揮手"，無疑是共同的記憶。

經歷了抗戰初期的亢奮，進入相持階段後，蟄居大後方的教授們生活異常艱苦，情緒更爲低落。陳寅恪 1940 年有詩云："淮南米價驚心問，中統銀鈔入手空。"朱自清則在感嘆"米鹽價逐春潮漲"的同時，"剩看稚子色寒飢"。在所有西南聯大教授描寫艱難的日常生活的舊體詩中，最值得引録的是蕭滌非的七絶《有適》：

妻行骨立欲如柴，索命癡兒逐逐來。却笑蒙莊方外客，也緣升斗要人哀。

同樣是寫日子艱難，此詩在悲痛、無奈與自嘲中，還有某種淡定、詼諧與自持，這更能體現那時讀書人的普遍心態。至於第二句，似乎對應此前的《早斷》——該詩序曰："抗戰以還，已有兩犢，而妻復孕，因議以予人。臥床仰屋，悲不自已，率爾成詠。"這首五律被朱自清推薦給《飲河》詩刊發表後，因其"沉痛真摯，讀之泪下"而廣受好評。

終於熬到了抗戰勝利，國人莫不歡呼雀躍，教授們更是熱衷於"有詩爲證"，請看陳寅恪的《乙酉八月十一日晨起聞日本乞降喜賦》：

降書夕到醒方知，何幸今生見此時。聞訊杜陵歡至泣，還家賀監病彌衰。國仇已雪南遷耻，家祭難忘北定詩。念往憂來無限感，喜心題句又成悲。

此詩辭意顯豁，態度明快，大凡中國讀書人，都會記得杜甫《聞官軍收河南河北》、賀知章《回鄉偶書二首》、陸游《示兒》，故閱讀不成障礙，這也是陳寅恪極少數寫成就交給報紙刊出且引起關注的詩作。可"家祭難忘北定詩"句有注"丁丑八月，先君臥病北平，彌留時猶問外傳馬廠之捷確否"，可謂古典與今典交相輝映，很具陳詩特色。

（二）入蜀學者對杜詩的共鳴

"戰亂"加上"入蜀"，中國讀書人很容易對杜詩產生共鳴而有吟唱。如 1940 年 7 月至 1941 年 9 月，朱自清因學術休假暫居成都，與蕭公權、浦薛鳳、葉聖陶等詩友唱和。1941 年 4 月 7 日作《聖陶爲言今年少城公園海棠甚盛，恨未及觀。適公權見和之作，有"各自看花一暢言"語，再疊前韻奉答，並示聖陶》有云："春訊委蛇來有脚，憂端澒洞欲齊山。"顯然是化用杜甫《自京赴奉先縣詠懷五百字》："憂端齊終南，澒洞不可掇。"將一句杜詩濃縮到一句中。又本年 5 月 10 日作《贈聖陶》詩，有云："曾無幾何參與商，舊雨重來日月將。"前句化用杜甫《贈衛八處士》："人生不相見，動如參與商。"後句化用杜甫《秋述》文："秋，杜子臥病長安旅次，多雨生魚，青苔及榻，常時車馬之客，舊雨來，今雨不來。"又於本年 6 月初作《伯鷹有詩見及，次韻奉酬》其二，有云："今世書生土不殊，雞棲獨乘日馳驅。"其前句即化用杜甫《大曆三年春，白帝城放船出瞿唐峽，久居夔府，將適江陵，漂泊有詩凡四十韻》："甲卒身雖貴，書生道固殊。"稍後作《答逖生見寄，次公權韻》，有云："幾日天河見洗兵？杜陵心事托平生。"化用杜甫《洗兵馬》："安得壯士挽天河，净洗甲兵長不用。"並借杜甫的"心事"托自己的"平生"。此時中華民族與日寇激戰正酣，詩人欲供杜甫的"心事"表達自己的理想。

1943 年底，陳寅恪一家離開昆明抵達成都，陳寅恪暫時任教燕京大學。與時在四川大學任教的李思純、後來燕京大學的吳宓等多有唱和。1944 年（甲申）舊曆正月初七人日遊成都西郊浣花溪畔杜甫故居遺址（按：據陳寅恪女兒回憶當日情形："全家與友朋結伴同遊父母嚮往已久的杜甫草堂，父母和美延出城後，坐上'雞公車'前往，以後難有機會再坐這種獨輪小車。"①），作有《甲申春日謁杜工部祠》②："少陵祠宇未全傾，流落能來奠此觥。一樹枯柟吹欲倒，千竿惡竹斬還生。人心已漸忘亂離，天意真難見太平。歸倚小車渾似醉，暮鴉哀角滿江城。""枯柟"，杜甫有《枯柟》詩。"千竿惡竹斬還生"句，用杜詩《將赴成都草堂途中有作先寄嚴鄭公五首》其四之"新松恨不高千尺，惡竹應須斬萬竿"。李思純有《陳寅恪寫示近詩，賦贈一首》即是和陳寅恪此詩。李詩云："滄海逢君玉貌英，華顛重聚錦官城。寶書百國韋編絶，柱史三唐炬眼明。應劫洪波沈此土，慰情悲願托來生。南枝雪下春機在，珍重梅花煉骨清。"③末句"珍重梅花煉骨清"即指杜甫草堂梅花。又，1944年11月，汪精衛死。12月17日，陳寅恪在成都存仁醫院作《阜昌》詩，口授給吳宓。其中"千秋讀史心難問，一局收枰勝屬誰"一聯之後句，是化用杜甫《秋興八首》之"聞道長安似弈棋，百年世事不勝悲"。即以弈棋喻時局。

　　1945年春，作有《乙酉春病目，不能出户。室中案頭有瓶供海

<hr>

　　①　陳流求等《也同歡樂也同愁：憶父親陳寅恪母親唐篔》，生活·讀書·新知三聯書店2010年版，第178頁。

　　②　趙案：陳寅恪初失明時手寫此詩題作《甲戌春日謁杜工部祠》："新祠故宅總傷情，滄海能來奠一觥。千古文章孤憤在，初春節物萬愁生。風騷薄命呼真宰，離亂餘年望太平。歸倚小車心似醉，晚烟哀角滿江城。"考"甲戌"，當是1934年。疑有誤。愚以爲此詩當爲草稿，亦是好詩。"新祠故宅"，指"杜工部祠"，即今杜甫草堂。"孤憤"，本是韓非所著篇題，借喻杜甫的孤高嫉俗。"真宰"，指宇宙主宰，或用杜甫《遣興二首》其一："天用莫如龍，有時繫扶桑。頓轡海徒湧，神人身更長。性命苟不存，英雄徒自强。吞聲勿復道，真宰意茫茫。"陳寅恪《清華大學王觀堂先生紀念碑銘》："表哲人之奇節，訴真宰之茫茫。"亦用杜詩。

　　③　《李思純文集·詩詞卷》，巴蜀書社2009年版，第1450頁。

棠折枝,忽憶舊居燕郊清華園寓廬手植海棠感賦》。李思純、曾廣珊、吳宓等有和詩。其中,李詩《陳寅恪海棠詩次原韻》尾聯云:"杜陵濺淚乾坤眼,付與香泥十里塵。"是以杜陵淚、寅恪淚互擬。1945年4月28日,又作《目疾未愈,擬先事休養,再求良醫。以五十六字述意,不是詩也》:"潁洞風塵八度春,蹉跎病廢五旬人。少陵久負看花眼,東郭空留乞米身。日食萬錢難下箸,月支雙俸尚憂貧。張公高論非吾解,攝養巢仙語較真。"其中"少陵久負看花眼",化用杜甫《小寒食舟中作》"老年花似霧中看"句①。4月28日,作《憶故居》(并序),此故居指南昌西山,其中有一聯:"破碎山河迎勝利,殘餘歲月送悽涼。"前句即用杜甫《春望》:"國破山河在,城春草木深。"

　　1944年9月30日,吳宓自昆明經貴陽來遵義,小住逾旬。時浙江大學在此,吳宓短暫訪友講學。9月到達成都的燕京大學。走前徐梵澄有《送雨僧先生入蜀》(1944年9月20日昆明):"工部祠堂倘懷古,數行爲寄浣花箋。"錢君敍《送吳宓詩人入蜀》:"青山有意留君住,珍重前程客裏秋。"並與繆鉞、陳寅恪、李思純、劉永濟、蕭公權等有唱和。如1944年10月,繆鉞在貴州遵義作《奉贈吳宓兄二十四韻》,有云:"學術時同異,交親有勝緣。晦庵尊子静,杜甫夢青蓮。已厭遊滇興,今乘入蜀船。"是借李杜友誼比己與吳宓的友情。1945年元旦,蕭公權作《雨僧兄移講成都賦贈二章乞教》,其一有云:"鬢霜劍外乍添絲,守道身嚴似舊時。……杜陸遝踪今有繼,風流儒雅亦吾師。"詩原注:"借用杜句。"

　　最有趣的是入蜀後改任四川大學教授的蕭公權,其《舟過夔州》,開篇就是"杜公避亂出峽去,我行因亂入峽來",而其中最值得

---

①　趙案:陳寅恪曾反復化用此句杜詩,如1946年將返國詩"老杜花枝迷霧影",1957年廣州京劇團詩之二"杜公披霧花仍隔";另,1964年反落花詩"遙望長安花霧隔",1966年元旦詩"小冠久廢看花眼"等,亦兼用此典。

關注的是："行踪先後已異致,詩史更愧無公才。"在回憶錄中,蕭公權提及:"我在未到成都之前已經有加緊學詩的打算。民國二十六年十一月中,我乘川江輪船西上,經過奉節縣時,作了一首七言詩。"説的便是此"詩史更愧無公才"。就像作者説的,"想'追陪'杜公,自屬狂妄,然而尚友古人,取法乎上,似乎也未可深責"。此等志向,不僅不該"深責",還須嘉許才是。西南聯大的教授們,雖無杜甫的詩才,但其吟詠合起來,也構成了某種意義上的"詩史"。

　　蕭滌非在 1936 年 10 月遠赴成都四川大學任教,與杜甫類似的境遇,使得他作有大量借杜甫抒懷的詩作。今傳《有是齋詩草》中錄有以下詩作:《初入蜀寄内》《桂湖謁升庵遺像,同楊筠如》《青神縣中岩寺有小峨眉之目》《重遊中岩寺》《雷音寺》《題峨山雷音寺居止》《雜詩二首》《遣悶》《啞巴歌》《將去峨眉留別程君瑞孫》等。蕭滌非先生從"萬里孤飛到錦城"的《初入蜀寄内》開始,整個抗戰期間撰寫詩篇,明顯都可見杜甫的影子。廖仲安在《憶蕭滌非師——兼述先生熱愛杜詩的精神》中稱,太平年代不覺得杜甫詩篇偉大,面臨巨大災難流離失所時,方特別體會杜詩的好處——"蕭先生當時强調熟讀杜詩,是和抗日戰爭那個'萬方多難'的歷史背景分不開的。"西南聯大教授中,像蕭滌非那樣日後成爲研究杜甫的專家其實不多;但只要吟詠,多少都會記憶起"感時花濺泪,恨別鳥驚心"的杜詩。如其《初入蜀寄内》詩云:"萬里孤飛到錦城,宦陳身世怕多情。無因得及閑花草,南北東西一例生。"此詩是寫給夫人黄兼芬女士,乃記新婚之別,亦是多處化用杜詩。

第二章　1949 年至 1976 年的杜甫研究

中華人民共和國成立後,受蘇俄文藝理論的影響,現實主義與人民性成了評價古典作家作品的兩把尺子,杜甫被送給了"人民詩人"的桂冠。1962 年的"世界文化名人"紀念活動給杜甫研究帶來了一個短期的熱潮,一度被忽視的杜詩藝術研究受到重視,然而不能排除迎合"兩結合"的東西。由於政治原因,1966—1976 年出現了一個異常冷落時期。特殊的時代出現了郭沫若《李白與杜甫》、劉大杰《中國文學發展史》(七十年代版)杜甫部分、梁效《杜甫的再評論》等"奇文"。歷史地實事求是地平議這段大起大落、受政治因素和文化思潮干擾嚴重的杜詩學史,並加以反思,吸取教訓,不苛求前人,又不爲尊者、賢者諱,是我們應具的學術態度。

第一節　新杜詩學體系的建立

二十世紀五十年代以來,大批杜甫研究者,如馮至、蕭滌非、傅庚生、馮文炳(廢名)、浦江清①、程雲青、劉開揚、繆鉞、萬曼等人力

---

① 浦江清(1904—1957),字君練,江蘇松江(今屬上海)人。1922 年入東南大學西洋文學系,1926 年畢業,由吳宓推薦爲清華學校研究院助教。1929年改任清華大學中國文學系助教,以佐陳寅恪,後升講師。1937 年任長沙臨時大學中文系教授。1938 年任西南聯合大學教授。1946 年任清華大學教授。1952 年改任北京大學教授。主要著作有《浦江清文録》《杜甫詩選》《中國文學史講義》等,主要論文有《八仙考》《花蕊夫人宮詞考証》等。

圖以馬克思主義建立新杜詩學,出現了不少專著。如馮至《杜甫傳》分十三章論述杜甫的生平與創作,力求言必有據、客觀公允,標志着杜甫研究的突破性進展。值得注意的是其"侍奉皇帝與走向人民"一章已開後來"立場轉變"之先路①。傅庚生《杜甫詩論》與蕭滌非《杜甫研究》兩部著作都以現實主義、人民性和愛國精神作爲分析杜甫的新標準,對杜甫和杜詩作了相當全面、系統的研究。傅著認爲在安史之亂中,杜甫的生活接觸到人民,思想接近人民,因而其詩較充分地表現了人民性和現實性,《北征》爲其轉折之標志。傅著一再强調杜甫是一步步走向人民的,有一個由"階級浪子"走向人民的轉變立場的過程,其人民性就表現於詩中的現實性和民主性。又結合時代論杜,對杜詩的主要藝術特徵"沉鬱"進行了頗爲詳盡的剖析,探究杜詩中情思與所詠事物之間的契合關係,確實爲新杜詩學的建立做出了不小的努力②。傅著出版後,曾在學術界掀起不小波瀾,商榷性的論文出現過不少,但都没有動搖"杜甫是人民的詩人"的觀點,因爲"人民性"與"現實主義"在當時甚爲時髦,成爲評價古典作家的重要尺子,正是在這時,杜甫被送上了"人民詩人"的桂冠。蕭著重視生活實踐這一中介環節,認爲時代的影響主要是人民的影響,杜甫通過生活實踐與人民交往,體會人民的哀樂而接受其情感,"學習"和采用"人民語言",更有力更逼真地反映現實生活與人民疾苦。值得注意的是蕭著特意將杜甫困守長安時期獨立析出,認爲這是杜甫靠近人民的一個契機,貧困的生活使之成爲一個憂國憂民的詩人。同時,同一時代環境對詩人的影響程度還取决於詩人自己的"生活實踐、思想意識",如同樣

---

①　馮著先以《愛國詩人杜甫傳》爲題連載於《新觀察》雜志1951年第2卷第1—12期,1952年人民文學出版社出版單行本時易名《杜甫傳》。

②　傅庚生《杜甫詩論》,上海文藝聯合出版社1954年初版,中華書局上海編輯所1959年出版修訂本。

經歷安史之亂的王維,就没有反映人民苦難的作品。蕭著又指出杜甫仍屬封建士大夫,其思想根源是儒家——主要指其入世有爲的積極精神。杜甫的思想處於忠君與愛民矛盾之中,在特定條件下,"時危思報主"與"濟時肯殺身"、"日夕思朝廷"與"窮年憂黎元"之間存在着統一性:"'報主'之中有'濟時','濟時'之中也有'報主';'思朝廷'是爲了'憂黎元','憂黎元'所以就得'思朝廷'。"①又將傳統的民胞物與的仁者精神提高到人道主義來認識,把它作爲老杜的基本思想,一部杜詩便是"我能剖心血……一洗蒼生憂"的具體實踐②。然而不可諱避,由於政治、文化思潮的影響,兩著在杜甫對人民的態度及李、杜關係評價問題,對個別詩的解析等方面都存在着時代的局限性。

一、對杜甫思想和世界觀實質的討論

杜甫思想和世界觀的實質問題,雖然早在二十世紀上半葉就有學者進行過探討,而且二十世紀八十年代以後也還不時有人論及,但從討論的規模和激烈的程度看,無疑以二十世紀五六十年代爲最。

二十世紀五十年代初較早用新觀點來評述杜甫思想和詩歌藝術的文章是顏默(廖仲安)的《談杜詩》,作者認爲杜甫雖然具有時代階級局限,但是他的"政治抱負是具有深厚的人道主義色彩的","是必須肯定的",當作者讀到"安得廣廈千萬間"時,"感到杜甫心裏沸騰着的改變這個使千萬人凍餓的世界的自發的激情,是如何地需要政治覺悟的支援啊!"稍後,劉大杰在《杜甫的道路》中也指出,杜甫"在社會實際生活的體驗中,逐步地從浪漫的空氣和個人的小天地裏解放出來,走向人民,走向現實主義的道路","成爲人

①　蕭滌非《杜甫研究》再版前言,山東人民出版社 1959 年版。
②　蕭滌非《杜甫研究》,第 54 頁。

民喉舌的詩人"①。而西北大學中文系杜詩研究小組撰寫的《論杜甫的世界觀——杜甫研究第二章》則從杜甫世界觀的形成、發展及其社會根源,杜甫世界觀中矛盾的複雜性和主要矛盾,杜甫的世界觀是在矛盾中發展的,人民力量對杜甫世界觀的作用等多方面,對杜甫的思想和世界觀進行了比較深入、系統的分析,文章最後認爲:"杜甫是一位偉大的人民的詩人。在很大的程度上,他反映了封建社會中深受壓迫,然而還沒有覺悟起來的廣大農民的思想意義;他表現了他們的力量和局限,民主、天真的幻想和保守、落後的腳步。另一方面,也由於詩人沒有最終地、徹底地背叛了自己的階級,所以在他的思想上又保留着統治階級的偏見,對他的生活與創作,都帶來了不利的影響。"

當時一些杜甫研究著作也用馬列主義來分析杜甫的崇高理想和世界觀中的進步性。如馮至寫作《杜甫傳》旨在揭示出杜甫是"怎樣從炫耀自己的家族轉到愛祖國,從抒寫個人的情感轉到反映人民的生活,他怎樣超越了他的階級的局限,體驗到被統治、被剝削的人們的災難"的思想歷程②。傅庚生的《杜甫詩論》有一章是專論"杜甫的人民性"的,作者指出,"走向人民,處處爲人民設想,替人民講話,是詩人杜甫詩歌創作的特異之處","杜甫跳出了他自己的階級,投向人民的隊伍裏,把他的聰明才智和具有極成熟、極強烈的表現力及感染力的一支詩筆,跟人民的需要結合起來了,從此他的詩裏的人民性得到比較充分的發展,也發揮了戰鬥的作用,終於成就了它的偉大"③。蕭滌非的《杜甫研究》也認爲,杜甫思想的主要來源是儒家思想,但是,"由於杜甫一方面能繼承儒家思想

---

① 　《劉大杰古典文學論文選集》,湖南人民出版社 1984 年版,第 148、149頁。按:劉大杰寫《杜甫的道路》的時間是 1953 年 4 月。

② 　馮至《杜甫傳》,浙江文藝出版社 2021 年版,第 1 頁。

③ 　傅庚生《杜甫詩論》,上海文藝聯合出版社 1954 年版,第 87 頁。

的若干優點,同時在某些點上又能突破儒家一些老教條的局限,因而終於成爲偉大的人民詩人"①。作者還指出,杜甫的進步思想主要有人道主義的思想、熱愛祖國的思想、熱愛人民的思想、熱愛勞動的思想、無貴無富的思想等。

綜觀這一時期的杜甫研究,學者們將杜詩的寫實性由傳統"詩史"的認識提高到"現實主義的創作方法",無疑是一個進步,傅、蕭二著的解析也基本符合杜甫創作實際。但隨後不久出現了將中國文學史研究歸結爲"現實主義與反現實主義鬥争"的模式,杜甫在各種文學史中成爲"現實主義"的代表作家,而杜詩極大的豐富性和多層次性就被人爲地忽視了。二十世紀五十年代後期,中國政治上的浪漫激情直接導致了"革命的浪漫主義"與"革命的現實主義"相結合的創作方法的出現,且極大地影響到杜甫研究。這是不可諱言的:古代的作家,即使是經典作家,也没這麽神;言志、抒情是他們的根本詩道。

二、錢鍾書論杜詩

錢鍾書被譽爲"文化崑崙"。他在《管錐編》《談藝録》《七綴集》等著述中談及杜甫及其詩作,體現其杜詩觀。廣闊的理論視野和洞悉深微的藝術眼光,給予杜甫極高的評價。

(一)詩尊子美

錢鍾書說"詩尊子美",至少見於其《談藝録》與《七綴集》兩部著作。《談藝録》(補訂版)第 106 頁:"余作《中國詩與中國畫》一文,説吾國詩畫標準相反;畫推摩詰,而詩尊子美,子美之於詩,則吴道子之於畫而已。"《七綴集》雖於 1985 年出版,其中《中國詩與中國畫》一文,其寫作時間約爲 1948 年(參《七綴集》附録《舊文四篇》原序),正是錢鍾書學術思想成熟,詩歌、小説以及《談藝録》寫

---

① 蕭滌非《杜甫研究》(修訂本),齊魯書社 1980 年版,第 46 頁。

作處於巓峰狀態期内。《中國詩與中國畫》認爲,中國繪畫的正宗、正統南宗畫的創始人是大詩人王維,他"坐着第一把交椅。然而舊詩傳統裏排起坐位來,首席是輪不到王維的。中唐以後,衆望所歸的最大詩人一直是杜甫。借用克羅齊的名詞,王維和杜甫相比,只能算'小的大詩人',而他的並肩者韋應物可以説是'大的小詩人'"。接着舉出下列論據,來證明杜甫代表中國詩的正統:

1. 元稹《故工部員外郎杜君墓係銘》稱杜甫"能兼綜古今之長";2. 宋祁《新唐書·杜甫傳》與元稹一致;3. 孫何《文箴》"杜統其衆"論,"統"即"兼綜";4. 秦觀《韓愈論》比杜甫於"集大成"的儒宗孔子;5. 晁説之《和陶引辯》比曹、劉、鮑、謝、李、杜之詩爲"五經","天下之大中正";6. 吳可《藏海詩話》"以杜爲正經";7.《朱子語類》稱李、杜爲學詩者的"本經";8. 陳善《捫虱新語》"老杜詩當是詩中《六經》,他人詩乃諸子之流也";9. 吳喬《圍爐詩話》卷二有"杜《六經》"之稱;10. 蔣士銓《忠雅堂文集》卷一《杜詩詳注集成序》:"杜詩者,詩中之《四子書》也。"11. 潘德輿《作詩本經序》"詩足紹《三百篇》者,莫若李、杜";12. 潘氏另一書《李杜詩話》:李、杜好比儒家孔、孟,一個"至聖",一個"亞聖","還是杜甫居上的"。最後,加以總結:"因此,舊詩的'正宗'、'正統'以杜甫爲代表。神韵派當然有異議,但不敢公開抗議,而且還口不應心地附議。"《中國詩與中國畫》是錢先生一篇著名的論文,《談藝録》又經歷近半個世紀的考驗,作了補訂修正,錢先生一以貫之,始終認爲杜甫代表了中國詩的傳統。請注意結尾"我們首先得承認這個事實",這是五千年中華文明的結晶,是五千年間民族文化發展自然而然形成的傳統,這裏没有任何個人的偏好的因素。請別把這一客觀存在的"事實",又與二十世紀八十年代一度聚訟紛紜的"李杜優劣論"混爲一談。學術研究本以理性爲主,理性的精神就是應尊重客觀存在的"事實"。一旦夾雜個人的主觀偏愛,就易失去理性,偏離事實,墜入幻想夢境,至多只是個人的感受而已。至於何謂傳統,《中國詩與中國畫》開頭就指出：“一時期的風氣經過長時期而能持續，沒有根本的變動，那就是傳統。”傳統形成文藝風氣，“這個風氣影響到他對題材、體裁、風格的去取，給予他以機會，同時也限制了他的範圍。就是抗拒或背棄這個風氣的人也受到它負面的支配。”可見傳統幾乎對所有的人有重大的影響力。我們從聞一多、錢鍾書、馮至、老舍等受歐風美雨洗禮的人，無不受杜甫的巨大影響，便容易理解這一理論。當然，風氣首先與時代大環境有關。聞一多、錢鍾書、馮至等自國外返回中國，都恰逢抗日戰爭。多災多難的國運民生，成爲一股强勁的東風，使這些受過歐風美雨洗禮的文人自然而然地親近杜甫，聞一多、馮至在杜甫研究上作出了重大貢獻，老舍的創作也轉向現實主義(詳參《杜甫研究學刊》總第五十期廖仲安《記抗戰時期三位熱愛杜詩的現代作家和學者》一文，廖先生記及馮至、老舍、蕭滌非；還提及聞一多、吳晗、潘光旦)；至於錢鍾書先生的詩學觀念變化、詩歌創作變化，則更能證明杜甫作爲中國詩歌正統代表的巨大影響。

（二）《談藝録》中的杜詩學

1938 年，錢鍾書被清華大學破例聘爲教授，次年轉赴國立藍田師範學院任英文系主任，並開始了《談藝録》的寫作。1941 年，珍珠港事件爆發，錢鍾書被困上海，任教於震旦女子文理學校，其間完成了《談藝録》《寫在人生邊上》的寫作。因而，《談藝録》第五一則《七律杜樣》關於杜詩的評論也可歸在這一時期[①]。

杜甫是最早的成熟的七律大家，影響後世既久且深。所以錢鍾書專門加以探討，他認爲“少陵七律兼備衆妙，衍其一緒，胥足名家”。而“世所謂‘杜樣’者，乃指雄闊高渾，實大聲弘”一類，如杜律名句“萬里悲秋長作客，百年多病獨登臺”；“海內風塵諸弟隔，天

---

① 錢鍾書《談藝録》，生活·讀書·新知三聯書店 2001 年版，第 533—537 頁。

涯涕泪一身遥”；“指麾能事回天地，訓練强兵動鬼神”；“旌旗日暖
龍蛇動，宮殿風微燕雀高”；“錦江春色來天地，玉壘浮雲變古今”；
“風塵荏苒音書絶，關塞蕭條行路難”；“路經灩澦雙蓬鬢，天入滄浪
一釣舟”；“伯仲之間見伊吕，指揮若定失蕭曹”；“三峽樓臺淹日
月，五溪衣服共雲山”；“五更鼓角聲悲壯，三峽星河影動摇”一類。
這一類詩即是“杜樣”，應該是“主樣”，是杜律“肥”體，屬於剛健的
風格。錢鍾書這樣的論述，宏觀微觀緊密結合，像連珠炮一樣，排
山倒海，具有極强的説服力。七律是近體中最難寫、實用應酬又是
常常非寫不可的一種體裁。中國詩發展至杜甫，終於出現集大成
者，衆妙兼備，只學其一，便能成爲名家。七律武庫中十八般兵器，
杜甫皆爛熟於胸，都有典型之代表作，學杜者只取其一，便是七律
中的有特色之人。

　　杜律中還有一類風格是“細筋健骨、瘦硬通神”的，宋代江西派
的“三宗”（黄庭堅、陳師道、陳與義）所仿效得法的基本上是“杜律
之韌瘦者”，即杜律“瘦”體。如“陳後山（師道）之細筋健骨，瘦硬
通神，自爲淵源老杜無論矣”。又如元末明初的楊維楨在杭州嬉春
俏唐之體，也是從杜甫寫春的律句而來，楊“以生拗白描之筆，作逸
宕綺仄之詞”，“亦學而善變進也”。

　　只有晚唐大家李商隱能夠全面學習杜律，“七律亦能兼兹兩
體”。如杜甫有名聯“幸不折來傷歲暮，若爲看去亂鄉愁”（《和裴
迪》），李商隱詩句“重吟細把真無奈，已落猶開未放愁”（《節日》）
與其機杼相同。而後世傳誦的是他學習杜甫“雄亮”的諸聯，如“永
憶江湖歸白髮，欲回天地入扁舟”（《安定城樓》）與杜甫“路經灩預
雙蓬鬢，天入滄浪一釣舟”（《别李劍州》），“雪嶺未歸天外使，松州
猶駐殿前軍”（《蜀中離席》）與杜甫“雪嶺獨看西日落，劍門猶阻北
人來”（《秋盡》）等，句法顯然相當。這些律句，意境雄闊，高遠渾
厚，平仄協律，雖爲偶聯，却扎實充足，讀來自然使人爲之振奮。杜
甫作出了榜樣，李商隱成爲幾乎是唯一的登堂入室的弟子，難怪能

獲王荆公贊嘆。

北宋已是自覺地尊杜、學杜時代，故"七律杜樣"得到更多的實踐模仿的機會。所以，下至北宋，歐陽修有"滄波萬古流不盡，白鳥雙飛意自閑"、"萬馬不嘶聽號令，諸蕃無事樂耕耘"，蘇東坡有"令嚴鐘鼓三更月，野宿貔貅萬灶烟"。此皆模仿杜"旌旗日暖"、"五更鼓角"諸聯而來。

至南宋，陳與義流轉兵間，身世與杜甫相類，故其七律似之，如："天翻地覆傷春色，齒豁頭童祝聖時"；"乾坤萬事集雙鬢，臣子一謫今五年"；"登臨吴蜀橫分地，徙倚湖山欲暮時"；"五年天地無窮事，萬里江湖見在身"；"孤臣白髮三千丈，每歲烟花一萬重"。雄偉蒼楚，兼而有之；雖被譏爲"學杜得皮"。給予南宋陳與義學杜甫七律很高的評價。

至陸游哀時吊古詩，亦時仿此體，諸如："萬里羈愁添白髮，一帆寒日過黄州"；"四海一家天歷數，兩河百郡宋山川"；"樓船夜雪瓜洲渡，鐵馬秋風大散關"；"細雨春蕪上林苑，頹垣夜月洛陽宫"。然而陸詩"逸麗有餘，蒼渾不足，至多使地名，用實字，已隱開明七子之風矣"。很顯然，錢鍾書的七律美學標準中，蒼渾雄闊高於逸麗細緻。杜甫七律之所以成爲歷代摹寫的範本，除"兼備衆妙"，就是"雄闊高渾，實大聲泓"，那是七律至醇至美的境界。

遠在北方的金元之間元好問，是杜詩學史上公認的學杜名家，"杜詩學"就是他首先提出的。錢先生對其七律評價却遠比一般的細緻周到：至好問，其遭際視簡齋愈下，其七律亦學杜之肥，不學杜之瘦，尤支空架，以爲高腔。如《橫波亭》詩之類，枵響窾言，真有"甚好四平戲"之嘆。然大體揚而能抑，剛中帶柔，家國感深，情文有自。

明代詩學唐調，仿杜詩，更掀起高潮。但錢鍾書一一鑒別，仔細品味，所作結論更切合實際。因而説：及夫明代，李夢陽、李攀龍繼之，王世貞之流，承趙孟頫"填滿"之説，仿杜子美雄闊之體，不擇時地，下筆伸紙，即成此調。窮流溯源，陳與義、元好問，實爲之先導。故明人雖不取宋詩，而每能賞識陳與義詩。胡應麟《詩藪·外編》卷五云：“南宋古體推朱元晦，近體無出陳去非。”陳去非就是陳與義。又云：“師道得杜骨，與義得杜肉。”又云：“陳去非弘壯，在杜陵廊廡。”蓋朱子學《文選》，陳與義學杜詩，蹊徑與明七子相似。很明顯，明人特別是七子是通過陳與義學杜甫。然而，這些人學杜之雄闊，由於缺乏杜甫的生活、才力，故流於空喊空叫，刻板地按七律平仄規律在作填充，並無真情實感。此類學杜，與元遺山相比，則等而下之了。

清人陸祁孫《合肥學舍札記》卷六有云：“工部七律二種。‘幸不折來傷歲暮，若爲看去亂鄉愁。’義山而後，久成絶調。‘伯仲之間見伊吕，指揮若定失蕭曹。’務觀、裕之、獻吉、臥子尚能學之。”錢鍾書認爲，第一種句宋人如陳後山、曾茶山（幾）皆能學之。祁孫失之未考耳。

在如此短的一章一節之中，對“七律杜樣”的歷史作了梳理，對唐、宋、金、元、明、清的各派各家的影響，作了歷史的、美學上的評價，這需要多少才、識、力，讀者是可以想象的，很像是一篇“杜後七律學簡史”。

（三）《管錐編》中的杜詩學

《管錐編》是錢鍾書 1960 至 1970 年代寫作的古文筆記體著作，由於體例的原因，與《談藝錄》放在一起。研究《管錐編》中的杜詩學對新杜詩學體系的建立是有大的幫助的。可惜，對《管錐編》中的杜詩學的研究尚很不系統，更不深入。這裏也只是做一大略勾勒。《管錐編》一書把整個的中國傳統文學與西方文學聯繫了起來。《管錐編》所論，涉及中國古代經典各大門類。經部：1.《周易正義》；2.《毛詩正義》；3.《左傳正義》；史部：4.《史記會注考證》；子部：5.《老子王弼注》；6.《列子張湛注》；7.《焦氏易林》；集部：8.《楚辭洪興祖補注》；9.《太平廣記》；10.《全上古三代秦漢

三國六朝文》。《管錐編》中所引證的西文著作約 1 700 至 1 800
種,所引作家約 1 000 人。

《七綴集》曾云:"中唐以後,衆望所歸的最大詩人一直是杜
甫。"(第 22 頁)的確,錢先生在《談藝録》亦强調:"余作《中國詩與
中國畫》一文,説吾國詩畫標準相反,畫推摩詰,而詩尊子美,子美
之於詩,則吴道子之於畫而已。"(第 318 頁)而《管錐編》對杜詩的
評論没有專論,而是散見於其中。可是不能由此忽視它。

首先是立足於文本的評論。談及杜詩,從不做空洞的理論陳
述或用抽象的理論進行單純説理,而是立足於杜詩文本,進行評析
鑒賞。如在《全後漢文》卷八九增訂中,以杜甫《法鏡寺》和《五盤》
爲例,分析杜詩的曲盡情事:

> "神傷"乃大綱,"愁破"是小目,"愁"暫"破"而"神"仍
> "傷";行邁未已,道梗且長,前途即有"不敢取"之"微徑"在。
> (第五册第 82 頁)

最後得出結論:

> 蓋悦山樂水,亦往往有苦中强樂,樂焉而非全心一意者。
> 蓋視爲逍遥閒適,得返自然,則疏鹵之談爾。(第五册第
> 82 頁)

所用方法:(1)對杜詩字句的精辟闡釋。重視詩中"零星瑣碎的東
西",認爲往往詩中三言兩語,是詩人的精辟見解,含蕴着新鮮的藝
術理論,值得重視,分析杜詩時也不能例外。如在《史記會注考証》
四九《司馬相如列傳》一文中提到"蕭條異代不同時"(《詠懷古迹
五首》其二):"曰'不同時'而復曰'蕭條異代',重言以申明望古遥
集之恨也。"(第 360 頁)《望嶽》之"决眦入歸鳥"之"决":

"決",裂也,眦裂則目不全矣。曹植《冬獵篇》之"張目決眦",則與杜甫《望嶽》之"決眦入歸鳥"同意,皆言遠眺凝視,"決",絕也,如"絕頂"、"絕域"之"絕","決眦"即窮極目力也。(第363頁)

(2)博證的鑒賞。廣泛采集大量文獻資料相互印證,並用對比手法。如在《全漢文》卷一五舉《聞官軍收河南河北》談哭樂關係:

> 雖先曰"初聞涕泪滿衣裳",後曰"漫捲詩書喜欲狂",實同《喜達行在所》之"喜心翻倒極,嗚咽泪沾巾","初聞"之"涕泪"即"喜心翻倒"之"嗚咽",故"喜欲狂"乃喜斷而復續,非本悲而轉新喜也。(第886頁)

這是以杜詩證杜詩。

同樣是在《全上古三代文》卷三中,以王勃《采蓮賦》"畏蓮色之如臉,願衣香兮勝荷"句與杜甫《有事於南郊賦》之"曾何以措其筋力與韜鈐,載其刀筆與喉舌"互證,指出"王則上句先物後人,而下句先人後物;杜適反是"(第858頁)。

二是杜詩在語言與心靈上達到了自由契合。如《全漢文》卷一六評《垂老別》"孰知是死別,且復傷其寒":

> 言哀寒與死不復回,同於白也,十字之中,意蘊而暢,詞省而達,理順而無板障。

又評《春日憶李白》結句"何時一樽酒,重與細論文":

> 或以爲微詞諷白之粗疏,誠屬附會,然若白此篇之"詩律"欠"細",正未容諱飾。(第896頁)

又如在《全後魏文》中提到，盧元明《劇鼠賦》中"眼如豆角中劈"之"劈"字，猶如杜甫《胡馬》"竹批雙耳"之"批"。王應奎《柳南續筆》卷二《杜詩注》言"竹批"有四解，錢湘靈主"耳欲如批竹"之說，實源於《要術》耳。

三是強調文本的歷史文化環境。他在《全晉文》一文中評杜甫《至後》詩："愁極本憑詩遣興，詩成吟詠轉淒涼。"因作文而心又興感，哀樂雖爲私情，文章則是公器，作者獨自深念，庶幾成章問世，讀者齊心公感，親切宛如身受。

重傳承。如第一八八則《全齊文》卷一九評杜詩《宿府》："永夜角聲悲自語，中天月色好誰看！"又《蜀相》："映階碧草自春色，隔葉黃鸝空好音。""兩聯出句即'不管有人聽'、'白爾爲住音'也，而對句之'空好'、爲'誰'好，又即孔稚珪《移文》所致慨也。兩意各以七字分詠，得以聚合映射於一聯之中，此亦讀杜之心解也。"（第1352頁）

又如杜甫《寫懷》詩"無貴賤不悲，無富貧亦足"。乃本阮籍《大人先生傳》"夫無貴賤者不怨，無富則貧者不爭，各足於身而不求也。"又如《奉贈王中允》："中允聲名久，如今契闊深。""契闊"應當親近解，而仇注引毛、鄭"勤苦"之解，失之遠矣。參考欠周，文理亦疏。

四是重視杜詩的美刺價值。如《詠懷古迹五首》之"羯胡事主終無賴"，當是借庾信陳古刺今，以指責貳臣。《兵車行》是承"詩序"之旨。

重藝術技巧。如《秋興八首》之"叢菊兩開他日淚"之"他日"一詞極妙，乃不盡信書而求之當時語。評《貧交行》《莫相疑行》句駢儷，妙手拾得，不乞諸鄰，以曲喻代直陳耳。避諱常顧此忽彼。

五是對杜詩褒貶評論。如在一三〇則《全晉文》卷八四評："杜甫《佳人》'絕代有佳人'，亦避唐太宗諱，改李延年歌詞之'世'爲'代'，而下云'世情惡衰歇'，却犯諱而不曰'人情'、'俗情'。連行隔句,失照如此!"(第 1161 頁)在第八一則《全後漢文》卷八二篇中談"唐之詩流'誤用'如楊炯、李頎、杜甫、元稹,不一而足":

> 杜甫《贈獻納起居田舍人澄》:"揚雄更有《河東賦》,唯待吹噓送上天",尤成後世文士干乞套語,復舉散文二例。《全唐文》卷六三四李翱《感知己賦》:"許翱以拂拭吹噓";卷六七四白居易《與陳給事書》:"率不過有望於吹噓拂拭耳。"然唐人亦有未背本義,逢俗希古者,如《全唐文》卷一六六盧照鄰《雙槿賦》:"柔條朽幹,吹噓變其死生";卷五八五柳宗元《天對》:"噓炎吹冷,交錯而功。"韓愈《苦寒》:"炎帝持祝融,呵噓不相炎";噓溫之異於吹冷尤明。(第 1022 頁)

明顯是對杜詩表示不滿。

(四)《槐聚詩存》中的杜詩學

《槐聚詩存》是錢鍾書的一本詩詞合集,彙集了 1934 年至 1991 年的作品,其中有"還鄉雜詩"、"牛津公園感秋"、"窗外叢竹"、"秋心"、"王辛蒂寄茶"、"閱世"、"代擬無題七首"等,人民文學出版社 2012 年出版(引文用此版)。早於此,生活·讀書·新知三聯書店於 2002 年出版編年體本。在他的詩學歷程中,自覺不自覺地學習杜詩,融化杜詩,以特有的形式構築着杜詩學框架。

《槐聚詩存》之《序》中說明了啓蒙階段自學清詩的情狀:"余童時從先伯父與先君讀書,經、史、'古文'而外,有《唐詩三百首》,心焉好之。獨索冥行,漸解聲律對偶,又發家藏清代名家詩集泛覽焉。及畢業中學,居然自信成章,實則如鸚鵡猩猩之學人語,所謂'不離鳥獸'者也。"錢鍾書學詩,自唐切入,由唐及清,掌握了作詩訣竅,尤以近體爲主。這篇《序》作於"大病"之後,雖過分簡略,倒是說出了自己的詩學歷程。

據吳仲匡《記錢鍾書先生》,錢鍾書"19 歲始學爲韵語,好李義山、仲則風華綺麗之體,爲才子詩,全恃才華爲之,曾刻一小册子。其後遊歐洲,涉少陵、遺山之庭,眷懷家國,所作亦往往似之。歸國以來,一變舊格,煉意煉格,尤所經意,字字有出處而不尚運典,人遂以宋詩目我。實則予於古今詩家,初無偏嗜,所作亦與爲同光體以入西江者迥異。倘於宋賢有幾微之似,毋亦曰唯其有之耳。自謂於少陵、東野、柳州、東坡、荆公、山谷、簡齋、遺山、仲則諸集,用力較劬,少所作詩,惹人愛憐,今則用思漸細入,運筆稍老到,或者病吾詩一‘緊’字,是亦知言”①。

簡而言之,在《唐詩三百首》啓蒙之後,他經歷了四個階段:第一,才子詩,學習對象爲李商隱、黃仲則。第二,學習杜甫,寫憂國憂民之詩。第三,寫宋詩。學習對象以黃庭堅爲主。《談藝錄》留下大量記錄。由於黃是蘇軾門生,故這一階段對東坡詩也有鑽研。第四,以宋詩爲功底,泛覽百家,自成一家。《談藝錄》云“唐詩多以丰神情韻擅長,宋詩多以筋骨思理見勝”②,從《槐聚詩存》總體風貌來看,錢先生詩作受宋詩影響更大些。總之,影響錢鍾書詩學觀的中國古典詩人中,李商隱、王安石、黃庭堅、元好問等都是深受杜甫影響的詩人。在他看來,中國詩的正統代表是杜甫。

錢鍾書“涉少陵之庭”之作很多,我們尋檢《槐聚詩存》就會發現不少。如寫於 1934 年的《還鄉雜詩》有云:“索笑來尋記幾回,裝成七寶炫樓臺。”“索笑”,尋索歡笑,便是化用杜甫《舍弟觀赴藍田取妻子到江陵喜寄三首》其二:“巡簷索共梅花笑,冷蕊疏枝半不禁。”又《薄暮車出大西路》:“眺遠渾疑天拍地,追歡端欲日如年。”化用杜甫《九日登梓州城》:“追歡筋力異,望遠歲時同。”又寫於 1935 年的《秣陵雜詩》有云:“非古非今即事詩,杜陵語直道當時。”“非古非今即事詩”,化用杜甫《曲江三章章五句》之“即事非今亦

---

① 《中國文化》1989 年第 1 期,第 198—199 頁。原載《隨筆》1988 年第 4 期。
② 《談藝錄》一《詩分唐宋》,中華書局 1984 年版,第 2 頁。

非古,長歌激越捎林莽,比屋豪華固難數"。而"杜陵語直道當時",即化用元稹《酬李甫見贈十首》評杜甫的詩:"憐渠直道當時語,不着心源傍古人。"錢先生此詩,不是懷古,而是即事。詩中提到杜甫"語直道當時"的《曲江三章》也是組詩,也是即事詩。

1935年4月,錢先生在清華考取留學資格,8月就讀牛津大學。時堂弟鍾韓已就讀倫敦帝國理工大學學院研究生院兩年,因有晤弟之舉。其詩《倫敦晤文武二弟》云:"見我自鄉至,欣如汝返鄉。看頻疑夢寐,語雜問家常。既及尊親輩,不遺婢僕行。青春堪結伴,歸計未須忙。"其中"看頻疑夢寐",化用杜甫《羌村三首》:"夜闌更秉燭,相對如夢寐。""青春堪結伴",反用杜甫《聞官軍收河南河北》:"白日放歌須縱酒,青春作伴好還鄉。"又如《牛津公園感秋》有云:"彌望蕭蕭木落稀,等閒零亂掠人衣。"乃是化用杜甫《登高》詩:"無邊落木蕭蕭下,不盡長江滾滾來。"

又如寫於1936年的《清音河(La Seine)河上小橋(Le Petit Pont)晚眺》詩有云:"但得燈濃任月淡,中天盡好付誰看。"其中"中天盡好付誰看",化用杜甫《宿府》:"永夜角聲悲自語,中天月色好誰看。"(參前評論,看來對此詩理解深且有體會)國人有濃重的月亮情結,可是,錢、杜在此都不是賞月:杜的詩境是角聲嗚咽,戰事不息,無心賞月;錢的詩境是遠在異國他鄉,故國陸沉,亦無心賞月。兩人一片故國之思,盡從不賞月出。1937年,百感交集,寫下了《讀杜詩》:

> 何處南山許傍邊,茫茫欲問亦無天。輸渠托命長鑱者,猶有桑麻杜曲田。
> 漫將填壑怨儒冠,無事殘年得飽餐。餓死萬方今一概,杖藜何處過蘇端!

前者化用杜甫《曲江三章章五句》其三詩意:"自斷此生休問天,杜曲幸有桑麻田,故將移住南山邊。短衣匹馬隨李廣,看射猛虎終殘年。"同時,又用《乾元中寓居同谷縣作歌七首》"長鑱長鑱白木柄,我生托子以爲命"之意。杜曲,即少陵,杜家在此有田産。後者很難説哪裏化用杜詩哪一句,而是交叉化用,總體上説:化用了杜甫《醉時歌》:"但覺高歌有鬼神,焉知餓死填溝壑。"《奉贈韋左丞丈二十二韵》:"紈袴不餓死,儒冠多誤身。"《病後過王倚飲贈歌》:"但使殘年飽吃飯,只願無事長相見。"《秦州雜詩二十首》其四:"萬方聲一概,吾道竟何之。"蘇端,是杜甫在鳳翔時的好友,其《雨過蘇端》有云:"杖藜入春泥,無食起我早。諸家憶所歷,一飯迹便掃。蘇侯得數過,歡喜每傾倒。"錢詩是反用杜詩,言此時無朋友可過,境況實不如當年的杜甫。全是化用杜詩,以表達自己的感受。

又作於 1938 的《哀望》:

> 白骨堆山滿白城,敗亡鬼哭亦吞聲。熟知重死勝輕死,縱卜他生惜此生。身即化灰尚齎恨,天爲積氣本無情。艾芝玉石歸同盡,哀望江南賦不成。

此詩寫日軍殘暴,遣詞造句全從杜詩學來。杜甫在安史亂中,做過俘虜,吟過"國破山河在","麻鞋見天子",逃難避亂,都是親身經歷的悲痛遭遇,詩人寫來格外真摯動人,有驚天地泣鬼神之魅力。錢鍾書畢竟身在歐洲,或只有湘西後方教書,沒有像杜甫那樣有入地獄般的經歷,所以即使認真學杜,詩的感染力大不如杜甫。這類詩的藝術魅力是由生活而不是技巧決定的。杜甫《倦夜》:"竹涼侵臥內,野月滿庭隅。重露成涓滴,稀星乍有無。暗飛螢自照,水宿鳥相呼。萬事干戈裏,空悲清夜徂。"此詩爲廣德二年秋成都作。詩人憂國憂民的深情如此真摯、真實,實在感人。特別是"暗飛螢自照"給了錢鍾書重大的影響。

又如作於 1939 年的《午睡》:"一聲燕語人無語,萬點花飛夢逐飛。"便是化用杜甫《曲江二首》其二："一片花飛減却春，風飄萬點正愁人。"《叔子寄示讀近人集題句縢以長書盡各異同奉酬十絶》："自關耆舊無新語，選外蘭亭序未聞。"化用杜甫《解悶十二首》其六："即今耆舊無新語，漫釣槎頭縮頸鯿。"其"當前杜老連城璧，肯拾涪翁玉屑來"，出自元好問《論詩絶句三十首》其十："少陵自有連城璧，奈何微之識珷玞。"其"摩詰文殊同説法，少陵太白細論詩。他年誰繼容齋筆，應恨蕭條不並時"，前兩聯化用杜甫《春日憶李白》："何時一樽酒，重與細論文！"以文殊摩詰共説法、李杜細論文，借擬自己與冒效魯共論近人詩作。後聯化用杜甫《詠懷古迹五首》之"蕭條異代不同時"。又如《滕若渠餞別有詩賦答》有云："相逢差不負投荒，又對離筵進急觴。"化用杜甫《薛端薛復筵簡薛華醉歌》："垂老惡聞戰鼓悲，急觴爲緩憂心搗。"《發昆明電報絳》："預想迎門笑破顔，不辭觸熱爲君還。"觸熱，冒着炎熱，借用杜甫《送高三十五書記十五韵》："借問今何官，觸熱向武威。"

又如作於 1940 年的《新歲見螢火》有云："日落峰吐陰，暝色如合抱。墨涅輸此濃，月黑失其皎。守玄行無燭，螢火出枯草。"舊説螢火出於腐草。杜甫《螢火》詩："幸因腐草出，敢近太陽飛。"又云："孤明才一點，自照差可了。端賴斯物微，光爲天地保。流輝坐人衣，飛熠升木杪。""流輝"，流動的光亮。"坐"，指螢火蟲停在人的衣服上。杜甫《見螢火》詩："巫山秋夜螢火飛，簾疏巧入坐人衣。"此詩主旨與杜甫《倦夜》相似："竹涼侵卧内，野月滿庭隅。重露成涓滴，稀星乍有無。暗飛螢自照，水宿鳥相呼。萬事干戈裏，空悲清夜徂。"其主要意象螢火蟲，即來自《倦夜》。"螢火"、"自照"等遣詞，也來自《倦夜》。"上天視夢夢，前途問渺渺"，與杜公"萬事干戈裏，空悲清夜徂"，抒發的是一樣的感情！又如《筆硯》詩："筆硯猶堪驅使在，姑容塗抹答年華。"前句句型如杜甫《江畔獨步尋花七絶句》："詩酒尚堪驅使在，未須料理白頭人。"後句則如陸游《暮春龜堂即事》："欲把一杯壺已罄，漫搜詩句答年華。"《讀報》

末聯云："吟望少年頭欲白，未應終老亂離間。"前句化用杜甫《秋興八首》"白頭吟望苦低垂"；後句化用杜甫《樓上》"亂離難自救，終是老湘潭"。《山齋晚坐》末聯："礙眉妨帽堪棲止，大愧玄居續解嘲。"上句化用庾信《小園賦》："簷直倚而妨帽，戶平行而礙眉。"下句化用杜甫《堂成》："旁人錯比揚雄宅，懶惰無心作解嘲。"《山齋不寐》首聯："睡如酒債欠尋常，無計悲歡付兩忘。"上句化用杜甫《曲江二首》其二"酒債尋常行處有"。又《余不好茶酒而好魚肉戲作解嘲》：

> 富言山谷贛茶客，劉斥杜陵唐酒徒。有酒無肴真是寡，倘茶遇酪豈非奴？居然食相偏宜肉，悵絕歸心半爲鱸。道勝能肥何必俗？未甘飯顆笑形模。

第一句作者自注云："《宋稗類鈔》：'富弼謂山谷只是分寧一茶客。'"第二句作者自注云："陸深《停驂錄》：'劉建謂李杜也只是兩個醉漢。'"末聯言心胸正大，體胖發福，未必就是俗氣，不甘心像杜甫在飯顆山枯瘦被人揶揄。末句用所謂李白《戲贈杜甫》："飯顆山頭逢杜甫，頂戴笠子日卓午。借問別來太瘦生，總爲從前作詩苦。"

《中秋夜作》："今夜郿州同獨對，一輪月作兩輪看。"上句化用杜甫《月夜》詩："今夜郿州月，閨中只獨看。"下句化用楊萬里《夏夜玩月》："上下兩輪月，若個是真底。"兩地當然是"兩輪月"了。《戲燕謀》："偶然漫與愁花鳥，奇絕詩成泣鬼神。"上句化用杜甫《江上值水如海勢聊短述》："老去詩篇渾漫與，春來花鳥莫深愁。"下句化用杜甫《寄李十二白二十韵》："筆落驚風雨，詩成泣鬼神。"《哀若渠》："昔者吾將東，賦別借杜詩。"若渠，即滕若渠①，錢氏前

---

① 滕若渠，即滕固（1901—1941），字若渠，江蘇寶山縣（今上海）人。是英年早逝的中國現代美術史學的先行者，一位頗具成就的美術理論　（轉下頁）

有《滕若渠餞別有詩賦答》詩。詩句下作者自注：“余別君云：‘爲歡明日兩茫茫。’”此詩句化用杜甫《贈衛八處士》：“明日隔山嶽，世事兩茫茫。”是借杜詩表己意。《又將入滇愴念若渠》首聯：“城郭重尋恐亦非，眼中人物愁天遺。”眼中人物，指滕固（若渠），乃化用杜甫《遠歌行贈王郎司直》：“仲宣樓頭春色深，青眼高歌望吾子，眼中之人吾老矣。”《留別學人》：“轉益多師無別語，心胸萬古拓須開。”此化用杜甫《戲爲六絕句》：“別裁偽體親風雅，轉益多師是汝師。”

　　1942 年，作《得龍忍寒金陵書》①：“塵多苦惜緇衣化，日夜遥知翠袖寒。負氣身名甘敗裂？吞聲歌哭愈艱難。”翠袖寒，比喻龍榆生的處境不好。杜甫《佳人》：“天寒翠袖薄，日暮倚修竹。”吞聲，泣不成聲。杜甫《哀江頭》：“少陵野老吞聲哭，春日潜行曲江曲。”歌哭，又歌又哭，情感強烈。杜甫《寫懷二首》其一：“萬古一骸骨，

<hr />

（接上頁）家。早年畢業於上海美術專科學校，留學日本，攻讀文學和藝術史，獲碩士學位。後又赴德國柏林大學留學，獲美術史學博士學位。曾任中國美術學院長二任院長。善詩詞書法，喜畫荷，著作甚豐，著有《唐宋繪畫史》《中國美術小史》《征途訪古述記》《唯美派的文學》《圓明園歐式宮殿殘迹》《死人的嘆息》《迷宮》等。另有《挹芬室文存》，收錄目前所搜集到的滕固的學術佚文和著譯序跋。

①　趙案：龍榆生（1902—1966），名沐勛，別號忍寒居士、風雨龍吟室主，江西萬載人。前後在上海暨南大學、廣州中山大學等校任教授，早年曾師從近代著名學者陳衍，又爲朱祖謀私淑弟子，畢生致力於詞學研究。1933 年在上海創辦《詞學季刊》，任主編。1940 年在南京創辦詞學刊物《同聲月刊》。1949 年後曾任上海音樂學院教授。主要著作有《東坡樂府箋》《唐宋名家詞論》《唐宋名家詞選》《近三百年名家詞選》《詞曲概論》《唐宋詞格律》等。其自作詞，有《風雨龍吟室詞》《忍寒廬詞》。1940 年 4 月，龍榆生被汪精衛偽國民政府任命爲立法院立法委員，兼任了南京中央大學教授和兼任汪精衛宅家庭教師，成爲個人歷史污點。本年龍氏尚在南京任職。龍的來書，大約哭訴自己的不得已苦衷。

鄰家遞歌哭。"《少陵自言性癖耽佳句有觸余懷因作》其一尾聯云：
"才竭只堪眈好句,繡鬘錯彩賭精工。"乃化用杜甫《江上值水如海
勢聊短述》："爲人性癖耽佳句,語不驚人死不休。"此句批評只追求
句好詩句的傾向。意即用盡才力只能沉迷於詩詞佳句,在鋪陳辭
采上比試着優劣精工。《贈鄭海夫朝宗》："亂世夙難處,儒冠更坎
坷。"化用杜甫《奉贈韋左丞丈二十二韵》："紈綺不餓死,儒冠多誤
身。"又："今雨復誰來? 子一已爲夥。"今雨,語出杜甫《述秋》：
"秋,杜子卧病長安旅次,多雨生魚,青苔及榻。當時車馬之客,舊
雨來;新雨不來。"

　　作於 1943 年的《題新刊聆風簃詩集》有云："良家十郡鬼猶雄,
頸血難償竟試鋒。"又云："細與論詩一樽酒,荒阡何處酹無從。"上
聯化用杜甫《悲陳陶》："孟冬十郡良家子,血作陳陶澤中水。"鬼
雄,語出《楚辭・國殤》："身既死兮神以靈,魂魄毅兮爲鬼雄。"下
聯化用杜甫《春日憶李白》："何時一樽酒,重與細論文。"又《故
國》,沉鬱悲壯,神似老杜、遺山,有云："傷時例託傷春慣,懷抱明年
倘好開。"化用杜甫《秋盡》："不辭萬里長爲客,懷抱何時得好開。"
又,《鄉人某屬題〈哭兒記〉。兒從軍没緬甸,其家未得耗,叩諸乩神
降書盤曰:歸去來兮,胡不歸》一詩化用杜甫詩句甚多,最見錢先生
對杜詩的熟悉與重視。如云"惻惻吞聲竟斷聞",此言生者之悲,化
用杜甫《夢李白》："死别已吞聲,生别常惻惻。""四萬義軍同日
盡",化用杜甫《悲陳陶》："野曠天清無戰聲,四萬義軍同日死。"
"世間兒子漫紛紛",化用杜甫《醉歌行》："總角草書又神速,世上
兒子徒紛紛。"《春風》："春風恰似解相欺,撩亂繽紛也滿蹊。"上句
化用杜甫《漫興九首》："恰似春風相欺得,夜來吹折數枝花。"滿
蹊,化用杜甫《江畔獨步尋花七絶句》："黃四娘家花滿蹊,千朵萬朵
壓枝低。"《胡丈步曾遠函論詩却寄》："烽火遠書金可抵,丹鉛退筆
鼎難扛。"化用杜甫《春望》："烽火連三月,家書抵萬金。"杜甫《病
中寄張十八》："龍文百斛鼎,筆力可獨扛。"《病起》："一病經春如

有例,百花從此不須開。"化用杜甫《九日五首》:"竹葉於人既無分,菊花從此不須開。"

作於 1944 年的《雨中過拔可丈不值丈有詩來即題》:"泥行活活到門苔,不見差如興盡回。"化用杜甫《九日寄岑參》:"所向泥活活,思君令人瘦。""款户客能今雨至",語出杜甫《秋述》:"秋,杜子卧病長安旅次,多雨生魚,青苔及榻,常時車馬之客,舊雨來;今雨不來。""吴郎會訪杜陵來",借用杜甫《又呈吴郎》《晚晴吴郎見過北舍》等詩所詠事。吴郎,借指錢先生;錢先生爲無錫人,可稱吴郎。杜陵,杜甫,這裏指李拔可。《見金臺殘淚記中小鄒語感作》:"才人失職誤儒冠,等畜倡優意亦安。"語出杜甫《奉贈韋左丞丈二十二韻》:"紈袴不餓死,儒冠多誤身。"《生日》:"行藏只辦倚欄干,勛業年來鏡懶看。"化用杜甫《江上》詩:"勛業頻看鏡,行藏獨倚欄。"

作於 1945 年的《乙酉元旦》有云:"一世老添非我獨,百憂端集有誰分?"化自杜甫《百憂集行》:"悲見生涯百憂集。"《賀病樹丈遷居》:"佳客幽棲過杜甫,傍人敝宅認揚雄。"上句化用杜甫《有客》:"幽棲地僻經過少,老病人扶再拜難。"佳客,指客居於滬的友人。幽棲,幽僻的棲止之處。過杜甫,此指來拜訪杜甫;此以陳比杜甫。此言陳病樹常與友人交往。下句化用杜甫《堂成》:"旁人錯比揚雄宅,懶惰無心作解嘲。"

作於 1946 年的《還家》有云:"十年著處迷方了,又卧荒齋聽柝聲。"迷方,迷失方向;杜甫《遠遊》:"賤子何人記,迷方著處家。"後句作者自注:"寇亂前報更舊俗未改。"作於 1948 年的《贈喬大壯先生》有云:"耽吟應惜拈髭斷,得酒何求食肉飛。"化用杜甫《江上值水如海勢聊短述》:"爲人性僻耽佳句,語不驚人死不休。"又:"著處行窩且安隱,傳經心事本相違。"化用杜甫《清明》:"著處繁華矜是日,長沙千人萬人出。"以及杜甫《秋興八首》之三:"劉向傳經心事違。"其《叔子索書扇即贈》有云:"夢覺須臾撫大槐,依然抑塞嘆

奇才。"化用杜甫《短歌行贈王郎司直》："王郎酒酣拔劍斫地歌莫
哀,我能拔爾抑塞磊落之奇才。"又云："放歌斸地身將老,忍淚看天
意更哀。"斸地,見杜甫《短歌行贈王郎司直》："王郎酒酣拔劍斸地
歌莫哀,我能拔爾抑塞磊落之奇才。"又："清江酒渴憑吞却,莫乞金
莖露一杯。"化用杜甫《軍中醉飲寄沈八劉叟》："酒渴愛江清,餘甘
漱晚汀。"作者自注："君前日遊春,過相識女郎家乞漿,遂病,故回
戲之。"此戲言女郎的水可盡情喝。

作於1950年的《答叔子》其一有云："京華憔悴望還山,未辦平
生白木鑱。"化用杜甫《夢李白二首》："冠蓋滿京華,斯人獨憔悴。"
其二又云："慣看浮雲知事變,懶從今雨數交遊。"浮雲,此指浮雲變
幻。杜甫《可嘆》："天上浮雲似白衣,斯須改變如蒼狗。"今雨,見
杜甫《秋述》,參前文。此言當今的新貴,不值得結交。作於1952
年的《劉大杰自滬寄詩問訊和韵》有云："心事流螢光自照,才華殘
蠟淚將乾。"化用杜甫《倦夜》詩："暗飛螢自照。"此言心中記掛的
事微小,如流螢般的光亮,就可自我照亮。

作於1953年的《蘇淵雷和叔子詩韵相簡又寫示寓園花事絕句
即答仍用叔子韵淵雷好談禪》有云："灌園憑剪吳淞水,萬紫千紅無
了期。"化用杜甫《戲題畫山水圖歌》："焉得并州快剪刀,翦取松江
半江水。"此言蘇澆花,以扣題。

作於1954年的《大杰來京夜過有詩即餞其南還》有云："情如
秉燭坐更闌,惜取勞生向晚閑。"化用杜甫《羌村三首》之一："夜闌
更秉燭,相對如夢寐。"又："欲話初心同負負,已看新鬢各斑斑。"此
一聯句樣如杜甫《見螢火》："却繞井欄添箇箇,偶經花蕊弄輝輝。"
《容安室休沐雜詠》有云："生憎鵝鴨惱比鄰,長負雙柑斗酒心。"化
用杜甫《將赴成都草堂途中有作先寄嚴鄭公五首》："休怪兒童延俗
客,不教鵝鴨惱比鄰。"

作於1957年的《赴鄂道中》有云："碧海掣鯨閒此手,只教疏鑿
別清渾。"碧海掣鯨,比喻酣放淋漓的創作。化用杜甫《戲爲六絕

句》"或看翡翠蘭苕上,未掣鯨魚碧海中。"閒此手,指不再寫詩,當
亦時局原因不能寫"碧海掣鯨"的詩篇了。又:"弈棋轉燭事多端,
飲水差知等暖寒。"弈棋轉燭,比喻世事變幻如棋局,如風中飄轉的
燭火。晋傅玄《傅子》:"人之涉世,譬如弈棋。"杜甫《秋興八首》:
"聞道長安似弈棋,百年世事不勝悲。"《大藏佛説貧窮老公經》:
"富貴貧賤,有如轉燭。"杜甫《佳人》:"世情惡衰歇,萬事隨轉燭。"
此句感嘆時局變化多端,所謂"陽謀"也。

作於1959年的《龍榆生寄示端午漫成絶句即追和其去年秋夕
見懷韵》:"晚晴盡許憐幽草,末契應難托後生。"化用杜甫《莫相
疑行》:"晚將末契托年少,當面輸心背面笑。"又:"高歌青眼休相
戲,隨分齏鹽意已平。"高歌青眼,化用杜甫《短歌行贈王郎司直》:
"青眼高歌望吾子,眼中之人吾老矣。"此自謙龍榆生對自己期許
過當。

進入二十世紀六十年代,錢老詩作漸少,原因複雜,到此爲止。

三、馮至的杜甫研究

馮至是詩人、作家、學者,他在創作領域中既寫舊詩、新詩和十
四行詩,又寫小説和散文;在研究領域内既研究德國文學,又研究
中國文學。如果説他在德國文學研究中側重於歌德,而且對這位
德國的"奧林匹斯之神"的研究在我國具有開創性的意義,那麼他
在中國文學研究中則側重於杜甫,而且對這位中國的"詩聖"的研
究在新的杜詩學研究中起了承先啓後的作用。馮至先生的杜甫研
究著述包括《杜甫傳》《杜甫詩選》《中國大百科全書·中國文學
卷·杜甫》,單篇文章《我想怎樣寫一部傳記》《杜甫和我們的時
代》《紀念偉大的詩人杜甫》《人間要好詩》《論杜詩和它的遭遇》
《歌德與杜甫》,及以與蘇涣的交往爲題材創作的一篇小説《白髮生
黑絲》,爲陳建根《詩人杜甫》日文版寫的序等,其學術貢獻是多方
面的。

（一）把杜詩"當作一個整個的有機體來研究"

馮至認爲，杜甫從早年到晚年的詩作，其"憂國憂民的積極精神却是首尾一貫的"，"杜甫詩集所以能顯示出這樣的完整性和一貫性，主要是由於杜甫愛國愛民的政治熱情是始終不渝的，他忠於藝術的創作熱情是一生不懈的"，他的政治熱情和創作熱情猶如"負載着杜甫的詩凌空飛翔"的"兩扇羽翼"。因此，把杜詩"當作一個整個的有機體來研究"是十分必要的。

此一觀點的論述集中於《紀念偉大的詩人杜甫》一文中，馮至說，杜甫的詩集從《望嶽》到《登岳陽樓》寫大自然的長幅畫卷，從《兵車行》到《歲晏行》反映時代和社會矛盾的無數詩篇，從"致君堯舜上"、"窮年憂黎元"到"欲傾東海洗乾坤"、"落日心猶壯"等抒寫理想和抱負的許多名句，從早年到晚年描寫自然、社會和個人懷抱的詩作，"儘管是心情起伏，變化多端，他憂國憂民的積極精神却是首尾一貫的"，杜詩的完整性和一貫性正是馮至把杜詩"當作一個整個的有機體來研究"的依據。他形象地把政治熱情和創作熱情比喻爲"負載着杜甫的詩凌空飛翔"的"兩扇羽翼"，"杜詩的豐富的政治内容是依靠高度的藝術能力給表達出來的"。

此一觀點具體體現於其《杜甫傳》中。此傳以杜甫的詩文爲根據，把杜甫的作品當作一個整體來研究，用質樸平易的風格，再現了唐代杜甫的形象。與當今很多人物傳記的撰寫不同，馮至在撰寫該書時，沒有杜甫的信札日記之類的資料可以參考，與杜甫同時代人有關杜甫的記載也只有幾個人的贈答詩；在杜甫死後三四十年間，元稹、韓愈關於杜甫的言論也只是推崇和贊美。新舊《唐書》雖列有杜甫的本傳，但好多處並不可信，馮至爲了真實地表現杜甫，以杜詩爲對照，發現在新舊《唐書》總共僅有一千多字的本傳裏，差錯竟有十幾處之多。因此，他不輕信這些材料，凡是史書與杜甫詩文不合之處，都以杜甫的詩文爲根據。他雖然也認識到這可能會發生"詩與真"的問題，即杜甫的詩文是否處處可信，但他認爲這問題不會在杜甫的詩裏發生,否則,"就無異於否定杜甫所表現的世界"(《我想怎樣寫一部傳記》)。馮至的這種推論是可信的,我們平常所稱道的杜甫的"詩史"之價值也就在於此。所以他處處以杜甫的作品爲根據,一步步推求杜甫的生活與環境,隨後再反過來用自己所推求的結果去闡明杜甫的作品,而且在寫的過程中,"極力避免杜甫的現代化"(《杜甫傳·前記》,以下凡《杜甫傳》的内容只用其小題目),而且比較真實地勾畫了杜甫的形象。

馮至《我想怎樣寫一部傳記》裏有這樣一段話很耐人尋味:"從作品裏認識作者,是最簡捷的途徑,用不着走什麼迂途,並且除此以外似乎也沒有其他的道路。但我們望深處一問:這詩人的人格是怎樣養成的,他承受了什麼傳統,有過怎樣的學習,在他生活裏有過什麼經驗,致使他、而不是另一個人,寫出這樣的作品……文學研究者就應該怎樣努力於揭開這個帷幕。"馮至是因爲時代而認識杜甫的,之所以想撰寫《杜甫傳》,就是想全面地進一步地"揭開這個帷幕"。其中也有如此之考量,即希望像西方的研究者那樣,把詩人的作品當作一個整體來研究,而"中國人過去對於詩的研究,不外乎考據、注釋、欣賞(這就是那一本又一本的詩話)三種。……對於一個有首有尾、有始有終、像長江大河似的杜甫寫的那些詩篇則往往不免於以管窺天了。"這即是説,他想在杜甫的研究上走出一條有別於前三者的新路子。因此,《杜甫傳》開創了用傳記形式研究中國古代文學家的先例,打破了中國傳統的考據、注釋和欣賞此一研究路數,不僅奠定了他在中國古典文學研究領域的地位,而且起到了承上啓下的作用。

我們説馮至把杜詩"當作一個整個的有機體來研究",並不是説沒有重點。以辯證的觀點從政治激情和藝術追求來看杜甫的成就,是馮至所側重的。杜詩的成就,"只靠着高度的藝術修養是不够的,主要是決定於我們一再提到的愛祖國、愛人民的政治熱情"(《紀念偉大的詩人杜甫》)。重視杜甫的政治熱情,以及在《杜甫傳》中一再提到的執着精神,在馮至是一貫的。寫於 1945 年的《杜甫和我們的時代》説,當時他覺得"杜甫不只是唐代人民的喉舌,並且好象也是我們人民的喉舌"。又説,杜甫"作人執着,作詩也執着","這裏没有超然,没有瀟脱,只有執着:執着於自然,執着於人生"。這篇文章是馮至研究杜甫的起跑點,由此可以看到他在數十年間執着研究杜甫的出發點。綜觀馮至的杜甫論著,使人想起他説的這句話,杜甫"全集的結構詩人早已設計好了似的"。當然,馮至的全部杜甫研究論述也不是"早已設計好了"的。然而,可以肯定的是,他評論的出發點是始終一致的,他有關論述的觀點是"完整"、"一貫"的,這就是既重視杜甫的愛國愛民的政治熱情,也重視他精心錘煉的創作藝術,但又總是把前者放在優先的位置上。他説:"杜詩最顯著的特點是社會現實與個人生活的密切結合,思想内容和藝術形式的完美統一。"但最後又説:"杜詩的影響所及,不局限於文藝範圍,更重要的是詩中愛國愛人民的精神感召着千百年來的廣大讀者,直到今天還有教育意義。"①這種始終一貫的正確態度和執着精神,是我們後學所應該師法的,特別是在心浮氣躁、急功近利的當代。

(二)開闊的學術視野

將杜甫研究不僅深置於唐代社會的政治、經濟、哲學、倫理及道德風尚中,而且在廣闊的世界文化背景上展開論述。如在叙述杜甫的生平和創作時,不僅區別他與同時代詩人如李白、高適、岑參、王維等的異同,而且與歌德進行比較研究,以凸顯杜甫的特點及其創作的特殊價值,而杜詩真正的價值在於它全面、形象而深刻地反映出唐朝由盛而衰之際一個時代的社會生活,喊出了民衆的痛苦和心聲。

---

① 《中國大百科全書・中國文學卷》"杜甫"條(馮至執筆),中國大百科全書出版社 1986 年版。

如其《杜甫傳》顯示出馮至廣博的唐代文化史與文學史知識。在《杜甫傳》裏,我們不僅可以看到唐代社會的政治、經濟、哲學、倫理及道德風尚(如文人中盛行的遊俠與求仙),而且對唐代的歷史、文化習俗、長安的建築、唐代的文藝發展概況也有一定的瞭解。馮至在叙述杜甫的生平和創作時,常常把他和他同時代詩人如李白、高適、岑參、王維等進行比較,區別異同,以凸顯杜甫的特點及其創作的特殊價值。馮至指出,杜甫同時代重要詩人的主要作品,多半是在安史之亂以前完成的,其現實性在於反映了富庶時代生氣勃勃的、健壯的精神,安史之亂以後,他們的創作都進入了末期。而杜甫的作品反映的正是從繁榮到衰落以及衰落社會中的種種矛盾,從而與同時代的其他詩人的詩劃了一條界綫:他們表現了繁榮時期豪放的精神,杜甫却開始以詩叙述時代的艱難、國家的危機、人民顛沛流離的生活。這表現了馮至對盛唐及中唐詩壇概況的鳥瞰式把握的文學史目光。《杜甫傳》裏對杜甫所受前人的影響以及對後代詩人影響的分析,不僅對我們瞭解中唐以後的詩壇,而且對我們理解此後大半部中國詩歌史也很有意義。

《杜甫傳》的寫作明顯地受到西方傳記文學的影響。馮至強調忠於史實、不作枯燥的考證、寫出性格來的主張顯然與此影響有關。馮至曾談過喜歡讀擅長心理分析的奧地利傳記作家茨威格的傳記作品,也注意過安德列·莫洛亞的傳記作品。這些傳記注重性格描畫,對《杜甫傳》的影響主要在形象性及文筆方面。但《杜甫傳》有馮至自己的風格,它既不是像莫洛亞的傳記那樣幾乎是作者自由的創作,更不流於瑣屑的考據,也不像茨威格那樣專重心理分析,又不同於羅曼·羅蘭側重於精神世界的探索。它把學者的嚴謹與精深、詩人的虔誠與熱情合理地融會起來,既有客觀的叙述,又有主觀的分析,既有外在世界的描繪,又有内在靈魂的闡説,既有學術的考證,又有批評的判斷,更出之以抒情的筆墨,因而《杜甫傳》處處有着詩情的潺潺流淌,爲它帶來一部學術傳記所難得的藝術感染力。

在這裏,馮至拿杜甫與同時代詩人如李白、高適、岑參、王維等進行比較且不多言,只用與歌德的比較研究來見識一下馮至的"比較杜詩學",主要是從"兩個詩人的同和異"、"詩與政治"、"詩與自然"(《歌德與杜甫》)等方面展開的,如論二人的相似云:

> 如果進一步探索他們的内心世界和他們詩歌的遭遇,又會發現一些類似的地方。杜甫由於他生活在一個多災多難的時代,面對祖國的危機、人民的貧困,看到山河破碎,田野荒蕪,懷友思鄉,經常有寂寞之感,"寂寞"兩個字不斷在他的詩中出現,是可以理解的。歌德的生活和杜甫相反,他享有榮譽與富裕,但是在他所處的環境裏同樣也感到寂寞。他一方面克制自己,適應魏瑪行政和宮廷取樂的要求,一方面又覺得這是些與他的詩人氣質格格不入的、無聊的負擔。……内心十分寂寞。杜甫生計艱難,有時與當權的朝臣和地方官吏周旋,希望從他們那裏取得一些援助;歌德身居要位,要用去許多時間與公侯貴族交往。這種周旋與交往,更增强他們的寂寞之感。……現在流傳下來的唐代人編輯的唐詩選集,有的根本不選杜甫的詩,有的選了幾首,但都是不關重要的。①

通過對兩位詩人的反復比較,馮至發現了他們的最大的不同,這個不同讓人感到驚奇:

> 歌德長期從事政治工作,參加過干涉法國革命的普奧聯

---

① 　趙案:這篇《歌德與杜甫》是作者 1980 年 10 月 7 日在瑞典皇家文學、歷史、文物科學院每月學術例會上做的一次講演。引文見《馮至自選集》,首都師範大學出版社 2008 年版,第 372 頁。

軍,與當時的一些政治家、軍事家、公侯貴族們交往,他的詩却很少談到政治,直到他逝世前的幾天他還爲他不寫政治詩辯解,並爲有才華的詩人寫政治詩而惋惜。與此相反,杜甫的政治生活非常短促,經常與田夫野老相處,但是他满懷熱情地關心政治,唐代安史之亂前後的内憂外患,社會上的各種動向,幾乎都在他的詩中得到反映。①

這就是比較的結果。而在杜甫那裏,没有什麼空中樓閣,没有純粹出自虚構想象的旨趣,他的主題總是十分明確而且有重要意義的。馮至通過比較——他們生活的時代不同,環境不同,詩歌創作的内容不同、風格不同,可是,杜甫與歌德都對詩和政治、詩和自然產生了關係。關係雖不盡相同,總還有相通的地方。可見其廣闊的學術視野。

（三）先進的文學史觀

作爲詩人兼學者的馮至很善於將嚴謹地化用材料與藝術地描繪人物二者有機結合起來,如其《杜甫傳》以此法成功地展現出一位古代詩人的生活圖畫、性格及形象,是先進的文學史觀的表現。另外,關於杜甫的儒家思想問題、生平和創作的分期問題、在唐代的遭遇等問題的論述,亦都展示了值得借鑒的文學史觀。

馮至是一位優秀的詩人、作家。其《杜甫傳》用優美而富有詩意的文筆爲我們塑造了一個有血有肉、栩栩如生的唐代偉大詩人的藝術形象。馮至在寫作中,對自己提出了這樣的要求:"不作枯燥煩瑣的考據……應當帶有形象性,寫出性格。"(《我與中國古典文學》)《杜甫傳》完全符合這樣的要求。馮至是一位傑出的抒情詩人,他在寫作中充分發揮了自己的長處。由於對有限的史料所持的慎重嚴謹態度,所有的基本材料都從杜詩中攝取——這實際上

① 《馮至自選集》,第373頁。

是一種將杜甫的詩"譯"成散文的工作——而這是一般人所難以承擔,更不易勝任的工作,它需要極高的藝術修養,馮至以其獨到的才華用優美的文筆圓滿地完成了它。

如果説嚴謹地化用材料與藝術地描繪人物結合起來,用以展現古代詩人的生活圖畫、性格及形象,在現代學術史上也具有開創性的學術意義。那麼,關於杜甫信仰問題、遭遇問題的闡述則表現出先進的文學史觀。杜甫尊奉儒家思想,具有强烈的入世精神。如何考量並加以評價,是一個頗費斟酌的問題。過去且不説,就是五四運動至《杜甫傳》問世這段時間的一些杜甫研究論著,也很少有人作出令人滿意的解答,而一些文章則不觸及杜甫的儒家思想,或只强調杜詩"洋溢着愛國家、愛人民的熱情",或着重談杜甫的現實主義,或否定蘇軾兄弟推崇杜甫忠君的説法,却有破無立。另一些文章則走向另一極端,過分誇大杜甫的儒家思想,或雖然認爲杜甫求仕爲的是"致君澤民",斷言"葵藿傾太陽,物性固難奪",表明"儒者效忠於君是超於'擁護'的一種愛戴","儒者雖希望君爲愛國愛民之君,但'夙夜匪懈,以事一人',仍屬於第一義的",而"涕泪授拾遺,流離主恩厚"等句"寫君臣之愛如同父子之義"。或者説,"杜甫的思想屬於中國正統的儒家","以一個詩人而完全體現了儒家思想論,這在歷史上還没有第二人",雖則也認爲,杜甫生活在封建社會的鼎盛時期,他的一套儒家思想"是和當時一般人民的利益一致的",如此等等。實際上没有具體分析杜甫的儒家思想的特點及其發展和變化,而且只着眼杜甫愛民思想的客觀方面——符合人民利益,而没有看到詩人的主觀方面。這一切説明正確評價杜甫的儒家思想的難度。在這個歷史背景下觀察馮至的有關見解,有利於我們評價其獨到之處。

馮至還慧眼獨具,從杜詩的遭遇,通過對歷史資料的考證,較早發現並指出這樣的事實:杜甫生前是很寂寞的,他的詩並不爲同時代的人所欣賞和理解。而且從《戲爲六絶句》看,詩中那些輕薄爲文、嗤笑他人的"後生"可能正是杜詩的反對者,他們代表了一般的時尚。杜甫逝世後不久,樊晃編《杜工部小集》六卷,但從序文中知杜詩僅行於江漢之間。這當然與杜甫晚年漂泊荆湘有關。元和年間元稹、白居易、韓愈等也對他有所贊頌和尊崇,但他們的主張並未得到一般文藝界和社會的公認和支持。這在大多數唐人編的唐詩選中都没有選入杜甫的詩或他的代表性詩作也可見出。直到宣宗時代顧陶編的《唐詩類選》時纔大量選入杜詩,這是杜詩爲唐人認可的證明,但此時距杜甫去世已經八九十年了。但顧陶及晚唐韋莊以杜甫開其端的《又玄集》雖選杜詩,却都没有選杜詩中最具進步意義和獨創性的"三吏"、"三别"等,馮至認爲這與當時的統治者和士林更欣賞留連風景、遊心物外的風尚有關,因此既有高度的藝術造詣又能超越世俗的王維纔被奉爲典範。而北宋西崑體詩人楊億稱杜甫爲"村夫子",也顯露出追求韵味和形式而脱離現實的士大夫詩人對不合他們標準的杜甫的貶低。顯然,馮至很早就注意到了文學選本及有關集序所表現出的一個時代的審美時尚對於考察特定時期的文學思潮的意義:"我們若是在研究某些偉大作家和他們的作品的同時,能够把他們的作品在當時和在以後不同的時代裏得到過什麽樣的待遇,什麽樣的評價,人們曾經怎樣認識它們,理解它們,根據能够得到的資料,加以分析研究。"(《論杜詩和它的遭遇》),是很有意義的。這是一種值得重視的文學史觀點,我們今天治文學史的人們能否從馮至的這一卓見中汲取點什麽呢?

(四) 不被煩瑣的考證與論據所累又不輕視考據

馮至是抒情詩人,文筆生動,熱情洋溢,善於把杜甫的詩句融成自己的語言,寫來娓娓動聽,富於感染力,我們以爲這主要得益於文學傳記的影響;而不像有的同類論著那樣,堆砌繁瑣的引文和枯燥的分析,令讀者望而生畏。馮至説:"爲了使讀者不被煩瑣的考證與論據所累,不曾把問題解決的過程寫在裏邊,附注也儘量減少。"(《前記》)這就要求作者遣辭造句力求簡明易懂,在徵引杜詩時總是精選最有代表性的句子,不專做考據文章。正是基於此種體認,這部濃縮爲 10 萬字左右的《杜甫傳》,包含有遠遠超過這個字數的内涵。文如其人,這裏也反映了馮至爲人的平易樸實的風格。

不被煩瑣的考證與論據所累,是非大手筆不能運用自如的。如關於杜甫和蘇渙的關係問題。馮至在《杜甫傳》中雖也曾提及,但語焉不詳,未能對此多加叙述。因此,1951 年春,夏承燾從杭州致函作者對《杜甫傳》表示贊賞時,即提醒他注意。馮至決定以杜甫與蘇渙的交往爲題材創作一篇小説,這就是《白髮生黑絲》。馮至的用意在於要説明杜甫在貧病交加、生活窘迫的晚年,還能欣賞蘇渙那樣的人物,可見其精神狀態並不像一般人認爲的那樣衰頹。小説以杜甫的詩篇爲根據,在杜詩所提供的素材基礎上選取杜甫晚年漂泊湘江,與漁夫們及蘇渙純樸而真誠交往的幾個生活片段,體現出杜甫思索自己的生活遭際、體會人世的無限温暖、反省自己怨而不怒的詩歌創作,因蘇渙的知遇使"百年歌自苦,未見有知音"的寂寞心懷感到很大的安慰,從一個側面成功地描繪出詩人杜甫晚年的生活剪影。小説用散文化的筆法寫成,用筆洗練,不枝不蔓,流暢優美,毫無冗贅之處,是"不被煩瑣的考證與論據所累"的代表作品。

我們説,馮至主張"不被煩瑣的考證與論據所累",並不是説他輕視考據。相反,他稱從事這項工作爲"造橋者"。我們説他不在考據上"做"文章,不是説他没有在這方面下功夫。他謙虛地説,有一些"個别問題","是作者自己給以初步的分析或解決"的。如杜甫的母系,是過去研究者所"忽略"而由他"解決"的。而如杜氏的世系、杜并的年歲、《劍器》舞諸問題,則是像他説的,是"采用了過去的和現代的杜甫研究者所下的結論"加以解決的(《前記》)。不過,且不説前人的結論並非唾手可得,而且這些結論既不完全可信,也非衆口一詞,采用或不采用,采用這種或那種,對此馮至是在考證上認真下了功夫,"力求每句話都有它的根據"的。再如杜甫逝世的時間和地點,就有兩種説法,一種是永泰二年(766)卒於耒陽,所據爲《舊唐書》本傳,此説較早見於《明皇雜録》,屬於小説家言,宋人蘇舜欽曾因杜詩有作於大曆五年(770)者力辯此説之不可靠;宋人工洙在《杜工部集記》中可能也因此而斷言杜死於大曆五年,但似乎仍認爲卒於耒陽。清代"熟於考訂之學"、"注杜垂三十年"的錢謙益也堅持這種説法。另一説法斷言杜甫在大曆五年卒於潭、岳途中,所據爲元稹的杜甫墓志銘,所謂"扁舟下荆楚間,竟以寓卒,旅殯岳陽"。而墓志是元氏應杜甫之孫的請求而寫的,較爲可靠。清人黃珣對此作了有力的論證。馮至顯然是經過比較研究而采用後一説。蕭滌非先生二十世紀七十年代末曾到實地調查,作出的結論與此相近。

　　另一個例子是關於杜甫醉登嚴武之床、幾爲嚴武所殺的傳説。其事雖見於《新唐書》,但自宋人洪芻、洪邁以來,許多人都指出《新唐書》依據的是《雲溪友議》,不足置信。《杜甫傳》顯然因其無稽,略無片語提及。這個例子不僅證明馮至的謹嚴學風,也表明他確實像他自己説的:"處處以杜甫的作品爲依據。"洪邁説"甫集中詩凡爲(嚴)武作者,幾三十篇",不論作於嚴武生前或身後的都感情深厚,"若果有欲殺之怨,必不應眷眷如此!"(《容齋續筆》卷六)馮至謹嚴的態度還有許多例子。如對《贈花卿》一詩不作臆測式的解釋——"這絕句有人解釋爲語含諷意,説花敬定私人宴會不該用代表國家的禮樂,也可以理解爲對花敬定的頌揚,但無論如何,我們讀起來總覺得詩和人是很不相稱的"(《成都草堂》)。不把杜甫的《杜鵑》("西川有杜鵑")詩曲解爲"譏當時之刺史"——"這種羽毛慘黑、啼聲凄苦的鳥是杜宇的化身。杜宇是蜀人古代的領袖,曾率領蜀人開墾田地,興築水利。一個英明的國王死後却變成這樣可憐的哀鳥,引起杜甫無限的同情,所以他在成都時,每逢暮春聽到

杜鵑的啼聲,便依從蜀人的習慣,起身再拜,表示敬意,如今他卧病旅中,不能起立,不覺便'淚下如迸泉'了。"(《夔府孤城》)

還有一個典型的例子,就是對杜氏家世的考證:

> 杜甫是晉代名將杜預(222—284)的第十三代孫。杜預是京兆杜陵人。杜預的少子杜耽爲晉涼州(甘肅武威)刺史,杜耽孫杜遜在東晉初年南遷到了襄陽,任魏興(陝西安康西北)太守,他是襄陽杜氏的始祖。遜子乾光的玄孫杜叔毗爲北周硤州(湖北宜昌西北)刺史。叔毗子魚石在隋時爲獲嘉(在河南省)縣令。魚石生依藝,爲鞏縣令,遷居河南鞏縣。依藝生審言,爲膳部員外郎,審言生閑,爲奉天(陝西范縣)縣令,是杜甫的父親。杜甫的遠祖是京兆杜陵人,所以他自稱"京兆杜甫";他又屬於襄陽杜氏的支派,所以史書上說他是襄州襄陽人;他降生的地點則在河南鞏縣。(《家世與出身》)

由以上所述可以斷定,馮至並不是不善於考據,而是不願爲其所累而已。

(五)"篳路藍縷,以啓山林"的開創之功

馮至的杜甫研究,不僅完成了自己提出的任務——能離開杜甫的詩而"獨立"存在,鮮明地呈現"詩人的圖像",而且發揮了承前啓後的作用,即程千帆所謂新的開始。

首先,《杜甫傳》是一部頗多學術創見的著作。馮至說,此傳"力求每句話都有它的根據,不違背歷史。由於史料的缺乏,空白的地方只好任它空白,不敢用個人的想象加以渲染"(《前記》)。在詳盡地占有材料的基礎上,剔梳爬抉,注意到了不少古代學者所沒有發現或沒有解決,但卻爲現代學者發現或解決了的若干細節問題,如上文所說的杜家的世襲、叔父杜并的年歲(684—699)、唐代風行一時的劍器、渾脫舞等等。此不贅述。在分析和批判材料

的基礎上，馮至表現出他別具慧眼的學術目光，提出不少在當時是新的、在現在亦立得住腳的一家之言。如，恰當地估價了安史之亂在促使杜甫走向人民、邁向自己創作的新階段的重要作用，指出杜甫前半生的詩並不具有很高的價值，同時更充分地評價了杜甫在人民苦難一天天加重的日子裏由於正視現實而寫出的《北征》、"三吏"、"三別"等後期詩篇的重要價值。在《侍奉皇帝與走向人民》一章中，叙及杜甫因受牽連被逐出長安，從此再也没有能够回到皇帝的身邊。一般認爲這對杜甫的政治前途是一個打擊，馮至則以爲這一事件"對於他的詩的發展却是一個大的恩惠：他由此纔得到機會，又接近戰亂中的人民，認清時代的苦難，因此而恢復並且擴充了他的廣大的詩的國土，從一個皇帝的侍奉官回到人民詩人的崗位上"。對照杜甫後來的生活和創作實際，這確是的評。又如，馮至以爲乾元二年（759）是杜甫一生"最艱苦的一年"，可是他這一年的創作，尤其是"三吏""三別"，以及隴右的一部分詩，"却達到最高的成就"，是年杜甫 48 歲。這一觀點爲後來的杜詩研究者普遍接受和認同。馮至把乾元二年看作杜甫進步性的"頂點"，"此後他再也不能超越這個頂點了"（《悲劇的結局》）。這也是相當大膽的看法。

　　又如杜詩的分期問題。《杜甫傳》之前，胡適的《白話文學史》（1928）把杜詩分爲三個時期，即安禄山亂前（755 前），亂離之中（755—759），入蜀後至逝世（759—770）。鄭振鐸的《中國文學史》（1932）把杜甫生活及其詩一概分爲三個時代，其各時代與胡適的時期是吻合的。這兩種分期法的共同缺點是：把安史亂前的杜甫的生活與創作看作一個時期，是欠分析的。陸侃如、馮沅君先生的《中國詩史》稍有不同，把杜甫生平分爲五個時期：712—735、735—755、755—759、759—765、765—770 年，將杜詩分爲四個時期：安禄山亂前（即上面第一和第二時期），亂離中（即上面第三時期），入蜀後（即上面第四時期），飄流湘鄂至逝世（即上面第五時期）。這個四分法和胡、鄭一樣，還是把安史亂前看作一個時期。其五分法，以杜甫赴京應舉爲分界綫，把安史亂前的分爲兩個時期，說是因爲他應舉前的詩沒有流傳下來，這理由是不充足的。《杜甫傳》雖然沒有明確地標出分期，實際上是把杜甫生平分爲四個時期：漫遊時期、長安時期、安史亂中、入蜀以後—漂泊西南時期。等到馮至爲《中國大百科全書·中國文學卷》寫《杜甫》部分時，就明確地這樣劃分了。這個分期法的一個重要貢獻是：在安史亂前劃分出一個長安十年時期，這十年“他得到的並不是顯要的官職，而是對於現實的認識，由此他給唐代的詩歌開闢了一片新的國土”（《長安十年》）。這個四分法幾成之後分期的定論，《杜甫傳》在分期方面導夫先路是無疑的。

又如關於“詩史”的闡釋。馮至認爲“詩史”的涵義主要是叙事與紀當時事，而杜詩中“純然叙事的詩並不多”，主要是“多紀當時事”。根據我國詩歌發展史，馮至以爲從漢樂府詩到《悲憤詩》《木蘭詞》等有不少叙事的傑作；與古希臘“史詩”不同，我國古代的抒情詩，同社會生活和時代的變化密切聯繫，這一來自《詩經》的優良傳統，直到建安時代始終沒有間斷過。的確，即使嚴格地以紀“時事”來說，杜甫之前，漢魏之間就有古詩《十五從軍征》，曹操的《蒿里行》《薤露》，王粲的《從軍詩》《七哀詩》，陳琳的《飲馬長城窟行》，曹植的《送應氏詩》等。所以馮至斷言，只有說大量地歌詠時事自杜甫始，是可以的。他又談到，杜甫的詩，作爲時代的鏡子，“所照映的事物，不是浮光掠影，也不是些煩瑣細節，而多半是轉變過程中帶有關鍵性的重要事件”（《紀念偉大的詩人杜甫》）。這也就是說“詩史”不同於一般的叙事詩。馮至進一步闡釋“詩史”的特點：

　　　　詩史不同於歷史，不能理解爲用詩體寫成的歷史。一部好的歷史同樣需要作者能夠認識時代的癥結和重大問題的核心,同樣可以寫得很生動。可是作爲詩史的杜詩則在深刻反映現實的同時,還通過多種多樣的風格和具有獨創性的表達方法處處體現出作者本人的形象,很少只是客觀的描述。浦起龍説得好,"少陵之詩,一人之性情,而三朝之事會寄焉者也"(《讀杜心解‧少陵編年詩目譜》附記)。誠然,杜甫詩反映了玄宗、肅宗、代宗三朝的事迹和人民的生活,同時也浸透了作者的思想感情,使人感到詩人的性情活躍在詩的字裏行間。這正是杜甫的詩史與一般歷史不同的地方,如胡宗愈所説的,裏面包涵着詩人的"出處去就,動息勞佚,悲歡憂樂,忠憤感激,好賢惡惡"。(《論杜詩和它的遭遇》)

馮至是從另一角度闡釋詩史與歷史的差別的。他説,"作爲詩史的杜詩","在深刻反映現實的同時,還通過多種多樣的風格和具有獨創性的表達方法處處體現出作者本人的形象,很少只是客觀的描述",而"少陵之詩",像清人浦起龍説的:"一人之性情,而三朝之事會寄焉者也。"他進一步分析説:"杜甫詩反映了玄宗、肅宗、代宗三朝的事迹和人民的生活,同時也浸透了作者的思想感情,使人感到詩人的性情活躍在詩的字裏行間。"而"這正是杜甫的詩史與一般歷史不同的地方"。這就是説,歷史是客觀的叙述,而詩,如其《歌德與杜甫》所説,是"主觀和客觀"的"統一"。他説的"主觀"不只是感情——像華兹華斯就認爲"一切好詩"都只是"强烈情感的自然流露",是思想和感情。同時,他只是説詩"很少""只是客觀的描述"。他説,杜甫與白居易不同。白氏《秦中吟》和《新樂府》都是優秀的詩篇,"但大抵只限於客觀的叙述,使人感到其中缺乏杜詩裏那種深刻而熾烈的思想感情"。而杜詩之所以如此"含有强烈的抒情",則是因爲詩人"個人不幸的遭遇與種種感觸和國家的危機與人民的痛苦永遠是膠漆般地密切結合,難以分割,這就使他大部分的詩篇充溢着個人的和時代的血泪,產生巨大的感人力量"

（以上均見《論杜詩和它的遭遇》）。

　　杜甫詩被稱爲"詩史"，實際上是廣義的政治詩；同時，不僅包括杜甫那些"多記當時事"的長篇古體詩以及經常聯繫時事的寫景兼抒情的詩（多半是近體詩），也包括到杜甫那些歌詠繪畫、音樂、舞蹈、建築、用具以及生產勞動的詩，它們"同樣貫注了充沛的個人感情，並具有時代的氣氛"，"可以看做是有聲有色的文化史"。這實際上賦予"詩史"以新的更豐富的内涵。總之，對"詩史"作如此深刻與多方面的闡述，既判明"詩史"的内涵、"詩史"與歷史的區別，又分析杜甫作爲"詩史"的特點和他得以作爲"詩史"的主觀原因，是前所未有的精闢見解。

　　縱觀馮至的杜甫研究，從 1945 年的《杜甫和我們的時代》到 1985 年的《日文版〈詩人杜甫〉序》，橫跨 40 年，由於政治氛圍、文化思潮的影響，難免留有時代的局限性，我們是不能苛求前賢的。馮至在《杜甫傳》的《前記》裏說，"這部傳記的目的是要把我們祖國第八世紀一個偉大的詩人介紹給讀者，讓他和我們接近，讓我們認識他在他的時代裏是怎樣生活、怎樣奮鬥、怎樣發展、怎樣創作，並且在他的作品裏反映了些什麽事物"。不僅僅是一部《杜甫傳》，馮至的其他杜甫論述也都在試圖解決這些問題。其學術貢獻，在整個杜詩學中，可以概括爲八個字："篳路藍縷，以啓山林。"

　　我們回顧二十世紀三四十年代的那場民族戰爭，它直接激發了民族主義思潮，無可置疑地强化了杜詩的"詩史"說。如胡雲翼在談到杜甫時說，他的具有"積極的反抗精神"和"激昂慷慨的精神"的"非戰詩"，尤其是"非戰的叙事詩"，深刻而有力地表現了下層社會的悲哀和痛苦，在數量和藝術上，都可說是有唐一代非戰文學的"最高點"[1]。於是給"詩史"加上了新的時代内涵。又如馮至從"生還今日事，間道暫時人"的詩句中讀出的是"流亡者的心

---

　　[1]　胡雲翼《唐代的戰爭文學》第四章《杜甫的非戰思想》。

境"，從《悲陳陶》《悲青坂》《春望》等作品中讀出的是"淪陷區裏人民的血泪"。所以他説，"杜甫不只是唐代人民的喉舌，並且好像也是我們現代人民的喉舌"，"一遇變亂，人民所蒙受的痛苦與杜甫的時代並没有多少兩樣"①。翦伯贊説，杜甫不僅如梁啓超所説的"三板一眼地哭叫人生"，而且是"爲貧苦大衆，爲變局的時代而哭叫"。他感嘆説，像杜甫那樣"蕭然暴露依山阿"的知識分子"又豈僅在天寶之亂爲然哉"②。朱偰亦以流亡人的親身經歷來體會杜甫流亡入蜀的心情，説杜甫詩所表現的"流亡者久客他鄉的心情"，正可以表現"一般流亡者心頭的隱痛"，詩人所感受到的精神上與物質上的痛苦，"正和現在流亡者相同"③。

其實，在這個特殊的時代，杜詩不僅僅是時代的喉舌、大衆的血泪，而且已深刻地融入每一個正直的富有民族責任感的知識分子的心靈世界之中。如陳寅恪於顛沛流離中感嘆："此日中原真一髮，當時遺恨已千秋"；"萬里乾坤空莽蕩，百年身世任蹉跎"④。蕭

---

① 馮至《杜甫和我們的時代》，《萌芽》第1卷第1期（1944年）。

② 翦伯贊《杜甫研究》，《群衆》第9期第21卷（1944年）。

③ 朱偰《杜少陵在蜀之流寓》，《東方雜志》第40卷第8號（1944年）。

④ 這分別是陳寅恪1942年寫的《壬午五月五日發香港赴廣州灣舟中作用義山"萬里風波"無題韻》和《壬午五月五日發香港，七月五日至桂林良豐雁山作》（略改舊句爲之）詩中的句子。前詩曰："萬國兵戈一葉舟，故邱歸死不夷猶。袖間縮手人空老，紙上刳肝或久留。此日中原真一髮，當時遺恨（吴宓按，此指寅恪'乙亥《海棠》詩''此生遺恨塞乾坤'云云）已千秋。讀書久識人生苦，未待崩離早白頭。"後詩曰："不生不死欲如何，二月昏昏醉夢過。殘剩河山行旅倦，亂離骨肉病愁多。（吴宓按，二、三、四句，乃用《己卯九月發香港重返昆明》詩中原句）江東舊義饑難救，（吴宓按，戊寅蒙自《殘春》詩云'過江愍度饑難救'）浯上新文石待磨。萬里乾坤空莽蕩，百年身世任蹉跎。（吴宓按，己卯春《和宏度》詩云，'萬里乾坤孤注盡，百年身世短吹醒。'）"此兩詩是"寅恪（1942年）七月十五日自桂林良豐中央研究院物理研究所寄來詩函。通信處：桂林四會街，中央研究院駐桂辦事處。轉。凡詩二首"。吴宓（轉下頁）

滌非抗戰勝利後回歸故鄉時，與"漫卷詩書喜欲狂"的老杜產生了共鳴："不圖有命得還鄉，老杜當年喜欲狂。"①西南聯大教授們的詩作亦堪稱"詩史"："詩中如何體現了中國學人的心境；同時，追問舊體詩能否承擔起戰時聯大教授於流徙中'書寫戰爭'的使命。"②

馮至的學生趙瑞蕻說，馮至雖然沒有大部頭的學術著作（他的專著《杜甫傳》不到兩百頁）和長篇創作，但他的成就仍然可以用我們經常使用的"豐富多彩"這四個字來概括。他的"豐富"無需多言；他的"多彩"，用他自己的話說："我總是靠自己的摸索前進。"即是追求真理，愛祖國愛人民，關懷人類命運的執着精神；他使用多種形式抒寫他直接從自然和生活中所汲取到的養分，可貴的真情實感。這一點與杜甫很相似，這是他喜歡杜甫、研究杜甫的原因。馮至在一篇《訪談錄》（見馮至《文壇邊緣隨筆》）中說：

> 不管通過什麼方式，我總覺得一個詩人離不開他所處的時代。這個時代不是空洞的或抽象的，而是與真實的存在密切

（接上頁）於七月二十四日收悉，二十五日即作《答寅恪》詩："喜聞辛苦賊中回，天爲神州惜此才。心事早從詩句解，德名不與世塵灰。（聞日人以日金四十萬圓，强付寅恪辦東方文化學院。寅恪力拒之，獲免。）靈光歷劫孤峰秀，滄海橫流萬類哀。山水桂林得暫息，相依我正向黔來。"見《吳宓日記》第八册第344—345頁。按：吳宓評曰："寅恪詩學韓偓。音調淒美而技術工美，選詞用字均極考究。"見《吳宓日記》第六册第338頁。又按：陳寅恪先生有關以杜詩證史的論文，目前見到的有三篇，列於此以供研究者參考：《以杜詩證唐史所謂雜種胡之義》（原載《嶺南大學國文學會》1950年南國第二期，收入《金明館叢稿二編》）、《書杜少陵哀王孫詩後》（作於1953年4月，收入《金明館叢稿二編》）、《庾信哀江南賦與杜甫詠懷古迹詩》（原載1931年4月15日《清華中國文學會月刊》第壹卷第壹期，收入《金明館叢稿二編》）。

① 這是蕭滌非在1946年離開昆明時寫的《歸抵南昌》一詩中的句子。

② 陳平原《豈止詩句記飄蓬——抗戰中西南聯大教授的舊體詩作》（上），《北京大學學報》2014年第5期。

相關,詩人的作品應是一個時代的心靈記録,也是一個時代的歷史見證,比歷史更真切一些。

他的《杜甫傳》《論歌德》《〈海涅詩選〉譯者前言》這類論著,没有抽象的論述,空洞的説教,乏味的話頭,而總是緊密地結合他自己真正的體會,寫得有血有肉,親切生動,以樸實流利的語言闡明他獨到的見解——他的真知灼見。這只要讀讀《歌德與杜甫》,尤其是《杜甫傳》就可以瞭解了。在這裏,趙瑞蕻特地舉《杜甫傳》作爲例證來加以説明,從中我們可以看到馮至獨特的治杜之路。

> 依我看來,馮至這本只有十二萬字的《杜甫傳》比起某些數十萬字的《杜甫傳》或《杜甫評傳》的巨著要高明些,精彩些。爲什麽? 因爲這本書是馮至四十多年瞭解杜甫、研究杜甫的一個結晶,凝聚着他長時間的精力和心血;這是從他用心精讀杜甫全部作品一千四百多首詩,經過那樣認真深入的分析,正如馮至自己所説的"力求每句話都有它的根據,不違背歷史","以杜解杜",給偉大的詩人畫了一幅精緻真實的圖像;"這固然使人一望便知道是唐代的杜甫,可是被一個現代人用虔誠的心和虔誠的手描畫出來的"。(馮至《我想怎樣寫一部傳記》)"用虔誠的心和虔誠的手"——這話説得多麽好啊,令人感動不已。[1]

馮至説這話是在 1945 年,還在昆明西南聯大教書,正準備寫《杜甫傳》的時候。至此時,他已花費了整整五年時光去研讀杜詩,同時還看了許多其他有關的資料。因而,1952 年《杜甫傳》正式出版

---

[1]　趙瑞蕻《一個時代心靈的記録——紀念馮至先生》,見氏著《離亂弦歌憶舊遊》,第 123 頁。

時,馮至在《前記》中這樣説:

> 這部傳記的目的是要把我們祖國第八世紀一個偉大的詩
> 人介紹給讀者。讓他和我們接近,讓我們認識他在他的時代
> 裏是怎樣生活,怎樣奮鬥,怎樣發展,怎樣創作,並且在他的作
> 品裏反映了些什麼事物。

馮至在書中回答了這些問題,而且傾瀉了他的激情,又實事求是、
形象地重現了杜甫的真實面貌——杜甫的時代,杜甫艱難地跋涉
着的一條光輝的旅程。趙瑞蕻的總體評價是:

> 《杜甫傳》不但在我國長期的整個杜甫研究中起了一種
> "篳路藍縷,以啓山林"的作用,而且,更重要的,蘊藏着一份充
> 沛的愛國愛人民愛祖國優秀文化的精神力量。在唐代群星閃
> 爍的詩歌天宇中,杜甫是一顆最明亮的星,因為他最有政治熱
> 情,最關心民間疾苦("窮年憂黎元,嘆息腸内熱");因為他的
> 作品最富於敏感性(sensibility),他最有藝術修養。這些方面,
> 馮至的書中都掌握住了。馮至在他的《十四行集》中有一首
> 詩,以一個現代知識分子真誠的心,呼喚着"給我狹窄的心一
> 個大的宇宙!"在《杜甫傳》裏,他以一件玲瓏剔透的藝術品映
> 現了一千多年前的一個偉大的靈魂,兩者同樣閃耀着不朽的
> 多彩的光輝。①

正所謂知師莫如徒也。然而,不可忽視的是:《杜甫傳》對杜甫所
處的社會時代背景的描寫有些過度,沖淡了傳主的生平事迹。

① 趙瑞蕻《一個時代心靈的記錄——紀念馮至先生》,見氏著《離亂弦歌
憶舊遊》,第123—124頁。

四、廢名(馮文炳)的杜詩學貢獻

(一) 廢名及其著述

廢名,原名馮文炳①,廢名是其筆名。廢名以作家成名,曾爲語絲社成員,師從周作人的風格,在文學史上被視爲京派代表作家。晚年是學者,主要是講論杜甫、魯迅、《詩經》。二十世紀五六十年代廢名在東北人民大學(現吉林大學)任教,開設杜甫研究課程,有《杜詩講稿》(1955—1956)、《杜詩稿續》(1960 年代初)、《杜甫論》(1963 年 2 月)、《杜甫詩論》(1963 年 8 月,未完稿)等著作。《杜詩講稿》曾載於《東北人民大學人文科學學報》1956 年第一期、第三期和第四期,後收入《杜甫研究論文集》(第二輯)②,其餘幾種均爲手稿。此外,還有幾篇單篇論文等。後經過陳建軍、馮思純搜集、整理彙入《廢名講詩》一書出版③,集中在《廢名講舊詩》中。具

① 馮文炳(1901—1967),字蘊仲,筆名廢名,湖北黃梅人,1901 年 11 月 9 日生。現代作家,文學史家,學者。1922 年考入北京大學預科,兩年後進入本科英文學系。參加了語絲社,畢業後留校任教,直到 1937 年。抗日戰争爆發後,離開北京大學,回到故鄉從事小學和中學的教學工作。抗戰勝利後又回到北大。1952 年高校院系調整時,調任東北人民大學(現吉林大學)中文系工作,任教授兼系主任。其間所開的課就有《杜甫的詩》。廢名的一生,以 1949 年爲界,可分爲兩個時期。前期以文學創作爲主,兼及詩學、佛學研究;後期主要從事學術研究,涉及《詩經》、杜甫、李商隱、美學、新民歌、毛澤東著作等諸多領域。當然,廢名晚年的名山事業是講論杜甫和杜詩。關於"廢名"的來歷,1927 年 4 月 23 日,他在《語絲》周刊第 128 期上發表了一組日記《忘記了的日記》,時間是 1926 年 6 月 1 日至 6 月 14 日。他在 6 月 10 日的日記中說:"從昨日起,我不要我那字,起一個名字,就叫'廢名'。我在這四年以內,真是蛻了不少的殼,最近一年尤其蛻得古怪,我把昨天當個紀念日子罷。"

② 中華書局 1963 年版。

③ 《廢名講詩》,華中師範大學出版社 2007 年版。馮文炳對杜甫的研究在當時雖然受到一些關注,但年深日久,且因著述未得整理而漸被遺忘,此次《廢名講詩》出版,爲學界補充了可貴的材料。

體説來,《杜詩講稿》(含稿續)共十講:第一講《杜甫〈自京赴奉先詠懷〉在中國文學史上的意義》,第二講《分析〈前出塞〉、〈後出塞〉》,第三講《分析三"吏"、三"別"》,第四講《杜甫的律詩和他的偉大的抒情詩》,第五講《秦州詩風格》,第六講《入蜀詩的變化》,第七講《夔州詩》,第八講《杜甫的歌行》,第九講《杜甫的絶句》,和第十講《詩的語言問題》。《杜甫論》包括以下七篇:《難得的杜甫的歌頌人民》《難得的自我暴露》《杜甫走的生活的道路》《杜甫的思想的特點》《杜甫的性格的特點》《杜詩的婦女形象》和《杜甫的一生對我們的借鑒》等。《杜甫詩論》,原計劃有八個專題:"生活是詩的源泉"、"杜詩的各體"、"杜詩的表現方法"、"杜詩的語言"、"杜詩的風格"、"杜詩怎樣學習前人"、"杜詩對後代的影響"和"杜詩對我們今天的借鑒"。可惜作者因患重病而未能完稿。現在看到的是編纂者據作者手稿另補的,内容極爲繁雜,包括了《生活是詩的源泉》《蠅》《莫字》《孔子説〈詩〉》《陶淵明愛樹》《中國文章》《女子故事》《神仙故事(一)》《神仙故事(二)》《賦得雞》《詩與詞》《羅襪生塵》《隨筆》《關於"夜半鐘聲到客船"》《講一句詩》《談用典故》《再談用典故》《關於杜詩兩篇短文》《談杜甫的〈登樓〉》和《杜甫的價值和杜詩的成就》等篇。

　　《廢名講詩》主要分作兩大部分:一是廢名講新詩,二是廢名講舊詩,後者即如上所列與《古代的人民文藝——〈詩經〉講稿》。廢名主要從現實主義、愛國主義、人民性等三個方面闡發杜詩。他的闡發具雙重視角的特徵,一是時代的共性視角現實主義研究方法,一是融合着個人經驗的心靈生命契認的個性化視角。

(二)時代大潮下的思想轉變

　　廢名的人生經歷和思想感情歷程是他體認杜甫,成爲杜甫研究專家的培養基。1949年以後,廢名像多數從舊時代過來的知識分子一樣,經歷過轉變以前的學術思考方式,努力學習馬克思主義理論,嘗試用馬克思主義方法論進行研究的過程。如1949年,北京大學組織員工政治學習。廢名痛感自己以前的生活不堪回首，決意放棄文學創作，努力學習新的知識，開始一種新的生活。這年他寫了《讀〈新民主主義論〉》，送呈毛澤東指正。這次是幸運，受到了董必武的接待，得到了肯定。

當然，廢名的這個轉變是極爲痛苦的。如 1950 年，吳小如見到"先生，他毫無顧慮地當衆宣稱：孔夫子和馬克思都偉大"①。後來，卞之琳説："隨了日子的過去，現在從他後來寫的文章裏可以看出，應説是主觀上全心接受了馬克思主義，熱忱擁護社會主義，甚至有點從左到'左'了。"②

我們探討廢名在面對複雜多變的時代思潮時所采取的思想反應，研究在他思想中藴含的中國傳統文化因素及文學價值觀在西潮洶湧和時代滄桑的雙重變奏下的調整和嬗變，是很有意義的。

縱觀廢名的古典文學研究，可知他過去一向是推崇李商隱和庾信的，起碼這兩人在他心目中的地位並不在杜甫和陶淵明之下。但到二十世紀五十年代他在吉林大學講杜詩時，從新的立場上、新的方法上完全顛倒了過來。如他講《空囊》一詩，可見他一貫的解詩風格，並可窺知杜甫的另一側面。他説：

> 杜甫寫窮的詩很多，一般是大喊大叫，(我贊成大喊大叫!)如《同谷七歌》，如《茅屋爲秋風所破歌》，都是叫破了喉嚨的。獨有這一首《空囊》顯得很像一個"高人"似的，像起首的兩句"翠柏苦猶食，明霞高可餐"，在杜詩裏真只有這一次碰見。杜甫絶没有屈原"朝飲木蘭之墜露兮，夕餐秋菊之落英"

---

① 吳小如《廢名先生遺著亟待整理》，陳振國編《馮文炳研究資料》，知識産權出版社 2010 年版，第 238 頁。

② 卞之琳《馮文炳（廢名）選集序》，陳振國編《馮文炳研究資料》，第 248 頁。

一類的想象。他總是同老百姓一樣訴苦。因此,在杜集裏,對於這一首《空囊》,我們要另眼相看了。我們還應該這樣想,倘若我們畫這一位偉大的現實主義的詩人的畫像,他的"明霞高可餐"的精神也是要體會進去的。中國詩人,陶淵明也是切實的,他的《詠貧士》的詩,不說一句"明霞高可餐"的話,不是說沒有衣穿,就是說沒有飯吃,像杜甫的"不爨井晨凍,無衣床夜寒"一樣。然而杜甫的"世人共鹵莽,吾道屬艱難"的思想感情,陶淵明就可以說沒有,陶淵明是"人皆盡獲宜,拙生失其方",是說自己不適於生存,所以杜甫稱他爲"避俗翁"確是有道理的。杜甫用了"鹵莽"二字斥責"世人"(當然沒有把人民群衆包括進去),是憤慨國家的事情只有由他們搞的,鹵莽滅裂,任意胡爲。有良心的少數人就混不進去,所以"吾道屬艱難"。最後兩句"囊空恐羞澀,留得一錢看",可能與陶詩與《詩經》有關聯,《詩經》有"瓶之罄矣,惟罍之耻"的話,陶淵明也說"塵爵耻虛罍",這充分表現士大夫階級對貧窮的幽默,在家時沒有酒喝的時候,不肯大發牢騷,對着空杯子和空瓶子看,杯子和瓶子說笑話:"是你沒有酒,所以顯得我可耻了!"杜甫的"羞澀"可能是從《詩經》和陶詩的"耻"字學來的。[1]

這裏,"鹵莽"兩字未必全是指國事,而是寓憤激於幽默之中的寫法,在杜詩裏確實是罕見的。

廢名的杜甫研究曾在學術界引起過較大反響,《光明日報》《人民日報》《吉林日報》《文史哲》等報刊都發表了署名文章,對其《杜詩講稿》提出了批評。1963 年 5 月 6 日至 10 日,吉林大學中文系舉行科學報告會,除本系師生外,長春市有關兄弟單位的人員也應邀參加了會議。會上,圍繞廢名的《杜甫論》展開過激烈的討論。

---

[1]　《廢名講詩》之《杜詩講稿》第五講《秦州詩風格》,第 267 頁。

在討論《杜甫論》時,有人不同意作者把杜甫在《朱鳳行》一詩中的"願分竹實及螻蟻,盡使鴟梟相怒號"提到魯迅的"橫眉冷對千夫指,俯首甘爲孺子牛"的高度。也不同意廢名認爲歷史上沒有第三個人能夠像杜甫、魯迅一樣站在人民一邊的看法。另外有的人對於廢名認爲杜詩暴露的本質是"暴露剝削階級,包括作者自己",杜甫在暴露統治階級的同時歌頌人民,杜甫在《茅屋爲秋風所破歌》一詩中,他的階級局限性得到了克服等看法也提出了異議[1]。由此事可以看到:即使是在較爲寬鬆的年代,學術研究要有一點"獨立之精神,自由之思想",是多麼步履維艱!

(三) 對杜詩思想內容的闡發

縱觀馮文炳的杜甫研究實績,可以説他本着"中國的寶貴的現實主義傳統"來展開的[2],而且挖掘得極其深透。這集中表現在《廢名講詩》之第三部分《杜甫論》,如以下篇目:《難得的杜甫的歌頌人民》《難得的自我暴露》《杜甫走的生活的道路》《杜甫的思想的特點》《杜甫的性格的特點》《杜詩的婦女形象》,以及第一部分《杜詩講稿》之第二講《分析〈前出塞〉、〈後出塞〉》,第三講《分析三"吏"、三"別"》等等。《杜甫論》主要研究"杜甫的爲人,包括詩人一生的生活和思想"。

1. 斷言"杜甫是中國封建社會最偉大的現實主義詩人"[3]

現實主義創作方法的精義包括三個方面:一忠實地反映現實(真的尺度),二貫注着階級意識(善的尺度),三創造了典型形象(美的尺度)。廢名分析杜詩的現實主義創作方法正是從這三個方

---

① 《我校中文系舉行科學報告會》,《吉林大學社會科學學報》1963 年第2 期。

② 馮健男《説廢名的生平》,陳振國編《馮文炳研究資料》,第 81 頁。

③ 《廢名講詩》之第一講《杜甫〈自京赴奉先詠懷〉在中國文學史上的意義》,第 225 頁。

面展開的。比如他經過多方面多角度的分析杜詩《自京赴奉先縣詠懷五百字》：

> 杜甫一生的生活，一生寫的詩，告訴我們他的思想是真實的，他沒有說一句門面話，這是杜甫最不可磨滅的地方。其所以能如此，最主要之點還在於他的生活接近人民，他真懂得人民的痛苦。"蓋棺事則已，此志常覬豁。窮年憂黎元，嘆息腸內熱。"這四句，便是杜甫的寫照。我們真應該愛他，愛他這四句話，在這裏不能有一點誇大，而是不誇大的最偉大詩人呵！①

2. 分析杜詩的愛國主義、人民性

這就是"杜甫的'道'"，"就是我們現在所說的詩的'人民性'，就是現實主義的精神"②，即強調"難得的杜甫的歌頌人民"。廢名詮釋的杜甫的愛國主義的内涵是他憂國，同時堅信國家不亡。廢名却擱置了杜甫的忠君思想，這是廢名論杜甫愛國主義的十分突出的特點："作者所没有認識清楚的是'皇帝'——詩裏非常天真地叫作'聖人'，這到底是一個什麼東西？這無非是封建社會上層建築的一個魔術名詞，支配了人的思想意識，作者認爲顛撲不破罷了。"③相比愛國主義，人民性更是廢名所極言的。在某種意義上人民性就是杜甫的現實主義，換言之就是杜甫其人其詩。他說杜詩"替人民作了記録，支援封建唐朝唯一的兩件事——租和兵，人們

---

① 《廢名講詩》之第一講《杜甫〈自京赴奉先詠懷〉在中國文學史上的意義》，第225頁。

② 《廢名講詩》之第一講《杜甫〈自京赴奉先詠懷〉在中國文學史上的意義》，第222頁。

③ 《廢名講詩》之第一講《杜甫〈自京赴奉先詠懷〉在中國文學史上的意義》，第223頁。

是怎樣擔當起來"①。而"國家的棟梁應該没有别的人而是交租税
服兵役的勞苦大衆"②。廢名認爲杜詩的人民性的基礎是杜甫生活
接近人民,具有愛國愛人民的深厚感情,這使他能够突破他"生常
免租税,名不隸征伐"的階級局限。人民性造就了杜詩的面貌。廢
名認爲,杜詩是歌德派文學。他固然暴露統治階級的剥削、荒淫、
腐敗、自私、不顧人民的事實,控訴以皇帝爲首的本階級即地主階
級,但當寫到他所同情的人民時,他是"懷着歌頌的熱情寫的",這
後者是杜詩的主要價值所在。杜甫"歌頌農民是正義的有良心的,
唯有他們是國家的支持者"。

(四) 鮮明的研究個性

廢名的杜甫研究具有鮮明的獨特個性,不同於同時代的其他
杜甫研究專家。我們知道,廢名是一位極具鮮明個性和獨立精神
的作家、詩人和學者。廢名的特立獨行,與杜甫的執着——"杜陵
有布衣,老大意轉拙"産生了"共鳴",如吴小如説:"廢名師自信心
極强,治學的態度甚至執着到被人譏爲'頑固'的地步。他最出名
的故事就是同熊十力先生談佛學,兩人意見相左,最後竟交了手,
而且互相扭抱,在地上滚做一團。"③

關於杜甫研究中的個性化,如他曾就詩人反映"社會現實這一
個主要問題",簡單而扼要地比較過杜甫與唐代以前幾個偉大的詩
人:"一句話,杜甫以前的詩人的詩裏所反映的矛盾不超過詩人本
階級内部的矛盾","(杜詩)則反映了中國封建社會兩個階級的對
立"。如之前的屈原,爲什麽要寫《離騷》? 回答是"世溷濁而嫉

---

①　《廢名講詩》之第一講《杜甫〈自京赴奉先詠懷〉在中國文學史上的意
義》,第 222 頁。

②　《廢名講詩》之第一講《杜甫〈自京赴奉先詠懷〉在中國文學史上的意
義》,第 223 頁。

③　吴小如《廢名先生遺著亟待整理》,陳振國編《馮文炳研究資料》,第
238 頁。

賢"。"當時的'賢'當然是立於人民利益對面的,然而'溷濁'是統治階級的溷濁,'賢'同'濁'是一個階級裏面的事。"又如曹植,"他的'拔劍捎羅網'的思想感情,主要是因爲'本是同根生,相煎何太急'來的"。又如,陶淵明耕田,"只是解決他個人思想矛盾(也就是統治階級內部矛盾)的手段",而阮籍則以是"醉"來解決"當時所處的階級內部矛盾"。他們的詩,"與杜詩有着質的差異"①。

又如廢名對杜甫著名組詩《秋興八首》頗有微詞,持有不同的看法,更能顯出他特立獨行的個性:

> 總括一句這類詩情調是悲哀的,興致是飽滿的,而生活不能不說是貧乏的。……像"江間波浪兼天湧"這一句,寫長江是寫得生動的,但由"天"要對出"地"來,因而對一句"塞上風雲接地陰",就不能算是杜甫個人的"性僻耽佳句",是一般做律詩的通病,而由杜甫開其端。"叢菊兩開他日泪,孤舟一繫故園心","聽猿實下三聲泪,奉使虛隨八月槎",都是一味地雕琢,因而晦澀。晦澀就是主觀,不是有目共見的東西,是作者個人腦子裏隱藏的一點東西。……《秋興八首》第七首最後兩句"關塞極天惟鳥道,江湖滿地一漁翁",一句寫山,一句寫水,仿佛寫得很形象,然而是作者的意境,是絞腦汁絞出來的,絞出來以後就一定自己滿足,自己把自己封在這個想象的王國裏,離開了生活。②

五、"世界文化名人"熱中的杜甫研究

1962年是杜甫誕生1250周年,世界和平理事會把杜甫列爲該年紀念的"世界文化名人",全國各地都舉行了隆重的紀念活動,文

---

① 《廢名講詩》之第一講《杜甫〈自京赴奉先詠懷〉在中國文學史上的意義》,第225頁。
② 《廢名講詩》之第七講《夔州詩》,第282—283頁。

化界名流學者紛紛撰文紀念。據不完全統計,這一年報紙雜志上發表的有關杜甫的文章有 300 多篇,涉及杜甫的各個方面,其中郭沫若在紀念杜甫誕生 1250 周年大會上的開幕詞《詩歌史上的雙子星座》對杜甫在中國文學史上的地位給予了極高的評價,謂杜甫是"偉大的詩人"、"愛國詩人","和人民打成了一片","同命運,共甘苦"①。這一評價在很長時間裏一直爲學界所沿用和發揮。

同時,郭老又提倡李、杜結合,也就是浪漫主義與現實主義結合,將"兩結合"的影響進一步擴大。紀念杜甫活動正處在一個特殊的、敏感的時代,報刊上有關杜甫的研究文章日漸增多,杜甫研究遂出現一個高潮。文章多,角度新而廣,但不可否認,這些論文都有意無意地不過多地觸及杜詩中對於人民苦難生活的描述的内容,浪漫主義的確壓過了現實主義。

值得注意的是,中華書局彙集了二十世紀初到 1963 年間重要的杜甫研究論文,結集爲《杜甫研究論文集》一、二、三輯,分別於 1962 年 12 月、1963 年 2 月、1963 年 11 月出版,某種程度上顯示和總結了大半個世紀杜甫研究的實績。

有的論文論述杜甫的思想與杜詩的成就。馮文炳《杜甫的價值和杜詩的成就》從"杜甫之爲人"與"杜詩的成就"兩方面加以論述。在前一方面中,作者以陶淵明作反比,以屈原、魯迅作正比,突出其"孺子牛"精神②。蕭滌非《人民詩人杜甫》稱譽杜甫爲"我國歷史上最偉大的人民詩人之一"③。王水照《杜甫思想簡評》則指出以"人民性"作爲評價杜甫思想的"最高標準"或"終點",掩蓋了其"思想的階級實質"的不合理性,然而杜甫畢竟比他的前輩詩人提供了許多"新的東西"。對於其詩中出現的忠君和愛國思想相交

① 《人民日報》1962 年 4 月 18 日。
② 《人民日報》1962 年 3 月 28 日。
③ 《詩刊》1962 年第 2 期。

織的現象,應"細緻而又嚴格地劃清這兩者的界限",這纔是"我們文學研究者的任務"①。有的概述杜詩的藝術風格、藝術特點,如傅庚生《沉鬱的風格,閎美的詩篇》、吳調公《青松千尺杜陵詩——論杜甫詩歌的美學觀》、蔣和森《碧海掣鯨手——杜詩的氣魄》、安旗《"沉鬱頓挫"試解》等②。王水照《關於杜甫詩歌藝術特色的一些評論》指出紀念杜甫誕辰 1250 周年發表的多數文章關於杜詩藝術特色研究的偏頗:試圖運用現代的某些藝術原理來説明杜詩,"産生一些生搬硬套的現象",如用"典型"説明杜甫某類詩歌的成就,用"崇高"探討杜甫的美學觀,用較爲玄虛的古代詩論研究杜詩風格(如以"醇美"作爲評價的最高標準),將杜詩簡單化、機械化或繁瑣化的傾向等③。

有的趨於具體、深細,如夏承燾《杜詩札叢》對"婦人在軍中"、"杜甫無海棠詩"的考辨及對舊注杜詩中"夾城"、"樂遊園"、"大雲寺"錯誤的辨析等④。有的側重於杜甫文學思想研究,如馬茂元《論〈戲爲六絶句〉》主要理清了杜甫文學思想、理論及其創作實踐之間的關係,肯定其在理論與創作上的貢獻⑤。蕭滌非、廖仲安《別裁偽體,轉益多師》指出杜甫從"別裁偽體"與"轉益多師"兩方面營造詩歌,"在思想内容(氣質風骨)上,他比其他盛唐詩人開拓得更深更廣,在聲律形式上,他比其他詩人探求得更精更細"。他既是一個詩人,又是獨具慧眼的文學批評家和文學史家⑥。王運熙《杜甫的文學思想》認爲"別裁偽體"、"轉益多師"是杜甫文學理論批評的立足點和總原則。既重視詩歌有益於國家人民的思想内

---

① 《光明日報》1965 年 8 月 8 日。
② 傅、吳、蔣、安四文均見《杜甫研究論文集》三輯。
③ 《文史哲》1964 年第 3 期。
④ 《文學研究》1958 年第 1、2 期。
⑤ 《文藝報》1962 年第 4 期。
⑥ 《文學評論》1962 年第 3 期。

容,又重視作品的技巧與風格的多樣化,這一思想對後代産生了深遠影響①。

有的側重於資料整理,四川省文史館《杜甫年譜》聯繫杜甫生活的時代背景,對其生平活動、行踪、交遊及創作等方面作了詳細考證,爲全面研究杜甫其人其詩提供了方便②。萬曼《杜集叙録》梳理杜集從樊晃《小集》六卷到清代"一千多年的編輯、整理、注釋、訓解、校勘、疏證,蔚然成爲一種專門之學"的發展脉絡③。馬同儼、姜炳炘《杜集版本目録》收有從"傳世杜詩的最早刻本"宋本《杜工部集》到 1962 年之間的"不同版本的中外文杜集凡二百餘種"④。劉開揚《王嗣奭和他的〈杜臆〉》首先肯定明人注解杜詩"最有發明者,莫如王嗣奭之《杜臆》",然後依次論述《杜臆》的成書過程、選注杜詩的標準、箋釋方法,最後舉例論述《杜臆》的多項"發明"和"貢獻"及其"牽强附會"、"襲人之説的地方"⑤。華文軒編《古典文學研究資料彙編・杜甫卷》上編(唐宋之部)從詩文別集、總集、詩話、筆記、史書、地志、類書中輯集有關杜甫生平事迹及其作品思想、藝術等方面的資料,依時代先後加以排列,爲研究杜甫其人其詩提供了方便⑥。

六、"人民詩人"的真實内涵

這一特殊時期,是"人民詩人"桂冠叫得最響的時期,回應了胡

---

① 《文匯報》1962 年 4 月 11 日。

② 四川省文史館《杜甫年譜》,四川人民出版社 1958 年初版,1981 年再版。

③ 《文學評論》1962 年第 4 期。

④ 《圖書館》1962 年第 2 期。

⑤ 《光明日報》1962 年 4 月 1 日之《文學遺産》。

⑥ 華文軒編《古典文學研究資料彙編・杜甫卷》上編(唐宋之部),中華書局 1964 年版。

適那輩學者加給杜甫的"平民詩人"稱號。其實,不管是"平民詩人",還是"人民詩人",都是對"詩聖"的挑戰。作爲"人民詩人",杜甫的情感關懷是向下的,具體表現爲一種民本主義的情懷。蕭滌非説:"杜甫是人道主義者,却不是庸俗的阿彌陀佛式的慈善家。他對待一切事物,並不是'一視同仁','無可無不可',而是有愛有恨,並且愛也愛得深刻,恨也恨得到家。"①具體表現爲對貧困人民的愛和對貴族階級的恨;儘管在"革命的人道主義"的標準下,"杜甫的人道主義思想也有缺點,那就是他的所謂善惡,他的愛憎,還不可能完全正確的堅定的站在勞動階級的立場和觀點上","還缺乏階級革命的徹底性",可是與同時代的詩人王維、李白、高適等比起來(參見前文聞一多的説法),杜甫已達到了他可能達到的最高高度②。蕭滌非對"人民詩人"的內涵進行了全面的解釋:

> 對人民的無限同情。
> 對祖國的無比熱愛。
> 對統治階級的各種禍國殃民的罪行必然會懷着强烈的憎恨。③

前兩個條件是"愛民""愛國",滿足了現代民本主義和民族主義思想。從這層意義上看,"平民詩人"和"人民詩人"有着相同的血緣關係。第三個條件指的是正確的政治立場。在蕭滌非看來這是最主要的條件:"愛國也罷,愛民也罷,離開政治,不關心政治,便都要落空。"所以杜甫作爲"人民詩人",還意味着他是"我國歷史上政

---

① 蕭滌非《杜甫研究》,山東人民出版社 1959 年版,第 54 頁。
② 蕭滌非《杜甫研究》,第 55 頁。
③ 蕭滌非《人民詩人杜甫》,《詩刊》1962 年第 2 期。

治傾向最強的一位詩人"①。

就在中華人民共和國成立初期、1959 年反右傾運動和學術大批判中,也有一些人嘗試用階級分析和批判封建主義糟粕的觀點強調了杜甫思想中的種種局限性和落後性,形成了一股非杜現象。如署名王迅流的文章説:"至於杜甫,在中國舊社會裏,固然被推爲詩聖,但是在現在看來,不過是一個趨炎附勢,汲汲於想做大官的庸俗詩人罷了。他的一生,並無革命事迹的表現,腦子裏充滿着忠君、立功、個人主義的思想……"②1950 年,蔣祖怡在《中國人民文學史》中固然肯定了杜甫的"暴露社會現實中人民生活苦楚的那一類作品"是屬於"人民文學"的③,同時却又説:"'紅豆啄餘鸚鵡粒,碧梧棲老鳳凰枝'之類的名句,工整是工整了,漂亮是漂亮了,但已幾乎變成了不通。……因此,我們可以知道正統文學是人民文學的支流,而且是發展到快要僵化以至消滅的階段的東西。"④即把杜甫等許多作家都摒棄在"人民文學"之外,貶之爲"人民文學的旁支"和"人民文學的支流發展到最後的没有靈魂的骸骨"⑤。杜詩終於還是被定位在"形式主義"的、没有"靈魂"的"正統文學"之中,於是杜甫也就從"正統文學"中的"詩聖"降格爲"人民文學"中的邊緣人物了。但這時杜甫仍然還處在向"人民詩人"攀升的過程中。

縱觀這些"異類"文章,它們大多具有簡單化批判的傾向,因而並未得到當時大部分學者的認同,反而很快受到了批評。

另外,二十世紀六十年代的《光明日報》和《文匯報》等報刊上

① 蕭滌非《人民詩人杜甫》,《詩刊》1962 年第 2 期。
② 王迅流《評馮至〈杜甫的家世和出身〉》,《文藝生活》1959 年新 5 號。
③ 蔣祖怡《中國人民文學史》,上海北新書局 1950 年版,上海文藝出版社 1991 年影印,第 8 頁。
④ 蔣祖怡《中國人民文學史》,第 19—20 頁。
⑤ 蔣祖怡《中國人民文學史》,第 6 頁。

還專門對杜甫思想中的人道主義等因素展開過一定規模的討論，詳情可參看《關於杜詩人道主義問題的討論》和《關於杜甫思想的分析評價（文藝研究綜述）》等。

這股對杜甫非議的潮流，到郭沫若《李白與杜甫》和劉大杰《中國文學發展史》（七十年代版）的出現，達到了頂峰，杜甫頭上的兩頂桂冠"詩聖"、"人民詩人"都被摘掉了，杜甫的階級立場重新被審查："封建衛道士"、"法家詩人"這兩個名號保持了十年左右的時間。

第二節　杜詩學的備受冷落

杜甫研究，隨着 1966 年"文革"的開始而中斷了。據王學泰《20 世紀文化變遷中的杜甫研究》一文①，1966 年底至 1967 年初，江青審查 1949 年以來所拍攝的國產影片，便對 1962 年爲紀念杜甫所拍攝的紀錄影片《詩人杜甫》大放厥詞，説是馮至一幫人爲影射現實而拍攝的，是惡毒攻擊社會主義的作品，並説毛主席喜歡李白而不喜歡杜甫。於是杜甫、杜詩就被作爲"四舊"而掃地出門了。"文革"中的前六年，沒有一篇關於杜甫的文章，也就不奇怪了。

一、郭沫若《李白與杜甫》

杜甫在當年説："百年歌自苦，未見有知音。"（《南征》）這是詩聖當年苦悶的自我寫照。可是他萬萬没有想到，千年之後竟成了"詩讖"。這個"未見有知音"的時間持續了十餘年。

---

① 見董乃斌、薛天緯、石昌渝主編《中國古典文學學術史研究》，新疆人民出版社 1997 年版。

（一）《李白與杜甫》的横空出世

1966 年開始的"文革"掃蕩了杜詩學,至 1971 年郭沫若《李白與杜甫》一書出版,纔以抑杜揚李的觀點打破沉默。這個沉默的打破,對杜甫研究來説,是福音還是禍殃? 在該書中郭沫若一反他 1953 年給成都杜甫草堂題書的楹聯"世上瘡痍詩中聖哲,民間疾苦筆底波瀾"和在杜甫誕辰 1250 周年大會開幕詞中對杜甫的高度評價,認爲杜甫是一個"完全站在統治階級、地主階級一邊的"封建衛道士①。總體説來,郭著杜甫部分即《關於杜甫》(另一部分是《關於李白》)依次論述了杜甫的階級意識、門閥觀念、功名欲望、地主生活、宗教信仰、嗜酒終身及杜甫與嚴武、岑參、蘇涣等人的關係等問題。在《關於杜甫》裏郭沫若所談論的並非杜甫的詩歌而主要是他的人生。作者列出的上述章節題目,没有一個是關於詩歌創作的。行文中摘引了杜甫的大量詩作,有的還附上白話譯文,但那是只出於討論杜甫的階級意識、生活境遇以及人格品性的需要,而並不進入對作品的藝術研究。郭沫若寫道:"完全可以肯定,杜甫是有雄心壯志的人,他總想一鳴驚人,一舉而鵬程九萬里。但這種希望,他一輩子也没有達到。"②對於"一輩子鬱鬱不得志"的杜甫,郭沫若也能體味其悲涼和痛苦,例如,他注意到:"因爲'朝廷'疏遠了他,又因爲病,所以他在大曆四年的《暮秋枉裴道州手札,率爾遣興寄遞,近呈蘇涣侍御》一詩中竟説出這樣等於絶望的話:'此身已愧須人扶;致君堯舜付公等,早據要路思捐軀。'……倔强的杜甫説出了這樣的話,悲涼的心境是可以揣想的。"③可是,在《關於杜甫》的寫作中,這樣的理解、寬容較少投諸筆端,而侃侃暢述的多是譏誚貶損之辭。

---

① 郭沫若《李白與杜甫》,人民文學出版社 1971 年版,第 124 頁。
② 郭沫若《李白與杜甫》,第 162 頁。
③ 郭沫若《李白與杜甫》,第 177 頁。

（二）寫作動機：投政治所好還是個人趣味

郭沫若從 1967 年開始，幾乎用了三年時間寫《李白與杜甫》一書，1971 年正式出版。其後，研究討論者不少，至今未歇。其中有褒有貶，總體看來貶多於褒。可是說，《李白與杜甫》將自古就存在的"揚李抑杜"推到了驚世駭俗的地步，其動機和目的到底是什麼？有人以爲，李白與杜甫在唐代詩壇地位差不多，從元稹開始多抑李揚杜，針對這一狀況，郭沫若雖然在單獨評論杜甫時，肯定過杜甫；可是寫此書，就是爲了恢復歷史的本來面貌。我們以爲，這"歷史的本來面貌"，恐懼是很難"恢復"的；不然就不存在"李杜優劣"之公案了。郭沫若本人對此公案也是前後矛盾的。

早在 1962 年 6 月 9 日紀念李白與杜甫時，他就講過"他們在中國文學史上的地位就跟天上的雙子星座一樣，永遠並列着發出不朽的光輝"。證明李杜並行的觀點至少在此書出版前 10 年就已有了。有人贊成郭沫若的看法，認爲，"李白與杜甫在歷史上、在文壇中的地位差不多"，不應揚杜抑李；有人批評郭沫若對李白不遺餘力地褒，而對杜甫則是挖空心思地貶。有人說，郭沫若是"用今天的我來否定昨天的我"。有人指責郭沫若寫《李白與杜甫》的動機和目的不純，說他是爲了"迎合某個領導人、追求'四人幫'"。有人撰文說，因爲毛澤東偏愛唐代三李的詩，於是郭沫若自然要"褒李"，認爲這是"以學術投權力所好"，余英時即主此說。有人以爲，在"文革"期間"四人幫"橫行時，個人崇拜達到了高峰。郭沫若對此當然有看法，在《李白與杜甫》一書中就有所反映。如對杜甫的"每餐不忘君"的封建忠君思想，就進行了批判①。有人以爲，《李白與杜甫》是針對現實中"全面頌揚"杜甫的傾向而寫的，因此，不可避免地帶有鮮明而又強烈的傾向性，是在做"翻案文章"：敢於

---

① 翟清福《無法迴避的爭論——評〈郭沫若總論〉》，見曹劍編《公正評價郭沫若》，中央黨校出版社 1999 年版，第 93—94 頁。

打破因襲的見解，提出自己的獨到看法。

　　問題並不是這麼簡單，不能固執於一詞，須進一步客觀分析。事實上，郭沫若喜歡李白而不大喜歡杜甫，並不是從 1967 年起纔有此傾向，他這一傾向是一貫的。年輕的時候，他就說："唐詩中我喜歡王維、孟浩然，喜歡李白、柳宗元，而不甚喜歡杜甫，更有點痛恨韓退之。"①後來他又較公允地說："其實，我也是尊敬杜甫的一個人。""把杜甫看成人，覺得更親切一些。""杜甫應該肯定，我不反對，我所反對的是把杜甫當爲'聖人'，當爲'它布'（圖騰），神聖不可侵犯。"②郭沫若的用意很明顯：反對把杜甫"神聖化"、稱譽杜甫爲"人民詩人"。郭老就是想擺脫從元稹開始的歷史的束縛，改變抑李揚杜的局面，只是有點矯枉過正罷了。

（三）研究方法存在的問題

　　圍繞李杜的評價，郭沫若帶有明顯的主觀性。他的"揚李抑杜"，頗受二十世紀六十年代"以階級鬥爭爲綱"的影響，機械地運用階級分析的方法去評價古人；"揚李抑杜"也反映了郭沫若早年就已形成的主觀主義的審美趣味和藝術傾向，作者在書中還提出

---

　　①　《少年時代·我的童年》，《郭沫若全集》文學編第 11 卷，第 41 頁。

　　②　郭老說："其實，我也是尊敬杜甫的一個人，九年前我替成都工部草堂寫的一副對聯可以爲證：'世上瘡痍，詩中聖哲；民間疾苦，筆底波瀾。'我也同樣在稱杜甫爲'詩聖'。不過這種因襲的稱謂是有些近於誇大的。實事求是地評價杜甫，我們倒不如更確切地說：杜甫是封建時代的一位傑出的詩人。""這樣評價杜甫，並不是貶低了杜甫。指責了杜甫的錯誤，也並不是抹殺了杜甫的一切。人誰無錯誤呢？何況'聖人過多，賢人過少，要愚人纔無過'。把杜甫看成人，覺得更親切一些。如果一定要把他看成'神'，看成'聖'，那倒是把杜甫疏遠了。"以上兩段引文見郭沫若《讀〈隨園詩話〉札記》後記，作家出版社 1962 年版。又說："杜甫應該肯定，我不反對，我所反對的是把杜甫當爲'聖人'，當爲'它布'（圖騰），神聖不可侵犯。千家注杜，太求甚解。李白，我肯定了他，但也不是全面肯定。一家注李，太不求甚解。"引文見郭沫若 1977 年 1 月 28 日復胡曾偉信，《東嶽論叢》1981 年第 6 期。

了一些在學術上值得重視的見解。簡單地説，就是階級分析法加主觀好惡審美觀。

我們讀《李白與杜甫》，不禁會提出這樣的疑問：郭沫若爲什麼不以同樣的標準去對李白做同樣直截了當的階級分析？實際上郭沫若不願將李白推到被"批判"的位置上，這只能以他寫作中所帶有的强烈的好惡情緒來解釋。

1947 年，郭沫若曾在《歷史人物·序》中談到自己對歷史人物作爲研究對象的選擇標準："主要是憑自己的好惡，更簡單地説，主要是憑自己的好。因爲出於惡而加以研究的人物，在我的工作裏面究竟比較少。我的好惡標準是什麼呢？一句話歸宗：'人民本位！'"①

很明顯，杜甫就屬於郭沫若"出於惡而加以研究的人物"。郭沫若寫道："或許又有人會説：'你是偏愛李白，在挖空心思揚李抑杜。'"②實事求是地説，從《關於李白》我們看不出怎麼因"偏愛"去"挖空心思"地"揚"，而《關於杜甫》裏因"惡"而"挖空心思"去"抑"之處確是隨處可見。

如同樣是寫李白與杜甫的飲酒，郭沫若的主觀感受却大相徑庭。我們知道郭沫若從少年時代起就很喜歡酒，到了寫《李白與杜甫》的時候，假使他想以酒澆胸中塊壘，也難以喚回當年的豪興，而當郭沫若描述着這富有刺激力的酩酊狂飲的情境，他的文字中情不自禁地洋溢着"意飲"的興奮。這時，他似乎已經把"階級分析"撇到了一邊，不再去追究"好不痛快"的肉山酒海是否屬於"地主生活"。杜甫愛酒不像李白那樣有名，郭沫若却用了《嗜酒終身》的專章，引徵大量作品，闡幽彰潛以説明："新舊研究家們的眼睛裏面有了白内障——'詩聖'或'人民詩人'，因而視若無睹，一千多年來都

---

① 《郭沫若全集·歷史編》第四卷，人民出版社 1982 年版，第 3 頁。
② 郭沫若《李白與杜甫》，第 118 頁。

使杜甫呈現出一個道貌岸然的樣子,是值得驚異的。"①與其說郭沫若厭惡杜甫,不如說他更厭惡"道貌岸然"的"聖人君子"的形象。

問題的關鍵是:爲了剝下"新舊研究家們"披在杜甫身上的"道貌岸然"的外衣,郭沫若不惜以很多難以使人賓服的誇張之辭去做邏輯頗奇的辯爭。同時,他又不得不繞開厭惡杜甫的更真實的因由,將論爭置於"人民性"的通行尺度之下。這便是《關於杜甫》寫作中那些令人詫異不解的片面和悖謬的由來。

我們以爲,單純用階級分析法(不論是"高雅的"還是"庸俗的"),再加上明顯的主觀好惡來分析評論古代的作家作品,特別是經典作家作品,其本身就存在着不科學的成分或一定的局限性。因爲古典作家及其作品是一種極爲複雜的文化現象,對於它的評價與定位應是多元的、多層面的。如果忽視了這一點,忽視了文學特有的規律,就會趨於簡單化或武斷性。郭沫若却是用這一方法分析杜甫,一再強調杜甫的地主階級意識、門閥觀念,進而對杜詩的複雜性、多樣性加以簡單化,並有意貶低;同時用這一方法對被他視爲"商人地主"的李白有意拔高,這本身就陷入了自相矛盾之中。

該書畢竟產生在我國政治思想領域存在着嚴重的"左傾"錯誤的年代,當然留有這個時代的深刻印記。它對杜甫的評價較爲嚴重地違背了歷史唯物主義和辯證唯物主義,特別是對杜甫名篇如"三吏""三別"等自古以來堪稱"詩史"的解讀,犯了被扭曲了的"階級分析"的"幼稚病",陷入了庸俗社會學的泥潭,甚至犯了連中學生都不可能犯的錯誤。

(四)留給後人的啓示

《李白與杜甫》引用恩格斯在《路德維希・費爾巴哈和德國古典哲學的終結》中的一句話:"歌德和黑格爾在各自的領域中都是

---

① 郭沫若《李白與杜甫》,第203頁。

奧林帕斯山上的宙斯,但是兩人都没有完全脱去德國的庸人氣味。"接着,郭沫若説:"這句話同樣可以移來批評李白與杜甫。生在封建制度的鼎盛時代,他們兩人也未能完全擺脱中國的庸人氣味。"①其實,"這句話同樣可以移來批評"郭沫若,他相當長一段時間裏亦没有"擺脱中國的庸人氣味"。

　　1934年12月6日,魯迅在寫給孟十還的信中説:"《戰争與和平》我看是不會譯完的,我對於郭沫若的翻譯,不大放心,他太聰明,又太大膽。"②魯迅真是一個思想家,他對郭沫若"太聰明,又太大膽"的評價,是否一語擊中了《李白與杜甫》的寫作動機? 可是,不管怎麽説,《李白與杜甫》作爲特定時代的産物,關於其學術價值的争議一直没斷過。有些論者大駡他爲"學閥",這是同樣不够負責任的做法。因爲郭沫若與當時或稍前的杜甫研究者們都陷入了難以擺脱的迎合政治思潮的怪圈中,只是程度有輕有重而已。我們應認真地客觀地加以評析,進而吸取教訓,纔是科學的負責任的態度;後世評論中的簡單化傾向或過激言論也都無益於杜甫研究。我們是否該作如此思考:在"人民性"的標準尺度和"揚李抑杜"的表層評價下面,甚至是明顯的知識硬傷面前,是否隱隱然藏着作者不便明言的曲衷和異常微妙複雜的心緒?

二、劉大杰《中國文學發展史》(七十年代版)

　　杜甫是我國古典詩人的傑出代表,本來是一個受儒家思想影響很深的人。如何把杜甫詩歌藝術的成就同"尊法反儒"的路綫挂上鈎,這是一切持"儒法鬥争"論者必須爲之絞盡腦汁的難題。如果説郭著只是爲了迎合"某個人"的口味,那麽,劉大杰《中國文學

---

①　郭沫若《李白與杜甫》,第12—13頁。
②　《魯迅全集》第13卷,人民文學出版社2005年版,第276頁。

發展史》（七十年代版）則是一場政治運動（非學術）的產物①。它是奉命以"儒法鬥爭"爲綱再修訂，雖有難以言説的無奈，可是好名矜才畢竟使他有晚節不保之嫌。

（一）劉著的指導思想

劉著論杜的指導思想是"儒法鬥爭貫串古今論"、"儒法鬥爭是文學史主綫"，把杜詩學內容納入"儒法鬥爭"模式中，抛棄了具體的、特定的、複雜多樣的歷史條件的分析，使豐富多彩、多元並存的杜詩學簡單化、庸俗化。他立足於"法家路綫決定一切"，把大到唐王朝的失誤、失敗，小到杜甫本人的歷史局限性都歸之於"儒家路綫"；不論是生活上的、思想上的，還是創作上的。在强調"儒家反人民"的前提下，指責杜詩"雖看到了一些民間疾苦的現象"，但不能"理解造成民間疾苦的真正根源"，而且"他的地主階級立場是很明顯的"；將杜甫總結其創作經驗的"讀書破萬卷，下筆如有神"故意片面化、絕對化，斥爲"創作方面的讀書萬能論"，"對於後代起了不良的影響"；"杜甫的文學思想""同樣受着儒學的影響"，"有些意見是唯心主義的"等，都是很不負責任的結論。與此同時，劉著又將杜甫"對於現實生活中真正的儒家政治"，即以唐玄宗爲首的

①　劉大杰《中國文學發展史》最早在 1941—1949 年由中華書局出版。周興陸在《重讀 1949 年版劉大杰先生〈中國文學發展史〉》一文（見《書品》1999 年第 2 期）中歸納出三個特點：自覺采取冷靜客觀的史學態度、多層面探究文學發展的歷史根源、凸顯思潮迭變中的浪漫文學精神。影響極爲深遠。1957—1958 年由上海古典文學出版社出版修訂本上中下三册。"反右"運動後期被批判。1962—1963 年，《中國文學發展史》經修訂後重印。這些修改是爲了回應歷史唯物主義的指導。1965 年毛澤東在上海與劉大杰等交談，並索要此書。1973 年第一册修訂重版。嗣後，"評法批儒"運動興起，劉正在修改第二册（隋唐五代部分），不能不受"儒法鬥爭"的影響。至 1976 年由上海人民出版社出版第二册。七十年代版嚴重違背歷史唯物主義和文學發展自身規律及杜甫思想形成史實。這當中，上海寫作組爲了表現其"積極"態度，便捲入第二册的修改工作，致使第二册充斥"儒法鬥爭"的火藥味。

腐朽政治"深感失望和不滿"歸結爲"非儒的思想",特別是"流離長安的末年,他對儒家思想開始起了懷疑和不滿",從而得出"由輕儒而傾向於重法"的結論,也不能不說是迎合"政治潮流"的輕率之舉。

（二）迎合"政治潮流",無視杜甫思想實際

這裏談到的這個"政治潮流",主要是指當時的"儒法鬥爭",梁效的《杜甫的再評論——批判杜甫研究中的尊儒思潮》與劉著一樣,其先決條件是法家路綫一定優於儒家路綫,將杜甫生活及其創作放在這個大前提下,展開一些無視歷史真實的論述,得出了十分荒唐的結論:"杜甫的成就來源於杜甫世界觀中突破儒家思想束縛的進步成分",法家思想"成爲他詩歌積極内容的主要思想基礎"①。

杜甫活着的時候,命運不濟。時隔千年後,有些人還是不肯放過他。1975 年展開的這場"評法批儒"運動,又把杜甫攪進去了。梁效的文章就是這麼給杜甫畫綫定性的,他們認爲杜甫的詩是"政治詩",他的詩歌是對當時唐玄宗推行的儒家路綫的批判,説杜甫是一個不自覺的"法家詩人"。緊接着,報刊上圍繞這篇文章展開了一場規模不算太大的關於杜甫到底屬於儒家還是法家的論争,論争的雙方雖然觀點不同,但是都没有離開"評法批儒"這一總的政治原則。

（三）杜甫真的"輕儒重法"嗎?

杜甫自言:"法自儒家有,心從弱歲疲。"(《偶題》)杜甫一生每每以"老儒"自詡,又以"腐儒"自憐。劉著爲迎合"潮流",千方百計地把杜甫説成是"輕儒重法"的詩人。劉著先入爲主地將杜甫納入"法家陣營"中,大致梳理了杜甫思想的發展脉絡:"我們研究杜甫思想,應當注意他的發展變化,既要看到他早年所受的嚴重儒家

---

① 見《北京大學學報》1975 年第 2 期。

思想的影響,更要看到他在政治鬥争和流亡生活的感受中,跟當時儒家政治路綫的矛盾及其後期的思想演變。"①又説,杜甫能取得這樣大的成就,"從其世界觀來説,是由於他能突破儒家的束縛,在其後期的思想中,存在着重法輕儒的一面。"②又説:"到了晚年,他的思想更有發展,由輕儒而傾向於重法。"③這裏强調了"後期"、"輕儒"、"重法"。關於這些問題,陸侃如先生《與劉大杰論杜甫信》④,共分四大點——關於"後期"、關於"輕儒"、關於"重法"、關於"徹底",都是圍繞劉著中對杜甫的評價而發揮的,並逐一作了説明和駁難。

劉著爲了論證杜甫的疑儒、輕儒,摘取了杜甫在不同時期所寫的一些詩句作爲論據。舉了六例:

(1)《醉時歌》:"儒術於我何有哉? 孔丘盜跖俱塵埃。"

(2)《送蔡希魯都尉還隴右因寄高三十五書記》:"健兒寧鬥死,壯士恥爲儒。"

(3)《獨酌成詩》:"兵戈猶在眼,儒術豈謀身。"

(4)《乾元中寓居同谷縣作歌七首》其七:"山中儒生舊相識,但話夙昔傷懷抱。"

(5)《草堂》:"天下尚未寧,健兒勝腐儒。"

(6)《晚登瀼上堂》:"不復夢周孔。"⑤

這六例似乎很有説服力,陸侃如先生則説都值得推敲,均難於證明他懂得什麼儒家路綫不如法家路綫。

又如關於杜甫後期變得"重法"的例證,劉著第 205—206 頁舉

---

①　劉大杰《中國文學發展史》第二册,上海人民出版社 1976 年版,第206 頁。

②　劉大杰《中國文學發展史》第二册,第 209 頁。

③　劉大杰《中國文學發展史》第二册,第 204 頁。

④　《文史哲》1977 年第 4 期。

⑤　以上見劉大杰《中國文學發展史》第二册,第 204—205 頁。

了九首：（a）四十八九歲到成都後作《蜀相》說："出師未捷身先死，長使英雄淚滿襟。"（b）五十歲以後在成都作《憶昔二首》其二說："百餘年間未災變，叔孫禮樂蕭何律。"（c）五十二三歲作《丹青引贈曹將軍霸》說："將軍魏武之子孫……文采風流今尚存。"（d）五十五歲前後作《別蔡十四著作》說："賈生慟哭後，寥落無其人。"（e）五十五六歲作《夔州歌十絕句》其二說："英雄割據非天意，霸王併吞在物情。"（f）五十五六歲作《詠懷古迹五首》其五說："諸葛大名垂宇宙……指揮若定失蕭曹。"（g）五十五六歲作《壯遊》說："枕戈憶勾踐，渡浙想秦皇。"（h）五十六歲作《晚登瀼上堂》說："淒其望呂葛。"（i）五十八歲作《別張十三建封》說："君臣各有分，管葛本時須。"第 209 頁舉五十歲前後在成都作《戲爲六絕句》其五說："竊攀屈宋宜方駕，恐與齊梁作後塵。"認爲杜甫"把被儒家罵爲'露才揚己'的法家詩人屈原作爲追求的目標"，也是他輕儒重法之一證。

　　陸侃如先生是從反對天命論的問題、對歷史上若干法家人物的看法問題兩方面去駁難的："總起來看，所舉杜甫重法例證，似乎還有商量的餘地。至目前止，似乎還不能斷定杜甫世界觀中有什麼輕儒重法、反天命、反投降的因素吧。"

　　劉著接着又說："當然，這並不是說，杜甫最終已經和儒家思想徹底決裂了。"①對於杜甫來說，恐怕還不是他轉變得徹底與否的問題，而是他究竟有無轉變的問題。因爲所舉不徹底的例子，不過幾首，如《又示宗武》《題衡山縣文宣王廟新學堂呈陸宰》等。但如果我們把全集一千四百多首詩逐一細看，就會發現許多爲劉著所避而不談的詩篇，裏面充滿着儒家色彩，而這些又都作於劉著所說的"後期"甚或"晚年"階段。

　　而劉著所引有關孔丘的詩、有關天意的詩，大都可以看出杜甫

---

　　①　劉大杰《中國文學發展史》第二册，第 207 頁。

尊儒尊孔。在他一生中,在他四十歲以後的"後期"中,在他四十九歲以後的"晚年"中,儒家色彩似乎遠遠超過其他一切。陸侃如先生的辨駁,有理有據,在在證明着大學者的嚴謹,爲後世學者立下榜樣。

(四)"儒法鬥争"中的"揚李抑杜"

"法家路綫"成了唐代文學創作的生命綫,"儒法鬥争"被説成是文學發展的源泉。這完全違背了唐代文學史的客觀事實和内在規律。事實是,"儒法鬥争"根本解釋不了唐代文學繁榮發展的客觀事實和規律。

可惜的是,劉著在比較李白與杜甫的文學成就時,也運用了這一政治説教。李、杜優劣的問題,是一個古老的公案,起碼可以追溯到元稹。我們今天看來,李白和杜甫都是我國古典詩人中的傑出代表,詩歌成就各有千秋。人各有長短,從不同的角度去衡量一下他們各自的長處和短處,進而探究造成這些差别的客觀與主觀的原因,應該説是很有意義的。無可置疑,劉著在比較李、杜作品的思想内容、創作方法、藝術風格和對詩歌形式的貢獻時,作了一些客觀的分析,這是好的。但它的基調卻貫穿着"揚李抑杜"的傾向,而且這種褒貶揚抑實際上帶有很大的主觀偏見。

劉著衡量和比較李、杜的優劣、高低的尺度是什麽呢? 它説:"李白詩中明顯的尊法反儒傾向,對當時的儒家路綫和傳統的儒家禮法的反抗精神,非杜甫所能及。"[1]又説:"李白鄙儒尊法,杜甫受有較深的儒家思想影響;李白對傳統的儒家禮法表示了飛揚跋扈的叛逆精神,杜甫在作人和作詩方面,都表現一種因循守舊的態度。"[2]接着列舉了三對例子來加以證明。又列舉了殷璠《河嶽英靈集》選李白而不選杜甫,姚合《極玄集》選王維而不選杜甫,韋毅

① 劉大杰《中國文學發展史》第二册,第221頁。
② 劉大杰《中國文學發展史》第二册,第223頁。

《才調集》不選杜甫等情況,其結論是:杜甫"作品的思想價值,顯然低於李白"①。説來説去,"揚李抑杜"的根據原來不過是"尊法反儒"四個字。這一立論的根本是經不起推敲的。

(五) 留給後人的慘痛教訓

在那個時代,劉著的出現是可以理解的。對於一個學者來説,與時俱進,追求進步,並不算錯。當某種思想(如"儒法鬥争")被高度意識形態化、政治化,但却又被標榜爲代表着時代進步方向而宣傳貫徹下去時,它自然會爲那些追求進步的學者所接受。其結果被别有用心的人所利用,也是那些學者所始料未及的。就劉大杰這部《中國文學發展史》(七十年代版)來説,在今天來看,政治説教意味充斥其間。但是他不斷追求進步、回應時代思潮的精神,也不應該完全抹煞。很可惜,他的這種精神受到了褻瀆,他所追求的進步,結果是某些人的一場大陰謀。但是我們不能據此否定劉大杰的學術生命、學術人格。從某種意義上説,是時代決定着學術,而不是學術決定時代。

---

① 劉大杰《中國文學發展史》第二册,第 222 頁。

第三章　1977年至2014年的杜甫研究

　　思想解放帶來了杜詩學的中興，較爲保守的統計，這一時期出版有關杜甫的各類著作200餘部，論文3 400餘篇，呈現出全面繁榮、精彩紛呈的局面。縱觀這35年的杜甫研究，大致經歷了三個階段：對"詩史"説的重新審視，"詩史"與"詩聖"的綜合研究，"詩史"説漸漸淡出而代之以詩性研究。

第一節　1977年以後杜詩學的全面復興

一、杜詩學的復興

　　作爲學術研究，杜詩學的復興是從批評劉大杰《中國文學發展史》（七十年代版）杜甫部分和郭沫若《李白與杜甫》開始的，分別以陸侃如先生《與劉大杰論杜甫信》與蕭滌非先生《關於〈李白與杜甫〉》爲代表，兩位學者的意見對杜甫研究的復興起了正本清源的作用。陸文針對杜甫後期"輕儒重法"觀點，以準確的統計數字證明杜甫不是"輕儒重法"，而是"尊儒尊孔"的①，特別需要指出的是，此信落款的時間是：1976年11月1日，此時粉碎"四人幫"還不到一個月（詳參前文）。蕭文糾正了郭著的一些偏頗，駁證了郭

---

① 陸侃如《與劉大杰論杜甫信》，《文史哲》1977年第4期。

著曲解、誤解杜詩之處①。兩文充分表現了作者的膽識和理論勇氣；刊載兩文的《文史哲》雜誌社也表現出非凡的膽識和勇氣②。於是圍繞《李白與杜甫》展開了一場不小的論爭。羅宗强《李杜論略》作爲新時期李杜研究的第一部論著，通過對李詩“飄逸”、杜詩“沉鬱”的解析，反復强調現實生活對於創作的意義，李杜詩風的不同取決於認識和反映現實的特殊方式而無優劣之分，以其理論深度補救了郭著揚李抑杜之偏弊③。燕白《簡論李白和杜甫》也否定了郭著抑杜揚李的觀點④。王學泰《20 世紀文化變遷中的杜甫研究》認爲：“《李白與杜甫》中的怪論實際上是個人崇拜在古典文學研究中的表現，此書把自古就存在的‘揚李抑杜’推到驚世駭俗的地步，而其目的就是一個，‘毛主席更愛好李白詩’，因此就要改變自己的愛好和經過研究得出的客觀結論。這是荒誕而可悲的。”⑤胡可先《論〈李白與杜甫〉的歷史與政治内涵》以爲郭著從某種意義上説是一部政治著作，它留給我們兩點啓示：中國知識分子的人格缺陷與學者應具有人文精神⑥。

---

①　蕭滌非《關於〈李白與杜甫〉》，《文史哲》1979 年第 3 期。

②　按：當時的《文史哲》編輯部主任（那時不稱主任）劉光裕老師曾親口對筆者説：陸先生的很多東西都根植於他那深厚、敏鋭而有卓識的史學家眼光，他的《與劉大杰論杜甫信》很能表現這一點；我後來敢搞“中國出版史”，主要是從陸先生這裏學到的史學功底與見識。至於蕭先生這篇同樣引起巨大轟動和影響的《關於〈李白與杜甫〉》的出現，劉老師説：“四人幫”剛剛垮臺，劉老師就告訴蕭先生寫點關於《李白與杜甫》的東西，擇機給予發表。這就是蕭先生山大禮堂的關於《李白與杜甫》的演講（據説當時窗户上都擠滿了聽衆），和《文史哲》此文的出現。

③　羅宗强《李杜論略》，内蒙古人民出版社 1980 年版。

④　燕白《簡論李白和杜甫》，四川人民出版社 1981 年版。

⑤　《中國古典文學學術史研究》，新疆人民出版社 1997 年版。

⑥　《杜甫研究學刊》1998 年第 4 期。

二、對杜甫其人其詩的綜合研究

（一）綜合研究

1977 年以後，伴隨着思想的解放和學術研究的走上正軌，又出現了研究杜甫的熱潮。這個時期，學界不但整理再版了大量的明清名家注杜、論杜的舊著，如仇兆鰲《杜詩詳注》、錢謙益《錢注杜詩》、浦起龍《讀杜心解》、楊倫《杜詩鏡銓》、王嗣奭《杜臆》、施鴻保《讀杜詩説》、金聖嘆《杜詩解》等，爲進一步深入研究杜詩打下了基礎；而且陸續出版了不少當代學者研杜的新著，如傅庚生《杜詩析疑》、徐仁甫《杜詩注解商榷》、陳貽焮《杜甫評傳》、金啓華《杜甫詩論叢》等，還出現了專門刊發論杜成果的《草堂》（創刊於 1981年，1988 年改名爲《杜甫研究學刊》）。除了成都杜甫草堂有杜甫紀念館，河南的鞏縣也建立了杜甫紀念館，四川省還成立了杜甫研究會（成立於 1980 年 4 月，原名成都杜甫研究學會，1990 年改今名）。1994 年 10 月，中國杜甫研究會在杜甫的故鄉——河南省鞏義市成立。1999 年 6 月，夔州杜甫研究會成立。各杜甫研究會一般兩年舉行一次年會，研討杜甫其人其詩。而中國杜甫研究會年會一般是國際性的研討會。

談到綜合研究杜甫，不能不提到以下專著。

蕭滌非《杜甫研究》（修訂版），克服了舊版中的一些時代局限①，全面論析了"杜甫的思想、生活及其作品的思想内容和藝術成就"，"代表了我國八十年代杜甫研究的水平"②（詳見後文）。

傅庚生《杜甫詩論》，作爲上海文藝聯合出版社《中國古典文學

---

① 蕭滌非《杜甫研究》，齊魯書社 1980 年修訂本。此本仍分上下卷，上卷爲杜甫其人其詩的全面論述，下卷爲建國以來作者杜甫研究論文的結集，舊版下卷之杜詩選注部分，易名《杜甫詩選注》，由人民文學出版社於 1979 年出版。

② 詳見張忠綱《杜詩縱橫探・杜集叢考》，山東大學出版社 1990 年版。

研究叢刊》之一種,1954 年初版。上海古典文學出版社 1956 年新版。後來,著者吸取讀者的意見加以修改。1959 年中華書局上海編輯所、1985 年上海古籍出版社皆出版了該書的修訂本,部分修改意見則收入他的專著《杜詩析疑》中。該書是二十世紀五十年代以來較早"全面、系統地論述杜甫詩歌創作成就的專著"。其主要特點:一是側重杜甫詩歌思想性的研究。杜詩號稱"詩史",具有豐富的現實內容,杜甫是"詩聖",其詩博大精深,因此杜詩研究向來重視對其內容的探討。該書於杜詩的人民性、現實性等多有抉發。二是注重對杜詩展開動態的研究。杜甫創作的全過程及影響這一過程的諸因素,以往懾於杜甫"詩聖"的威嚴,一味褒揚,未免失實。該書從杜甫生活、思想的動盪矛盾裏,演繹他的詩歌向前發展的軌迹,汲取它的精華所在,也指出它的糟粕部分。三是重視運用歷史唯物主義的觀點和方法進行研究,體現了著者不爲傳統見解所束縛,努力用新觀點、新方法研究杜詩的創新精神。該書借助前人注釋,推研詩人的用心,同時致力於廓清過去注杜諸家的偏見和誤解,把富有民主性的杜詩從迷霧中解脫出來。其間有些觀點雖不無可議之處,但畢竟體現了當時學者的新看法,富於時代氣息。

　　值得注意的是,傅著寫作的年代,正是"現實主義"與"浪漫主義""兩結合"風行全國,"兩結合"的敘述方式被提升爲一種政治意識形態的時代,從一種特殊的時代需求轉而爲文學史敘述的普遍規則①,傅著自然留有明顯的時代烙印。可是,時代在發展,到二

---

① 　周揚説:"毛澤東同志提倡我們的文學應當是革命的現實主義和革命的浪漫主義的結合,這是對全部文學歷史的經驗的科學概括。""兩結合"乃成爲"全部文學歷史"的一個普遍規則。見《新民歌開拓了詩歌的新道路》,《紅旗》1958 年創刊號。郭沫若更是在本質論的高度上論證了"偉大"的"兩結合"的必然性,説:"文藝是現實生活的反映和批判,如果從這一角度來説,文藝活動的本質就是現實主義。但從文藝活動是形象思維,它是允許想象,並允許誇大的,真正的偉大作家,他必須根據現實的材料來加以綜合創 (轉下頁)

十世紀六十年代,杜詩的"詩史"已經不能再完全滿足"兩結合"的價值訴求了。"我們要向杜甫學習,也要向李白學習,最好把李白和杜甫結合起來。李白和杜甫的結合,換句話說:也就是浪漫主義和現實主義的結合。"①郭沫若這樣說,就表明杜甫的"現實主義"還是有局限的。當然,也可以通過"浪漫主義"的尋踪來形成傅庚生的觀點:"從杜詩裏去發掘現實主義與浪漫主義的結合,是一個說不盡的話題。"比如《詠懷五百字》《北征》《新婚別》等等都是"有浪漫主義的神韵與手法行於其間"的②。

朱東潤《杜甫叙論》,人民文學出版社1981年出版。該書實際是杜甫的評傳,把傳主置於李唐王朝興衰的歷史背景下,置於唐詩發展的長河中來叙評,旨在揭示詩人杜甫的人生道路及其歷史必然性。凡十章:"憶昔開元全盛日"(712—746)、"西歸到咸陽"(746)、"漁陽鼙鼓動地來"(755)、"中興諸將收山東"(759)、"無衣思樂土,無食思南州"、"此身那老蜀,不死會歸秦"(760—762)、

(接上頁)造出典型環境中的典型人物,這樣的過程,你盡可以說它是虛構,因而文學活動的本質也應該是浪漫主義。"見《浪漫主義和現實主義》,《紅旗》1958年第3期。

① 郭沫若《詩歌史中的雙子星座》,《光明日報》1962年6月9日。

② 傅庚生《探杜詩之琛寶,曠百世而知音——紀念詩人杜甫誕生1250周年》,《光明日報》1962年4月15日。此外,中國社科院文研所本"文學史"說:"現實主義是杜甫創作的主要特色,但是,詩人也有不少浪漫主義的或帶有浪漫主義色彩的好詩。"見《中國文學史》(二),人民文學出版社1962年版,第407頁。游國恩本"文學史"也說:"杜甫是一個具有遠大政治抱負的詩人,這就決定了他的現實主義是有理想的現實主義。因此在他的某些叙事兼抒情的詩中往往出現現實主義和浪漫主義相結合的作品。"見《中國文學史》,人民文學出版社1962年版,第429頁。力揚也說:"他像世界文學史上許多偉大的作家一樣,在他們自己的作品中,往往包含着人類藝術中兩個主要流派現實主義和浪漫主義的因素。"見《論杜甫詩歌的現實主義》,《文學評論》1964年第4期。此說顯然是一種高爾基式的叙述。

"公來雪山重,公去雪山輕"(762—765)、"雲安有杜鵑"(765—766)、"故國不可見,巫峽鬱嵯峨"(766—768)與"此曲哀悲何時終"(768—770),即依時爲序,結合當時的社會現實來叙述、評介杜甫的生平事迹、思想變化和詩歌創作,資料翔實,全面深入,評介中肯,極有參考價值。

莫礪鋒《杜甫評傳》①,其特點是既把杜甫作爲偉大詩人,論述其詩歌創作成就及其創作發展過程,又把杜甫當作偉大的思想家,對其人生哲學及政治、文學和美學思想進行了探討。同時,在評傳結合中側重於評,試圖把杜甫置於時代和社會的廣闊背景中予以審視,對杜甫的地位及影響作出了較深刻的闡述。

程千帆、莫礪鋒、張宏生合著《被開拓的詩世界》②,程千帆對杜詩研究下過很深的工夫,並曾在好幾所大學裏開設過杜詩課程,他晚年在南京大學重開此課,除了講授杜詩學知識外,更着重啓發學生進行專題研究,該書就是程千帆杜詩研究與杜詩教學的雙重成果的結晶。該書的特點,實際也是創新點:"是始終把杜詩置於古典詩歌史的長河中進行考察,從而爲杜詩學提供了嶄新的切入點和宏闊的視野。"③即是把考察的目光集中於杜甫怎樣從盛唐詩人的浪漫主義群體中遊離出來而走上現實主義道路上。它着重探索了杜甫怎樣在藝術上達到"無意爲文"的老成境界,以及杜詩怎樣對現實的憤怒控訴轉變成深沉内心的獨白。如在《杜詩集大成説》一文中,評價杜甫對文學傳統的繼承時説,杜甫對文學傳統的繼承,不但不是零星地、機械地借鑒某幾位前人,也不是把前人的長處簡單地相加在一起,而是對前代遺產全面考察以後,作出合適

---

① 莫礪鋒《杜甫評傳》,南京大學出版社 1993 年版。

② 程千帆、莫礪鋒、張宏生合著《被開拓的詩世界》,上海古籍出版社 1990 年版。

③ 莫礪鋒《〈程千帆文集〉總序》,河北教育出版社 1999 年版。

的揚棄與繼承,從而在自己的創作中顯示出前所未有的充實與和諧。又如《七言律詩中的政治內涵》中對杜詩七律的成就作了深刻的闡述,認爲杜詩在集前人之大成時做了揚棄,開了自己的新境。對七律的創作有很大的創新,使之跳出了宮廷和個人生活圈子,成爲反映政治生活的一種手段,在形式和風格上也大有發展,特別是晚年的近體詩其題材擴大到與古體詩同樣廣闊的深度,還敢於寫一些不盡合律的拗句,用俗字入詩,在七律中出現一氣盤旋、清空如話的新境界,對宋代詩人産生了很大影響。又如在《老去詩篇渾漫與——論杜甫晚期今體詩的特點及其對宋人的影響》一文中,提到杜詩"晚節漸於詩律細"同"老去詩篇渾漫與"是否矛盾時指出,杜甫在經過苦吟而達到"詩律細"的程度後並没有故步自封,他在近體詩藝術的領域裏還作了進一步的探索。他把近體詩的題材範圍擴大到幾乎與古體詩同樣廣闊的程度,其內容已擴展到寫時事、發議論、寫日常生活瑣事等諸方面;在形式上更敢於寫入一些不盡合律的拗句,敢於用俗字俚語入詩,力求在七律中出現一氣盤旋、清空如話的境界,這對宋人特別是江西詩派産生過深遠的影響。又如在《晚年:回憶和反省——讀杜甫在夔州的長篇排律和聯章詩札記》一文中,對杜甫晚年的詩歌特別是十組七律聯章詩,從縱橫兩個方面,作了較爲全面而精確的總結,使作爲"詩聖"的評價達到了一個制高點:完整地描繪了歷史和現實社會風貌,成功地表現了自己的思想感情。

張忠綱《杜詩縱橫探》①,對杜甫思想、生平交遊、行踪遺迹、作品鑒賞、版本考證、詞語闡釋等方面的研究,"多發前人之所未發,創見迭出,是一本很有價值的專著"(陳貽焮語)。

朱明倫《杜甫散論》則"散論不散",對杜甫其人其詩進行了多

---

①　張忠綱《杜詩縱橫探》,山東大學出版社 1990 年版。

方位研究①。

　　陳貽焮《杜甫評傳》②，分上、中、下三卷，長達 108 萬字，是二十世紀國內研究杜甫最爲詳盡深細的一部力作。該書批判地總結了明清文人及近代學者研究杜甫的全部成果，澄清了杜甫生平事迹中的不少疑點，以歷史唯物主義的觀點對杜甫的思想作出了公正的評價，並結合杜詩的藝術成就闡明了中國詩歌藝術中的許多重要理論問題。該書還從政治、經濟、宗教、哲學、繪畫、音樂、舞蹈、風土人情、典章制度等各個方面展現了盛唐時代的宏闊背景，詳盡地描繪出安史之亂前後大唐帝國由盛而衰的歷史畫卷和紛繁複雜的社會生活，並將唐代幾十位詩人編織在這張大網中，上掛漢魏六朝，下連宋元明清許多作家，通過綜合考察、縱橫比較，把杜甫還原爲一個處身於複雜的社會關係中、具有複雜的生活經歷和思想性格的人。上卷寫到杜甫棄官離開華州爲止，中、下卷從客居秦州寫起，展開了詩人後半世漂泊西南的人生道路。在上卷中，杜甫捲入了政治鬥爭的漩渦，這一時期的詩歌集中反映了大唐帝國由盛而衰的轉變過程，因此作者從宏觀的角度將歷史背景與作家作品密切結合起來，綜述時代、社會和創作的大問題。入蜀以後，杜甫詩歌的數量有 1 200 餘首，反映時事不如前期及時和具體，內容龐雜，所以作者在中、下卷中着重從大量的詩作中理出頭緒，理清詩人行踪的來龍去脉，更深入地探討詩人的生活、心境與其創作的關係。在探討杜詩藝術時，作者往往由詞義箋釋或分析詩境隨時生發出評點，尤善采用順解和斷制二法，說詩重妙悟，講究巧於表達，既能準確而又空靈地說明杜詩藝術給人的感受和聯想，又能還杜詩以活潑的生活氣息，完整地描述出杜甫的精神風貌和複雜性格。

---

① 　朱明倫《杜甫散論》，遼寧大學出版社 1993 年版。

② 　陳貽焮《杜甫評傳》，上海古籍出版社 1982、1988 年版。

　　陳貽焮《杜甫評傳》將杜甫與杜詩放在唐王朝由盛轉衰的紛繁複雜的歷史背景上，對時代和創作的關係、杜詩産生的主客觀因素對其創作的影響等進行了深入細緻的研究，並按歷史和生活的本來面目，深刻揭示了杜甫的思想性格及整個思想發展過程。又通過作家的縱横比較，探討杜詩藝術的獨創性及其在詩歌發展史上的作用等問題，填補了杜甫研究中的一些空白，是繼蕭著《杜甫研究》之後的又一豐碩成果。

　　黄玉峰《説杜甫》①，共分兩大部分，第一部分"杜甫一生"（十九集），全面講述了杜甫豐富多彩的一生。第二部分包括杜甫評説（五集）、杜甫詩存（五集）、杜甫名言和杜甫生平掃描等，爲讀者全面瞭解杜甫及其詩歌提供了方便。該書既叙述了杜甫的生平遭際以及同情人民的苦難，又剖析了其性格上的弱點是個人不斷遭到挫折的主要原因，對杜甫性格形成的原因，對房琯事件，對杜甫與嚴武的關係，都有一定新見，對杜甫與李白、蘇軾進行的比較，也發人深思。

　　《吴小如講杜詩》②，爲《名家講堂叢書》之一，是吴小如的弟子們根據他在 2009 年杜詩專講課上的講稿録音整理而成，共十五講，是數十年研究杜詩的結晶。吴小如談閲讀、分析詩歌的心得有四原則：通訓詁，明典故，察背景，考身世，並以揆情度理統攝此四原則。此書體現了這一思想，即兼顧杜甫一生的幾個階段，挑選最有代表性、最有藝術感染力的作品加以講授，講深講透。其間特別注重點、綫、面的結合，不僅就杜論杜，還以老杜爲樞紐軸心，上掛下聯，附帶談一些有關詩歌發展史的宏觀問題。

（二）"詩史"説的漸漸淡出

　　回顧二十世紀初，梁啓超倡"小説界革命"，啓蒙主義的現實主

---

①　黄玉峰《説杜甫》，上海辭書出版社 2008 年版。
②　《吴小如講杜詩》，天津古籍出版社 2012 年版。

義文化思潮漸漸興起。他提倡"寫實派小説"的同時,説杜甫是一個"半寫實派",因爲"他處處把自己主觀的情感暴露,原不算寫實派的作法",而且杜甫用"近世寫實派用的方法"寫的作品,"真事愈寫得詳,真情愈發得透"①。在他看來,"寫實"和"情聖"是互相促發的。三四十年代,抗戰時期的民族主義思潮強化了"詩史"視角。到了五六十年代,作爲馬克思主義文學理論的"現實主義"被強調,"詩史"視角得到了最大的強化。1962年,杜甫作爲"世界文化名人"被紀念,馮至等學者寫了一系列文章,對杜甫的"詩史"精神進行反復詮釋。

　　二十世紀八十年代,人們嘗試重新詮釋"詩史"的意義,已從客觀上淡化之。如鄧小軍《杜甫詩史精神》從更開闊的文化界面上解釋"詩史"的精神——"杜甫詩史精神,是詩人國身通一精神、良史實錄精神、孔子庶人議政貶天子精神、民本精神、平等精神的集大成","是中國文化一系列傳統精神的整幅繼承與創造性發展"②。謝思煒《杜詩叙事藝術探微》則是轉向叙事形式來解釋"詩史"。他在對文人詩特殊的記事傳統和民間叙事傳統作出獨到的區別之後,指出杜詩的"詩史"性質正是通過叙事、記事這兩種形式的結合而獲得的③。而韓經太《傳統"詩史"説的闡釋意向》認爲,"詩史"概念在本質上"可以概括爲直面時事而感發褒貶的主體意識,以及包括主體之艱難在內的現實真實的情感體驗和理性反思"④。這種通過聯結杜詩與《春秋》精神所作出的解釋,更是超越了對"詩史"的反映論界定。

　　當然,更重要的是淡化根植於"詩史"説的價值觀。古人雖以

---

①　梁啓超《情聖杜甫》,《晨報副鐫》1922年5月28、29日。

②　《安徽教育學院學報(社會科學版)》1992年第3期。

③　《文學遺産》1994年第3期。

④　《中國社會科學》1999年第3期。

“詩史”稱譽杜詩，那是晚唐五代以至宋人看重杜詩内容的需要，可是它還不足以構成基本的評判標準與價值標準。錢鍾書説：

> 謂詩即以史爲本質，不可也。脱詩即是史，則本未有詩，質何所本。若詩並非史，則雖合於史，自具本質。……史必徵實，詩可鑿空。……且以藝術寫心樂志，亦人生大欲所存，盡使依他物而起，亦復顯然有以自别。①

錢鍾書的“詩/史”之辨，本質上是對“詩史”説的批評。他説詩“自具本質”，所以雖然它“合乎史”，也不過是“依他物而起”，“寫心樂志”的本質並未失去。他因强調詩的自性而反對“古詩即史”的觀念。反過來説，“詩史”説有可能因關注史實、史性而使詩性成爲盲點；詩性畢竟是杜詩的核心。特别是在二十世紀五十年代以後，“詩史”説在同主流意識形態取得默契之後，作爲“形式主義”的詩性因素有時甚至被看作是“詩史”説的一道屏障，即作爲杜詩藝術形式的一些特點就被有意忽視了。

　　前面已經説過，在現代現實主義思潮中，人們最大限度地强調了“安史之亂”對於杜甫創作的作用。郭沫若的一句話代表了當時的共識：“安史之亂對杜甫是不幸中之幸，對中國文化也是不幸中之幸。”②於是，杜甫的“現實主義”創作道路呈現爲一種倒抛物綫的軌迹。然而這種觀點却又掩蔽了另一種可能性，那也是對杜詩藝術的忽略。

　　這個反思過程是艱難的。王岳川《杜甫詩歌的意境美》概括“詩史”説的局限性時説：“過去多强調其‘詩史’——歷史的認識

---

① 錢鍾書《談藝録》，開明書店 1948 年版，第 46—47 頁。
② 郭沫若《詩歌史中的雙子星座》，《光明日報》1962 年 6 月 9 日。

價值,而對其審美價值却不够重視。"①一句"對其審美價值却不够重視",觸及了"詩史"叙角在"史性/詩性"方面的矛盾。同樣,周裕鍇《試論杜甫詩中的時空觀念》也試圖站在"詩史"的視角之外去把握杜詩的特徵。他説:"他的詩雖號'詩史'而包含着極濃郁的抒情成分。"這就等於是在史性之外更强調了詩性。所以周裕鍇把注意力放在了杜詩情感的時空表現方式上②,即置大於小、小中見大、置小於大。實際上,問題不出在"詩史"本身,而在於"詩史"的叙角化局限。

淡化"詩史"説的意識已經產生。這使人們的目光從長安轉移到夔州,從古體轉向近體。這就與葉嘉瑩的視點銜接上了。據裴斐《杜律擧隅》統計,近體在杜集中占有最重要的地位,而近體的創作又集中在後期。這一點很難在"詩史"説中得到解釋和評價。所以裴斐希望用新的分析法去"克服杜詩研究中重思想輕藝術的偏頗和對文學思想性的狹隘理解,使後期杜甫律詩的成就受到更多的重視"③。許總《杜詩以晚期律詩爲主要成就説》説:"律詩無疑更成爲杜甫對詩歌藝術的畢生追求及其成熟的主要標志。"據他分析,意象間的非關聯性、意境間的非連續性、思維的跳躍性以及對時空關係的重新剪輯並使之統一於詩意和哲理之中等特徵,奠定了杜甫晚年律詩的基本美學結構④。

這個時期出現的大量探討杜甫五律、七律的論文,也都是側重其藝術性即詩性,而有意淡化了其史性。如郭紹虞《關於七言律詩的音節問題兼論杜詩的拗體》⑤、葉嘉瑩《杜甫七律演進的幾個階

---

①　《江漢論壇》1983 年第 12 期。

②　《江漢論壇》1983 年第 6 期。

③　《草堂》1983 年第 2 期。

④　《中州學刊》1988 年第 6 期。

⑤　《古代文學理論研究叢刊》第 2 輯(1980 年)。

段》①、鍾樹梁《論杜甫的五言排律》②、金啓華《論杜甫的五律》③、
萬雲駿《試論杜甫的七律》④、馬承五《試論杜甫七律組詩的連章
法》⑤、孫琴安《論杜甫所開的三派七律及其影響》⑥、蘇爲群《論杜
甫七律的藝術成就》⑦（詳下文）、趙謙《杜甫五律的藝術結構與審
美功能》⑧（詳下文）、孫琴安《關於杜甫五律詩的評價》⑨等，重點
論述其技巧。

　　而杜律的拗體，本身十分注重其藝術，史性成分更是淡化，研
究者們當然也是看重前者，如孟昭詮《試論杜甫的七律拗體》⑩、歐
鳳威《略論杜甫排律仄韵律的特色》⑪，王碩荃《論"子美七言以古
入律"——杜詩拗格試析》⑫等。

　　莫礪鋒《論杜甫晚期近體詩的特點及其對宋詩的影響》說，杜
甫晚期近體詩在題材的範圍上擴大到幾乎與古體詩同樣廣闊的程
度，而且呈現爲兩種不同的風格傾向：一是蘊藉高華，與盛唐詩人
的風格基本保持一致；一是多用俗字俚語入詩，呈現一氣盤旋、清
空如話的境界，並且一篇之中工拙相半，與盛唐詩人異趣，而對宋
代江西派和楊萬里等產生很大影響⑬。林繼中《杜律：生命的形

①　《南京大學學報》1981年第3期。
②　《草堂》1981年第2期。
③　《南京大學學報》1982年第3期。
④　《唐代文學論叢》總第3輯（1983年）。
⑤　《草堂》1985年第2期。
⑥　《杜甫研究學刊》1988年第1期。
⑦　《北京大學學報》1991年第3期。
⑧　《中國社會科學》1991年第4期。
⑨　《杜甫研究學刊》1992年第4期。
⑩　《貴州大學學報》1993年第3期。
⑪　《華中師大學報》1994年第3期。
⑫　《杜甫研究學刊》1996年第1期。
⑬　《南京大學學報》1989年第1期。

式》認爲,杜甫後期律詩力圖創造詩歌獨特的語言以表現詩歌獨特的意境:古今時空交錯,語言服務於感受;以情感生命的起伏爲起伏,極力追摹生命的節奏,讓詩的形式之律動與人的内在生命之律動同步合拍,由此焕發出詩美①。甚至杜甫的排律也得到了重視。程千帆、張宏生《晚年:回憶和反省——談杜甫在夔州的長篇排律和聯章詩札記》説,杜甫夔州以後的長篇排律和聯章詩達到了全新境界,最能代表杜甫晚年詩歌創作的成就;它們籠罩着一種濃厚的懷舊情緒,體現着由現在回溯到過去的反省;這種詩體,作爲詩歌藝術的完整體,也只有到了杜甫晚年纔成熟的,是杜甫在多年的藝術追求後,在晚年的特定精神狀態中所收穫的"心智的果實"②。金啓華《論杜甫蜀中的排律》③、牟懷川《試論杜甫的排律》④、李華《簡談杜甫的五言排律》⑤等論其藝術形式之美,無意間便淡化其"史性"特徵。

　　"詩史"説的變化,更使人們的視點回歸於杜甫在詩性方面的創造性貢獻上。夏曉虹《杜甫律詩語序研究》指出,杜甫善於變化詩歌語序,表現其不遺小因而成其大的創新精神——他將司空見慣的爛熟句通過重新的語序安排而使之獲得新的藝術生命,利用格律與詩歌特殊之語法規則,自由地將被強調部分提前而省去復指部分,或將被強調部分程度的差異在語序排列中加以體現,以及以特殊的語序突出被強調成分和反映感知的全部過程;要之,杜甫的高明之處並不在於無視格律,恰恰在於他能夠嚴格地遵守格律,巧妙地利用和支配格律,達到超越限制表情達意的自由境地,使格

①　《首都師大學報》1996 年第 4 期。
②　《中國社會科學》1986 年第 1 期。
③　《徐州師院學報》1986 年第 1 期。
④　《上海師院學報》1983 年第 1 期。
⑤　《首都師大學報》1993 年第 1 期。

律這一僵硬的形式具有了活躍的生命力①。蘇爲群《論杜詩七律的藝術成就》説，杜甫七律除了在思想内容、意象意境、情趣格調上有着全新的開拓，具體的語言技巧和寫作手法也較前代有很大的提高，如起句富於創新，中二聯寫景往往以情間之，句中用典不露痕迹，善用雙字叠字，體物貼切，描摹工巧，善用轉折語，等等。根據現代結構主義理論，趙謙對杜甫五律形式結構進行具體的分解，這些結構包括以先景後情爲藝術原則的起興結構，與詩歌反映的客觀對象的特性及其運變形式相對應的客觀結構，具有層次性、條理性、有助於抒發深邃窈渺之思的雙綫結構和綰連結構，含有時空式、情感式兩種方式的比較結構，以及以意象的構織作爲連章樞紐的意象鏈結構等。

　　最後，我們以張暉的《中國“詩史”傳統》來作一小結②，因爲這是到目前爲止談論“詩史”最全面、最深刻的著作。“詩史”是中國文學批評史中的一個重要概念，杜詩最負盛名。該書從孟棨《本事詩》對杜詩品格的討論開始，搜羅了兩宋到明清重要的“詩史”論述，完整勾畫出中國文學批評史中與抒情傳統並立的另一個以“詩史”爲代表的紀實傳統。其附録一《“詩史”的發現與闡釋——“詩史”問題的現代研究》（1934—2010），基本可以續接《清代“詩史”説舉隅》一章。這樣看來，該書就是一本完整的“詩史”説的演變史。而其理論價值主要體現在第7章《“詩史”説的理論意義》中，既梳理了“詩史”的主要内涵和理論意義，又辨清了“詩史”説與中國抒情傳統論述的關係，特別是對明清以降“以詩爲史”的傳統進行了反省。“詩史”，作爲一個具有豐富理論内涵的文學概念，不同

---

　　①　《文學遺産》1987年第2期。

　　②　張暉《中國“詩史”傳統》，生活·讀書·新知三聯書店2012年版。按：張暉這位風華正茂的青年才俊已於2013年3月15日帶着他心愛的學術永遠離開了我們，乃學術之大不幸。

時代有不同的内涵,但一個基本的共識是：在保持詩歌抒情美學特徵的基礎上記載現實,詩歌是一種特殊的文學形式,不是記録、證明歷史的文獻資料。

第二節 對杜甫其人其詩的全面研究

一、與李白的比較研究

在煌煌大唐的同一個時代,出現了"詩中的兩曜"(郭沫若語),他們曾經相遇而"細論文"。這件大事曾讓聞一多興奮異常,説它值得"提起筆來蘸飽了金墨,大書而特書"①。然而這件事雖然"神聖"、"浪漫"却不完美,因爲"杜甫對於李白,一片憐才之忱",但"最奇怪的是,李白對於杜甫,却是很爲冷淡"②,甚至是挖苦嘲諷："飯顆山頭逢杜甫,頂戴笠子日卓午。借問别來太瘦生,總爲從前作詩苦。"(李白《戲贈杜甫》,案：有人以爲此詩是僞作,似是缺乏有力的證據)。李杜相會原本説不上具有實質性的詩史意義,但它却影響到人們對於李杜兩人的情感認同度。郭沫若寧願相信："李白和杜甫是像兄弟一樣的好朋友。"因爲在情感上説,只有這樣兩人纔是真正的比肩發光的"雙子星座"③。我們因此也就明白,後來郭沫若爲了袒護李白,何以要刻意地證明他對於杜甫並非薄情之人④。自中唐

---

① 聞一多《杜甫》,見氏著《唐詩雜論》,第 143 頁。

② 陳叔渠《唐代兩大詩人的風義感及其他》,《今文月刊》第 1 卷第 3 期(1942 年)。

③ 郭沫若《詩歌史中的雙子星座》,《光明日報》1962 年 6 月 9 日。

④ 參見郭沫若《李白與杜甫》,第 100—104 頁。他認爲李白之所以寫給杜甫的詩不多,那可能是因爲散佚了,"前人愛以現存詩歌的數量來衡量李杜感情的厚薄,説杜厚於李,而李薄於杜。那真是皮相的見解";至於(轉下頁)

元稹、白居易迄今,李杜之間的優劣比較從未停歇過。

　　這裏的比較研究,首先是杜甫與李白的比較,而且是改革開放之後的李杜比較研究。這之前學者已做過不少努力,如備受爭議的郭沫若《李白與杜甫》(見上文),以及二十世紀上半葉汪静之《李杜研究》、傅東華《李白與杜甫》(見上文)、胡小石《李杜詩之比較》①等等。撥亂反正以來,這種比較研究已不限於李與杜的比較,還擴大到了杜甫與其他作家的比較。

　　這一時期堅持"李優杜劣"立場的代表是裴斐。裴斐説,就思想上看,李白勝於杜甫,因爲杜甫固然是一個傑出的、寫出過"一代國史"的大詩人,但他又是個"最平凡不過的、'奉儒守職'的小官吏",他的詩對統治者有"美刺"和"諷諫",却没有超出封建地主階級"温柔敦厚"和"干預教化"的詩教,他的思想與封建倫理相符,因此而被歷代封建士大夫奉爲"詩史"、"詩聖";而李白的思想很帶點反叛性,而超出了以儒爲宗的封建士大夫所能接受的範圍,比如不考科舉,不求小官,其心中的君臣關係是一種平等的主客關係,對當朝皇帝的大膽抨擊在歷史上殊屬罕見,超出"諷諫"和"怨悱"的範圍,看不起儒生②。即此而言,裴斐的觀點與郭沫若還是比較接近的。衆所周知,裴斐是李白研究專家(當然也研究杜甫),比較喜歡李白,這當是他的個人口味。

　　撥亂反正初期,郭沫若的觀點就受到了強烈的質疑和批判(見

(接上頁)《戲贈杜甫》的"戲"字"無疑"是後人誤加的,"借問"二句,一問一答,"不是李白的獨白,而是李杜兩人的對話。再説詳細一點,'别來太瘦生'是李白發問,'總爲從前作詩苦'是杜甫的回答"。但傅庚生認爲郭沫若對《戲贈》"借問"二句的解讀並不符合古詩的習慣布局和句法。見其《"飯顆山"之譏解》,《唐代文學論叢》1982年第1期。

　　①　《國學叢刊》第2卷第3期(1924年)。

　　②　裴斐《歷代李白評價述評》,《文學評論叢刊》第5輯(1980年)。後收入《李白十論》,四川人民出版社1981年版。

上文）。儘管郭沫若向反對者一再表明自己的動機不過是反對把杜甫當爲"聖人"和"它布"（圖騰）①，可是他應當意識到，人們對《李白與杜甫》的批判，實際上是對它所携帶的那個時代背景的一種情緒反應。

蕭滌非先生當然是《李白與杜甫》的最早"審判者"之一。蕭先生《關於〈李白與杜甫〉》並不反對在兩人之間作優劣之比較，因爲古已有之。但要求堅持"一條不可逾越、違反的準則"，那就是："抑只管抑，却並不抑得對方站不起來。"他説郭沫若犯了規。蕭滌非還謹慎地主張"最好是各評各的"，即所謂"離之則雙美，合之則兩傷"，不要把李杜硬拉在一起，其意在提醒人們吸取教訓，不要重蹈"高下在心，抑揚隨意"的覆轍。之後，學者們開始轉向"只談異同，不分優劣"的態度，使得李杜的地位能保持着"雙峰並峙，雙星永燦"的基本平衡②。這種研究是否有利於學術的發展，是否有利於李杜研究的深入，還有待考驗。

學者們在批判《李白與杜甫》的過程中，怎樣評價李杜？遵循的原則是"評理若衡"，並出現幾部學術價值較高的專著，如羅宗強的《李杜論略》③，是書爲論述李白、杜甫優劣之爭的專著。李杜優劣之爭由來已久，或揚李抑杜，或揚杜抑李，千餘年來資料浩繁。此書對李杜優劣之爭作了"歷史回顧"之後，從李杜政治思想、生活理想、文學思想、創作方法、藝術風格、藝術表現手法等六個方面進行了比較，客觀地評介了李杜在中國文學史上的地位，公允得當，頗有見地。羅宗強試圖基於平衡原則重新建構一個全方位比較視域："承認他們並駕齊驅的地位。"他論述道：兩人作爲政治家都同

①　參見《郭沫若同志就〈李白與杜甫〉一書給胡曾偉同志的復信》，《東嶽論壇》1981 年第 6 期。

②　蘇仲翔《李白杜甫異同論》，《湖南教育學院學報》1984 年第 4 期。

③　羅宗強《李杜論略》，内蒙古人民出版社 1980 年版。

樣"迂闊",同樣有巨大的主張抱負却同樣缺乏政治能力,其思想都不切實際;李白的生活理想反映處於繁榮時期地主階級的自信與勃勃生機,及其寄生、享樂的人生態度,杜甫的理想則充滿矛盾,反映處於戰亂中地主階級的一部分知識分子的心理狀態;李白的文學思想體現追求理想主義、傾向於抒情、傾向於虛、重天賦的盛唐審美理想,杜甫的思想則是從盛唐文學思想開始轉向重諷喻、傾向於反映人生、傾向於言志、傾向於實、重功力的中唐審美理想,並兼而有之;在創作方法上,李白是"虛",即用理想主義眼光去觀察生活,醜和美都罩上了幻想的色彩,杜詩是"實",其所描寫的是人生生活的真實圖畫;在藝術風格上,李詩是"清雄奔放",壯大開闊、氣勢磅礴而又清新俊逸,杜詩是"沉鬱頓挫",具有深廣的憂思、沉雄渾厚的感情基調、反復詠嘆的感情表達方式以及詩境的悲壯美;在藝術表現手法上,李詩形象刻畫大處着墨,於大處顯細微、藏實於虛,運用誇張手法,杜詩則以小見大,通過對具體事物的精細刻畫反映廣闊世界,藏虛於實,修辭精警。比諸二十世紀二十年代汪静之的比較論述,羅宗強的全方位比較視角更具有理論的整合性和系統性。

又如燕白的《簡論李白和杜甫》①,此書分八個部分:李白和杜甫的身世、如何評價李白和杜甫、對郭沫若《李白與杜甫》一書的意見、李白和杜甫所寫有關四川的詩、李白和杜甫的世界觀及藝術觀、詩仙和詩聖、李白和杜甫的詩歌特點、小結。以分析對比的方法,評價李杜詩歌的特點、異同,加以概括和總結。是一本評介詩人李白、杜甫的通俗易懂又不乏己見的讀物。

如果説全方位視角追求的是廣度,那麼局部性視角則以深度取勝,這主要表現在學術價值較高的幾篇論文上。袁行霈通過分析李杜詩歌意象構成上的差異,探討其詩風格的不同:第一,在意

---

①　燕白《簡論李白和杜甫》,四川人民出版社 1981 年版。

象群方面，李所擷取的是呈現出"飄逸"風格的大鵬、酒和仙、俠與劍、明月之類的意象，杜則將其傷時憂國的情懷訴諸"帶有濃厚憂鬱色彩"，所謂"沉鬱"的意象，如瘦馬、病馬、病橘、病柏、枯楠、枯棕之類的意象；第二，在意象的虛實運用上，李詩意象常常是超現實的，於想像中穿插以歷史、神話、夢境、幻境等，虛中見實，不粘不滯而顯得飄逸，杜詩意象却偏於寫實，善於刻畫，實中有虛，使意象不浮不泛，顯得沉鬱；第三，在意象組合方式上，即詩的章法上，李詩是"疏朗"，像寫意畫，章法疏宕，跳躍性强，節律急促，而杜詩是"緊密"，密度大，容量大，脉絡分明，章法嚴密，節律迴旋舒緩①。趙昌平只是比較李杜的七古，指出，李杜這一詩體的作品最富有創造性和影響最著的大抵有三種：其一是李白的《蜀道難》《夢遊天姥》一類，取法於《莊》《騷》，具有俊逸飛動、變化自如之特點，此體至中唐爲李賀結合齊梁體濃豔特點與韓詩險怪特色加以發展而自成一體；其二爲杜甫《觀公孫大娘》《丹青引》等，取法乎《史記》等，在句式上完全突破駢散界限，其形象峭奇硬瘦，韵法不拘平仄，布局拗折頓挫，具有以文法入詩之特點，形成了力大思雄、排奡飛騰之格調，爲元和韓愈七古之先聲；其三爲李杜二人的新體樂府，杜之即事名篇，李之雜言，取法乎上，爲唐人七古中最具活力者，至中唐由白居易等發展爲新樂府運動，匯成唐人七古又一高潮②。薛天緯又比較了李杜的歌行，指出：李杜歌行在詩題上以各種方式顯示出與樂府古題疏離的創新趨勢，形成了一種純以即事叙事出之的"非歌辭性詩題"，這標志着歌行詩體的最終完成；李白古題樂府與杜甫新題樂府都表現出歌行化傾向，代表了古代抒情詩發展的走勢。

①　袁行霈《李杜詩歌的風格與意象》，原載《社會科學戰綫》1981 年第 4 期，後收入其《中國詩歌藝術研究》。
②　趙昌平《從初、盛唐七古的演進看唐詩發展的內在規律》，《中國社會科學》1986 年第 6 期。

分而論之：李白的古題樂府打破了擬古樂府與七言歌行的界限而突出了抒情主體，歌辭性詩題歌行結合叙事與抒情從而提升了抒情詩的水平，非歌辭性詩題歌行則詩筆縱放而充分體現其特有的藝術特徵；杜甫的非歌辭性寫實性歌行將融合叙事抒情或先叙事後以抒情作結，有贈予對象的歌辭性詩題歌行集中體現了其贈答性特徵，叙及自身經歷的歌辭性詩題乃由叙事引發抒情①。

　　縱觀古往今來的李杜比較，我們不得不做如此深思：是否應當拒絕優劣論？我們認爲：不應當拒絕。一、不能離開學術傳統去抽象地談論審美對象的等價性。錢鍾書明確指出：“中唐以後，衆望所歸的最大詩人一直是杜甫。”②據蕭華榮考察，在古代“抑李揚杜”是個事實③。善作翻案文章的郭沫若有意“揚李抑杜”也許正想翻這個案。二、文學批評離不開個人審美趣味。郭沫若說：“唐詩中我喜歡王維、孟浩然，喜歡李白、柳宗元，而不甚喜歡杜甫，更有點痛恨韓退之。”拒絕個人口味與立場的文學批評不過是流行意見的複製罷了，不是優秀的文學批評。三、李白與杜甫並不是注定爲對方而存在的，因此，比較研究本身一開始就已帶着某種主觀的動機。只要評判動機合理，評判尺度統一，有所優劣也是合理。郭沫若《李白與杜甫》之所以爲後人詬病，其關鍵恐怕不在優劣本身，而在其動機不純。

　　有關李杜比較研究，較爲晚出而轉精深的著作是葛景春的《李

---

①　薛天緯《李杜歌行論》，《文學遺產》1999年第6期。

②　錢鍾書《中國詩與中國畫》，見氏著《七綴集》，上海古籍出版社1985年版，第21頁。

③　蕭華榮指出，古人學杜的多，學李的少，更無學李的流派，可說一是“熱鬧局”，一是“冷落局”；宋代在道學的作用下，杜甫的地位明顯上升，李則相形見絀；明人雖親近李而不能學李，對杜有微詞却實學杜；在清代，杜甫地位再度上升，李白又被冷落。見其《文學批評史上的李白》一文，《華東師範大學學報》1995年第6期。

杜之變與唐代文化轉型》①,此書不是對李杜進行簡單的優劣品評,而是深入唐代社會文化的深層結構,論述從李白到杜甫的詩歌流變的現象與原因。他從李杜所處時代的變化、文化思潮的轉型以及李杜自身原因三個方面對李杜之變進行研究,剖析了以李白爲代表的大唐盛世浪漫詩風向以杜甫爲代表的衰變之世寫實詩風的轉變。可以這麽説,該書李杜比較,側重的是"變"與"轉型",從本質上説,更像是一部李杜詩學研究專著。

該書分爲三編,上編爲"李杜詩風之變"——具體剖析李杜詩歌的變異;中編爲"李杜之變與唐詩主潮之變"——論述李杜詩風之變與唐詩主潮的嬗變、審美思潮之變及地域文化交流的關係;下編爲"李杜之變與唐代文化轉型"——探討李杜詩風之變、唐詩主潮的嬗變與唐代文化轉型的深層聯繫。三編逐層深入,將李杜之間的詩風變異納入文學思潮和文化思潮的大範圍中加以重新審視考察。它除了充分吸收前人研究成果對李杜的差異進行全面細緻的比較外,更是將視野拓展至整個唐代文學、文化乃至中國文學和文化的發展歷程,探討李杜差異所代表的唐代文學和文化從前期向後期發展轉變的動向,挖掘出兩者之變背後更深層的文學史和文化史內部演變的原因,既有極宏闊的視野,又有翔實全面的分析。

具體言之,上編從李杜的五古、七古、律詩與絕句四個方面入手,對李杜二人詩風之變進行綜合對比研究。以他們詩體風格的變異研究爲主體,探討李杜詩歌的各自淵源,個人創作在題材的各自選擇取向,同一體裁的詩歌結構、章法、聲律各自特徵、各自的風格特點及形成各自風格的原因等,基本可以斷定李白主要沿着"詩緣情"的方向發展,杜甫却繼承史的實録精神與"詩言志"的傳統發展的。中編指出,李、杜的不同詩風不僅僅是他個人的風格問題,

---

① 葛景春《李杜之變與唐代文化轉型》,大象出版社 2009 年版。

而是有着兩個不同時代詩歌總體詩風的代表性：李白的詩歌的
75% 左右的作品及其代表作，都作於安史之亂前的盛唐時期，而杜
甫的詩歌 90% 的作品和代表作，都作於安史之亂後的盛中唐之際
的轉折時期。李白是初盛唐時期理想主義浪漫詩歌主潮的集大成
者，而杜甫則是中唐現實主義寫實詩歌主潮的開山者。因此，李杜
詩風之變，是唐詩由理想主義浪漫詩歌向着現實主義寫實詩歌的
詩歌主潮的嬗變。同時，從審美思潮的角度看來，李白代表的是盛
唐重自然天成、自由表現、重氣勢輕形式的審美情趣，杜甫則是由
此向中唐重人工修飾和重法度規矩的審美趣味趨向轉型的關鍵性
代表。在這一編中，作者還探討了李杜的詩風與地域文化、地域文
風的密切關係。李白爲蜀人，深受蜀地的巫祝文化與道教文化和
文風、荆楚富有浪漫色彩的楚文化與江左地區的清新自然的民歌
及南方長江流域的富有想象力的浪漫詩風的影響，他是南方長江
流域文化的代表。而杜甫却深受河洛的傳統儒家文化與現實主義
文學傳統、史學傳統及兩京地區的京城詩派的重法度規矩的典雅
詩風的影響，他可以説是北方黄河流域文化的代表。

下編着重研究探索李杜詩風之變、詩歌主潮的嬗變與文化思潮
轉型以及文化價值觀、詩人心態與文化人格的變化的關係。初盛唐
文化是唐朝上升時期多元開放型的——儒、道、釋、俠與外來文化等
多元文化和諧共存，中晚唐則是唐朝衰落時期主尊儒學、排斥異端的
内斂型的，大勢是由"放"到"收"，這個關掖，是安史之亂。這個轉折
的過程中，詩人的心態發生變遷，即由少年型的樂觀心態轉向了成人
型的憂患心態。詩人的心靈，是時代文化思想的一面鏡子。而李白
和杜甫的詩風的變異，正是這兩種詩歌主潮嬗變的具體表現。

二、杜甫研究資料的全面整理

這一時期杜甫研究專家已十分重視杜詩研究資料的整理工
作，並取得了可喜成果。下面評介幾本。

　　由西安市文史研究館選輯、周君南編撰的《杜甫在長安時期的史料》是較早的。此書係一油印本，由西安文史館 1954 年印。是編對杜甫在長安時期的活動行迹及杜詩中有關長安地名景物作了考證，既有實地考察，又有史料徵引，對研究杜甫長安詩作頗有參考價值。

　　萬曼的《杜集叙録》，首刊於《文學評論》1962 年第 4 期，全文分五部分。一、杜甫集在唐、北宋時期的編輯刊刻，經樊晃、顧陶、孫光憲、鄭文寶、孫僅、王洙、蘇舜欽、劉敞、王安石、王琪、裴煜等各家的編訂過程及流布情況。二、分述了宋人注杜及郭知達集注本的鋟版傳刻。三、宋人分類集注及評點本的系統及特點。四、杜集編年本的系統和蔡夢弼《草堂詩箋》的流傳。五、元明以來杜集的注釋訓解本。全文對杜集的成書時代、編次體例、版本源流及歷代傳刻的特點剖析分明，是二十世紀六十年代杜集版本研究的重要成果。後收入中華書局選編《杜甫研究論文集（三輯）》及著者《唐集叙録》（中華書局 1980 年版）中。

　　華文軒編的《古典文學研究資料彙編・杜甫卷》，爲中華書局《古典文學研究資料彙編》叢書之一，上編已於 1964 年由中華書局出版，並多次印刷。全書計畫輯集從唐代到"五四"以前的有關杜甫研究資料，内容大致包括有關杜甫生平事迹及其作品思想、藝術總的評論的資料。全書上、下兩編。上編是從詩文別集、總集、詩話、筆記、史書、地志、類書中廣泛搜羅，依時代先後排列。唐宋部分求全，元明以後取精。内容富贍，足資參考。上編爲唐宋之部，凡三册。下編爲元、明、清及近代部分，尚未出版。該書對所收資料兼有辨正之功，所收各書的版本，擇其通行可靠的，這些做法都增强了該書作爲工具書的使用價值。可是畢竟有所遺漏，劉明華、王飛補充了多條①。如舒岳祥，《彙編》輯録杜甫資料 4 條，現補缺

①　劉明華、王飛《〈古典文學資料彙編杜甫卷（唐宋之部）〉補遺》，《杜甫研究學刊》2010 年第 2 期。

12 條。牟巘，《彙編》輯錄 1 條，現補缺 12 條。何夢桂，《彙編》輯錄 9 條，現補缺 9 條。劉辰翁，《彙編》輯錄 15 條，現補缺 4 條。黃仲元，《彙編》輯錄 4 條，現補缺 2 條。林景熙，《彙編》輯錄 1 條，現補缺 1 條。熊禾，《彙編》輯錄 1 條，現補缺 1 條。王炎午，《彙編》輯錄 1 條，現補缺 2 條。俞琰，《彙編》輯錄 3 條，現補缺 2 條。稍後，張忠綱先生亦補充了多條①：白居易 1 條，張彥遠 1 條，釋齊己 1 條，王禹偁 2 條，姚鉉 1 條，趙師古 1 條，梅堯臣 4 條，田況 1 條，韓琦 1 條，趙抃 1 條，韓維 1 條，黃庶 1 條，范純仁 1 條，王令 1 條，韋驤 5 條，郭祥正 4 條，蘇軾 4 條，張舜民 1 條，蘇轍 1 條，白麟 1 條，舒亶 1 條，鄭俠 1 條，彭汝礪 1 條，釋道潛 1 條，孔平仲 1 條，黃庭堅 2 條，呂南公 1 條，李之儀 1 條，米芾 1 條，華鎮 1 條，賀鑄 2 條，陳師道 1 條，楊時 1 條，吳可 2 條，張耒 1 條，李薦 1 條，晁説之 2 條，鄒浩 2 條，吳則禮 4 條，周行己 2 條，洪朋 1 條，潘淳 4 條，謝逸 2 條，王直方 3 條，唐庚 1 條，釋惠洪 1 條，樗叟 4 條，許景衡 1 條，葛勝仲 1 條，李彭 3 條，黃朝英 5 條，闕名 1 條，張擴 2 條，李光 1 條，韓駒 1 條，王庭珪 3 條，孫覿 1 條，周紫芝 8 條，蔡絛 8 條，李綱 7 條，喻汝礪 1 條，張守 1 條，呂本中 1 條，李清照 1 條，曾幾 2 條，郭印 1 條，陳東 1 條，許顗 1 條，王洋 3 條，鄭剛中 1 條，洪皓 1 條，林季仲 1 條，陳與義 1 條，鄧肅 1 條，王之道 11 條，李處權 1 條，張嵲 1 條，朱翌 12 條，曹勛 1 條，吳説 1 條，王銍 1 條。以上兩文所補之材料都是可靠的，研究者盡可放心引用。

　　鄭慶篤、焦裕銀、張忠綱、馮建國編著的《杜集書目提要》②，31 萬字。該書收錄有關杜詩學文獻凡 890 種，起自稍後於杜甫的樊

---

① 　張忠綱《〈古典文學資料彙編杜甫卷（唐宋之部）〉補遺》，《古籍研究》2013 年第 1 期。

② 　鄭慶篤、焦裕銀、張忠綱、馮建國《杜集書目提要》，齊魯書社 1986 年版。

晃的《杜工部小集》,止於 1984 年的今人著述。其中清末以前知見書目 215 種,不同版本 446 種,辛亥革命後著述 140 種,存目 221 種,集杜 28 種,戲曲電影 12 種,外文譯著(包括日、英、德、義大利、俄、匈牙利、越南)42 種。每類以時代先後爲序,一一叙錄,首先簡介撰著者生平、著述;其次介紹該書内容、體例、特點、成書過程等,並於介紹中略抒筆者對該書之評價;再次介紹版式及刊刻流傳情況。書末附《杜甫研究報刊論文目錄(1909—1984)》,頗便檢索。該書爲介紹杜集版本的專書,内容豐富翔實,頗具參考價值。

　　周采泉 1956 年調入杭州大學圖書館從事古籍編目整理工作。利用工作之便,先後著有《杜集書錄》《文史博議》《柳如是雜論》《金縷百詠》《李長祥年譜》《〈柳如是别傳〉新證》《老學齋文史論叢》《老學齋詩抄》等。其《杜集書錄》由上海古籍出版社 1986 年出版。全書分内、外兩編,共 16 卷。“内編”11 卷,以存書之書錄解題爲主,又分“全集校勘箋注類”(5 卷)、“選本律注類”(2 卷)、“輯評考訂類”(3 卷)、“其他雜著類”(1 卷)五部分。“外編”5 卷,以存目及參考資料爲主,又分“全集校勘箋注類存目”(1 卷)、“選本律注類存目”(1 卷)、“譜錄類”(2 卷)、“集杜、和杜、戲曲類”(1 卷)四部分。内外編合計收書 840 餘種。各類書目以著作時代爲序排列。每書首列書名,下繫卷數及著者小傳,其下又分“著錄”、“版本”、“序跋”、“編者按”四項:“著錄”説明書籍之出處記載及存佚情況;“版本”對書籍版刻情況作全面介紹;“序跋”詳載書籍原序跋及提要,並引各家考訂、評語;“編者按”説明對全書之評價。附錄四項:“歷代杜學作者姓氏選存”、“近人杜學著作舉要”、“歷代總集、詩話、筆記於杜詩有重要論述著作簡介”、“朝鮮、日本兩國關於杜集著作知見書目”。書前有“序”、“凡例”,書末有“書名、篇名索引”、“作者姓名、字型大小、别名索引”。全書收錄文獻共計 1 200 餘種,頗具參考價值。

　　張忠綱等編著的《杜集叙錄》堪稱杜詩文獻的集大成之作。張忠綱先生《杜甫詩話校注六種》，也是資料性很强的專門著作（詳參本章第七節有關論述）。

三、區域研究的成果與現地研究的嘗試

這個時期與杜甫有關的區域研究的成果異常豐富，學者們利用各自所處的地理優勢，爲杜詩學研究添彩。

曾棗莊《杜甫在四川》①，分六章："辛苦赴蜀門""萬里橋西一草堂""三年奔走空皮骨""清秋幕府井梧寒""夔州孤府落日斜""晚節漸於詩律細"，另繪有杜甫在四川的行踪示意圖。作者以大量的史料，全面叙述了杜甫流寓四川十年的生活與創作，着重論述了杜甫對統治者的不滿，對民間疾苦的同情，對祖國山河和四川風光的熱愛以及對自己身世飄零的感慨，以及杜甫筆下的四川景物、名勝古迹、風土人情、花鳥蟲魚。著者對這些詩歌的思想内容和藝術特色以及取得成就的原因，作了詳盡的闡述，對當時學術界一些有爭論的問題也發表了自己的意見。該書有兩個特點：一、結合文獻考據與心理分析的方法，從時事、交遊、個性等諸多方面探討了杜甫晚年心態，舉凡杜甫入蜀的處境、奔走川北三年而未返成都的原因、重返成都草堂的心理、退出嚴武幕府的心情，都有很細緻的分析。二、從地域的角度研究杜甫及其作品，走的是一條注重地域與文學創作關係的新路子；然而未能從地域角度作更深入的分析。

李志慧《杜甫與長安》②，是一部以描述杜甫在長安的生活創作爲内容的專著。除"前言"、"後記"外，共分十章。前九章依次爲：初入長安、投詩干謁、困居寄食、揭示時代危機、定居城南、從長安到奉先、安史亂中、左拾遺任上、離别長安，描述了從天寶五載

---

① 曾棗莊《杜甫在四川》，四川人民出版社1980年版。
② 李志慧《杜甫與長安》，陝西人民出版社1986年版。

（746）至乾元元年（758）十餘年間杜甫在長安的生活與創作，揭示了杜甫由一個世宦子弟到一個憂國憂民的愛國主義者，創作上由描寫個人生活與摹寫景物到贏得"詩史"稱號的現實主義詩人的過程。第十章"思念長安"，則寫杜甫離開長安後對長安的長久思念之情。全書首尾一貫，緊扣"杜甫與長安"這一主題展開，敘寫生動，文字流暢，兼具學術性和知識性，是探尋杜甫詩學道路不容忽視的讀物。

　　類似的著作還有張哲民《杜甫在長安》①，全書分上、下兩册，計80萬字。該書熔小説、傳記和歷史于一爐，也夾雜着作者對杜甫的研究成果。該書細緻描繪了天寶年間大唐社會的劇變史以及都城長安的風情地貌，還杜甫於斯時斯地，讓讀者領略杜甫在長安的艱難求索、淒涼人生和拋灑在三秦大地上的點點血泪、聲聲華章，從而認識那段不同尋常的歷史災難，感受詩人百折不撓的報國情懷。書中同時展現了李白、高適、岑參、鄭虔、房琯、嚴武等衆多文星武犖與杜甫的悲歡往來和他們各自的榮辱沉浮。書中有名有姓的歷史人物近百個，個個有血有肉，可歌可泣。作者還歷史以本來，謳時代之正氣，圖詩人之風骨，正像該書内容提要中所説的，"是君子的群英譜，小人的群醜圖，更是不得志文人的衆生相"。該書自問世以來頗得讀者好評，被稱爲"長篇歷史文獻小説"，認爲"是杜甫研究的重要成果，也是一部極具學術價值的杜詩研究專著"。

　　林家英在二十世紀八十年代四下隴南，對杜甫在隴右的行踪遺迹加以研究，就杜詩中的赤谷、鐵堂峽、鹽井、法鏡寺、青陽峽、石龕、泥功山等地名，對照文獻加以辨證，並就紀行詩的思想内涵、藝術特色加以論析。先後發表了《評迹辨踪學杜詩——杜甫由秦州赴同谷紀行詩實地考察散記》（《蘭州大學學報》1985年第2期）、

──────────

①　張哲民《杜甫在長安》，三秦出版社1998年版。

《杜甫隴右紀行詩散論》(《社科縱橫》1994年第4期)、《淺議杜甫〈鳳凰臺〉》(《光明日報》1985年12月17日)、《艱難困苦鍛詩魂》等系列論著。又撰寫了電視教學片文本《杜甫在秦州》《杜甫在隴南》,並參與拍攝、製作,豐富了教學形式。甘肅省電視臺分別於1989年3月、1991年5月播出,得到觀眾的好評。中央電教館加以收藏。

劉健輝等《杜甫在夔州》①,詳細考察了杜甫留滯夔州的概況及其在夔州寓居時的生活行止,評介了夔州詩的豐富內容,並認爲夔州詩在數量、品質上都是杜詩的高峰。資料翔實,考察嚴謹,對全面瞭解杜甫在夔州時的生活和創作情況頗有價值。

其他如《杜甫在兗州》《杜甫夔州詩研究》《杜甫夔州詩論稿》《杜甫夔州吟》《杜甫在湖湘》等,也是區域研究別有特色的成果。《杜甫在湖湘學術論文選集》②,則是“杜甫在湖湘”學術研討會的論文集。1988年5月,湖南省社科院、湘潭大學、四川杜甫草堂博物館等聯合發起,在湖南平江召開首次“杜甫在湖湘”學術研討會。此爲會議論文選集,共選論文34篇,分爲二輯:第一輯論杜湖湘詩;第二輯爲杜晚年葬卒地的考證。大致包括以下內容:一是對杜甫湖湘詩的總體評價。湖湘詩在反映動亂現實,關心國家命運、同情人民疾苦方面,仍保持了前期詩的創作精神,這是杜甫湖湘詩的主調。但由於社會動亂和詩人的漂泊生活以及詩人對政治的失望和年齡的老化等原因,這時期的詩歌就更多地表達了詩人的悲怨、頹喪、孤寂的情緒,形成了情調悲愴、底色幽暗、意境沉鬱的風格特點。二是關於杜甫的晚年思想。研究杜甫的晚年思想,關鍵是他對佛道的態度。古人評杜甫謂“一生卻只在儒家界內”(劉熙載

---

① 劉健輝等編著《杜甫在夔州》,重慶出版社1992年版。

② 董希如、江新建編《杜甫在湖湘學術論文選集》,求索雜志社1988年版,第281頁。

語），今人則有謂杜甫爲“詩佛”者（郭沫若語）。有論者從杜甫的個性追求方面指出杜甫晚年思想是“外儒内道”，從而使詩人的湖湘詩呈現出前所未有的個性美。也有代表着重探討了杜甫詩中理想化的“桃源”，認爲杜甫借桃源仙境表達了自己渴求太平均貧富、等貴賤的政治理想。多數人認爲，杜甫思想的主體是儒家的積極用世精神，晚年慕佛道之情有所進，但在思想上始終不占主要地位。研究杜甫的詩和思想，應劃清在詩中使用佛道典故用語與宣揚宗教的界限。杜甫晚年對佛道有暫仰之情，這固然與唐代普遍崇尚佛道的文化特徵有關，更主要的乃是由詩人生活境況的變化所致，是詩人欲求解脱的一種痛苦心情的表現，是其積極用世、憂懷天下而不能實現的矛盾心情的一種折射。三是關於杜甫漂泊湖（荆）湘的原因。杜甫晚年爲何要來湖湘？有代表説，杜甫是爲生活和社會所迫來到湖湘的。也有代表指出，杜甫出峽原因有三：希望轉道湖湘以北歸，重新獲得朝廷的重用；想尋訪故舊，打聽故鄉的消息，想乘亂定後回故鄉重振家業；想在湖湘依人以求生計。四是關於杜甫的卒葬地和平江杜墓。杜甫的卒葬問題，這次討論會上主要有三種意見：一是耒陽説，二是平江説，三是遷葬偃師説。後兩種意見都主卒於“潭、岳之間”之説，並在一定程度上肯定了平江杜墓的真實性，只是在始葬與歸葬上有些分歧。在平江杜墓研究方面，這次討論會傾注的精力最多，不少代表撰文和發言表示自己的看法，從不同角度探討了杜甫卒葬平江的問題。

　　區域研究視野更廣闊、更全面，發掘更爲深透的研究成果，是葛景春主編的《杜甫與中原文化》①。該書第一章至第五章論述杜甫的思想文化、詩歌藝術與中原文化的歷史淵源；第六章至第八章着重論述杜甫在中原鄉土的詩歌創作、杜甫的懷鄉憂國之情及杜甫文化精神在唐代文化轉折時期的作用和地位；第九章至第十四

---

①　葛景春主編《杜甫與中原文化》，河南人民出版社 2007 年版。

章論述杜甫對唐宋金元明清思想文化與詩歌的影響及杜詩學的形成發展;第十五章至第十八章論述杜甫對近現代和海外的思想文化與詩歌創作的影響及對杜甫思想文化與詩歌的接受與研究。書的前半部着重探討杜甫與中原文化和詩歌的關係,書的後半部重在説明杜甫文化精神與詩歌對後世的傳播與影響。因杜甫的文化思想在成熟之後,已不限於中原文化,已成了中國文化的代表,他的影響也不僅限於對中原地區的影響,而是隨着時間的推移,其影響已遍及全國以及全世界。杜甫已將中原文化與各地的文化有機地融會結合,成爲中華文化精神的代表人物。而杜甫的務本致用的現實主義精神、憂國憂民的憂患意識、仁者的博大胸懷以及弘毅堅韌的精神人格,既是中原文化精神的基本特徵,也是中國文化的基本精神。總之,該書的主要觀點是:中原的儒學傳統、杜甫的詩歌家學淵源及中原詩人的注目現實、關心民瘼的現實主義詩學傳統、河洛宮廷詩人集團對近體詩形式格律的探索與貢獻,對杜甫現實主義寫實風格的形成及近體詩所取得的卓越成就,起着重要的奠基與詩學文化氛圍的熏陶作用。務本重實、經世致用的中原文化奠定了杜甫思想和詩歌的基調。

薛世昌、孟永林《秦州上空的鳳凰:杜甫隴右詩叙論》①,是雍際春主編《隴右文化叢書》之一種。以杜甫乾元二年(759)立秋後辭官華州西向秦隴爲叙述起點,以杜甫是年冬離開同谷、步入蜀道而南下四川爲叙述終點,以杜甫在此地近半年的生活與創作爲重點,再現杜甫當年隴右行旅,梳理杜甫隴右詩研究中的學術歧見,拓展一些新的研究課題,如隴右詩的民間化寫法、平民化情懷,秦州知交阮昉的身世思想,隴右詩中"隱逸的尾巴"等。

所謂"現地研究",是指親自到杜甫當年的行迹處細訪細察而

① 薛世昌、孟永林《秦州上空的鳳凰:杜甫隴右詩叙論》,中國社會科學出版社2013年版。

進行的研究,這方面的著作以山東大學《杜甫全集》校注組的《訪古學詩萬里行》開其先①。此書是一部有關杜甫行踪遺迹的考察記,全書分五篇:齊魯篇、洛陽篇、長安篇、巴蜀篇和江湘篇(詳見下文)。《杜詩釋地》是第一部全面系統地考察杜甫詩文地名的學術著作,是現地研究較成功的嘗試(詳見下文)。

又如高天佑《杜甫隴蜀紀行詩注析》②,該書共分七卷,作者編寫的注釋、賞析及異文校注都明白易懂,達到了考據行踪、宏揚詩藝和爲隴蜀山川樹碑立説的目的。該書學術價值較高的地方集中在第六卷的考證諸文:《杜佐考》《吳鬱考》《贊上人考》《佳主人考》《杜甫與贊上人交遊考》《杜甫赴兩當路綫考》《秦州雜詩二十首異文注》《同谷七歌、萬丈潭異文校注》《杜甫致贊公詩異文校注》等,對杜甫隴右詩中諸多疑點作了合理考釋。類似的地域性選本還有陶先淮、陶劍《杜甫長沙詩箋注》③,收與長沙有關的杜詩 52題 55首,附高適詩 1首、韋迢詩 2首,加以箋注。其釋題部分較詳,大致包括題解、編年、名勝簡介等內容,其箋注部分除注釋疑難字句外,亦詳述有關的人文景觀。書前作爲《代序》的《少陵丰采映湖湘——杜甫長沙詩論及行踪考》,分"昔救房琯,長懷賈傅"、"三寓長沙,南湖絶筆"、"湘川新泪,寄望青年"、"伐山導源,創新開拓"、"長留勝迹,永駐詩魂"五部分,對杜甫的長沙詩及其行踪加以考論。鮮于煌《詩聖杜甫三峽詩新論》④,分上下編,上編"杜甫三峽詩'詩論'",包括論文 10篇,主要是對杜甫三峽詩理論的研究和探討;下編"杜甫三峽詩'詩義'",是對 480首三峽詩的具體解析。李

①　山東大學《杜甫全集》校注組《訪古學詩萬里行》,人民文學出版社1982 年版。

②　高天佑《杜甫隴蜀紀行詩注析》,甘肅民族出版社 2002 年版。

③　陶先淮、陶劍《杜甫長沙詩箋注》,湖南師範大學出版社 2001 年版。

④　鮮于煌《詩聖杜甫三峽詩新論》,重慶出版社 2001 年版。

誼《杜甫草堂詩注》①，收杜甫居成都草堂時期的詩作 271 首，於每首詩都作了簡要注釋和分析，頗有地方特色。李濟阻、王德全、劉秉臣《杜甫隴右詩注析》②，先簡要介紹杜甫在隴右的生活與創作情況，分析歸納了隴右詩作的思想内容和藝術特色，然後注析杜甫在此期間（乾元二年流寓隴上）所作的 117 首詩，每首詩都有"注釋"和"解説"兩部分。由於注析者進行了實地考察，並查閲了大量地方史料，填補、糾正了前人注釋的不少空白和錯誤之處，基本理清了一直未有定論的杜甫在隴右的行踪遺迹。袁慧光《杜甫湘中詩集注》③，編訂杜甫大曆四年、五年的湘中詩 101 題 105 首加以解説。此書名爲集注，實爲宋、清兩代有代表性的注解，外加上自己的注釋，所集材料不多。

還有一些文章探討了杜甫在某一特定地域、時期的詩歌風格和藝術成就，如王錫臣《論杜甫夔州詩的藝術成就》④，卞孝萱、喬長阜《杜甫的〈夔州歌〉與劉禹錫的〈竹枝詞〉——兼論杜甫夔州詩的藝術特色及其形成原因》⑤，何丹尼《杜甫早期詩論》⑥，繆鉞《杜甫夔州詩學術討論會開幕詞——綜述杜甫夔州詩》⑦，張宏生《杜甫夔州詩所反映的生活悲劇》⑧，馬德富《杜甫夔州詩風格的正與變》⑨，楊恩成《論杜甫漫遊時期的詩歌創作與審美觀》⑩，吳明賢

---

① 李誼《杜甫草堂詩注》，四川人民出版社 1982 年版。
② 李濟阻、王德全、劉秉臣《杜甫隴右詩注析》，甘肅人民出版社 1985 年版。
③ 袁慧光《杜甫湘中詩集注》，岳麓書社 2010 年版。
④ 《天津師院學報》1981 年第 3 期。
⑤ 《草堂》1983 年第 2 期。
⑥ 《上海師院學報》1983 年第 1 期。
⑦ 《草堂》1984 年第 2 期。
⑧ 《文學評論》1984 年第 4 期。
⑨ 《草堂》1984 年第 2 期。
⑩ 《陝西師大學報》1991 年第 3 期。

《試論杜甫早年的詩歌創作》①,等等。

四、杜甫年譜、傳記著述概況

這個時期較早出現的杜甫年譜類著作當屬四川省文史研究館編撰的《杜甫年譜》②。自宋以來,杜甫年譜數十種,編次不同,詳略互異。此譜的内容分爲時事、生活、作品、備考四項,考訂杜甫的行踪、交遊、創作等活動,以詩繫年,於杜甫生平及杜詩各篇寫作之時地,考訂甚詳,使讀者知人論世,因事釋詩。全書凡 35 萬字,是自宋迄今最爲詳備細緻的杜甫年譜。此譜"凡例"稱:"語語求其有根據,處處求其合史實,無可考者從闕,不可決者存疑。"可是,由於史料之不充分以及在撰寫體例上不够統一,此譜之創製僅得初稿雛形,尚有待於今後之修正與補充。

之後便是金啓華、胡問濤《杜甫評傳》的問世③。此書分二十五章,用整齊的四字標題,以時地爲次序,結合作品,介紹評述了杜甫的生平與創作,分析歸納出以下特點:杜詩是"政治詩"、"圖經"、"年譜"、"詩史";以"年譜"爲綫,以"圖經"爲背景,以"政治詩"爲主幹,構成了既有文藝價值又有歷史價值的一代"詩史",而"苦難的時代"成就了杜甫。其"引言"和"結束語"具有較强的理論總結性。

萬曼《杜甫傳》④,是書爲萬曼遺著,共列十三目,組成一部包括家世、生平經歷、坎坷遭遇、思想情緒、友朋交往及其相關重要詩歌創作等方面内容的杜甫傳記。另有"外四篇",以進一步說明詩人遭遇和一些易被忽略的問題,包括:一、杜甫開天詩作不

---

① 　《杜甫研究學刊》1992 年第 2 期。

② 　四川省文史研究館《杜甫年譜》,四川人民出版社 1958 年初版,1981 年再版。

③ 　金啓華、胡問濤《杜甫評傳》,陝西人民出版社 1984 年版。

④ 　萬曼《杜甫傳》,河南大學出版社 1992 年版。

爲人所重;二、杜詩的結集;三、杜甫和從孫杜濟的齟齬;四、“不平者”蘇渙和杜甫。書前有“序言”,書後附録“杜甫年譜”、“杜集編目”。

馬昭《杜甫傳》①,書分八章:“噫吁嚱,蜀道難”、“緑雨紅蕖裏草堂”、“江村孤月又清清”、“西川雨淫淫”、“天涯歡與愁”、“梓水波,閬山歌”、“清秋幕府,絶塞狼烟”、“雲彩滿蜀都”,從逃難秦州起,到困頓而逝於衡湘。此書不是嚴格意義上的傳記,而類於小説,這對展示杜甫的性格、杜甫坎坷的一生是有幫助的。

鄧紅梅《亂世流萍——杜甫傳》②,作爲曾繁亭主編《世界十大文學家》叢書之一,有其自己的特點。該書在前人研究的基礎上,以杜甫的詩歌及相關文獻爲依據,重點探討了詩人杜甫的心路歷程,以及他成爲一個偉大作家的内在心理動力,擺脱了文學傳統將杜甫扁平化、神話化的研究視角,指出了在時代的變動和個人的失路中杜甫所經歷的明顯思想變化。另外,在關於杜甫某些詩歌的意藴解讀上,也提出了一些不同於前人的見解。

江希澤《少陵詩傳》③,則是側重杜詩的詮釋。此書爲《中國歷代名家流派詩傳》之一種。書前有“杜甫及其詩歌”,簡述杜甫生平,簡評杜詩的成就與貢獻。接下來是詩選部分,所選全是名篇,各詩都有簡要的注釋。

莫礪鋒、童强《杜甫傳》④,是通俗性的杜甫傳記,全書據杜甫生平的不同階段分成八章,把詩人和生平與其創作發展歷程結合起來進行敘述,並對其重要作品進行解析。全書語言淺顯生動,可讀性較强。

---

① 　馬昭《杜甫傳》,北岳文藝出版社 1996 年版。

② 　鄧紅梅《亂世流萍——杜甫傳》,河北人民出版社 1999 年版。

③ 　江希澤《少陵詩傳》,吉林人民出版社 2000 年版。

④ 　莫礪鋒、童强《杜甫傳》,天津人民出版社 2001 年版。

劉文典《杜甫年譜》①，出版雖晚，但應是早年的杜甫課的講稿。此年譜是國學大師劉文典留給世人的最後一部著作，篇幅不大，僅 8 萬言。然而，以史證史、以詩證史，學術價值較高，字裏行間充盈着對杜甫的同情、景仰，可與其《謁工部草堂》詩對讀：

> 李杜文章百世師，今朝來拜少陵祠。松篁想像行吟處，雲物依稀繫夢思。濯錦江頭春宛宛，浣花溪畔日遲遲。漢唐陵闕皆零落，唯有茅齋似昔時。②

書稿正本丟失後，副本殘本亦幾經輾轉，最後由劉文典的弟子雲南大學吳進仁教授精心保存，得以今日面世。可惜的是，不知什麼原因，此譜僅寫到大曆二年七月，後闕。劉文典《莊子》研究的實績聞名學術界。研究杜甫，似乎不是他所長，如說杜甫生於 713 年，和學術界一般認同的 712 年不一致。當然，這也聊備一說。因此，其中杜甫詩歌的繫年，也就隨之存在很多問題，很不確切。至於文字，錯訛太多，這可能是手稿的原因，也可能是校對者的錯誤。對於杜甫的研究，二十世紀初期的新學者大多比較粗疏，像劉文典

---

① 劉文典《杜甫年譜》，雲南人民出版社 2013 年版。劉文典（1889—1958），字叔雅，安徽合肥人。中國古籍文獻及古典文學專家。1907 年加入同盟會。1909 年留學日本。1912 年回上海，在《民立報》任翻譯。1913 年二次革命失敗，再度赴日，參加中華革命黨，在孫中山處任秘書。1916 年任教於北京大學，參加五四新文化運動。1927 年任安徽大學校長。1928 年底回北大任教。1929 年任清華大學中文系主任。1938 年在西南聯合大學任教。1943 年至磨黑中學任校長，半年後回昆明，被西南聯大解聘。不久，入雲南大學文史系任教。他學識淵博，學貫中西，通曉英、德、日等國文字，長於校勘學、版本目錄學、《莊子》研究、唐代文化史。

② 劉文典《杜甫年譜》，第 109 頁。

這樣的大學者在所難免。可是，不可否認，譜間流露着對杜甫的高度評價，如其序概括的那樣：

> 　　杜公以沈博絕麗之才，生風塵澒洞之際，早歲文章，既驚海內；暮年詩賦，遂動江關。論其風骨，實陵轢乎兩京；研其神思，奕淵源於八代。洵屈宋之遺音，風騷之嗣響，揚子雲所謂"詩人之賦麗以則"者也。至若雙聲叠韻，屬對精工，侔色揣稱，鑄辭英偉。宮徵靡曼，騁八音協暢之奇；雲錦繽紛，極五色相宜之妙。是猶詞人之餘事，壯夫所不爲，非公絕詣也。奕葉鑽仰，沾溉無窮，韋莊有《浣花》之編，玉谿擅勝藍之譽，後生可畏，豈其然哉？惟宋明以降，注釋紛紜，集翠蒙榮，榛蕪未剪。講誦所及，辭而辟之，務去陳言，獨標真諦，遊詞臆説，並無取焉。①

同時，指出了部分杜詩"靡曼"、"繽紛"的弱點，然終"非公絕詣"。也指出了宋以來杜詩注本的繁茂蕪雜，對其"遊詞臆説，並無取焉"。

　　王元明《杜甫新論》②。2000年3月，王元明同時出版了70多萬字的三部著作：《中國唐代詩人研究——李白新論》《中國唐代詩人研究——杜甫新論》《中國唐代詩人研究——白居易新論》，三著指出唐代三大詩人的出生地和故鄉都是洛陽。這是學術界較新的觀點。

---

①　劉文典《杜甫年譜》，第1頁。趙案："杜公"，劉譜誤作"杜工"，此徑改。
②　王元明《杜甫新論》，新加坡新社2000年版。按：王元明，河南洛陽人。1964年畢業於河南大學中文系。現爲中華詩詞學會理事，洛陽文學學會、詩詞學會會長，國際漢詩協會會長，新加坡獅城詩詞學會名譽會長，中國育才大學副校長，教授。曾多次出國講學並主持國際學術會議。王氏三著雖出版在新加坡，然不在新加坡部分紹介。

　　王元明認爲,在大量詩文中杜甫均自稱是“京兆杜陵”人,我們首先應該尊重其本人的意見;他的祖父杜審言及姑姑爲“京兆杜府君”、“京兆杜氏”,足可證明他的祖籍應爲“京兆杜陵”。再者,杜甫的祖父杜審言,在唐高宗遷都洛陽時剛 10 歲,後來又“累遷洛陽丞”,“著作佐郎”,此均在唐高宗和武則天執政時期,故他少年、青年時期及任職時期大部分時間均以洛陽爲家。杜甫的父親杜閑生於洛陽也居住於洛陽,曾任朝議大夫、兗州司馬、武功尉、奉天令等職,杜閑任兗州司馬時 58 歲,此前在都城洛陽任職,29 歲生的杜甫自然應該在洛陽,杜甫 35 歲赴長安前一直居住在洛陽,48 歲從長安流寓四川及湖湘之間,一生居住時間最長的地方還是洛陽。杜甫在洛陽宅第位於尚善坊,今洛陽市郊區安樂窩村西一帶。

　　學術界一直認爲杜甫是河南鞏縣(今鞏義市)人,根據是杜甫的曾祖父杜依藝“位終鞏令”。然而,杜甫誕生於 712 年,是年杜依藝已 97 歲,不可能這樣的高齡纔“位終”。這可視爲一個旁證。

　　李鐵城《杜甫詩傳》①。作者乃著名詩人、作家、碑文書法大家。該書是以新詩的形式叙述了杜甫的一生。除前面的引子外,共分七章,分別是書香世家、十載壯遊、困頓長安、感時傷世、流浪巴蜀、飄泊荆襄和尾聲,其中各章又各分若干小節,寓叙事、抒情、議論於一體,描寫了杜甫的一生並分別予以恰當的評價;同時在各個部分,還分別附録杜甫此一時期的代表作,並以詩的形式進行點評,語言精警,見解獨特,對深入理解這些名作大有裨益。因而這部作品可以説是一部以詩傳杜甫、以詩評杜詩的獨闢蹊徑之作。其目的是繼承和發揚杜甫憂國憂民的情懷,這是當代知識分子所需要的。用新詩的形式來寫作,就是爲了讓更多的人看懂杜甫的一生。

---

①　李鐵城《杜甫詩傳》,文聯出版社 2012 年版。

該書更大的學術意義已經超出了文學範疇。在杜甫誕辰1300周年之際(2012年)，以詩傳詩聖，是彰顯中國文人精神傳統之舉，是賡續道統之舉，是於現實大有功德之舉。作者另撰有《詩聖杜甫之碑》《杜少陵先生贊碑》，高度評價了杜甫的強烈的儒士精神，他的操守和胸懷是整個民族的精神財富，千秋萬代堪爲士者典範，可與其《杜甫詩傳》並看。

范震威《一個人的史詩：漂泊與聖化的歌者杜甫大傳》[①]，主要描寫了杜甫降生時的唐代社會、杜甫的家世與親戚、杜甫的青少年時代、齊趙之遊、東遊、京華歲月、杜甫與灾難中國(上下)、漂泊求生路、巴蜀歲月、他鄉就我生春色、最後的漂泊與聖化等。該書生動活潑，個別地方有演義的成分，如說杜甫之死就像屈原溺於汨羅江一樣，所謂"聖者歸於聖水"；其實，這只是一種俗傳而已。作者以爲，一生多歷動盪漂泊的杜甫面對貧窮、饑餓、病危，唱出的痛歌、哀歌與浩歌，成爲民族文化的瑰寶。杜甫用詩歌表述對戰爭、叛亂的厭惡與痛恨，以及他對安定與和諧生活的極度渴望，顯示了他對時代的巨大超越。晚年他在《蠶穀行》詩中勾勒的"無有一城無甲兵"、"男穀女絲行復歌"的理想畫圖，不僅成爲他抵達聖化與崇高的獨特標識，同時也爲一個歌者的史詩鑄就了不朽。

第三節　杜甫思想研究

"詩聖"，從思想角度說是一個意識形態符號。它的沉浮，與各朝各代"孔儒"的升降密切相關。在過去的一個百年裏，杜甫經歷

---

① 范震威《一個人的史詩：漂泊與聖化的歌者杜甫大傳》，河北大學出版社2009年版。

了現代一度的沉淪之後，有學者試圖把"詩聖"視爲同"草聖"、"畫聖"一樣的名號，表明的只是杜甫詩歌達到了最高成就①。當人們進一步認同儒家思想時，"詩聖"也就在一定程度上恢復了它應有的意識形態意義。請看莫礪鋒對"詩聖"的重新界定：

> "詩聖"的桂冠，其中固然有褒揚其詩歌造詣集前代之大成的意義，但是更重要的原因則是他的人格精神在古代詩歌史上發出無與倫比的光輝。"詩聖"的稱號既有文學的涵義，更有文化的性質，而且主要的意義在於後者。②

這表明，"詩聖"不是一個簡單標示杜詩藝術價值的概念，還包含了"人格精神"與"文化的性質"。我們以爲，除上兩者之外，"詩聖"還表現在思想意義和道德意義。

一、杜甫的儒家思想研究

（一）"詩聖"的回歸

經歷了"文革"時期被扣上的"封建衛道士"、"佛教信徒"、"道教徒"、"法家詩人"之後，政治上、文化上的撥亂反正帶來了"詩聖"的回歸。

我們以爲，杜甫被尊爲"詩聖"，其核心就是仁、恕、忠、愛；其範疇是三綱、五倫，以及黎元百姓、鳥獸蟲魚草木；其方法是深入社會，洞察民生苦樂，以"興觀群怨"，而成"沉鬱頓挫"風格，歸根結蒂就是儒家的"溫柔敦厚"詩教。杜甫是有詩人以來最典型的以儒家思想爲本位的，即所謂"醇儒"。宋人謂"老杜似孟子"，可謂的

---

① 劉知漸《論杜甫成爲"詩聖"的內因和外因》，《重慶師範學院》1981 年第 3 期。

② 莫礪鋒《論杜甫的文化意義》，《杜甫研究學刊》2000 年第 4 期。

見。具體表現爲以下幾個方面：一是以儒家自居、自豪；二是以儒道待人；三是天倫情篤；四是友道純摯；五是以儒術濟世；六是自比稷契；七是致君堯舜；八是憂國恤民；九是愛物仁民。這是杜甫個人的修爲，也是承繼先儒、影響後儒的主要方面。我們的基本觀點是：儒學全面培育了杜甫，杜甫繼承和發展了儒學。老杜始終篤信孔孟教訓，其心態尤近乎孟子，其做人方法、倫理觀念、政治思想等，都涵濡着儒學的真精神，這就是杜甫本人異於尋常文人，其詩在藝術性之外尚有其他價值的地方。

杜甫是大詩人，也是思想家。思想史、文學史的經驗告訴我們：後來者往往是就近師承前人。杜甫學習、承繼儒學則不是這樣，而是直接到原始儒家那裏去汲取營養。他是原始儒家思想的繼承者和實踐者，他闡釋和恢復原始儒家道統的思想，遠在“文起八代之衰，道濟天下之溺”的韓愈之前。而杜甫繼承和恢復的是原始儒家思想的精華，不像韓愈那樣精華與糟粕並蓄。從這一點説，他是中唐儒學復興運動乃至宋代新儒學運動的真正先行者和先聲。傳統觀點視韓愈爲宋先驅，實際上是忽略了杜甫的貢獻——學術史上一直視杜甫爲詩人，只有少數人視其爲思想家，這對杜甫是不公平的。其實，早在韓愈之前，杜甫即以詩歌的形式，首倡尊王攘夷，復興儒學。這不僅是其長期憂患意識所激發的對社會現實的必然回應，也是其平生極爲深厚的儒家思想修養和實踐的必然結果。

關於杜甫的思想研究，論者側重的是儒、釋、道特別是儒家思想對杜甫的影響。張忠綱先生《應該正確評價杜甫的忠君思想》對忠君問題進行了歷史的考察和辯證的分析：中國歷史上第一個提倡愚忠的不是儒家的孔、孟，而是法家的韓非。“杜甫的忠君思想有其深刻的社會根源和思想根源，有其歷史必然性，何況杜甫並非愚忠，他批評皇帝，指斥奸佞，針砭時政得失，揭露社會黑暗，反映人民疾苦，維護祖國統一，充滿愛國愛民的熱忱，而這些都是我們應該批判繼承的。"①康伊《杜甫君臣觀新探》認爲杜甫的君臣觀實質上就是魏徵的良臣觀：強調君臣相契、明君直臣、愛國利民，"一飯未嘗忘君"不是其本色②。裴斐《貧病老醜話杜甫》確認杜甫最能體現韌性這種民族性格，他的韌性表現於對社會、時代和民族命運始終不渝的關懷與他在日常生活中始終保持的豐富情趣，從中即可看出杜甫性格的全部光輝，這正是充分理解杜詩作爲一代國史的全部意義③。

杜甫的佛、道思想研究也取得了一些進展。如呂澂《杜甫的佛教信仰》認爲杜甫早年信仰禪學北宗，與南宗無涉，入蜀後禪宗信仰逐漸動搖，終於改信了净土教④。陳允吉《略辨杜甫的禪學信仰》也認爲杜甫的禪學信仰是屬於禪學北宗，但"在他的世界觀中，禪學思想的影響只是一個很次要的方面"⑤。

在探討杜甫思想時，多數人忽視了杜甫本人對儒家思想及其傳播的貢獻：用充滿感情的詩篇闡釋並豐富了儒學，他對宋代儒學發展的影響超過了韓愈。因此，鄧小軍的《杜甫是唐代儒學復興運動的孤明先發者》《杜甫與儒家的人性思想和政治思想》和《杜甫：儒學復興運動的先聲》等文具有特別重要的意義。作者認爲，人性思想和建基於其上的政治思想，是晚周原始儒家思想的兩大骨幹。人性思想的核心是人性源於天道、人性本善、人性普遍平等，其發展高峰是孟子直指人性本善、惻隱之心爲仁的思想。杜甫直承孟子，對其仁政思想作出了獨立的重新發明：惻隱之心，對人民疾苦的同情心，乃是民本政治的根本。這正是杜甫高明於王通、韓愈、

---

① 《山東大學文科論文集刊》1982 年第 2 期，山東大學出版社 1982年版。

② 《草堂》1986 年第 2 期。

③ 《江漢論壇》1982 年第 8 期。

④ 《哲學研究》1978 年第 6 期。

⑤ 陳允吉《唐音佛教辨思録》，上海古籍出版社 1988 年版。

李翱等人的地方。杜甫的政治思想"完全繼承着原始儒家和隋代王通一系傳統……與愚忠不相干",而且"體現了士在君主面前爲道而自重的獨立自由之人格"。所以說"杜甫與杜詩,乃是唐代儒學復興運動的先行者與先聲"①。我們覺得,杜詩中所充盈的道德感化力量在社會倫理道德大滑坡的今日仍具有不小的匡扶作用,擺在研究者面前的當務之急是如何將杜甫的這一貢獻以濟時用,而不是糾纏於儒、釋、道影響杜甫的大小問題。

（二）代表性專著評析

劉明華《杜甫研究論集》②,分上、中、下三編。上編《杜甫思想研究》以杜甫與社會良知爲核心,從文化層面入手探討了杜甫的憂患意識(包括憂患意識與儒學傳統、士志於道:政治敏感與責任感、美人遲暮:生命憂患與緊迫感)、杜甫的批判精神(包括批判精神的內趨力:勇氣、批判精神的依據:仁學)、杜甫的政治思想(包括以道自任:自謂頗挺出、德治的理想:再使風俗淳、政治模式:遠古與當代、賢人失志:德治理想的幻滅)杜甫的民胞物與情懷(包括身受感同的推己及人、民胞物與的情懷、寬容與悲憫者)、杜甫"忠君"的表現形態(包括君位的象徵意義與忠臣的類型、諫諍而非服從、任怨與牢騷、"戀闕心態":"公忠"與"私忠"的混合)、杜甫的悲劇命運、杜甫與佛教的關係等。作者在解讀杜詩文本的基礎上,提出了不少杜甫思想研究的前沿論點,如論述杜甫的"民胞物與"思想時,作者指出,作爲社會良知,民胞物與的人道主義思想在中國古代詩人中是最突出的,杜甫最終關心的是一切人的安全和幸福。而杜甫的民胞情懷主要體現在對同胞生命的關懷,對生活苦難的關切,對無助弱者的同情和對上層人士的悲劇性處境表示寬恕和

----

① 分見《杜甫研究學刊》1990 年第 4 期、1991 年第 4 期及《陝西師大學報》1991 年第 3 期。

② 劉明華《杜甫研究論集》,重慶出版社 2002 年版。

同情等四個方面;杜甫的物與思想主要體現爲其對自然界的歌詠,具體體現在歌詠自然美,對自然界中的被損傷、踐踏和遺棄的"弱者"的同情以及由仁民愛物思想而產生的人與物的對比,進而產生的對自然界的嚮往之情等三個方面。論述相當深刻!

趙海菱《杜甫與儒家文化傳統研究》①,結合先秦兩漢及唐代社會政治文化背景,運用文化學、社會學、接受美學等知識與方法,通過分析、歸納,總結出儒家思想傳統、儒家詩學傳統、儒家以史經世傳統、儒家士文化傳統、儒家審美傳統等對杜甫思想及其創作深刻而巨大的影響,印證了杜甫與杜詩的深厚博大。又以歷史的、發展的觀點,將杜甫納入我國源遠流長的儒家文化傳統加以考察。原始儒家的人性本善、人性源於天道、人性普遍平等思想,爲杜甫所發揚;漢代儒家的大一統觀念及天人合一思想爲杜甫所吸納;杜甫乃唐代儒學復興運動的孤明先發者;杜甫對宋代儒學的勃興有着至關重要的作用。

莫礪鋒《杜甫評傳》,從杜詩中透視詩人的"思想",巧妙地將杜甫作爲"思想家"的身份揉和在整個敘述中。例如在敘述杜甫的家庭傳統時,指出杜甫詩中儒、佛、道三者俱有,並且造詣不淺,但影響杜甫的重點却是"奉儒守官"、"一生只在儒家界内",特別指出"今存杜詩有四十四處提到儒學"(第13頁)。在此基礎上進一步闡述其具體内容:"以仁爲核心的政治思想"、"以夷夏之辨爲基礎的愛國思想"、"弘毅的人格精神"、"興觀群怨的文學思想",並舉出大最實例,使得《杜甫評傳》顯示出思想家評傳的特色。具體説,在談杜甫推己及人的仁愛精神時,説"是發自内心的平凡而又真誠的情感流動",往往由親人、朋友推及到鄰里、蒼生,以《羌村》"妻孥怪我在"到《夢李白》("三夜頻夢君")、《念鄭虔》("酒後常稱老畫師"),到《呈吳郎》("只緣恐懼轉須親"),再到《茅屋爲秋風所

_____

① 　趙海菱《杜甫與儒家文化傳統研究》,齊魯書社2007年版。

破歌》，而望"廣廈千萬間"，即可想見。又如談杜甫的政治器識，指出杜甫希望"君臣修德"、"少戰"、"薄賦"三點後，進一步指出杜甫對"盛世危機"的預見，可知杜甫之"知本察隱"。再如認爲杜甫的"憂患意識"是繼承了孔、孟、屈、賈的優良傳統與對國家、人民的責任感相輔相成，融爲一體，"忠君與愛國愛民緊密結合"的又一側面，是杜甫與一切偉大的愛國詩人的共性，也是杜甫異於他們的個性。由一己之悲歡而觸發，又立刻跳出一己的悲歡小圈，而想到國家、人民，"艱難隨老母，慘澹向時人"、"在家常早起，憂國願年豐"與"朱門酒肉臭，路有凍死骨"是水乳交融地統一的。

二、杜甫的釋、道思想研究

在上文有關杜甫是"平民詩人"、"人民詩人"、"詩聖"、"情聖"的討論中，從時間上説，直到二十世紀五六十年代，杜甫在人們的印象中還是一個儒者。可是，也有學者在探討杜甫與宗教的關係問題。如在談到杜甫與佛道關係時，馮至説："他和佛教的因緣不深，王屋山、東蒙山的求仙訪道是暫時受了李白的影響，無論是家庭的儒術傳統或是個人的要求都促使他必須在政府裏謀得一個工作的地位。"[①]蕭滌非也説："道家和佛家思想，在杜甫思想領域中並不占什麽地位，對於他的生活並不起什麽作用……在他的頭腦中，佛道思想只如'曇花一現'似的瞬息即逝，特別是佛家的思想。"[②]直到郭沫若《李白與杜甫》出現，大談杜甫的信仰問題，而且非常大膽，雖引不小的爭議，可是在客觀上對後來的學術起了積極的導向作用。

（一）杜甫與佛教

關於杜甫與宗教之關係研究，這個時期的相當長的時間内未

---

① 　馮至《杜甫傳》，第41頁。
② 　蕭滌非《杜甫研究》，第41頁。

見有人進行過探討,重新提出這一問題的是郭沫若,他在《李白與杜甫》"杜甫的宗教信仰"一章中指出:

> 其實杜甫對於道教和佛教的信仰很深,在道教方面他雖然不曾象李白那樣成爲真正的"道士",但在佛教方面他却是禪宗信徒,他的信仰是老而愈篤,一直到他辭世之年。①

他不同意上舉馮至、蕭滌非二人的觀點,認爲"杜甫的求仙訪道早在與李白相遇之前",所以既不能説是受了李白的"暫時"的影響,也不是什麽"曇花一現";又詩曰"身許雙峰寺,門求七祖禪",這"雙峰寺"指的就是南宗的發祥地曹溪寶林寺,"七祖"是神會,那麽杜甫無疑就是南宗的信徒了,郭老的結論是:

> 很明顯,杜甫的精神面貌,在他辭世前的幾年,特別傾向於佛教信仰。他雖然没有落髮爲僧,看他的情緒似乎比所謂"僧寶"還要虔誠。"不復知天大,空餘見佛尊"的老詩人,與其稱之爲"詩聖",倒寧可稱之爲"詩佛";難道不更妥當嗎?②

在這裏,他甚至認爲稱杜甫爲"詩佛"更妥當。

對杜甫與宗教之關係真正展開全面而深入的研究是在二十世紀八十年代以後,而這次研究的起點則是對郭沫若《李白與杜甫》中有關論述的批判和商榷。可是在這之前,傅庚生就對郭沫若的觀點提出異議。他認爲杜甫究竟是以儒家自命的人,與佛教並無深的因緣③。吕澂則認爲,杜甫並非南宗信徒,其早年信仰北宗,晚

---

① 郭沫若《李白與杜甫》,第 181 頁。
② 郭沫若《李白與杜甫》,第 195 頁。
③ 傅庚生《批孔與論杜》,《西北大學學報》1973 年第 1 期。

年入蜀後則轉而皈依彌陀净土;至於"雙峰"指的是蘄之雙峰,"七祖"也只是指普寂。總之,杜甫的佛教信仰是"夾雜、遊移、而且淺薄"的①。陳允吉同意吕澂的看法,説杜甫的禪學信仰"毫無疑問應該屬於禪學北宗"。他批評郭沫若是輕信了清代注家的説法而錯誤地將杜甫看作是尋個"追隨神會的南宗信徒"②。曹慕樊也認爲"杜甫所信爲禪宗北派,與南派(曹溪)無涉",事實上他對於禪宗的瞭解並不深③。但謝思煒不認爲杜甫接受的是北宗。他説,其詩曰"回看不住心","明顯表示他所取的是净衆或南宗的無念法門,而不是北宗的離念法門";"身許雙峰"二句是在禪宗付法制度發生重大變化、法争十分激烈的情況下寫的,可能並不是要在南北宗之間作出選擇的意思,而是表達了一種求"真法"的意願;杜甫晚年漂泊四川時,净衆宗、保唐宗正在四川積極弘法,並發生法争事件,牽涉到高適、嚴武等軍政官員,根據杜甫與這些官員的關係以及至成都後的有關詩文創作,可以看出杜甫在一定程度上受了净衆宗和保唐宗的影響④。孫昌武也指出,杜甫在四川時正是净衆宗、保唐宗興盛時,他的創作中表現的思想傾向的變化與這種禪思想的發展"似不能没有絲毫聯繫"⑤。

　　學者們與郭沫若的主要分歧是在杜甫的信仰程度上。王啓興承認對佛教參禪成佛、道教修煉爲仙之説的信仰是杜甫世界觀中重要的"唯心主義表現",但認爲郭沫若過於誇大了這種影響⑥。

---

① 吕澂《杜甫的佛教信仰》,《哲學研究》1978 年第 6 期。
② 陳允吉《略辨杜甫的禪學信仰——讀〈李白與杜甫〉的一點質疑》,《唐代文學論叢》總第 3 期,1983 年版。
③ 曹慕樊《杜詩雜説》,四川人民出版社 1981 年版,第 41 頁。
④ 謝思煒《净衆、保唐禪與杜甫晚年的禪宗信仰》,《首都師大學報》1995 年第 5 期。
⑤ 孫昌武《禪思與詩情》,中華書局 1997 年版,第 81 頁。
⑥ 王啓興《試論杜甫的世界觀》,《西北大學學報》1979 年第 1 期。

廖士傑説,郭氏對蕭滌非等人的批評是不對的,因爲佛老思想在杜甫生活中的任何一個階段都沒有成爲主導思想①。陳允吉認爲郭沫若在前人研究的基礎上重新提出宗教信仰問題,對開拓人們的眼界是有意義的,但其結論却是武斷的。他説,不必把杜甫説成是一個"極端信佛"的教徒,更不要以此概括杜甫的全部思想,實際上,"在他的世界觀中,禪學思想的影響只是一個很次要的方面"②。鍾來因分析了杜甫家庭環境與佛教的關係,並統計指出,杜詩中涉及佛教的總共 50 首左右,僅占全集的三十分之一,其中能成爲名篇的極少,大抵是一些"身臨佛寺,心憂天下"之作,所以杜甫談不上是禪宗信徒③。

　　此外,人們更強調杜甫思想的複雜性,而這種複雜性具體表現在儒道釋三家對他的影響上。金啓華分析説:杜甫在少年時代是各家思想都有的,却都不成熟;後參加應試,儒家思想得到發展;不第遇李白,發展了道家思想;壯年入長安而後遭遇安史之亂,儒家思想發展到高峰;華州棄官入川途中,又突出地表現了道家思想,晚年在夔州發展到高峰;至於佛教思想,在他流寓梓、閬間有顯著的表現;到最後,漂泊荆湖,各家思想又都出來了,而最後瀕絶,似乎是以道家思想結束④。毛炳漢不贊同金説,認爲杜甫並非終結於道家思想,其晚年思想仍以儒家爲主⑤。王啓興也指出,杜甫在哲學思想方面既對儒家的天命觀深信不疑,同時也有佛道宗教思想,

①　廖士傑《對〈李白與杜甫〉一書的幾點看法》,《寧夏大學學報》1982 年第 2 期。

②　陳允吉《略辨杜甫的禪學信仰——讀〈李白與杜甫〉的一點質疑》,《唐代文學論叢》總第 3 期,1983 年版。

③　鍾來因《論杜甫與佛教——兼論作爲外國文學的佛經對杜詩的影響》,《草堂》1983 年第 2 期。

④　金啓華《論杜甫的思想》,《徐州師院學報》1977 年第 3 期。

⑤　毛炳漢《試論杜甫的晚年思想》,《草堂》1982 年第 2 期。

而在道德觀、歷史觀和政治思想方面則是接受了儒家學説①。劉懷榮認爲，儒家對杜甫的影響貫徹始終，佛道的影響則有階段性，他早年信仰北宗，入蜀後接觸了南宗禪法，對其他宗派的佛學也有所瞭解，但杜甫對佛教的信仰只是一種“儒術難起”時的精神補充而已②。

　　更難能可貴的是，復旦大學的陳允吉指導了魯克兵的博士論文《杜甫與佛教關係研究》(2007 年)，2014 年由安徽大學出版社出版。其大致要點是：杜甫研究儘管一直是研究的熱點，但相形之下，對於杜甫的宗教信仰，尤其是佛教信仰的研究當前仍然不夠充分。此文在承認杜甫儒家思想占主導地位，兼受道家、道教思想影響的同時，對杜甫所受佛教影響及其在詩文創作、藝術欣賞乃至生活中的表現，作出較爲詳細的探討，對杜甫與佛教的關係問題進行了梳理，力圖較具體地闡述這一問題。論文分爲六章：第一章簡述“杜甫佛教思想之背景”。杜甫的儒家思想是無法回避的，同時，杜甫在一定程度上對道家、道教傾向，而儒道釋在杜甫的思想結構中也存在着互動關係，而初盛唐時期的佛教發展乃至杜甫家世方面也當予以考慮。談及後者，作者從杜甫的十四世祖杜恕、到杜預，到祖父杜審言，特別談及了二姑京兆杜氏的影響：“是個非常虔誠的佛教徒”，“對佛教的信仰可謂始終不渝”，“是對杜甫一生有着巨大影響的人”③。第二章考察“杜甫所遊歷的佛教景觀”。以杜甫在詩文中曾經提及的爲限，是杜甫接受佛教影響的主要場所和觸媒。具體説來有三十三處：龍門奉先寺、龍門其他佛寺、巳上人茅齋、大慈恩寺、翠微寺、雲際寺、雲門寺、大雲寺、瓦官寺、城北寺、

---

① 　王啟興《試論杜甫的世界觀》，《西北大學學報》1979 年第 1 期。

② 　劉懷榮《試論杜甫的佛教信仰》，《杜甫研究學刊》1989 年第 1 期。

③ 　魯克兵《杜甫佛教關係研究》，安徽大學出版社 2014 年版，第 40、41 頁。

南郭寺、贊公房、太平寺、山寺、法鏡寺、草堂寺、新津寺、四安寺、修覺寺、惠普寺、香積寺、牛頭寺、兜率寺、惠義寺、鶴林寺、龍興寺、伏毒寺、始興寺、大覺高僧蘭若、真諦寺、天皇寺、麓山寺、道林寺等。第三章考索"佛教與杜甫的交遊"。杜甫交遊極廣,該文則以佛教信仰及與杜甫關係疏密程度爲尺度,選擇三十餘人加以討論,突出其中佛教影響的可能性。如:李白、李邕、吳道子、張均與張垍、薛據、高適、岑參、儲光羲、杜位、鄭虔、杜濟、許十一、薛華、贊公、杜亞、嚴挺之與嚴武、王維、旻上人、李舟、楊綰、裴迪、王縉、玄武禪師、文公上方、房琯、信行、大覺高僧、真諦寺禪師、太易沙門、韋之晋、李文嶷、任華等。第四章全面探討"杜甫的佛教思想",着重發明其禪宗(南北宗)、净土信仰及其"慈悲情懷";當然是以其"佛教思想的現實基礎"爲依據的。第五章論述"佛教與杜甫的詩歌創作"情況,重點從創作方法和詩歌風格(如閒静情調、動静關係中的相即原理)等方面展開,特別論及了"佛偈與杜甫以文爲詩"的關係。第六章談論"杜甫與佛教藝術",即從杜甫的藝術實踐中,揭示佛教影響的具體表現,如佛教建築藝術、佛教雕塑藝術、佛教繪畫藝術、佛教音樂藝術、佛教舞蹈藝術與佛教書法藝術。

　　我們以爲,在學界,人們普遍認爲杜甫在詩歌創作中是貫徹儒家"詩教"的典型,而忽視了他在創作中多方面地受到佛教滋養的實際,即使有人注意到佛教對其創作的影響,但也未展開專門而具體的研究。杜甫一生與佛教特別是禪宗有很深的交涉,這給杜甫的思想和創作增添的新鮮內容,給他的藝術思維方式和美學趣味帶來的重要影響。佛教思想不僅成爲他儒家用世之道的補充,也成爲他困頓時的安慰。可參孫昌武《杜甫與佛教》一文①。胡曉明在談"杜甫究竟有無終極關懷",而這種終極關懷,與佛教的終極關懷有無相通之處時説:回答是肯定的。首先,佛教的悲憫

――――――

① 《東方論壇》2005 年第 4 期。

心,與老杜的仁心相通。第二,佛教的清净心,與杜甫對於淳樸自然、和平寧静生活嚮往,無不相通。第三,老杜的終極關懷就在於他的現實關懷之中,這是他與一個佛教士人的終極關懷的最大不同,即以一己之心擔荷天下人苦難的大悲憫心,即貫穿着中國文化的"天地良心"①。

有關杜甫與佛教思想,郭老《李白與杜甫》的論述,總體説來失之偏頗,可是不能由此完全否定其貢獻。我們不能爲尊者諱,也不能爲賢者諱、爲古人諱,不能因爲杜甫向來被尊爲"詩聖"、"醇儒",而否定道教、佛教給他的影響,换言之,他對道教、佛教或有某種程度的接受。

(二) 杜甫與道教

青年時代的杜甫,曾與李白一起到王屋山尋訪道士華蓋君,欲學長生之道。他們同遊梁宋時,也有"方期拾瑶草"(《贈李白》)的願望。在他後來的詩作中,也多次寫到丹砂、靈芝等道家所重視的長生之藥。簡單地説,杜甫在青年時代一度醉心於道教,特別是對仙丹靈芝以及由此通往的長生仙界頗感興趣,拔高一點説是盛唐時代的服食風尚影響之下一位青年詩人的任性舉動,希冀服丹藥求得長壽也可以理解。須知,服食風氣對唐人生活的浸染之深,不是我們現代人可以想象的,有唐一代有多少帝王將相、達官顯貴、文人學士迷戀於此,命夭於此!

據郭沫若説,杜甫與道教因緣很深,但他未具體分析杜甫所信仰道教的成分,只是籠統地這麽説:

> 他雖然不曾象李白那樣,領受《道籙》成爲真正的道士,但他信仰的虔誠却有過之而無不及。他的求仙訪道的志願,對

---

①　胡曉明《略論杜甫詩學與中國文化精神》,《文藝理論研究》1994 年第 5 期。

於丹砂和靈芝的迷信，由壯到老，與年俱進，至死不衰。①

只是强調杜甫迷信道教，並有實踐，而且是在認識李白之前。曹慕樊對此有所補正，他説：

> 道家應分别先秦道家（老、莊）和漢以後道家。杜甫的道家思想中兩種因素都有。漢以後道家有許多派别，比如玄言、服食、外丹、内丹、神仙等派。杜甫是相信服食的，所以常提葛洪、嵇康。對神仙派他不大信。②

曹慕樊同時還肯定了老莊思想對於杜甫"真"、"放"性格的良好影響。這樣的分析還是較爲客觀的。

鍾來因則就郭沫若的全部論據作出駁論。他將郭沫若提出的全部論據歸納爲五個方面的問題進行反駁：一、杜甫求仙訪道，是否受李白影響；二、關於《三大禮賦》；三、關於《冬日洛城北謁玄元皇帝廟》；四、關於《前殿中侍御史柳公紫微仙閣畫太乙天尊圖文》；五、關於丹砂、葛洪、蓬萊及其他。條分縷析，不乏創見。他認爲，杜甫的求仙訪道確實是受李白的影響，而不是早在與李白相遇之前即已有求仙訪道的意願；他吸取了道家道教中的許多營養，使其詩增添了不少浪漫的色彩，這並非全是壞事。鍾來因不認爲杜甫是道教的信仰者，否認《三大禮賦》有頌揚道教的成分，稱其主旨是"以堅定的儒家思想反對唐玄宗崇道迷信"；《冬日洛城北謁玄元皇帝廟》的主旨是諷刺唐玄宗崇道過分，而《前殿中侍御史柳公紫微仙閣畫太乙天尊圖文》雖用了諸多道家術語及典故，究其主

---

① 郭沫若《李白與杜甫》，第 189 頁。
② 曹慕樊《杜詩雜説》，第 36—37 頁。

旨也仍然是儒家的仁政思想①。可是全部否定郭老的觀點,亦失之偏頗。

而徐希平《杜甫與道家及道教關係再探討——兼與鍾來因先生商榷》一文認爲郭沫若的觀點大體上並没有錯,並從兩方面與之商榷②:一、與李白相識之前杜甫是否已有仙道之願?二、杜甫離別李白後是否再無仙道之想?其結論是:

1. 杜甫的思想並不只是單純的儒家正統觀念,同時還受到包括釋、道在内的各種思想的深刻影響,其中道教及道家的一些觀念意識在其思想深處長期存在,在與李白相識之前,既已有之,與李白分別之後直至終生亦未完全消除,只不過因不同歷史階段和環境而有隱顯之别罷了。因此,不能説道家觀念在杜甫思想中不占什麽地位,更不能説只是"曇花一現","暫時"受李白影響。

2. 探討杜甫與道家之關係,揭示其道家思想成分,旨在以此撕下人們長期以來貼得太多的"一飯不忘君"的純儒標籤,從一個方面説明其思想性格的多樣性,但並不就此以杜甫爲"道家面貌",亦不否認"致君堯舜"的儒家理想在其整個思想中的主導地位和作用。

3. 杜甫思想中的道家成分可謂糟粕與精華共存,其影響亦是消極與積極兼備,但更多地偏於積極良好方面,其中如性情的真率、狂放、崇尚自然,以及詩歌藝術風格的斑斕多彩,都吸取了道家的豐富營養。因爲博大精深的杜甫人格精神本身就是中國優秀傳統文化理想道德凝聚而成。"非無江海志,瀟灑送日月。生逢堯舜君,不忍便永訣。"這正是詩人心中充滿"出世"與"入世"矛盾,理想與現實衝突的真實自訴,也是其與常人情感相通、共鳴可親之

---

① 鍾來因《再論杜甫與道教》,《首都師大學報》1995 年第 2 期。

② 徐希平《杜甫與道家及道教關係再探討——兼與鍾來因先生商榷》,《杜甫研究學刊》1999 年第 2 期。

處。而經過痛苦的抉擇,詩人汲道家之營養,却未遁隱入道,所選取的"窮年憂黎元,嘆息腸内熱"、關注民生瘼痛的心路歷程也纔更彌足珍貴,飽經憂患的"筆底波瀾"纔更真切地傳達出時代的脉搏與世間的欣樂悲愁。比起所謂自始至終篤於人倫的愁苦呆板面孔來,其突出的詩史價值和强烈的藝術感染力不知要高出幾許。總之,《贈李白》這首詩足以説明杜甫在認識李白之前就已有仙道之想了;道教及道家的一些觀念意識確實在其思想深處長期存在,不過也不能否認"致君堯舜"的儒家理想在其整個思想中所處的主導地位。

　　魯克兵《論杜甫的道家、道教思想》①一文則專門論述了杜甫的釋、道思想:儒家思想在杜甫的思想中是處於主體地位的,但從其具體詩文的實際出發,可以發現道家及道教在杜甫思想結構中仍具有一定的地位,最顯著的當是其對適性的認可與强調,這在其詩文往往表現爲自然任運的意趣、隨性而行的"興"和自我真性的"狂"。而且在現實生活中,他與賀知章、李白等道士或道教信徒的交往,同樣也反映了其對道家及道教的信仰程度。

　　莫礪鋒旁徵博引,論述杜甫與道教的關係②。他先引楊倫語:"釋典道藏,觸處有故實供其驅使,故能盡態極妍,所謂讀破萬卷,下筆有神,良非虚語。"③例如《風疾舟中伏枕書懷三十六韵奉呈湖南親友》云:"葛洪尸定解,許靖力難任。家事丹砂訣,無成涕作霖。"這是杜甫的絶筆詩。郭沫若據此説:"請看他對於神仙的信仰是怎樣堅定!"④金啓華也因此認爲杜甫"最後瀕絶似乎是以道家

　　① 　魯克兵《論杜甫的道家、道教思想》,《玉溪師範學院學報》2007年第11期。

　　② 　莫礪鋒《杜甫評傳》,南京大學出版社2019年版,第210—211頁。

　　③ 　(清)楊倫《杜詩鏡銓》卷九,上海古籍出版社1962年版,第423頁。

　　④ 　郭沫若《李白與杜甫》,第182頁。

思想結束"①。但是,"葛洪尸定解"云云都是用典,不能坐實理解。此詩本是如仇兆鰲所評:"末叙窮老無聊之况。尸定解,將死道路。力難任,不復遠行。丹砂未成,則内顧無策,結語蓋待濟於諸公矣。"②證據就在這四句詩的前面:"朗鑒存愚直,皇天實照臨。公孫仍恃險,侯景未生擒。書信中原闊,干戈北斗深。……戰血流依舊,軍聲動至今。"詩人念念不忘的是瘡痍滿目的人間而不是仙界!郭老一方面認爲"杜甫是淑世心切的人,以契稷自比,想拯濟天下蒼生"③,一方面又説他"神仙信仰堅定",似是陷入了自我矛盾中。

(三)杜甫思想之辨析

不可否定,杜甫對道教、佛教都曾感到興趣,他對道藏佛經都很熟悉,他與道士、佛徒都有所交往,這説明他在哲學思想上的態度甚爲平正、寬容、不排異端,但是他終身伏膺且視爲安身立命之所的則是儒家思想,是以孔孟之道爲核心的早期儒家思想。

劉明華以爲,杜詩中與佛教有關的作品是研究杜甫思想的重要資料。杜甫對佛教的認識有一個由淺入深的過程。對佛教藝術的接觸和與僧人的交往,加深了他對異質文化的瞭解和思考,但並未使他對宗教產生太大的興趣。佛教的博愛、勸善思想與儒家的民胞物與、仁民愛物思想在杜甫晚年思想中得到高度的融合。佛教思想補充和豐富了杜甫的儒學思想。具體可參其論文《佛教與杜甫及其晚年心境》,載於《西南師範大學學報》2001 年第 5 期。

莫礪鋒具體論述了杜甫與儒釋道的關係④。其《杜甫評傳》中的有關論述較爲充實而有説服力,認爲唐代是一個思想比較解放的時代,儒、道、釋三派思想都受到統治者的重視、支持,思想界呈

---

① 金啓華《杜甫詩論集》,第 29 頁。
② (清)仇兆鰲《杜詩詳注》卷二三,中華書局 1979 年版,第 2096—2097 頁。
③ 郭沫若《李白與杜甫》,第 185 頁。
④ 莫礪鋒《杜甫評傳》,南京大學出版社 2011 年版,第 273—305 頁。

現出百花齊放的紛繁局面。盛唐時代的詩人如李白、杜甫等往往一人身上雜糅有幾種思想。杜甫與佛教的關係更深一些,他遊覽佛寺,聽講佛法,與贊公、文公等和尚交誼甚深,詩中寫到佛語的地方也很多。有些學者如郭沫若據此而認爲杜甫信仰道教和佛教,更甚於信仰儒家,這實在是一種本末倒置的觀點。杜甫確實受到佛、道二教的一些影響,但這種影響在杜甫思想中所占的地位絶對不能與儒學相比。杜甫對佛教感興趣主要是在壯年以後的事,由於他在現實生活中感到極度的苦悶,有時不免想從空門得到一點慰藉。他有時在詩中表示要皈依佛門,論者特别注意的《秋日夔府詠懷奉寄鄭監審李賓客之芳一百韻》這首詩,因爲詩中説:"身許雙峰寺,門求七祖禪。落帆追宿昔,衣褐向真詮。……本自依迦葉,何曾藉倔佺。爐峰生轉盻,橘井尚高褰。東走窮歸鶴,南征盡跕鳶。晚聞多妙教,卒踐塞前愆。顧愷丹青列,頭陀琬琰鐫。衆香深黯黯,幾地肅芊芊。勇猛爲心極,清羸任體孱。金篦空刮眼,鏡象未離銓。"不但用佛語、佛典甚多,而且語氣頗爲堅決,似乎真的要遁入空門了。然而據此而斷定杜甫已皈依佛門則是欠妥的。而杜詩中有許多首寫到丹砂靈芝或用佛語佛典,這個現象又該如何解釋呢? 杜詩中那些表示要求仙訪藥或皈依佛國的話是牢騷之語,如《觀李固請司馬弟山水圖三首》之二云:"范蠡舟偏小,王喬鶴不群。此生隨萬物,何處出塵氛?"又如《寫懷二首》之二云:"放神八極外,俯仰俱蕭瑟。終然契真如,得匪金仙術?"明人張綖評曰:"此篇説得放曠,是憤俗之語,觀者勿以辭害意可也。"①另外還有兩種情形也值得注意,第一種是詩歌的題材與宗教有關,比如描寫對象是道觀、佛寺,或者贈詩的對象是道士、僧人,這些詩中出現涉及宗教的話是題中應有之義。第二種是詩中用的典故成語涉及佛、道二教,杜甫是讀破萬卷的詩人,而佛經道藏中本來有許多精妙的語

---

① 　(清)仇兆鰲《杜詩詳注》卷二〇引,第1822頁。

言、生動的比喻、豐富的想象，它們當然會受到詩人的注意和運用。這些論點鮮明而公允，評論中肯而有據。

謝思煒《净衆、保唐禪與杜甫晚年的禪宗信仰》①則論析了杜甫的禪宗信仰：有關杜甫的禪宗信仰，清代錢謙益及近人郭沫若、吕澂、陳允吉等續有考辨論證。杜甫在晚年所作《秋日夔府詠懷奉寄鄭監審李賓客之芳一百韵》中説："身許雙峰寺，門求七祖禪。"明確表示了自己的信仰傾向。由於當時禪宗南北宗之間的法統之争十分激烈，各有自家的"七祖"，杜甫所信仰的究竟是南宗還是北宗，便成爲論争的焦點。然而除了禪宗南北宗之争外，當杜甫晚年漂泊四川時期，禪宗的另一支净衆宗和保唐宗恰在四川積極弘法，並也發生了一次"法争"事件。其著作《禪宗與中國文學》在討論杜甫的禪宗信仰時②，也未將這一情況考慮進去。根據《歷代法寶記》中的記載和學者的有關論述，對這一問題再作一些有意義的補充説明，是應該的。

我們以爲，以往的杜詩學研究，要麽是訓詁章句，要麽是微言大義，要麽是詩史互證，要麽重政治思想，要麽重藝術成就，都有一定偏頗。須重新審查這些問題，看一看杜甫這個"醇儒"到底是什麽樣子，"醇儒"之外還有什麽，如杜甫對盛行於唐代的佛教、道教持什麽態度。同時，如上所言，儒學是怎樣全面培育了杜甫，杜甫又怎樣繼承和發展了儒學。

我們以爲，生逢儒釋道三教思想並行（我們不贊同互補的説法）的唐代，杜甫思想以儒爲核心兼受了釋、道一定程度的影響，應是没有問題的。

三、杜甫的性情研究

"性情"一詞最早出現在《易經·乾卦》中："利貞者，性情也。"

---

① 《首都師範大學學報》1995年第5期。
② 中國社會科學出版社1993年版。

孔穎達疏曰:"性者,天生之質,正而不邪;情者,性之欲也。"通俗地說,所謂性情,主要指的是性格、習性、情感、情趣等。杜詩不僅真實而深刻地反映了當時的社會現實,而且也充分體現了杜甫本人的性格和生活情趣。杜甫的情感是豐沛的,表現於詩篇的情感是淋漓盡致的,每當我們讀到杜甫的詩篇,總會被他那激切的情感所撼動。杜甫是一個敢怒敢惡,能哭能叫,也能樂能笑的人,這就是杜甫的性情①。

當然有時杜甫也用寄托含蓄的筆法來寫作,但只要我們稍加沉思,便很容易捉摸到他那真實的情感而毫無遁隱。而絕大部分的詩篇,杜甫都用他那靈活的筆,隨着內心的感受,直截了當地反映出來而產生很大的共鳴力。當我們接觸到他的詩篇時,會爲他一灑同情之泪,會爲他擊節舞蹈雀躍不已。我們的心完全被他的情感所吸引,隨着他的悲喜哀樂而悲喜哀樂。綜觀杜甫詩篇所反映的情感,較爲激烈突出的有二:一是憂鬱的情感。二是歡樂的情感。雖然杜甫在愁悶之餘也有短暫的歡樂,可是杜甫憂鬱的情感是特別濃密的,在他的作品中總是密布着愁雲慘霧。

杜甫的憂愁鬱悶,絕對不是天生的。他少年也曾喜悅過、狂笑過、進取過、快意過,只是他早年的詩篇遺失太多,我們無法沾染到他喜悅的氣息而已。他的憂鬱,是後天的,是環境逼迫的,是生活引發的。時代由富庶繁華而至於衰頹破敗、社會的黑暗、干戈的興起、寇盜的猖獗、外族的侵凌、藩鎮的割據,宦場的失意、生活的貧困、疾病的纏繞,壓得他透不過氣來,一波一波的襲擊,他哪裏笑得出來,所以晚年的作品總是籠罩着陰霾。他爲國難憂愁,爲人民痛苦憂愁,爲至親好友弟妹離別憂愁,爲官場失意憂愁,爲奔竄漂泊憂愁,爲生活窮苦憂愁,爲年老疾病憂愁,爲兵戰盜賊荒亂憂愁,爲氣候境地憂愁,等等。

---

① 按:此部分吸納了杜曉勤《隋唐五代文學研究》(下)中的研究成果。

如前所述,梁啓超的《情聖杜甫》、胡適的《白話文學史》、聞一多的杜甫研究是二十世紀較早把杜甫還原爲普通人、分析杜甫身上平民意識的研究成果。也是從他們開始,杜甫性格的可愛之處和生活情趣纔開始凸顯出來了。如梁啓超認爲,杜甫的"情感的内容,是極豐富的,極真實的,極深刻的","他表情的方法又極熟練,能鞭辟到最深處,能將他全部完全反映不走樣子,能像電氣一般一振一蕩的打到別人的心弦上"。他指出,杜甫"是一位極熱心腸的人,又是一位極有脾氣的人","從小便心高氣傲,不肯趨承人",後來雖然境遇非常可憐,但"情緒是非常温厚的,性格是非常高亢的"。胡適則着重強調杜甫能"在貧困之中,始終保持一點'詼諧'的風趣",並指出杜甫這種詼諧風趣"是生成的,不能勉強的","很像是遺傳得他祖父的滑稽風趣,故終身在窮困之中而意興不衰頹,風味不乾癟","窮開心"(228頁),而且,"這種風趣到他的晚年更特別發達",成爲其晚年詩的最大特色(230頁)。

1925年,余俊賢《杜甫平傳》之三,就以"杜甫之性格"爲題,專門論述杜甫的個性,並歸納出七點:忠君愛國、矜誇、高傲、富於同情、篤於友誼、弟妹情深、嗜酒[1]。抗戰時期,涉及杜甫性格、情感和生活情趣的文章只有翦伯贊《杜甫研究》[2]、馮靖學《杜少陵對生物的情感》[3]和彭清《杜甫的性格》[4]等可數的幾篇。其中,翦伯贊文在專論"杜甫的性格"時認爲,"杜甫的性格看起來很沉鬱",但"杜甫的沉鬱不是天生的,而是殘酷的現實把他壓迫到展不開眉頭"。他指出,"杜甫在童年時代是很活潑的","青年時代也是很放縱的","中年以後,這位生氣勃勃的詩人,由於生活的折磨,顯然變得

---

① 《國立廣東大學文科學院季刊》1925年第1卷,第166—174頁。
② 《群衆》第9卷第10期,1944年。
③ 《文化先鋒》第8卷第10期,1948年。
④ 《新文化月刊》第1卷第1期。

沉鬱了”，“晚年的作品，更是充滿了感傷的情緒”。他還指出，“杜甫是一個極有骨氣的人”，“雖然窮困，但恥於趨炎附勢”；“脾氣雖然高傲，但情感却非常熱烈”。作者最後總結道：“反抗强暴，鄙視權貴，同情窮人，痛恨貪官污吏，這就是杜甫的性格。”1941年，朱偰在其《杜少陵評傳》中，也曾辟出一節，根據杜甫一生的行事思想和言論詩詞，推定其個性有四端：一曰忠厚，二曰質直，三曰沉鬱，四曰真摯。也算是較早研究杜甫性情的。

　　這段時期的大部分的杜甫研究論著在叙述杜甫的生活和創作時也很少涉及杜甫的性格特點尤其是生活情趣，有的著作還明確批判胡適在《白話文學史》中對杜甫詼諧風趣的分析，認爲這是胡適“爲了要泯滅杜詩的反抗精神，因而僞造出‘滑稽的風趣’以誣衊我們祖國偉大的詩人杜甫”①。持同樣觀點的文章有蕭滌非《批判胡適對杜甫詩的錯誤觀點》（《文史哲》1955年9月號）等。“文革”之中，郭沫若出於“揚李抑杜”的主觀目的，特地在《李白與杜甫》一書辟專章談“杜甫嗜酒終身”的問題，他認爲和李白相比，“杜甫是同樣好仙，同樣好酒，同樣‘痛飲狂歌’，同樣‘飛揚跋扈’的。”②

　　二十世紀八十年代以後，學界對杜甫的性格、情感和生活情趣恢復了研究，出現了如劉徵《杜甫的生活情趣》③、吳迪《論詩人與酒——兼評〈李白與杜甫〉中“杜甫嗜酒終身”一章》④、曾棗莊《至情至性感人至深——論杜詩的人情味》⑤、王德全《杜甫的幽默和風趣》⑥、

---

① 傅庚生《杜詩散繹》，陝西人民出版社1979年版，第23頁。
② 郭沫若《李白與杜甫》，第197頁。
③ 《文匯增刊》1980年第4期。
④ 《河北師大學報》1981年第1期。
⑤ 《唐代文學論叢》1982年第1期。
⑥ 《甘肅日報》1984年10月28日。

濮禾章《試論杜甫的人情味》①、唐典偉《杜甫的幽默情趣及文化意義》②、黃維華《杜詩中的幽默意趣及其審美特徵》③、吳明賢《論杜甫的"狂"》④、鄧魁英《杜甫的窮儒意識與詩歌創作》⑤、任治春《試論杜甫的放浪狂歌》⑥等文章。其中曾棗莊文認爲，杜甫真實地反映了安史之亂前後的時代動亂，是時代的一面鏡子，這確實是杜詩很突出的特點。但是一般人讀杜詩的興味遠遠超過讀史，還因爲他感情真摯，同情人民，關心朋友，熱愛妻子兒女、兄弟姐妹，具有普通人的喜怒哀樂，能以情動人，富有人情味，因此該文分別論述了杜甫與鄰居、朋友、親人之間的關係。唐典偉文則認爲杜詩的幽默風調是一種"稀有"的美學形態，它往往在嘲他、自嘲以及對自然的觀照中展示一種醜、缺憾與滑稽。杜詩幽默風趣的動機和功能表現爲一種人際間的相互理解與溝通，一種自我心態的調節與平衡，一種審美提升功能。杜甫的幽默是詩人積極入世、樂觀與世的另一種表現形式。他的這部分作品既符合傳統審美標準，又是對禮教意識和等級觀念的衝擊，是對他在困頓中的嚴重傾斜的心理的補償。吳明賢文則認爲，"狂"作爲杜甫詩歌創作的心理動力，來源於他的社會生活和主觀情緒，是杜甫性格的一個重要組成部分，反映出詩人的自信與自尊，坦率與真誠，憤世與抗爭。鄧魁英文指出，杜甫是真正的"窮儒"，具有强烈的"窮儒意識"，這是一種情感化的道德觀念，對他各個時期的思想和創作産生了重大的影響。他的詠貧傷貧的詩篇是他充滿矛盾的"窮儒意識"的體現，是他貧窮一生的"年譜"。吳文探求了三個問題：詩人與酒的關係，杜甫

---

① 《成都大學學報》1986年第4期。
② 《杜甫研究學刊》1990年第2期。
③ 《蘇州大學學報》1993年第2期。
④ 《杜甫研究學刊》1996年第3期。
⑤ 《北京師大學報》1997年第4期。
⑥ 安徽大學2011年碩士論文。

與酒的關係,詩人的評價與酒的關係。“杜甫嗜酒終身”是不錯的,可是杜甫的飲酒現象極爲複雜:或頌友人雖“嗜酒”而不失性情之“真”,或與李白惺惺相惜,或寫自己爲飲酒而不惜賒酒,有時不惜還“乞酒錢”,酒幾乎成了他的生命或生命的重要一部分,可是其實質是:杜甫喜悦時飲酒不失其“本真”;痛楚時飲酒既不失其“本真”,又不失其高尚。濮文指出,宋代以來,論杜者却多推崇他“一飯不忘君”的忠君愛國之心。直至梁啓超始對杜甫忠君愛國、同情人民的深情大加贊許,譽他爲“情聖”。誠然,杜甫作爲一位封建社會裏“奉儒守官”的詩人,忠君愛國自然是其爲人的主旨,但是,杜甫既生活在人類社會中,必更多具有普通人的思想感情。

陳貽焮“充分肯定了杜甫與人民大衆在生活遭遇和思想感情上千絲萬縷的聯繫,又生動地再現了他與當地官僚豪紳來往的生活圖景和社交氛圍,令人從中具體感受到杜甫的社會地位和階級屬性,見出他在爲人處世中表現的一貫忠厚、耿直、熱誠之外,也有違心地應酬世俗交際、比較世故的一面。由於《評傳》不厭其詳地從各個生活側面塑造了杜甫的豐滿形象,因而能够令人信服地證明這位偉大詩人的一切進步性和局限性都植根於他的時代”①。

另外,杜甫那些描寫日常生活瑣事、小事的詩歌,也很好展現了他的“真”性情,可是歷來的研究者重視不足。宋人張戒、朱熹等人雖早已談及,如《歲寒堂詩話》卷上説,在杜甫那裏,“一切物,一切事,一切意,無非詩者”②。朱熹的言論並略含貶義:“人多説杜子美夔州詩好,此不可曉。夔州詩却説得鄭重煩絮,不如他中前有一節詩好。”又説:“杜子美詩好者,亦多是效選詩,漸放手。夔州諸詩,則不然。”③後世學者往往偶爾引用,没有深究者。其實,“鄭重

---

①　陳貽焮《杜甫評傳》書末所附葛曉音跋,第 1336—1337 頁。

②　丁福保輯《歷代詩話續編》,中華書局 2001 年版,第 464 頁。

③　(宋)朱熹《朱子語類》卷一四〇,中華書局 1986 年版,第 3326 頁。

煩絮"意即詞繁意複,不夠精練,也即率意揮灑,不甚推敲字句的意思。臺灣學者呂正惠的博士學位論文《杜甫與六朝詩人》後附《杜詩與日常生活》一文①,是較早的文章。現在這類論文正在增多,也算是杜甫研究領域的一個小小的拓展。李石《杜詩與日常生活》(《中外文學》第 9 卷第 7 期)一文分析了杜甫詩歌在描寫日常生活詩歌傳統中的地位。他認爲,大至朝廷中的大事,小至個人瑣事與細節都能在杜詩裏得到體貼入微的反映,並能從日常人事裏體會人生問題,把日常生活的詩提高到第一流文學的地位。

當然,杜詩的性情描寫不僅僅是杜甫一己的私人性情之流露,而是與憂國憂民情懷密不可分的,正如日本學者國分青崖(1857—1944)《詠史三十六首·杜甫》詩云:"詩到浣花誰與衡? 波瀾變化筆縱橫。讀書字字多來歷,憂國言言發性情。上接深雄秦漢魏,下開浩瀚宋元明。靈光精采留天地,萬古騷人集大成。"(《青崖詩存》卷一九)這便是告誡人們不要孤立地探討杜甫的性情問題,而是要從其憂國憂民思想中發掘他的真性情。下面借用鄭振鐸 1926年出版的《文學大綱》中的一句話來結束此一部分:"他(杜甫)的詩爲最足以見他的性情及行爲的,中國的詩人沒有一個能夠如他一樣的可於其詩中求其詳細的生平及性格的。"②

第四節　杜甫生平行迹家世交遊研究

二十世紀的杜甫生平研究,以聞一多《少陵先生年譜會箋》和陳貽焮《杜甫評傳》取得的進展最大。其中聞著對前人的杜甫生平研究作了一次全面的清理和總結,使杜甫的生平大致明瞭(參見前

---

① 呂正惠《杜甫與六朝詩人》,大安出版社 1989 年版。
② 鄭振鐸《文學大綱》(上),東方出版社 2013 年版,第 341 頁。

文聞一多專節）；而陳著則在有分析地吸取清代錢謙益、楊倫、浦起龍、仇兆鰲以及現當代聞一多、俞平伯、馮至、蕭滌非等學者研究成果的基礎上，對杜甫的遊踪、交往和杜詩的寫作年代、地望作了相當多的考訂工作，糾補了前人不少闕失，可謂是二十世紀杜甫生平研究的集成之作。

一、杜甫貢舉應試、任職棄官問題

對杜甫生平行迹的考辨有不少新見。關於杜甫的第一任職務及被罷左拾遺、華州棄官而流寓隴蜀、棄官西行而卜居歸隱、退出嚴武幕府、離蜀原因的探討越來越符合或切近史實。

比如關於杜甫華州"罷官"還是"棄官"的爭論就異常熱烈。我們尊重歷史，傾向於華州棄官。總結兩派意見，屬於前者的主要有以下幾篇論文。如王勖成《杜甫授官、貶官與罷官説》①，他概括：杜甫一生授官四次，貶官一次，罷官一次。杜甫第一次授官右衛率府胄曹參軍是在天寶十四載十月，是他獻《三大禮賦》四五年之後（趙按：獻賦時間有天寶九載、十載之説）。至德二載四月，杜甫從安禄山叛軍占領的長安城逃至蕭宗的行在鳳翔，五月，由胄曹參軍提升爲左拾遺，這是他第二次授官，是由中書門下敕授的。乾元元年六月，杜甫因房琯之黨由左拾遺貶爲華州司功參軍，是中書門下以敕書形式貶謫的。乾元二年九月，杜甫因一任四考已滿，便被吏部罷官停秩，開始了其流浪生活。廣德元年十二月，杜甫在梓州，由嚴武舉薦，被中書門下敕授爲京兆府功曹參軍，但他却未赴任。這是他第三次授官。廣德二年夏秋之交，杜甫在成都被嚴武聘爲劍南東西川節度參謀。十二月，又因嚴武舉薦被中書門下制授爲檢校工部員外郎、賜緋魚袋，這是他第四次授官。從此，他就以工

---

① 王勖成《杜甫授官、貶官與罷官説》，《天水師範學院學報》第 30 卷第 4 期，2010 年。

部員外郎爲其前資官漂泊而終。這一切,對他的生活、思想和創作都影響巨大。具體到華州司功參軍任,他主"罷官"説,而且還撰有一文①:自宋以來,人們一直認爲杜甫於乾元二年秋由華州司功參軍客秦州是主動棄官的,其棄官原因有三:一是關輔饑亂説——王洙《杜工部集記》、《舊唐書·杜甫傳》、《新唐書·杜甫傳》主此説。二是政治絶望説——蕭滌非先生《杜甫研究》主此説:"棄官的原因,《新唐書·杜甫傳》説是因爲'關輔饑'。其實還有他的政治原因,這就是他對當時的政治和統治者都感到絶望,覺得'無能爲力'、'不可救藥'。"三是房琯之黨説——馮至在《杜甫傳》裏寫道:"他放棄這個職位,表示他對於政治的絶望,但還有更重要的原因,使他不得不這樣做。""房琯是玄宗的舊臣,又一度被肅宗信任,而且他自高自大,更成爲這個集團攻擊的目標,所以他在鳳翔、長安一再遭受打擊。杜甫屬於他的一黨,隨着他的失敗,杜甫在政治上也喪失了出路。他的'棄官'雖説是主動的,但其中也存在着不得不如此的苦衷。"

王文根據唐代的選舉制度,認爲這一説法有誤,提出了罷官説,即考滿罷秩説——按唐代政府關於六品以下官員考滿罷秩的銓選制度而被罷官的。這是唐代史部銓選六品以下官員的一條制度,即每年都要進行一次考課,這是緩解選人多而官闕少這一社會矛盾的一項措施。杜甫罷官後,生活沒有了來源,又加"關輔饑","穀物踴貴",只好"因人作遠遊",赴秦州投親靠友了。

而較早寫文主此説的是閻琦《杜甫華州罷官西行秦州考論》②,該文也是選引出歷來"棄官"説的證據,如《新唐書·杜甫傳》載:"(乾元元年,甫)出爲華州司功參軍,關輔饑,輒棄官去,客秦

---

① 王勛成《杜甫罷官説》,《蘭州大學學報》(社會科學版)第32卷第2期,2004年。

② 《西北大學學報》(哲學社會科學版)第33卷第2期,2003年。

州……"遂爲後世所宗,古今皆無異辭,然而這個説法並不成立。作者通過梳理所謂"棄官"華州的材料,以爲《新唐書》"棄官"説文獻上缺少依據。另外,古今治杜者歸納杜甫"棄官"的其他理由亦不充分,即杜甫不可能主動棄官。而杜詩《立秋後題》中嘗自言"罷官亦由人",而罷官是符合事實的。杜甫罷官的原因與他華州任内荒怠職務有關,尤其與他任内觸犯禁内外官員"私出州縣界"法律規定有關。杜甫因爲牢騷太盛而行爲有失檢點,導致罷官是必然結果,而西行秦州則是他罷官後無奈中的倉促選擇。學界爲了完成詩人的完美形象,故樂於棄官説而未能深究罷官的真相。

李宇林《杜甫罷官華州原因探析》①,以爲杜甫於肅宗乾元二年秋離開華州司功參軍的職位是罷官,而不是棄官。對其罷官原因有多種説法,其中"荒怠政務"説頗值得商榷。李氏以爲杜甫罷官的原因不是荒怠政務,而是身患重病,即瘧疾,難以應付繁重的公務。二者有質的區別,必須將其區分開來:"荒怠政務"是主動的,有意爲之;而身患重病,力不從心,難以應付職事,則是無奈的,並非有意爲之。我們以爲,這應是杜甫"棄官"的原因之一。

主"棄官"説的,較早的論文是易朝志《試論杜甫的棄官及其他》②。該文重點探討了杜甫的政治態度問題,也分析了杜甫爲何棄官出走的問題。一、"關輔饑饉"説,如兩《唐書·杜甫傳》。此説在舊時代占壓倒優勢。這個説法"確實"是靠不住的:首先,據新、舊《唐書》,乾元二年春,關中久旱不雨,却無"饑饉"的記載。其次,"滿目悲生事,因人作遠遊",也不能理解爲杜甫是爲解決生活問題離開華州。其三,主張杜甫是爲"饑饉"或"解決生活問題"棄官出走的人,還有一個重大的矛盾不能解決,就是杜甫在十年長

---

① 《天水師範學院學報》第 25 卷第 1 期,2010 年。
② 《學術月刊》1979 年第 8 期。

安求官時期,有時"飢卧動即向一旬,敝衣何啻聯百結"(《投簡咸華兩縣諸子》),甚至家中餓死幼子,他没有想離開朝廷,在陷賊期間,"兩京三十口,雖在命如絲"(《得舍弟消息二首》),他本人甚至到"乞食"的地步,他也未離棄朝廷,而是奔向草創艱難的靈武行在。何以在收京之後生活相對穩定的情况下反而棄官出走呢? 可見,"饑饉"説顯然是站不住脚的。二、"寇亂"説,浦起龍主此説。此説也講不通。三、政治原因説。馮至、蕭滌非主此説。易文是主此説的。他從杜甫與"房黨"的關係、杜甫同李亨集團的政治分歧加以闡發,並以《佳人》詩的解讀來充實此説。

丁啓陣《論杜甫華州棄官的原因》①,則從"知人論世"的角度全面論述了杜甫華州棄官的原因,指出杜甫的棄官不但與當時關中一帶戰亂、饑饉有關,跟杜甫政治理想的幻滅有關,也跟他對肅宗李亨徹底失望、他的思想性格、他有詩歌創作的寄托、他跟家人的深厚感情、華州掾任上的環境、跟頂頭上司(州牧)關係不睦等等,都有或直接或間接的關係。

安志宏《"少陵棄官之秦"探因——關於杜甫棄官流寓秦州的補充意見》②,則是聯繫杜甫秦州詩探其原因:唐乾元二年(759),杜甫棄官由華州到秦州,其内心世界是複雜的。杜甫在《秦州雜詩二十首》開篇句中已經明確無誤地道出了他西行的緣由:"滿目悲生事,因人作遠遊。""滿目悲生事"是導致詩人"棄官"的原因;"因人"則是詩人選擇"西行"和"之秦"的緣由。"因人"中的"人"有三層含義:第一層是指杜甫的好友李白;第二層是指古人,主要是李白的先祖飛將軍李廣;第三層是指生活在秦州的杜甫的堂侄杜佐和友人長安大雲寺主持贊公等,但其重點是"神戀"中的摯友李白。

---

① 《杜甫研究學刊》2003年第4期。
② 《天水師範學院學報》第25卷第6期,2005年。

　　有的論文從細處入手,探其棄官原因,如韓成武、韓幗英《解説
“罷官亦由人”之“罷官”——對杜甫離開華州任原因的討論》①説,
在歷史典籍中,“罷官”一詞有兩種含義:一是當事者主動辭掉官
職,一是當事者被免除官職。杜甫的離職屬於前者。杜甫離職的
原因既不是由於“荒怠政務”被懲處,也不是由於“身患瘴疾”難以
爲任,而是由於對肅宗的徹底失望。有的論文重點分析了“華州棄
官”對杜甫“人生心態”産生的影響,如封野《論杜甫人生心態在華
州棄官前後的改變》②,以爲杜甫早年執着於通過參與政治而躋身
精英階層以實現兼濟天下的理想。在至德二載(757)春到乾元二
年(759)秋的兩年多時間裏,整個社會態勢的惡化和個人機遇的一
再喪失,使杜甫放棄了自我實現的目標,轉而回歸於在亂世中遠禍
全身的人生本位,以與世推移的態度應對現實。他在成都用托迹
官府、寄食友人的方式獲得了暫時的安定,但生計問題始終没有從
根本上得到解決。對持久安定的渴望和對生活前景的迷惘糅合爲
沉重的抑鬱感,籠罩着杜甫棄官後的人生道路。有的論文重點分
析了杜甫“棄官之舉的先秦儒學精神”,如李新、梁麗紅《論杜甫棄
官之舉的先秦儒學精神》③:乾元元年,杜甫因疏救宰相房琯而觸
怒肅宗,被貶爲華州司功參軍後,到任僅一年,便棄官而去,遠赴秦
州;就在這一棄官行爲背後,反映出了其所繼承的以孔孟學説爲代
表的先秦儒學的獨善其身思想,並在其秦州時期的大量詩歌創作
中體現出來。

　　關於杜甫生平中的一件大事——貢舉應試問題,鄺健行《唐代
洛陽福唐觀作進士科試場新議》《杜甫貢舉考試問題的再審察、論
析和推斷》研究的結果是:杜甫在開元二十三年或稍前回到故鄉鞏

---

① 《杜甫研究學刊》2006 年第 2 期。
② 《漳州師範學院學報》(哲學社會科學版)2004 年第 2 期。
③ 《大家》2010 年第 24 期。

縣,考過了縣試;再到洛陽福唐觀考過了河南府府試;開元二十四年正、二月間,在長安參加吏部考功員外郎李昂主持的進士考試,結果落第,其間曾得到當時的京兆尹(可能是李適之)照拂①。詳參第四編第二章第二節的内容。

二、杜甫卒葬問題

杜甫卒葬問題,包括了卒地、卒因、墓地等問題,向來聚訟紛紜,迄無定論。

如卒地,學界有三説:一是耒陽説。此説始於中唐,歷代多有從之者。二十世紀持此説的主要有郭沫若《李白與杜甫》、金啓華《杜甫詩論叢》和《杜甫評傳》、鄧紹基《杜詩别解·關於杜甫的卒地卒因問題》、朱東潤《杜甫叙論》等。一是潭、岳之間説。此説起於南宋魯訔、黄鶴等人。聞一多《少陵先生年譜會箋》在批駁"耒陽説"後,對此説作了大量的補證工作,最後認爲杜甫於大曆五年(770)冬以寓卒於潭、岳間。後來從此説者甚衆,但觀點又小有區别。如馮至《杜甫傳》和四川文史館編《杜甫年譜》均認爲杜甫卒於湘江舟中;蕭滌非《杜甫研究》則認爲是在洞庭湖的舟中;陳貽焮《杜甫評傳》認爲杜甫卒於潭、岳途中;丘良任《杜甫之死及其生卒年考辨》②則認爲杜甫卒地乃在昌江寓所,即今湖南省平江縣境内。並由潭、岳之間説派生出平江説。在1988年5月,由湖南省社科院、湘潭大學、四川杜甫草堂博物館等聯合發起的湖南平江"杜甫在湖湘"學術研討會上,重點探討了此説,詳見《杜甫在湖湘學術論文選集》。

至於杜甫的卒因,學術界更是説法不一。傳統觀點有三説:飫死説、病死説和溺死説。二十世紀學術界主要繼承了前兩種説法,

---

① 分見《杜甫研究學刊》1996年第4期、1997年第4期。
② 《杜甫研究學刊》1988年第3期。

但飫死說又派生出了中毒致死說,如郭沫若《李白與杜甫》即認爲杜甫死於其所食之腐肉中毒(因天熱變質而有毒且被酒所促進);病死說的類別更多,主要有急性胰腺病、風濕病、風疾病、肺病、糖尿病、心肌梗塞等說法。

又如墓地。據有關資料記載,湖南耒陽、平江,湖北襄陽,河南鞏縣(今鞏義市)、偃師等地,均有杜甫墓。經過二十世紀學者的研究,發現耒陽的杜甫墓爲後人僞托,襄陽墓是紀念墓,但餘下的平江、鞏縣、偃師三地的杜甫墓,到八九十年代也還有人認爲是真墓。如蕭滌非《杜甫研究・再版前言》和馮建國《杜甫四墓考》則認爲杜甫死於洞庭湖中,初葬平江,後遷至偃師①;王元明著《杜甫新論》考證出,杜甫的真正墓地在今偃師市城關鎮杜樓村②;傅永堂《關於鞏縣杜甫墓問題》③則認爲杜甫的真正墓地應在鞏縣(今鞏義市),餘皆不可信;毛居青《杜甫墓考》④、毛炳漢《杜甫墓地在平江》⑤等文均主平江說。

當然,上述爭論的關鍵是對所謂戎昱《耒陽溪夜行》詩、韓愈《題杜工部墳》詩、李觀《杜拾遺補傳》等幾則有關杜甫卒葬重要材料的認同程度。傅光《杜甫研究》(卒葬卷)堅決認爲它們均非僞作,力主杜甫於大曆五年(770)夏卒於耒陽,"直接死因還只是飲酒過多",並考證《風疾舟中伏枕書懷》作於"大曆三年(768)冬末,地點在洞庭湖上的舟中",不是杜甫的絕筆詩,其絕筆詩應是《聶耒陽以僕阻水書致酒肉療飢荒江詩得代懷興盡本韵》⑥。莫礪鋒《重論杜甫卒於大曆五年冬——與傅光先生商榷》則贊同杜甫卒於大曆

①　《草堂》1987 年第 1 期。
②　王元明《中國唐代詩人研究——杜甫新論》,新加坡新社 2000 年版。
③　《草堂》1982 年第 1 期。
④　《新湖南報》1962 年 9 月 5 日。
⑤　《湖南師院學報》1983 年第 2 期。
⑥　傅光《杜甫研究(卒葬卷)》,陝西人民出版社 1997 年版。

五年冬的説法,對傅説提出反駁:先從文獻學角度與詩句詞語的辨析中論證了傅著稱之爲"杜甫死於耒陽最可靠的鐵證"的《耒陽溪夜行》詩不足爲據①、傅説據以爲證的所謂韓愈《題杜工部墳》詩是僞作,又通過對杜集中作於耒陽以後的六首詩的考辨與分析,得出"《風疾舟中》以作於大曆五年(770)冬的可能爲最大,它應該是杜甫的絶筆詩。傅著繫此詩於大曆三年的結論不能成立"的結論②。其實,關於杜甫之死的考辨,蕭滌非先生作有三篇分量很重的論文,基本可成定論:《論杜甫不飫死於耒陽》《論"風疾舟中"一詩確爲杜甫絶筆》和《〈耒陽溪夜行〉的作者是張九齡——它不可能是杜甫死於耒陽的"鐵證"》③,其結論是:大曆五年(770),"杜甫既不是'飫死',更不是'溺死',而是病死——死於'風疾。'"④其地點不是耒陽而是"由長沙到岳陽的洞庭湖上"⑤。蕭先生的論證方法,從理論角度説是科學的,從文獻角度説是嚴密的,其關鍵就在

————————

① 蕭滌非考定《耒陽溪夜行》詩的作者實爲張九齡,參《〈耒陽溪夜行〉的作者是張九齡》一文,《文史哲》1985 年第 5 期。

② 《杜甫研究學刊》1998 年第 2 期。

③ 趙案:蕭先生説《耒陽溪夜行》的作者是張九齡,似證據不足。我們在《唐音四變與民俗化新》的"大曆詩人對杜甫的回應"中有詳辨。大意是:《耒陽溪夜行》的作者歸屬一直有爭議。主張張九齡者,依據是此詩也收入張氏集中。之後,又有學者進一步考證此詩作於開元十四年(726),張九齡奉朝廷之命祭南嶽和南海的旅途中所作(陶文鵬《盛唐山水田園詩歌賞析》,第 15頁),此説没有解決"爲傷杜甫作"是誰加上的問題,只簡單地歸於後人僞托,似乎没有説服力。題下小注:"爲傷杜甫作"是解決問題的關鍵。"爲傷杜甫作",應是杜甫卒後,即作於大曆五年(770)以後。考張九齡生於 678 年,卒於740 年,杜甫則卒於 770 年,無論如何,張九齡無法見到杜甫的死,僅憑此一條即可否定不是張作。作戎昱詩的依據是大曆七年(772),戎昱三十八歲,去桂林任職,路過耒陽,作下《耒陽溪夜行》詩。

④ 蕭滌非《論"風疾舟中"一詩確爲杜甫絶筆》,《杜甫研究》,第 513 頁。

⑤ 蕭滌非《〈杜甫研究〉再版前言》,《蕭滌非杜甫研究全集》上編,第5 頁。

顧及杜甫的"全人"、"全篇",真爲斷章取義、以偏概全、攻其一點不及其餘者戒!

關於杜甫的生卒年及死因也出現了幾種新説,似乎都缺乏堅實有力的根據。

三、杜甫家世行迹交遊問題

關於杜甫的家世研究,包括了世系、母系、妻室等問題。

(一) 杜甫的世系

關於杜甫的世系,《新唐書》無所載,《舊唐書》及元稹《杜工部墓志銘》所載,亦甚簡略。如《舊唐書・杜甫傳》云:"杜甫,字子美,本襄陽人,後徙河南鞏縣。曾祖依藝,位終鞏令。祖審言,位終膳部員外郎,自有傳。父閑,終奉天令。"近百年對杜甫世系進行考訂的成果,主要有翦伯贊《杜甫的世系及其家屬考》①、馮至《杜甫家世裏的一段(兩個姑母)》②、岑仲勉《唐集質疑・杜甫世系》③、曾意丹《介紹一塊研究杜甫家世的重要墓志——大周故京兆男子杜并墓志銘并序》④、金啓華《杜甫詩論叢・杜甫世系表》⑤、鄧紹基《杜詩別解・關於杜甫的世系問題》⑥等。

翦文從《舊唐書・杜甫傳》和元稹《杜工部墓志銘》入手,來探討杜甫世系。據元稹《杜工部墓志銘》云:"晋當陽成侯姓杜氏,下十世而生依藝,令於鞏。依藝生審言,善詩,官至膳部員外郎。審言生閑,閑生甫。閑爲奉天令。"依此僅知其遠祖爲晋當陽侯杜預,

---

① 原載香港《文匯報》1948 年 9 月 10 日《史地周刊》第 1 期,後收入《中國史論集》合編本,中華書局 2008 年版。

② 《經世日報・文藝周刊》1946 年 8 月 25 日第 2 期。

③ 岑仲勉《唐集質疑》,中華書局上海編輯所 1962 年版。

④ 《考古與文物》1980 年第 2 期。

⑤ 金啓華《杜甫詩論叢》,上海古籍出版社 1985 年版。

⑥ 鄧紹基《杜詩別解》,中華書局 1987 年版。

以下九世，傳世不明。能確知者僅爲杜甫之曾祖依藝、祖審言、父閑而已。元稹墓志係出杜甫《祭遠祖當陽君文》。文中自稱"十三世孫甫"，故曰"下十世而生依藝"。自依藝至甫又三世，恰爲十三世。舅文考出杜甫之世系可得而知者如此：即遠祖杜預，預生錫、躋、耽、尹二世祖，錫生乂三世祖，乂生某四世祖，某生某五世祖，某生乾光六世祖，乾光生漸七世祖，漸生叔毗八世祖，叔毗生廉卿九世祖，廉卿之次一代爲依藝十世祖，依藝生審言十一世祖，審言與易簡爲行，審言生閑十二世祖，閑生甫，至甫爲十三世。可是，據顔真卿撰《杜濟神道碑》，謂甫爲杜預十四世孫，蓋以甫有《示從孫濟》詩。按世系表，杜濟與杜位同爲杜預十六世孫。杜甫稱杜濟爲從孫，與顔説合；但杜甫稱杜位又曰"從弟位"，不知何故，想係世系表之誤也。

岑文主要針對仇兆鰲《杜詩詳注・杜氏世系》進行訂正，如認爲杜甫至晋代杜預爲十四代而非十三代，杜位係杜甫的從子而非從弟等；另外，岑文還對仇兆鰲世系中的若干闕失進行了補正，使"十四代"之世系更爲完整與翔實。金文則是針對錢謙益《錢注杜詩・杜甫世系》、吳景旭《杜陵世系》以及馮至《杜甫傳》、四川文史館《杜甫年譜》中的四種世系，進行了綜合考訂。他列了兩份新的世系表，一爲杜預至杜甫的"十四代"表，一爲杜預至杜氏得姓起的"杜伯"的"十八代"表，在"十四代"表中，金啓華對第六、十兩代的人名作了全面的補正，又考證出杜甫爲杜預第四子杜耽之後。鄧紹基文對古人和現代研究者的有關成果進行了一次全面清理，最後得出結論：從《元和姓纂》和《錢箋杜詩》所附杜甫世系表，以及現代學者考訂的結果看，杜甫世系除第五代尚付闕如外，其他都已考出，並列了一份至杜甫的"十三代"世系表：一代（杜預），二代（耽），三代（顧），四代（遜），五代（?），六代（乾光），七代（漸），八代（叔毗），九代（魚石），十代（依藝），十一代（審言），十二代（閑），十三代（甫）。

　　杜炳旺主編的《杜甫世系考》①，屬內部資料。此書主要包括序編、正文兩大部分。後者又分三編：上編是從立杜伯一世祖始，到後裔繁衍四十七世杜閑爲止的各世考證資料的彙編，包括三公村、祠、園、墓，歷代杜氏簪纓，歷代杜氏宰相，古代官職注釋，祭文、墓志，杜審言年譜，歷史紀年表摘要，世系綱；中編從排列爲四十八世的杜甫立爲遠祖（一世），到排列爲七十二世（二十五世）先祖止的考證資料彙編，包括諸家繪列祖像，甫公傳、故里及墓，甫公在各地的生活和創作，拾遺命、聖諭、聖旨，國家領導人視察杜甫草堂，國外友人參觀杜甫草堂，諸家繪杜詩詩意畫，歷代杜氏書、繪、印鑒，諸家書社，中外注、批、點杜詩的版本，諸家詠杜，諸家論杜，子美集開詩世界，杜賦詳注，杜詩集序、記、跋、引，杜工部年譜，子美公遺迹、遺事，名號，世系綱；下編從排列爲七十世（二十五世）的由鞏縣遷新密的倉、廠祖（一世），到排列爲八十二世（十三世）的先祖止的各代考證資料彙編，包括溱洧文化遺迹，祠堂、墓地、墓碑，族人居址，《功名錄》，《功德錄》，新密大事紀，家訓、家戒、勸學諭，稱謂、排行廿字，世系綱——新密市杜氏世系、城關鎮杜村世系、城關鎮於家崗世系、超化鎮湖地世系、城關鎮梁溝村世系、岳村鎮司家（“門”內有“外”）村世系、平陌鎮龍崗村世系、七里崗鎮宦灣村世系、超化鎮東店村世系、禹州市杜氏世系。此考材料很細，實際是杜甫的家譜。

　　（二）杜甫的母系

　　關於杜甫的家屬，新舊《唐書》皆不詳。但據杜甫在詩篇中自述，則知其家屬甚爲龐大。例如他在《得弟消息》一詩中云：“兩京三十口，雖在命如絲。”又在《自京赴奉先縣詠懷》詩中云：“老妻寄異縣，十口隔風雪。”據此，則其直系親屬有十人左右，合兩京之旁系親屬計之，近三十人。後世研究的主要依據是杜甫的《唐故范陽

太君盧氏墓志》。杜甫詩中,從未提及其母。蓋以其母早逝,這從杜甫自幼即育於諸姑,可以證明。杜甫在《唐故萬年縣君京兆杜氏墓志》中有云:"昔甫臥病於我諸姑。"

近百年較早對杜甫母系進行探討的文章是朱偰《杜甫母系先世出於唐太宗考》①,該文認爲杜甫的外祖母是紀王慎(太宗第十子)之孫,義陽王悰之女,故杜甫母系先世出於唐太宗。但此説後來回應者不多。馮至《杜甫傳》和岑仲勉《唐集質疑·杜甫祖母盧氏考》考證出杜甫的母親有生母和繼母之分,生母爲崔氏,繼母爲盧氏。此外,《杜甫傳》還對崔氏的世系進行了勾勒,認爲崔氏系出清河,於杜甫幼年時已死去;杜甫生母的舅父爲李行遠、李行芳兄弟,李悰的女兒爲杜甫的外祖母;杜甫外祖父的母親爲舒王李元名之女。

馮、岑二人的考證結果是可信的。因甫之諸舅皆姓崔氏。杜甫有《奉送二十三舅録事崔偉之攝郴州》等詩,可以證明。

四川省文史館編《杜甫年譜》則認爲杜甫的生母崔氏乃"文章四友"之一的崔融長女。陳貽焮《杜甫評傳·杜母小議》主要針對崔氏名海棠的舊説進行辯駁;同時指出,清代錢謙益、朱鶴齡等人對杜甫母系的研究均存在着不同程度的錯誤。

劉衍《關於李賀的家世》則通過對李賀家世的梳理②,提出新説。即認爲杜甫與李賀的父輩有一種疏遠的親戚關係。王輝斌《杜甫母系問題辯説》對杜甫母系問題研究中的三個主要問題進行了考辨③,認爲:(1)崔氏爲崔融長女之説與史料不符,未可信從;(2)崔氏非系出清河一房,而是博陵安平崔姓的後裔;(3)杜集中無海棠詩,與崔氏毫無關係,蓋因海棠乃一種從海外引進的花卉,

---

① 《文風雜志》創刊號,1943年12月。
② 《文學遺産》1982年第3期。
③ 《杜甫研究學刊》1994年第2期。

杜甫當時根本沒有見過。

（三）杜甫的婚姻

杜甫詩篇中,提及其夫人之處甚多,但未及其姓氏。據元稹《杜君墓係銘》,杜甫妻子楊氏爲司農少卿楊怡女,享年49歲。故二十世紀大部分學者均認爲楊氏卒於杜甫謝世之後,杜、楊結爲伉儷當在開元二十九年,杜甫時年30歲,楊氏19歲。然王輝斌《杜甫妻室問題索隱》指出①,根據唐玄宗開元二十二年所頒布的"婚姻法",男15歲女13歲以上者須"得嫁娶";故杜、楊結合應在開元二十二年;楊氏約生於開元五年,卒於大曆元年秋前;楊氏卒後,杜甫於大曆二年的秋天,又於夔州與當地的一位少婦再婚,即杜甫一生凡兩娶。杜甫卒後,此繼室尚健在。之後王氏連發《杜甫〈奉酬詩〉破譯》《關於杜甫生平的探討》《杜甫的婚姻及其婚姻詩》等文,進一步闡發了上述觀點。

我們以爲,王氏思維很活躍,某些觀點確實很大膽、也較新穎,可是往往存在自我矛盾的情況,重要的是多缺乏可靠的文獻依據,如談"杜甫的婚姻問題",僅憑對杜詩中幾個意象如"山妻"、"卓女"的解讀,就斷定"在杜甫婚姻史上,其'續弦再娶'的事實"。爲了鞏固這一"事實",又對杜甫的《奉酬薛十二丈判官見贈》進行了"破譯",這就是他所謂的"一個女人與三個男人的故事",其結論是:"'卓女'已與杜甫再婚爲夫妻了"。如此結論實在沒有說服力。

（四）杜甫的行迹交遊

宋人林亦之曾說:"杜陵詩卷是圖經。"(《送蘄師》)二十世紀學界對杜甫一生重要行踪的考察起於二十年代。1929年陳鳴西發表了《杜詩地名考》和《杜詩地圖十幅》②,以地圖的形式對杜甫一

---

① 《大慶師專學報》1991年第1期。
② 《文學叢刊》第1期,1929年。

生的重要行踪進行了粗略的勾畫。此後,聞一多《少陵先生年譜會箋》也對杜甫的一些重要行踪進行了考辨。但對杜甫一生行迹的大量考察和杜甫一些重要行止原因的深入探討,却是在八十年代以後。

這段時間杜甫行踪的研究有了新的發現和詳細考察。在八十年代初期,陳貽焮對杜甫行踪的新發現比較多,他曾先後發表了《杜甫壯遊踪迹初探》①、《杜甫携家避安禄山亂經過》②、《杜甫秦州行止探(上、下)》③等系列文章,其中《初探》一文揭示出杜甫在 19 歲那年曾經去郇瑕(今山西臨猗縣)一帶漫遊,並在那裏結識了韋之晋、寇錫。而《杜甫秦州行止探》則考證了杜甫在秦州時期的行踪與交遊。乾元二年(759)七月,杜甫自華州携家來此,直到九月始終寓居城中。於此重逢族侄杜佐,杜佐草堂在城南六十里的東柯谷,杜甫欲卜居於此,未果。又遇舊知贊公上人,上人居西枝村,於此尋置草堂,亦未果。後擬卜居西谷,又未果。十月携家往同谷。

同時或者稍後,對杜甫行踪詳加考證的文章還有王重九《杜甫弱冠西遊考》④、沈元林《唐寶應元年杜甫行迹考》⑤、孫士信《杜甫客秦州赴兩當縣考——關於杜甫由秦隴入蜀路綫的質疑》⑥、陶瑞芝《杜甫自齊赴京"西歸到咸陽"時間考》⑦、陳鐵民《由新發現的韋濟墓志看杜甫天寶中的行止》⑧、喬長阜《杜甫的應進士試和壯遊

---

① 《文學遺產》1982 年第 3 期,又載《文史》第十四輯(1982 年)。
② 《人文雜志》1982 年第 1 期。
③ 《草堂》1983 年第 1、2 期。
④ 《草堂》1982 年第 2 期。
⑤ 《社會科學研究》1984 年第 5 期。
⑥ 《蘭州大學學報》1986 年第 4 期。
⑦ 《杜甫研究學刊》1992 年第 1 期。
⑧ 《文學遺產》1992 年第 4 期。

齊趙新探──兼探杜甫初遊吳越的時間》及《杜甫再遊齊魯和西歸
長安考辨》①等。從 1980 年到 2000 年,僅《杜甫研究學刊》就刊載
了有關文章約 50 篇。如王利器《記杜甫有後於江津》(1981 年第 2
期),杜甫學會秘書組《有關杜甫在耒陽縣的文獻資料摘編》(1981
年第 2 期),丁浩《杜甫兩川詩行踪遺迹資料輯錄》(1987 年第 1
期),李濟阻《杜甫隴右行踪三題》(1986 年第 1 期),祁和暉、譚繼
和《杜甫携家入蜀原因考察》(1989 年第 3 期),劉新生《杜甫閬州
行雜考》(1990 年第 3 期),等等。

　　另外,還有一些學者通過實地考察來研究杜甫的行踪,這就是
臺灣學者簡錦松提倡的"現地研究"。此種研究法當以張忠綱先生
《杜甫在山東行踪遺迹考辨》②開其先河,此後有郭世欣《成都草堂
遺址考》③、吳鼎南《略談古草堂、梵安兩寺及杜甫草堂的位置》④、
林家英等《評踪辨迹學杜詩》⑤、濮禾章《李杜川北遺迹考察散
記》⑥、張忠《杜甫隴右紀念遺迹》⑦、杜甫紀念館《杜甫川北行踪遺
迹考察記》⑧、丁浩《杜甫兩川行踪遺迹初考》⑨與《杜甫兩川行踪遺
迹資料輯錄》⑩等。

　　對杜甫一些重要行止的原因的探討,也是杜甫生平研究中的
一個熱點。如離開華州去秦州的緣由,前文已談,這裏側重的是

---

① 《杜甫研究學刊》1997 年第 4 期、1996 年第 1 期。
② 《齊魯學刊》1981 年第 2 期。
③ 《杜甫研究學刊》1981 年第 1 期。
④ 《杜甫研究學刊》1981 年第 2 期。
⑤ 《蘭州大學學報》1982 年第 2 期。
⑥ 《杜甫研究學刊》1982 年第 1 期。
⑦ 《草堂》1987 年第 2 期。
⑧ 《草堂》1983 年第 1 期。
⑨ 《成都文物》1986 年第 2 期。
⑩ 《草堂》1987 年第 1 期。

杜甫的行踪。關於杜甫由華州去秦州的緣由,舊說認爲,屬"關輔饑,輒棄官而去,至秦州"。聞一多《少陵先生年譜會箋》亦主此說。首先提出新說的是馮至《杜甫傳》,該書認爲,杜甫至秦州乃是因爲此地有其從侄杜佐與友人贊公。朱東潤《杜甫叙論》則認爲,杜甫之所以去秦州,是因爲他想去蜀中投靠房琯、劉秩、嚴武等朋友,而秦州是當時由關中至蜀中較爲安全的綫路上的必經之地。

關於離蜀的原因,舊說認爲,嚴武病卒成都,杜甫無從依靠,故而離去,聞一多《少陵先生年譜會箋》、馮至《杜甫傳》、朱東潤《杜甫叙論》皆從之。陳尚君《杜甫爲郎離蜀考》①及《杜甫離蜀後的行止原因新考》②則認爲,杜甫離蜀的真正原因,乃是入京爲郎,時間在永泰元年嚴武未卒之時。陳文還認爲,杜甫之被任命爲郎官,乃是嚴武向朝廷奏請所致,與入參嚴武幕爲兩回事。後來陳貽焮在《杜甫評傳》中吸收了陳尚君這一新說。但是張忠綱先生在《論嚴杜交誼與杜甫之去蜀》③中,不同意陳尚君的爲郎離蜀說,他從三個方面進行了商榷,最後認爲杜甫離蜀仍然是因爲嚴武死後,無所依從所致,舊說不誤。

關於杜甫的交遊,較早研究這個問題的是聞一多先生,他的《少陵先生交遊考略》是開先河之作。"交遊考略"原爲手稿,孫黨伯、袁謇正編《聞一多全集》第 6 册《唐詩編》(上)收入(湖北人民出版社 1993 年版)。"考略"對杜甫詩文中出現的 360 個人物加以簡略考證,很見功底。該社整理時加上了"索引"、"正文"四字。索引,按姓氏筆畫多少編排,每一姓氏中的人名大致以在杜詩中出現的先後排列。正文,每一人名後,先羅列所在之杜詩詩題,之後

---

① 《復旦學報》1984 年第 1 期。
② 《草堂》1985 年第 1 期。
③ 《草堂》1987 年第 2 期。

徵引文獻考其生平事迹,文獻有誤者以案語出之,多有發明。可與上文聞一多專節互參。

陳冠明、孫愫婷合撰的《杜甫親眷交遊行年考》①,是較爲全面的研究杜甫家世交遊的專著。此書外加一種《杜甫親眷交遊年表》。前有陳尚君所撰《序》,後有《後記》,末有"人名索引"。"行年考"包括四方面的内容:杜甫家人行年考、杜甫宗族行年考、杜甫親戚行年考和杜甫交遊行年考,涉及人數近五百人,已是相當全面。此書"爲了考清杜甫親眷交遊人物的生平經歷及其與杜甫的特定聯繫,作者廣稽文獻,作出了很可貴的努力"。此書"最特出的優點是尊重史料,一切論斷都從最原始的文獻中得出","叙述也多精當穩妥,頭緒清晰,結論可靠",而"對前人已作的研究,徵引和商榷都還不夠,特別是海外學者已有的研究成績",是其"缺憾"(陳尚君《序》)。

對杜甫交遊進行綜合考論的文章主要有卞敬業《杜少陵朋輩考》②、李雲逸《杜甫交遊補箋》③、楊廷福《杜甫交遊考略》④、陶敏《杜甫交遊新考》⑤、胡可先《杜甫交遊補考》⑥等。探討杜甫與個別詩人交遊的主要論文有:張清華《杜甫與孟雲卿》⑦、卞孝萱《杜甫與高適、岑參》⑧、蔡川右《杜甫與鄭虔》⑨、沈元林《論杜甫與高適在蜀

---

① 陳冠明、孫愫婷《杜甫親眷交遊行年考》,上海古籍出版社 2006 年版。
② 《國專月刊》第 1 卷第 1、3 期,1934 年。
③ 《西北大學學報》1986 年第 4 期。
④ 《中國古典文學論叢》第 1 輯,1985 年。
⑤ 《草堂》1987 年第 2 期。
⑥ 《杜甫研究學刊》1988 年第 1 期。
⑦ 《今昔談》1981 年第 3 期。
⑧ 《草堂》1982 年第 1 期。
⑨ 《昆明師院學報》1982 年第 1 期。

時的關係變化》①、鍾來因《杜甫與裴虯》②等,都有一定的新意。

第五節　杜詩藝術研究

一、"大"和"真"的探討

蕭滌非先生認爲杜詩有兩個最顯著的特點:一是"大"(實際是"集大成"之"大")。這"大"一方面包括内容的廣闊性,所謂無所不包,堪稱"詩史"。一方面是形式的多樣性,所謂衆體俱備,諸體兼擅,詩差不多成了萬能的工具。二是"真"。杜甫感情真摯,他的詩都是在一種"不吐不快"的狀況下寫出來的,具有真情實感,愛則真愛,恨則真恨,悲則真悲,樂則真樂,所以能動人(見張忠綱《蕭滌非與杜甫研究》,載其《杜詩縱橫探》)。梁啓超《情聖杜甫》論"情聖"杜甫云:"真事愈寫得詳,真情愈發得透。"之所以如此,是因爲杜甫始終"不失其赤子之心",對健全人格、完美人性都有着執着、真摯的追求。如果再加以挖掘,這就是"物微限通塞,惻隱仁者心"(《過津口》)放射出的光芒,即對孟子心學精義——"無惻隱之心,非人也"、"惻隱之心,仁也"的感悟。杜甫將這顆無限擴充的心向人倫世界綿綿延伸,就不期然而然地釀成了天地間一段元氣,將自己送上了"情聖"的寶座。這一"仁者心"如果推向君臣、推向世間,就變成了"天地良心"。

下列論文從"大"着眼。如黄稚荃論杜詩達到了"思想性與藝術性高度統一,成就最大,最爲完美,影響也最爲深遠"③。如程千

---

① 《草堂》1986 年第 1 期。

② 《唐代文學論叢》第 9 輯,1987 年。

③ 黄稚荃《杜詩在中國詩史上的地位》,《草堂》1983 年第 1 期。

帆、莫礪鋒説:"正像孔子及其思想體系一樣,杜甫和他的詩歌也是一個完美的整體。"他將"整個外部世界都與詩人的内心世界融合無間,而且都被納入儒家的政治理想、倫理準則、審美規範的體系之中"①。鄧魁英説,杜甫以卓越的見識和高超的史筆,對八世紀社會狀況作了成功的藝術描繪②。鄧小軍認爲,"杜甫詩史精神,是詩人國身通一精神、良史實録精神、孔子庶人議政貶天子精神、民本精神、平等精神的集大成","是中國文化一系列傳統精神的整幅繼承與創造性發展"③。胡曉明更是大文化的高度上論杜詩的"大":"杜詩的出現,中國詩史上遂有了一種厚重拙大的範式;中國詩歌繼屈、陶之後,再一次與文化核心價值發生了重要的關聯。"其形成原因當然與安史亂後的唐代社會有關,此時中國文化正受到嚴重的挫折。而文化生命在困頓挫折之際,必會出現其托命之人——杜甫。這除了他"奉儒守官"的家學淵源,除了他自覺以詩文"傳經"的心事,除了他的氣質中特有的厚重拙大的憂患而外,更應追到中國文化的根本處。因爲詩人杜甫本人,正是中國文化的人格代表④。

　　還有一些關於杜詩藝術形式的探討也屬於"大"的研究。比如葉嘉瑩對杜甫七律的描述:天寶之亂以前的作品數量最少,成績亦最差,停留在模擬之中;收京以後重返長安這一時期,他對七律一體的運用已經達到運轉自如的地步,同時其人生經歷種種憂患挫折,更爲擴大而且加深詩歌感情的意境,"技巧與意境的同時演進與配合"使其七律向前推進;定居草堂時期,從"純熟完美"轉變到"老健疏放";去蜀入夔以後,對格律之運用已臻於化境,既表現在

----

① 　程千帆、莫礪鋒《杜詩集大成説》,《被開拓的詩世界》,第1—24頁。
② 　鄧魁英《釋"詩史"》,《草堂》1984年第1期。
③ 　鄧小軍《杜甫詩史精神》,《安徽教育學院學報(社會科學版)》1992年第3期。
④ 　胡曉明《略論杜甫詩學與中國文化精神》,《文藝理論研究》1994年第5期。

格律之内的騰擲跳躍,也表現在格律之外的橫放傑出(即拗體的創造)。她進而發現,杜甫創作七律集中於他生活上比較安定的時期,離亂奔亡中則很少寫七律。她認爲這是由於七律一體在各種詩體中是更富於藝術性的一種詩體,因此需要更多的藝術上的"安排反省的餘裕",也就需要與現實保持一定的距離①。在這裏,葉嘉瑩没有用"詩史"精神來審定杜詩的價值,而能發現"餘裕"狀態的價值,見出杜甫的"超越於現實之外"的一面。當然,葉嘉瑩不曾捲入反映論話語的漩渦,所以她不必像其他人一樣承受反思"詩史"説的沉重和擺脱"詩史"説的艱難,但也正因爲如此,她也就不能使她的非"詩史"説在今人對"詩史"説的反思與批判中發揮足夠的作用。

杜甫對五倫(君臣、父子、兄弟、夫妻、朋友)的描寫無不充盈着"真情實感",正如杜詩中所云:"由來意氣合,直取性情真"(《贈王二十四侍御契四十韵》);"同心不減骨肉親"(《戲贈閿鄉秦少翁短歌》)。不論是親情,還是友情,無不表現得深厚真淳、圓潤廣大!如陳守元認定杜詩"情"的特質主要在於反映了與人民大衆相近或相通的人情、人性,表現了特定的人情美、人性美②。曾棗莊闡發杜詩"富有人情味"③。丁啓陣認爲,"杜甫有關生命題材的詩歌就是一曲生命的詠嘆調",而"杜甫詠嘆的決不只是生理的人的生命,更是社會的人的生命",而且具有深刻和真實及强烈的藝術感染力④。

---

① 葉嘉瑩《論杜甫七律之演進及其承先啓後之成就》,《迦陵論詩叢稿》,中華書局 1984 年版。

② 陳守元《試論"情聖"及其"情詩"》,《重慶師範學院學報》1982 年第 4 期。

③ 曾棗莊《至情至性,感人至深——論杜詩的人情味》,《唐代文學論叢》1982 年第 1 期。

④ 丁啓陣《生命的悲歌——論杜甫詩中有關生命的悲劇主題》,《杜甫研究學刊》1996 年第 2 期。

這些論述緊緊抓住了杜詩的"真"。趙睿才的有關杜甫系列論文，如《風俗畫卷與時代精神——杜甫節令詩論析（上）》《情聖的嗟嘆與稷契之志——杜甫節令詩論析（下）》《杜甫節令詩文化精神探驪》等①，也都是圍繞着一個"真"字展開論述的。後來，趙氏率弟子撰的《杜甫人格論——以五倫關係爲中心》（《天府新論》2022 年第 1 期）可以説是一篇總結性的論文，如其摘要所云：儒家人倫思想以博愛爲基幹。君子之道始於夫妻之愛，杜甫的夫妻之愛至爲深淳；繼而産生了父子之愛，杜甫的父子之愛最是慈孝；推廣夫婦父子之愛，杜甫對弟妹的愛終身不衰；推廣家庭骨肉手足的愛，杜甫對君主的忠愛醇懇誠摯，發自真性情。他以狂熱而堅韌的生命力與愛心，塑成了千古不朽的仁者風範、君子人格。這是儒家精神似現實而極超越的結果，近乎"盡善盡美"。

論者對杜詩"沉鬱頓挫"風格的闡發亦呈現出多樣性，然而不出"大"、"真"兩個範疇。如王雙啓《"沉鬱頓挫"辨析》所論，其具體內涵是內容上的憂憤深廣，形式上的波瀾老成，反映客觀現實真實深刻，反映主觀世界披肝瀝膽②。周裕鍇《試論杜甫詩中的時空觀念》論述杜甫把歷史的、宇宙的、個人的觀念不可分割地交織在一起，形成了一種特有的沉鬱頓挫、蒼涼悲壯的風格③。王南《"沉鬱頓挫"論》就"沉鬱頓挫"的語言學理論內涵進行了探討④。袁行霈《李杜詩歌的風格與意象》⑤，從杜詩富有個性特點的意象群和獨特的意象組合方式的角度闡釋了杜詩沉鬱的風格。裴斐所論

---

① 分見《杜甫研究學刊》2000 年第 1 期、2000 年第 2 期、2002 年第 1 期。

② 《草堂》1982 年第 2 期。

③ 《江漢論壇》1983 年第 6 期。

④ 《文學遺産》1993 年第 4 期。

⑤ 《社會科學戰線》1981 年第 4 期。

"沉鬱頓挫"風格老、大、神形成過程及其内涵①等等,都是"大""真"的變相表現。

　　雖然仍有一些學者力圖對"沉鬱頓挫"作出新的解釋,如金學智《杜甫悲歌的審美特徵》②、王南《"沉鬱頓挫"論》③等。但更多的學者則從杜詩風格發展過程、分期或形成原因等方面着眼,或在這一總體風格基礎上分析杜詩的其他風格,如傅紹良《論杜甫詩歌的陰柔美》④、劉地生《杜詩韵字在形成風格過程中所起的作用》⑤、金諍《試論杜詩風格的地理特徵》⑥、裴斐《杜詩八期論》⑦、劉寧《杜甫詩歌的平淡美》⑧等。

　　其中傅紹良文認爲,杜詩雖然偏於陽剛美,但同時也具有鮮明的陰柔美的特點,即:用諧趣和幽默擺脱痛苦命運的折磨,使人看到他帶泪的笑,絕望中的希望;把自己的失意之愁、悠然之興、超然之態化作對人生的留戀,對幽静境界的追求;細膩敏鋭地感受自然,化客觀景物爲情思。劉地生文的研究方法和結論都很新穎,它通過對杜詩中一系列例證的研究,認爲杜詩用韵與作者爲人的作風相稱,慣用入聲韵,慣用[i]母音造成的韵母,或用閉塞音[-p]、[-t]、[-k]收尾入韵。由於[i]發音輕細,而[-p]、[-t]、[-k]發音短促,使這些韵字的整個發音變得微弱急促。這些韵字的發音特點同作品的思想因素一道參與作用,構成了杜詩沉鬱頓挫的整體風

---

①　見其《老杜之老》《老杜之大》,《光明日報》1990年12月16日、1991年5月4日;《杜詩風格與夔州風土》,《草堂》1984年第2期。

②　《文學遺産》1991年第3期。

③　《文學遺産》1993年第4期。

④　《陝西師大學報》1985年第4期。

⑤　《鎮江師專學報》1985年第3期。

⑥　《杜甫研究學刊》1988年第2期。

⑦　《文學遺産》1992年第4期。

⑧　《古典文學知識》1995年第6期。

格。金靜文認爲,地理的差異,明顯作用着杜甫的詩歌創作。黃河流域粗放樸健的水土風沙,形成了杜甫那質實雄渾而不務奇情幻彩的藝術風格,杜詩中那些標志着古典現實主義頂峰的作品,字字句句都散發着黃土高原泥土的氣息;由秦州經同谷入蜀,高山峻嶺,歷涉艱險,使杜甫入蜀詩篇又具有秦嶺的峭拔凌厲之風;入蜀之後,杜甫一直生活在長江流域,氣候濕潤多雨,景物清奇峻麗,山川幽邃娟秀,這就使此後的杜詩明顯地帶有南國的風韵,而在創作上也轉向了抒情與藝術技巧的錘煉。裴斐文將杜詩發展分成八個時期:即壯遊時期是杜詩風格尚未形成的懵懂;長安十年是杜詩沉鬱頓挫風格的形成期;輾轉兵燹是杜詩既成風格的發展期;奔逃隴蜀是杜詩風格的變化期;棲息草堂是杜詩新風格(蕭淡婉麗)的形成期;流離兩川是杜詩風格的再變期(即由蕭淡婉麗變爲雄渾悲壯);羈留夔州是杜詩兩類風格(壯美、柔美)全面發展和登峰造極的時期;落魄荊湘是杜詩發展的落潮和光輝的結束期。這種劃分不僅比傳統的四期説更爲細緻,而且注意到杜詩不同時期的風格變化,比起籠統地以"沉鬱頓挫"概括全部杜詩更能全面真實反映杜詩的面貌。劉寧文則另闢蹊徑,着重分析了杜甫詩歌的平淡美。

　　比較晚出的著作有胡濟滄《杜詩新話》[1]。胡濟滄乃浙江嘉善人,研究杜甫之名家。該書是作者對杜詩 91 句的闡釋,包含了杜詩"大"和"真"兩個方面。無前言後記,僅書前有一《編者的話》:"此書是胡濟滄先生研杜著作之一種。作者現已登耄耋之年,幾十年來,不倦於學問之事,涉獵甚廣,著述頗富。因種種原因,胡濟滄長期僻居一隅,手邊文獻資料匱乏,此著中有的觀點或仍可商榷,然而先生隻眼獨具的考索、論證之功不可没;統觀全書,要自不失爲一家之言云。"又留有三册《杜詩探微》手稿,還有《重訂杜詩繫

---

[1]　胡濟滄《杜詩新話》,南京出版社 1992 年版。

年全集年譜》手稿(綫裝全一册),學術價值甚高。

　　還有管遺瑞《淺嘗集》,四川文藝出版社 2005 年版。該書分上、下編,上編是"杜詩研究及其他",包括杜甫研究論文 13 篇,其中有 9 篇是綜合談論杜詩"大"和"真"的:《淺談杜詩結構的頓挫美》《"吴體"與"拗體"》《也説"驅雞上樹木"》《從〈新安吏〉看杜甫的矛盾心態》《牢籠衆有　揮斥百家——從〈玉華宫〉〈劍門〉談杜詩五古》《别致的歌行體小詩》《别具一格的杜詩絶句》《杜甫最後的一首傑作》《杜甫、高適的"以詩代書"》等。而《評〈詩源辯體〉對杜詩的研究》《通俗的評説　精深的研究——評清人徐增〈説唐詩〉對杜詩的鑒賞》《魯迅著作中的杜詩》和《評蘇雪林在〈唐詩概論〉中對杜詩的研究》等,則是關於明清以來杜詩學重要組成部分的論述。

二、杜甫詩學思想的探討

　　杜甫的詩歌創作有多方面的卓越成就。杜詩汲取了《詩經》、楚騷、漢魏六朝各家之長,成爲詩歌藝術的真正意義上集大成者。既重視思想内容,又注重藝術形式;既工於古體詩,又傾心於近體詩,所謂"衆體兼擅";既有豐富的創作實踐,又有充實的詩歌理論。杜甫的詩歌理論,除《戲爲六絶句》《同元使君春陵行》《偶題》《解悶》等專門詩章外,大多散見於表現日常生活感受的各種詩作中。

　　杜甫之所以能夠取得"集大成"式的藝術成就,其中一個重要原因就是他具有自覺的藝術追求和明確的審美理想。歷代杜詩研究者雖然也都對此有所觸及和分析,但是從本世紀初以來,現當代杜詩學者用現代文學理論來進行系統的、更爲深入的研究和探討,也就取得了前所未有的成績。本時期的主要論述表現在以下幾方面。

(一) 集大成和"别裁僞體"、"轉益多師"

　　從二十世紀七十年代末開始,學界重又對杜甫的文學思想、詩學理論進行全面、深入的探討,而且角度更多、方法更新。可是,大多沒有實質性的突破。其中只有羅宗强《渾涵汪洋　兼收並蓄——杜甫文學思想芻議》①、張樑壽《杜甫詩論芻議》②、周振甫《杜甫詩論》③、羅根澤《杜甫之思想及其對詩之見解(一)》④、(日)吉川幸次郎《杜甫的詩論和詩——在京都大學部最後的一次講演》⑤、康伊《論少陵詩學的基本理論結構》⑥、王運熙《杜甫詩論的時代精神》⑦、莫礪鋒《論杜甫的文學史觀》⑧、王輝斌《三苦一神:杜甫的創作法門》⑨等文章較有深度和新意。

　　如羅文認爲,杜甫"既贊成情性的自由抒發,又提倡比興規諷;既重天賦,又提倡苦學與功力;既主張寫實,又提倡傳神;既贊美'清水出芙蓉'的美,又追求悲壯的美",即具有一些樸素的藝術辯證法因素。這是杜甫文學思想的一個特點,即他藝術上的集大成和理論上的主張"别裁僞體"、"轉益多師"。羅文還論述了這一文學思想的巨大的積極意義:一方面,在滿目瘡痍的社會生活中,把文學從側重於發抒個人情懷襟抱引向寫民生疾苦,從理想引向寫實,給文學創作開拓了空前廣闊的視野。一方面,他又總結了文學在發展過程中積累起來的豐富的藝術經驗,主張對詩的各種藝術表現力作自覺的探討與追求。張文認爲,杜甫對文學創作的認

---

① 《天津師院學報》1979 年第 3 期。

② 《古代文學理論研究叢刊》第 2 輯,1980 年。

③ 《草堂》1984 年第 1 期。

④ 《古典文學論文集》,上海古籍出版社 1985 年版。

⑤ 張連第譯《日本學者中國文學研究譯叢》第 1 輯,吉林教育出版社 1986 年版。

⑥ 《杜甫研究學刊》1990 年第 2 期。

⑦ 《杜甫研究學刊》1992 年第 2 期。

⑧ 《唐代文學研究》第 5 輯,廣西師大出版社 1994 年版。

⑨ 《揚州師院學報》1995 年第 1 期。

識雖然一開始並沒有超越儒家詩教的範圍，但身經安史之亂後，他就認識到要發揮詩歌的社會作用，必須掌握詩歌反映現實的特點，即通過“陶冶性靈”來實現，這比之儒家詩教“無疑是前進了”。他還分析了杜甫所强調的“神”，認爲“神”就是創作的靈感，就是因客觀事物之觸發而産生的創作激情。康文認爲，“真”、“興”、“神”、“律”、“法”五個詞語就建構起少陵詩學的大廈，這是一個有鮮明中國文化特色、與少陵詩歌創作緊密相聯的、富有獨創性的結構。王文以爲，杜甫生活在唐帝國由盛轉衰的轉折時期。以安史之亂爲分水嶺的前後不同的時期，文人們的心理狀態和詩歌創作的主要傾向，顯示出頗不相同的特色。這種不同特色，在杜甫的詩論中也有着鮮明的表現。杜甫贊揚詩歌雄壯剛健的風格——鯨魚碧海、凌雲健筆，體現了盛唐文人的精神狀態和美學追求；雖也愛好清麗詩風，説過“清詞麗句必爲鄰”（《戲爲六絶句》其五）。後期杜甫提倡比興體制，要求詩歌積極關心時政，對古代聖君、暴君加以歌頌、批判。總之，“他的詩歌理論批評，既反映了盛唐詩人追求壯美風格、贊揚建安風骨的心態；又反映了中唐詩人關心時弊、提倡美刺比興的要求，體現了兩個不同時代的時代精神和詩歌的主要創作傾向”。莫文認爲，杜甫在使前代豐厚的文學遺産成爲詩歌繼續發展的動力方面，比陳子昂的貢獻更大：“陳子昂的文學史觀有嚴重的缺陷，他只注意到先唐詩歌優秀傳統的一個部分（即建安、正始詩歌），却忽視了更爲重要的正面反映時代、社會的現實傳統（主要體現於《詩經》、漢樂府）。杜甫正是在這一點上實現了對陳子昂的超越。”王文則認爲其詩論既反映了盛唐詩人追求壯美風格、贊揚建安風骨的心態，又反映了中唐詩人關心時弊，提倡美刺比興的要求，體現了兩個不同時代的時代精神和詩歌的主要創作傾向。康文認爲真、興、神、律、法是少陵詩學的大廈與基本理論框架。張少康、劉三富著《中國文學理論批評發展史》認爲“杜甫的詩歌創作思想核心是講究傳神”①。

　　還有一些文章從美學思想的角度探討了杜甫的藝術審美觀，如屈守元《杜甫美學觀瑣談》、肖文苑《杜甫論畫》、何西來《真——杜甫美學思想的核心》、王迹《評杜甫的書論》、張志林《試論杜甫的繪畫美學思想》、吳調公《旅食京華春——長安十年中杜甫的審美觀》、張晶《杜甫題畫詩的審美標準》、王啓興《杜甫美學觀三題》、楊力《略論杜甫題畫詩的繪畫美學思想》等②。張晶文認爲：“瘦硬遒勁，骨氣剛健是杜甫審美標準的一個重要方面，杜甫的題詠畫馬畫鷹詩中，集中反映了這一點。”王啓興文把杜甫的美學觀歸納爲三點：爲“傳情”和“遣興”；重視詩歌批判現實和反映現實的作用，把“比興”作爲詩歌的審美標準；把握不同詩人作品的藝術美，贊揚其獨特風格，促進詩歌風格的多樣化。

　　另外，結合杜甫《戲爲六絕句》《偶題》等論詩之作進行探討的文章則有：周振甫《略説杜甫〈戲爲六絕句〉》、鍾來因《杜甫〈戲爲六絕句〉新探》、劉尚勇《論杜甫〈戲爲六絕句〉的産生及其影響》、周振甫《談杜甫〈戲爲六絕句〉的“當時體”》、顧永新《從〈戲爲六絕句〉其二、其三兩首試解》、鄭樹平《從〈偶題〉看杜甫的詩歌理論》等。周振甫文根據明朝何景明的解釋，認爲“當時體”指的是初唐四傑那些平仄協調的律句體的古體詩。此文雖然不長，但言簡意賅。

---

①　張少康、劉三富《中國文學理論批評發展史》，北京大學出版社 1995 年版。

②　分別見《草堂》1981 年第 1 期；《吉林大學學報》1981 年第 1 期；《美學論叢》第 3 輯，中國社會科學出版社 1981 年版；《青海師專學報》1983 年第 1 期；《大慶師專學報》1983 年第 2 期；《草堂》1984 年第 1 期；《貴州文史叢刊》1982 年第 2 期；《杜甫研究學刊》1988 年第 2 期；《中國韵文學刊》1997 年第 2 期。

（二）主要專著之評析

郭紹虞《杜甫〈戲爲六絕句〉集解》①，該書內容原發表於《文學年報》第 1 期（1932 年 5 月），原稱《杜元王論詩絕句集解》。作者後來加以增補充實。王（士禛）著關乎理論甚微，故刪去不錄，而以杜（甫）、元（好問）之作合編一冊，與整理改編後的《元好問論詩三十首小箋》合刊，並被列入由著者主編的《中國古典文學理論批評專著選輯》。杜甫《戲爲六絕句》首開論詩絕句的風氣，對後世詩話影響很大。六絕句雖意思一貫，宗旨易見，但文辭畢竟簡約，再加上後人的穿鑿，更使明者轉晦。爲了消除誤解，探求本意，以期恢復杜甫詩論原貌，郭氏爲之集解：一、比觀衆説。諸家歧説，非匯萃而比觀之，不能別其是非，明其長短，所以該書將其分類排比，使異點所在皎然易知。二、以杜論杜。該書對於衆説加以抉擇，斟酌去取，以杜甫論詩主旨爲衡。本其集中其他論詩之句，觸類旁通，互相印證，則群輻共轂，一貫非難，而諸家曲説，昭昭然白黑分明。這種集解的方式，對學術研究很具價值。

除郭紹虞的論述外，王運熙、楊明《隋唐五代文學批評史》中有專節談論杜甫的詩學思想②，很具權威性，但常常被忽視，現縷析於此。

1. 比興體制與陶冶性靈的問題。杜甫的政治理想是"致君堯舜上，再使風俗淳"（《奉贈韋左丞丈二十二韵》）。在文學觀上，則強調政治教化作用，有利於國計民生。如他贊美元結《春陵行》和《賊退示官吏》是"比興體制"、"微婉頓挫之詞"，是對《詩經》比興美刺和"主文而譎諫"傳統的繼承和發揚。另一方面又重視陶冶性靈。詩歌具有遣興排悶、怡情盡志的潛移默化的作用，這在杜詩中有明確的反映，如："陶冶性靈存底物，新詩改罷自長吟。"（《解悶

---

① 郭紹虞《杜甫〈戲爲六絕句〉集解》，人民文學出版社 1978 年版。

② 王運熙、楊明《隋唐五代文學批評史》，上海古籍出版社 1994 年版，第 261—302 頁。

十二首》其七）"寬心應是酒,遣興莫過詩。"（《可惜》）"愁極本憑詩遣興,詩成吟詠轉淒涼。"（《至後》）"故林歸未得,排悶強裁詩。"（《江亭》）

在這裏,"比興體制"與"陶冶性靈"不是對立的,而是可以統一的。杜甫本人也不因強調一方面而鄙薄、排斥另一方面。這種理論是全面而合理的。

2. 法與神的問題。杜甫寫詩非常重視遣詞造句等藝術技巧,反映在詩論中,則不論是評析前代、當代詩人,或是談論自己的創作實踐時,總是重視其中的奧妙,如"清詞麗句必爲鄰"（《戲爲六絶句》其五）、"清詩句句盡堪傳"（《解悶十二首》其六）等。爲了達到這種詩藝的精美,他非常重視寫詩的法和律,如:"美名人不及,佳句法如何。"（《寄高三十五書記》）"法自儒家有,心從弱歲疲。"（《偶題》）"思飄雲物外,律中鬼神驚。"（《敬贈鄭諫議十韵》）

所謂"律",從廣義講,"泛指用詞造句謀篇等作詩之法;從狹義講,則專指近體詩（特別是律詩）的格律,即要求詞語精當、對偶工整、平仄調諧、粘附切合等語言在形態、音韵方面表現出來的美"。

杜甫詩論中,還常常使用"神"、"有神"等意象,如"才力老益神"（《寄薛三郎中據》）、"文章有神交有道"（《薛端薛復筵簡薛華醉歌》）、"詩成覺有神"（《獨酌成詩》）等。杜甫論詩,喜用此二意象。論畫中也同樣喜歡用。如"將軍善畫蓋有神"（《丹青引贈曹將軍霸》）、"滿堂動色嗟神妙"（《戲韋偃爲雙松圖歌》）、"毫端有神"（《畫馬贊》）等。在這裏,"神"和"神妙"是一個意思,"以此來形容藝術作品或創作活動中所呈現出來的那種不平凡的神妙高超的境界"。基於這種意思,杜甫有時把它同鬼神聯繫起來。如"但覺高歌有鬼神"（《醉時歌》）、"律中鬼神驚"（《敬贈鄭諫議十韵》）、"詩成泣鬼神"（《寄李十二白二十韵》）等。總而言之,"神",即神妙之意,是一種不凡超俗的藝術境界。具體可概括爲三種涵義:一是指詩興、詩思之神,即作家對外界事物敏鋭的感受能力和創作過程中豐富的思維想象力。二是詩技之神,即指作家高超的寫作技巧和語言表現力。三是詩境之神,即指詩歌藝術造詣達到了高超的出神入化的境界。

3. 歷代各清規。杜甫對前代和當代的詩人詩作多有評論,如其《偶題》詩所云"歷代各清規"。這與其《戲爲六絕句》所云"不薄今人愛古人"、"轉益多師是汝師"是相通的。他對《詩經》、楚辭、漢賦、漢魏古詩、六朝詩賦,都給予了不同程度的肯定和頌揚。對唐代不同流派的作家作品都評論其特色而加以贊美。杜甫所以能成爲詩歌藝術的集大成者,這是一個重要的原因。

4. 沉鬱頓挫風格及其他。"沉鬱頓挫",見於其《進雕賦表》: "臣之述作雖不能鼓吹六經,先鳴數子,至於沉鬱頓挫,隨時敏捷,揚雄、枚皋之徒庶可企及也。"一般這樣解釋:沉鬱,指構思深沉。頓挫,指作品語言的停頓轉折。沉鬱,在杜詩中常常表現爲"清"和"清新"。清是爽朗,清新是爽朗新鮮,二者意義相近。這種解釋是較爲通融的。歷來對"沉鬱頓挫"的理解,可謂五花八門,沒有一個權威的解讀,如宋人李綱云,沉鬱,如深潭,如老松,如澗底之虎嘯,如峽中之雷鳴,地負海涵,博大雄深,進退伸縮,皆合法度。正可謂"筆端籠萬物,天地入陶冶"(李綱《梁谿集》卷九《子美》)。反復吟誦,日愈久味愈濃。清人吳瞻泰云:"沉鬱者,意也;頓挫者,法也。意至而法亦無不密,以意逆志,是爲得之。"(《杜詩提要·評杜詩略例》)亦都聊備一說而已。

杜甫對討論詩歌理論饒有興趣,他的詩論層出叠見於詩歌中,這集中體現在《戲爲六絕句》《偶題》《解悶》等詩作中,對它們的研究,還有待深入的空間。

吳中勝《杜甫批評史研究》①,正如緒論所言,該書的目的是"建構一部杜甫批評史"。因而,從批評史的角度研究杜詩,勾稽了

---

① 吳中勝《杜甫批評史研究》,中國社會科學出版社2012年版。

從唐代一直到現當代對杜詩的評論,包括唐詩選本、著名詩人、詩派、詩話等。具體說來：從《河嶽英靈集》引發的話題(唐代人喜歡杜甫嗎)寫起,依次是宋金元、明代、清代、民國時期、中華人民共和國成立後、新時期的杜甫批評,其中宋、清兩代是重點。新時期批評,以《杜甫研究學刊》爲中心展開討論,似嫌簡。港、澳、臺及國外的杜甫批評,也許是所見材料所限,似嫌略。總體而言,該書基本做到了材料與分析的統一,歷史與邏輯的統一。

三、杜詩語言藝術研究

　　杜甫是語言大師,他自道"語不驚人死不休",他本人也做到了,他用自己的詩歌實踐了自己的"恨語"。這裏要提到專論杜詩語言藝術的幾本專著。文自成、范文質《詩聖的寫作藝術》專論杜甫詩審美特徵、寫作技法①。劉明華《杜詩修辭藝術》從理論高度專門探討了杜詩修辭藝術,證明杜甫是語言大師②。侯孝瓊《少陵律法通論》系統闡發了杜甫律詩的法則③。有的著述中有相當的篇幅談到了杜詩語言藝術,這裏也作評析。

　　曹慕樊《杜詩雜説》④與《杜詩雜説續編》⑤,側重的是杜詩的語言研究。《杜詩雜説》分爲"杜甫的思想、生活"(8篇文章)、"論杜甫的詩藝和詩作"(7篇)、"杜注瑣談"(113題)及附錄"杜詩常用字義通釋"(29題)、"九種版本杜詩篇名索引"四部分。該書取名《雜説》,帶有自謙的意思,也表明了著者對這部著作的體式的看法。在杜甫思想方面,作者從詩人對農民的態度探索其世界觀的

---

①　文自成、范文質《詩聖的寫作藝術》,對外貿易教育出版社1990年版。

②　劉明華《杜詩修辭藝術》,中州古籍出版社1991年版。

③　侯孝瓊《少陵律法通論》,中州古籍出版社1996年版。

④　曹慕樊《杜詩雜説》,四川人民出版社1981年版。

⑤　曹慕樊《杜詩雜説續編》,巴蜀書社1989年版。

奧秘，認爲杜甫“最同情的是窮而無告同時又是馴順善良的農民”，反對農民起義。“他爲農民疾苦寫詩，不是給農民看，而是和白居易一樣：‘唯歌生民病，願得天子知。’……論其精神，實在都是小農思想的反映。”又細細區別杜甫對戰爭的態度，對杜甫反對一切戰爭的觀點提出了自己的看法，認爲“杜甫對戰爭的態度是因戰爭的性質不同而不同的”。在杜詩藝術研究方面，對杜詩“沉鬱頓挫”提出了獨特的看法，認爲：“沉鬱是文學風格，以思想爲主調。頓挫是文學手法，是通用工具。二者頗有關係，所以也可以並提。但畢竟有別，所以亦不可含混。”這些見解，獨出機杼，不落空言，反映了著者的見識和功力。《杜詩雜説續編》收入論文 12 篇，雜記 1 篇，大約有三方面的內容：一是對杜詩研究方法的探討，代表作是《杜詩遊心録》。這是一篇長文，分“詩解有窮而無窮”、“杜詩的意義內容”、“杜甫的性格”、“杜甫詩藝秘密”四部分，文中多有新見。二是對杜詩藝術的分析，如《杜詩的起結》《杜甫夔州詩及五言長律的我見》等。三是對一些作品的分析和字義、修辭札記。與《杜詩雜説》的最大不同，是此書的文筆輕快，言論縱横。這是著者恢復工作後的心境的反映，學術與時代的關係，由此可見一斑。該書與《杜詩雜説》的共同之處是論思想不落窠臼，談藝術自具慧眼。

　　杜仲陵《讀杜卮言》[1]，是對杜甫詩歌語言的專門研究，共分七章：《杜詩與唐代口語》《唐詩詞彙證杜》兩章，是闡明杜詩的時代特徵的；《杜詩的詞彙》《杜詩的雙聲迭韵與叠字》《杜詩的用典使事》《杜詩的修辭手法》四章，是闡明杜詩的個性特點的；《李白杜甫兩家詩歌的語言風格比較》一章，是從李杜對比中顯示杜詩語言的特點。書末附《談談〈琴臺〉》一文。是書具有重要的學術價值。

　　馬重奇《杜甫古詩韵讀》[2]，是專門探討杜詩聲律的。該書共分

---

①　杜仲陵《讀杜卮言》，巴蜀書社 1986 年版。

②　馬重奇《杜甫古詩韵讀》，中國展望出版社 1985 年版。

五個部分：第一部分"杜甫古詩用韵研究"，對杜甫所有古詩的韵腳進行窮盡式地繫聯，歸納出 32 個韵部，其中陽聲韵 13 部、入聲韵 8 部、陰聲韵 11 部，還從攝、韵、開合口、等、四聲分析了杜甫古詩的韵例；第二部分"杜甫古詩韵譜"，所排比的韵文材料以攝爲綱，依攝分章，每章分三或四節——"某韵韵字"、"某攝韵例"、"某攝韵譜"、"某攝與某攝的關係"；第三部分"中古音系"；第四部分"杜甫古詩入韵字音表"；第五部分"杜甫古詩韵讀"，共八卷 415 首，對每個韵字用國際音標標出起韵讀。《杜甫古詩韵讀》被中國音韵學研究會會長、著名音韵學家、北京大學唐作藩教授譽爲"第一部反映中古韵文的韵讀的專著"。

　　文自成、范文質《詩聖的寫作藝術》①，全書分詩美特徵、寫作技法、資料引得三部分。"詩美特徵"部分論述了杜詩色彩美、凝練美、含蓄美、曲折美、整體美等五種美學特徵，和開頭、結尾、語言、題畫詩以及雙綫結構等審美方式。"寫作技法"部分論述了杜詩的七種寫作技法。

　　劉明華《杜詩修辭藝術》②，全書共分爲十章，從對仗、借對、互文、用典、擬人、誇張、對比、句法、構詞、疊字等多角度、多側面地探討了杜詩修辭藝術。作者把方法論和認識論、傳統方法和現代方法結合起來，特別借鑒接受美學、心理學等學科的研究方法和思路，深入分析杜詩修辭藝術，提出了許多新穎獨到的見解，是一部有創見有特色有個性的研究著作。如從辯證思維的角度分析杜詩的對仗藝術及成就；以"形式美的追求與形式主義的濫觴"考察杜詩借對中的借音和借字的現象，並進而論及古代文人的文字遊戲現象；從八卦之互體與文學的互文的同名現象研究其形式上的同構關係並進而討論杜詩互文的成就；從人名用典探討詩人的深厚

---

①　文自成、范文質《詩聖的寫作藝術》，對外貿易教育出版社 1990 年版。
②　劉明華《杜詩修辭藝術》，中州古籍出版社 1991 年版。

學養與自我形象;從杜詩中的擬人手法體察其不同時期的複雜心態;從誇張和壯語的運用分析詩人的胸襟;從句法的特殊構成探討杜詩沉鬱頓挫風格形成的原因之一端;等等。劉明華《杜甫研究論集》①,其中編以《杜詩的修辭藝術》又作了一定的修正,而下編《語詞探微及其他》也是對這一部分的有力補充。這兩部分創獲較多,如作者在談到杜詩用典時認爲:"杜甫用典精切過人,法門萬千,是唐代傑出的大師。"進而從"用字"和"用事"兩個方面對杜甫用典進行了探討。又如通過對杜詩修辭藝術之"借對"材料的分析,歸納出了杜詩的兩類借對:一借字,一借音,對杜詩借對修辭藝術進行了一次系統完整的梳理,進而總結出了杜詩借對的兩面性:杜詩借對有遷就近體詩格律的一面,也有吟詠真性情的一面。而兩方面的要求,形成了近體詩創作中的"二律悖反",杜詩借對的文學史意義便是:"既有追求形式美的一面,也有形式主義濫觴的一面。"②

于年湖《杜詩語言藝術研究》③,對杜詩語言藝術進行了較爲全面的研究,構建了一個包括總體特徵、聲律、語彙、語法、修辭、語言風格在內的相對完整的系統;對杜詩語言從語言與文學的結合角度進行了綜合研究,既指出了語言現象在語言方面的特點,又兼顧到了它們的文學表現力;對杜詩語言中一些爭議較大的問題如拗體、錯位句等發表了新的看法;論及一些別人極少涉略的問題,如杜詩之顏色對與人名對的藝術等;指出了杜詩語言方面的一些創造性用法,如某些動詞的化實爲虛、率先將某些口語詞用於詩歌、對修辭格的非常規運用等。該著作在一定程度上改變了學術界對杜詩語言研究不夠系統、相對薄弱的不足。

杜詩語言研究,還包括了文法、句法等方面的研究。如孫力平

---

① 劉明華《杜甫研究論集》,重慶出版社 2002 年版。
② 劉明華《杜甫研究論集》,第 188 頁。
③ 于年湖《杜詩語言藝術研究》,齊魯書社 2007 年版。

《杜詩句法藝術闡釋》①，是古典詩歌研究的一項引人矚目的成果，是在杜詩句法領域探索的新拓展。作者對現存杜詩中 630 首五律、151 首七律、31 首五絕、107 首七絕逐句進行了分析，歸結出數以百計的句式，可見功夫之細微。該書不但對杜詩的句法研究史進行了全面的回顧，而且分析了當前研究中的缺憾。作者對"句法"尋根求源，縱覽了宋至清末以及現代學者對杜詩句法研究的成就，這在國內學者中是少見的。作者在全面求索之後，客觀地剖析、指出了在杜詩句法研究中的失衡與不足，如"重複性的講解多而富有新意的開掘少，泛時性的籠統論述多而斷代性研究少，羅列句法特殊現象多而解釋結構成因少，結構描寫多而功能分析少"這"四多四少"現象，可謂是切中時弊。這對於構建中國古典詩歌句法理論的宏偉大廈是極有幫助的。還可注意的是，作者在發掘杜詩的詩學功能方面進行了卓有成效的探索。書中對各種格式的杜詩句法結構一一分類舉證後，還詳析了句法的變異，探究了句法結構與語用規則的關係，解析了杜詩句法的功能：如句法結構與意象生成、意象組合，杜詩中詞語的超常搭配，章法語段的別開生面，遣詞的出人意表，句法結構與多意朦朧，還分析了杜詩中句法的獨創性，爲我們揭示了杜甫瑰麗多彩的詩歌世界，找出了其創作中的規律、章法，對今人的詩歌乃至文學創作都提供了有益的參照和借鑒。

第六節　杜詩學研究的新成果

杜甫是中國古典詩歌的集大成者，具有承前啓後、繼往開來的意義。其影響研究或杜詩學史研究，學者們歸納爲"杜詩學"，它包括杜詩所受前人的影響與杜詩對後世的影響及後世研究杜甫著作

---

① 孫力平《杜詩句法藝術闡釋》，江西教育出版社 2001 年版。

的再研究與再評價等内涵。

一、轉益多師是汝師

（一）論文部分

杜詩成就的取得與他善於繼承前代的文學遺産密不可分，他主張"不薄今人愛古人"、"轉益多師是汝師"，並身體力行之，故能集其大成。金啓華《杜詩淵源論》《杜詩證經》《杜詩證史》《杜詩證子》等文（均見其《杜甫詩論叢》），發揮了元稹"集大成"説，詳細統計並論述了杜詩對從《詩經》到初唐詩句的借鑒情形，證明了杜詩"無一字無來處"。有一些論文論述了莊子、屈原、賈誼、陶淵明、鮑照、庾信、何遜及初唐詩人對杜甫的影響，如盧燕平《意愜關飛動，篇終接混茫——杜甫詩美之於莊子》探討了莊子美學風格對杜甫的影響①。程千帆、莫礪鋒《憂患感和責任感——從屈原、賈誼到杜甫》論述了屈、賈憂國憂民的憂患感和對國對民的責任感對杜甫的影響，"杜甫乃是屈原精神的最好繼承者"②。黄珅《陶杜異同論》指出陶、杜之"真"本質上的差異：陶之"真"在自然，杜之"真"在性情、在氣骨；陶是脱俗的真，杜是入世的真。從而導致了詩的境界、風格特徵的不同③。陶道恕《何劉沈謝力未工，才兼鮑照愁絶倒——略談鮑照詩對杜甫的影響》、張帆《江漢思歸客，乾坤一腐儒——論杜甫晚年的鄉關之思》論述鮑照、庾信對杜甫的影響④。張忠綱先生《何遜評傳》指出"杜甫有些詩的風格，有些詩的遣詞用字，極似何遜"，證明"頗學陰何苦用心"是有其依據的⑤。至於唐

① 《杜甫研究學刊》1992 年第 2 期。
② 見其《被開拓的詩世界》。
③ 《文學遺産》1991 年第 3 期。
④ 分見《草堂》1982 年第 1 期、《杜甫研究學刊》1998 年第 3 期。
⑤ 《中國歷代著名文學家評傳》第 1 卷，山東教育出版社 1983 年版。

人對杜甫的影響,論文中側重的是陳子昂和杜審言。吳明賢《論杜甫與陳子昂》、鍾樹梁《陳子昂與杜子美》論述陳子昂在詩歌理論、創作實踐及政治上對杜詩集大成的影響,闡發陳子昂爲"杜陵之先導"的思想①。陳昌渠《"詩是吾家事"》、許永璋《杜甫"吾祖詩冠古"的時代意義》都論其家學淵源,許文指出祖孫二人"性情之真"與"藝術之真"的連接,形成唐詩新體制——律詩之光輝成就的主流②。鄺健行《杜甫對初唐詩體及其創作技巧的肯定和繼承》認爲杜甫的偏向近體,跟他在相當程度上肯定和繼承初唐新詩體及其相關的藝術創作方法不無關係③。

(二)專著部分

這一時期,出現了不少較高水準的專著。如吳懷東《杜甫與六朝詩歌關係研究》④,該書爲著者的博士學位論文。除"引論:杜詩'集大成'説及其闡釋方法考論"和"餘論:'集大成'與超越、開拓的共生互動"外,共分八章:一、六朝文學成就與初盛唐人的評價;二、"《文選》理"與杜甫的立場;三、杜甫與田園詩人陶淵明;四、杜甫與山水詩人謝靈運;五、杜甫與社會詩人鮑照;六、杜甫與永明體詩人謝脁;七、杜甫與梁陳詩人"陰、何";八、杜甫與南北朝"集大成"詩人庾信。前有張忠綱先生"序",後有作者"後記"。自從宋人蘇軾首先明確提出杜詩"集大成"説,此説便得到學界一致首肯。此著試圖按照影響與接受的現代理論模型並選擇杜甫與六朝詩歌這一個案或斷面重新闡釋杜甫其人其詩與文學傳統的關聯問題,同時,作者將杜甫對文學傳統的接受置於詩歌史流變的背景上,將作家論與文學史論統一起來,而且突出了繼承與發展、創新

① 分見《草堂》1983 年 1 期;《杜詩研究叢稿》,天地出版社 1998 年版。
② 分見《四川大學學報叢刊》第 15 輯、《杜甫研究學刊》1988 年第 2 期。
③ 《杜甫研究學刊》1992 年第 2 期。
④ 吳懷東《杜甫與六朝詩歌關係研究》,安徽教育出版社 2002 年版。

的内在關聯。該著將文獻梳理與理論闡釋緊密結合,按照新的理論思維對於傳統論題重新加以審視,理路清晰,深化、開拓了新的學術闡釋空間。

又如胡可先《杜甫詩學引論》①,側重於將杜甫詩學作爲一門學科來建構,並運用實證研究的方法,將文獻的考訂與理論的闡發融會貫通。其内容分爲四章:第一章,杜詩學通論。包括七個方面:(1)杜詩的著録,(2)杜詩的版本,(3)杜詩的校勘,(4)杜詩的注釋,(5)杜詩的史料,(6)杜詩的評點,(7)杜詩的文化。第二章,杜詩學史論。包括三個方面:(1)唐代杜詩傳承論,(2)唐人書中所見杜甫詩輯目,(3)論宋末的杜詩學。第三章,杜詩學專論。側重於杜詩學的專題研究。對自唐至清杜詩學的流派及做出突出貢獻的人物進行深入的專題研究。第四章,杜詩學年表。對杜詩學發展過程加以考證,並按年代編次,將自唐至宋杜詩研究的演變歷程勾畫出來。該書的撰寫宗旨是適應杜詩研究的學科化而從事的綜合性研究,以達到綜合性、前瞻性的目標。站在世紀之交,總結與研究杜詩學的成就,對於二十一世紀的學術研究,有一定的啓發意義。

二、“集大成”意義之探討

我們以爲,杜甫之“集大成”説最早萌芽於元稹《唐故工部員外郎杜君墓係銘并序》:“至於子美,蓋所謂上薄風騷,下該沈宋,古傍蘇李,氣奪曹劉,掩顔謝之孤高,雜徐庾之流麗,盡得古今之體勢,而兼人人之所獨專矣。使仲尼考鍛其旨要,尚不知貴其多乎哉!”已含有“集大成”之意。然而“集大成”説還是由宋人提出的,如《新唐書·杜甫傳》云:“唐興,詩人承陳隋風流,浮靡相矜。至宋之問、沈佺期等,研揣聲音,浮切不差,而號律詩,競相襲沿。逮開元

---

① 胡可先《杜甫詩學引論》,安徽大學出版社 2003 年版。

間,稍裁以雅正。然恃華者質反,好麗者壯違,人得一概,皆自名所長。至甫,渾涵汪茫,千匯萬狀,兼古今而有之。它人不足,甫乃厭餘。殘膏剩馥,沾丐後人多矣。"承元稹說而來,已發"集大成"之端。正式提出還得由後來者完成,如陳師道《後山詩話》引蘇軾語:"子美之詩,退之之文,魯公之書,皆集大成者也。"①以及秦觀《韓愈論》:"杜氏、韓氏亦集詩文之大成者歟!"②

　　程千帆、莫礪鋒《杜詩集大成說》云:"杜甫之'集大成'與孔子之'集大成'一樣,最重要的意義不在於承前而在於啓後。"③杜詩的流傳及其對後世的影響應是杜詩學研究的重點。杜甫以詩歌創作開啓了儒學復興運動。杜甫的儒家思想、政治傾向和現實主義精神直接影響了韓愈,韓愈是杜甫之後學杜最早成就最大的第一人,而韓氏等人發起的那場中唐"哲學的突破"的儒學復興運動,正是從杜甫這裏開始的。杜詩精神當然首先澤被於他身後的唐人,雖然他對大曆以前詩人的影響是"極爲有限的"④。陳尚君《杜詩早期流傳考》論道:"杜詩在唐五代的流傳極其廣泛……並對中晚唐詩歌發展產生了深遠的影響。"⑤張清華《詩到元和體變新——論韓詩對杜詩藝術的繼承與創新》以爲"韓愈是杜甫之後學杜最早成就最大的第一人",杜偶一而爲之的奇險之作對韓詩創作造成了直接影響,韓愈與繼承杜詩現實主義傳統的白居易共同完成了詩到

---

① （清）何文煥輯《歷代詩話》(上),中華書局 1981 年版,第 304 頁。

② （宋）秦觀著,徐培均箋注《淮海集箋注》卷二二,上海古籍出版社 1994 年版,第 752 頁。

③ 程千帆等《被開拓的詩世界》,第 23 頁。

④ 參見杜曉勤《開天詩人對杜詩的接受問題考論》和《杜詩在至德、大曆間的流傳和影響》,分見《文學遺產》1991 年第 3 期、《陝西師大學報》1991 年第 3 期。

⑤ 《中國古典文學叢考》第 1 輯,復旦大學出版社 1985 年版。

元和體變新①。特別是當韓愈以"志——氣——氣勢——壯麗"這一種新觀念對八世紀作重新考量時，將杜甫完全視作開天詩人，與李白一起成爲盛唐詩壇的中心，更可看出杜甫對韓愈影響之深②。張忠綱先生《詩趨奇險譜新篇——從杜甫到韓愈》③以爲，中國古典詩歌的發展，到杜甫爲一大變化；唐詩的發展，到韓愈爲一大變化。而韓詩之變，就繼承關係而言，主要是承杜詩變化而來的，特別是將杜詩的奇險傾向，推擴到極致而"自成一家新語"。而他對杜詩的繼承與發展，是有着深刻的思想和詩學淵源的。以文爲詩，以議論爲詩，探索新的體式和句式，是杜、韓相繼促成唐詩大變的主要手段。杜、韓是古典詩歌由"唐音"轉向"宋調"的關鍵人物。至於杜甫與李賀創作的關係，房日晰《杜甫詩歌對李賀詩風的影響》《杜詩與賀體——從用髑髏説起》《薩都剌與杜甫》等文既論述了杜甫部分詩歌的浪漫主義色彩與情調對李賀詩歌的根本性影響，又探討了杜甫、李賀和元代後期以薩都剌、楊維楨爲代表的"賀體"詩的淵源關係④。程千帆、張宏生《七言律詩中的政治內涵——從杜甫到李商隱、韓偓》認爲杜甫那些具有豐富而深刻的政治內涵、跳出宮廷和個人生活小圈子的七律，直到晚唐的李商隱和韓偓纔得到真正的、全面的繼承和發展⑤。李新《淺說杜甫的文學思想對韋莊的影響》着重論析了杜詩對韋莊具有明快、沉鬱、雄健風格的詞和作爲晚唐"詩史"韋詩的影響⑥。

　　宋代新儒學的重心在內聖之學，即成就個人道德主體，以盡人

---

① 《殷都學刊》1992年第3期。

② 吳光興《李杜獨尊與八世紀詩歌的價值重估》，《文學遺產》1994年第3期。

③ 《文史哲》2012年第6期。

④ 分見《文學遺產》1993年第2期，《杜甫研究學刊》1996年第4、1期。

⑤ 見其《被開拓的詩世界》。

⑥ 《徐州教育學院學報》1998年第1期。

性人道體現天道之學。杜學在天道人性這一哲學層面上，無愧爲宋代新儒學運動的先聲。宋代杜詩學得到空前的發展，出現了所謂"千家注杜"、"學詩者非子美不道"的盛況，杜甫"詩聖"的崇高地位也是宋人樹立起來的。從杜甫到新儒學定於一尊，以"致用"、"務本"及與之相適應的審美意識成爲其價值取向的三股繩之後，繞以其忠君愛國病民省身的潛在意義及其豐富的審美情趣通過了宋人的價值選取，最終成爲新時代的最高典範——"詩聖"。宋代的學杜思潮開始演變爲有宗主家法、有師承淵源的詩歌流派，杜甫不再僅僅作爲儒家理想人格的化身爲人推崇，而是作爲一個超凡入聖、牢籠百代的藝術範型受到膜拜。陸九淵說："人之文章，多似其氣質，杜子美詩乃其氣質如此。"①這是儒家仁的境界在杜詩中的體現，杜甫無論"窮"到何時，他沒有"違仁"，沒有"忘本"，而是"以一貫之"。

這一現象的出現引發了許多有益的理論探索，如林繼中《杜詩與宋人詩歌價值觀》論述了杜甫"以其忠君愛國病民省身的潛在意義及其豐富的審美情趣通過了宋人的價值選取……終於成爲新時代的最高典範——'詩聖'"的過程，在這一認同過程中，"王安石起了重大作用"②。裴斐則認爲宋人的獨尊杜甫，其論據主要是教化說、詩史說、集大成說、無一字無來處說。由梳理這四大觀點，裴斐發現了兩宋杜詩學中普遍存在而被忽視的一種傾向——宋人將杜詩視同經史，盛讚其忠君愛國與史筆森嚴，而實際欣賞的卻是那些無關忠愛無關現實的寫景詠物和瑣事成吟之作。這種思想評價與審美偏好相悖的傾向，無關個人品格，主要決定於時代環境③。周

① 《象山語録上》，《陸九淵集》卷三四，中華書局1980年版，第409頁。
② 《文學遺産》1990年第1期。
③ 參見其《唐宋杜學四大觀點述評》，《杜甫研究學刊》1990年第4期；《略論兩宋杜詩學中存在的一種傾向》，《中國文學研究》1995年第3期。

裕鍇《工部百世祖，涪翁一燈傳——杜甫與江西詩派》探討了黃庭堅學杜側重點由功利的、倫理的到超功利的、審美的轉變，從而説明北宋學杜思潮開始演變爲有宗主家法與師承淵源的詩歌流派，杜甫既作爲儒家理想人格的化身爲人推崇，又作爲一個超凡入聖、牢籠百代的藝術範型受到膜拜，杜詩在江西派詩人的閲讀和接受中不斷獲得不同的回饋①。胡可先《論宋末的杜詩學》勾勒了杜詩學在宋代成爲"顯學"的過程、形成原因及表現②。新時期專門探討王安石、蘇軾、蘇轍、葛立方、張戒、朱熹、辛棄疾、姜夔、嚴羽、文天祥等人杜詩學貢獻的論文不少，兹從略。

　　宋代杜詩學之盛還表現在"千家注杜"上，新時期對宋代杜詩版本的介紹、整理和研究取得了顯著的成績，其中，林繼中《杜詩趙次公先後解輯校》值得注意，它通過輯佚、增補、校訂趙注，爲杜甫研究提供了一個迄今爲止最爲完整而謹嚴的趙注本③。其主要學術貢獻是：（一）基本恢復了趙書的原貌。現存趙書兩個殘本，大體相同，皆從丁帙下半部分開始，甲、乙、丙三帙全佚。郭知達編《九家集注杜詩》雖然保留了較多的趙注，可它古今體詩分編，與趙書殘帙的編年體例不同，前三卷必須重新編次。而宋《百家注》本後部分編年與趙書殘帙大體相同，"輯校"便將"前三帙分卷參考《百家注》目録所標示之時地，兼及篇幅長短酌定"（見輯校本《凡例》）。有的篇目趙注中點明在某帙某卷，則依趙注。趙原本有的詩題目亦與《百家注》本不同，則依趙本。前三帙的注文采自《九家注》中的趙注，並校以《門類增廣十注杜工部詩》與《王狀元集百家注編年杜陵詩史》《分門集注杜工部詩》《黄氏補千家集杜工部詩

　　①　《杜甫研究學刊》1990年第3期。
　　②　《杜甫研究學刊》1998年第1期。
　　③　林繼中《杜詩趙次公先後解輯校》，上海古籍出版社1994年版。2012年又出修訂本，更趨完善。

史》等書中的趙注。通過十分繁瑣費力的工作,基本恢復了甲乙丙三帙的原貌。(二)"輯校"通過大量校語(蕭滌非先生在《輯校》序中説八百餘條,出版時有所删訂)使讀者瞭解到各種注本中趙氏注文之異同及趙注本身的不足與欠缺。趙注本身有明顯的不足:重杜詩的出處而忽略思想藝術的分析;注文重複,如僅在丁戊己三帙中關於《桃花源記》的典故就引用了五六次之多;引用典故越常見越易出錯,估計趙氏僅憑記憶未覆核原書之故。對這些不足,"輯校"糾正了不少,該書的意義不僅在於它恢復了趙書的原貌,還在於它提高了趙書的品質。(三)"輯校"之《前言》也是杜詩學研究的一篇重要成果。該文長達兩萬字(在《中華文史論叢》發表時長達三萬餘字),文中不僅考證了趙次公其人和其書原貌以及刊刻流傳的情況,而且研究了杜詩集在北宋與南宋之初刊刻流傳和注釋,並確定了趙次公注所用底本是與吳若本相近的注本(此本之注,次公常稱之爲"舊注",《錢箋》所用底本也有"舊注",而且兩者相近),並將從王洙所編《杜工部集》到趙注、《九家注》《十家注》《百家注》《分門集注》《黄氏補注》等演變過程以圖表形式列出,十分清楚。而且發明較多,如考定蔡興宗、蔡伯世爲一人,杜田、杜修可、杜時可爲一人,趙傻即是趙次公等。

　　遼金元明杜詩學研究以元好問、方回和楊慎爲重點。這是由宋代杜詩學重教化走向明清杜詩學重審美的重要的中間一環,顯示出繼往開來的作用和痕迹。遼金元治杜詩,改爲批點、選注,風行數百年。一般認爲這三代是少數民族政權,於思想、文化、文學幾無可取之處;然而正是這時,孟子正式獲得了"亞聖"稱號,杜甫被追諡爲"文貞公",這不是巧合,應是看到了"亞聖"與"詩聖"的淵源關係。

　　杜詩學經歷了金元這個承上啓下的過渡期,即經由元好問首次提出"杜詩學"及方回始倡"一祖三宗"之説之後,出現了明末清初的第二個高潮期。這時期許多重要杜詩評注本陸續刊刻,呈現出空前的盛況,如錢謙益《錢注杜詩》、朱鶴齡《杜工部詩集輯注》、金聖嘆《唱經堂杜詩解》、黃生《杜詩說》、仇兆鰲《杜詩詳注》等,新時期出現了大量評述其特色與得失的論文。而由政教中心到審美中心的轉化,主張變化生新、力求自成一家的學術風氣促使詩論家們從不同的角度和視點闡釋杜詩,如王夫之、王士禛、沈德潛、袁枚等。杜詩學發展到王夫之是一個不小的轉折,熊良智《王夫之論杜評說》認爲王氏論杜的特點是注重詩歌的審美屬性,從藝術規律出發評價杜詩,總結杜詩的創作方法,批評杜詩的不足,具有鮮明的啓蒙思想家的批判精神①。王士禛爲清初一代宗師,自從他的甥婿趙執信揚言“阮翁酷不喜少陵”之後,學術界幾乎形成一種“定論”。張忠綱先生《漁洋論杜》以充足的理由推翻了這一歷史“定論”,指出王漁洋對杜甫是推崇的,肯定的;他對杜甫的批評雖有偏頗,但不都是沒有道理的②。沈德潛是格調說的集大成者,繼王士禛之後主盟詩壇。胡可先《沈德潛杜詩學述略》認爲沈氏重格調,尚渾成,推尊盛唐,宗法李杜,提倡溫柔敦厚的詩教,形成了一個通達融貫的理論體系,特別看到了杜詩淵源與詩體、詩格、詩法等方面的創新③。袁志彬《沈德潛及其杜詩論》則論及沈氏杜詩論的局限性:將“忠君”視爲杜詩的中心、把杜甫塑造成溫柔敦厚的形象、割裂杜詩“雄渾悲壯”的風格、把杜詩很多成功的藝術手段變成了僵死的教條④。性靈說的創始者袁枚論詩主抒性情,對傳統的儒家詩教深致不滿,與沈德潛形成鮮明的對比。劉明華《芬芳悱惻解杜,轉益多師學杜——袁枚對杜詩學的貢獻》認爲袁枚以“性靈”爲旨歸,對杜詩的抒情性作了充分的肯定,體現了“六經注我”的叛逆

---

① 《杜甫研究學刊》1991 年第 3 期。
② 《文學評論》1987 年第 4 期。
③ 《杜甫研究學刊》1995 年第 3、4 期。
④ 《杜甫研究學刊》1993 年第 1 期。

思想;以"轉益多師"的態度學杜,豐富了這一經典命題的内涵,並對傳統杜詩學慣性形成了衝擊①。清嘉慶以後的杜詩學漸衰,梁運昌《杜園説杜》、史炳《杜詩瑣證》是其中的佼佼者。張忠綱先生《梁運昌和〈杜園説杜〉》②、劉開揚《晚學逾知注杜難——讀史炳〈杜詩瑣證〉》③等文有所評述,可參閱。桐城派的尊杜現象值得注意。作爲一個文學流派尊杜學杜,在中國詩史上只有江西、桐城後先輝映,其詩論中的杜、韓、黄(庭堅)"一燈相傳"的體系是在以文爲詩的創作背景中,由以文論詩的藝術理論有力地扭結起來的。

鄔國平寫有四篇清代杜詩學的論文:《王夫之評杜甫論》《顧炎武與杜甫詩注》《錢謙益、朱鶴齡注杜之争及二人的關係》《以杜詩學爲詩學——錢謙益的杜詩批評》④,很見功力,這裏集中談一下。第一文係與葉佳聲合作。作者以爲,王夫之評杜,揚抑尊貶,雜出互見,立論多與衆相異,因而也就較具有争議性,在杜詩學史上,很有其特色。而用揚杜或抑杜概括王夫之的態度都嫌過於簡單。作者先是通過對《唐詩評選》選杜甫詩歌情況的統計——在全部入選的詩歌中,杜甫 91 首居第一,李白 43 首居第二,王維 25 首居第三,杜甫入選詩遥遥領先,並與其他詩人入選作品的數量略作比較,得出自己的觀點:從《唐詩評選》一書詩人的選篇數量來看,王夫之尊杜的意向應該説是表現得比較明確。次而檢看他《古詩評選》《唐詩評選》《明詩評選》的評語後發現,他列舉的詩句中,涉及杜甫的作品最多,王夫之在這些評語中流露出來的貶杜傾向同樣也是比較明確的,而且還相當突出。尊杜和貶杜二種相反的傾

① 《杜甫研究學刊》1993 年第 1 期。

② 《文獻》1994 年第 3 期。

③ 《杜甫研究學刊》1989 年第 2 期。

④ 分見《杜甫研究學刊》2001 年第 1 期,《杜甫研究學刊》2002 年第 3 期,《學術月刊》2002 年第 5 期,《中國文學研究》第四輯(2001 年)。

向都同時突出地存在於一個批評家身上,這在杜詩學史上還是比較少見的。然後分析其原因:王夫之大致將杜甫詩歌分爲三個時期:一、入蜀以前;二、入蜀或夔府期間;三、出峽以後。對杜甫詩歌尊兩頭(入蜀前、出峽後),貶中間(在蜀時期),這正是王夫之尊貶杜甫的具體態度。這可以從《唐詩評選》所選杜詩,以及《古詩評選》《唐詩評選》《明詩評選》三書評杜詩所舉詩例的情況中得到證明。這種尊兩頭貶中間的見解是一種自具面貌的認識,他肯定學習杜詩而更強調應當"善擇",具體來説,就是要"不問津於夔府",而上求"曲江以前、秦州以上之杜"①,並輔之以學習杜甫出峽後的詩歌。其實質是對宋江西詩派、明閩詩派和前後七子以來以杜甫蜀中詩尤其是夔州詩句律、格調、氣象爲宗的學杜路綫的逆轉。當然,尊兩頭不等於對杜甫入蜀前和出峽後的詩歌不作批評,貶中間也不等於對他的蜀中詩沒有肯定。對於杜甫早期歷來受推崇的記事抒懷名篇,王夫之選了"三別"、《石壕吏》等,却黜落並抨擊《北征》《自京赴奉先縣詠懷五百字》;對於宋明詩人爭相學習和模擬的夔州詩歌,他雖然給予了較多否定,却又選了杜甫這時期的代表作《秋興八首》。這些反映了王夫之獨特的批評視角:重藝術。王夫之對超越詩歌體裁的共通的藝術至境的注重,更甚於對具體詩體特徵的關心。如他以爲古詩的極致是其平美的藝術,"平"與"不平"是古今雅俗的區分綫。他常以"平"、"平而遠"、"詞平意遠"評贊詩人詩作。他用的"匀美"、"寬平澹静"、"清別不激"、"平緩安詳"、"静好之音"、"清神遠韵"、"清微流麗"、"藴藉温美"等等詩歌評語,都統屬於平美的審美範疇。王夫之認爲,杜甫詩歌精彩出色的一面正是對古詩平美傳統的繼承,主要表現爲平净婉切、自然神秀的特點,而這又主要見之於杜甫入蜀前和出峽後的詩歌中:

---

①　楊維禎《送貢尚書入閩》、楊基《客中寒食有感》評語,均見《明詩評選》卷六。

"樂府詩"裏也有一部分,但並不多。他評杜詩而尊兩頭貶中間,特別突出杜詩閒雅深婉而有神行之妙的一面,實際上是抑奇求平的詩歌藝術觀的反映,以此承續漢代文人古詩"平美"的藝術傳統,改變豪橫張放的詩壇風氣。因此,評杜實際上是王夫之清理整個詩歌藝術史工作的一部分,而與杜詩學史上某些研究者就杜而論杜有着很大的不同。

第二文是談論顧炎武的杜詩學成就的。文章以爲,顧炎武是明清之際在詩歌創作和批評方面弘揚杜甫精神的一位大家,也是有影響的杜詩研究者。顧炎武之杜詩研究主要見於其《日知録》中。先探討了顧炎武注杜詩的時間問題:應在康熙九年始刻八卷本《日知録》以後,較有可能是在康熙十一年八卷本《日知録》刊出前後。接下來探討了顧炎武注杜詩與之前發生的錢謙益、朱鶴齡注杜之爭有直接的關係。而且在錢、朱之爭中,顧炎武抱着左祖朱鶴齡的態度。他以辨正錢注、補充錢注之未備爲其注杜詩的主要目的之一。他注杜詩而將矛頭直接指向《錢注杜詩》,與他對錢謙益的這種整體認識顯然有密切的關係,這是他貶抑錢謙益的一種方式。最後列舉了顧注杜詩的成績:對一些詩句的考辨,對前人的注釋有所突破,對後人也有啓迪,爲朱鶴齡、仇兆鰲、浦起龍等或明或暗加以引述。

第三文的主旨是:錢謙益與朱鶴齡的注杜之爭,是古人合作著書却最終破裂的一個突出例子,兩人的關係也因此受到不小損傷。《四庫全書總目》由此引申出朱鶴齡鄙薄錢謙益人品的結論,則是一種沒有根據的臆測。事實上,當宋徵輿對錢謙益"發其癥垢"而進行"掊擊"的時候,朱鶴齡公開站出來回擊宋氏的發難,爲錢謙益辯護。這足以説明注杜之爭引起的不愉快並沒有影響朱鶴齡對錢謙益爲人的主要判斷。

錢謙益對朱鶴齡執筆的"合箋"最大的不滿,當然是該書對他的原稿删削和改動太大,使他產生了難以忍受的"不是自家孩子"

的痛苦和憤慨感覺。錢謙益對朱鶴齡注釋内容的本身也提出批評。錢謙益認爲，朱注陳義雖高，以踵武李善注《文選》相標榜，其實是"掇拾叢書，丐貸雜學"，不過"禪販"故紙罷了。其弊失一是"未悉其指云何"。弊失之二是迷失詩之大義和藝境。錢謙益注杜既注重抉發作品的大義，又善於體會詩人運思謀篇的藝術匠心，走的是箋注學中的形而上一路。他所説的"注杜之難"，是指箋注者對杜甫詩歌的大義和藝術謀思缺乏深刻的理解，自然也無法作出通透的説明。他的自鳴得意處，也正是他認爲朱注的不足所在。而朱鶴齡對錢注的批評，一則或屬於"好異"而"失真"，一則或屬於"繁稱"而"寡要"。

　　錢與朱就注杜而互相展開激烈的攻駁，可見二人從對注釋之學的認識到對杜詩具體語意的理解，存在不少差異和對立。錢書注箋並用，注用以釋説語事，箋用以詮解義旨，並不時提出對作品藝術的見解心得；朱書有注無箋，以注明語事的出處爲宗旨，不好在詮釋意義和藝術分析上花費筆墨。錢書詳贍，通過鈎稽史事以考索詩旨尤爲其重要的特色，箋注文字而兼綴以縱横議論，資料發掘與旨趣發揮並重；朱書嚴謹，援據往往具體而精切，注文删繁去蕪，釋義徑直探驪得珠。錢書多主觀色彩，情見乎辭；朱書力求客觀，風格冷静。洪業《杜詩引得序》評兩家各自的特點是："錢氏求於言外之意，以靈悟自賞，其失也鑿；朱氏長於字句之釋，以勤勞自任，其病也鈍。"①就兩書與明清學風的關係而言，錢著已啓清朝實證之風，而猶留下了較顯著的明人議論的印記；朱著標榜"實事求是"，引書證典、釋事、詮語更爲嚴格、客觀，以材料本身的意義代替著者的議論，與明代學風遠而與後來的乾嘉學風近。總之，朱鶴齡與錢謙益雖然對歸清持不同的態度和立場，雖然兩人因箋注杜詩出現過一段極不愉快的經歷，但是，朱鶴齡依然尊敬錢謙益的文

①　《杜詩引得》，上海古籍出版社1985年版，第56頁。

章、學問,對他的"大節"惜而不譏,關鍵時刻能爲錢謙益辯護。這是二人真實的關係。

第四文的核心問題是:錢謙益的詩學理論突出地表現在他對杜甫詩歌品評上。與衆多評論不同,錢謙益認爲,杜甫詩學主要有三個方面:其一是對杜詩忠君論的反撥,認爲杜甫基本上以譏君、諷君爲主,而不是忠君爲主。錢注集中而突出地强調杜詩刺君的主旨,這與他重視史學,箋杜而持詩史互證的實證方法有一定關係,這種以史學實證爲基礎的詩、史互證的箋注方法即意味着錢謙益對表面化解釋杜詩的拒絕,也是對"一字一句,皆有比托"、鑿空議論的宋人舊注的超越。而形成錢謙益的杜詩刺君説更直接、更重要的緣由,還在於時代對他深刻的觸動。其二是指出杜詩有三大審美特徵,即鋪陳排比、飛騰綺麗、危言直道與婉而多諷。"鋪陳排比"之美,是針對劉辰翁、竟陵派而發的。杜詩"飛騰""綺麗"之美,這主要針對黃庭堅江西詩派而言,與明前後七子也有某些關係。錢謙益以"飛騰""綺麗"爲"杜之真脉絡"。杜詩兼有危言直道和"婉而多諷"之美,這主要針對嚴羽、前後七子等而言。其三是提出了對杜詩《秋興》結構的獨特認識。

一般認爲,杜甫入蜀前的"詩史"作品構成了其人生創作中的第一個高峰。王夫之却從詩、史之别出發批評杜甫詩歌,並將這作爲他不滿杜甫一部分入蜀前詩歌的重要的理由。這取决於王夫之主要是把詩歌作爲一門語言藝術來認識的,他對"詩史"一説表示完全無法滿意:歷來都被看成是杜甫"詩史"的代表作,王夫之則從詩歌語言藝術的角度,對其作出了高低的區别。還應注意的是王的評語中從不提"沉鬱頓挫"四字,對杜甫具有奮迅馳驟、勁健縱横、鋪張排比特點的詩歌,不是大量黜落就是加以譏誚。並進一步指出宋人學杜誤入歧途:循杜甫平美一路好比是"畫狗馬",學奇拗一路好比是"畫鬼魅",宋以後學杜棄常求異,就易避難,路頭顯然是走錯了。

　　當然，他們推尊杜甫，一方面在杜詩的爐火純青的藝術，重要的一方面恐是杜甫的人格魅力和"醇儒"思想。如《讀杜心解·發凡》云："老杜天姿惇厚，倫理最篤。詩凡涉君臣、父子、兄弟、夫婦、朋友之間，都從一副血誠流出。"其《讀杜提綱》又云："讀杜不顯是學作杜詩"，"杜詩合把做古書讀"，"史家只載得一時事迹，詩家直顯出一時氣運"，杜詩則不只是古書，而像儒學經典，即浦氏所謂"倫理最篤"，而《杜詩詳注》強調杜詩的"立言忠厚，可以垂教萬世"，也是這個意思。

　　總而言之，宋人以迄清代，他們師杜詩並爲典範，從一開始就是沿着道德判斷和審美判斷兩條途徑同步進行的。如宋祁説："爲歌詩傷時橈弱，情不忘君，人憐其忠云。"（《新唐書·杜甫傳》，由《唐才子傳》杜甫條發展而來）王安石、蘇軾、黃庭堅傾倒杜詩藝術的同時，對杜甫的人格魅力及其詩的思想意義亦表示了由衷的仰慕。如杜甫的"忠君"是與愛國、愛民的思想結合在一起的：通過"致君堯舜"來推行仁政，而非"愚忠"。宋人對杜甫的人格給予高度重視，這當然離不開宋代理學即新儒學的影響，蘇、黃的觀點如上。蘇轍稱頌杜甫"有好義之心"，張戒云"子美篤於忠義，深於經術"。到南宋，大理學家朱熹對杜詩毀譽參半，但對杜甫的人品頗爲敬重，曾把杜甫與諸葛亮、顏真卿、韓愈、范仲淹稱爲"五君子"，"其所遭不同，所立亦異，然求其心，則皆光明正大，疏暢洞達，磊磊落落而不可掩者也"（《王梅溪文集序》，《朱文公文集》卷七五）。清人主要也是看到了他"温柔敦厚"、"怨而不怒"的方面。

三、代表性論著之分析

　　自元好問提出"杜詩學"以來，人們對"杜詩學"深入研究的興趣從來沒有像今天這樣濃烈。目前杜詩學研究已到整合階段，謝思煒《杜詩解釋史概述》、廖仲安《杜詩學》、胡可先《杜詩學論綱》

和《杜詩史料學論綱》、林繼中《杜詩學——民族的文化詩學》等文①以及許總專著《杜詩學發微》，都爲杜詩學建設作了總體的構想與有益的探索，可以説，建構完整的杜詩學體系的條件已經成熟。

許總《杜詩學發微》②，該書是一本首次對杜詩研究史加以宏觀描述和重點開掘的專著，收録作者在二十世紀八十年代前期所撰寫的有關“杜詩學”論文 22 篇。全書分内、外兩編：内編收論文 13 篇，以時間爲序，從縱的角度，對杜甫研究史的各個階段的總體特徵、主要論點、代表學派以及爲人忽略的若干確有價值的著作進行探討；外編收論文 9 篇。作者試圖從學術史的角度，開闢出在當時的杜詩研究界尚爲一片處女地的領域，同時也是從文學批評史的角度對“杜詩學”體系的建構。同時，對杜詩藝術現象本身也進行了一些新探索和再評價。作者將杜詩研究史置放於文化史的廣闊背景，並努力在中國傳統文化和新的觀念方法的融合之中作出新的觀照。

許總《杜詩學通論》③，對杜詩學又有新闡發。該書是作者長期進行的“杜詩學”課題研究的最終成果。鑒於杜詩在文學史上的實際地位，杜詩研究實已形成一種專門之學，但是學術界對《詩經》《楚辭》等的研究史注意較早，而對杜詩研究史的研究，對“杜詩學”體系的建構，則相對較爲薄弱。該書就是對“杜詩學”體系的建構，也是試圖從學術史的角度對杜詩研究領域進行的一次開拓。該書分上、下兩編，共 37 萬字。上編《杜詩學史概要》是對杜詩研

①　分見《文學遺産》1991 年第 3 期，《首都師範大學學報》1994 年第 5、6 期，《杜甫研究學刊》1995 年第 4 期、1997 年第 2 期，《首都師範大學學報》1995 年第 4 期。

②　許總《杜詩學發微》，南京出版社 1989 年版。

③　許總《杜詩學通論》，聖環圖書公司 1997 年版。

究史的各個階段進行探討，始自中唐，迄於當代，力圖使杜詩學史的發展過程得到完整的描述；下編《杜詩藝術掇瑣》是對杜詩藝術本身的系統研究，試圖對其時代特徵、心理內涵、藝術手法加以全面探究，並提出諸多有別於傳統評價的創見。該書通過研究史及文本兩個層面構建"杜詩學"的研究範圍和體系，在研究方法上，力圖排除歷代經史本位的干擾，大倡詩學本位的回歸，使千餘年來籠罩在杜詩研究史上的迷霧得以清除，而對杜詩藝術本身也可得到一種全新的認識和評價。

　　楊義《李杜詩學》①，是以全新角度詮釋李白、杜甫詩歌成就的一部具有開創性的學術論著。分導言、李白詩學、杜甫詩學、餘論，凡四部分。導言概述李杜詩學原理及研究方法，主體部分涵蓋了李杜詩學的主要內涵與形式特點。李白、杜甫詩學各分六章，深入揭示出中國詩學的智慧、生命和神韻的奧秘所在，從而爲進一步清理中國詩學的特質、脉絡、原理和方法，建立中國詩學體系進行了有益探索。該書從感悟具體作品出發，從意象、結構、語言、聲律、詩體、表現手法、創作心理、思維方式、文化價值等多角度對李杜詩歌藝術進行綜合研究，從多維度、多層面對李杜詩學進行透視，從而總結和肯定了李白、杜甫在中國詩歌史上的高度成就。

　　郝潤華等《杜詩學與杜詩文獻》②，是郝潤華與她的學生近年來杜詩研究的一次較爲系統的總結，融通之中有創新。該書共五章。第一章"杜詩學與杜詩的承先啓後意義"，對杜詩傳承與杜詩學進行了三個方面的深入探討：杜詩的寫實性與《史記》實錄精神，李夢陽對杜甫七言律詩的追摹與創獲、晚清詩人魯一同對杜詩的接受與超越，挖掘杜詩學的深刻內涵。第二章"宋代杜詩學文獻研究"，選取了五個方面：杜詩僞王注誤注析類，趙次公杜詩解釋重視

---

① 　楊義《李杜詩學》，北京出版社2001年版。
② 　郝潤華等《杜詩學與杜詩文獻》，巴蜀書社2010年版。

藝術性的特點,《九家集注杜詩》的特點及文獻學價值,《九家集注杜詩》所收注家考略,《黄氏補千家注紀年杜工部詩史》的特點及其價值。是對宋代杜詩注本進行的個案研究。第三章"元明杜詩學文獻研究",重點從三個方面展開:《集千家注批點杜工部詩集》及其主要版本,從《集千家注批點杜工部詩集》看劉辰翁的評杜特色,顔廷榘及其《杜律意箋》等。第四、五章,是"清代杜詩學文獻研究"(上、下),分別以《錢注杜詩》、朱鶴齡《輯注杜工部集》、黄生《杜詩説》爲例展開。

縱觀全書,體現出三個特點:(一)深入探討和靈活運用了詩史互證的學術研究方法,打通文史,並結合文獻考證和經學考證方法,觸類旁通,爲杜詩學的研究方法開闢出一條新途徑,如在研究《錢注杜詩》時所説:"其實錢謙益對杜詩的箋釋並非只用史事和杜甫傳記資料來解釋杜詩,他將經學的基本考證方法和歷史學的實證精神以及文學箋釋方法有機地結合起來對杜詩進行研究,所以,不僅避免了許多穿鑿附會的錯誤,而且還揭示出杜甫詩旨。"(二)既充分吸收了前人杜詩學研究的精華,又充分凝聚着作者新的學術思考與智慧,不僅能够對杜詩學及其研究進行追本溯源,而且善於在前人研究和自身研究的基礎上推陳出新。如在挖掘杜詩對《史記》的繼承關係時説:"司馬遷著《史記》堅持'不隱惡'、'不虚美'的實録精神,不僅對後世史家著史產生了巨大影響,而且對後世詩人創作也有所啓迪,比如杜甫就是一個很典型的範例。杜詩之所以被譽爲'詩史',不僅僅因爲它善陳史事,還因爲它能'書法不隱',直言批判唐代最高統治者,這固然與時代環境、杜甫忠君愛國之心以及對《詩經》現實主義風格的繼承等有關,但更是杜甫在思想層面上自覺接受司馬遷《史記》實録精神的結果。"(三)以點帶綫,對歷代杜詩學和杜詩文獻進行歸納總結,之後對宋、元、明、清歷代產生的重要杜詩學文獻進行深入的個案式探究,最後以綫代面來看杜詩學研究的整體情況,以期對當前國内的杜詩研究有所推進。如對《錢注杜詩》《輯注杜工部集》《杜詩説》的研究，都體現了這個特點。

徐希平《李杜詩學與民族文化論稿》①，通過李杜與多元文化關係的個案解剖展現中華文化發展演變規律。資料豐富，條分縷析，論從史出，不囿陳見，勇於創獲，具有較爲重大的理論意義與學術價值。包含多方面的論題："李杜行迹與文獻考辨"，"李杜與民族文化"，"李杜詩學與影響"，其結論是：（一）李杜的成就植根於以儒釋道爲主的博大精深的中國傳統文化，其中也包括了豐厚的多民族文化基因的影響。（二）李杜的異同，是多民族文化共同作用的結果，具體分析了李杜二人接受多民族文化影響的條件和原因。該書在李杜行迹考證、作品文獻甄別、詞語典章注釋、思想内容剖析和詩學理論分析等方面，不囿陳説，提出己見。如有關李杜與民族文化、李杜與道家及道教文化關係方面的闡釋，不懼權威，提出新説。"結語"中提出了杜詩研究的現代意義："杜甫精神特質與現代意識的内在契合。"

劉文剛《杜甫學史》②，乃項楚主編《漢語史與中國古典文獻學研究叢書》之一種，分唐五代（創建時期）、宋遼金元（輝煌時期）、明（流變時期）、清（總成時期）等四個時期。主要内容：（一）杜甫其人研究史：杜甫生平研究；杜甫思想精神研究；杜甫生活研究；杜甫創作歷程研究。（二）杜甫集文獻研究史：杜甫集的編纂、版本、目録、校勘；杜甫作品注；杜甫作品的闡釋；杜甫作品繫年。（三）杜甫集的内容研究史：杜甫作品反映的現實；杜甫作品表現的思想感情；杜甫作品内容的意義；（四）杜甫集的藝術研究史：杜甫作品的藝術方法；杜甫集的藝術風格；杜甫藝術創作歷程。（五）杜甫在文學史上的地位與影響研究：繼承與創新；貢獻與地

---

①　徐希平《李杜詩學與民族文化論稿》，民族出版社2011年版。

②　劉文剛《杜甫學史》，巴蜀書社2012年版。

位;傳承與影響。基本思路是:杜甫是偉大的愛國憂民詩人,帶有聖人的風采。其詩集全面、生動、真實地記録了唐代開元至大歷時期的社會,真實、生動而完整地記録了杜甫的一生,廣泛而生動地描繪了杜甫所經歷的客觀世界。"詩之有少陵,猶文之有六經也。"自宋代起,很多人就把杜甫詩集視同經書。杜甫的作品具有非常重要的精神價值、文獻價值和藝術價值。杜甫學是古代非常熱門的學術領域,杜甫學有非常鮮明的學術特色。杜甫學分爲四個時期,杜甫學的發展有三大高潮:第一高潮,中唐至晚唐,即德宗時代至宣宗時代。第二高潮,北宋中期至南宋中期,即北宋真宗時代至南宋理宗時代。第三高潮,明萬歷(後期)時代至清嘉慶時代。這一高潮又可分爲前期(即明代)和後期(即清代)兩部分。杜甫學的高潮,有如下特點:一、學術興盛的時期一般是社會太平時期,而杜甫學却在明末動亂時期産生第三個高潮,可謂與衆不同。二、學術的發展,需要潮流的推動,幾乎杜甫學的所有重要學者、重要著作,都産生於三個高潮時期。三、唐、宋、明、清四個時代,每個時代都有杜甫學的高潮,説明杜甫學的發展是均衡的。四、杜甫學的高潮,無論是從時間持續的長度還是從成就的高度來考察,都是一浪高過一浪,後一個高潮勝過前一個高潮。按,把中唐至晚唐,即德宗時代至宣宗時代定爲第一個高潮,是學術界較新的觀點,以前少有人論及。大致説來是可以的,但這時期杜甫學成就很有限的,無法與後兩個高潮相提並論的。

　　斷代性的"杜詩學史"則有朋星《杜甫與先秦文化》、孫微《清代杜詩學史》、梁桂芳《杜甫與宋代文化》、赫蘭國《遼金元杜詩學》、張巍《杜詩及中晚唐詩研究》等。作爲杜詩學史專門或個案研究的代表作,有林繼中《杜詩趙次公先後解輯校》(已見前文)、吳淑玲《〈杜詩詳注〉研究》等。

　　朋星《杜甫與先秦文化》由泰山出版社 2006 年出版,其核心部分分爲四章。第一章"踵武孔孟",論述杜甫對儒家思想不只是一般的繼承，而是身體力行的實踐；杜詩被譽爲"詩史"，儒家史學觀、特別是《春秋》觀念對杜甫有較大的影響。第二章"參酌諸子"，論述杜甫與先秦諸子的關係，重點論述與道家的關係，認爲道家在杜甫那裏只是隨閃隨滅、即用即棄的念頭，並沒有像儒家那樣上升爲思想信仰的層次。第三章"《風》《騷》嫡傳"，論述《詩經》和《楚辭》對杜甫的影響，尤其强調杜甫是詩教的楷模。第四章"廣采博取"，列舉考證杜甫詩文中出現的先秦的歷史人物、神話傳説和寓言典故。全書的中心論點是：杜甫對先秦文化的繼承，具有"一元多向"的特徵，"一元"指杜甫獨尊儒家文化，"多向"指杜甫對其他文化廣泛學習、靈活運用。

　　孫微《清代杜詩學史》由齊魯書社2004年出版，全書分爲四章：第一章清代杜詩學總論，第二章清初的杜詩學研究（順治—雍正朝），第三章清中期的杜詩學（乾隆—嘉慶朝），第四章清後期的杜詩學（道光—宣統朝）。書後爲主要參考文獻和作者《後記》。該書第一次系統地梳理了清代杜詩學史的整體情況，全面描述了清代杜詩學發展的歷史嬗變過程，概括評述了所取得的成就，深刻指出其局限與不足，以及清代文禁對杜詩學發展的消極影響。既有鳥瞰式的宏觀把握，又有細緻入微的微觀分析，頗具學術功力和理論深度。作者充分鈎稽了清代杜詩學的豐富材料，對大量清代存佚杜詩注本及其著者的生平情況進行了詳細的考證，澄清了許多疑難問題，並對前人的一些訛誤作出了駁正，顯示出作者嚴謹的學風和深厚的樸學功夫。著者首次對此前並未得到學界重視的顧炎武、李因篤、顧宸等人的杜詩學成就進行了評述，對四庫館臣的杜詩學觀點作了中肯的剖析，表現了作者的敏鋭視角和學術勇氣。總之，此書資料豐富、梳理清晰、論析深入、頗多新見，是一部具有開拓意義的杜詩學著作。

　　梁桂芳《杜甫與宋代文化》由重慶大學出版社2011年出版，該著的基本觀點是：兩宋時的杜詩學研究是杜詩學研究史上最輝煌的篇章之一。杜甫這位生前窮愁潦倒、漂泊行吟的詩人,在後世逐步被推上"千古第一詩人"的寶座,有宋三百年的陶鑄是最爲關鍵的一段時期。在宋代,杜甫的影響早已超出了詩歌乃至文學的領域,而成爲整個時代文化的典範。目前,學界對於宋代杜詩學的研究已有相當可觀的成果,如蔡振念教授的專著《杜詩唐宋接受史》,林繼中教授的論文《杜詩與宋人詩歌價值觀》以及其他大量對蘇軾、王安石、黃庭堅、陸游、辛棄疾、文天祥等人的杜詩接受進行個案分析的論文等等。但從文化視角出發,全面闡釋杜甫與宋代文化之間錯綜複雜的關係,此書尚屬首創。在寫作過程中,此書力圖將接受美學、文化學、社會學、比較詩學等理論與實證相結合,完整地縱向勾勒兩宋杜甫接受的觀點及脉絡,並橫向描述這一接受對宋文化各個層面所產生的影響及表現。宋代的杜甫接受實質是唐、宋文化整合的一個組成部分,它是在中國傳統文化第三次轉型的背景下發生的。中唐至北宋時期,中國文化在繼春秋戰國之際和漢魏之際以後發生了第三次轉折,它結束了門閥士族的貴族文化形態,逐步開啓了庶族地主的相對平民化的文化形態,中國封建文化開始步入成熟期……總之,此書的閃光點較多。

赫蘭國《遼金元杜詩學》由河南人民出版社 2012 年出版,作者以爲,杜詩學歷來是"顯學",可是杜詩學的建構明顯不如《詩經》學、《楚辭》學、《選》學、紅學等成功,理論建構更爲滯後。當今學界對杜詩學的遼金元三代的杜詩學有所忽視,可是,遼金元三代杜詩學處在宋代杜詩學和明清杜詩學兩座高峰之間,有着自己的獨特之處,具有明顯的承上啓下的過渡性質。宋人解讀杜詩、闡釋杜詩,多微言大義,注重深挖杜詩的思想内涵,提出了諸如"一飯不忘君"、"忠愛"等説法,出現了"千家注杜"的盛況。遼金元三代對杜詩的解讀與宋代不同,杜甫的形象也有所轉換,那些嚴講華夷之辨、充滿忠愛之思的詩作往往被他們忽略,杜甫在他們眼中更像一位清貧、高潔的隱逸之士;遼金元人研杜的重點也有所轉移,側重對杜詩詩藝的探索,不再把杜詩像宋人那樣當做某種思想的載體,開始從純文學的角度審視杜詩、研究杜詩,這就使杜詩的文學特徵得到回歸,使其脫離宋代理學家所賦予給它的"載道"符號功能,開啓了明清杜詩學重視從各個方面研究杜詩詩藝的傳統。以上是該書的精華所在。

　　該書分緒論、正文、結語三個部分。緒論部分,從百年來國内外杜詩學研究狀況進行綜述,對當前有關"杜詩學"定義的爭論進行回顧,得出了我們所認爲的"杜詩學"的含義,接着又就杜詩學"斷代研究"進行綜述,得出遼金元段杜詩學研究極度薄弱、近乎空白的結論。最後指出研究遼金元杜詩學的必要性和重要意義。正文部分共四章:第一章是遼代杜詩學。介紹遼代社會環境和文化特色,指出遼代杜詩學與宋代相比是難以相提並論的,但在冷清的表面下卻也潛流湧動。第二章爲金代杜詩學。金代在杜詩學的發展鏈條上是極爲重要的一環,元好問《杜詩學》一書首次提出"杜詩學"的概念,具有劃時代的意義,可惜,元氏提出杜詩學概念以後,數百年來未得到回應,不能不説非常可惜。但是,金代作爲杜詩學確立的時代卻是毋庸置疑的。第三章爲元代杜詩學(上)。論述元代時代特色,指出元政府尊崇杜甫超過其他任何朝代,大力印行杜甫詩集,贈杜甫諡號"文貞公";重點論述了方回的杜詩學,觀照對象是其《瀛奎律髓》《桐江集》等著作,指出方回尊杜是欲建立"一祖三宗"的詩統,借杜詩以自重,但客觀上卻對元人習杜、研杜、學杜、宗唐復古等風尚起到了推動的作用;就戲曲這種新穎的反映杜甫及杜詩的載體先進行述略,進而分析其特色及在杜詩學發展過程中的作用;將元代詩文序跋中有關杜甫及杜詩的材料按照當前杜詩學研究的幾個大方面進行分類臚列並加以簡單分析。第四章是元代杜詩學(下)。這一章是全書的重點,論述了元代留存至今的幾部注杜集子:虞集《虞注杜律》與張性《杜律演義》,范梈《杜工部詩范德機批選》,趙汸《杜律趙注》,董養性《選注杜詩》,高楚芳

《集千家注批點杜工部詩集》。其間解釋了元代注杜南盛北衰的原因，辯僞《虞注杜律》，梳理張性《杜律演義》：虞注《杜律》雖爲僞作，但有明一代，流傳甚廣，影響巨大，且流傳海外，反而淹沒了其原注本張性《杜律演義》的光芒，張性《杜律演義》開選注杜律的先河，其開創之功不可抹殺。指出范梈《杜工部詩范德機批選》重視杜詩的思想內涵，主張詩歌應當關乎世教，反映現實，更多是繼承了宋代杜詩學的觀點，但其簡潔注杜甚至只有白文杜詩則又是元人所共有的特點。趙汸《杜律趙注》亦有開創之功，簡潔亦是其最大特徵。關於董養性《選注杜詩》，首先考證董養性其人，接着考辨《選注杜詩》版本流傳情況，又對《選注杜詩》與《杜詩詳注》的異文進行考釋，指出董養性《選注杜詩》的重要價值。最後分析《集千家注批點杜工部詩集》，首先指出該著作應爲劉辰翁、高楚芳合著之作，進而介紹其成書過程，總結其體例特徵，又重點論述其在海外之影響。

張巍《杜詩及中晚唐詩研究》由齊魯書社2011年出版，共分十九章：先是單論杜詩三章：誰能與杜甫並稱——唐宋人的一種詩學選擇，杜甫的文學審美理想，公孫大娘劍器舞·張旭草書·杜詩——杜甫與盛唐藝術關係的個案研究。接着是論中晚唐之際的劉白詩派與姚賈詩派，李賀詩歌中的心靈圖景，各列一章。其餘幾章皆由唐及宋，其中論溫李詩派的占據七章：晚唐溫李詩人群及溫李詩風，溫李詩的對仗、聲律、用典技巧——兼論類書和駢文對溫李詩的影響，溫李詩朦朧深婉的詩境及其成因，杜甫與李賀對溫李的影響，宋詞對於溫李詩的化用，溫庭筠的詩法與詞法，李商隱詩歌研究代表論著評述。接着一章論晚唐三大詩人群與宋初三體，一章論李商隱與西崑後學，一章論半山詩與晚唐詩，一章論韓偓與江湖詩派。作者認爲，"杜詩與中晚唐詩共同代表了唐詩開啓未來的一面，而形成了一個共通的詩學傳統"。即作者把杜甫當作中晚唐以及北宋的開始，觀點角度實在新穎又在理。這種觀點儘管不是什麼全新的理念,因爲中晚唐詩人受杜詩的影響是不刊之論,但是作者大膽地專門拈出這種觀念也是種創新。爲此而引證的大量的實證性影響研究,是非常難能可貴的。詳述各派風格,又能與宋詩比較,值得一讀。

吳淑玲《〈杜詩詳注〉研究》由齊魯書社 2011 年出版,是在其博士論文《仇兆鰲及〈杜詩詳注〉研究》的基礎上修改而成。該書共九章,内容包括清初文化背景下的杜詩批評學、《杜詩詳注》成書的文化背景、浙東學術對仇注杜詩的影響、《杜詩詳注》所采資料、仇兆鰲杜詩批評的指導思想、《杜詩詳注》的批評方法、《杜詩詳注》的失誤和《杜詩詳注》在學術史上的地位等。《杜詩詳注》是清代注杜的集大成著作,也是古典注釋學的典範之作。吳著考證了仇兆鰲與浙東學派的關係,發現仇兆鰲注釋杜詩完全以浙東學術爲依歸。浙東學術沃土正是《杜詩詳注》賴以産生和存在的學術背景,這是前代學者沒有關注到的。浙東學術重經、重史的學術之路,對仇注特別注重闡釋杜詩在經學、史學方面的價值,確定杜甫的忠君思想、經世思想、杜詩詩史地位等産生了深遠影響。吳著以"集義理、考據、辭章於一爐"概括《杜詩詳注》的注釋方法。仇氏所發展者,主要是"評點式"的藝術批評,仇注對杜詩詩藝進行的全方位的鑒賞,對指點後人的學習詩歌寫作很有幫助。仇氏所開創者,作者概括爲"隨詩論體"的批評方法——也就是一種詩體在仇注中第一次出現時,集中搜集相關論述。仇氏從這一角度注釋杜詩,對中國古典詩歌的發展進行了一些梳理,在一定程度上具有詩歌史的意識,這是仇注的重要貢獻。仇注的優勢是引證材料浩繁,同時亦爲此所累,一定程度上有未能删繁就簡之憾。

劉重喜《明末清初杜詩學研究》由中華書局 2013 年出版,晚出轉精,創獲較多。此書分六部分:張伯偉序,導論,上編《錢注杜詩》研究——明末清初的杜詩版本、校勘、編年和箋注研究,中編杜詩章法論——明末清初的杜詩技法研究,下編杜詩詮釋論——明末清初的杜詩解意研究,附錄。立足於大量明末清初杜詩學文獻展開詳細的論述,特別是對"技法"的討論和對"意法"的辯證認識,反映了作者較强的理論思辨能力。

張忠綱先生《宋代杜集"集注姓氏"考辨》(上、下)①,以《集千家注分類杜工部詩》(元刻本)爲底本,並與《分門集注杜工部詩》(宋刻本)和《黄氏補千家集注杜工部詩史》所載加以考辨:共得"集注姓氏"從韓愈到劉辰翁等156人。除薛綜爲漢朝人,薛夢符、薛蒼舒一人誤爲二人外,實則154人。以此可以窺見"集注杜工部詩姓氏"的真面目,亦可略知宋代所謂"千家注杜"的全貌。依次列出原文,然後簡評其生平與注杜情況,並予考辨。很見學術功力。

這裏以周興陸"杜詩評點史論"作爲這部分的結束。"杜詩評點史論"是其著作《詩歌評點與理論研究》的下編②,包括了11篇論文:《杜甫詩論的詩學史定位》《宋代杜詩研究的基本模式》《試論杜詩的正典化》《"詩史"之譽和"以史證詩"》《從〈滄浪詩話〉"於詩用健字不得"考辨嚴羽評杜甫》《杜詩"變調"說》《王夫之的杜詩批評》《從杜詩接受史考察黄生的〈杜詩說〉》《金聖嘆杜詩批解的文學批評學透視》《吴瞻泰〈杜詩提要〉研究》《魯一同〈通甫評杜〉瑣談》等。這是對杜詩評點史的梳理和杜詩評點文字的理論闡釋,也是杜詩學史的組成部分。

四、學術團體與專門刊物

進入新時期,思想解放的大潮湧動神州大地,學術研究迎來了新的春天。中國古代文學研究也取得長足進展,而作爲中國古代文學研究的一塊重要領地,杜甫研究也同樣發生了深刻的變化,取得豐碩成果。這些成果的取得,與各地杜甫研究學術團體的成立、

---

① 　《文史》2006年第1、2輯。
② 　周興陸《詩歌評點與理論研究》,鳳凰出版社2011年版。

專門學術期刊的發行是分不開的。

（一）富於特色的專門研究機構

四川省杜甫研究會。成立於 1980 年 4 月，原名成都杜甫研究學會，1990 年改今名。會址設成都杜甫草堂博物館內。研究會貫徹"雙百"方針，聯繫、組織大專院校、科研單位、文博部門有關專家學者和廣大的杜詩愛好者，全方位多角度多層次地研究杜甫詩文及其立身行事，特別重在弘揚其愛國愛民、憂國憂民的高尚情操，自覺的社會良知和社會責任感，偉大的人道主義精神，集大成而創新的精湛詩藝等方面。歷任會長有繆鉞（1980—1989）、劉開揚（1990—1995），現任會長張志烈。研究會在四川成都、重慶奉節、湖南平江、河南鞏義、新疆烏魯木齊、內蒙呼和浩特等地召開了多次有海內外學者參加的學術研討會，組織專題報告與杜甫行踪考察，恢復歷史悠久的人日遊草堂活動，並和成都杜甫草堂博物館共同創辦研究學刊，編撰出版了《杜甫草堂歷史文化叢書》及《杜詩全集》（今注本），推動了杜甫研究的進展。

中國杜甫研究會。1994 年 10 月 31 日至 11 月 3 日，在杜甫的故鄉——河南省鞏義市召開了中國杜甫研究會成立大會暨首屆學術討論會，來自二十多個省、市和地區的一百多位代表一致通過了《中國杜甫研究會章程》，選舉霍松林爲會長，聘請蕭克爲名譽會長，同時選舉副會長、常務理事、理事、秘書長和副秘書長若干人。與會代表就杜甫研究與愛國主義思想教育、杜甫的思想與詩歌藝術、杜詩的地域性、杜詩研究史、杜詩海外研究狀況及杜詩研究方法等問題進行了熱烈的討論。會議期間，還舉辦了杜甫詩歌的吟詠和書畫活動，代表們參觀了詩聖故里，拜謁了杜甫陵園。中國杜甫研究會原則上每兩年召開一次年會及學術討論會，每次討論會出版一輯論文集。第二屆年會及學術討論會於 1996 年 9 月在甘肅省天水市召開，會議主要就杜甫在秦州（即今天水市）和同谷（今甘肅成縣）的活動與詩歌創作進行了廣泛而深入的討論，並參觀和考察了杜甫在秦州的行踪遺迹。1999 年 10 月在湖北省襄樊市召開了第三屆年會,中心議題是回顧和總結二十世紀以來的杜甫研究,對當前存在的問題進行討論。2000 年 10 月,在山東省濟南市召開了"世紀之交杜甫國際學術研討會暨《全唐詩大辭典》首發式",來自國內外的 130 餘名專家學者參加了盛會,共同回顧了新時期乃至一個世紀以來杜甫研究取得的長足進展和輝煌成就,深刻反思了二十世紀杜甫研究中存在的問題及走過的彎路,充滿激情地展望了新世紀杜甫研究的廣闊前景。與會代表還對杜甫在山東遊歷過的泰山、曲阜、大明湖等地進行了學術考察。第四屆年會同時舉行,並進行了換屆選舉,張忠綱先生被選爲會長。2002 年 11 月,在湖南省長沙市召開了第五屆年會暨"杜甫與湖南"國際學術研討會,並考察了平江杜甫墓及株洲空靈岸、空靈寺等杜甫遺迹。2005 年 9 月,又在湖南省平江縣舉辦了"平江杜甫墓修繕竣工典禮暨杜甫詩歌與時代精神國際學術研討會"。2012 年 10 月 12 至 16 日在古都西安召開了"紀念杜甫誕生 1300 周年學術研討會暨中國杜甫研究會第六屆年會"。本次會議由中國杜甫研究會、陝西師範大學文學院、西安文理學院文學院等單位聯合主辦,國內數十所高校、科研院所以及韓國和美國等近百位從事杜甫研究的專家學者受邀參加。大會開幕式由陝西師範大學劉鋒燾教授主持,山東大學教授、中國杜甫研究會會長張忠綱先生致開幕詞。會議議題涉及杜甫的生平和思想與創作、杜詩學、杜詩研究與當下詩詞創作、域外杜詩研究、杜甫與長安、杜詩與長安文化等。會議的學術研討集中體現了以下幾大特色:時代氣息,文化研究;最新成果,集中展示;命題集中,亮點突出;回歸學術,精神傳承。

夔州杜甫研究會。1999 年 6 月 12 日在重慶市奉節縣(唐稱夔州)成立,同時舉行了首屆杜甫"夔州詩"研討會。會議通過了《夔州杜甫研究會章程》,選出了第一屆理事會和常務理事會,選舉胡焕章爲會長,兼會刊主編。會議決定,研究會會址設於白帝城博物館,並創辦會刊《秋興》,每年出刊一至二期。大會共收到學術論文 20 篇,於當天下午進行了熱烈的交流和討論。13 日上午,與會人員乘車前往草堂鎮,憑吊了杜甫東屯高齋故居遺址;然後登上白帝城,縱覽夔州風光,領略詩城韻味。研究會成立後,一些媒體作了報道。2001 年 8 月,中央電視臺戲劇音樂部《歲月如歌》專題組專程前往奉節,對研究會及杜甫故居遺址進行了采訪。由胡煥章會長、魏靖宇副會長分別作了介紹,中央電視臺多次播放。

天水杜甫研究會。2006 年 8 月 20 日,天水杜甫研究會成立大會在南苑山莊召開,選舉會長桐樹苞、副會長兼秘書長聶大受。天水杜甫研究會是由大專院校、研究機關及社會各界杜甫研究愛好者自願組成的學術性社會組織。其宗旨是團結廣大會員,有組織、有計劃地深入開展杜甫研究工作,挖掘和研究杜甫隴右詩,推進杜甫研究的發展,團結國內外杜甫研究者和愛好者,並吸引海內外衆多的杜詩研究者、愛好者、崇拜者前來考察研究、交流,以弘揚中華民族優秀傳統文化。公元 759 年,那個在中華詩壇上激情高歌的杜甫踏進了秦州大地,憑着"以飢寒之身懷濟世之心,處窮迫之境而無厭世之想"的胸襟,在天水寫了 117 首膾炙人口的詩作,抒發了憂國憂民的時代最強音。詩人在秦州的三個多月,共寫下了 117 首詩篇,其中在天水創作 95 首。學會希望能團結杜甫研究方面的學者、專家,加強對杜甫及其隴右詩的研究、挖掘和宣傳,爲天水文化事業的發展做出積極貢獻。

河南省杜甫研究會。2010 年 3 月 21 日,以研究和弘揚杜甫思想文化爲宗旨的河南省杜甫研究會在鄭州宣布成立。本會是由中共河南省委統戰部主管,河南省民政廳批準並依法登記注冊的,具有獨立法人資格的省級社會團體。其宗旨是在黨和國家有關的法律、法規和政策指導下,組織和推動學習研究、挖掘整理、傳播弘揚杜甫精神的學術活動,拓展文化產業,打造文化名人旅遊品牌,組織整合有關資源,爲中原經濟建設服務;爲增進海內外華人團結、實現祖國和平統一、創建和諧社會服務;爲促進世界文化交流、實現中華民族的偉大復興服務。以《杜甫》雜志作爲會刊。

（二）專門刊物

《杜甫研究學刊》。原名《草堂》（雙季刊），創刊於 1981 年，1988 年改今名（季刊）。截至 2013 年底，已出 118 期,刊登學術論文約 1 580 萬字。由四川省杜甫研究會和成都杜甫草堂博物館主辦,海内外公開發行。歷任主編濮禾章、鍾樹梁,現任主編張志烈。該刊爲弘揚中華傳統文化的專門性學術刊物,通過全方位研究杜甫,深入地發掘、認識、宣傳、推廣杜詩在中華文化史上的歷史價值和在社會主義物質文明、政治文明、精神文明建設中的現實價值,爲提高全民族道德修養和建設當代先進文化服務。刊物持科學、嚴謹、求實、穩健的方針,得到杜甫研究界和廣大杜詩愛好者的支持。二十世紀九十年代被中國人民大學和首都師範大學圖書館評定爲全國古典文學研究的核心期刊。

《秋興》。創刊於 2000 年 5 月,除 2000 年、2002 年兩年因移民搬遷、受"非典"影響,每年只發行一期以外,常例每年發行二期,截至 2013 年底已刊出 24 期,發表論文 360 篇左右,其中多數是研究杜甫夔州詩的論文。《秋興》是學術性刊物,辦刊宗旨是：立足夔州,研究杜甫。承傳憂患意識,弘揚詩城文化。其主要任務是研究杜詩特別是杜甫夔州詩,發掘詩城夔州的文化内涵,弘揚中華民族的優秀文化傳統,爲建設具有中國特色的社會主義社會做出貢獻。

第七節　山東大學的杜甫研究

山東大學現代學術意義上的杜甫研究,最早可以上溯到聞一多,他的杜甫研究實績,上文已做綜合評析。其實,從聞一多到蕭滌非,再到張忠綱,三位先生可以説是一脉相承的。

一、群體研究成果

聞、蕭二先生具有較深厚的學術淵源,可以概括爲亦師亦友。聞一多 1932 年 8 月由山東大學赴清華大學中文系任教授,1937 年輾轉南下,一直在西南聯大執教,直至遇難。蕭先生 1926 年至 1933 年求學清華,清華研究院畢業時,論文答辯委員便有聞一多,並根據他在答辯時的提議,補作《漢魏六朝樂府文學史》第一編第一章“樂府之起源與先秦樂教”。1941 年秋蕭先生又經聞一多、余冠英諸人薦舉,到西南聯大執教,並與聞一多同住西倉坡教授宿舍,且住斜對門。蕭先生此時作詩《歪詩戲呈聞公一多》,有云:“滌也悠悠子,追隨惜苦辛。”①此“追隨”,一方面是指蕭先生 1933 年來青島山東大學執教、1941 年赴西南聯大執教,均是踏着聞一多的足迹而往;一方面亦暗指學術的師承,主要表現在杜甫研究方面。從蕭先生早期的詩作看,他對杜詩已爛熟於胸,常能無迹無痕化用,即如蕭先生所言“嗟予幼學杜”②。特別是在民族危亡的日子裏,蕭先生有感於時事,與杜詩産生了共鳴,開始潛心治杜;雖説直至 1947 年重回山大執教時纔開設了“杜詩體別”這門課,其實他早已與杜甫“結緣”。

1978 年,改革的春風已沐浴着學術界,借春節之際,蕭先生滿懷豪情,賦詞一首《滿江紅·心聲》,以表達對學術春天的期待與期許:

　　　　大好河山,又迎來無邊春色。試屈指,條條戰綫,多少奇迹。可笑天公徒搗亂,唐山依舊巋然立。更工農科教與文壇,

---

① 蕭滌非著,蕭光乾整理《蕭滌非杜甫研究全集》附編,第 45 頁。
② 蕭滌非著,蕭光乾整理《蕭滌非杜甫研究全集》附編,第 82 頁。

花争赤。　　開四化，批四賊；誰領導？黨之旗。信長征萬里，有人接力。自古書生多耿介，從來老驥羞伏櫪。誓都將心血付"村夫"，杜陵集。

其結句："誓都將心血付'村夫'，杜陵集。"便是蕭先生的"心聲"。蕭先生自注云："宋楊億罵杜甫爲'村夫子'，余方從事《杜甫全集校注》工作，故有末句。"①時間的緊迫感，又逼得蕭先生這樣表白心迹："但恨在世時，讀杜不得足！"他主編"校注"十三年之久，遺憾的是臨終未見"校注"問世。可喜的是，該書在蕭先生去世23年後，即2014年正式出版。這部凝聚三代學人心血、歷時36年的煌煌鉅製連獲"山東省社會科學優秀成果特等獎"和岳麓書院"第二屆全球華人國學獎"，蕭先生可以瞑目矣！

　　這個時期的杜甫研究有三個顯著的特點，一是研究隊伍龐大，蕭先生之外，前期有馮沅君、陸侃如、關德棟、殷孟倫等學者，後期有袁世碩、董治安、張可禮、張忠綱、鄭慶篤、焦裕銀、馮建國等學者，後起之秀有宋開玉、趙睿才、孫微、綦維等。二是研究成果異常豐碩。三是研究方法多樣：（一）考鏡源流，辨章學術，用傳統的"知人論世"與年譜、箋釋、文本相結合的方式治杜；（二）將魯迅"顧及全篇、全人"的主張與歷史唯物主義"實事求是"的精神結合起來，爲傳統的"知人論世"研究模式注入新的血液；（三）借鑒西方文論研究杜甫、杜詩，帶來一定的學術突破。蕭先生總結杜詩的兩個特點：一個是"大"，一個是"真"②，我們正好拿來概括這時期杜甫研究的兩個特點。之外，還有"全"、"深"等特點，進而可以歸納爲：一、高屋建瓴，規模宏大；二、以專代博，深入挖掘；三、尚古友今，追求真理；四、開宗立派，繼往開來。

---

① 　蕭滌非著，蕭光乾整理《蕭滌非杜甫研究全集》附編，第78—79頁。

② 　蕭滌非著，蕭光乾整理《蕭滌非杜甫研究全集》上編，第4—5頁。

（一）高屋建瓴，規模宏大

一類是大文化背景下的杜甫研究（詳見下文）。

二類是杜甫資料整理的全面而系統。蕭先生生前非常重視"收集和占有資料"的重要性，這是做好《杜甫全集校注》工作的"物質基礎"，"資料不全，還談得上什麼集大成"①？如《杜集書目提要》②，收錄有關杜詩書目凡 890 種，起自稍後於杜甫的樊晃的《杜工部小集》，止於 1984 年的今人著述。內容豐富翔實，頗具參考價值。又如《杜甫詩話校注五種》③，後又增補張忠綱先生編注《新編漁洋杜詩話》六卷，更名爲《杜甫詩話六種校注》，由齊魯書社於 2002 年出版。此書共收錄諸家評論杜詩之語 890 餘條，內容相當廣泛，涉及杜甫其人、其詩的各個方面，對研究杜詩頗有參考價值。陳貽焮序稱此書"精擇善本以各本互校，探明諸家生平事迹，簡介版本流傳概況，厘正前人徵引、考證之失，注釋允當多創獲"。又如《山東杜詩學文獻研究》④，分唐宋、元明、清代山東杜詩學文獻研究等五章，是一部頗具地域文化特色的文獻著作。

三類是集大成式的成果。蕭先生在談到"如何做好《杜甫全集校注》工作"時，又説："我們現在搞的是一個新的集大成的工作，實非易事。"⑤這個浩大工程遲後竣工，詳見下文。而《蕭滌非杜甫研究全集》則是蕭先生一生研究杜甫的結晶。又如《杜集叙錄》⑥，收錄杜集文獻 1 261 種，是"辨章"杜詩學這一"學術"，"考鏡"杜詩學文獻"源流"的慎重之作，也是杜詩學史甚至是文學史宏篇鉅製。

---

① 張忠綱《杜詩縱橫探》引，山東大學出版社 1990 年，第 14 頁。
② 鄭慶篤、焦裕銀、張忠綱、馮建國編著《杜集書目提要》，齊魯書社 1986 年版。
③ 張忠綱校《杜甫詩話校注五種》，書目文獻出版社 1994 年版。
④ 張忠綱、綦維、孫微《山東杜詩學文獻研究》，齊魯書社 2004 年版。
⑤ 蕭滌非著，蕭光乾整理《蕭滌非杜甫研究全集》上編，第 9 頁。
⑥ 張忠綱、趙睿才、綦維、孫微編著《杜集叙錄》，齊魯書社 2008 年版。

又如《杜甫大辭典》①,計收詞目 7 680 餘條,是有關杜甫的專書辭典,兼顧知識性與學術性,既爲杜甫的愛好者提供有關杜甫的各類基本知識,又爲杜甫的研究者提供可資借鑒的資料。蕭先生説,黄節"治學的一個特點是取材宏博而又取捨謹嚴,這對我很有教育作用"②。"取材宏博而又取捨謹嚴",是這時期治杜的基本指導思想和方法。上述成果的取得都是這一思想的結晶。

四類是現地研究的成功嘗試。所謂"現地研究",就是以被研究的詩篇爲對象主體,研究時必須親自到作品原産地去做實物的比對勘驗工作。"現地研究"工作,始於司馬遷,他寫《史記》之前,走遍全國,從許多篇傳文後面的"太史公曰",可以發現司馬遷的旅行其實是一種雛形的現地研究。對杜詩的近似"現地研究",可以上溯到南宋的王十朋、范成大、陸游,明清時代王嗣奭《杜臆》、王士禛《蜀道驛程記》等也是近似"現地研究"。蕭先生等人《訪古學詩萬里行》③,是一部有關杜甫行蹤遺跡的考察記,開杜甫"現地研究"先河。全書分五篇:齊魯篇、洛陽篇、長安篇、巴蜀篇、江湘篇,對杜甫當年足跡所至,均作了形象生動的記述描寫。特别是結合杜詩,聯繫方志,對照實地,對某些詩篇詩句的理解,時有前人所未發見者。雖係一考察遊記,但取材審慎翔實,文筆亦流麗明快,既有知識性、科學性,又有文藝性、趣味性,實爲一别開生面的研治杜詩的著述。臺灣學者簡錦松評論説,"這次的工作",雖"不是從現代精密學術出發的研究",但"他們的創造性作爲實已指向杜詩研

---

① 張忠綱、趙睿才、宋開玉、綦維《杜甫大辭典》,山東教育出版社 2009 年版。

② 蕭滌非《我是怎樣研究起杜甫的》,《蕭滌非杜甫研究全集》上編,第 4 頁。

③ 山東大學《杜甫全集》校注組《訪古學詩萬里行》,人民文學出版社 1982 年版。

究的正確新方向"①。又如《杜詩釋地》②,是第一部全面系統地考察杜甫詩文地名的學術著作。著者翻閱了大量文獻資料,又結合現地的考察,系統而嚴密地對杜甫詩文地名作了全面考釋,故具有集大成的總結意義。張忠綱先生在序中稱此書:"考辨詳實,吸收最新研究成果,糾謬辨誤,頗多創獲,較閻若璩《四書釋地》,規模大矣,其功偉矣。"

五類是普及與提高的結合。山東大學的杜甫研究,從一開始就不是把自己關在象牙塔里閉門造車,而是面向社會,面向教學和科研實際,注重普及與提高的結合,如《杜甫詩選注》③,選詩 281首,采用編年體,照顧到了杜詩的各種題材、體裁和各種風格,並將杜甫的創作分爲四個時期,對每一時期的創作情況均作概括的説明,這不僅清楚地揭示出杜甫創作的發展過程,也可以顯示杜甫創作和時代、生活的密切聯繫,頗有"知人論世"之效。又如《杜甫詩選》④,馮沅君、陸侃如、蕭滌非、關德棟等都參加了編寫,由殷孟倫、袁世碩、董治安最後定稿。選注杜詩 204 首,詩題下有説明,介紹寫作時地、思想内容與藝術特色。1998 年 10 月,經袁世碩、董治安、張可禮、張忠綱先生修訂而再版。增選了幾十首詩和一篇《雕賦》,同時修改了原來的部分注文。體例亦有所變化,並注意吸收新的研究成果。另一《杜甫詩選》⑤,吸收學術界最新研究成果,精選杜詩代表作 151 題 193 首,依創作時間先後順序排列,詳加題

---

① 簡錦松《杜甫夔州詩現地研究·前言》,臺灣學生書局 1999 年版,第5 頁。

② 宋開玉《杜詩釋地》,上海古籍出版社 2004 年版。

③ 蕭滌非《杜甫詩選注》,人民文學出版社 1979 年初版,1998 年再版。

④ 山東大學中文系古典文學教研室《杜甫詩選》,人民文學出版社 1980年版。

⑤ 張忠綱《杜甫詩選》,中華書局 2005 年版。

解、注釋,對瞭解、研究杜詩均甚有裨益。又如《杜甫集》①,共選杜詩 173 題 200 首,吸收了國內外學界的許多最新研究成果,因而頗具參考價值。又如《杜甫詩》②,爲《中華傳統詩詞經典》之一種,選注杜詩 81 題 94 首,注釋、評析都很精到。

重要的還是研究方法之"全":蕭先生所謂顧及"全篇"、"全人"。《杜甫研究》開宗明義:

> 魯迅先生教導我們説:"我總以爲倘要論文,最好是顧及全篇,並且顧及作者的全人,以及他所處的社會狀態,這纔較爲確鑿。要不然,是很容易近乎説夢的。"這是對我們研究古典作家的人一個極可寶貴的指示。③

這個"指示"告誡我們:考據、義理、辭章這些傳統研究手段,在重視整體性的認識中會得以升華。《杜甫研究》凡涉及考據,都關涉到"全人"、"全篇"。只有這樣做了,得出的結論纔是可靠的,站得住腳的。

蕭先生在《〈杜甫研究〉再版前言》中,圍繞"關於人民詩人問題"、"關於人道主義問題"、"關於主導思想問題"、"關於忠君問題"、"關於'干謁'的問題"、"關於杜甫之死的問題"④,集中闡釋了自己的理論主張,今天看來,仍然是正確的。其關鍵也都是圍繞杜甫的"全人"、"全篇"展開論述的。

（二）以專代博,深入挖掘

蕭先生在談治杜過程中的"博與專"關係時説:"一般是先從專

① 張忠綱、孫微《杜甫集》,鳳凰出版社 2006 年版。
② 張忠綱《杜甫詩》,中華書局 2013 年版。
③ 蕭滌非《杜甫研究》,山東人民出版社 1959 年版,第 6 頁。
④ 蕭滌非《〈杜甫研究〉再版前言》,《蕭滌非杜甫研究全集》上編,第 3—18 頁。

入手,然後由專而博,以專帶博。所謂專,就是對研究對象深入挖掘。……研究杜詩,杜詩就是專的對象,要熟悉對象,要集中精力、聚精會神地深入研究。"①蕭先生是這樣説的,也是這樣做的。如他的《杜甫研究》,代表了我國二十世紀八十年代以前杜甫研究的水平。上卷對杜甫所處時代背景及其生活、思想、作品、體裁、影響等,作了極全面的論述。作者將杜甫一生分爲讀書遊歷、困守長安、陷賊與爲官、漂泊西南四個時期。這一劃分法在很長時間内被學術界所沿用。而再版後的《杜甫研究》,作者不僅着重研究了杜詩思想的博大精深,而且用了較大的篇幅,分析了杜詩的藝術性。下卷所收的 26 篇論文,多有創見,特别是《關於〈李白與杜甫〉》一文,糾正了郭沫若在李杜研究上的偏頗,發表後引起强烈的反響,充分表現了作者的膽識和理論勇氣。下面舉一個具體的例證:蕭先生在解《觀公孫大娘弟子舞劍器行》時説:"對劍器舞是不是舞劍,陳寅恪和任二北都有詳細的考證,而二人得出的結論却是不同的。爲了解決這個問題,我查閱了許多載樂舞的書籍和描寫劍器舞的詩文,通過閲讀唐人詩中有關劍的描寫,發現唐人多以秋水、青蛇比喻劍光,從而認爲詩中'罷如江海凝清光'一句,也應當是以水色喻劍光的。由此而推知劍器舞必用劍,否則不可能有此境界。"②

　　蕭先生非常注重"整體研究",這突出表現在他的《杜甫詩選》上。無論宏觀、微觀,無論題材、意辭、體式,或箋注、分期、考據、議論,其透視的焦點就在杜甫之爲杜甫、杜詩之爲杜詩的"這一個","有話則長,無話則短,也有根本從略的"取捨原則③,一似李廣將

---

①　蕭滌非《我是怎樣研究起杜甫的》,《蕭滌非杜甫研究全集》上編,第 5 頁。

②　蕭滌非《我是怎樣研究起杜甫的》,《蕭滌非杜甫研究全集》上編,第 5—6 頁。

③　蕭滌非《寫在"下卷"之前》,《杜甫研究》,第 214 頁。

兵,無定法而有活法。因其如此,傳統手法如譜系、箋注、校勘、以史證詩、以杜注杜、求出處等等,在蕭先生手中無不運用自如,獲得新的活力。他說:"在注解上,我沒有什麼一定的章法,大概在題解中,包括詩的寫作地點、年代、背景、中心思想和表現手法等,都有簡略說明,但也不是每首詩者都如此……爲了使讀者在閱覽注解時不太感到枯燥,除一般必要的字注句解之外,個人也往往發些議論,作些考證,使注文具有一定的獨立性。"①

　　蕭先生的整體性研究還有力地體現在傳統"以杜解杜"方法的運用上。其《杜甫研究・寫在"下卷"之前》稱:"解釋杜詩的最好辦法,自然是'以杜解杜'。"蕭先生自舉以《悲陳陶》"都人回面向北啼,日夜更望官軍至"以證《哀江頭》末句"欲往城南望(一作忘)城北"當以"望城北"爲是一例說明以杜解杜"比較容易接近真象"。蕭先生在解釋個別的、具體的杜詩特徵時,尤重視"設身處地",具體問題具體分析,將"以杜解杜"視爲一個開放的體系,在顧及"全部杜詩"之間的有機聯繫的同時,還顧及處在社會生活現實中與該時代各種因素有千絲萬縷關係的杜甫"全人"。

　　蕭先生嘗試用歷史唯物主義與辯證法來研究杜詩。歷史唯物主義首先要求尊重客觀的歷史事實,不拔高,不貶抑。在文學史研究上,有些問題似是而非,不易理清,特別是在政治思潮嚴重干擾學術研究的歲月裏。這就要求研究者要有說真話的理論勇氣,不阿附。如以杜甫的忠君思想而言,蕭先生不回避矛盾,認爲忠君思想應批判,"但在批判的同時,我們也必須針對不同的歷史條件和不同的歷史人物進行分析"(第49頁)。蕭先生認爲杜甫所處的時代是封建時代,而且是"一個自給自足的自然經濟占主要地位的封建生產關係正鞏固的存在着的時代"。在該社會中,"忠君"是普遍意識,即使是農民也仍然擁護好皇帝。杜甫的忠君思想主要是由

---

①　蕭滌非《寫在"下卷"之前》,《杜甫研究》,第214—215頁。

他所處的封建的歷史時代所決定的。然而，"我們還應全面的來看一看杜甫忠君思想的具體内容"（第 48 頁）。他從"一個具有豐富經驗的作家，總是自相矛盾的"（第 37 頁引高爾基語）這一認識出發，剖析了杜甫思想中"忠君"與愛國、愛民之間的矛盾與聯繫。蕭先生尖銳地指出了杜甫忠君思想庸俗的一面（如"高帝子孫盡隆準，龍種自與常人殊"之類），又剖析了儒家"忠君"思想中矛盾的兩個層面："唯天王之命是聽"與"誅獨夫"。因杜甫深受後者之影響，故不是無條件地擁護"天王聖明，臣罪當誅"，而是有鑒別、有鬥爭的。

在形式與内容關係的處理上，同樣體現了蕭先生對辯證法的學習與理解。《杜甫研究》雖然十分強調生活是創作之源，但深明"思想内容並不等於詩，政治並不等於藝術"（第 86 頁）。蕭先生認為"杜甫是一個有意識的大力追求藝術技巧的詩人"（同上）。但形式離不開内容，形式的革新，首先是形式中内容的解放。他論杜甫七律的成就說："杜甫以前，幾乎没有例外，七律一般都是用來作'奉和'或'應制'這類阿諛的官樣詩體的，杜甫卻大大擴充了七律的領域，往往用來感嘆時事，批評現實，這是一個很大的演進"（第 131 頁）；"他一反從初唐以來專門用七律歌功頌德的那種歪風，開始賦予七律以新的生命——反映現實"（第 289 頁）。因之，形式上的某些革新（如自製新題）就"決不僅是一個形式上的問題，它同時還影響到作家的創作方向"（第 154 頁）。同時，蕭先生還指出形式對内容的表現有重大的積極意義，如《茅屋爲秋風所破歌》的成功與結語造句的崎嶇不平所造成的語言的不和諧有關，詩人正是"通過這種不和諧的突兀的詩句來表達他自己突兀的感情"（第 114 頁）。而《遭田父泥飲美嚴中丞》那首詩"所以能把那位田父的聲音笑貌和他自己的喜不自禁之感寫得躍然紙上，栩栩欲生，也是和所押的'屬而舉'的上聲韵大有關係的"（第 109 頁）。還有那首寫寡婦撲棗的《又呈吳郎》，"寫得那樣委婉曲折，便都和用流水對有關"(第10頁)。蕭先生甚至認爲,杜詩"風格沉雄悲壯,慷慨激昂。這和詩的內容固然分不開,可是和七律這一比較便於奔放馳騁的'長句'形式也有關聯"。認識到形式與內容的雙向建構關係,使先生能看到七律《又呈吳郎》在內容上的極大成功——"拿方整的律詩來寫多災多難的人民生活狀況的,怕只有那首《又呈吳郎》算是一個絕對的例外了"。同時,還看到"但因爲用的是律詩,儘管他力求樸素,力求自然,中間兩聯,還是顯得做作,不夠明白。同時又因爲限八句,也不可能把寡婦的苦狀更形象化"(第166頁)。因此,蕭先生認爲杜甫"最有價值的古典現實主義作品幾乎全部都是屬於民歌式的古體詩"(同上)。蕭先生的這一觀點,閃爍着傑出文學史家的光輝,與他《漢魏六朝樂府文學史》的主導思想是一脉相承的①。

(三)尚古友今,追求真理

面對杜甫這樣一位特殊歷史人物的生命歷程,我們必須在不斷的發現與詮釋中去瞭解他,這就牽涉到歷史的"實在體"和解釋者的詮釋觀點之的辯證問題。怎麼處理這些問題?杜甫自言"不薄今人愛古人"(《戲爲六絕句》其五),以蕭先生爲代表的山大杜甫研究團隊則以"尚古友今"作爲"知人論世"論杜宗旨的有力補充,而"以杜解杜"則是"注解杜詩的最好辦法"。如關於杜甫之死的考辨,蕭先生説:

> 我們認爲:杜甫到底如何死的,這問題還小。至於爲了爲溺死一説找理由,不顧不同的歷史條件和個人身世,懷疑他會象屈原一樣懷沙自沉,那就不是小問題了。因爲這關涉到杜

---

① 趙睿才《平民靈魂歷史的提煉與濃縮——讀蕭滌非先生〈漢魏六朝樂府文學史〉》,《漳州師院學報》2002年第2期。

甫的全人，關涉到杜甫的整個精神面貌。①

　　蕭先生對杜甫的死因做過認真研究，還做過實地考察，都是爲了還原歷史的本來面目："杜甫是頑强的！""杜甫的一生，是艱難的，也是光榮的。"又如，關於《羌村》"嬌兒不離膝，畏我復却去"一句的理解，蕭先生爲之"三談"②，"因爲問題已在一定程度上接觸到杜甫的全人"，"對這兩句詩的不同理解還關係到杜甫的爲人"。蕭先生由上文的"少歡趣"到下文的"憶昔好追涼"，盡心地體察詩人及其子女當時的情景與心態，再從詩人一貫對子女的態度來推定杜甫是怎樣一個父親；又從唐人用語習慣及全部杜詩中"畏"、"却"二字的用法，做了整體觀照，儘量做到"不要强杜以從我"。蕭先生設身處地地詮釋杜詩，將"以杜解杜"視爲一個開放的體系，顧及"全部杜詩"和杜甫"全人"，堪稱"尚古友今"的典範。

　　談到"真"，首先要説到陸侃如、蕭滌非二先生的追求真理的勇氣。如前所説，作爲學術研究，新時期杜詩學的真正復興是從批評劉大杰《中國文學發展史》（七十年代版）杜甫部分和郭沫若《李白與杜甫》開始的，這就是陸侃如先生的《與劉大杰論杜甫信》和蕭先生的《關於〈李白與杜甫〉》③，兩位學者的意見對杜甫研究的復興起了正本清源的作用。陸文針對杜甫後期"輕儒重法"觀點，以準確的統計數字證明杜甫不是"輕儒重法"，而是"尊儒尊孔"的。蕭文糾正了郭著李杜研究上的一些偏頗，反駁了郭著曲解、誤解杜詩之處。對如何對待李、杜兩位大詩人的問題，蕭先生認爲：李白和

---

　　① 蕭滌非《杜甫研究》，第 38 頁。

　　② 蕭滌非《談杜詩"嬌兒不離膝，畏我復却去"》，載 1961 年 12 月 28 日《人民日報》;《再談》，載《文史哲》1962 年第 3 期;《三談》，載《中學語文教學》1980 年第 7 期。

　　③ 分見《文史哲》1977 年第 4 期，第 94 頁，《文史哲》1979 年第 3 期，第 49 頁。

杜甫，"一個是浪漫主義，一個是現實主義。他們是分道揚鑣，而又各有千秋。李白不能包括杜甫，杜甫也不能包括李白。我們既需要杜甫，也需要李白"，"李杜二人，正是所謂'離之則雙美，合之則兩傷！'"兩文充分表現了先生的膽識和理論勇氣。

尚友古人，還表現在推重杜甫人格上。蕭先生《〈杜甫研究〉再版漫題》云："人高詩自高，人卑詩也卑。燦燦杜陵叟，其人即可師。"①所以蕭先生認爲："吾人學杜詩，豈徒曰學其詩而已，固將學其人，學其志也。不學其人，而徒注目遊心於文字之間，則所得者，杜之糟粕已耳，雖學猶之未學。"又說："吾人縱不能爲老杜之大，猶當效法其真，則於詩之一道，庶幾有所得乎。"②因此，先生頗欣賞黃生《杜詩說》卷四所云："杜公關心民物，憂樂無方，真境相對，真情相觸⋯⋯人真，故其詩亦真。讀公詩者請從此參入。"《杜甫研究》處處體現出作者極力去體味杜詩的真境真情，往往能做到感同身受。

蕭先生將"生活"當成一個大容器，主、客觀之種種，都在此中交融、碰撞。生活實踐成了"論世"的中心環節，是《杜甫研究》血脉之所在。蕭先生認爲："所謂時代的影響，主要的也就是人民的影響。"（第 13 頁）在這一認識指導下，他吸收歷來杜甫年譜、作品繫年的成果，綜合成杜甫生活的四個時期：讀書遊歷時期、困守長安時期、陷賊與爲官時期、漂泊西南時期。在分期中體現生活、特別是人民生活對杜甫創作道路的巨大影響。如困守長安時期的獨立劃出，而不是籠統歸入"前期"，是因爲十載困守"這是一個重要的契機。生活折磨了杜甫，也玉成了杜甫，使他逐漸走向人民，深入人民生活，看到人民的痛苦，也看到統治階級的罪惡⋯⋯十年困守的結果，使杜甫變成了一個憂國憂民的詩人。這纔確定了杜甫

---

① 蕭滌非著，蕭光乾整理《蕭滌非杜甫研究全集》附編，第 82 頁。
② 蕭光乾《蕭滌非傳略》，《晋陽學刊》1987 年第 6 期，第 40 頁。

此後的生活道路和創作道路"（第 245 頁）。如此分期，無疑更具科學性。正是基於對生活與作家關係的考索，所以先生既不能同意前人所謂杜詩"一節高一節，愈老愈剥落"的觀點，也不同意所謂杜甫晚年詩不如中年是因爲"才氣衰減"的看法。他認爲："每當杜甫走出書房、離開皇帝，向人民靠攏，和人民結合的時候，也就是他的詩篇大放光芒的時候。而每當他守在書房裏或皇帝身邊時，詩思也就枯竭，寫出來的作品也就顯得黯淡無光。"（第 40 頁）杜甫自己是有體會的，《覽物》詩云："曾爲掾吏趨三輔，憶在潼關詩興多。"指的正是創作"三吏"、"三别"的動亂時期。蕭先生頗爲推重《瀛奎律髓》卷二九對杜甫《歲暮》詩的一段評説：

> 自天寶十四年乙未（755 年）始亂，流離凡十六年。唐中葉衰矣，却只成就得老杜一部詩也。不知終始不亂，老杜得時行道如姚、宋，此一部杜詩不過如其祖審言，能雅歌詠治象耳，不過皆《何將軍山林》《李監宅》等詩耳，寧有如今一部詩乎？然則亦可發一慨也。

蕭先生認爲這段話"很能發明時代環境對一個作家的巨大影響"（第 14 頁）。並進一步指出，同一時代環境對詩人影響的程度還取決於作家自己的"生活實踐、思想意識"（第 14 頁）。因此，《杜甫研究》尤重杜甫是如何在生活實踐中接近下層民衆的。這一工作如鹽入水般體現在全書中，使知人論世法增進了全新的内容。就以對杜詩的語言藝術分析爲例，下卷第 174 頁説："他曾經長時期的住在鄉村，和勞動人民生活在一起，哭在一起，也笑在一起，他自己也經常勞動。基於這種生活實踐，他對勞動人民有了相當深刻的認識。"正是如此水乳交融的感情，使杜甫"百無禁忌"地使用"當時語"，"指揮過無禮，未覺村野醜"（《遭田父泥飲》）。杜甫語言藝術上的成功，首先是感情上接近下層民衆的成功。因其"未覺村野醜”,故能汲取村野語言,創建新的境界。語言現象有其自身相對獨立的規律,要加以重視。然而,語言現象又不是“全封閉”的系統,它畢竟是文化現象中的現象。蕭先生在處理語言與環境之間關係方面,爲我們提供了有益的經驗。

強調文藝對人民的態度,應當説是毛澤東文藝思想的核心部分。蕭先生將“社會狀態”聚焦於“人民生活”,便是出於他對毛澤東文藝思想的理解,並付諸實踐。在這一可貴的嘗試中,有老一輩學者不盡的甘苦。一方面,他開拓了視野,使“知人論世”有了新的廣闊的視角,讓我們走至歷史社會的下層,從杜甫與下層人民之間的關係中去理解一代詩人;另一方面,又由於歷史的原因,使這一視角不得不僅僅落在簡單的因果關係的綫式思維之中。

以開放的胸襟,科學看待與己相左的觀點,吸納新的研究成果,也是追求真理的表現之一。如關於杜甫的卒葬問題,如前所述,蕭先生主張,杜甫不是“飫死”,更不是“溺死”,而是病死,時間是大曆五年,地點不是耒陽而是洞庭湖上。此一觀點,基本已得到學術界認同。可是,傅光《杜甫研究》(卒葬卷)力主“杜甫確於大曆五年(770)夏卒於耒陽”,“直接死因還只是飲酒過多”;又説《風疾舟中伏枕書懷》不作於大曆五年冬,而作於“大曆三年(768)冬末,地點在洞庭湖上的舟中”,不是杜甫的絕筆詩,而《聶耒陽以僕阻水書致酒肉療飢荒江詩得代懷興盡本韵》詩纔是杜甫的絕筆詩。處處與蕭先生的觀點相左。其實僅從文獻學角度看,傅光的觀點就立不住腳。對此,我們後出的《杜甫大辭典》《杜集叙録》照録傅説①,而没有大加鞭撻。又如,對於杜甫兩首與鄭虔卒年有關的詩作《哭台州鄭司户蘇少監》《懷舊》的編年問題,由於對鄭虔的卒年一直未有定論,所以黄希、黄鶴《黄氏補千家集注杜工部詩史》、郭知達《新刊校定集注杜詩》都將前詩編入“集外詩”,而後世杜集一

---

① 分見《杜甫大辭典》第642—643頁、《杜集叙録》第623頁。

般繫此兩詩於廣德二年(764)。可是,新出土的鄭虔墓志寫明:鄭虔確乎卒於乾元二年(759),則兩詩作於是年或稍後是沒有問題的(這裏十分感謝復旦大學陳尚君將拓片發給我們)。

(四) 開宗立派,繼往開來

　　縱觀山東大學的杜甫研究,如果説聞一多時期還是"單打獨鬥"的話,那麼到了蕭滌非時期,則是形成了一個龐大的團隊。蕭先生以其系統的研究理論和豐富的研究實踐,爲山東大學的杜甫研究開宗立派,繼往開來。從《杜甫研究》到《杜集書目提要》,再到《杜甫大辭典》《杜集叙録》《杜甫全集校注》,這個流派前後相繼,爲杜甫研究已經做出了或正在做着各自的貢獻。

　　蕭先生去世以後,他的後繼者們以他建樹的理論爲指導,以杜甫研究文獻資料爲基礎,全方位、多角度、多層面地建構着一部系統而全面的大"杜詩學史"。如張忠綱先生指導的博士學位論文,圍繞"杜甫與傳統文化"展開選題,這就有了一系列博士學位論文的完成或出版:《杜甫與先秦文化》《杜甫與兩漢文化》《杜甫與六朝詩歌關係研究》《杜詩與唐代文化》《杜詩與宋代文化》《金元明杜詩學史》《清代杜詩學史》《百年杜甫研究之平議與反思》等等。這樣,從先秦到現代,一部大的"杜詩學史"已具雛形。而《杜集叙録》便是這部"杜詩學史"的錐輪大輅,它糾正了《杜集書目提要》、周采泉《杜集書録》的許多錯訛與不足之處,諸如收録杜詩學文獻不夠全面,對杜詩文獻整理、研究者的生平事迹的考證尚欠深入的研究等,具有以下特點:(一)搜羅殆盡,體例實用。所收文獻之全且不多言,僅看體例,便知其實用價值:此前的諸種杜詩學文獻目録甄録文獻的數量不一,差異頗多,其主要原因是收録文獻的體例和標準不同造成的。"叙録"的體例是:"本書所收杜集,不論存佚,一律按著者或著作的時代先後加以介紹。"這個體例看似籠統、簡單,實際是很實用的:一來對某一時代的杜詩文獻有一個總體的把握,避免了支離之感;二來可以避免由於分類過粗而出現漏類或者分類過細而出現類與類交叉的現象。（二）甄別正誤，還原本貌。解決了以下問題：不清文獻淵源而重收、誤收問題；書名之誤問題；卷數之誤問題；將一人著録爲兩人、一書著録爲兩書問題；將與杜詩學文獻有關的文獻卷次弄錯了的問題。（三）考補闕失，慎下結論。諸如對歷代杜詩學文獻研究者某些生平失考、生卒年考證有失、名號有誤及研究者生平事迹記載有誤等情況，都有嚴謹的考證和深入的研究。總之，《杜集叙録》是宏觀與微觀相結合，縱向與横向相聯繫的結晶，既見文獻學的功力，又具文學史的眼光。還應注意的是張忠綱先生《詩聖杜甫研究》的出版①。此著具有以下特點：（一）杜詩學文獻研究的重視，（二）文本材料與實地考察的互證，（三）考據與義理的結合。最後，以趙睿才《百年杜甫研究之平議與反思》②做一小結：該書從學術史的角度"平議與反思"了從李詳《杜詩證選》到蕭滌非主編《杜甫全集校注》出版這個百年杜甫研究的實績，百年杜詩學史基本上是"平民詩人"、"人民詩人"、"詩聖"的沉浮史與"詩史"説的爭議史。該書既注重杜詩學史料與理論的結合，又兼顧材料與問題的結合，依於史料，又不局限於史料；既注重中國杜甫研究成果的條分縷析，又兼顧世界各國或地區的客觀評估，儘量做到了"全"；既注重杜詩學的學術流變，又兼顧具體問題分析。該書以其學術價值獲得山東省第三十次社會科學優秀成果二等獎。

二、集大成的里程碑著作——《杜甫全集校注》

2014 年，在現代杜詩學史上是值得大書特書的一年。因爲此年 1 月，蕭滌非主編、張忠綱終審統稿的《杜甫全集校注》（以下簡稱"杜注"）由人民文學出版社正式出版。從其本身固有的學術質

---

① 張忠綱《詩聖杜甫研究》，上海古籍出版社 2015 年版。
② 趙睿才《百年杜甫研究之平議與反思》，人民出版社 2014 年版。

量和水平以及出版後的影響、評價看，"杜注"在多個學術領域都是集大成式的里程碑著作。

"杜注"是由山東大學、北京師範學院（今首都師範大學）共同承擔的國務院古籍整理出版規劃重點項目、全國高校古籍整理研究工作委員會和國家出版基金重點資助項目，編撰過程歷時三十六年，凝結了三代學人的心血，是山東大學奉獻給學術界的寶貴精神財富和學術典範之作。

"杜注"以其嚴謹科學的態度，吸收現當代海內外杜甫研究成果，精審慎取，參酌己見，力求集前代治杜成果之大成，編撰一部編錄謹嚴、校勘審慎、注釋詳明、評論切當，帶有集校、集注、集評性質的新校注本。全書共分詩二十卷，文賦二卷，附錄五卷（詳後），采用編年體例，詩文分編而先詩後文，至他集互見、可考訂之僞作、近人發見而尚待辨證者，均別置卷末，不入正集。全書共收錄杜詩 1 455 首，文賦 28 篇，共計 680 萬字，編爲 12 冊。概而言之，"杜注"具有以下幾個特點：

（一）歷程曲折，功德圓滿

1978 年初，人民文學出版社約請蕭滌非先生主編"杜注"，蕭先生遂在山東大學組建《杜甫全集》校注組，開始廣泛閱讀和搜集有關杜甫的研究資料。1979 年率領校注組諸同志先後到河南、陝西、四川、重慶、湖北、湖南等地，對杜甫的行踪遺迹進行了實地考察。之後，又先後三次分別去魯西、魯南、陝北、隴右、平江一帶進行了補充考察，加深了對杜詩的理解，並收集到不少重要資料，後撰成《訪古學詩萬里行》一書。1984 年 5 月，在杜甫故里召開了"杜注"樣稿討論會，對全書之體例規模等做了周詳審慎的討論。然而蕭先生於 1991 年 4 月 15 日因病去世，未及見到書稿的最終完成。後因種種原因，校注工作一度停滯。至 2009 年，山東大學又重新啓動杜甫全集校注工作，任命張忠綱先生爲全書終審統稿人。在山東大學與人民文學出版社的多方協調與大力支持下，校注組諸成員分工協作,全力以赴,又經過五年艱苦努力,終於 2014 年 1月由人民文學出版社出版面世。同年 10 月 15 日,張忠綱先生將"杜注"手稿捐贈國家圖書館,這項浩繁的學術工程至此最終畫上了一個圓滿的句號。

所謂"三代學人",第一代是蕭先生;第二代是廖仲安(北京師範學院)、鄭慶篤、焦裕銀、張忠綱、馮建國、王佩增、劉卓平、楊廣才、李華、朱寶清(李、朱屬北京師範學院);第三代是宋開玉、趙睿才、綦維、孫微。在這一艱苦卓絶的編撰過程中,有五人未睹此書而離世,副主編鄭慶篤先生説,其過程堪稱"悲壯"。

(二)體例全備,校勘謹嚴

"杜注"的編纂體例在同類著述中最爲完備周詳,卷前有《前言》《凡例》及《引用杜集評注本簡稱及方式》。其體例設計既體現了尊重前賢研究,博采約取,集古今大成,又體現當代學術需求的自覺意識。"杜注"的編年以楊倫《杜詩鏡銓》爲主,分五部分:題解、注釋、集評、備考和校記。文的編排打破舊注按體編次的成例,以賦及進賦表爲一卷,餘文一卷,均依年編次。並有附錄。其中"題解"部分説明寫作時間、地點、人事背景、內容要點。"注釋"部分是重點,包括釋詞、本事、典故、史實、輿地、詞語出處、句意詩旨,並兼及詩人遣詞造語之匠心。杜詩注本繁多,宋人已稱"千家注杜"。"杜注"力求兼采衆説之長,"去粗取精,去僞存真",從而闡釋詩旨、詩理。"集評"部分,依次列舉前人有關全詩或全文旨意、藝術技法、風格異同等具有參考價值之評論,以及有代表性之異解,可備一説者。"備考"部分,輯録涉及該篇作品之有關資料及異説別解,以爲研究杜詩之參考。"附録"部分,包括《杜甫年譜簡編》《傳記序跋選録》《諸家詠杜》《諸家論杜》《重要杜集評注本簡介》等,以便讀者參考。書末附有全書篇目索引,以篇目音序排列,頗便查檢。

"杜注"以存世最早的《宋本杜工部集》爲底本,校以十三種宋元刻本和一種明抄本,其中成都杜甫草堂博物館藏宋刻殘本、宋曾噩刊《九家注》本、山東博物館藏元刊黃鶴父子《千家注》本等,均爲罕傳難得之版本。又參校《太平御覽》《文苑英華》《樂府詩集》《永樂大典》等所收之杜集異文。關於這十四個校本,現在的媒體上說法不一,甚至有錯訛,現列於此,以正視聽。1.《宋本杜工部集》二十卷,補遺一卷,清初錢遵王述古堂影宋鈔本;2.《草堂先生杜工部詩集》殘存六卷,宋闕名編,南宋刻本;3.《新刊校定集注杜詩》三十六卷,宋郭知達編,宋刻本;4.《王狀元集百家注編年杜陵詩史》三十二卷,傳爲宋王十朋輯,貴池劉氏玉海堂影宋叢書本;5.《黃氏補千家集注杜工部詩史》三十六卷,宋黃希、黃鶴補注,宋刻本;6.《分門集注杜工部詩》二十五卷,宋闕名編,宋刻本;7.《門類增廣十注杜工部詩》二十卷,殘存六卷,宋闕名編,宋刻本;8.《杜工部草堂詩箋》五十卷(殘),宋蔡夢弼箋,宋刻本;9.《杜工部草堂詩箋》四十卷(殘),宋刻本;10.《杜工部草堂詩箋》五十卷(殘),宋刻本;11.《黄氏補千家注紀年杜工部詩史》三十六卷,《年譜辨疑》一卷,宋黃希、黃鶴補注,元刻本;12.《集千家注分類杜工部詩》二十五卷,文集二卷,年譜一卷,宋徐居仁編次,黃鶴補注,元刻本;13.《杜工部詩范德機批選》六卷,宋黃鶴補注,元范梈批選,元明間刻本;14.《新定杜工部古詩近體詩先後並解》五十卷(殘),宋趙次公注,明鈔本。總之,其底本與參校本的選定是審慎的、科學的。同時,選定"引用杜集評注本"120餘種,可謂博取。

由於"杜注"充分利用了存世的全部宋元杜集古本,體現了校注者在宋人基礎上努力還原杜甫作品本來面目的學術努力(按:美國著名漢學家宇文所安在其杜詩英文全譯本 The Poetry of Du Fu [《杜甫詩歌全譯》]中以爲,"杜注"選本的缺陷在重宋元而輕明清,應是沒有領會"杜注"校注者的用心。該書一譯作《杜甫詩》,詳見"域外編"有關部分)。"杜注"對杜集文本校勘之準確與異文之備存數量,遠超前人的所有工作。特別可貴的是,"杜注"於底本與參校本入選尺度嚴格,絕無好多寬濫之病,且儘量尊重底本,不輕易改字。如《登白馬潭》,明清杜詩注本多作《發白馬潭》,校注指出作“發”字於“宋元諸槧無徵”,應爲後人所改。但底本文字有疑者,則經詳確考證而改之。如《陪李北海宴歷下亭》云:“東藩駐皁蓋,北渚凌清河。”“清河”,《宋本杜工部集》卷一校語:“一作青荷。”此後注本多從“清河”,惟錢謙益從“青荷”。《錢注杜詩》卷一:“青荷對皁蓋,所謂‘圓荷想自昔’也。一作‘清河’,注云:指濟水也。或云當作‘清菏’,菏,濟別名也。不如從‘青荷’爲長。”錢注是對的,但未深究原委。舊注皆云“清河”即濟水,實欠考。清河,古河名,戰國時介於齊趙兩國間,源出今河南內黃南,下游不詳。而濟水稱爲清河,則始自杜佑《通典·州郡二》:“今東平、濟南、淄川、北海界中,有水流入於海,謂之清河,實菏澤、汶水合流,亦名濟河。蓋因舊名,非本濟水也。”清初精通地理、擅長考據的閻若璩“討論濟瀆,積至五載”,而他得出的結論是:“自漢至隋、唐,惟有濟水,杜佑始有清河之名。宋南渡後,始有大小清河之分。于欽《齊乘》以大清爲古濟水,而以小清爲劉豫所導,後人皆沿其説,其實非也。以《水經注》《元和志》《寰宇記》諸書考之,濟水最南,漯水在中,河水最北。今者小清所經自歷城以東如章丘、鄒平、長山、新城、高苑、博興、樂安諸縣,皆古濟水所行;而大清所經自歷城以上至東阿,固皆濟水故道,而自歷城東北如濟陽、齊東、青城諸縣,則皆古漯水所行;蒲臺以北則古河水所經。蓋唐宋時河行漯川,其後大清兼行河、漯二川,其小清所行則斷爲濟水故道也。”(《潛丘札記》)須知,閻若璩這段話是爲訂正《大清一統志》的謬誤而寫給皇帝看的,所以他在這段話前冠以“臣按”字樣,自然是十分慎重的,當是可信的。杜佑後於杜甫,《通典》書成之日,杜甫死已三十餘年,距杜甫寫此詩近六十年。新編《辭海》“清河”條亦云:“古濟水自巨野澤以下別名清水,宋後遂通稱清河,一名北清河。金元後又稱大清河,下游改道如今黄河。”這樣的話,杜甫那時更不會稱濟水爲"清河"了。舊注多從"清河",甚至有的説:"北渚即北海郡,清河乃濟河郡,北渚與清河蓋相近也。"更是大謬。杜詩常取首聯對仗。這首詩雖是古詩,但首二句對仗工整,"東藩"對"北渚","駐"對"凌","皂蓋"對"青荷",方位對,顔色對,至爲工巧。"東藩"即指北海郡,如果"北渚"又指北海郡,那豈不是重複嗎? 其實,這裏的"北渚"就是歷下亭所在的位置。"渚"爲水中高地,"凌"爲凌空、凌虛之"凌",歷下亭高踞水中,四周青荷環繞,景致絶佳,於是才引起下文所説的幽興。所以校注認爲:"清河",《宋本杜工部集》既説"一作青荷",必有所本,當從"青荷"爲是。此番考辨,可發千年之覆。而對歷下亭歷史演變的考證,亦發前人所未發。又如《諸將五首》之一"曾閃朱旗北斗閑"句,因涉及杜甫父諱,宋人多有考訂,該書據趙令畤《侯鯖録》卷七、胡仔《苕溪漁隱叢話》前集卷二〇引《蔡寬夫詩話》俱引薛向家藏五代本、張耒《明道雜志》引北宋王仲至家古寫本作"北斗殷",並參南宋周必大《二老堂詩話》謂宋初避諱改"殷"爲"閑"的考證,通過詳細考訂恢復了古本的原文"殷"字。書中類似的校勘成果極其豐富,這充分保證了全書的學術品質。

(三) 吸收新成果,駁正舊訛誤

吸收新成果,駁正舊訛誤,有助於杜詩的編年、闡釋所涉人名、史實的考辨。近三十年來,杜甫研究取得了長足的進展,可謂碩果累累,新見紛呈,特別是對杜甫詩文所涉人名、史實的考辨,更是杜集校注所應汲取的。"杜注"主要依據張忠綱先生主編《杜甫大辭典》(山東教育出版社2009年版)及新近重要發現,最大限度地吸收了杜甫研究的最新成果,特別是出土文獻的成果,糾正舊注訛誤,提高了箋注水平。如舊注以《所思》(題下原注:得台州鄭司户虔消息):"鄭老身仍竄,台州信所傳。爲農山澗曲,臥病海雲邊。世已疏儒素,人猶乞酒錢。徒勞望牛斗,無計斸龍泉。"題下原注:"得台州鄭司户虔消息。"楊注將此詩繫於上元二年(761)。以前學術界認爲鄭虔卒於廣德二年（764）。但據新發現的鄭虔外甥盧季長所撰《大唐故著作郎貶台州司户滎陽鄭府君（虔）并夫人琅琊王氏墓誌銘并序》云：“無何，狂寇憑陵（指安史之亂），二京失守，公奔竄不暇，遂陷身戎虜。初脅授兵部郎中，次國子司業。國家克復日，貶公台州司户。非其罪也，國之憲也。經一考，遘疾於台州官舍，終於官舍，享年六十有九，時乾元二年九月廿日也。”①詩云“台州信所傳”，是作於虔殁之前。詩又云“無計斸龍泉”，是又在華州棄官之後，當作於乾元二年（759）秋流寓秦州時。如根據新出土的《大唐故正議大夫行儀王傅上杜國奉明縣開國子賜紫金魚袋京兆韋府君（濟）墓誌銘并序》，重新考定了《奉寄河南韋尹丈人》《贈韋左丞丈濟》《奉贈韋左丞丈二十二韵》諸詩的編年，對杜甫受困長安時期的情況有了更準確的反映。又如舊注將《將赴荆南寄别李劍州》編在廣德二年（764）春閬州作，亦未考出“李劍州”爲誰，今據《舊唐書・杜鴻漸傳》《資治通鑑》等史籍考出李劍州即李昌夔，並指出此詩當作於大曆三年（768）正月，時杜甫在夔州尚未出峽；另如《石硯詩》：“平公今詩伯，秀發吾所羨。奉使三峽中，長嘯得石硯。”題下原注：“平侍御者。”平侍御，即平冽。仇兆鰲注：“黄鶴依梁氏編在雲安詩内，以詩有‘奉使三峽’句也。”此説非是。“杜注”據《唐御史臺精舍題名考》、《寶刻叢編》、《安禄山事迹》卷上、新舊《唐書・安禄山傳》及《安慶緒傳》、顔真卿《東方先生畫贊碑陰記》等文獻考出，平冽“奉使三峽”必在天寶中，舊注此詩編年均誤。再如杜甫最後漂泊湖南的詩作，前人一直相沿宋人的編次，將《入喬口》《銅官渚守風》《雙楓浦》《發潭州》等置於《宿花石戍》《次晚洲》諸詩之後，其實是將前後次序顛倒了，校注組根據實地踏勘的成果對相關諸詩的編次做了重新調整，澄清了千百年的沿襲

---

① 吳鋼主編《全唐文補遺・千唐志齋新藏專輯》，三秦出版社 2006年版。

之誤。這類依據最新研究和實地考察調整的篇目,約占全集的五分之一。

(四) 別擇精審,考按合理

宋人謂杜詩"無一字無來處",歷代注家大多廣徵遠引,務求博雅,有的甚至僞造箋注,如"僞王注"、"僞蘇注";有的則附會史實,務爲穿鑿。"杜注"在校注中參考了散存於國内外公私圖書館、博物館、高等學校和研究機構的重要杜集版本近 300 種,可謂盡集前賢精粹,然後刪削別裁,條次分明。注釋部分,力求"詞語明而詩義彰",於紛紜衆説,則去蕪存菁,然後以按語揭明己見,其存疑存異的内容則附入"備考"。由於秉持了"精審慎取,參酌己見"的注釋原則,使得"杜注"既能做到集大成,又能在守正中不斷出新。這一原則通貫全書,使得全書勝義叠出,精彩紛呈。集評、備考兩項,集歷代評議,備諸相左觀點,綱舉目張,幾乎全面網羅了千年來人們有關杜甫作品的各種意見,解決了古來杜注中各種未能妥善處理的諸多問題。如《聶耒陽以僕阻水》詩後於"備考"中附關於"狄相孫"、"方田驛"以及"飫死耒陽説"的討論;《回棹》後附"關於編年之異説";《江閣卧病走筆寄呈崔盧兩侍御》後附"江閣"、"崔盧二侍御"及"錦帶"的解釋;《長沙送李十一銜》後録洪邁、胡應麟有關李杜齊名的釋讀;《風疾舟中伏枕書懷三十六韵奉呈湖南親友》後附録"關於詩之編年"、"關於宗文之死"、"關於'公孫仍恃險,侯景未生擒'二句所指"三項備考。全書附録備考有數千例之多,將有關杜詩歷來爭議的主要觀點和證據都列舉出來,足資學者參考。

(五) 集古今之大成,開未來之起點

杜甫研究是宋以後很多學者關注的課題,成了唐代文學乃至中國古代文學研究的重鎮,至"杜注"集其大成。陳尚君説,由於校注組做過大量的文獻前期準備工作,"杜注"的體例設計、學術追求和文獻處理方面,都體現了尊重前賢研究,也體現了當代學術需求的自覺意識。基於此種理念,"杜注"對杜甫全部存世詩文都作了

題解、校勘、編年、注釋、集評、備考等幾項工作，都取得了相當高的水平。陳尚君譽此書爲“集古今之大成”的“杜甫研究的里程碑著作”，實不爲過。出版之後，一個個學術大獎的獲得便是明證。

2016 年 10 月 29 日，“杜注”榮獲第二届全球華人國學大典國學成果獎。《鳳凰網·鳳凰國學》在報道榮獲國學成果獎的 29 部著作時，惟獨對“杜注”做出如下評論：“煌煌 12 巨册、總計 680 萬字的《杜甫全集校注》一書，無可辯駁地獲得本届國學成果獎，這部書曾由著名古典文學大家蕭滌非先生主持編寫，蕭先生爲此窮盡十餘年精力。蕭滌非先生去世之後，張忠綱先生等繼續編撰完成此書，直到 20 多年後的 2014 年，全書方付梓出版，而此時，六位編撰成員（按：指六位主編和副主編）中，蕭滌非、焦裕銀和李華都已去世，堪稱數十年磨一劍的精品大作。”張忠綱先生在《獲獎感言》中滿含深情地説：“我們師生三代人接力，歷經 36 年而完成的 680 萬字的《杜甫全集校注》，榮獲國學成果獎。這是對我們這個集體獻身國學、尊崇杜甫的褒獎和鼓勵，我們倍感榮幸，而先師蕭滌非先生亦可含笑九泉矣。杜甫是偉大的詩人，是中華優秀傳統文化的典型代表，被尊爲‘詩聖’，奉爲‘世界文化名人’，我們爲他‘賣命’是值得的！我們這個集體爲杜甫嘔心瀝血，艱苦備嘗，歷經坎坷，當年年輕學子已成耄耋老翁，有五位同仁還爲他獻出了寶貴的生命。我們‘帶血的犧牲’，今天得到了肯定和褒獎，我們感到無比欣慰。我們定將繼續努力，爲重振國學，爲弘揚中華傳統文化而做出新的貢獻！”

此前，“杜注”已獲得山東省第三十次（2016 年 10 月）社會科學優秀成果特等獎並一等獎；此後，獲得第四届中國出版政府獎提名獎。特別需要指出的是，2017 年 6 月，“杜注”榮獲首届宋雲彬古籍整理獎，此乃古籍整理獎最高獎。6 月 16 日，首届宋雲彬古籍整理獎頒獎典禮在北京國家圖書館古籍館臨瓊樓舉行。北京大學教授、中央文史館館長袁行霈，人民文學出版社原社長管士光爲

"杜注"代表張忠綱先生頒獎。頒獎辭説："這是清代《錢注杜詩》《杜詩詳注》《杜詩鏡銓》之後,杜甫全集及研究成果的又一次深度整理和全面總結。歷經三十六個寒暑,蕭滌非先生、張忠綱教授兩代學人帶領的校注組,滿懷對杜詩赤誠的摯愛,歷盡曲折艱辛,依然堅持不懈,對'詩聖'杜甫的作品進行全面搜羅、嚴謹比勘、精細注釋和集評,是對集大成式詩人作品進行的集大成式整理。該書校勘審慎,注釋詳明,評論切當,就規模宏大和體例完備而言,均超越前人,標志着杜甫研究達到了一個新的高峰,堪稱當代集部整理的典範之作。"

與"杜注"形成呼應的是謝思煒《杜甫集校注》(簡稱"謝注"),由上海古籍出版社 2015 年 12 月出版。"謝注"本在底本選擇、校勘、編年、注釋、考證諸方面都取得了值得肯定的成就。其中,編年更趨精確,如將《塞蘆子》繫年從至德初改爲乾元二年,這是"謝注"汲取前人成果的結晶。所引文獻,盡可能依據第一手文獻,儘量不據他書轉引。如最早記載杜甫死於耒陽牛肉白酒的鄭處誨《明皇雜録》,原書已不傳,通行本爲清人補録,此段記載訛脱很多。謝注所録爲據《太平御覽》卷八六三所引,可見其用心。總之,"謝注"是綜括歷代注杜精華,融貫古今治杜創獲,並在繁複選擇後完成的一部杜集新注本,是一部值得信賴的注本。"謝注"與"杜注"可以互補、可以對讀。

第四章　臺港澳地區的杜甫研究

朱熹曾説：“舊學商量加邃密，新知培養轉深沉。”①這是我們評論這一時期臺港澳地區杜甫研究成果的理論注腳，因爲三地有關杜詩學的“舊學”與“新知”做得都很好。如臺灣地區，在老一代、中生代、新生代學人的共同努力下，杜甫研究成果呈現量多、質高、精細、多樣的特點。文獻資料整理、杜甫詩學思想研究、杜甫生平行迹研究、杜詩區域或現地研究等等，都取得豐碩成果。港澳地區則重視杜詩的普及工作。

第一節　臺灣地區的杜甫研究（上）

據陳友冰的歸納，這個時期臺灣地區的唐詩研究，大體可分爲三代學人五個時期，可謂梯隊健全，力量雄厚。老一代（草創期）：二十世紀五十年代來臺的老一輩學人。中生代：老一代學人的弟子及再傳弟子，它可分爲兩個時期：前期（承續期）：老一代學人弟子，時間跨度爲六十年代；後期（新變期）：第二代學人及其弟子，時間跨度爲七十年代至八十年代中期。新生代：八十年代末和九

---

① 朱熹《鵝湖寺和陸子壽》詩：“德義風流夙所欽，别離三載更關心。偶扶藜杖出寒谷，又枉籃輿度遠岑。舊學商量加邃密，新知培養轉深沉。却愁説到無言處，不信人間有古今。”（郭齊、尹波點校《朱熹集》卷四，四川教育出版社1996年版，第185頁）

十年代初開始活躍於唐詩研究領域的學者群,它亦可分爲前後兩個時期:前期(融匯期):以第二代學人弟子爲骨幹,年齡段爲四十多歲,時間跨度爲八十年代末至九十年代前期;後期(多變期):第二代學人再傳弟子爲主,年齡段爲三十多歲,時間跨度爲九十年代中後期①。我們以爲,其中的杜甫研究應是與之同步的,杜甫研究學者應是其中重要力量。

還有一個值得注意的學術事件是,臺灣學者 1984 年 8 月 8 日成立"唐代研究聯誼會",1989 年 12 月 10 日成立"中國唐代學會"。其會刊從 1990 年創刊,每年一期。會刊開闢專欄,介紹海內外各地唐代文學、史學、敦煌學的研究近況,組織相關學術活動。

從他們的研究成果看,這時期臺灣地區的杜甫研究,明確呈現出如下特點:一是量多,二是質高,三是精細,四是多樣。進一步説有以下幾類:

一、杜詩文獻資料整理與綜合研究

(一) 文獻資料之整理

臺灣學術界一直注重文獻資料的整理與研究,作爲顯學的杜甫研究尤其受到重視。我們根據已出版的有關著作與學位論文(部分學位論文雖未版,也在此評述之列),作一梳理。

區靜飛《杜甫詠懷古迹五首集説》,此爲臺灣中國文化學院中文研究所 1974 年碩士論文。全書以搜輯杜甫《詠懷古迹五首》之集説爲主,共輯録各種詮釋杜詩版本三十餘種,按出版年代之先後,分章集解,並作"按語"於後,以闡釋意義或説明閱讀心得,可供後學者參考名家之異同。其結構是:以"分章集説"爲主體,輔以"章法及大旨"、"解題"、"編年"、"參考書目"幾部分,文前還有

①　詳參陳友冰《海峽兩岸唐代文學研究史》,"中研院"中國文哲研究所 2001 年版,第 251 頁。

"序言"和"凡例"。

　　黃永武主編《杜詩叢刊》①，是澤被學界的極有學術價值的叢書。該叢書影印歷代杜詩箋釋評注本凡三十五種，多爲罕見之孤本、稿本、珍本、善本，實爲杜詩研究者所需的重要資料。其中有《九家集注杜詩》《集千家注批點補遺杜工部集》《集千家注分類杜工部詩》《分門集注杜工部詩》《杜工部詩范德機批選》《杜律演義》《杜律虞注》《杜律趙注》《刻少陵先生詩分類集注》《讀杜詩愚得》《杜詩分類》《杜工部詩通》《杜詩選》《杜律五言補注》《杜律頗解》《唱經堂杜詩解》《唐李杜詩集》《批點杜工部七言律》《杜律意箋》《杜律集解》《杜詩擴》《錢牧齋先生箋注杜詩》《纂注杜詩澤風堂批解》《杜詩箋》《杜詩闡》《杜詩論文》《讀書堂杜詩注解》《杜詩五古選録》《杜詩集評》《杜詩提要》《讀杜心解》《朱雪鴻批杜詩》《杜律分韵》《杜律詳解》《歲寒堂讀杜》等。另外此書所附之《杜甫詩集四十種索引》（包括增加的《宋本杜工部集》《草堂詩箋》《杜臆》《杜詩詳注》《杜詩鏡銓》五種），以表格形式排列詩題，及各本之頁碼，甚便查檢。

　　李辰冬《杜甫作品繫年》②，是臺灣較早出版的杜詩繫年的著作。全書旨在運用前人論杜、注杜、評杜之資料，爲杜詩作繫年工作，並爲方便讀者檢閱，每題之下附上《杜詩鏡銓》（簡稱鏡）、仇兆鰲《杜少陵集詳注》（簡稱仇）之頁數，以便查對原詩。繫年作品始自唐肅宗至德元載丙申（756 年，杜甫 45 歲），其下將每一首詩之時地標示出來，止於唐代宗大曆四年己酉（769）春，杜甫五十八歲赴長沙途中，凡十四年的詩歌作品一一繫年，計詩 1 044 首，文 11 篇。

　　較爲後出的是蔡志超《杜詩繫年考論》③。該書分"緒論"與

①　黃永武主編《杜詩叢刊》，臺灣大通書局 1974 年版。
②　李辰冬《杜甫作品繫年》，東大圖書公司 1977 年版。
③　蔡志超《杜詩繫年考論》，萬卷樓圖書股份有限公司 2012 年版。

"繫年考論"兩大部分,最後是"結論",含《杜甫年譜簡表》,考辨極爲細緻。前者又分:一、研究對象、動機與目的,二、學術脉絡——杜詩繫年的五種表現形式:分體編年、少陵詩譜、行止注語、編年目錄、題下繫年,三、杜詩繫年、年譜與解讀,四、研究方法,即以"考論"作爲作品繫年的新的研究方法。後者即正文部分,依次是:開元年間 2 首、天寶年間 20 首、至德年間 30 題 36 首、乾元年間 82 題 117 首、上元年間 24 題 25 首、寶應年間 26 題 28 首、廣德年間 94 題 108 首、永泰年間 16 題 23 首、大曆年間 175 題 250 首,都標有頁碼,便於檢索。該文以考證論述作爲研究方法,嘗試考論杜甫詩歌繫年,略及詩歌創作地點,並依創作之年月地點編排杜詩,考訂糾謬;藉由杜詩時地的約略排續,鈎稽杜甫生平重要之行迹,從而編次杜甫年表。該書吸收新的研究成果,考論有理有據,實屬難得。

　　蔡志超一直致力於杜甫詩學和年譜的考察,除了《杜詩繫年考論》,尚著有《宋代杜甫年譜五種校注》(簡稱"校注")①、《詩聖——杜詩詮釋新論》(簡稱"新論")②、《杜甫:從詩史到詩聖》(簡稱"杜甫")③、《杜詩舊注考據補證》(簡稱"補證")④、《杜律五言補注校注》(簡稱"補校")⑤。現逐一簡述。"校注"乃是整理吕大防《杜詩年譜》、趙子櫟《杜工部年譜》、蔡興宗《杜工部年譜》、魯訔《杜工部詩年譜》、黄鶴《杜工部詩年譜》五種杜甫年譜,五譜作者全是宋人。以《宋本杜工部集》爲底本,校訂了文字和比較版本的異同。五譜較爲重要的一個特點是,將杜甫個人遭際與生活細節聯繫起來,便於後世研究者能够據之將詩人及其作品編次。這

有點像孟子"知人論世"的意思,編訂年譜是這種觀念的體現,讀者可以根據年譜來溯解杜甫的創作心態。"新論"則是將孟子所說的"知人論世"、"以意逆志"與"詩聖"、"溫柔敦厚"等傳統觀念加以整合,依照"知人論世"和"以意逆志"的方法,分別導引出基於事實和生平的"本事解讀法",以及重視讀者將心比心的"逆測解讀法"。這種"逆測解讀法"可以很好解讀"詩聖"的方博的内涵——兼具道德人格和藝術成就。"杜甫"系統探討了杜甫從"詩史"逐漸提升到"詩聖"的過程,不是兩相孤立存在的。"補證"以趙次公、黃希黃鶴父子、錢謙益、朱鶴齡、仇兆鰲與史炳的杜注爲考察對象,討論注家對舊注如"百家注"、"分門集注"、"千家注"等書中錯誤的見解,亦指出了黃鶴、錢謙益、朱鶴齡等重要注家注杜的得與失:豐富據詩編年的同時出現僞托古人、僞造故事、穿鑿附會的現象,這是後世研杜者應當正視的。"補校"是根據萬曆四十二年新安汪文英刊本,整理汪瑗增補元代趙汸《杜律趙注》的結果。此書沿襲趙注,重視章、句、字法的注杜特色。

下面兩篇學位論文也重文獻資料性。黃書益《〈杜詩鏡銓〉引正史考》,臺灣玄奘大學中文系 2003 年度碩士學位論文。以《杜詩鏡銓》徵引正史作爲研究範疇,其内容有引《史記》、《漢書》、《後漢書》、《三國志》、《晋書》、南北朝史、《隋書》、《舊唐書》、《新唐書》等,歸納整理杜詩運用正史範圍之深度廣度,得窺正史對杜詩的影響,考辨類型整理、分析偏多偏少之原因。

張艾茹《詩歌聲律之信息化探索:以杜甫五律爲試驗》,東吳大學中文系 2005 年度碩士學位論文。由杜甫五律詩聲律資料庫之建立,得出研究結果:一、古人詩歌聲律可藉電腦精確信息化;二、近體詩和聲律分析,包括粘對法則、四聲遞用、用韻現象皆可透過規則庫之建立,達到分析各種作品的聲律問題。

（二）綜合研究

杜甫綜合研究的成果涉及多方面,或側重"詩史研究",或側重

"生平研究"，或側重"詩學研究"，或側重"詩學淵源研究"，或側重
"杜詩學研究"，學術價值很高。

　　李道顯《杜甫詩史研究》①，此爲臺灣文化大學歷史研究所
1973 年博士論文。全書從"詩史"視域論杜詩歷史價值，分作上、
中、下三篇。上篇爲導論，據孟子"知人論世"以考索杜甫生平、時
代、作品。中篇爲"詩史"研究，爲全書論述重心所在，以杜甫生命
歷程分期論述，將杜詩分成十六期：天寶十四載前之作品、天寶十
五載作品、至德二載作品、乾元元年作品、乾元二年作品、上元元年
作品、上元二年作品、寶應元年作品、廣德元年作品、廣德二年作
品、永泰元年作品、大曆元年作品、大曆二年作品、大曆三年作品、
大曆四年作品、大曆五年作品等，共選收杜詩 417 首。下篇爲結
論，總論杜甫詩史之歷史價值、詩史所反映的時代形象、杜甫思想
及其言行、杜詩造詣及其影響。歸結所論，杜詩之歷史價值有三：
一、可與史事相參證，二、可補史書之闕，三、可糾正史書之誤。

　　胡豈凡《杜甫生平及其詩學研究》②，全書從"其人"、"詩學"兩
視域入手，共分十章論述。第一章論杜甫身世，第二章至第十章，從
杜詩中檢索分類出寄望、忠愛、諷世、離亂、遣懷、遊旅、題書畫、好義、
永生等九種不同的主題，先列出原詩，再作"題解"以釋詩題，再作
"譯述"以闡發該詩的旨趣與章法。書前有《從韵文中論詩學梗概》
一文，説明詩學的發生與發展、詩與生活的關係，以及詩的體例與欣
賞，並論詩的聲韵與平仄調配的體式、寫作要領等，最後指出，昌明詩
教可以涵泳泱泱大度的民族性及敦厚儒雅的性情，以光大歷史文化。

　　陳瑶璣《杜工部生平及其詩學淵源和特質》③，既研究杜甫的生

---

①　李道顯《杜甫詩史研究》，華岡出版部 1973 年版。

②　胡豈凡《杜甫生平及其詩學研究》，文史哲出版社 1978 年版。

③　陳瑶璣《杜工部生平及其詩學淵源和特質》，弘道文化事業有限公司
1980 年版。

平,又研究他的詩學淵源和特質,並挖掘生平與詩學淵源、特質的關係,共八章:第一章,家學淵源。論其遠祖杜預及祖父杜審言對其詩歌之影響。第二章,師友淵源。論杜甫與李白、岑參、高適、王維、元結五人之詩歌交往情形。第三章,杜甫詩學的造詣。歸納出力學致用、仿古鑠今、精煉創作三種成就。第四章,杜詩特質的地理因素考。從杜甫平生遊踪論其與各地理之關涉,包括少壯期的生活環境、長安地區、秦州地區、成都地區、夔州地區、湘潭地區等六處。第五章,杜詩特質的時代因素考。從社會時代背景考索詩歌特質,分別從寫實詩的詩史特質、道德思想、政治思想、藝術思想等方面探勘其特質,再歸結杜詩内容的特質具有真切性、含蓄性、雄渾性、情誼性等,具有陽剛和陰柔之氣概與神韻。第六章,關於杜詩體式的類別與修辭。分別討論杜詩之文化背景、杜詩類別與統計、修辭技巧、屢用韵等項,從形式討論杜詩之特質。第七章,杜甫對後世的貢獻。論杜詩對我國後世文學之影響及對日本古典文學之影響。第八章,結論。從内容分類則含有道德、歷史、地理、財經、政治、藝術等六類;從特質言之,内容具有真切、含蓄、雄渾、自然、剛柔美五項,從體式言之,則結構細密、層次井然、用字穩恰、對仗精巧、句法高妙、用韵新穎,且新創之處甚多,故益爲清新。並且指出杜甫不特在詩歌能獨步千古、雄視百代,繼以忠貞愛國之赤忱,與救世憫民之情懷,老而彌篤、貧且益堅的志節與精神,故能爲後世所推崇。

簡明勇《杜甫・杜詩・杜詩學》①,全書分杜甫、杜詩、杜詩學三篇論述。第一篇,論杜甫其人。從生平、家庭、交遊、情感四部分入手。論生平,按年編次,並以詩文佐證。論交遊,取情誼篤厚、過從頻繁者十五人詳加介紹,先列小傳,再述交遊情形,末附相關詩篇。第二篇,論杜詩。將杜詩全部繫年,以瞭解杜甫一生行事及變

①　簡明勇《杜甫・杜詩・杜詩學》,文史哲出版社1983年版。

化,書後附繫年詩題筆劃索引,以供參考;其次,將杜詩地名,一一
考證,並附地名筆劃索引及檢索地圖所在位置;杜詩鑒賞部分,其
內容方面包括思想、情感、道德、意境、真實、風格等;其形式方面包
括字法、詞法、句法、章法、篇法、聲韻、用典、筆法等,進行系統而全
面的鑒賞,並能配合現代科技,以得到聲色俱佳的感受。第三篇,
杜詩學的研究。先總述唐、宋、元、明、清、民國各朝代研究杜詩的
概況與特色,其次評介四十七位對杜詩研究有突出貢獻的專家及
其成果,並彙編杜詩收藏、目錄表等。除本國之研究成果外,亦將
國外杜詩學納入,有日本、韓國、歐美杜詩學,是一本搜輯詳盡之杜
詩研究著作。

　　簡明勇《杜甫詩研究》①,是上一著作的補充、深化、系統化,因
而是部綜合性研究著作,共分三篇。第一篇,杜甫。探討杜甫生
平、家庭、交遊、情感、思想以及飲酒習慣、疾病情況。第二篇,杜
詩。探討杜詩之創作、杜詩繫年、杜詩地理、杜詩鑒賞。第三篇,杜
詩學。以時代爲序,概述了唐、宋、元、明、清及民國以來之杜詩學,
介紹歷代杜詩研究情況,羅列杜詩研究著作以及各種文獻收藏情
況,特別是臺灣各圖書館珍藏善本與各出版社出版物的情形,以及
杜甫年譜、杜詩索引情況,還介紹了日、韓、歐美杜詩學情況。書前
有自序,書後附錄"杜詩繫年索引"、"杜甫行程圖索引"。資料豐
富,論述全面,頗見功力,很有工具性。

二、詩學語言、詩學思想、詩學批評研究

(一) 詩學語言研究

　　杜甫詩學語言研究,包括了用韻、虛詞、語言風格、語法風格等
方面。

　　王三慶《杜甫詩韻考》,此爲臺灣師範大學國文研究所 1972 年

―――――――――

① 簡明勇《杜甫詩研究》,學海出版社 1984 年版。

碩士論文,該所 1973 年印行。以宋本《杜工部集》爲底本,參以錢謙益《箋注杜詩》及仇兆鰲《杜詩詳注》等,對杜甫各體詩的詩韵,分四章進行了分析論述。第一章,緒論。説明撰作之初衷,旨在窺探隋唐用韵之實例。第二章,韵例。分作兩部分論述,第一節五言古體詩韵例,説明"不換韵五言古體詩韵例"、"換韵五言古體詩韵例"的規則性;第二節七言古體詩韵例,亦從"不換韵七言古體詩韵例"、"換韵七言古體詩韵例"來説明杜詩用韵的規則性。第三章,韵譜。羅列"近體詩韵譜"及"古體詩韵譜"二體例,以明杜詩用韵情形。第四章,結論。歸結杜詩韵例之論定、杜詩詩韵部"分合"之論定及詩韵用字與《廣韵》之比較;並隨文附上《近體詩韵譜表》《古體詩韵譜表》《杜詩韵部與〈廣韵〉比較圖表》三表,供取鏡參校之用。

朱梅韶《杜甫七律詩句中"虚詞"運用之探究》,此爲臺灣淡江大學中國文學研究所 1993 年碩士論文。全文探察杜甫七律中的"虚詞"運用。第一章先説明七律在杜詩中的地位,再藉由語法的理論架構與實際修辭運用,分析杜甫運用虚詞的現象之研究方法與目的。第二章定義篇,説明虚詞的定義、特性、範圍及作用。第三章分析篇,以綜合歸納法分析統計杜甫七律使用虚字情況及語法現象。第四章運用篇,分析杜甫七律運用虚詞之修辭技巧及句式變化的技巧。第五章評價篇,考察宋代以後至近代對杜詩虚詞的評價。第六章,總結前論。

吴梅芬《杜甫晚年七律作品語言風格之研究》,此爲臺灣成功大學歷史語言研究所 1993 年碩士論文。全文以"語言風格學"理論,爬梳杜甫晚年七律。共分五章論述:緒論説明研究動機及研究範圍,並界定"語言風格"之意義。第二章討論杜詩的聲韵風格,論述杜甫如何安排組織詩歌之聲律。第三章杜詩的詞彙風格,論述杜甫選用詩歌詞彙的特色。第四章杜詩的語法風格,分析杜甫如何在語序、節奏、句法上跨越自然語言的常規。第五章結論則綜合闡述杜甫詩歌語言風格的形成。

　　周能昌《杜甫七律的語法風格》,此爲臺灣中正大學中國文學系 2001 年碩士論文。全文從語言風格學的視域來論述杜甫的七律。共有五章,首章先確立研究方法、步驟及語言風格學批評的價值,以確定從語言風格學切入杜律研究之學術價值。第二章從詩歌格律與詩家個人語言表現之間的互動關係,提出詩歌格律最重要四項:協韵、平仄、對仗、半逗進行正反之申論。第三章分析杜甫七律語法風格的詞彙風格,從構詞類型、色彩詞、口語、俗字四項進行論述。第四章從杜甫七律的句法風格着手,論述三字嵌、走樣句、假平行三種句法風格,並分類舉例細説。其中"三字嵌"從名詞類別、詞中位置、句法功能論述;"走樣句"則從"移位"、"省略"論述;"假平行"則分別討論詞義、詞性、構詞、句法之假平行的關係,並以簡圖明示。第五章結論則綜合歸納杜甫七律語法之概況,提供給後學多元的研究方向。

　　(二)詩學思想研究

　　杜甫詩學思想研究,與下一部分"詩學批評研究"有交叉,爲了論述的方便分爲兩部分。

　　楊松年《杜甫〈戲爲六絶句〉研究》①,此書旨在探討杜甫《戲爲六絶句》對後世論詩絶句形式的影響,而不重在杜甫詩觀的呈現。該組詩開創了以絶句論詩的體例,其後的元好問《論詩絶句三十首》即沿其波,繼續發展。全書共十一章:第一章説明研究論詩絶句如《戲爲六絶句》可能面對的問題。第二章分析寫作《戲爲六絶句》的動機,並解釋各絶句中的字句問題。第三章論析《戲爲六絶句》及杜甫其他有關詩篇批評前代詩人的情況。第四章説明《戲爲六絶句》對後代論詩絶句的影響。第五章至第十章則分析後代論詩絶句用杜甫《戲爲六絶句》中各詩句字的情況,具體説明《戲爲六

———————

　　①　楊松年《杜甫〈戲爲六絶句〉研究》,文史哲出版社 1995 年版。

絕句》對後代同類作品影響情形。結論説明杜甫《戲爲六絕句》在中國文學批評史上的地位,確定其對後世之重大影響,使論詩絕句成爲重要的文學批評形式。

陳淑彬《重讀杜甫——修辭藝術與美學銘刻》①,以修辭學的角度,對杜詩之語言技巧作整體性之美學探究,透過理論與實例分析,勾勒出杜詩美學技巧及藝術性。分九章進行論述:第一章,楔子。論析研究動機與方法。第二章,繆斯之途與詩學造詣。寫杜詩之才、氣、學、習四項廣涵天地、雄視百代、縱貫古今、深及文情。第三章,藝術符碼的演繹構圖。寫杜詩修辭格:複叠、排比、對偶、鑲嵌、倒裝、錯綜、頂真、層遞八項。第四章,詩與言的隱喻模擬。寫飛白、借代、轉品、比擬、仿擬、感嘆等六項修辭格。第五章,靜閟中的閱讀策略。分析藏詞、引用、雙關、譬喻、象徵、倒反、婉曲七項修辭格。第六章,意與境的展演與實踐。論析映襯、設問、摹寫、示現、誇飾、呼告六項修辭格。第七章,零度風景。修辭關學啓示録,研析叠字、對偶、倒裝、飛白、比擬、引用、譬喻、象徵、婉曲、摹寫等十項修辭格之作用、性質及其美感效能。第八章,文本的騷動。修辭風格再現,論述杜詩風格有清新俊逸、穠麗絢爛、雄渾健峻、幽閒淡雅、簡疏高古、沉鬱頓挫六種體勢不一的風格。第九章,結論。總結杜詩集大成之成就。

李百容《杜甫題畫詩之審美觀研究》②,是選取杜甫的題畫詩來專論其審美觀的。全書分六章,第一章"緒論",從詩畫關係談起,分析杜甫於題畫詩的歷史地位及影響,架構杜甫審美心理及審美評價的關係,探究杜甫對繪畫美學的繼承與開創,整理杜甫於詩畫互通的實踐及影響,叙及該文的研究動機和方法。第二章"杜甫題

---

① 陳淑彬《重讀杜甫——修辭藝術與美學銘刻》,文津出版社 2001 年版。

② 李百容《杜甫題畫詩之審美觀研究》,花木蘭文化出版社 2012 年版。

畫詩審美觀之成因”，第三章“杜甫題畫詩審美觀之象喻”，第四章“杜甫題畫詩審美觀之內容”，第五章“杜甫題畫詩審美觀之爭議”。第六章“結論”，歸納杜甫題畫詩審美觀主要研究成果：一、擴充延伸了“傳神”審美觀的內涵；二、强調畫家創作之“意匠經營”（“立意”）；三、引發崇“骨”尚“肉”之審美思辨；四、詩人論畫，詩（文）論影響畫論；五、由其象喻見出杜甫題畫詩體制脱離六朝詠物詩的格局；六、以杜甫題畫詩補證了杜詩三教融合及其性格之狂介兀立，生命依違於仕隱矛盾的痕迹。

正如該書“提要”所説，該書以“杜甫題畫詩”爲研究題材，以其“審美觀”爲研究範疇，分析杜甫題畫詩審美觀的成因、象喻、內容、爭議，來綜觀杜甫與畫家交流，與其融合詩論畫論以品評畫作的詩畫融合現象，並有層次地展示研究主題的詩畫交流現象，以見出杜甫題畫詩的審美觀之獨特之處。這一研究很有成效，頗有見地，富有啓發性。

（三）詩學批評研究

臺灣的古代文學研究，特別是對經典作家的研究，一方面重視文獻資料，一方面注重西方文論。如陳麗鈴《安東尼·馬恰洛與杜甫詩中對景物詮釋之概述》，就是比較文學的成功嘗試。此爲臺灣輔仁大學西班牙語文研究所 1986 年碩士論文。全文從比較的視角，分析西班牙“98 一代”代表作家之一的安東尼·馬恰洛（即安東尼奥·馬查多 Antonio Machado, 1875—1939）和中國唐代社會寫實詩派代表杜甫對大自然景物詮釋之異同。正文分作兩部分進行論述，第一部分就二位詩人之時代背景、生平、詩歌主要題材及風格作簡略介紹。第二部分就畫、夜、黃昏、太陽、星星、雲、霧、雪等自然現象分析，指出二位詩人在詩中呈現不同景色，因爲家庭、環境因素、時代背景而有不同，對於景物除有個人不同的領略與感受外，在技巧及表現手法上更有顯著之差異。二人均力求探討“景物之髓”，並期能達致“物我欣然”之境界，但是相對而言，杜甫較多表現寫實和具體之叙述,而安東尼・馬恰洛除了表現"擬人化手法",同時也着重抽象表達,涵蓋哲理意味於其中,可謂是位"象徵派"的詩人。

張夢機《讀杜新箋:〈律髓〉批杜詮評》①,側重古文論。全書以詮評元代方回所著《瀛奎律髓》爲主,輔以紀昀之評點。《瀛奎律髓》依類分卷,凡四十九類,共選唐宋五七言律詩三千餘首,方回在每詩之後,皆有批注,輯佚校勘之功,甚有價值。有清一代對此書加以批點者有馮班、查慎行、紀昀、吳汝綸、沈廷芳、趙熙等七家,尤以紀昀批點彌足珍貴,故以方回及紀昀所評爲主。《瀛奎律髓》選唐代詩人 168 家,杜甫作品選録最多,計 216 首,幾占五分之一,且方氏於所選杜詩幾乎皆有批注,推崇備至。紀昀重批《律髓》,對該書所選杜詩及方回原批,時有褒彈。二説互參,功效尤宏。全書分爲二篇,上篇先論杜詩價值及影響、《瀛奎律髓》之詩觀及紀批《瀛奎律髓》的論旨。下篇再分類詮評二家批杜之説,凡分爲登覽、朝省、風土、春日、夏日、秋日、晨朝、暮夜、節序、晴雨、酒類、梅花、雪類、月、閒適、送别、拗字、變體、著題、陵廟、旅況、忠憤、消遣、遷謫、疾病、釋梵凡二十六種。最後歸結紀昀批杜時,往往好根據主觀印象,用一二句會心之言加以評斷,以今日觀之,即有不足。涵養對詩的悟性及汲取新知,運用新的批評方法,是今日批評或鑒賞古典詩的正確途徑。

徐國能《清代詩論與杜詩批評——以神韵、格調、肌理、性靈爲論述中心》②,是以神韵、格調、肌理、性靈四説爲論述中心,探討清代詩論與杜詩批評的關係。全書分六章,第一章序論:杜詩學的歷

①　張夢機《讀杜新箋:〈律髓〉批杜詮評》,漢光文化事業公司 1986 年版。

②　徐國能《清代詩論與杜詩批評——以神韵、格調、肌理、性靈爲論述中心》,花木蘭文化出版社 2009 年版。

程與旨趣、清代杜詩學概説。第二章王士禎神韵説杜詩批評析辨：
"攻杜"的詩學思想與批評史意義、王士禎與他的杜詩批評、王士禎
評杜實況、王士禎杜詩批評的詩學意義。第三章沈德潛及格調派
的杜詩學：沈德潛"格調説"的詩學主張、沈德潛的杜詩學、其他格
調論者的杜詩學、格調派杜詩學的得失。第四章翁方綱肌理説的
論杜批評——兼論厲鶚之杜詩學：厲鶚的"宋調"與杜詩批評、翁
方綱對杜詩的認識、《杜詩附記》的背景與内涵、翁方綱杜詩學的意
義與價值。第五章袁枚性靈説論杜探究：袁枚與性靈説、袁枚的杜
詩學、趙翼與蔣士銓的杜詩學。第六章結論。該書透過清代詩學
觀下的杜詩批評,審觀杜詩參與詩學理論建構的歷程,以及詩家以
杜詩爲平臺相互交流的批評樣態。該書不僅重省杜詩的經典意
義,而且呈現了過去爲論者所忽略的批評資料,並從諸家論杜的系
統中,再次體會清代四大詩論的内涵與得失。

　　李新《宋代杜詩藝術批評研究》①(按：李新乃河北人,因書出
在新北市,故列於此),此爲作者的博士學位論文,分九章,另有引
言、結語。第一章宋人杜詩體裁藝術論,分古體、近體、拗律三論。
第二章宋人杜詩章法句法論,分"詩眼"與"響字"、實字與虛字、叠
字與俗字三節。第四章宋人杜詩對仗論,分三節：借對,流水對、當
句對、扇對,輕重對、偏枯對。第五章宋人杜詩用典論,分析宋人重
用典的時代文化背景,又有事典論、語典論、活用典故論、用典悖
論。第七章宋人杜詩藝術淵源論,分"集大成"説、"憲章漢魏,取材
六朝"、"貴古厚今,取法同代"三節。第八章宋人學杜論,分學杜概
説、學杜方式論、集句詩與隱括詞三節。第九章宋人杜詩藝術成就
論,分"詩聖"説、藝術成就比較論二節。該書詳盡占有文獻資料,
學術視野開闊,對宋代杜詩藝術批評的研究具有全面的總結性和
開拓性。

---

①　李新《宋代杜詩藝術批評研究》,花木蘭文化出版社 2012 年版。

三、比較研究

（一）李杜比較研究

此類論著甚多。李杜比較、李杜優劣是一個説不盡的話題，甚至已成公案。如周紹賢《論李杜詩》①，此書將李白、杜甫詩歌合論，共分七部分進行闡發：唐詩之興盛、李白之生平、杜甫之生平、李杜合論、詩仙與詩史、李杜詩之比較、結論。其中，“李杜合論”論二人生平際遇遭逢，指出太白爲曠達之士，故詩無子美之沉鬱；遊俠好仙，故愛與道人方士往來。而子美褊性合幽棲，故好與田夫野老相親狎。二人思想性格不同，顯然可見。“李杜詩之比較”，歸結出杜詩爲醇儒思想，李白爲儒道兼綜，杜好述民生疾苦，李好吟沙場敵愾，杜好述鄉村日常生活，李好吟方外烟霞之趣。結論則匯輯詩史上尊杜抑李、尊李抑杜、李杜並尊諸説，最後説明各人所好，趣味不同，故未易作李杜優劣之評騭。

吴天任《中國兩大詩聖：李白與杜甫》②，於兩大詩人先作分别傳記，用系統的方法分析其作品的特質，然後合論兩家關係。全書分六章：一、引言。説明該書撰寫旨趣，合論李杜，試圖理清二人詩風及考辨二人年籍生卒問題，澄清異説。二、李白。述其生平、詩風特質、題材、思想及辯證李白籍貫、死因、年歲、脅從永王事、譏杜飯顆山詩、史書之誤等，最後述其詩集刊刻流傳情形。三、杜甫。亦簡述生平，並説明其詩風特質、詩學與抱負、立朝與交友、死因辯誣、詩集流傳概況。四、李杜交遊。説明二人交遊經過及相關詩篇輯録。以爲天寶三載孟夏，二人在洛陽相識，至汴州又遇高適；暮秋，又在兖州同遊，成詩壇美談。五、論詩旨趣。分别論述李白的復古之意與杜甫“轉益多師”、集大成之貢獻。六、詩風比較。以

---

① 周紹賢《論李杜詩》，臺灣中華書局 1975 年版。
② 吴天任《中國兩大詩聖：李白與杜甫》，藝文印書館 1972 年版。

"李杜二公,正不當優劣"來説明彼此詩風嗜尚及發展成就不同。此書内容廣泛,文字簡潔,於前人舊説,多所辨正。

　　曹樹銘《李白與杜甫交往相關之詩》①,該書以李白、杜甫締交相關詩歌爲基礎,分四部分進行論述。導論部分,先言李杜締交之經過,由《寄李十二白二十韻》可知,李杜初遇於李白自長安放還後往東都時,並在同遊梁宋之前,時爲天寶三載秋。第一章,以李集内與杜甫交往的詩《魯郡東石門送杜二甫》《沙丘城下寄杜甫》,談李對杜的真摯情誼。第二章,以杜集内三類有關李白的詩,即與李白交往詩九題十首、他詩明提李白者五首、未提李白之名而含其在内者三首,綜合分析李杜的兄弟之情、志同道合,肯定李詩成就與李之才華,深惜李的有志不遂。第三章,由杜甫對屈原、賈誼、宋玉的態度以及李杜看法同異問題,指出杜詩涉及屈、賈、宋等人,多是借喻性用典,非有貶抑態度,以駁證前人之説。

　　簡恩定《李杜詩中的生命情調》②,該書以賞析的方式剖析李白、杜甫詩歌中的生命情調,共分四部分: 一、導讀——歡迎進入李白與杜甫的心靈世界;二、騎白鶴——李白詩中的生命情調;三、觀海潮——杜甫詩中的生命情調;四、開鋒與藏鋒——李杜詩的現代意義。二、三部分是全書的重心,其編排體例是在選詩剖析之前,先簡述李杜二人生平,再選詩例,次注解,最後説明賞析。對於李杜二人之現代意義,作者提出李白詩飛揚跋扈,如一把開鋒寶劍,光彩奪目,鋭氣逼人。杜甫詩則沉鬱頓挫,如一把藏鋒寶劍,質樸渾厚,含氣未發。讀李白詩,要效法其開鋒鋭氣,不流於莽撞。讀杜甫詩,要體會其藏鋒蓄勢,以應付瞬息萬變的環境。並以此爲戒,説明寶劍要開鋒,慎選出鞘時間,得看個人智慧。

---

① 曹樹銘《李白與杜甫交往相關之詩》,臺灣商務印書館 1966 年版。
② 簡恩定《李杜詩中的生命情調》,臺灣書店 1996 年版。

　　廖啟宏《"李杜論題"批評典範之研究》①,此爲"中央大學"中國文學研究所 2001 年碩士論文,采用的研究方法是:以科學哲學家孔恩"典範理論"(在該文研究上,分爲"人格風格詮釋典範"和"語言風格詮釋典範")展開"李杜論題"之研究,以李杜"優劣論"和"學習論"兩種不同的思考活動分章進行後展開批評。共分五章:第一章導論,先説明"論題"、"李杜論題"、"典範"、"李杜論題批評典範"及研究範疇、理論方法之設定、李杜論題形成背景等。第二章"李杜優劣論"的典範研究,從"杜優李劣"、"李優杜劣"、"並尊李杜"、"李杜俱有不足"四個視域分論,並就詮釋典範與批評分布概況作一解析。第三章"李杜學習論"的典範研究,第一節作"批評/創作者合一"及"言/行不一"的現象作考察。第二節分析"學李不學杜"的代表性批評。第三節分析"學杜不學李"的代表性批評。第四節分析"並學李杜"的代表性批評。第五節學習論的深層分析,從原理與實踐層面進行討究。第四章典範理論的進階思考與應用——從"李杜論題"到中國文學批評史的觀察,即用孔恩理論思考觀察"科學社群"和"文學批評社群"、"不可共量性"與"溝通"、"典範轉移"與中國文學批評史的發展問題。第五章結論,作"李杜論題"之回顧與整合,並反省"典範"與"比較研究"之發展性與限制性。正像作者"提要"所説:"本文仍嘗試更系統地運用孔恩的理論,並據之省察中國文學批評史的發展問題。這項研究,當能爲文學(批評)上的'比較研究'提供一操作上的示例。"

　　(二)其他比較研究

　　這類比較,或是屈原、杜甫、李白三者比較,如黄國彬《中國三大詩人新論》②。作者寫這本書時,自言有兩個目的:一是用藝術

_____

　　①　廖啟宏《"李杜論題"批評典範之研究》,花木蘭文化出版社 2007年版。

　　②　黄國彬《中國三大詩人新論》,源流出版社 1982 年版。

的標準全面衡量屈原、杜甫、李白的成就；二是想借着這樣的論述，回答一個在作者腦海中縈繞已久的問題：中國最偉大的詩人是誰？基於此想，作者對屈原、杜甫、李白三位詩人進行了探討，最後找出了解答。論屈原着墨不多，而用大量篇幅論述李白。在論述杜甫時，作者常會將其與李白相比較，小至一字一句，大至風格之殊，皆有詳細的論述。舉凡堂廡、想象幅度、詩句的密度、語言的彈性、細膩、恬靜、悠閒的一面，以及在煉字、音律、節奏、感官世界、作品中的宏觀與微觀世界，都是論述的焦點，最後討論杜甫在中國文學與世界文學中的地位，認爲杜甫之成就確實較李白爲高，即中國最偉大的詩人當屬杜甫。因此，作者花了相當大的篇幅比較李杜優劣，足供後人參考。

　　或是杜甫與李商隱比較，如張經宏《杜甫七律與李商隱七律之比較研究》，此爲臺灣大學中國文學研究所 1995 年碩士論文。全文厘析杜甫、李商隱七律之異同，除了指出李商隱學杜之含意外，並着重於討論"意象之超越現實"的表現及二人之異同。第二章論意象，從"寫景——詠懷"與"體豔"角度觀察二者精神與語言風格上特殊之處。第三章從"對仗"和"用典"考察表現型態的美學意涵，例如杜詩以流水對帶出個人到天下國家的共通情感，而李商隱用"才/命"、"今/昔"對比方式道出個人的人生觀感。在"用典"中分析用典與"意象"兩種表達情意的寫作面向，二人之差異及會通問題，並提出"意象化的用典"，討論二人如何經營典故。在"音律與章法"中指出兩人聲音型式與詩意内涵間的互動關係，並從"内在詩意"的繫連角度看箋釋者理解的差異性。綜言之，形式之比較，是采用"影響"角度來看李商隱從杜詩學習哪些技巧，並加以發展、變化；風格内涵之比較采"對比"方法，分析二人截然不同的人生觀照與美感型態，結論以王國維"憂生/憂世"、"主觀/客觀"詩人的意蘊，確立李商隱詩歌的價值，爲其尋找適當的地位。

第二節　臺灣地區的杜甫研究(下)

一、杜甫生平行迹研究

劉維崇《杜甫評傳》①,該書分九章,即生平、家世、交遊、生活、思想、作品、版本、草堂、死地。於杜甫有關問題,幾包羅無遺,且章下又分節,節目亦極細緻,如生平一章,下列十三節:童年時代、北遊三晉、南下吳越、應試落第、放蕩齊趙、旅食京華、避亂鄜州、奔赴行在、貶華州掾、千里投荒、漂泊劍南、寄居夔州、流浪湖湘。對杜甫一生叙述極爲詳盡,且章節條貫,簡明扼要,頗有參考價值。

汪中《杜甫》②,全書分十章,每章都用杜甫詩句作標題,並將各時期重要的詩歌作品穿插其中,以增添傳記可讀性及以詩歌記錄時代阨陋與個人之流離生涯。第一章,詩是吾家事。叙寫杜甫家世和他對詩歌的觀點。第二章,東下姑蘇臺。寫杜甫少年之遊歷。第三章,冠蓋滿京華,斯人獨憔悴。寫旅食京師十載之生涯。第四章,直北關山金鼓震。寫杜甫遭逢安史之亂之經歷。第五章,飄泊西南天地間。寫秦州生涯。第六章,吾意獨憐才。寫平生交遊狀況。第七章,錦江春色來天地。寫成都草堂之生活。第八章,巫山巫峽氣蕭森。寫流寓夔州景況。第九章,生涯獨轉蓬。寫一葉扁舟湖湘飄泊之悲歌。第十章,不廢江河萬古流。寫杜詩對後世之影響。此書可以説是一部由杜詩串聯起來的杜甫傳記。

陳香《杜甫評傳》③,全書以彙編的方式,收集作者有關論杜之

---

①　劉維崇《杜甫評傳》,臺灣商務印書館 1969 年版。

②　汪中《杜甫》,河洛圖書出版社 1977 年版。

③　陳香《杜甫評傳》,臺北"國家出版社"1981 年版。

文章,共分二十四章,對杜甫的生平、思想、創作、死因及其眷屬、親友等作了全面論述。論述主要依據爲杜詩,計涉及杜詩 300 餘首,且照錄全文,詳加詮釋,又廣引諸家評語,可稱賅博。

蕭麗華《杜甫——古今詩史第一人》①,全書以傳記的方式書寫杜甫的一生。共分作十個部分:一、詩是吾家事。從杜甫的祖先寫起。二、快意八九年。寫杜甫壯遊時期。三、遇我宿心親。寫杜甫與李白結識的過程。四、冠蓋滿京華,斯人獨憔悴。寫杜甫困居長安十年的情形。五、直北關山金鼓震。寫天寶十四載安史亂起,杜甫困頓逃亡的經過。六、吏呼一何怒,婦啼一何苦。寫杜甫以詩歌記錄安史亂中流離失所的生民。七、飄泊西南天地間。寫杜甫浪迹西南邊境的苦境。八、浣花西畔草堂春。寫卜居成都,暫得安頓。九、飄飄何所似,天地一沙鷗。寫杜甫在江上度過殘生的悲慘境況。十、不廢江河萬古流。寫杜甫因詩而垂名千古。

李森南《杜甫詩傳》②,全書采用楊倫《杜詩鏡銓》版本,以論述杜甫生平爲主,以杜詩證其生平,說明杜甫生長年代、背景、經歷、遭逢,並將杜甫一生分作二十部分叙寫:一、詩史的家世,奉儒守官爲素志。二、童時雖體弱,七齡思即壯。三、北出渡黃河,郇瑕開首程。四、南遊金陵、姑蘇而渡浙江。五、忤下考功第,放蕩齊魯間。六、結交李太白,同作梁宋遊。七、旅食京華日,到處潛悲辛。八、不作河西尉,率府且逍遥。九、原欲奔行在,淒涼陷賊中。十、喜達行在所,涕泪授拾遺。十一、上疏救房琯,貶爲華州掾。十二、滿目悲生事,遠遊到秦州。十三、去住與願違,西行成都。十四、嚴武入朝去,暫住在梓州。十五、故人再鎮蜀,公又回成都。十六、痛喪嚴僕射,携眷家雲安。十七、養病半年後,遷居白帝城。十八、瞿唐春欲至,定卜瀼西居。十九、大曆三年春,白帝城放船。

---

① 蕭麗華《杜甫——古今詩史第一人》,幼獅文化事業公司 1988 年版。
② 李森南《杜甫詩傳》,臺北洪氏基金會 1980 年版。

二十、行年五十九,聲斷洞庭之浦。以上內容以杜甫年歲爲經,杜詩爲緯,構織杜甫一生行止。

龔嘉英《詩聖杜甫——以杜詩作傳以唐史證詩》①,全書用"以詩作傳"、"以史證詩"的手法,爲杜甫生平作傳,並旁搜史料爲杜詩作證。共分九章:一、杜陵家世;二、少壯交遊;三、長安十載;四、出仕逢亂;五、棄官度隴;六、兩川六年;七、夔府流寓;八、荆湘漂泊;九、詩卷流傳。就杜詩之編輯、集注、研究作一覽顧。

郭永榕《杜甫文學遊歷——杜少陵傳》②,全書以傳記的方式來闡述杜甫一生遭逢與際遇。共分十章:第一章,世系與童年。言其七齡思即壯,開口詠鳳凰,寫少年之志。第二章,吳越之遊。記其萬里之遊始於足下。第三章,齊趙之遊。記其放浪齊趙間,裘馬頗清狂。第四章,東都與長安時代。寫其初入長安,獻三大禮賦,旅居十年,僅得微官,後辭河西尉就任率府參軍,又奔靈武,疏救房琯,後戰地之行,有"三吏"、"三別"之作。第五章,入蜀。寫棄官後自華州至秦州,有"一歲四行役"之嘆。第六章,成都。寫浣花溪畔學圃種藥,有着與田父野老相往還的樂趣,後送嚴武入朝,自己亦有梓州、綿州之遊。後嚴武鎮蜀,杜甫以白頭趨幕府。第七章,夔州。寫在雲安、白帝遊踪,並有《秋興八首》之作。後有瀼西果園之樂,東屯稻田之居,秋日江村更有觀舞劍器之樂。第八章,出峽。寫杜甫因關塞阻隔,轉作瀟湘之遊。第九章,南征。寫從江陵到公安,又飄泊潭州,遇兵亂之困厄。第十章,孤舟飄泊潭岳間。寫其因耒陽江漲,舟阻方田驛,欲回棹北行,志在歸秦,惜老病客舟中,結束顛沛流離的一生。

林雅韵《杜甫山水紀遊詩研究》,此爲臺灣輔仁大學中國文學

① 龔嘉英《詩聖杜甫——以杜詩作傳以唐史證詩》,臺北杜詩研究山房1993年版。

② 郭永榕《杜甫文學遊歷——杜少陵傳》,文史哲出版社1996年版。

系 2001 年碩士論文,集中討論杜甫詩中占量十分之二的山水紀遊詩。分作六章進行論述:首章就研究動機、方法、取材範圍作説明,並簡述杜甫生平。第二章,山水意識的演進與山水紀遊詩的發展,以時代爲序,從神話傳説、史册、詩集、詩論及各種諸子之學論述山水意識之演進,進而探討山水紀遊詩的形成及發展,作爲研究之背景知識及歷史淵源。第三章,杜甫山水紀遊詩的題材分析,參照地方志,探索杜甫一生行踪遊歷,從"地域色彩呈現"、"田園風光描繪"、"古迹名勝遊賞"等寫作題材見其行旅豐富,描繪之功。第四章,杜甫山水紀遊詩的情感呈現,論述杜甫情感特徵及變化,一則探索其人生情懷、思想特質,一則呈現其對山水詩寫情傳統的開創。第五章,杜甫山水紀遊詩的藝術特色,由鍛字、煉句、謀章等形式探討藝術技巧的創新出奇,分析意象塑造、風格展現及山水之景與詩人之情密切結合。結論部分説明杜甫山水紀遊詩反映詩人思想情感、創作特色,並對山水詩歌寫作内涵、風格呈現甚具開創之功,影響其後山水詩創作方向。

　　何文禎、于洪英《落花時節又逢君——杜甫》[1],全書以歷史小説的筆法摹寫杜甫一生,主要是秉着唐朝隱士王質夫所云"夫希代之事,非遇出世之才潤色之則與時消没,不聞於世"的信念,以言語生動、軼事豐富的方式,來構寫杜甫的一生。全書共分七章:第一章,七齡即思詠鳳凰。寫杜甫早慧及壯志。第二章,錦繡河山少年遊。寫年少壯遊之豪舉。第三章,詩酒交契李杜情。寫李杜交往情深。第四章,長安十年潛悲辛。寫旅食京華十載,殘杯冷炙之落寞。第五章,戰争流離安史亂。寫安史亂起,顛沛流離之困境。第六章,蟄居草堂效陶潛。寫浣花草堂一段耕讀的閒情逸致。第七章,落花時節又逢君。寫重逢李龜年,寓寄人世無限感傷淒涼。該

----

① 何文禎、于洪英《落花時節又逢君——杜甫》,三思堂文化事業有限公司 2000 年版。

書以流暢的文筆、發人深省的情節、豐富的史料,詳述了杜甫的一生際遇及詩文成就。

陳文華《杜甫傳記唐宋資料考辨》,此爲臺灣師範大學國文研究所1987年博士論文,同年11月由臺北文史哲出版社出版。全書以考據爲研究方法,以唐宋人對杜甫傳記之記載及討論爲研析對象,對各種異説,溯其源流,定其是非,以辨正杜甫完整之傳記脉絡,共分四篇:第一篇家世之探索,首先辨析杜甫世系表,次則考訂家族資料,含父系、母系、弟妹子女三系。第二篇生平事迹異説彙考(上),從生年、應舉、獻賦、試文授官、避兵陷賊、奔行在、授拾遺、歸長安、一歲四行役等項進行考辨。第三篇生平事迹異説彙考(下),則從與李白嚴武交情考辨、死因之流傳及辨正二方面考證前説。第四篇思想之厘定,首論"圍繞在儒家詩教觀下的批評内容",從一飯未嘗忘君、李杜優劣論及其他、詩史三項進行批評,次論"唐宋文化類型之變遷與杜甫歷史地位之完成",以肯定杜甫在詩史上的成就。結論部分,乃是總結前面數篇所論。

二、區域研究與現地研究

"詩史"的價值,不僅表現在其時代上的意義,也表現在他所描寫的地域的廣闊。杜甫一生足迹遍歷大半個中國,凡是他經過的地方,在他的詩作中都有生動詳實的描寫,故宋人有"杜陵詩卷是圖經"之譽。考索詩歌情志内容與形式技巧是這些研究的主要内容。

(一)區域研究

許應華《杜甫夔州詩研究》,此爲臺灣師範大學中國文學研究所1981年碩士論文。全文專論杜甫在夔州之詩作,起自唐代宗大曆元年春末去雲安入奉節,迄大曆三年春去奉節下峽入湘二年間所作詩歌。共分四章:第一章,夔州述要。首述夔州山水壯闊、古迹、歷史人物、風俗民情等,作爲論述的背景資料。第二章,杜甫夔州之生活。概述杜甫夔州詩所透顯之生活情狀。第三章,杜甫夔州詩研究。就內容、體制及古今學者所論,予以析論,以確立夔州詩爲杜甫晚年代表作,表現出氣象萬千、波瀾壯闊之姿。第四章,結論。總結前人論杜甫夔州詩之成就,並駁斥朱熹譏其煩絮、橫逆之説。

鄭元準《杜甫長安期之詩研究》,此爲臺灣高雄師範大學中國文學研究所 1985 年碩士論文。全文討論杜甫自唐玄宗天寶五載,齊趙西歸旅居長安,迄天寶十五載(肅宗至德元載)初夏至奉先避難間,凡十年旅居長安時期所作詩歌之研究。共分四章:第一章長安述要,叙述當時長安社會之概貌,作爲論述的背景資料。第二章叙述杜甫旅居長安十年之生活情形。第三章析論杜甫長安時期之詩歌,凡分三期:初、中、後期,列舉詩篇,博采古今學者之評論。第四章結論,説明杜甫長安時期之詩歌爲杜甫創作風格的轉變期,也是杜詩風貌開展之樞紐。

方瑜《杜甫夔州詩析論》①,全書旨在論述杜甫寓居夔州之詩歌成就。杜甫居夔約爲兩年,詩篇創作共有 361 首,達全集四分之一,且包括多篇傳世傑作在內,是杜甫晚年創作的豐收期。全書分六部分:一、導言。先叙前人專論夔州詩之成果,再説明研究旨趣,冀能經由內涵繁雜的詩篇,對杜甫晚年生活、思想、感情起伏變化有一完整瞭解,進而肯定杜甫夔州詩之成就。二、去留的徘徊。居夔與出峽,寫夔州風土及杜甫思歸與務農的心情。三、時政批判與慕隱遁世。首寫杜甫有用世之心與平亂之議,續寫杜甫有慕隱之思與世緣之念。四、憶昔與思今。寫追憶京華盛日與夔府今日之對照感懷,並抒發對舊友昔遊的追懷。五、景物時序與山水詠懷。寫夔州風景生態與節候遞變,兼及詠雨與詠月,並藉由風物古迹寫諸葛武侯與白帝城。六、結語。指出夔州時期是杜甫暮年較

---

① 方瑜《杜甫夔州詩析論》,幼獅文化事業公司 1985 年版。

安定的歲月,然而,唐代混亂擾攘與杜甫日漸垂老,不復能用,只能以回憶追思來面對現實與理想之巨大裂隙,此一內心創痛,迫使杜甫筆力不衰,創作不息。故夔州詩之佳構甚多,在形式、內容、風格、技巧以及思想蘊涵之豐繁、深化方面,都更有進境,是奠定杜詩文學史地位的重要基石。

方秋停《杜甫秦州詩研究》,此爲臺灣東海大學中國文學研究所 1988 年碩士論文。全文探索杜甫秦州詩之風格與成就,分生平、地理、詩歌三部分論述。第一章概說,就杜甫生平來審視秦州期間的杜甫,從而界定秦州詩範圍,並敘其重要性及前人研究成果。第二章秦州述要,就歷代沿革、唐代區劃與山川形勝、名勝古迹、風土民情等部分敘述秦州概況及杜甫入蜀所經地區的地理、人文環境。第三章再就行旅、身體狀況、交遊、思想等瞭解杜甫在秦州的生活情形。第四章爲詩歌內容分析。第五章形式分析,分爲章法結構、遣詞造句、聲律對偶、意象浮現等探究其表現技巧。第六章總結杜甫秦州詩歌的風格與成就。

林瑛瑛《杜甫成都時期詩歌研究》,此爲臺灣輔仁大學中國文學研究所 1990 年碩士論文。全文討論杜甫成都時期 442 首詩歌作品之情感流向及詩藝傳承與創新。分作七章:第一章緒論,探討杜詩分期問題及成都詩作歷代收錄情況及真僞、編次等,並列出詩目表。第二章時代背景之探討,計分政治狀況、文人風尚、文學思潮三方面,又成都、梓、閬等地,唐時屬劍南一帶則兼論之。第三章探究杜甫成都時期之行止及生活經驗,作爲研究新舊經驗交織下所創作之詩歌內涵的根本認識。第四章分析成都時期詩歌之內涵與思想,凡描寫自然風光與種種村居生活之閒適作品及闡發的文學觀之詩作,皆一併討論,以體會其厚重深遠之心志。第五章討論詩歌藝術體制,先論成都時期之前的創作情況,並對入蜀前創作作一概述,再詳析成都期各體詩的創作演變脈絡及特殊的藝術風貌。第六章探析成都期詩歌的藝術風格,分"主導風格"及"特殊風格"

進行研究。第七章結論,綜觀杜甫成都期之詩歌創作,此一時期是杜詩內涵擴大,體裁熟練,達渾成深厚、蘊藉深遠而另有轉境的重要時期。

洪素香《杜甫荆湘詩初探》,此爲臺灣中山大學中國語文學系研究所1991年碩士論文,花木蘭文化出版社2012年出版。作者以爲,杜甫一生依序可分爲青壯、長安、秦州、成都、夔州與荆湘等六個時期,而學界對荆湘時期有所忽視。因此,作者分八章、二十一節,初探此期杜詩表現特質。第一章,緒論。包括研究動機與目的、文獻回顧與探討、研究範圍與研究方法。第二章,時代背景與社會環境。簡介杜甫生平,概述此時期國家之政治財經等各方面之狀況。第三章,荆湘行腳。縷叙杜甫在此時期所走過的地方及其沿途所記錄之風土景物。第四章,身心狀況。叙述杜甫當時如風中殘燭般之身體狀況,矛盾衝突的心理狀態。第五章,人際關係與社會關懷。叙述杜甫當時與親友間之酬贈往來,以及當時他對社會國家與人民的關懷情形。第六章,詩歌的結構特色。分析杜甫此時期詩歌之有關語言形式、拗體與詩韵的使用情形。第七章,詩歌的修辭藝術。分析此時期杜詩之對偶句、對比句與典故的運用情形。第八章,結論。歷舉諸家對詩人此時期詩歌之評論,並爲詩人此時期詩歌之成就與價值作客觀公正的評價、確定。

朱伊雯《杜甫晚期詩作之精神動向——以夔州詩爲歸趨之探究》,此爲臺灣東海大學中國文學系1996年碩士論文。全書探求杜甫晚年之精神動向,表現出杜甫對人類存在可能性之趨近與幻滅,並由幻滅經歷而展開的意義思索之轉折過程。論述層次從意義追索歷程開展,第一部分,論命運意識的崛起與破裂,屬入蜀之前的心路歷程,是第一重命限經驗;第二部分,論鄉愁意識的召喚與潰決,屬居蜀時期之心路歷程,代表杜甫所遭遇的第二重命限經驗;第三部分,論觀照意識的覺醒與成熟,是入夔以後之心路歷程,代表杜甫返觀雙重命限之重厄後所逼顯出的命限感悟。在這種令人動彈不得的命限張力中,杜甫終於看清不可改變的命運進程,也凝探到歷史力量無法摧折的不朽。全文以通過"存在"與"世界"所構成之命限情境,逐步揭顯杜甫在日趨凍結的命限張力中所完成的精神突破,也藉此揭示"深度意義結構"何在,及歷史表象背後之未知命運循着規律向人類輾過的事實。

李欣錫《杜甫巴蜀詩"生活"題材研究》,此爲臺灣師範大學國文研究所 1998 年碩士論文。全書分析杜甫巴蜀詩並結合杜甫生活所旁及的建築、藝術、書畫、樂舞,呈現出杜甫巴蜀詩中的生活面向。共分五章:緒論説明研究動機、範圍、方法及前人研究成果,並對巴蜀作釋名,以確立取材範疇。第二章討論杜甫在流寓生活中的家園環境,先對巴蜀時期居處作簡略介紹,以浣花草堂爲論述對象,説明草堂周遭環境與園林建設。第三章論述杜甫在巴蜀的鄉居生活,以成都、夔州兩個時期的生活爲主綫,呈現詩人在巴蜀十年間種藥、爲農等活動,充實杜甫生命情感與生活樂趣。其次,與親友、鄰居間的相處及在自然界獲得的閒適意趣,構成杜甫鄉居生活的基調。另外,更論及杜甫飲食活動,瞭解其飲酒、飲食之需求與喜好。第四章討論杜甫遊賞的生活態度,以詩人的時空憂患爲主,如何藉由生活中遊、觀等活動來進行消解,在自然山水、書畫樂舞的沉潛,藉由抽象或具象的綫條、形象、音聲獲得充盈的大化之感,同時也宣洩苦悶、悲愴之情,並獲得超越與解脱,達到了真正"遊"的目的。結論對杜詩"生活"題材研究作一覽顧與展望。

（二）現地研究

現地研究的精神,就是對古注作一次科學的檢驗。現地研究的根本態度便是掌握古注而不輕信古注。現地研究可以將杜詩古注的誤謬作一番清理。後世學人多所依賴的杜詩古注名本,如趙次公、黃鶴、錢謙益、仇兆鰲等人的注本,缺少的就是現地考察,一遇到具體的地方他們就無法作注,這本是可以預料的事,他們又過度依賴古代書面文獻,對杜詩地名的注釋,好多都是錯讀或誤解,由此而推演出來的注解與編年，更是誤謬連連。

　　簡錦松《杜甫夔州詩現地研究》①，全書以現地研究的方式，糾正了不少前人注釋的錯訛。如對杜甫夔州詩四百三十首中有關"楚宮陽臺"、"赤甲白鹽"、"東屯茅屋"、"瀼西草堂"四個地名作定位、考證之研究。全書除了"前言"及"結論"外，論述的重點在於實地考察上述諸地，並對照詩歌文本及參照歷代評杜注杜諸說。"楚宮陽臺"，從"古迹概念"及"現地觀念"來觀察杜詩看、寫"楚宮、陽臺"之演繹，並確指瞿塘峽西段的地形地貌與楚宮陽臺的方位。"赤甲白鹽"，先作赤甲白鹽二山及周邊山之現地考察，再從杜詩指出二山之特徵、經濟人文條件，其下再從唐以前赤甲白鹽二山之名稱、宋明地理志書之位置、宋明詩文之稱謂、杜詩古注對赤甲白鹽二山之誤釋等視域，分別論述之。"東屯茅屋"，先針對東屯宅描述，再作東瀼水流域之現地調查，並從杜詩古注及古地理書東屯說重新檢證。"瀼西草堂"，先述東瀼水與梅溪河之自然景觀，再述杜詩對瀼西堂之直接描述、瀼西地名之由來，並辨正梅溪河與東瀼水之東西地理位置。此書以跨學科的多元角度切入杜詩研究，通過實地踏勘，采用現代科技手段，一改過去對於"地名"紙上談兵的文獻考證，爲杜詩研究開出一條新路。時至 2018 年，（高雄）中山大學出版社出版了簡錦松的鉅著《親身實見：杜甫詩與現地學》，在"夔州詩現地研究"的基礎上，擴大到秦州詩、同谷詩、入蜀詩等，把杜詩現地研究進一步理論化。

　　簡著用的具體方法，總結羅列於此，以便瞭解。

　　一是古代文獻資料處理的方法。現地研究對傳統的重大突破，就是資料觀念的改變。對於研究資料的認定，將從傳統中國文學研究的資料觀，轉向現地主義中國文學研究的資料觀。這裏着眼三件事：第一，全面查核所有杜詩古注互相抄襲的情況；第二，整

---

①　簡錦松《杜甫夔州詩現地研究》，臺灣學生書局 1999 年版。

理古代各種地理總志及地方分志記載分歧與因襲的條文;第三,對近代、現代杜甫研究中某些廣爲人知的傳説清查其來源。這三項查核非常重要,可以説把古注的一些根據完全打破了。二是充分利用 GPS 和 GIS 測量定位系統進行現地山水實體測量調查。除了文獻資料之外,進行現地山水實體測量調查,收集夔州地區各處與杜詩相關地點的海拔高程,收集關於夔州地區的地質研究論著,收集東瀼水和梅溪河的水文資料,收集長江最大洪水水位和最低水位,以及洪水年及枯水年多頻率高水位和低水位,收集夔州水稻、蔬菜及果園的農作資料,調查白帝山、馬嶺的大小面積,測量主要山脉與四季日出日落、月出月没的相對關係,觀察當地考古隊發掘古代墓葬的現場。除了書面資料的收集,也實際從事攝影、録影、測量、采樣土壤岩塊、觀察水文情況,首先仔細研讀測量、地質、水文、泥沙、環境學者對本地區的專業研究報告,再以此爲基礎進行各項作業。三是"完全模擬實際狀況"研究法的運用。

三、杜詩藝術研究

(一) 藝術風格研究

對杜詩藝術風格的研究,主要表現爲杜詩的藝術性、杜詩修辭藝術、沉鬱頓挫風格、杜詩意象、杜詩意象類型等方面的研究。如焦毓國《杜甫詩的時代性與藝術性》①,此書以討論杜詩的時代性與藝術性爲主,共分六章進行論述。前四章以論述爲主,後二章以輯録爲主。一、杜甫一生。叙述杜甫家學淵源、漫遊和求取功名期、蜀中居留九年、老境凄涼、忠君愛民與貧病搏鬥一生等數個階段。二、杜甫詩的時代性和永久性。分作四部分論述: 先述盛唐時期的社會和文風,再述陳子昂和李白的浪漫派詩對杜甫的影響,次述杜甫詩的時代性,説明杜詩是苦難時代的代言人,不僅率真表

---

① 焦毓國《杜甫詩的時代性與藝術性》,學海出版社 1976 年版。

現自己的個性,且發煌儒家忠君愛民和倫常思想,末述杜甫詩的永久性,説明杜詩可長可久的成就。三、杜甫詩的藝術性。指出杜詩吸收古詩精華,並能獨創清詞麗句,創作是爲人生而藝術,寫作技巧超絶古今、平淡自然已達神境,具詼諧風趣特色。四、杜詩的影響力。就杜詩影響元、白、張籍部分加以論述,説明三人能繼承遺緒。五、杜詩集評。附録有關杜詩之集評。六、杜工部年譜。將杜甫生平年譜羅列於末,以供檢索、參校。

　　林春蘭《杜詩修辭藝術之探究》,此爲臺灣高雄師範大學中國文學研究所 1984 年碩士論文,旨在分析杜甫詩歌之修辭藝術。全文内容分作四章,主體論述部分主要是依照黄慶萱《修辭學》之修辭格將杜詩修辭方法分四類型分析:使詩句形式優美的修辭法、使詩句生動活潑的修辭法、使詩意委婉含蓄的修辭法、使詩意力量增强的修辭法。復次,再擇取杜詩運用修辭法較多的各體名作 20 首,進行細部分析,以闡釋整體藝術性。最後,再綜合分析杜詩修辭法的特色、各類體裁及各類題材運用修辭格之特色,得出十一類題材運用修辭法之情形,以考索杜詩藝術技巧匠心獨運之處。

　　蕭麗華《論杜詩沉鬱頓挫之風格》①,此爲臺灣師範大學中國文學研究所 1985 年碩士論文。全文從“沉鬱頓挫”來討論杜詩,共分五章:第一章緒論,説明研究動機、方法,厘析風格内涵、方向,再就杜詩多樣風格以瞭解沉鬱頓挫及杜詩基本風格。第二章論義界,綜合楚騷、《詩品》等在杜詩之前及杜詩自許,與宋元明清歷代詩家論杜詩沉鬱頓挫之言論,以重新界定杜詩沉鬱頓挫,得出“沉鬱”應包括:莊嚴的悲感、深廣的憂思、含蓄的義藴三項,“頓挫”應兼及作者精神氣韵與作品語文形態。第三章論成因,從作者人格世界與詩學造詣探討杜詩沉鬱頓挫之成因,“沉鬱”關乎作者情性、思想、挫折;“頓挫”關乎作者才、氣、學、習。第四章論藝術特質,專就

---

① 蕭麗華《論杜詩沉鬱頓挫之風格》,花木蘭文化出版社 2008 年版。

作品之語言及境界來探討杜詩沉鬱頓挫之語文姿貌與境界特質。第五章結論,確立杜甫人格與詩藝成就,重新評價杜詩成就,兼述沉鬱頓挫之影響。

歐麗娟《杜甫詩之意象研究》①,原爲臺灣大學中國文學研究所1990年碩士論文,以討論杜詩中的意象爲主,共分五章。第一章緒論,説明研究動機與方法,厘清意象義涵,並説明意象構成要素、方式、傳釋過程與評價標準。第二章以主題研究和主題學研究方法,找出杜詩持續出現的意象主題,論析詩人的情志、理念和生命狀態,包括竹、花、月之意象。第三章意象主題,論述鷗、大鯨、鷙鳥之意象。第四章論意象塑造之特殊形式,以充分展現杜甫詩心及詩藝的完滿結合,從倒裝之色彩意象及字質之表現、當句對之複合意象論述。第五章論意象表現之特質,反映杜詩"浮生之理"與"物理"合一的世界觀,使杜詩意象生動深刻。結論,從意象塑造的角度確認杜詩在中國詩歌意象發展史的地位。該書以杜詩意象研究爲核心,"突破過去零星、片段的研究方式,而以系統的、集中的、具方法意義的探索入徑,爲歷來豐碩的杜詩研究提供另一個探索的範疇與成果"(該書《提要》)。

林美清《杜詩意象類型研究》②,該書專門對杜詩的"意象"做類型的研究,"緒論"回顧杜詩研究的幾個大方向,隨後交代"意象"的看法和定義,説明意象分類的理路及類型。本論七章:第一章"名物",主要是詩句中的"述詞",乃詩歌最基本的意象形構元素。而分類的原則是以詩中的"主詞"爲原點,並以其與主詞"切近/疏遠"的程度作爲分類依據。同時兼顧對主體的理解程度。第二章"身心",討論二重意象的核心元素格,位元格主體在一首詩

① 歐麗娟《杜甫詩之意象研究》,1997年由里仁書局出版,花木蘭文化出版社2008年再版。

② 林美清《杜詩意象類型研究》,花木蘭文化出版社2008年版。

中,雖不一定以主詞的形式出現,但是它的位格性經常是全詩意義的核心。第三章"圖畫",討論杜詩圖畫意象形構多重映象布局的特色。第四章"時間",討論的重點是詩人如何辯證於"意"與"象"之間,形構其"念念相續的時間觀"。"時間性"元素與視覺想象世界的關係若即若離,而詩人的作法則是"不即不離"。第五章"述往思來",這個意象形構的元素是歷史事件。第六章"夜角自語",這個意象形構的元素是情感事件,討論杜詩中虛構的生活事件,表述內在心情的抒情詩,以突顯主體內心的情志。第七章"陰陽造化",討論杜詩中以虛構的情節或以神物作爲主角的神話詩。通過以上七重意象類型相因相生、層層轉進的分析,得出這樣的"結論":"經由作品→意象→意象範疇探討,得以使吾人在進行詩歌的評論時有溝通的基準及議論的開放場所,甚或發展出更能呼應生命真諦的詩學。"(該書《提要》)

王正利《杜甫詩中之意志與命運衝突研究:以意象爲核心之探討》,臺灣大學中文系 2004 年碩士論文。該文論杜甫意志與命運的關係,從人物、動物、植物、景物四種意象分析。人物的自我意象一直搖盪在仕隱不得的衝突;動物中的馬意象可見杜甫用世決心與外在壓力對敵與抗衡;鷹是不逆來順受的孤獨强者,鷗之自由意涵,鶴之有方向感,鴻之超越,雁、燕有回鄉渴盼,都有明顯的象徵意味。植物,反映了杜甫幽微、深刻的部分,如菊感傷,松柏堅貞不移,萍飄蕩等。這些意象皆顯示出這樣的主旨:意志與命運的衝突,然而有强旺生命能量的杜甫始終與命運抗衡,故詩中充滿悲劇精神。

(二)律法與章法研究

杜甫嘗自言"語不驚人死不休","晚節漸於詩律細",他本人極其重視作詩的律法、章法,他自謂之"神"。臺灣學者對這方面的探討,細緻入微,頗有實績。如陳文華《杜甫詩律探微》[①],本是臺灣

---

① 陳文華《杜甫詩律探微》,文史哲出版社 1977 年版。

師範大學國文研究所 1967 年碩士論文,以專論杜詩之詩法爲主,對於其生平傳狀、年譜、版本等皆不論,共分五章。第一章,裁章謀篇。論杜詩章法結構,其下再分五目細論:針縷細密、開闔盡變、接句不測、補起預收、連章結構。第二章,審音辨律。論杜詩格律及其效用,揭示杜詩有重拗救、避同聲之特色,並詳論換韵腳、配雙叠、變句式等規則性與變化。第三章,用辭使事。論杜詩用辭用典之類別、方法及其成就。第四章,屬偶設對。論對仗之法則,揭示對仗中本聯之變化有:剛柔、正反、遮表、人我、今昔、時空、晦明、大小、虛實等對仗方法;至於當句與雙聯之變化有:當句對、雙聯對二種句式。第五章,煉字鍛句。論煉字之法有:活字點眼、虛字行氣、重字見巧、叠字摹神、色字增采、俗字存真、倒字取勁等七法;鍛句指出杜詩具有句意凝煉、句力深厚之功力,尤能達致體物得神、寫情深切、情景交融之妙境。

　　廖美玉《杜甫連章詩研究》,此爲臺灣東海大學中國文學所 1979 年碩士論文。全文以討論杜詩中的“連章詩”爲主,“連章詩”又稱“聯章詩”或“組詩”、“詩組”,即是“合則成篇,分則成章”,“一題數首,每首各有一個中心,或每首自各有起承轉合,或數首相連而具起承轉合”。全文分作三篇:首篇緒論,第一章先説明“連章詩”之意義,第二章作溯源工作,以考察《詩經》、《九歌》、《過秦論》、漢賦、漢三國晋南北朝及杜甫之前的唐詩之創作情形。第三章考察杜甫連章詩之產生背景及成因。第二篇本論,分三章論述,首章論杜甫連章詩之發展及衍變,第二章分析連章詩例,凡有十七組,第三章説明後人對連章詩所持觀念之商榷,包括:論連章詩之寫作、論杜詩本爲單篇而後人合之者、論杜詩原爲連章而後人雜選者、論連章詩之分與合四部分。第三篇結論,説明杜甫連章詩對後世詞曲之影響。

　　李立信《杜甫古風格律研究》,此爲臺灣東吳大學中國文學研究所 1983 年博士論文。杜甫律詩對仗精工典麗,素爲中國人愛賞,然而,很少能關注杜甫古風的創作,該文即有別開生面的創新意義,共有五章:首章緒論,說明研究旨趣與方向。二章論杜詩五古聲律,分別從八項來討論五古的聲律問題:單平單仄間隔出現、平仄集中運用、糅合一二兩項句式而成者、顛倒律句平仄而成者、孤平句、二四同聲、四諧四拗、運律入古等。第三章論七古聲律,從單仄單平間隔出現、平仄集中運用、兼采一二兩類而成者、顛倒律句平仄而成者、孤平句、二四同聲、二六不同聲、四諧四拗、律句等九項來論述杜詩七古聲律問題。第四章討論古風韵律問題:合韵、通押、促起促收、柏梁臺體、重韵、換韵等。第五章則分析其他各項格律問題:平仄均衡發展、粘對、出句末句、七言句中四七字相互爲韵、頂針格、奇數句詩、雜言等七項論述。全文分析杜詩古風的格律,精瞻翔實。

　　徐鳳城《杜甫律詩研究》,此爲臺灣師範大學中國文學研究所1983年碩士論文。全文集中探討杜甫律詩,共有十三章:緒論略述律詩在詩歌發展史中的價值及杜甫對律詩形成之貢獻。第二章簡述杜甫生平,以作爲論述詩風演變的憑藉。第三章論律詩之演變與形成。第四章論杜甫律詩之煉字表現,重在探討各種修辭技巧。第五章論鍛句表現,從句脈、曲意、精煉、倒裝探討構句表現。第六章論杜甫律詩對仗表現,由聯數及對仗形式說明杜甫對仗之功力。第七章論杜甫律詩之用事用典,說明杜甫具有熔經裁典的學力。第八章論杜甫律詩之風格表現。第九章論杜律神韵表現。第十章論杜律謀篇表現。第十一章論杜律之詩境。第十二章論杜律對後代詩人之影響。第十三章論杜律在文學史上之地位。

　　黄素娥《論杜甫入夔以後的七律》,此爲臺灣中國文化大學中國文學研究所1985年碩士論文。全文集中討論杜甫進入夔州以後的七律作品,分作五章:第一章,叙論。說明研究動機及操作方法。第二章,語言。從語言因素探析各種意象塑造、用典使事及語義類型,進而分析詩歌語言如何配合主題形成不同的作用,包括象徵及喻況語言等。第三章,結構。研究語言因素,包括意象、句法、章法、主題等項,並分析形式與内容如何形成有機結構。第四章,境界。從作品追溯杜甫生平、性情,以探析其心靈世界。第五章,結論。總結杜甫入夔七律之整體風格,考核其詩學觀是否與作品相應合,並肯定其藝術成就。

廖惠美《杜甫五律登臨詩篇章法結構探析》,此爲臺灣師範大學國文系 2005 年碩士論文。先述篇章結構的理論基礎,再述内容之意象結構。形式上,分章法之"原型"、"變型"之哲學基礎與美感效果及章法剛柔定位作概括介紹,再就登臨詩意象結構論其章法"原型"結構與"變型"結構,指出章法風格之節奏美感,對比與調和之美,篇章結構設計特色,後統合杜詩章法風格剛柔的屬性。

四、研究主題的開拓與杜詩學史的構建

所謂研究主題就是指某一類研究題材,這裏包括寫實諷喻詩、詠物詩、題畫詩、婦女詩、追憶主題等。如金雲龍《杜甫寫實諷喻詩歌研究》,此爲臺灣師範大學中國文學研究所 1981 年碩士論文。全文集中討論杜甫寫實諷喻詩歌,共有六章:首論研究動機。第二章論述杜甫生命歷程與生活變遷,欲從杜甫實際生活經驗中勾勒杜甫寫實諷喻精神形成之背景。第三章論述杜甫諷喻精神形成的原因,分從"自我"、"非自我"生活之影響二類分析。第四章論述杜詩寫實諷喻作品之特質,從取材類別、敘述態度、使用形式等方面加以分析。第五章觀察杜甫此類詩歌寫作精神之影響,以明世變。末章則爲結論,提綱挈領,總括前論。

簡恩定《杜甫詠物詩研究》,此爲臺灣東海大學中國文學研究所 1982 年碩士論文。全文以杜甫的詠物詩爲研究重心,分三部分論述:"導論"有三章:首章論詠物詩的意義與界定。二章對詠物詩作一溯源,以探索中國詠物詩的來源及其演變情形。三章論杜甫詠物詩產生的背景及成因。"本論"亦有三章:首章論杜甫詠物

詩的承襲與創新,從寫作技巧及體制句法的承襲處,厘析杜詩新創的部分。二章分析杜甫詠物詩的分類,將其分爲:主於刻劃一物、借物自況、用物擬人、托物諷時、對物感懷、借物以議論者六類型。三章説明杜甫詠物詩的寫作特色:托物起興、擬物比況、沉鬱頓挫風格、不即不離創作手法、因小見大的遠情筆法、洋溢生命力的動人情調等六大特色。"結論"評價杜甫詠物詩,以肯定其在中國文學源流中的價值與地位。

　　楊國蘭《杜甫題畫詩研究》,此爲"中央大學"中國文學研究所1989年碩士論文。全文以杜甫題畫詩爲論述中心,輔以國内外殘缺摹本,以考索杜甫詩情畫意之美感,研究方法則應用綜合、歸納、比較等進行縱貫面與橫斷面交叉論述。全書共有八章:首章叙述題畫詩之歷史淵源。次章概述杜甫當代繪畫情況。三章、四章探討杜甫題畫詩在文學與繪畫史上之造詣。第五章建構杜甫審美系統。第六章檢討杜甫審美標準。第七章比較杜甫與當代畫評家之觀念。第八章説明當代詩人與杜甫題畫詩相承關係,以確立杜甫題畫詩之歷史地位。

　　許銘全《杜甫詩追憶主題研究》,此爲臺灣大學中國文學研究所1996年碩士論文。全文以主題學研究法討論杜甫追憶詩,全書分作六章:第一章,叙論。説明研究方法與問題界説。第二章,往事(上)。説明少年漫遊追憶及盛世追憶。第三章,往事(下)。討論政治生涯回顧及戰亂流離的追憶。第四章,追憶。論身體記憶與凝結往事的對象、空間記憶。第五章,精緻的斷片。論杜甫追憶詩的時空感及回憶與被回憶中的自我。第六章,結語。總結前論,論析追憶詩篇對杜甫的創作與心境有一定程度及不同角度的探知,即追憶詩交織出杜甫面對外在時代和人生的重荷,不僅是個人生命的凋謝,也是整個時代的崩潰。

　　吳韋璉《杜甫婦女詩研究》,此爲臺灣師範大學國文學系1996年碩士論文。全文以杜詩中的婦女詩爲研究範疇,所謂的"婦女詩”是以主題結構爲界説,亦即詩中雖無婦女字眼,然内涵是描寫婦女者爲研究對象。第一章叙論,説明研究動機、研究成果檢視、婦女詩定義、取材原則及研究方法等。第二章論杜甫的背景與生平。第三章論杜甫的性情與思想,説明其性情具有同情心、耿直性。第四章杜甫婦女詩内涵分類,從四方面進行論述。一、説明社會實況的呈顯;二、就篤切濃郁的親情,分析杜詩寫妻女、妹妹之情;三、就當代婦女寫貴族婦女、平民婦女、妓女之切面以反映社會情狀;四、分析杜甫反對和親政策。第五章論杜甫婦女詩之寫作特色,共羅列三項特色:豐富生動的典型人物、千錘百煉的文字架構、純熟精切的比興技巧。第六章論杜甫婦女詩的境界,揭示出純摯的人倫光輝、熾熱的悲憫情懷、政治的思想憧憬三項内容。第七章對杜甫婦女詩作一評價,歸納出杜甫婦女詩具有情感深厚廣博、女性美的塑像、社會現實的反映、口語的擷取等四個特色。

王淑英《杜甫“三吏”“三别”詩研究》,臺灣文化大學中文系2004年碩士論文。以杜甫“三吏”“三别”爲主題,探討乾元年間迄戰爭結束,叛賊仍充斥社會的現狀,兼論其音韵之美、修辭技巧及反映現實精神。

陳宣諭《杜甫樂府詩研究》,臺灣師範大學國文系2005年碩士論文。論文探討了樂府詩的承傳和流變情況。其主題有社會寫實詩、婦女詩、詠物詩、規諫友輩詩、慕隱之思與世緣之念、憶昔與念、題畫詩、飲酒詩、思鄉思家詩、山水紀遊詩等。續論其語言藝術,從表現手法、修辭技巧探討其成就,最後歸結其價值及對後世之影響。

江曉慧《從語境探索杜詩教學》,臺灣高等師範大學國文系2003年碩士論文。從“語境”之内外二面向來論述杜詩之教學。教師從事教學,常因人而異,各有適合的方式與歷程,最重要是掌握教學原理以提升學生學習興趣。可謂别開生面。

杜詩學史的構建也是臺灣地區杜詩學的重要組成部分。如胡傅安《詩聖杜甫對後世詩人的影響》①，全書共分四章進行論述。第一章，叙論。概述杜甫生平、思想行爲、詩歌成就。第二章，杜甫的生平及其詩歌成就。細論杜甫生平、思想行爲及其詩歌成就。思想行爲分爲忠君、仁愛、明智、堅毅、幽默。詩歌成就則論杜甫的文學主張、杜詩風格及杜詩特色，包括沉雄、工妙、比興、用典、史筆、拗體、口語、拙句、叠字等項。第三章，杜甫對後世詩人的影響。論杜甫對韓愈、張籍、白居易、元稹、李商隱、王安石、黃庭堅、陳師道、陳與義、陸游之影響。第四章，結論。説明杜甫是充分發揮儒家人文思想，表現人道精神的偉大詩人，其詩法更被後世奉爲圭臬，後世詩人受其影響甚著。故是書不僅對研究杜甫及如上十家多有助益，於研究整個唐宋詩的發展也頗有參考價值。

陳偉《杜甫詩學探微》②，全書旨在探索杜甫之生平性情、詩學淵源、詩藝、“四季”分期及夔州詩等。共分十三章：首論杜甫生平及性情，述其一生窮困憂患，却能“臨大節而不奪”，以詩歌書寫時代。第二、三、四章叙寫杜詩淵源，其淵源之一即是兼涵衆家之長，成就海涵地負之風。就體裁言，無體不備，就詩法言，無法不具，成爲“集大成”者。淵源之二即是家學淵源，崇奉祖父杜審言，能光大其遺緒，並轉益多師，對屈宋、漢魏、齊梁、初唐等亦師法之，使其能折衷今古，開發新的境界。淵源之三，論述杜詩“集大成”在詩歌體裁上的具體成就，五古、七古、五律、七律、五排、七排、五絕、七絕等八種體裁，以漢魏以降的古典詩歌體裁，恰當而具獨創性地表現自己的風姿。第五章論杜甫以儒家思想爲本位，以儒家自居、儒道待人、儒術濟世，並能憂時恤民、仁民愛物。第六章論杜甫閒適詩所反映的日常生活世界。第七章詩藝概觀，分煉字、鑄句、屬聯、用

①　胡傅安《詩聖杜甫對後世詩人的影響》，幼獅文化事業公司 1985年版。

②　陳偉《杜甫詩學探微》，文史哲出版社 1985 年版。

典、章法、音律論其詩藝成就。第八、九、十章則以賞析的方式解讀三首《望嶽》、七首詠雁詩、《詠懷古迹五首》等。第十一章論夔州詩。第十二章論杜詩"四季"分期提要。第十三章餘論，爲杜律被胡適否定作辯正。

簡恩定《清初杜詩學研究》①，此原爲臺灣東海大學博士論文，全書分三篇:《導論:清初杜詩學的背景及其意義》《本論:清初杜詩學的理論研究》《結論:清初杜詩學的價值與影響》，以探究自明入清論杜注杜之著作爲主。"本論"部分，主要包括尊杜與輕杜之說理論的探究、杜甫詩聖地位的總檢討、杜甫爲詩史觀念之演變與發展、錢謙益與朱鶴齡注杜之争的原因與評估、杜詩藝術技巧的闡發等，是其研究重心所在。清初杜詩學承自明代，因擬古風氣興起，政治環境轉移，以及晚明理學自省和比興觀念的再闡發，對杜詩之評論皆産生影響，而錢謙益、朱鶴齡注杜始末自是一件大事，故所論亦兼及杜甫詩聖地位轉移之探討，尊杜與輕杜之理論建立和杜詩藝術技巧闡發，都可探勘清代詩學理論之演變。

呂正惠《杜甫與六朝詩人》②，分七章深入而細緻地論述了杜甫與六朝詩人的關係:一、緒論。二、漢魏晉詩的三個傳統，兼論杜甫與三大傳統之關係。三、杜甫與謝靈運。四、杜甫與鮑照。五、杜甫與齊梁詩人。六、杜甫與庾信。七、結論。著者認爲:"杜甫是中國歷代大詩人中最不輕易放棄任何傳統的詩人"，"正由於杜甫具有廣博的心胸，正由於他能够接納前代詩人的一切成就，他纔能在最博大的基礎上創造出中國詩歌中最宏偉的高峰"。杜甫的創作實踐證明，"最尊重傳統的詩人也可以是最具有獨創性的詩人"。著者分析了漢、魏、晉詩的三個傳統:樂府民歌傳統、詠懷傳統和美文傳統，而認爲"杜甫和美文傳統的關係最爲密切"。著者

① 簡恩定《清初杜詩學研究》，文史哲出版社1986年版。
② 呂正惠《杜甫與六朝詩人》，大安出版社1989年版。

認爲謝靈運是美文傳統的"不祧之祖",是"賦予這個傳統真正的活力,透過文字工夫成功地寫出好作品來的第一個大詩人",而"杜甫就是把這一傳統發展到極致的人"。著者論述了鮑照和謝靈運的關係。認爲鮑照"是整個漢魏六朝最具有寫實精神的詩人",是一個"小杜甫",他和杜甫"是同一氣質的詩人","在使杜甫成爲杜甫的過程中,鮑照是一個非常重要的因素,其重要性應該超過謝靈運、庾信和任何六朝詩人"。而杜甫最有得於齊梁(包括陳)詩人的是"清詞麗句"和聲律。他對庾信的傾倒與同情,實源於自己的身世之感。著者通過深入的分析和精辟的論述,得出"杜甫真是善學傳統的偉大詩人"的結論。書後附錄《杜詩與日常生活》一文,認爲"在中國詩歌史上,是杜甫奠定了日常生活詩歌傳統的基礎"。

李立信《杜詩流傳韓國考》①,全書旨在考索杜甫詩歌流傳到韓國之情形。共分五章:第一章,緒論。先論中韓兩國的血緣關係,再概述唐詩傳入韓國的情形,繼而概述韓國歷代詩壇。第二章,杜詩傳入韓國之始末。主要是考察傳入時間及杜詩在韓國大行其道的原因,並介紹歷代流傳的情形。第三章,韓國歷代編注刊印之杜集概況。分述韓國歷代注釋及編纂之杜集、刻印之杜工部詩文集、歷代零星之注釋、歷代論及杜詩之詩話。第四章,杜詩對韓國詩壇之影響。分述歷代詩人對杜詩之評價、讀杜詩蔚成風氣、類比杜詩之作品。第五章,結論。歸結前論得出,杜詩應是十一世紀到十二世紀之間傳入韓國,傳入後,一直到朝鮮末年,杜詩始終受到韓國詩人崇拜,且歷來對刊行杜甫詩集,不遺餘力,有根據中國之複刻本,亦有韓人自行注釋編纂的共十餘種,數量可觀。

徐國能《歷代杜詩學詩法論研究》②,此爲臺灣師範大學國文研究所 2001 年博士論文。以探討歷代杜詩學中之詩法論爲主,理論

---

① 李立信《杜詩流傳韓國考》,文史哲出版社 1991 年版。
② 徐國能《歷代杜詩學詩法論研究》,里仁書局 2009 年版。

結構分作兩層次進行,第一是在原始資料中整理出歷代批評家對杜詩詩法之分析,提出理論作用、術語定義及相關問題。第二層次是針對理論術語所具有的文學批評意義作分析。共分六章:第一章緒論,先釋"杜詩學"之名義及研究旨趣,並述歷代詩法理論之發展。第二章首論杜詩學詩法論之初精,自中唐迄南宋,此時詩人直接學習杜詩法,並對杜詩用字、練句提出討論,次論杜詩學詩法論之中期,自劉辰翁至金聖嘆,此時采用"評點"手法。第三章論清人注杜及詩話中對杜詩詩法之闡發情形,主要對前代理論的繼承與細密化,以方東樹《昭昧詹言》爲主。第四章論清代以評論探析杜詩詩法之二著作,一是黃生《杜詩説》,一是吳瞻泰《杜詩提要》,分析二人論杜詩詩法之繁複細刻。第五章厘定字法、句法在語言上的意義,進而探討杜甫及杜詩批評出位的現象。第六章結論,以詩法批評在"示人學詩門徑"與"以詩法解杜旨"之流於枉然,而以"藝術呈現"最爲成功,將杜詩推向藝術的經典地位,最後論杜詩藝術經典化的過程,及此一過程與結果對我國詩學的總體影響。

　　另外,徐國能還有兩篇重要論文也值得重視:《張性〈杜律演義〉研究》和《張綖杜詩學研究》①。前者是對張性《杜律演義》的研究,指出該書參取了徐居仁編、黃鶴補注《集千家注分類杜工部詩》,並有意改變了宋人傳統的注杜方式,具體説就是對杜詩主旨有更多個人闡釋,較前偏重儒家倫理的解詩角度,加重了導引後學易於創作的成分,其"演義"的解杜傾向,對後世杜詩學影響很大。後者進一步談論張綖的杜詩學著作——《杜工部詩通》(十六卷)、《杜律本義》(四卷),也受到張性《杜律演義》和元代范梈《杜工部詩范德機批選》的影響。

---

　　① 分見《東吳中文學報》2015 年總第 29 期和《清華中文學報》2016 年總第 16 期。

　　蔡振念《杜詩唐宋接受史》①，全書從讀者反應理論、闡釋學、接受美學的新觀點，研究杜詩對唐宋詩人的影響，是一本賦古典以新義的學術論著，指出詩壇對前人詩歌的接受，往往表現爲其對詩歌的闡釋、模仿、評點、出版及在詩文中稱賞等具體化的言行，杜甫詩歌從唐代開元、天寶以來，逐漸成爲中國詩史上經典之作，其間唐宋人的接受態度無疑扮演關鍵角色，影響後世對杜詩的看法，唐宋人對杜詩的接受，決定了杜詩觀，故而該書從接受的表現方式，分從普通讀者的接受效果史、批評家的闡釋史，詩人作家的影響史三者來論述杜詩在唐宋被接受情形。內容共分三章：一、杜詩接受史與接受理論。先概述唐宋杜詩接受史、接受美學理論及杜詩接受史的研究概況。二、唐人對杜詩的接受。首論杜詩在唐代的接受概況及其影響，然後分從大曆詩人、韓孟詩派、元白詩派、晚唐前期詩人李商隱及晚唐後期詩人五部分進行闡述接受的情形。三、宋人對杜詩的接受。首論杜詩在宋代的接受概況，續論王安石、蘇軾、黃庭堅、江西派二陳、陸游與文天祥之接受情形。四、結論。論證了時代對作家接受的重要性。

　　陳文華主編《杜甫與唐宋詩學》②，收集海內外著名學者的論文30篇，陳文華認爲，“杜詩學是歷久不衰的顯學”，“杜甫以其不朽之典範地位，使得每一時期都有各自關心的命題或新起之研究方法灌注到此一研究領域當中”，而“杜詩學之內涵其實已經超越了杜甫當日所創立的文本，而爲歷代研究者各取所需，乃造就了其豐富的生命力，並反映了詮釋者所處的時代面貌”（《前言》），所選論文也體現了這樣的特點。

　　在杜詩接受史方面，還有幾部專著，如吳秀蘭《蘇辛詞借鑒杜詩之研究》，研究蘇軾、辛棄疾詞借用杜詩的原因和手法，較偏重技

---

①　蔡振念《杜詩唐宋接受史》，五南圖書出版公司 2002 年版。

②　陳文華主編《杜甫與唐宋詩學》，里仁書局 2003 年版。

巧方面的討論①。黄雅莉《江西詩風的創新與再造：陳後山對杜詩的繼承與拓展》，是以陳後山的宗杜傾向爲考察中心，闡釋陳後山擺脱黄山谷詩的缺點，展示出獨有的聲音②。張邱奎《唐末杜甫詩歌接受研究：以羅隱、韋莊、韓偓三人爲探討》，考察唐末三位詩人與杜甫的接受關係，試圖重新評價唐末的文學風氣，並不局限於香豔或苦吟的詩歌風格③。

第三節　港澳地區的杜甫研究（上）

港澳地區，沿用習慣稱法，指香港和澳門。這裏的"港澳"，既以學人出身，又以出版地來界定"港澳"所指，即一方面指身在"港澳"的學者的杜甫研究，一方面指凡在港澳出版的有關杜甫之論文、著作、選集等，均爲討論的對象。香港孕育出多項中國文化及歷史的研究，又把研究成果介紹給西方，誠爲中西文化交流之重地，此已由羅香林、余英時、霍啓昌等言明④。

從 1949 年以後至今，在港澳出版的有關杜甫的論文大體上有百餘篇，著作和選集不下於四十餘本。若加整理、歸納，大致分爲選本、杜甫資料整理、杜甫生平事迹研究、杜詩思想内容與藝術技巧研究、有關郭沫若《李白與杜甫》而展開的討論、韓國詩話資料所收杜甫材料的學術價值等不同方面。鑒於研究實績，本節以香港爲中心。

---

① 花木蘭文化出版社 2011 年版。
② 花木蘭文化出版社 2012 年版。
③ 花木蘭文化出版社 2020 年版。
④ 參見羅香林《香港與中西文化之交流》，香港中國學社 1961 年版；余英時《香港與中國學術研究》，《二十一世紀》第 17 期（1993 年），第 4—7 頁；霍啓昌《香港與近代中國》，香港商務印書館 1992 年版，第 49—86 頁。

羅香林在《中國文學在香港之演進及其影響》中便曾指出二十世紀早期香港在中國文學上的貢獻："以其發育於新聞界之政論與詩文小説,故其讀者普遍,而撰作迅速……以其發揚於大學與書樓之專門講授,故其研討廣博,而感發遥深。"①余英時在《香港與中國學術研究》中亦指出:自十九世紀中葉,香港便爲中西學術文化的溝通提供了最理想的地點。又説:"香港在日常生活中一直與時俱新,然而對於古老傳統却没有發展出一種除惡務盡的態度,這恐怕正是香港的文化潛力的所在。"②

一、錢穆在新亞書院談論杜詩

新亞書院是 1949 年由錢穆、唐君毅、張丕介等一批學者興辦的,當時名爲亞洲文商學院。次年 3 月改組並易名爲新亞書院。1959 年,新亞書院接受香港政府的建議,改爲專上學院,參加統一文憑考試,同時接受香港政府的補助。1963 年,香港中文大學成立,新亞書院成爲成員書院之一。錢穆撰寫的《新亞校歌》有云:"山巖巖,海深深。地博厚,天高明。人之尊,心之靈。廣大出胸襟,悠久見生成。珍重,珍重,這是我新亞精神。"(之一)③在這種精神下研究杜詩,是多麽融洽和諧!

書院設有文史系,錢穆爲主任。錢穆在 1955 至 1956 年在書院講"中國文學史"課,其弟子葉龍將聽課筆記整理成《中國文學史》,由天地出版社 2015 年出版。錢穆説"我曾在新亞講過兩年中國文學史","未能把學生課堂筆記隨時整理改定"④,蓋爲此也。

---

① 羅香林《香港與中西文化之交流》,香港中國學社 1961 年版,第 212 頁。

② 余英時《香港與中國學術研究》,《二十一世紀》雜志第 17 期(1993年),第 5、6 頁。

③ 作於 1953 年 7 月,載錢穆《新亞遺鐸》,生活·讀書·新知三聯書店2004 年版,第 5 頁。

④ 錢穆《中國文學講演集》之《自序》,巴蜀書社 1987 年版,第 1 頁。

當然,錢穆 1965 年辭職離開新亞,原因複雜,兹無需深究。

(一)《中國文學史》中的杜詩學

錢穆是一位尊重儒家思想傳統的大學者,對文學價值的看法,重視社會功能,文學有益於政治與世道人心。因此,在文學成就的評價上,他認爲陶淵明高於謝靈運,杜甫高於李白。同時,他對文學的情趣、美感也很重視。下面我們對他的講義加以梳理,看看他是怎樣評析杜甫及其詩作的。

1. 時代成就了杜甫

錢穆開門見山地談起"時代氣運與人才"的關係,並引出杜甫:

> 凡每一個時代,其同時代最偉大的人,必有齊名者,如詩人稱"李杜",文稱"韓柳",書法家則有"顔柳",畫家則並稱"吳李"。當時代的氣運轉動時,必同時可出很多人才也。①

李白與杜甫是玄宗開元天寶時期最著名的詩人,並稱"李杜"。尚有王維與孟浩然齊名,世稱"王孟"。李白、杜甫、王維等人都推重孟浩然這個政治圈外人士,評價都很高②。他隨後又在相互比較中突出杜甫:

> 王維是居士,杜甫是嚴正的讀書人,李白則是喜歡講神

---

① 錢穆講述,葉龍記錄整理《中國文學史》,天地出版社 2015 年版,第198 頁。

② 如李白云:"吾愛孟夫子,風流天下聞。紅顔棄軒冕,白首卧松雲。"(《贈孟浩然》)"故人西辭黄鶴樓,烟花三月下揚州。孤帆遠影碧空盡,唯見長江天際流。"(《黄鶴樓送孟浩然之廣陵》)杜甫云:"復憶襄陽孟浩然,清詩句句盡堪傳。"(《解悶十二首》其六)"吾憐孟浩然,裋褐即長夜。賦詩何必多,往往凌鮑謝。"(《遣興五首》其五)王維云:"故人不可見,漢水日東流。借問襄陽老,江山空蔡州。"(《哭孟浩然》)

仙、武俠的江湖術士,照理是屬於下層社會的。一種是王維講佛教,一種是杜甫講堯、舜、孔、孟,李白却又是另一種。①

在錢穆看來,"李白是最難評論的一位詩人。他在當時社會上的地位、名聲遠在杜甫之上,是一位社會文學家"②。可是,比較通道的李白與信奉孔孟儒家的杜甫,"此處如李、杜齊名,但以杜甫爲高"。態度非常明確。杜甫的高妙、高深,正在於以詩歌的形式表現了兩個"偉大":

> 一國的文化是其民族性情的表現,爲表現民族文化的偉大,可以讓萬物共容,不必定於一尊,才是表示文化偉大。③

錢穆按照杜甫的生平行迹順次道來,其觀點,有發明,也有可商榷處。如言"大曆中遊耒陽時醉酒而卒",便是選擇了不科學的傳統一說。將杜甫一生分成四個階段。第一階段:一歲至三十四歲;第二階段:三十五歲至四十四歲;第三階段:四十五歲至四十八歲;第四階段:四十九歲至五十九歲。這是大衆觀點。

　　錢穆對杜甫"長安時期"的詩作評價很高。他説,杜甫生命的第二個時期,是"杜甫最爲潦倒窮困的時期,經歷了'安史之亂',却作了很多好詩"④。因爲在這個時期,杜甫吃過殘羹冷炙,生活極爲困苦,"但心胸却擴闊了。杜甫的全部人格精神與時代打成一片,與歷史發生了大關係"⑤。而杜甫四十四歲這年(755),即是"安史

---

①　錢穆講述,葉龍記錄整理《中國文學史》,第202頁。
②　錢穆講述,葉龍記錄整理《中國文學史》,第201頁。
③　錢穆講述,葉龍記錄整理《中國文學史》,第204頁。
④　錢穆講述,葉龍記錄整理《中國文學史》,第205頁。
⑤　錢穆講述,葉龍記錄整理《中國文學史》,第205頁。

之亂"爆發之年,正是中國歷史上的大轉捩點,杜甫用詩歌記録了這一"轉捩點"。四十八歲,杜甫去四川,在生活上較爲安定,當地的政府首長嚴武當作"外賓"招待他。此一階段他的詩,在技巧上大有進步,杜甫自云"晚節漸於詩律細"也。可是,"詩的内容精神方面却比以前遜色得多了"。這些觀點是較爲公允的。

按照"我們讀任何作家的書最好都按次序讀其全集"的原則,我們讀杜詩,"最好讀他的年譜,根據年譜讀他的詩集就等於讀他的自傳"①。這是錢穆一以貫之的觀點,即結合年譜分階段讀杜詩,是非常好的一種治杜途徑。這樣才能真正體會出"史詩"的含義:

> 杜甫如一片枯葉,任由狂風吹飄。他是在大時代中無足輕重的一粒沙、一片葉,但杜詩變成了史詩,他的作品反映了當時整個的時代。②

這個"反映時代"是全方位的、多方面的。如杜甫有一詩《聞官軍收河南河北》:"劍外忽傳收薊北,初聞涕淚滿衣裳。却看妻子愁何在,漫捲詩書喜欲狂。白日放歌須縱酒,青春作伴好還鄉。即從巴峽穿巫峽,便下襄陽向洛陽。"這首"史詩","甚爲震撼人心,使當時亂世流浪者心花怒放"。又如杜甫對乞援回紇會造成的惡劣後果,如今已一一應驗。曾幾何時,回紇在唐肅宗時極度驕横,收復中原後,氣焰更囂張了。杜甫早前寫的《北征》等多首詩中有説明。又如,吐蕃又經常入侵。代宗時,吐蕃聯合了邊疆的遊牧民族吐谷渾等攻佔了長安,代宗倉皇逃到陝州。長安兩度陷落,並遭受到焚毁與劫掠,使杜甫極爲痛心,杜甫曾在多首詩中提及,如:"西京安穩未,不見一人來"(《早花》);"亂離知又甚,消息苦難真"(《遣

---

① 錢穆講述,葉龍記録整理《中國文學史》,第 205 頁。
② 錢穆講述,葉龍記録整理《中國文學史》,第 205 頁。

憂》）；“隋氏留宮室，焚燒何太頻”（《遣憂》）。這就是“史詩”，可補史之不足的。在兵荒馬亂、人民遭受痛苦煎熬的日子裏，杜甫更是憂心如焚。直到代宗廣德二年（764），他在四川方才欣聞長安收復，寫成排律組詩《傷春五首》，這“其實都是關心國家前途、民生疾苦的政治詩”①。

2. 杜甫的儒家精神

杜甫向被稱爲“醇儒”，其思想核心是儒家。他以詩的形式“表達了儒家的最高精神”。在錢穆看來，以下詩句很好表現了他的“儒家精神”，如：“江漢思歸客，乾坤一腐儒”（《江漢》）；“許身一何愚，竊比稷與契”（《自京赴奉先縣詠懷五百字》）；“致君堯舜上，再使風俗淳”（《自京赴奉先縣詠懷五百字》）；“惟將遲暮供多病，未有涓埃答聖朝”（《野望》）。如此等等。這種精神表現在：

> 即社會不用他，他並不怨人。其實他内心是有牢騷的，但是並不怨天尤人。但我們可以説，對唐代三百年最有貢獻的，恐怕要算杜工部了。②

這一觀點堪爲的評，歷史證明，確是這樣，而且是承上啓下，影響甚鉅。錢穆又説，“我在幼時最愛讀杜甫的《茅屋爲秋風所破歌》”，爲什麼喜歡？因爲“杜甫這首詩境界極高，心胸極偉大”③。與李白最看重魯仲連不同，杜甫則最崇拜諸葛亮，他在四川時就住在諸葛亮祠堂旁邊；“李白是仙風道骨，老莊風度；杜甫則布帛粟菽，有儒家精神。”④於是，錢穆亦頗愛杜甫的另一首詩《縛雞行》：“家中

---

① 錢穆講述，葉龍記錄整理《中國文學史》，第208頁。
② 錢穆講述，葉龍記錄整理《中國文學史》，第206頁。
③ 錢穆講述，葉龍記錄整理《中國文學史》，第206頁。
④ 錢穆講述，葉龍記錄整理《中國文學史》，第206頁。

厭雞食蟲蟻,不知雞賣還遭烹。蟲雞於人何厚薄,吾叱奴人解其縛。"此詩說的是杜甫不願將雞出售,但"富有哲學意味,亦是寫日記,記錄其日常生活有感"①。

3. 杜甫的"轉益多師"

杜甫在其《戲爲六絕句》中說:"別裁僞體親風雅,轉益多師是汝師。"杜甫是這麼說的,也是這麼做的。錢穆說:

> 凡是大學者必具備兩種能力:一是爲自身的表現;二是要有好的有效的教人方法。朱子便具有上述兩種能力。杜甫是詩聖,當時唐人要反對《文選》派,杜甫却道:要"熟精《文選》理","庾信文章老更成,凌雲健筆意縱橫。今人嗤點流傳賦,不覺前賢畏後生"。②

這即是說杜甫亦"具有上述兩種能力"。杜甫要人們"熟精《文選》理",就是汲取前代詩學的精華,特別是"文章老更成"的庾信。杜甫也推崇宋玉,他說:"搖落深知宋玉悲,風流儒雅亦吾師。"(《詠懷古迹五首》其二)又推重蘇武、李陵與曹植,有詩云:"李陵蘇武是吾師"(《解悶十二首》其五),"文章曹植波瀾闊"(《追酬故高蜀州人日見寄并序》)。他又推尊陶淵明、謝靈運等前輩作家,對同時代的李白也極度看重,詩曰:"清新庾開府,俊逸鮑參軍。"(《春日憶李白》)這是用庾信、鮑照來比配李太白。他又推重岑參道:"謝朓每篇堪諷誦,馮唐已老聽吹噓。"(《寄岑嘉州》)此處是說岑參可比配謝朓。

杜甫做到了"別裁僞體親風雅,轉益多師是汝師",又說:"不薄今人愛古人","文章千古事,得失寸心知。作者皆殊列,名聲豈浪

---

① 錢穆講述,葉龍記錄整理《中國文學史》,第207頁。
② 錢穆講述,葉龍記錄整理《中國文學史》,第208頁。

垂。……後賢兼舊例,歷代各清規"。説明杜甫尊重每一位作家,不論今人古人,他們各有不同的技藝本領,好名聲不是白白得來,新的是從舊的傳承而來,所以今人古人同樣值得吾人尊重①。不僅如此,錢穆還論及了杜甫的創作論,也是非常簡明扼要。

杜甫自述道:"毫髮無遺憾,波瀾獨老成。"(《敬贈鄭諫議十韵》)"晚節漸於詩律細。"(《遣悶戲呈路十九曹長》)這就是説,杜甫認爲寫作時,必使字字妥當。他寫文章必須要求能達到最高妙的境界。杜甫又説,"讀書破萬卷,下筆如有神"(《奉贈韋左丞丈二十二韵》),意即寫文章能做到下筆有神,便可以做到老成而没有遺憾了。他又説:"語不驚人死不休。"(《江上值水如海勢聊短述》)杜甫此意即是,寫文章要做到語語驚人,才能代表文學家的全部生命。錢穆在講課的最後,再引述杜甫的兩句詩作結:

> 詩曰:"但覺高歌有鬼神,焉知餓死填溝壑。"杜甫在三十三歲到四十四歲時,在長安度過了一段漫長的殘杯冷炙的困苦生活,但他仍刻苦自勵,勤讀孔、孟、老、莊諸典籍,並從《昭明文選》承受了寫文章的技巧,立志要獻身於文學,唯有如此,才能許身於其他事業。②

所引詩句"但覺高歌有鬼神,焉知餓死填溝壑",出自杜甫的《醉時歌》。錢穆在他的另一個講座即《我們如何讀古詩》中談到了杜甫這兩句詩的用典,一是《論語·里仁》:"士志於道而耻惡衣食者,未足與議也。"一是《孟子·滕文公下》:"勇士不忘喪其元,志士不忘填溝壑。"兩句没有一字没有典。

---

① 錢穆講述,葉龍記録整理《中國文學史》,第209頁。
② 錢穆講述,葉龍記録整理《中國文學史》,第210頁。案,"炙"字,原文誤作"汁",此徑改。

（二）《談詩》中的杜詩學

錢穆在新亞書院課堂上講過《我們如何讀古詩》，後以《談詩》爲題選入《中國文學講演集》，巴蜀書社 1987 年出版（引文依此），再後來入《中國文學論叢》，生活・讀書・新知三聯書店 2002 年出版。在這裏，談及了王維、杜甫、李白、白居易、陶淵明、王安石、蘇軾等人的詩，往往是與杜詩比較展開的，這樣會讓杜詩更爲突出。

杜詩的境界高於王維等人，這是錢穆的總體感受。因而，文章由《紅樓夢》林黛玉與香菱談詩説起：

> 黛玉説："你應當讀王摩詰、杜甫、李白跟陶淵明的詩，每一家讀幾十首，或是一兩百首。得了瞭解以後，就會懂得作詩了。"這一段話講得很有意思。①

這裏，黛玉的眼光非常獨到，所舉三人——王維、杜甫、李白恰巧代表了三種性格，也代表了三派學問："王摩詰是釋，是禪宗；李是道，是老莊；杜是儒，是孔孟。"②從中可以看到杜詩與王詩不同，與李詩也不同。

1. 杜甫的偉大在於把自己全部人生寫進詩

在錢穆看來，"文學應是人生的"，"五四運動"時提倡新文化，主張文學要人生化。"在我認爲，中國文學比西方更接近人生。"③與王維等佛家提倡"不着一字"、不該把自己放進去才是最高境界不同，"工部詩最偉大處，在他能拿他一生實際生活都寫進詩裏去"。這種"把自己全部人生能融入"，是錢穆反復强調的。杜甫是怎樣"放進"的，有什麼特點，錢穆是這樣説的：

---

① 錢穆《談詩》，《中國文學講演集》，第 65 頁。
② 錢穆《談詩》，《中國文學講演集》，第 66 頁。
③ 錢穆《談詩》，《中國文學講演集》，第 69 頁。

　　杜工部所放進詩中去的只是他日常的人生。平平淡淡,似乎沒有講到甚麼大道理。他把從開元到天寶,直到後來唐代中興,他的生活的片段,幾十年來關於他個人,他家庭,以及他當時的社會、國家,一切與他有關的,都放進詩中去了,所以後人又稱他的詩爲"詩史"。其實,杜工部詩還是"不着一字"的。他那忠君愛國的人格,在他詩裏實也沒有講,只是講家常。他的詩,就高在這上。我們讀他的詩,無形中就會受到他極高人格的感召。正爲他不講忠孝,不講道德,只把他日常人生放進詩去,而却沒有一句不是忠孝,不是道德,不是儒家人生理想最高的境界。若使杜詩背後沒有杜工部這一人,這些詩也就沒有價值了。倘使杜工部急乎要表現他自己,只顧講儒道、講忠孝來表現他自己是怎樣一個有大道理的人,那麼,這人還是個俗人,而這些詩也就不得算是上乘極品的好詩了。所以杜詩的高境界,還是在他"不着一字"的妙處上。①

　　説得太透徹了:杜甫以平淡的日常生活入詩,什麼"詩史"、忠君愛國、儒道、忠孝、人格,都能完好表現出來,也做到了"不着一字,盡得風流"。

　　錢穆反復强調:"我們讀杜詩,最好是分年讀。"即是"拿他的詩分着一年一年地來考察他作詩的背景,要知道他在甚麼地方甚麼年代甚麼背景下寫這詩,我們才能真知道杜詩的妙處。"這對於研究杜詩,多麼具有指導或啓發意義! 可是,古往今來,有的講杜詩的,過分尋求"真實用意",甚至有意"曲解",也是不可取的②。又談得非常辯證。杜甫各個時期的詩自有其特點,舉例説來,他在天寶以前的詩,顯然和天寶以後的不同;他在隴右的詩,顯和他在成

---

①　錢穆《談詩》,《中國文學講演集》,第70頁。
②　錢穆《談詩》,《中國文學講演集》,第70頁。

都草堂的詩有不同,和他出三峽到湖南去一路上的詩又不同。這
是研究者或一般讀者都應注意的。因此,錢穆告誡人們:

> 我們固要深究其作詩的背景,但若盡用力在考據上,而陷
> 於曲解,則反而弄得索然無味了。但我們若說只要就詩求詩,
> 不必再管它在哪年哪一地方爲甚麼寫這首詩,這樣也不行。①

那怎麼辦才好? 爲防支離破碎,我們該拿杜甫全部的詩,配合上他
全部的人生背景,才能瞭解他的詩,才知道這些詩究竟好在哪裏。

　　由讀杜詩分年讀,或按年譜讀,錢穆推出中國詩人只要是儒
家,諸如杜甫、韓愈、蘇軾、王安石,“都可以按年代排列來讀他們的
詩”②。而且通過簡單的比較,以爲王荆公詩寫得非常好,“可是若
讀王詩全部,便覺得不如杜工部與蘇東坡”;由於杜工部沒有像東
坡在杭州、徐州般那樣安閒地生活過,因而“蘇詩便不如杜詩境界
之高卓”,這主要在於“蘇東坡的儒學境界並不高”。不可否認,蘇
軾在處于艱難的環境中時,他的人格是偉大的,像他在黃州和後來
在惠州、瓊州的一段,那個時候詩都好。可是一安逸下來,詩境未
免有時落俗套。因而,錢穆的結論是:

> 東坡詩之長處,在有豪情、有逸趣,其恬靜不如王摩詰,其
> 忠懇不如杜工部。我們讀詩,正貴從各家長處去領略。③

這些觀點精到而不過時。接下來拿白樂天的詩來同諸家特別是杜
詩加以比較:如果要對着年譜拿白居易一生的詩一口氣讀下,那比

---

①　錢穆《談詩》,《中國文學講演集》,第 70 頁。
②　錢穆《談詩》,《中國文學講演集》,第 71 頁。
③　錢穆《談詩》,《中國文學講演集》,第 71 頁。

東坡詩更易見缺點。其缺點是晚年住在洛陽，一天到晚説："舒服啊！開心啊！我不想再做官啊。"這樣的詩便無趣味、無境界了，起碼不是"最高境界"。與之比較，"杜工部生活殊不然"，在一個"窮"。人説"詩窮而後工"，窮便是窮在這個人！當知窮不真是前面没有路。要在他前面有路不肯走，硬要走那窮的路。這條路看似崎嶇，却實在是大道，如此般的窮，才始有價值。

> （杜甫）年輕時跑到長安，飽看着"朱門酒肉臭，路有凍死骨"的情況，象他在《麗人行》裏透露他看到當時内廷生活的荒淫。如此以下，他一直奔波流離至死爲止，遂使他的詩真能達到了最高的境界。①

接着錢穆又拿陸放翁的詩來與杜詩比較。錢穆説，陸游晚年的詩就等於他的日記，而且寫了很多。他有時雖能不忘國家民族大義，但"他似乎有意作詩，而又没有象杜工部般的生活波瀾，這是他吃虧處"②。反過來説，杜甫的生活波瀾，正是他詩歌成功，甚至高於他人的地方。

在對待生命與詩的關係上，李白與杜甫不一樣，他"並不要把自己生命放進詩裏去，連他自己生命還想要超出這世間"③。所以，李白的詩固然好，可是是出世的詩，不需照着年譜去讀，盡可不必去考他時代背景。然而，"他的境界之高，正高在他這個超人生的人生上"④。與讀李太白、王摩詰詩盡可不管他年代很不一樣，我們讀杜工部、韓昌黎、蘇東坡、陸放翁等人的詩，"他們都是或多或少

---

① 錢穆《談詩》,《中國文學講演集》,第 72 頁。
② 錢穆《談詩》,《中國文學講演集》,第 72 頁。
③ 錢穆《談詩》,《中國文學講演集》,第 73 頁。
④ 錢穆《談詩》,《中國文學講演集》,第 73 頁。

地把他們的整個人生放進詩去了,因此能依據年譜去讀他們詩便更好"①。看來,依據年譜去讀杜詩是多麼重要!

2. 完整把握杜詩的境界格局

錢穆強調在廣闊的文化背景下"讀古詩"。他說,中國文學中包括了儒、道、佛諸派思想,甚至連作家的全人格都在裏邊了。所以要瞭解、研究某一作家,必須全面瞭解他的人生、他的作品;由於他的一生,一幕幕地表現在他的詩裏。因而,我們讀杜詩、研究杜詩,也只有這樣"才是最有趣味的"②。

文章開頭曾引林黛玉舉陶、杜、李、王四人的例子,最好每人選他們一百、兩百首詩來讀,這是很好的意見。可是,只是這樣還不夠深入,錢穆主張"讀全集,又要深入分年讀"。這裏又強調杜詩的分年讀、讀全集的問題,即該照着編年先後通體讀。這樣,"趣味才大,意境才高。這是學詩一大訣竅。"③我們講詩則定要講到此詩中之情趣與意境,先有了情趣意境才有詩。讀一家作品,也該從他筆墨去瞭解他胸襟;同時,"讀詩是我們人生中一種無窮的安慰"④。如果"沒有象杜工部在天寶之亂時的生活在兵荒馬亂中,我們讀杜詩,也可獲得無上經驗"。因爲杜詩的偉大,讓我們在讀杜工部詩時,感到"他自己就是一個真的人,沒有一句假話在裏面,這裏卻另生一問題,很值我們的注意"⑤。順此思路下去,該怎樣"注意"呢?錢穆說:

　　中國大詩家寫詩多半從年輕時就寫起,一路寫到老。象杜

①　錢穆《談詩》,《中國文學講演集》,第73頁。
②　錢穆《談詩》,《中國文學講演集》,第74頁。
③　錢穆《談詩》,《中國文學講演集》,第75頁。
④　錢穆《談詩》,《中國文學講演集》,第77頁。
⑤　錢穆《談詩》,《中國文學講演集》,第77頁。

工部、韓昌黎、蘇東坡都這樣。我曾説過，必得有此人，乃能有此詩。循此説下，必得是一定人，乃能有一定集；而從來的大詩人，却似乎一開始，便有此境界格局了。①

這中間道理何在？巧妙又何在？"這中應有一甚深道理"，其中之一"即是學文學似乎是學做人一條很徑直的大道吧"②!

欲通往這條"大道"，首先得有修養。"即如要做到杜工部這樣每飯不忘君親，念念在忠君愛國上，實在不容易。"③這種修養很重要，中國古人曾説"詩言志"，"若心裏齷齪，怎能作出乾净的詩？心裏卑鄙，怎能做出光明的詩？"所以學詩便會使人走上人生另一境界去，"學詩就成爲學做人的一條徑直大道了"④。

3. 怎樣學杜詩

錢穆説，學文學不一定是在做學問。我們爲什麽喜歡讀詩，拿起杜工部集，怎樣讀？學作詩，怎樣去"學他最高的意境"⑤？錢穆都做了回答，爲了中國的將來，"每個人先要有個安身立命的所在"：

有了精神、力量，才能擔負重大的使命。這個精神和力量在哪裏？灌進新血，最好莫過於文學。⑥

而文學這方面的典範莫過於杜詩，應看杜詩的内容。

---

① 錢穆《談詩》，《中國文學講演集》，第 77 頁。
② 錢穆《談詩》，《中國文學講演集》，第 77 頁。
③ 錢穆《談詩》，《中國文學講演集》，第 77 頁。
④ 錢穆《談詩》，《中國文學講演集》，第 78 頁。
⑤ 錢穆《談詩》，《中國文學講演集》，第 79 頁。
⑥ 錢穆《談詩》，《中國文學講演集》，第 79 頁。

　　　　一個人如何處家庭、處朋友、處社會，杜工部詩裏所提到
的朋友，也只是些平常人，可是跑到杜工部筆下，那就都有神，
都有味，都就好。①

請客吃飯，本是一件很平常的事，可是杜甫却與常人不一樣。常人
吃飯，吃完就算。杜甫却是"吃得開心作一首詩，詩直傳到現在，我
們讀着還覺得痛快。同樣一個境界，在杜工部筆下就變成文學
了"②，讓後人品味無窮。

　　　　讀杜工都詩，他吃人家一頓飯，味道如何，他在衛八處士
家"夜雨剪春韭"那一餐，不僅他吃得開心，一千年到現在，我
們讀他詩，也覺得開心，好象那一餐，在我心中也有分，也還有
餘味。③

這本是一頓很平常的飯，可是在特殊的時間、特殊的地點、特殊的
人那裏就不一樣了。杜甫把它寫進詩裏，我們會特別覺得其可愛：
杜甫可愛，凡他所接觸的其人其境也都可愛。

　　　　其實杜工部碰到的人，有的在歷史上有，有的歷史上沒
有，許多人只是極平常。至於杜工部之處境及其日常生活，或
許在我們要感到不可一日安，但在工部詩裏便成全可愛。④

就在這種平平常常的生活中，我們看到了杜甫的偉大。縱觀杜甫

---

① 錢穆《談詩》，《中國文學講演集》，第 80 頁。
② 錢穆《談詩》，《中國文學講演集》，第 80 頁。
③ 錢穆《談詩》，《中國文學講演集》，第 80—81 頁。
④ 錢穆《談詩》，《中國文學講演集》，第 81 頁。

的一生，多數時間是如錢穆概括的這樣："杜工部當年窮途潦倒，做一小官，東奔西跑。他或許是個土頭土腦的人，別人或會説，這位先生一天到晚作詩，如此而已。"①

> 可是一千年來越往後，越覺他偉大。看樹林，一眼看來是樹林。跑到遠處，才看出林中那一棵高的來。這棵高的，近看看不見，要在遠處才覺到。我們要隔一千年纔瞭解杜工部偉大，兩千年纔感覺孔夫子偉大。②

這就是平凡中見偉大，歷史可以檢驗一切：大浪淘沙，留下的是金子。這還證明一個真理："其實真偉大的人，他不覺得他自己的偉大。"③錢穆反復申説此事，意在説明"中國文學之偉大有其内在的真實性，所教訓我們的，全是些最平常而最真實的"④，從而"瞭解中國文學的真精神"：杜甫拿他的人生加進文學裏，其人生則是有一個很高的境界的！"這裏面定有個生命。沒有生命，怎麼能兩千年到今天？"⑤

另外，錢穆還在多處談論杜甫及其詩歌，雖是就某一問題的片言隻語，却往往具有啓發性。如他在《中國文化與文學》中説，就文學之内容言，"人能弘道，非道弘人。"由此言之：

> 而有所謂"詩史"之觀念。然當知杜詩固不僅爲杜甫時代之一種歷史記録，而同時亦即是杜甫個人人生之一部歷史記

---

① 錢穆《談詩》，《中國文學講演集》，第81頁。
② 錢穆《談詩》，《中國文學講演集》，第81頁。
③ 錢穆《談詩》，《中國文學講演集》，第81頁。
④ 錢穆《談詩》，《中國文學講演集》，第81頁。
⑤ 錢穆《談詩》，《中國文學講演集》，第80頁。

録也。因此,中國文學家乃不須再有自傳,亦不煩他人再爲文學家作傳。①

錢穆對"詩史"的理解既全面又深刻:杜詩不僅是杜甫時代的一種歷史記録,同時亦是杜甫一生的歷史記録,即自叙傳。

又如上文所説,錢穆一再肯定杜甫的"忠懇",他在《中國民族之文字與文學》中説:"阮籍孤憤,陶潛激昂,李白豪縱,杜甫忠懇,而皆矜持,尊傳統。所謂納之軌物,不失雅正。"②杜甫的"忠懇"是完全合乎正統儒家的忠恕觀的,這也正是杜詩高於他人的地方。

錢穆又在《中國民族之文字與文學》中説:

> 民國以來,學者販稗淺薄,妄目中國傳統文學爲已死之貴族文學,而別求創新所謂民衆之新文藝。……欲盡翻中國文學之白窠,則必盡變中國文化之傳統,如此蚍蜉撼大樹,"王楊盧駱當時體","不廢江河萬古流"。杜老深心,固已深透此中消息矣。③

這是對新文化運動某些過激觀點的批評,他們忽視了文學内部的發展演變規律,否定一切舊文學,實不如老杜深沉也。

他在《中國文學史概觀》論中唐以前文學發展大勢時談到了陳子昂、杜甫和韓愈的貢獻,唐興,"實求復舊。陳子昂《感遇》詩開其端"。明確是要恢復"聖人教"。杜甫美之曰:"千古立忠義,《感遇》有遺篇。"這便是:

---

①　錢穆《中國文學講演集》,第 31—32 頁。
②　錢穆《中國文學講演集》,第 15 頁。
③　錢穆《中國文學講演集》,第 19 頁。

此皆欲挽魏晋以下文人積習,返之周孔政治上層治平大道之公,以爲所志所詠當在此。杜甫韓愈,遵而益進。惟社會結構與時代情況,以唐視漢,終已大變,有關日常生活私人情志之屬進文學内容,此風不復可遏。雖心存君國,志切道義,然日常人生終成文學主要題材,如杜甫韓愈之詩文集,按年編排,即成年譜。私人之出處進退,際遇窮達,家庭友朋悲歡聚散,幾乎無一不足爲當代歷史作寫照,此成爲唐以下文學一新傳統。①

在這裏又一次强調了杜甫韓愈詩文集與其年譜的關係,肯定了"杜韓關心世運"的積極態度。

二、杜詩選本與杜詩學資料整理

(一) 杜詩選本及其他

在香港出版的杜詩選注本,有不少是在大陸已出版過的,如馮至編選的《杜甫詩選》、蘇仲翔的《李杜詩選》(香港宏圖出版社二十世紀七十年代翻印)、天南逸叟校訂本《金聖嘆選批杜詩》(香港東南書局 1957 年出版)、馮江五選注《杜甫選詩注》(香港萬里書店 1978 年出版)、潭江居士編注《杜甫詩選》(香港世界出版社 1957 年出版)等。

有的則是先在香港出版,後在大陸出版的,如梁鑒江注《杜甫詩選》,作爲《中國歷代詩人選集》之一種,由三聯書店香港分店 1984 年 12 月初版,後重版多次,收入《三聯文庫》。廣東人民出版社 1985 年 11 月出第 1 版。臺灣遠流出版事業 1988 年 7 月出第 1 版後,多次重版。該書選取杜詩名作 110 篇,按體編排,

---

①　錢穆《中國文學論叢》,生活・讀書・新知三聯書店 2002 年版,第 50—51 頁。

先近體後古體。前言綜論杜甫生平思想及杜詩的内容、藝術特點。每篇都有題解、句譯、注釋和簡析。該書所選多是杜詩名篇佳作，注釋詳明，深入淺出，不乏作者的見解。末附《杜甫年譜簡編》。

周錫䪖選注《杜甫》①，爲“中學生文學精讀”系列叢書之一種。此書以編年形式把杜甫的生平與創作分爲上、中、下三個階段，每一個階段均選取若干首該時期的代表作分析與注譯，至於每首詩則分題解、譯注及評析三部分。譯注中把整首詩譯成白話文，以後就個別字詞，加以注釋。至於評析方面，選注者自言“力求簡練精當，言之有物，突出重點以助欣賞研讀”（《前言》）。另外，書中有專題研究部分，分別爲《李杜交情及其三宗疑案》《杜甫詩中的諸葛亮》《杜甫的律詩》《杜甫的題畫詩》，其中各選取有關的詩篇加以譯注及評析，以使讀者對一些專門的學術問題有所認識。

一般杜詩選本都附有杜甫生平小傳，然多爲簡單之説明。著作如香港上海書局編《杜甫》(1973 年版)，係《作家與作品叢書》之一。全書内容廣泛，計分十一部分：杜甫的一生、杜甫的詩歌創作、杜詩的風格、杜詩的韵律和體裁、杜甫的文學思想、諸家評杜詩、唱酬題詠、詩選、文選、杜甫世系、杜甫年表等，多采擷前人及當今學者之論述。詩選，計選杜詩 164 首，文選，收杜甫賦、表等 8 篇。此編對瞭解杜甫及其詩作頗有助益。

卉君編著《杜甫》②，書分三章，即詩人的一生、傑出的文學成就、作品欣賞。作品欣賞選録杜詩 43 首，作了通俗的注釋。是書爲《中學生文庫》叢書之一，故行文通俗流暢，叙事簡潔明瞭，頗便初學。

---

① 周錫䪖《杜甫》，香港三聯書店 1998 年版。
② 卉君編著《杜甫》，商務印書館香港分館 1979 年版。

曹聚仁《論杜詩及其它》①。二十世紀六十年代末,曹聚仁撰有《杜詩二十證》,實際上是有關讀杜的札記 20 篇。"當時他正在病中,翻閱杜甫詩篇,追尋杜甫行踪,聯想到自己一生漂泊,感慨甚多。"(珂雲《後記》)當時曾發表於香港及海外一些報刊。曹去世後,不少手稿遺失,所幸《二十證》尚存,而其中第十五證已缺。時任上海教育出版社社長的周忠麟讀到這部分手稿,十分珍愛,遂因職務之便將其彙集成書。全書除《二十證》外,另有談詩論詩的文字 40 餘篇,都寫得輕鬆有趣。書末附曹舊體詩 30 餘首。

吳其敏《杜甫與屈原》中有關杜甫的部分,由於它們的寫作對象均爲一般中學生,故都屬簡述性質。另一方面,孟瑶嘗試以小説方式爲杜甫寫傳——《我寫杜甫傳》,其中把杜甫的一生分爲四期:第一期爲杜甫童年至天寶四載,視爲"豪情";第二期是天寶五載至天寶十四載,爲"勝慨";第三期是天寶十四載至上元元年,爲"亂緒";最後是從上元元年至大曆五年,爲"老懷"。

洪業著、陳澄文注《我怎樣寫杜甫》,最早發表於新加坡《南洋商報》1962 年元旦特刊,1968 年由香港南大書業出版。此後臺北學海出版社於 1979 年重印此書,書名作《我怎樣寫杜甫·附詩存》。

（二）杜詩學資料整理

有關杜甫資料的搜集與整理,在香港發表過的論文亦不乏可觀之作。早在 1958 年,陳煒良在《文學世界》雜志發表了《杜詩書目彙編稿》一文,收録了自唐至清有關杜詩之書共一百四十八種,兼列朝鮮等外國有關杜詩之著作,如朝鮮摛文院編的《杜詩分韻》五卷、朝鮮李植撰《纂注杜詩澤風堂批解》二十六卷,外國方面則有 *The Book of Seven Songs by Tu Fu* 和 *Tu Fu, Wanderer and Minstrel under Moons of Cathay*,二書由 Edua Worthley Underwood 和 Chi—

---

① 曹聚仁《論杜詩及其它》,上海教育出版社 1993 年版。

Hwang Chu（朱琪璜）翻譯成英文。

　　1965年葉綺蓮之碩士論文《杜詩學》，以《臺北"中央圖書館"善本書目》、《北京圖書館善本書目》、《京都大學文學部漢籍分類目録》、中華書局出版《杜甫研究論文集》第三輯中所收馬同儼等《杜詩版本目録》以及香港大學所藏杜集等爲基礎加以整理，全文分爲上下二篇，上篇爲"杜集源流"，以考各朝研究杜詩之情況及其得失，下篇爲"杜集書録"，以編年方式排列由唐大曆至清末之杜集，其中論及各杜集之版本，均注明藏書地，凡目録書所未有著録，及各地圖書館藏書目未有見者，則題曰"佚"；又僞書和不可考其撰成年份者，則附於各朝之末，以便檢視。後論文上篇以《杜工部集源流》爲題發表於臺灣《書目季刊》1969年秋季號；下篇以《杜工部集關係書存佚考》（上、中、下）連續刊載於《書目季刊》1970年夏、秋、冬季號。

　　曹樹銘《杜集叢校》①，是書爲校勘和考證七種杜詩版本的專著，其七種版本爲《杜詩箋》《宋本杜工部集》《杜工部草堂詩箋》《錢注杜詩》《杜詩詳注》《讀杜心解》《杜詩鏡銓》。對此諸本的認識瞭解，頗有參考價值。

　　除此之外，亦有針對個別的研杜著作來討論的，許總便獨以清代吳見思《杜詩論文》爲探討的對象，發表了《論吳見思〈杜詩論文〉的特色及其對杜詩學的貢獻》，文中既簡介了吳見思的生平及著述，又初步談及《杜詩論文》一書之特色。而陳亦實《談談〈杜甫評傳〉》則是就劉維崇《杜甫評傳》而寫的一篇書評。

　　對那些研究杜詩或選編杜詩者來説，凌子鎏《唐詩選本杜甫詩采選統計》亦是一份相當有價值的參考資料，凌子鎏花了二十年時間，從六十多種唐詩選本中，取其中采録杜詩的三十八種，共杜詩二千三百七十二首，作爲研究材料，並分五古、七古、五絶、七絶、五

────────────

① 　曹樹銘《杜集叢校》，中華書局香港分局1978年版。

律、七律和排律七體,按唐選本、宋明選本、清選本以及現代選本來進行統計,故亦可將它視爲"三十八種唐詩選本杜甫詩索引"。

三、杜甫生平事迹研究

郯健行是香港杜甫研究著名專家,他對杜詩、杜文(特別是賦)、杜甫生平事迹的研究都取得了突出成果,如他對杜甫參加吏部由考功員外郎主持的進士試結果落第之說,產生了懷疑,由此寫成《杜甫府試下第試說》一文,文中重點討論杜甫究竟有沒有參加過中央試,並初步認爲杜甫可能在東都(即洛陽)府試中已下第。作者就前人立論的根據——《壯遊》作出了深入的分析,發現詩中"京兆尹"一詞並非京師之代稱,而"中歲貢舊鄉"應理解爲年中鞏縣向河南府輸貢,所指的是縣試;因此,下一句"忤下考功第"順理成章地是指府試了。同時,"考功"是否純然指吏部的考功員外郎,作者是有所保留的。經其考證,"'考功'原是一個一般由動名詞結合的詞,可以跟不同的官相配而表現某一具體和特定的職責"①。不過,後來郯健行對杜甫考進士試的事情有進一步的說法,見《杜甫貢舉考試問題的再審察論析和推斷》②。故此,"考功"兩字未必專指朝廷貢舉試官,把它視爲地方試官亦無不可。對於聞一多以爲杜甫在洛陽的福唐觀考進士試一說法,作者運用了不同的史料以指出其不確。郯健行的一系列闡釋最後結集爲《杜甫新議集》,由臺灣萬卷樓圖書股份有限公司于 2004 年出版。書中所收儘管是單篇文字,議論範圍主要集中在三個方面,各有兩三篇文章圍繞同一議題進行探索:(一)杜甫貢舉考試問題;(二)李白和杜甫初會年期問題;(三)"吳體"問題。這三方面,當世學者本有論述,並

---

① 郯健行《杜甫府試下第試說》,《人文中國》第 1 期(1995 年),第 161—172 頁。

② 《杜甫研究學刊》1997 年第 4 期,第 38—53 頁。

且還有了爲學術界大致接納的定説,然而著者通過對有關資料的細緻分析和論證,得出與當世大致接納的定説不同的結論。書名"新議",其故在此。著者的具體結論是:(一)杜甫不可能在洛陽福唐觀考進士,其在開元二十四年正月、二月間在長安參加吏部考功員外郎李昂主持的進士考試,結果落第。(二)李、杜兩人初次會面時間,宋人舊説近真,約爲開元二十五六年間。(三)吴體跟民歌無關,吴體不源於吴地民歌。説吴體跟齊梁體有關,當近事實。另外,還討論了杜甫早期作品、天寶年間詩文中頭髮描寫與作品繫年問題、釋詞問題、《芝峰類説》解杜評析等。該書見解新穎,對杜甫研究者有參考價值。

龔嘉英《杜甫的家世——爲紀念詩聖杜甫逝世一千二百周年而作》和陳香《杜甫的死因》是兩篇認真考證杜甫生死的文章。龔嘉英在其文中,從杜甫的先祖杜預至杜甫的子女,就其家族成員作出詳細的説明,其中有關杜甫的出生地,杜甫父親杜閑之死,以至杜甫長子宗文之死,都有進一步的考證。陳香在其文章中則推翻了以往認爲杜甫是死於暴飲暴食之説,並進而指出其真正的致死原因是衰瘵痼疾。上述兩篇論文均以實事求是的精神,從杜詩中尋找有力的論據,而非以杜甫的傳記或年譜作爲佐證,論點自然更加接近歷史的真實情況。

關於杜甫在浣花溪邊修築之草堂,則有黎本初《杜甫草堂》和章群《草堂與寺院》。同時,亦有針對杜甫的個別詩作進行考證的,如趙良璧《〈江南逢李龜年〉詩是杜甫作的嗎?》就探究了《江南逢李龜年》一詩是否出於杜公手筆這個問題,認爲此詩是他人僞作。

四、圍繞郭沫若《李白與杜甫》展開的討論

1962 年在北京舉行的"紀念杜甫誕生一千二百五十周年大會"上,郭沫若對杜甫作出了高度的評價,把他視爲"偉大的詩人",與李白並稱"雙子星座","中國人民向來就寶貴他,今後也永遠要寶

貴他"。然而,事隔十年,爲了投人所好以自保,在其《李白與杜甫》一書中,他却認爲"杜甫是完全站在統治階級,地主階級這一邊的",那些稱杜甫爲"詩聖"或"人民詩人"的學者,只是出於盲目的頌揚,缺乏批判的態度。香港地區學者率先就《李白與杜甫》一書作深入而詳細討論。胡菊人於 1972 年在《明報月刊》(第 4 期)發表《評郭沫若的杜甫觀》,批評郭沫若每每曲解杜詩,以求"塑造"出杜甫負面形象。如在"巴渝曲"一詞的理解上,郭沫若把它解釋成"下里巴人的歌曲",藉以"證明"杜甫是賤視"人民音樂的"。胡菊人就《漢書·西域傳贊》《晉書·樂志》《漢書·禮樂志》的資料,論證巴渝曲是一首戰歌,杜甫是以此來象徵巴蜀的戰爭。這一考證結果是可信的。"巴渝曲",出自杜詩《暮春題瀼西新賃草屋五首》其二:"萬里巴渝曲,三年實飽聞。"同時,胡氏對於杜甫的儒道思想、杜甫對待功名的態度、杜甫出峽等問題均有所討論,從而指出郭沫若研究方法的不當和批評態度的偏頗。

　　周策縱讀到胡菊人《評郭沫若的杜甫觀》一文後,覺得有些問題值得進一步討論,於是在 1973 年 4 月發表了《論杜甫》一文。除了對胡菊人一文中所提出的論據加以補充外,亦指出以出身、家庭背景、政治地位或財產之多少來評價一個詩人而不以詩論詩之不是,進而指出我國文壇上跟杜甫一樣與皇室有血統關係的詩人實在不少①,如屈原、陶潛、謝靈運等,那麼,郭沫若又該當如何評斷他們呢? 在文末,周策縱更是提及,美國著名詩人肯尼斯·雷克斯羅斯(Kenneth Rexroth)在 *Tu Fu* 一文中説到杜甫雖然哭窮,但事實上,他那些茅屋仍不失爲寬敞堂皇,而且似乎從附近的田產中有所收入。這觀點與郭沫若有些相似(我們推測,他可能參考過《李白與杜甫》),然而,兩者得出的結論却大相逕庭,肯尼斯·雷克斯羅

---

　　①　趙案:杜甫的外祖母爲唐太宗第十子紀王李慎之次子義陽王李琮的女兒,參見杜甫《祭外祖祖母文》。

斯認為杜甫的弱點正是其長處,因他更"富於人性並且和我們大家更親近"。

除了上述兩篇論文外,林曼叔亦將其在《展望》雜志(總第245—261期,1972年4月—12月)連載過的16篇文章輯錄並編成《評郭沫若的〈李白與杜甫〉》一書①(其他見下文)。此書收九篇文章,其中有七篇係批評郭氏對李、杜之論斷,另兩篇討論郭氏的《蔡文姬》和《武則天》。七篇中有三篇論李白,四篇論杜甫。該書批判了郭氏在李杜研究上的階級論偏見,並對李杜的創作歷程作了深入的探討。該書節選編入由香港浸會大學鄺健行、吳淑佃主編的《1950—2000香港中國古典文學研究論文選粹·詩詞曲篇》,學術價值較高。及至1978年,林持章發表了《郭沫若揚李抑杜及其他》一文,文中只是就郭沫若的逝世寫出一些感想,當中雖仍批評郭沫若揚李和抑杜的不是,但已沒有那麼激烈了。

可是,有關郭沫若《李白與杜甫》之爭議,並沒有隨着郭沫若的逝世而結束,在1982年1月,*Chinese Literature: Essay*, *Articles*, *Reviews*(University of Wisconsin)(簡稱CLEAR《中國文學》,威斯康星大學)刊登了陳永明《郭沫若的〈李白與杜甫〉》一文,即時引起了另一回的爭議。據作者在序言中所記,此文刊登後曾有兩位美國不同大學的中文系教授不同意此文,然有感於其言之成理,故分別選用該文作為高年級學生的閱讀和討論資料。此文原稿是用英文寫成的,至1991年,陳永明把它翻譯成中文,並收錄於其論文集《中國文學散論》中。文章中,作者從推理邏輯方面着眼,就郭沫若有關李白與杜甫觀提出了一些新看法。首先,作者就郭沫若研究李白和杜甫時所產生的謬誤以及矛盾之處,一一加以辯證。值得注意的是文中"李白與杜甫背後的意義"部分,雖然早在胡菊人的文章中已談及郭沫若之所以不惜曲解杜詩來攻擊杜甫,或許是受

① 林曼叔《評郭沫若的〈李白與杜甫〉》,新源出版社1974年版。

到當時的政治社會環境所影響；然而，陳永明認爲郭沫若之所以處處自暴其短，其實是企圖引起讀者的注意，好使他們思考其背後的用心，那就是對"文革"期間所發生的事情之諷刺。這意見並非憑空想象出來的，作者留意到郭沫若《李白與杜甫》一書最後一章《杜甫與蘇渙》，這是書中往往被忽視的部分，然而在其細讀全書後，發現了該章中所留下的綫索，並認爲郭沫若是刻意安排杜甫與那不足道的詩人——蘇渙相提並論的，並將其置於全書之最後一章，好讓讀者注意蘇渙在全唐詩中僅存的四首詩，分別是《懷素上人草書歌》和《變律詩》三首，作者認爲郭沫若可能是欲以蘇渙之詩來批評"文革"，並替自己在那段時期所做的一切加以辯護。

第四節　港澳地區的杜甫研究(下)

一、杜詩思想内容與藝術技巧研究

　　杜詩的思想内容與藝術技巧之運用，向來爲杜甫研究之重點。在香港發表有關杜詩的八十多篇論文中，三分之一便屬這類文章。香港各大專院校的學士論文中，亦以此方面的研究居多。題材方面，無論是詠物、詠史、題畫詩，均是探討的對象；技巧方面，無論是煉字、句法、音律都有所涉入。體裁方面，無論是絶句或是律詩，皆有人研究。

　　杜詩有"詩史"之稱，故有關杜甫詠史詩的討論自然不會缺少，如韓國磐《杜甫的詠史名篇〈悲陳陶〉》中，便把《悲陳陶》和《悲青阪》視爲歷史的佐證並探討杜甫寫作此二詩的背後的原因。又潘銘燊《杜甫"遺恨失吞吳"之解釋》一文，鑒於歷來對《八陣圖》末句"遺恨失吞吳"的理解，莫衷一是，故從史傳考證以明《東坡志林》

中東坡把此句理解成以先主之征吳爲恨之説。

　　對於杜甫的名篇,如《春望》《北征》《秋興八首》等都有不同方面的分析。從技巧方面着眼的有陳德錦《〈秋興八首〉略談》、霍偉雄《杜甫〈逢李龜年〉、〈舞劍器行〉兩詩試析》和吳天任《詩聖杜甫》。吳氏之文後擴展爲《中國兩大詩聖:李白與杜甫》,並由臺灣藝文印書館 1972 年出版。

　　注重杜詩字句研究的有如下幾文,如曹仕邦《談談"恨別鳥驚心"中的"鳥"》、陳乃琛《杜少陵〈春望〉的欣賞》《杜少陵"香稻""碧梧"句的命意和句法商榷》以及高繼標《論杜甫〈短歌行贈王郎司直〉》,他們往往采用了"新批評"中的文本細讀法,對詩的結構、意象、句式等作仔細的分析。注意聲律問題的則有陳蝶衣《杜甫詩研究二講》和施友明《也説杜甫"明妃詩"》。至於風格方面,有關討論杜詩"沉鬱頓挫"的文章實在不勝枚舉。張淑玲的碩士論文《近人(1949 年以後)對杜詩"沉鬱頓挫"風格綜觀述評》,嘗試回顧與總結前人的討論成果,並就當中爭議的要點,提出了論證以及作出了結論。另外,對杜詩名篇作通論的,即從寫作背景、思想内容和藝術技巧三方面作分析的,如李惠英《北征詩書後》、梁宜生《我對〈北征〉的瞭解》、葉佩華《赴奉先詠懷詩書後》和吕集義《讀杜詩〈又呈吳郎〉》。亦有以時期劃分來作通論的,如李直方《杜甫夔州詩論》上、下兩篇。而黄珅《杜甫心影録》①,以"漫話式"來評價杜詩,並抒發個人的感受。基本是以杜甫詩作爲經,兼及其生平遭遇、藝術影響,並酌采後人對杜甫的評價,環繞某一主題,由此及彼,探討因時代舛亂和政治謬誤引起的杜甫的心理和情感活動軌迹,以及由此激發並促成的杜詩獨特的創作風格和成就,從中也寄寓了作者對某些問題的看法。

---

　　① 　黄珅《杜甫心影録》,香港中華書局 1990 年初版,臺灣漢欣文化公司1990 年再版,江蘇古籍出版社 1991 年再版。

　　被元稹譽爲"盡得古今之體勢,而兼人人之所獨專"的杜甫,其詩藝歷來爲人們所公認。專就杜甫之七言詩而論的,有藏園《杜甫的七言歌行》。而潘小磐《詩律和老杜》則以律詩爲討論的重心,並引證杜甫"晚節漸於詩律細"一說。在《唐代杜甫以前的七律詩》中更把杜甫視爲律詩發展的分水嶺,皆因七律發展至杜甫時,已到爐火純青的階段,以後中唐、晚唐以至兩宋,只不過是就此變化而已。再者,針對杜甫詩體而討論的,則有鄺健行《論吳體和拗體的貼合程度》。

　　關於杜甫的詩學理論方面,李直方《杜甫戲爲六絶句書後》剖析了有關詩組的內容。而許啓勝在《論〈戲爲六絶句〉》中則嘗試從結構和思想方面進行討論,以見杜甫詩學理論之一二。所謂能言者未必能行,故此探討杜甫的詩學見解時,從其詩作中以證其論是不可缺少的功夫,佘汝豐《杜少陵論詩證旨》便就"論聲律"、"論博取與通變"、"論內容"、"論神"以及"論氣、秀、清、真"五個方面,結合杜甫的詩論與創作,以證杜甫之詩論。

二、杜詩的歷史地位和以杜甫爲對象的文藝創作

　　要評價一個作家,除了就其作品進行分析和評斷外,只有將他放到文學發展的軌迹上,纔能較全面地見其地位與影響。若把杜甫放到唐代的文壇中,我們會發現被後世譽爲詩聖的杜甫,在其身處的時代竟然得不到普遍的賞識。在鄺健行《杜詩在唐人心目中之地位》和饒宗頤《杜甫與唐詩》二文中對此現象便有所剖析。儘管如此,不少唐代的詩人仍受其影響。雲峰《談杜甫詩的影響》便談及白居易、韓愈、孟郊以至晚唐的李商隱、皮日休等人對杜詩的創作精神或藝術技巧方面的繼承。胡燕青《大雁塔的幾個高度——試讀杜甫的〈同諸公登慈恩寺塔〉兼談高適、岑參、儲光羲同題詩》更將杜甫與盛唐的詩人相比,以見杜甫的藝術成就絶不亞於同時的詩人,且更有凌駕其上之勢。

　　至于杜詩影響研究，陳惠源《後山詩與杜甫》一文指出陳師道從"摹仿"以至"創造"方面，如何學習杜甫。另外，鄧仕樑《"蘇子作詩如見畫"——從杜甫和蘇軾馬詩看唐宋詩風》，則取杜甫與蘇軾的詠馬詩加以具體的分析，欲以二家在這一類詩的表現的異同，以窺見兩朝詩作取向之別。鄭瑞麟《杜甫與宋詩》更宏視杜甫與宋詩之關係，且進而剖析宋詩在用字、格律、句法、聲調等方面對唐詩的繼承。

　　除了把杜甫置於我國文學史上以見其價值外，亦有把杜甫放到一個更廣闊的層面——世界文學史上，以肯定杜甫的成就。陳慧樺在《經驗的變換——談杜甫和葉芝的詩》中，就杜甫《秋興八首》裏的其中三首跟葉芝的《再度來臨》《航向拜占庭》《爲吾女禱告》《在學童之間》相比並加以討論，以證二人之詩均植根於個人的經驗。

　　杜甫是一位大詩人，他的詩歌一直爲人們傳誦，單在香港這個彈丸之地，就先後有三間書局出版過杜詩的全集，其詩歌之受歡迎程度，由此可見一斑。爲了表示對這位偉大詩人的敬愛，1979年6月出版的一期《詩風月刊》便辦了一個《杜甫專號》，當中除了刊登了數篇研究杜甫的論文外，亦輯録了一些懷念杜甫的詩作，如余光中《湘逝——杜甫殁前舟中獨白》、熾魂《哀王孫——給少陵》、唐大江《戲詠杜甫》、陳昌敏《獻給杜甫》和黃國彬《過夔州懷杜甫》。另外，《明報月刊》所辦的《杜甫誕生一千二百六十周年紀念特刊》中，也輯入了張光宇所作《杜甫畫傳》，以圖畫的形式介紹了杜甫的大半生。同時，亦有本杜詩以創作者，如周策縱曾就杜甫《秋興八首》而寫了《秋興八首和杜韻》（趙案：周策縱爲葉嘉瑩《秋興八首集説》寫過一封長信，提出不少很有意義的建議，詳參"域外編"葉嘉瑩部分）；朱敬安也寫有《秋興八首和杜韻（捲簾）》。

　　有關杜詩書法的出版物，有《陳維略行書楷書杜詩册》和《南宋張即之書杜詩》。前者由海外文哲出版社 1985 年出版,共 62 頁。張即之,宋和州(今安徽和縣)人。工行、楷,尤擅榜書,金人尤寶其翰墨。今存其書杜甫《紫宸殿退朝口號》《贈獻納使起居田舍人澄》二首七律,爲行楷大字,風格蒼秀,大氣盎然,自成一體,前人譽其"有乘風破浪氣象"。是卷紙本,縱 34.7 釐米,橫 1 271.7 釐米。末署"淳祐十年(1250)八月下浣,樗寮時年六十五寫"。卷後有翁方綱、吳榮光等人跋,楊能格、王堃、趙之謙等人題記。這是一件書法藝術珍品,對研究杜詩在宋代的傳播以及南宋士人喜好杜詩的風尚,亦有一定參考價值。是卷藏上海博物館,1964 年由北京文物出版社影印出版,1977 年香港書譜社再版,收入《書譜叢帖》第三輯(9)。

可見,香港對杜甫的研究涵蓋範圍相當廣泛,其研究方法亦以多層次、多角度展開,其中尤值得注意的是西方文學理論的運用。香港處於中西文化交流的樞紐,一方面繼承了中國文化的優良傳統,另一方面亦深受西方文化的影響。見諸文學研究上,除了之前談及把杜甫與外國文學家相提並論外,在論文中提及一些西方文學術語及文章的情況亦比比皆是,如陳永明《郭沫若的〈李白與杜甫〉》中的立論,便以李奧・史特勞斯的一段話爲前題。又如陳德錦《〈秋興八首〉略談》中提到的"並置"(Juxtaposition)。霍偉雄《杜甫詩中象徵技巧之探索》一文中,更花了不少篇幅於引言部分簡介了西方文學術語中"象徵"一詞的變化,以及西方學者康德、柯爾里奇和韋勒克等人對"象徵"的理解。乃至於杜詩英譯的問題亦有學者談及,如韓迪厚《杜詩英譯商榷》。從中國傳統批評方法入手的,至如黃國彬《神功接混茫——論杜甫詩》一文,中西結合亦有,這充分體現出香港開放自由且兼收並蓄的批評風氣。

最後評述一下陳莅珊《錢箋杜詩研究》①。全書共分九章,對

---

① 陳莅珊《錢箋杜詩研究》,學苑出版社 2011 年版。

《錢箋》的版本體例,對宋元明清杜詩注本的因革承傳,對詩史互證法的發揚乃至錢氏箋杜的用心與寄托等方面均作出了較前人更深入的探討與發現。第一章,牧齋之家世與生平,包括家世和生平兩部分。第二章,牧齋之著述,包括著述遭禁、著述、牧齋箋注杜集刊本釋名三部分。第三章,《錢箋杜詩》與宋人之杜集著述。包括《錢箋》依據之底本和《錢箋》徵引之宋人杜集著述二部分。第四章,《錢箋杜詩》之體例。包括《讀杜小箋》《讀杜二箋》及《杜工部集箋注》二部分。第五章,牧齋箋杜之用心與寄托導言。包括"諷君説"之建立與牧齋箋杜之寄托二部分。第六章,《錢箋杜詩》所見牧齋之文學觀。包括了對黃庭堅學杜之評價、對李夢陽復古之評價、對劉辰翁批杜之評價、對竟陵派論杜之評價與重視興寄托諷五部分。第七章,《錢箋杜詩》對詩史互證法之繼承與發揚。包括了傳統之詩史觀念、宋人以杜詩爲"詩史"説析論、牧齋之詩史觀和《錢箋》對詩史互證法之運用四部分。第八章,《錢箋杜詩》與明清之際學術風氣之關係。包括了務實之治學態度、通博之學風、"藏書成風,講究版本"和考據學之萌發四部分。第九章,《錢箋杜詩》對清代注杜事業之貢獻。包括了大開清代注杜之風、成清人杜集著述之底本、清代注杜諸家對《錢箋》之繼承與辯證、《錢箋》與《全唐詩稿本》《全唐詩寫本》及《御定全唐詩》之關係四部分。另外有學術價值匪淺的六個附錄:一、《錢箋》徵引蔡夢弼《杜工部草堂詩箋》考,二、《錢箋》徵引吳若本《杜工部集》考,三、《錢箋》所引"吳若本"注與"二王本"注、《趙注》、《百家注》、《分門集注》、《九家注》及《補千家注》比較,四、《錢箋》、吳若本《杜工部集》詩題編次對照表,五、《錢箋》徵引趙次公《新定杜工部古詩近體詩先後並解》考,六、《錢箋》徵引《黃氏補千家集注杜工部詩史》考。如該書序所言,《錢箋杜詩》在清代杜詩學史上"有繼往開來之功,乃清人注杜開山之作"。該書作者"窮數年之力,鉤沉索隱,側推旁敲,發憤著爲此書"(周錫馥序)。

三、香港杜甫研究論文簡編

據鄺健行、吳淑鈿主編《香港中國古典文學研究論文選粹——詩詞曲篇》(江蘇古籍出版社 2004 年版)統計,從 1950 至 2000 年五十年間,在香港出版的中國古典文學研究資料諸如專書、學報、期刊、論文集及報刊上的文章等數約 4 000。又據鄺健行、吳淑鈿主編《香港中國古典文學研究論文目錄》(1950—2000)(上海古籍出版社 2005 年版)統計,在香港出版的刊物如學報、期刊、論文集等 142 種,其中 130 餘種載有可供參考的出版史料如"發刊詞"、"創刊詞"或停刊時的結束宣言等。據筆者粗檢,這百餘種期刊中,載有杜甫研究論文的大致有如下雜志:《歐華學報》《中華月報》《九十年代》《廣角鏡》《中華文摘》《中國文化》《熱風》《海光文藝》《香港文學》《文學家》《中文通訊》《教育曙光》《國風》《天地叢刊》《晨風》《大學生活》《人物》《大華》《明報月刊》《華國》《新亞書院學術年刊》《香港大學中文學會會刊》《文訊》《盤古》《文藝世紀》《藝林叢錄》《中國文學系年刊》《民主評論》《新語》《展望》《文學世界》《東方》《祖國周刊》《文萃》《文壇》《文史學報》《筆端》《青年雜志》《崇基校刊》《珠海學報》《新語文》《中國學人》《南北極月刊》《讀書人》《詩風》《東方文化》《抖擻》《海洋文藝》《萬象》《大成》《中文學習》《聯合書院學報》《七十年代》《孔道專刊》《語文雜志》《百姓半月刊》《香港浸會學院學報》《濾息鏡》《能仁校訊》《詩與評論》《龍之淵》《九州學刊》《新宇》《中華國學》《法言》《問學初集》《人文中國學報》《能仁學報》《嶺南學院中文系系刊》《樹仁文史專刊》《考功集》《文學與傳記》《香港筆薈》《新亞研究所通訊》。

下面是筆者檢索出的代表性篇章(趙案,作者有的用的是筆名):

《屈原與杜甫試論——兼論士人詩歌原型的構成》,鄧仕樑,《屈原研究國際研討會論文集》(電子版),2000 年 5 月 25 日。

《杜甫的生活及其詩》,梁石,《文壇》1953 年 1 月。

《杜甫晚年的流離生活》,南宮博,《祖國周刊》1954 年 8 月 30 日。

《杜甫晚年的流離生活》(2),南宮博,《祖國周刊》1954 年 9 月 6 日。

《杜甫之死》,吳天任,《人生》1954 年 12 月 16 日。

《杜詩選釋》,鄭樞俊,《人生》1955 年 7 月 16 日。

《杜詩選釋》(2),鄭樞俊,《人生》1955 年 8 月 1 日。

《杜詩選釋》(《秋興》1),鄭樞俊,《人生》1955 年 9 月 16 日。

《杜詩選釋》(《秋興》2),鄭樞俊,《人生》1955 年 10 月 1 日。

《杜詩選釋》(《秋興》3),鄭樞俊,《人生》1955 年 10 月 16 日。

《杜詩選釋》(續完),鄭樞俊,《人生》1955 年 11 月 1 日。

《杜甫的〈三吏〉和〈三別〉》(續完),王恢,《人生》1957 年 3 月 1 日。

《後山詩與杜甫》,陳惠源,《華國》1957 年 7 月 10 日。

《杜甫與李白》,曾克耑,《文學世界》1957 年 10 月 1 日。

《杜甫與李白》(2),曾克耑,《文學世界》1957 年 12 月 1 日。

《李白和杜甫的友誼》,孫殊青,《文藝世紀》1958 年 7 月 1 日。

《談杜甫的〈石壕吏〉》,志孫,《文藝世紀》1959 年 2 月 1 日。

《杜甫草堂》,黎本初,《文藝世紀》1959 年 3 月 1 日。

《李白與杜甫比較》,吳鑒泉,《東方》1959 年 5 月 20 日。

《杜甫〈戲爲六絕句〉書後》,李直方,《東方》1959 年 8 月 1 日。

《詩人杜甫的愛情生活》,研卉,《文藝世紀》1959 年 8 月 1 日。

《杜甫夔州詩論》,李直方,《東方》1959 年 12 月 1 日。

《杜甫夔州詩論》(2),李直方,《東方》1960 年 2 月 1 日。

《杜甫與唐詩》,饒宗頤,《文學世界》1960 年 3 月 1 日。

《杜詩書目彙編稿》,陳炳良、陳煒良,《文學世界》1960 年 3 月 1 日。

《我對〈北征〉的瞭解》,梁宜生,《人生》1960 年 3 月 16 日。

《杜甫的〈登高〉》,王葉,《文藝世紀》1960 年 10 月 1 日。

《渾涵汪洋的杜甫詩歌》,季光,《文藝世紀》1960 年 10 月 1 日。

《論杜甫詩歌的藝術風格》,柯基,《文藝世紀》1960 年 10 月 1 日。

《從一首詩看杜甫沉鬱的風格》,洪銘水,《民主評論》1961 年 1 月 1 日。

《李白和杜甫》,衡若,《新語》1961 年 6 月 1 日。

《李白和杜甫的友誼》,舒塋,《新語》1961 年 6 月 16 日。

《李白與杜甫》,穆齋,《新語》1961 年 10 月 1 日。

《李白與杜甫》(2),穆齋,《新語》1961 年 10 月 16 日。

《人間要好詩》,馮至,《文藝世紀》1962 年 5 月 1 日。

《杜甫的七言歌行》,藏園,《文藝世紀》1962 年 5 月 1 日。

《杜甫在四川的詩歌創作》,黃寶蘭,《文藝世紀》1962 年 6 月 1 日。

《杜甫之死》,羅漫,《新語》1962 年 6 月 16 日。

《杜甫死不忘詩》,子羊,《新語》1962 年 6 月 16 日。

《詩人節讀杜詩》,沙明,《新語》1962 年 6 月 16 日。

《紀念杜甫,懷念大陸同胞》,任止戈,《展望》1962 年 7 月 1 日。

《讀杜詩〈又呈吳郎〉》,呂集義,《文藝世紀》1962 年 7 月 1 日。

《新文心：杜甫詩傳讀記》,穆文子,《文藝世紀》1962 年 8 月 1 日。

《我怎樣寫杜甫》,洪業,《人生》1962 年 9 月 1 日。

《我怎樣寫杜甫》(2),洪業,《人生》1962 年 9 月 16 日。

《杜子美死不忘詩》,申凡,《文藝世紀》1963 年 1 月 1 日。

《從一個"試題"及其"說明"看臺灣師範大學國文研究所,並從文學史觀點及詩學方法試釋杜甫〈戲爲六絕句〉》,徐復觀,《民主評論》1963 年 2 月 16 日。

《杜甫詠春的詩句》,華鈴,《文藝世紀》1963 年 5 月 1 日。

《杜少陵論詩證旨》,佘汝豐,《中國文學系年刊》(新亞書院)1963 年 7 月。

《杜詩在唐人心目中之地位》,鄺健行,《中國文學系年刊》(新亞書院)1963 年 7 月。

《杜詩“沈鬱頓挫”的風格試解》,安岐,《文藝世紀》1963 年 11 月 1 日。

《杜詩的氣魄》,蔣和森,《藝林叢録》1963 年 4 月。

《杜甫紀行詩》,吳蓻,《人生》1964 年 6 月 1 日。

《就有我無我之境看杜詩》,張健,《人生》1964 年 8 月 1 日。

《杜甫略談》,徐芷儀,《文訊》1964 年 11 月。

《杜詩研究過目記》,曹聚仁,《文藝世紀》1964 年 11 月 1 日。

《杜甫的一首諷喻詩》,隅齋,《藝林叢録》1964 年 12 月。

《杜甫的〈春夜喜雨〉》,魯立,《文藝世紀》1965 年 3 月 1 日。

《杜少陵“香稻”“碧梧”句的命意和句法商榷》,陳乃琛,《文訊》1966 年 4 月。

《杜甫的詩歌主張》,忱之,《藝林叢録》1966 年 4 月。

《杜詩巴峽在哪裏》,蟬厂,《文藝世紀》1965 年 3 月 1 日。

《杜少陵〈春望〉的欣賞》,陳乃琛,《文訊》1967 年 4 月。

《〈聞官軍收河南河北〉試析》,陳志誠,《人生》1967 年 7 月 10 日。

《古人眼中的杜甫詩》,古蒼梧,《盤古》1967 年 8 月。

《詩人以外的杜甫》,王拾遺,《人物》1967 年 8 月 10 日。

《杜甫“遺恨失東吳”之解釋》,潘銘燊,《文訊》1968 年 3 月。

《談談〈杜甫評傳〉》,陳亦實,《純文學》1968 年 10 月 1 日。

《杜詩翻譯的檢討》,黃兆傑,《東方》1968 年。

《李杜詩歌的比較研究》,陳威權,《青年雜志》1969 年 3 月 15 日。

《我寫杜甫傳》,孟瑤,《純文學》1969 年 11 月 1 日。

《論杜甫詠物詩》,王韶生,《崇基校刊》1969 年 12 月 1 日。

《〈北征〉詩書後》,李惠英,《文訊》1970 年 3 月。

《唐詩選本杜甫詩采選統計》,凌子鎏,《珠海學報》1970 年 6 月 1 日。

《杜甫的家世》,龔嘉英,《純文學》1970 年 12 月 1 日。

《杜甫的死因》,陳香,《純文學》1971 年 3 月 1 日。

《讀杜管窺》,韋金滿,《新亞生活》1971 年 4 月 26 日。

《杜甫的題畫詩》,張漢青,《文訊》1971 年 5 月。

《〈秋興〉八首和杜韵》,周策縱,《明報月刊》1971 年 9 月 1 日。

《杜甫的心靈》,聞一多,《明報月刊》1972 年 4 月 1 日。

《情聖杜甫》,梁任公,《明報月刊》1972 年 4 月 1 日。

《評郭沫若的杜甫觀》,胡菊人,《明報月刊》1972 年 4 月 1 日。

《評郭沫若的〈李白與杜甫〉》(1),曼叔,《展望》1972 年 4 月 16 日。

《評郭沫若的〈李白與杜甫〉》(2),曼叔,《展望》1972 年 5 月 1 日。

《評郭沫若的〈李白與杜甫〉》(3),曼叔,《展望》1972 年 5 月 16 日。

《評郭沫若的〈李白與杜甫〉》(4),曼叔,《展望》1972 年 6 月 1 日。

《評郭沫若的〈李白與杜甫〉》(5),曼叔,《展望》1972 年 6 月 16 日。

《評郭沫若的〈李白與杜甫〉》(6),曼叔,《展望》1972 年 7 月 1 日。

《評郭沫若的〈李白與杜甫〉》(7),曼叔,《展望》1972 年 8 月 1 日。

《評郭沫若的〈李白與杜甫〉》(8),曼叔,《展望》1972 年 8 月

16 日。

《評郭沫若的〈李白與杜甫〉》(9)，曼叔，《展望》1972 年 9 月 1 日。

《評郭沫若的〈李白與杜甫〉》(10)，曼叔，《展望》1972 年 9 月 16 日。

《評郭沫若的〈李白與杜甫〉》(11)，曼叔，《展望》1972 年 10 月 1 日。

《評郭沫若的〈李白與杜甫〉》(12)，曼叔，《展望》1972 年 10 月 16 日。

《評郭沫若的〈李白與杜甫〉》(13)，曼叔，《展望》1972 年 11 月 1 日。

《評郭沫若的〈李白與杜甫〉》(14)，曼叔，《展望》1972 年 11 月 16 日。

《評郭沫若的〈李白與杜甫〉》(15)，曼叔，《展望》1972 年 12 月 1 日。

《評郭沫若的〈李白與杜甫〉》(16)，曼叔，《展望》1972 年 12 月 16 日。

《杜甫傷心笑》，羅千祐，《南北極月刊》1972 年 5 月 16 日。

《杜甫和書法》，張宗範，《藝林叢録》1973 年 4 月。

《論杜甫》，周策縱，《明報月刊》1973 年 4 月 1 日。

《關於屈原與杜甫》，周策縱，《明報月刊》1973 年 7 月 1 日。

《杜甫與史詩》，凝凝，《詩風》1973 年 12 月 1 日。

《杜甫與史詩》(續)，凝凝，《詩風》1974 年 1 月 1 日。

《杜甫的詩學次第——就"江上值水如海勢聊短述"而論》，素蕾，《詩風》1974 年 2 月。

《從李白杜甫的性情看他們對友情的態度》，鄧富泉，《香港大學中文學會會刊》(年刊)1974 年。

《杜甫〈逢李龜年〉、〈舞劍器行〉兩詩試析》，霍偉雄，《文訊》

1975 年 6 月。

《杜詩英譯商榷》,韓迪厚,《明報月刊》1975 年 10 月 1 日。

《淺談杜甫詩中的"動"》,胡燕青,《詩風》1978 年 4 月 1 日。

《郭沫若揚李抑杜及其他》,林持章,《明報月刊》1978 年 7 月 1 日。

《"詩聖"杜甫》,思嚴,《海洋文藝》1978 年 10 月 6 日。

《〈秋興〉八首略談》,陳德錦,《詩風》1979 年 6 月 1 日。

《杜甫論》,王紅公,《詩風》1979 年 6 月 1 日。

《大雁塔的幾個高度——試讀杜甫的〈同諸公登慈恩寺塔〉兼談高適岑參儲光羲同題詩》,胡燕青,《詩風》1979 年 6 月 1 日。

《神功接混茫——論杜甫的詩》(一),黃國彬,《詩風》1979 年 7 月 1 日。

《神功接混茫——論杜甫的詩》(二),黃國彬,《詩風》1979 年 8 月 1 日。

《神功接混茫——論杜甫的詩》(三),黃國彬,《詩風》1979 年 10 月 1 日。

《神功接混茫——論杜甫的詩》(四),黃國彬,《詩風》1979 年 12 月 1 日。

《神功接混茫——論杜甫的詩》(五),黃國彬,《詩風》1980 年 2 月 1 日。

《"耶娘妻子走相送"——唐詩中的白話及厭戰詩的觀念》,松浦友久,《詩風》1980 年 4 月 1 日。

《"杜甫浣花草堂在哪兒"?》,高維嶽,《抖擻》1980 年 7 月 15 日。

《側面説王、孟——從杜甫的兩首詩説起》,李嵐,《詩風》1980 年 10 月 1 日。

《杜甫題玄武禪師屋壁詩》,柳存仁,《明報月刊》1981 年 8 月 1 日。

《杜甫題玄武禪師屋壁詩》(2),柳存仁,《明報月刊》1981 年 9

月 1 日。

《杜甫的詠史名篇〈悲陳陶〉》，韓國磐，《抖擻》1982 年 9 月 27 日。

《杜甫詠植物的詩》，陳智英，《中文大學中國語文集刊》1983 年。

《"客至"之喜和"登高"之悲——試用佛萊"基型論觀點"分析杜甫兩首名作》，黃維樑，《文藝雜志》1985 年 9 月。

《孰爲詞中老杜》，羅忼烈，《明報月刊》1986 年 1 月 1 日。

《杜甫詩研究二講》，陳蝶衣，《明報月刊》1986 年 7 月 1 日。

《也説杜甫〈明妃詩〉》，施友朋，《明報月刊》1986 年 10 月 1 日。

《杜律淺嘗》，毛一波，《明報月刊》1987 年 5 月 1 日。

《〈江南逢李龜年〉詩是杜甫作的嗎?》，趙良璧，《明報月刊》1989 年 11 月 1 日。

《杜甫的題畫詩》，羅忼烈，《明報月刊》1991 年 1 月 1 日。

《杜甫入蜀以後的連章詩》，趙偉漢，《問學初集》1994 年。

《杜甫府試下第試説》，鄺健行，《人文學報》1995 年 4 月 1 日。

《杜甫名號小考》，張傑昌，《樹仁文史專刊》1996 年 8 月。

《韓人李晬光〈芝峰類説〉解杜諸條析評》，鄺健行，《新亞學報》1999 年。

《一九四九年以後香港杜甫研究概況》，陳少芳，《人文中國學報》2000 年 7 月 1 日。

《吳見思〈杜詩論文〉的特色及其對杜詩學的貢獻》，許總，《抖擻》1982 年 9 月 27 日。

這些文章是我們從浩繁的材料中爬梳出來的，爲杜甫研究者們提供了方便。它有助於我們瞭解香港杜甫研究的過去、推進將來的研究。

餘　　論

　　杜甫是我國最偉大的詩人之一,他人被尊爲"詩聖"、"文貞公"、"情聖",詩被譽爲"詩史",在中國文學史乃至思想史上享有特殊的地位①,並獲得"世界文化名人"的殊榮。杜甫是中國的,也是世界的。他的影響廣泛而深遠——既影響到華人世界,又影響到非華人世界。韓愈當年説:"周之衰,孔子之徒鳴之,其聲大而遠。"②我們也可以説,杜甫的影響亦漸漸"大而遠";孔子之集大成與杜甫之集大成是一樣的:一於儒,一於詩而已。

一

　　近百餘年的中國大陸的杜甫研究深受新舊文化、東西文化交互撞擊及多次政治思潮的影響,以 1949 年、1976 年爲界呈現出三個時期,依次表現出三個特點:剥去封建時代加給他的"聖化"的

---

　　① 趙案:中國思想史上很少有關杜甫的文字,這是有問題的。我們主張思想史應該給杜甫一定的位置,依據是:早在韓愈之前,杜甫就已孤明先發,以詩歌文化的形式,首唱尊王攘夷,復興儒學,杜甫和杜詩乃是唐代儒學復興運動的真正先行者和先聲。杜甫的尊王,乃是以道高於君爲原則,以要求政治有道爲現實目標的尊王。杜甫晚年達到首唱復興儒學的思想高度,不僅是其長期憂患意識所激發的對社會現實的必然回應,也是其平生極爲深厚的儒家思想修養與實踐的必然結果(鄧小軍語)。當初匡亞明先生發起並主編《中國思想家評傳叢書》,杜甫位列其中,由莫礪鋒先生撰寫,可見其深邃的眼光。
　　② 韓愈《送孟東野序》,馬其昶校注、馬茂元整理《韓昌黎文集校注》,上海古籍出版社 1986 年版,第 233 頁。

外衣,只把他作爲普通詩人來研究,將他視爲時代的代言人;被送以"人民詩人"的桂冠與將"揚李抑杜"推到驚世駭俗的地步;正本清源後全方位的中興、總結及努力建構杜詩學史。可以説基本經歷了肯定、否定、再肯定的曲折過程,杜甫"情聖"、"詩聖"、"詩史"、"集大成"和"世界文化名人"的歷史地位最終得以確認。這個曲折的過程,借用羊列榮的理論歸納就是:"'詩聖'的現代沉浮史"、"詩史"沉浮史①。

從二十世紀二十年代胡適提出"平民詩人",到 1949 年毛澤東評價杜甫爲"人民詩人",再到六十年代蕭滌非對"人民詩人"全面闡釋:"對人民的無限同情。對祖國的無比熱愛。對統治階級的各種禍國殃民的罪行必然會懷着强烈的憎恨。"②在這約四十年的演進中,基本經歷了從"平民詩人"到"人民詩人"的過渡。可是,"文革"中,杜甫又被定性爲"完全站在統治階級、地主階級一邊"的"封建衛道士",又被戴上了"法家詩人"的帽子,落差極大,無異於天壤。改革開放以後,在批評郭著《李白與杜甫》與劉大杰《中國文學發展史》(七十年代版)的過程中,"詩聖"的榮耀開始回歸。

杜甫"詩聖"之譽,在漫長的封建社會對之懷疑的並不多見。可是,自從 1942 年 4 月毛澤東説"杜甫是站在小地主的立場","詩聖"的光環開始退化,漸漸被等同於"庸俗詩人"了。杜甫在"文革"中的遭遇更慘,郭沫若摘下杜甫頭上的兩頂帽子,一頂是"詩聖",一頂是"人民詩人",不僅被戴上了"封建衛道士"的頭銜,也被扣上了"道士"、"佛教徒"的帽子。而在"評法批儒"運動期間中,劉大杰等人又把杜甫寫成一個"客觀上"的"不自覺"的"法家詩人",其思想經歷了一個從儒家轉向法家的過程,對作爲"醇儒"

---

① 詳見黄霖主編,羊列榮著《20 世紀中國古代文學研究史·詩歌卷》,第 278—325 頁。

② 蕭滌非《人民詩人杜甫》,《詩刊》1962 年第 2 期。

的杜甫,簡直是一個莫大的耻辱。

而"詩史"之譽則與現代現實主義思潮的演進相依違。從梁啓超說杜甫是一個"半寫實派",到蘇雪林稱杜甫爲"寫實主義大師",這是以啓蒙主義的現實主義思潮爲背景的,而民族主義思潮則强化了它的"寫實精神"、"人道主義思想",1949 年以前,"詩史"的内涵大致這樣。到了二十世紀五六十年代,馬克思主義文藝理論被引入杜甫研究中,突出的是"現實主義"、"革命現實主義"、唯物論和階級論,"詩史"說得到進一步强化,諸如"時代的鏡子"、"人道主義的現實主義"、"詩的人民生活史"、"人民性的人道主義"等。當"革命的現實主義"和"革命的浪漫主義"相結合的敘述方式被提升到一種意識形態時,"詩史"就不能完全滿足"兩結合"的價值訴求了。改革開放以後,"詩史"說經過短期的復蘇以後,隨着對杜詩自身規律的重視及探討的深入,"詩史"敘事視角已開始淡出,學者們重新探討"詩史"的精神,側重的是杜詩的藝術内涵和審美價值。

因此,近百餘年的杜甫研究受政治因素、文化思潮的影響,忽視文學史、思想史(杜甫也是思想家)自身的發展規律,由此造成了"詩史"、"詩聖"的沉沉浮浮,這的確是需要深刻反思的。當然,學術隨時代而變,這個"變",有主動自覺和被動無奈之分,"詩史"、"詩聖"在近百年的被扭曲的變,當屬於後者,是違反規律的變,其教訓是慘痛的。

二

杜甫,首先是中國的。自唐以來,中外研究杜甫的資料可謂汗牛充棟,重新審視這些已有的研究成果,不論是對"杜詩學"研究,還是對杜甫的全面認知,都是很有意義的。可是,綜合考量從二十世紀初到二十一世紀初的"百年杜甫研究"之研究,我們發現,對中國臺港澳地區及海外其他國家和地區杜甫研究成果的評介,做得很不夠。其中原因很複雜,有政治思潮的影響,也有語言障礙的局限。可喜的是,國際、區際的文化交流越來越頻繁,爲我們的研究提供了方便。

杜甫不僅是繼往開來的偉大詩人,"詩中之秦始皇"(陳廷焯語),而且是偉大的思想家,在我國思想史和义化史上,具有不容忽視的地位。杜甫是我國優秀傳統文化的典型代表——杜甫之集大成,不僅是詩歌的集大成,更是文化的集大成,杜詩反映了唐代文化的各個方面,如時代思潮、民俗風情、繪畫、舞蹈、書法、音樂等。因此,凡受中華文化影響的地方,都可見到杜甫、杜詩的"影子",如英法等國的大街上、地鐵裏都能見到。

杜甫的詩歌,堪稱中國古典詩歌的範本;杜甫的人格,堪稱中華民族文人品格的楷模,朱熹謂之"五君子"之一;杜甫的思想,堪稱中華民族傳統思想的精華。這些,我們或者可以統稱之爲"杜甫精神",它已成爲中華民族優秀文化遺產的重要組成部分。而"杜甫精神"中影響最深遠、感人最深切的還是那崇高而深摯的愛國主義精神。杜甫不僅是一個偉大的詩人,而且是一個偉大的愛國者。他憂國憂民,愛國愛民,其憂也深,其愛也篤。深沉的憂國憂民的憂患意識,像一條紅綫一樣貫穿於杜甫坎坷的一生及其全部創作中。杜甫最爲後世所景仰的,就是身處逆境,却情繫國家,心想人民,一顆愛國愛民、憂國憂民的赤子之心,從没有停止跳動。他始終是把個人的命運與國家和人民的命運緊緊聯繫在一起的。詩聖杜甫這種憂國憂民的崇高精神,在其後一千多年的歷史中,特別是在中華民族國難深重、危亡在即的關鍵時刻,不知影響和鼓舞了多少仁人志士,爲民族的振興、國家的强盛、人民的幸福而英勇獻身!杜甫是一座歷史的豐碑,一座中華優秀傳統文化的豐碑,其本身就具有極大的歷史價值和理論意義。解讀他,研究他,繼承和發揚杜甫留給我們的這份寶貴遺産,對傳承文明,弘揚中華民族的優秀傳統,提高民族自信心和凝聚力,仍然具有重大的現實意義和啓迪作用。杜甫並未過時，他仍然生活在現實之中。

　　杜甫也是世界的（具體見《杜詩學通史·域外編》）。杜甫對世界文明做出的貢獻是不可低估的，他被戴上"世界文化名人"的桂冠是當之無愧的。一方面，我們研究杜甫，對促進國際文化交流，傳布中華文明，應對當前人類面臨的精神危機和道德危機，提高中華民族的國際影響力，增強民族自豪感，都有不可低估的作用。一方面，海外學者研究杜甫，他們看中的是杜甫的精神，杜甫的人格，杜詩的精湛藝術，受儒家文化影響的國家或地區都是這樣；受其影響小的國家或地區則主要看中杜甫的人格和杜詩藝術。基本上與儒家或儒教影響世界同步（當然是唐代以來），杜甫就對日本、朝鮮半島等地產生影響，而且從地域上擴大到整個世界。在儒學熱潮風席捲全世界的當下，杜甫進一步受到尊敬。因爲，杜甫是"詩聖"，其核心就是仁、恕、忠、愛；其範疇是三綱、五倫，以及黎元百姓、鳥獸蟲魚草木；其方法是深入社會，洞察民生苦樂，以"興觀群怨"，而成"沉鬱頓挫"風格，歸根結蒂就是儒家的"温柔敦厚"詩教。杜甫是有詩人以來最典型的以儒家思想爲本位的，即所謂"醇儒"。宋人謂"老杜似孟子"，可謂的見。老杜始終篤信孔孟教訓，其心態尤近乎孟子，其做人方法、倫理觀念、政治思想等，都涵濡着儒學的真精神，這就是杜甫本人異於尋常文人，其詩在藝術性之外尚有其他價值的地方。杜甫"似孟子"表現在多個方面：一是以儒家自居、自豪；二是以儒道待人；三是天倫情篤；四是友道純摯；五是以儒術濟世；六是自比稷契；七是致君堯舜；八是憂國恤民；九是愛物仁民。這是杜甫個人的修爲，也是承繼先儒、影響後儒，影響中國甚至世界的主要方面。儒學全面培育了杜甫，杜甫繼承和發展了儒學。

　　莫礪鋒説，文化是人的創造物，是人類活動的總和。中華文化自古以來就是一種以人爲本的文化，對人的思考、對人的關懷，是中華文化的核心精神。綿延五千多年的中華文化雖然博大精深，在物質形態與精神形態上都使人有觀海難言之感，但是她最重要的積澱則體現在中華民族的文化性格上面。而杜甫的人格典型地體現出中華民族的文化性格,杜甫是爲陶鑄中華民族文化性格作出了最大貢獻的少數傑出人物之一。一部杜詩,其終極價值正在於它對中華文化作出了最生動、最豐富的闡釋。這應是世界各地喜歡杜甫、研究杜甫的主要原因。

三

歷史已跨入信息化時代,人文科學正悄悄經歷着研究觀念和方法的轉型。當文獻的檢索和使用變得十分方便,對話和交流更爲直接迅速時,杜甫研究將發生什麼新變,走向什麼方向呢?杜甫研究者又將如何保持學科優勢,創造與時代相應的成就呢?思考學科發展方向的任務,歷史地擺在每位學者的面前,這就是挑戰,同時也是機遇。當前,全國各地的杜甫研究重鎮有山東大學、南京大學、北京大學、首都師範大學、西南大學、四川大學、陝西師範大學、西北大學、河北大學、西北師範大學等,特別是西南地區的四川大學、西南大學,他們或協助"草堂"辦起《杜甫研究學刊》,或建"杜甫網站",搞得有聲有色,特點分明。山東大學的優勢則在兩個方面:一是材料優勢,擁有全國最豐富的原始材料,文學史大家傅璇琮說過,杜甫材料的元明清部分大多在山東大學[1];二是有聞一多、蕭滌非、張忠綱等三代前輩的豐厚經驗積累。

杜甫研究本身又是一個最適於"歷史研究"的對象,而對這個複雜對象的研究,雖然從中唐已經開始,中經宋、明末清初兩個高潮,至今而方興未艾,可是杜甫研究有待開拓的領域和解決的問題仍不少。以這些問題作爲研究的主要走向或課題,既可避免過多的重復研究,又可深化總體的杜甫研究。

---

[1]　劉明華《現代學術視野下的杜甫研究》,《唐代文學研究年鑒》,廣西師範大學出版社 2005 年版,第 283 頁。

1. 有關出土文獻的研究問題

文獻的種類很多，大致包括了紙本的和出土的兩種。以出土文獻檢驗、印證或訂正紙上文獻的科學方法，即王國維歸納的"二重證據法"。此法在數十年的文史哲研究中已取得了令人矚目的成果。同樣，與杜甫有關的出土文獻資料的整理與研究是很有意義的。可是它的出現沒有規律，隨時都有可能出現。一些著名學者如周紹良、傅璇琮、郁賢皓、陶敏、陳尚君、吳鋼、戴偉華、胡可先等已經做了很多這方面的工作，並且卓有成效。如對於杜甫兩首與鄭虔卒年有關的詩作《哭台州鄭司户蘇少監》《懷舊》的編年問題，由於對鄭虔的卒年一直未有定論，所以黄希、黄鶴《黄氏補千家集注杜工部詩史》、郭知達《新刊校定集注杜詩》都將前詩編入"集外詩"，而後世杜集一般繫此兩詩於廣德二年（764）。可是，新出土的鄭虔墓志寫明：鄭虔確乎卒於乾元二年（759），則兩詩作於是年或稍後是沒有問題的。已有研究成果可參胡可先的論文《出土碑志與杜甫研究》（《文史哲》2012 年第 6 期）。之後，胡可先陸續出版《出土文獻與唐代詩學研究》（中華書局 2012 年版）、《唐代詩人墓誌彙編·出土文獻卷》（上海古籍出版社 2021 年版）、《考古發現與唐代文學研究》（與孟國棟、武曉紅合著，浙江大學出版社 2014 年版）、《新出石刻與唐代文學家族研究》（北京大學出版社 2017 年版）等，值得關注。

2. 杜集序跋整理、研究

這也屬於資料與理論的綜合研究問題。關於某書序跋的重要性，錢仲聯曾説：

> 昔無錫錢基博先生示人讀古書之方，應先讀其序跋（含作者自序及他人所作序跋），如此則可在通讀全書之前，洞悉其書之内涵，作者爲書之宗旨，當時及後代對其書之評鑒。因古書序跋之作者，往往爲至高成就之人，具深邃之學識，文壇有

> 一定之聲譽,尤其是別集類之序跋,用途更大,持較讀一般文
> 學史,其弋獵所獲,何嘗倍蓰! 蓋別集數量浩繁,治古代文學
> 史者,讀別集序跋,基本上可達到此要求。①

序跋竟如此重要。杜集之多數序跋,大致可作如是觀:"洞悉其書
之内涵,作者爲書之宗旨,當時及後代對其書之評鑒。"可是,也不
能爲此序跋所障目,因爲"宋以後人所作書序跋好借題發揮,橫空
起議,而以古文家爲尤甚,徒溷篇章,無關學術"②。

　　如上所言,杜甫特殊的地位決定了這一研究在古代文學研究
中具有全域意義和引領作用。我們遍檢前人和時賢的有關著述,
或囿於體例,或囿於主客觀條件,只有少數的杜集序跋有過整理,
可是杜甫研究的現狀迫切要求一部全面完整的杜集序跋匯録的出
現。孫微在這方面的整理與研究已見成效,已輯校出版《清代杜集
序跋彙録》(人民文學出版社 2017 年版)。

　　3. 跨文明背景下的文化意義研究問題

　　杜甫是"世界文化名人",可是他對中國文化的意義還沒有受
到足夠的重視。雖然徐復觀、曹慕樊、莫礪鋒、劉明華、胡曉明、張
忠綱等學者對杜甫文化意義作過探討,但從文學研究到文化研究,
將是杜甫研究的一條必由之路。

　　4. 作爲思想家的杜甫研究問題

　　把杜甫作爲思想家來研究的著述,迄今爲止,除莫礪鋒《杜甫
評傳》以外尚不多見。可是,杜甫畢竟是原始儒家思想的繼承者和
實踐者,他闡釋和恢復原始儒家道統的思想,遠在"文起八代之衰,
道濟天下之溺"的韓愈之前。而杜甫繼承和恢復的是原始儒家思

---

① 錢仲聯主編《歷代別集序跋綜録・序》,江蘇教育出版社 2005 年版,
第 1 頁。

② 余嘉錫《目録學發微》,中國人民大學出版社 2004 年版,第 81 頁。

想的精華,不像韓愈那樣精華與糟粕並蓄。從這一點説,他是中唐儒學復興運動乃至宋代新儒學運動的真正先行者。傳統觀點視韓愈爲宋先驅,實際上是忽略了杜甫的貢獻——學術史上一直視杜甫爲詩人,只有少數人視其爲思想家,這對杜甫是不公平的。其實,早在韓愈之前,杜甫即以詩歌的形式,首倡尊王攘夷,復興儒學。這不僅是其長期憂患意識所激發的對社會現實的必然回應,也是其平生儒家思想修養和實踐的必然結果。對杜甫思想的研究會隨着時代和社會思潮的變化、知識分子獨立思考精神的發揚而出現新的角度。

5. 杜詩詞語辭典的撰寫問題

杜甫是語言大師,他"語不驚人死不休"的信條成就了杜詩,也爲後人解讀杜詩增加了困難。對杜詩語詞的研究,現在還没有專書。張忠綱先生主編《杜甫大辭典》中有語詞部分,只是七大部分之一。王士菁編著《杜甫詞典》①,收有詞條 1 327 條,可是它側重的是:（一）杜詩中的典章、文物、制度,（二）歷史人物和事件,（三）山川、草木、飛禽、走獸,（四）語言文字。杜詩語言只是其中很小一部分。一部集成性的杜詩語詞研究尤其是杜詩語言多義性研究的工具書亟待出現。

6. 李杜比較研究問題

同一時代,出現了兩位大詩人,是值得"大書特書"的。從汪静之《李杜研究》、傅東華《李白與杜甫》,到羅宗强《李杜論略》、楊義《李杜詩學》,李杜比較研究不斷深化。李杜對中國文化的意義,是一個會隨着時代演進而常新的話題。早在二十世紀初,聞一多等已有所發掘,我們不能停留在那個時代。這不僅是李杜優劣公案的裁決問題,更是客觀的學術比較研究問題。

---

① 　王士菁編著《杜甫詞典》,河南大學出版社 2011 年版。

7. 杜甫研究怎樣爲現實服務的問題

作爲"詩聖"、"情聖"的杜甫,他憂國憂民、愛國愛民的思想,重"五倫"之情的人情味等美德,在道德淪喪、物欲橫流如此嚴重的當今社會,怎樣啓動它的生命力而服務於社會?在儒學熱席捲全球的情況下,怎樣將作爲思想家和詩人的杜甫同時推向世界?固然,杜甫是"世界文化名人",可是我們不采取有效方式推介、宣傳,定會影響杜甫在世界範圍的傳播。毛澤東說過,"中國應當對於人類有較大的貢獻"。將杜甫現實服務於中國,又服務世界,就是我們對於人類的貢獻。

8. 杜甫研究大衆化的問題

杜甫不是少數學者的杜甫,而是大衆的杜甫。怎樣讓杜甫深入人心,有必要充分發揮傳媒的作用,面向大衆宣傳這一偉大詩人。雖出現了以下普及性的活動和成果,可是做得很不够。

二十世紀六十年代,爲了紀念作爲"世界文化名人"的杜甫誕生 1250 周年,中央新聞紀録電影製片廠曾拍攝紀録影片《詩人杜甫》。影片以詩人杜甫的一生爲綫索,選取杜詩名篇和大量杜甫遺迹、文物資料、詩意畫等加以有機組合,生動形象地介紹了杜甫生活的時代、杜甫的思想和作品,突出表現了詩人艱辛的生活道路和創作道路及愛國愛民的深厚情感。幾乎同時,白樺、鄭君里寫作了電影文學劇本《李白與杜甫》,公開發表於文藝叢書《十月》1978 年第 2 期。之後又出版過連環畫《李白與杜甫》。二十世紀八十年代,蘭州大學林家英教授四下隴南,對杜甫在隴右的行踪遺迹加以研究,撰寫了電視教學片文本《杜甫在秦州》《杜甫在隴南》,並參與拍攝、製作,豐富了教學形式。甘肅省電視臺分別於 1989 年 3 月、1991 年 5 月播出,得到觀衆的好評,現由中央電教館收藏。

進入二十一世紀,30 集電視連續劇《李白與杜甫》,通過國家廣電總局公示批準拍攝。該劇由中央電視臺副臺長、中央新聞紀録電影製片廠(集團)總裁高峰和著名編劇阿弋(胡革紀)聯合執筆,全面啓動籌備拍攝,2010 年 10 月全球發行。該劇以大唐歷史、安史之亂爲背景,以唐代詩仙李白和詩聖杜甫的友情爲主綫,反映兩位大唐詩人婚姻和愛情的故事以及各自的命運。

是不是還有其他爲大衆喜聞樂見的藝術形式可以采用?

9. 杜甫研究的學術梯隊問題

近年的碩士博士論文中,以杜甫爲選題的,明顯少於二十世紀八十年代。其原因很簡單,以大家爲題,工作量太大;杜甫研究又是千年熱點,出新不易。這種對大家的敬畏之心使得很多學子在感嘆杜詩"會當凌絶頂,一覽衆山小"的豪邁的同時,在研究課題的選擇上反倒是采取了回避"絶頂"、攻克小丘的策略。長此以往,杜詩會不會成爲研究領域的孤峰絶頂、陽春白雪? 面對這種挑戰,西北師範大學的郝潤華、安徽大學的吳懷東、山東大學的趙睿才、綦維、孫微等做出了很好的應對,即圍繞杜集文本,有目的、有計劃地指導系列學位論文。郝潤華這裏已結出碩果,這就是她率其弟子們所寫的《杜詩學與杜詩文獻》的出版①。我們以爲,只有把這類個案研究、問題研究搞好了,一些大的設想如"杜甫與中國傳統文化"、"杜學與儒學"等纔能搞好,因爲這是扎實的基礎研究。我們正在指導研究生做這方面的研究。

10. 杜甫研究的理論和方法問題

對照"域外編"與"現當代編"的研究,我們發現,歐美學者普遍以爲中國杜甫研究者乃至古代文學研究者欠缺理論意識。二十世紀二三十年代,梁啓超、胡適、吳宓、蘇雪林、吳經熊、聞一多等在新文化運動中,在新舊文化的對撞中做過一些新研究方法的嘗試。可是時至今日,新的研究理論與方法體系也没有建立起來。因而,有歐美學者不無譏諷地説,中國出版的最有價值的書是古籍整理,而不是研究著作。當然,以文獻學代替文學,將藝術作品當作歷史

①　郝潤華等《杜詩學與杜詩文獻》,巴蜀書社 2010 年版。

化石,用"科學的"方法,比如統計、定量分析、圖解等,追求文學研究的"實證性"和"技術化",是不可取的。同時,生搬硬套西方理論,生吞活剝地運用到杜甫研究中,使得研究工作淪爲概念遊戲,也失去了西方理論自身的魅力。立足杜詩文本,克服以往杜甫研究認識和實踐上的誤區,探尋一些可行有效的理論方法,應是學者們努力的方向。

參 考 文 獻

A

《安史之亂對杜甫之影響》,洪贊撰,臺灣政治大學中國文學研究所
　　1980 年版。

B

《白話文學史》,胡適撰,北京大學出版社 1998 年版。

《百年學科沉思録——二十世紀古代文學研究回顧與前瞻》,徐公
　　持等著,人民文學出版社 1998 年版。

《百年杜甫研究之平議與反思》,趙睿才撰,人民出版社 2014 年版。

《北江先生文集》,吳闓生撰,民國十三年(1924)文學社精刻紅
　　印本。

《被開拓的詩世界》,程千帆、莫礪鋒、張宏生撰,上海古籍出版社
　　1990 年版。

《不廢江河萬古流——杜甫詩賞析》,陳文華撰,偉文圖書公司 1978
　　年版。

C

《重讀杜甫——修辭藝術與美學銘刻》,陳淑彬撰,臺北文津出版社
　　2001 年版。

《插圖本中國文學史》,鄭振鐸撰,人民文學出版社 1957 年版。

《朝鮮李朝實錄中的中國史料》，吳晗編，中華書局1980年版。

《禪思與詩情》，孫昌武撰，中華書局1997年版。

《陳寅恪詩箋釋》，陳寅恪撰，胡文華釋，廣東人民出版社2008年版。

《程千帆文集》，程千帆撰，河北教育出版社1999年版。

D

《大唐詩聖——杜甫》，張健編撰，五南圖書出版公司1998年版。

《讀杜新箋：〈律髓〉批杜詮評》，張夢機撰，漢光文化事業公司1986年版。

《讀杜卮言》，杜仲陵撰，巴蜀書社1986年版。

《杜甫》，畢萬忱撰，江蘇古籍出版社1991年版。

《杜甫》，繆鉞撰，四川人民出版社1961年初版，1980年再版。

《杜甫》，劉開揚撰，中華書局上海編輯所1961年版。

《杜甫》，林玉瑛撰，名人出版社1980年版。

《杜甫》，卉君編撰，商務印書館香港分館1979年版。

《杜甫》，香港上海書局編，1973年版。

《杜甫》，章衣萍撰，上海兒童書局1941年版。

《杜甫》，汪中撰，河洛圖書出版社1977年版。

《杜甫長沙詩箋注》，陶先淮、陶劍注，湖南師範大學出版社2001年版。

《杜甫〈戲爲六絕句〉研究》，楊松年撰，文史哲出版社1995年版。

《杜甫〈戲爲六絕句〉集解》，郭紹虞撰，人民文學出版社1978年版。

《杜甫・杜詩・杜詩學》，簡明勇撰，文史哲出版社1983年版。

《杜甫批評史研究》，吳中勝撰，中國社會科學出版社2012年版。

《杜甫評傳》，莫礪鋒撰，南京大學出版社1993年版。

《杜甫評傳》，劉維崇撰，臺灣商務印書館1969年版。

《杜甫評傳》，金啓華、胡問濤撰，陝西人民出版社1984年版。

《杜甫評傳》,陳香編撰,臺北"國家出版社"1981年版。

《杜甫評傳》,陳貽焮撰,上海古籍出版社1982年、1988年版。

《杜甫與佛教關係研究》,魯克兵撰,安徽大學出版社2014年版。

《杜甫大辭典》,張忠綱主編,山東教育出版社2009年版。

《杜甫杜牧詩論叢》,陶瑞芝撰,學林出版社2005年版。

《杜甫題畫詩之審美觀研究》,李百容撰,花木蘭文化出版社2012年版。

《杜甫年譜》,劉文典撰,雲南人民出版社2013年版。

《杜甫年譜》,四川省文史研究館編,四川人民出版社1958年版。

《杜甫年譜新編》,李書萍編撰,西南書局有限公司1975年版。

《杜甫論の新構想(日文版)》,許總撰,加藤國安譯注,日本研文出版社1996年版。

《杜甫論集》,傅庚生、傅光撰,黑龍江人民出版社1986年版。

《杜甫隴蜀紀行詩注析》,高天佑注,甘肅民族出版社2002年版。

《杜甫隴右詩注析》,李濟阻、王德全、劉秉臣注,甘肅人民出版社1985年版。

《杜甫隴右詩研究論文集》,天水師範高等專科學校中文系部分教師撰寫,甘肅人民出版社1995年版。

《杜甫律詩攬勝》,許總撰,聖環圖書公司1997年版。

《杜甫——古今詩史第一人》,蕭麗華撰,幼獅文化事業公司1988年版。

《杜甫古詩韵讀》,馬重奇撰,中國展望出版社1985年版。

《杜甫故里與杜墓》,傅永魁撰,河南人民出版社1986年版。

《杜甫夔州詩論稿》,蔣先偉撰,巴蜀書社2002年版。

《杜甫夔州詩析論》,方瑜撰,幼獅文化事業公司1985年版。

《杜甫夔州詩現地研究》,簡錦松撰,臺灣學生書局1999年版。

《杜甫夔州詩研究》,譚文興撰,遠方出版社2001年版。

《杜甫夔州吟》,胡焕章撰,天馬圖書有限公司2003年版。

《杜甫和他的詩》,由毓淼等撰,臺灣學生書局 1971 年版。

《杜甫荆湘詩初探》,洪素香撰,花木蘭文化出版社 2012 年版。

《杜甫七律研究與箋注》,簡明勇撰,臺灣五洲出版社 1973 年版。

《杜甫親眷交遊行年考》,陳冠明、孫愫婷撰,上海古籍出版社 2006
　　年版。

《杜甫全集》,高仁標點,上海古籍出版社 1996 年版。

《杜甫全集》,仇兆鰲注、秦亮點校,珠海出版社 1996 年版。

《杜甫全集校注》,蕭滌非主編,人民文學出版社 2014 年版。

《杜甫戲爲六絶句集解》,郭紹虞撰,人民文學出版社 1978 年版。

《杜甫心影録》,黄坤撰,香港中華書局 1990 年初版,臺灣漢欣文化
　　公司 1990 年再版,江蘇古籍出版社 1991 年再版。

《杜甫新論》,韓成武撰,河北大學出版社 2007 年版。

《杜甫新論》,王元明撰,新加坡新社 2000 年版。

《杜甫新議集》,鄺健行撰,萬卷樓圖書股份有限公司 2004 年版。

《杜甫湘中詩集注》,袁慧光注,岳麓書社 2010 年版。

《杜甫叙論》,朱東潤撰,人民文學出版社 1981 年版。

《杜甫學史》,劉文剛撰,巴蜀書社 2012 年版。

《杜甫懸案揭秘》,李紹先、李殿元撰,四川大學出版社 1996 年版。

《杜甫傳》,孟瑶(楊宗珍)撰,皇冠雜志社 1970 年版。

《杜甫傳》,馮至撰,人民文學出版社 1952 年版。

《杜甫傳》,易君左撰,重慶獨立出版社 1940 年版。

《杜甫傳》,萬曼撰,河南大學出版社 1992 年版。

《杜甫傳記唐宋資料考辨》,陳文華撰,文史哲出版社 1987 年版。

《杜甫詩律探微》,陳文華撰,文史哲出版社 1977 年版。

《杜甫詩》,傅東華選注,上海商務印書館 1934 年版。

《杜甫詩》,金民天編,上海光華書局 1934 年版。

《杜甫詩的時代性與藝術性》,焦毓國撰,學海出版社 1976 年版。

《杜甫詩論》,傅庚生撰,上海文藝聯合出版社 1954 年初版,中華書

局上海編輯所 1959 年修訂本。

《杜甫詩論集》，金啓華撰，吉林人民出版社 1979 年版。

《杜甫詩論叢》，金啓華撰，上海古籍出版社 1985 年版。

《杜甫詩歌講演錄》，莫礪鋒撰，廣西師範大學出版社 2007 年版。

《杜甫詩裏的非戰思想》，顧彭年撰，上海商務印書館 1928 年版。

《杜甫詩話校注五種》，張忠綱校注，書目文獻出版社 1994 年版。

《杜甫詩集導讀》，劉開揚、劉新生撰，巴蜀書社 1988 年版。

《杜甫詩全譯》，韓成武、張志民譯注，河北人民出版社 1997 年版。

《杜甫詩虛字研究》，黃啓源撰，洙泗出版社 1977 年版。

《杜甫詩學探微》，陳偉撰，文史哲出版社 1985 年版。

《杜甫詩學引論》，胡可先撰，安徽大學出版社 2003 年版。

《杜甫詩選》，梁鑒江選注，三聯書店香港分店 1984 年初版，廣東人
　　民出版社 1985 年再版，遠流出版事業 1988 年再版。

《杜甫詩選》，黃肅秋選，虞行輯注，人民文學出版社 1962 年版。

《杜甫詩選評》，葛曉音撰，上海古籍出版社 2002 年版。

《杜甫詩選注》，蕭滌非注，人民文學出版社 1979 年版。

《杜甫詩選注》，周蒙、馮宇合注，黑龍江人民出版社 1980 年版。

《杜甫詩傳》，李鐵城撰，文聯出版社 2012 年版。

《杜甫詩傳》，李森南撰，臺北洪氏基金會 1980 年版。

《杜甫詩史研究》，李道顯撰，華岡出版部 1973 年版。

《杜甫詩賞析》，金陵編撰，新加坡美雅書局 1977 年版。

《杜甫詩研究》，簡明勇撰，學海出版社 1984 年版。

《杜甫詩韵考》，王三慶撰，臺灣師範大學國文研究所 1973 年印行。

《杜甫世系考》，杜炳旺主編，鄭州龍洋紙製品有限公司 2002 年
　　印刷。

《杜甫生平及其詩學研究》，胡豈凡撰，文史哲出版社 1978 年版。

《杜甫生活》，謝一葦撰，上海世界書局 1929 年版。

《杜甫在夔州》，劉健輝等編撰，重慶出版社 1992 年版。

《杜甫在湖湘——杜甫湖湘詩研究資料彙編》,丘良任編撰,湖南文藝出版社 2003 年版。

《杜甫在長安》,張哲民撰,三秦出版社 1998 年版。

《杜甫在長安時期的史料》,周君南編撰,西安文史館 1954 年版。

《杜甫在四川》,曾棗莊撰,四川人民出版社 1980 年版。

《杜甫作品繫年》,李辰冬撰,東大圖書公司 1977 年版。

《杜甫詞典》,王士菁編,河南大學出版社 2011 年版。

《杜甫草堂歷史文化叢書》,張志烈主編,四川文藝出版社 1997—2000 年版。

《杜甫草堂詩注》,李誼注,四川人民出版社 1982 年版。

《杜甫詩之意象研究》,歐麗娟撰,里仁書局 1997 年初版,花木蘭文化出版社 2008 年再版。

《杜甫散論》,朱明倫撰,遼寧大學出版社 1993 年版。

《杜甫研究(卒葬卷)》,傅光撰,陝西人民出版社 1997 年版。

《杜甫研究》,蕭滌非撰,山東人民出版社 1959 年版。

《杜甫研究》,鍾國樓撰,廣東五華縣文華書局 1934 年版。

《杜甫研究論稿》,丘良任撰,中國文聯出版公司 1998 年版。

《杜甫研究論集》,中國杜甫研究會編,霍松林主編,中州古籍出版社 1996 年版。

《杜甫研究論集》,劉明華撰,重慶出版社 2002 年版。

《杜甫研究論文集》(一輯、二輯、三輯),中華書局選編,1962、1963 年版。

《杜甫研究叢稿》,王輝斌撰,中國文聯出版社 1999 年版。

《杜甫文學遊歷——杜少陵傳》,郭永榕撰,文史哲出版社 1996 年版。

《杜甫與杜詩》,李一飛撰,岳麓書社 1994 年版。

《杜甫與唐宋詩學》,陳文華主編,里仁書局 2003 年版。

《杜甫與六朝詩歌關係研究》,吳懷東撰,安徽教育出版社 2002 年版。

《杜甫與六朝詩人》，呂正惠撰，大安出版社1989年版。

《杜甫與徽縣》，呂興才主編，甘肅人民出版社1994年版。

《杜甫與先秦文化》，朋星撰，泰山出版社2006年版。

《杜甫與中原文化》，葛景春主編，河南人民出版社2007年版。

《杜甫與長沙論文集》，張志浩、伏家芬等編，中國文聯出版社2000年版。

《杜甫與長安》，李志慧撰，陝西人民出版社1986年版。

《杜甫與儒家文化傳統研究》，趙海菱撰，齊魯書社2007年版。

《杜甫與宋代文化》，梁桂芳撰，重慶大學出版社2011年版。

《杜律旨歸》，張夢機、陳文華編撰，學海出版社1979年版。

《杜工部集》，王學泰校點，遼寧教育出版社1997年版。

《杜工部集詮釋與解讀》，朱明倫、彭其韵合撰，中國少年兒童出版社2003年版。

《杜工部之生平及其貢獻》，陳瑤璣撰，弘道文化事業有限公司1975年版。

《杜工部生平及其詩學淵源和特質》，陳瑤璣撰，弘道文化事業有限公司1980年版。

《杜工部研究》，張敬文撰，臺中市東洋印刷廠1969年版。

《杜集叙錄》，張忠綱、趙睿才、綦維、孫微編著，齊魯書社2008年版。

《杜集書目提要》，鄭慶篤、焦裕銀、張忠綱、馮建國編撰，齊魯書社1986年版。

《杜集書錄》，周采泉撰，上海古籍出版社1986年版。

《杜集叢校》，曹樹銘校，中華書局香港分局1978年版。

《杜學與蘇學》，楊勝寬撰，巴蜀書社2003年版。

《杜詩修辭藝術》，劉明華撰，中州古籍出版社1991年版。

《杜詩叢刊》，黃永武主編，大通書局1974年版。

《杜詩版本及作品研究》，蔡錦芳撰，上海大學出版社2007年版。

《杜詩別解》，鄧紹基撰，中華書局 1987 年版。

《杜詩便覽》，王士菁編輯，四川文藝出版社 1986 年版。

《杜詩特質淵源考述》，陳瑤璣撰，弘道文化事業有限公司 1978
　　年版。

《杜詩唐宋接受史》，蔡振念撰，五南圖書出版公司 2002 年版。

《杜詩流傳韓國考》，李立信撰，文史哲出版社 1991 年版。

《杜詩論稿》，李汝倫撰，廣東人民出版社 1983 年版。

《杜詩論叢》，吳鷺山撰，浙江文藝出版社 1983 年版。

《杜詩及中晚唐詩研究》，張巍撰，齊魯書社 2011 年版。

《杜詩箋記》，成善楷撰，巴蜀書社 1989 年版。

《杜詩今注》，王士菁撰，巴蜀書社 1999 年版。

《杜詩精選》，熊希齡選，北平中山公園大慈商店 1930 年版。

《杜詩鏡銓》，楊倫注，上海古籍出版社 1962 年版。

《杜詩句法舉隅》，朱任生撰，臺灣中華書局 1973 年版。

《杜詩句法藝術闡釋》，孫力平撰，江西教育出版社 2001 年版。

《杜詩繫年考論》，蔡志超撰，萬卷樓圖書股份有限公司 2012 年版。

《杜詩樷詁》，鄭文撰，巴蜀書社 1992 年版。

《杜詩釋地》，宋開玉撰，上海古籍出版社 2004 年版。

《杜詩全集（今注本）》，張志烈主編，天地出版社 1999 年版。

《杜詩析疑》，傅庚生撰，陝西人民出版社 1979 年版。

《杜詩修辭藝術》，劉明華撰，中州古籍出版社 1991 年版。

《杜詩欣賞》，孫克寬撰，臺灣學生書局 1974 年版。

《杜詩新補注》，信應舉撰，中州古籍出版社 2002 年版。

《杜詩新話》，胡濟滄撰，南京出版社 1992 年版。

《杜詩新解》，李景潾編譯，龍門圖書股份有限公司 1980 年版。

《〈杜詩詳注〉研究》，吳淑玲撰，齊魯書社 2011 年版。

《杜詩學發微》，許總撰，南京出版社 1989 年版。

《杜詩學通論》，許總撰，聖環圖書公司 1997 年版。

《杜詩學研究論稿》,孫微、王新芳撰,齊魯書社 2008 年版。

《杜詩學與杜詩文獻》,郝潤華等撰,巴蜀書社 2010 年版。

《杜詩趙次公先後解輯校》,林繼中輯校,上海古籍出版社 1994 年初版,2012 年修訂本。

《杜詩注解商榷》,徐仁甫撰,中華書局 1979 年初版,香港中華書局 1980 年翻印。

《杜詩注解商榷續編》,徐仁甫撰,四川人民出版社 1986 年版。

《杜詩雜説》,曹慕樊撰,四川人民出版社 1981 年版。

《杜詩雜説續編》,曹慕樊撰,巴蜀書社 1989 年版。

《杜詩縱橫探》,張忠綱撰,山東大學出版社 1990 年版。

《杜詩散繹》,傅庚生撰,東風文藝出版社 1959 年初版,陝西人民出版社 1979 年重版。

《杜詩意象類型研究》,林美清撰,花木蘭文化出版社 2008 年版。

《杜詩藝譚》,韓成武撰,河北教育出版社 2002 年版。

《杜詩研究》,劉中和撰,益智書局 1968 年版。

《杜詩研究叢稿》,鍾樹梁撰,四川天地出版社 1998 年版。

《杜詩引得》,洪業、聶崇岐、李書春、趙豐田、馬錫用編,燕京大學引得校印所 1940 年初版,臺北市中文資料及研究工具圖書用書服務中心公司 1966 年重印。

《杜詩五種索引》,鍾夫、陶鈞編,上海古籍出版社 1992 年版。

《杜詩語言藝術研究》,于年湖撰,齊魯書社 2007 年版。

《杜少陵評傳》,朱偰撰,重慶青年書店 1947 年版。

《杜臆增校》,曹樹銘增校,藝文印書館 1971 年版。

F

《廢名講詩》,馮文炳撰,華中師範大學出版社 2007 年版。

《訪古學詩萬里行》,山東大學《杜甫全集》校注組撰,人民文學出版社 1982 年版。

《馮文炳研究資料》,陳振國編,知識産權出版社 2010 年版。

G

《古典文學研究資料彙編·杜甫卷(上編)》,華文軒編,中華書局
　　1964 年版。
《古詩考索》,程千帆撰,上海古籍出版社 1984 年版。
《國學大師吳宓漫談録》,劉達燦撰,新疆人民出版社 2003 年版。
《國語文學史》,胡適撰,北京大學出版社 1998 年版。
《管錐編》,錢鍾書撰,中華書局 1979 年版。
《管錐編　談藝録索引》,陸文虎編,中華書局 1990 年版。

H

《海峽兩岸唐代文學研究史》,陳友冰撰,"中研院"中國文哲研究
　　所 2001 年版。
《韓國詩話中論中國詩資料選粹》,鄺健行等編,中華書局 2002
　　年版。
《胡適文存》,上海亞東書局 1924 年版。
《槐聚詩存》,錢鍾書撰,生活·讀書·新知三聯書店 2002 年版。

J

《篍吹弦誦傳薪録——聞一多、羅庸論中國古典文學》,鄭臨川記
　　録,徐希平整理,上海古籍出版社 2002 年版。
《九州詩聖杜甫》,毛炳漢撰,海南國際新聞出版中心 1995 年版。
《九謁先哲書》,夏中義撰,上海文化出版社 2000 年版。
《簡論李白和杜甫》,燕白撰,四川人民出版社 1981 年版。

L

《老舍全集》,老舍著,人民文學出版社 1998 年版。

《離亂弦歌憶舊遊》，趙瑞蕻撰，湖北人民出版社 2008 年版。

《李白杜甫》，黄武忠、張清榮等撰，光復書局股份有限公司 1986 年版。

《李白杜甫白居易》，歐陽彬、許慎知編注，大夏出版社 1978 年版。

《李白杜甫論畫詩散記》，王伯敏撰，西泠印社 1983 年版。

《李白杜甫詩歌藝術探賾》，盧燕平撰，中央編譯出版社 2004 年版。

《李白杜甫詩選譯》，高嵩譯注，寧夏人民出版社 1980 年版。

《李白杜甫與三峽》，譚文興、鍾尚鈞、楊君昌、龍占明撰，遠方出版社 2003 年版。

《李白十論》，裴斐撰，四川人民出版社 1981 年版。

《李白與杜甫》，傅東華撰，上海商務印書館 1927 年版。

《李白與杜甫》，郭沫若撰，人民文學出版社 1971 年版。

《李白與杜甫》，陳香撰，鳳凰城圖書公司 1980 年版。

《李白與杜甫》，石凱撰，臺北財團法人全知少年文庫董事會 1962 年版。

《李白與杜甫交往相關之詩》，曹樹銘編撰，臺灣商務印書館 1966 年版。

《李杜論略》，羅宗强撰，内蒙古人民出版社 1980 年版。

《"李杜論題"批評典範之研究》，廖啓宏撰，花木蘭文化出版社 2007 年版。

《李杜論集》，鄭文撰，甘肅民族出版社 1994 年版。

《李杜之變與唐代文化轉型》，葛景春撰，大象出版社 2009 年版。

《李杜詩中的生命情調》，簡恩定撰，臺灣書店 1996 年版。

《李杜詩學》，楊義撰，北京出版社 2001 年版。

《李杜詩學與民族文化論稿》，徐希平撰，民族出版社 2011 年版。

《李杜詩選》，蘇仲翔選注，上海春明出版社 1955 年初版，上海古典文學出版社 1957 年新一版，臺北文明書局 1981 年再版。

《李杜研究》，汪靜之撰，商務印書館 1928 年版。

《李植杜詩批解研究》，左江撰，中華書局2007年版。

《李審言文集》，李詳撰，江蘇古籍出版社1989年版。

《歷代詩話續編》，丁福保編，中華書局2001年版。

《遼金元杜詩學》，赫蘭國撰，河南人民出版社2012年版。

《劉大杰古典文文選集》，湖南人民出版社1984年版。

《梁啓超：國學講義》，梁啓超著，楊佩昌、朱雲鳳整理，中國畫報出
　　版社2010年版。

《魯迅全集》，魯迅撰，人民文學出版社2005年版。

《陸九淵集》，陸九淵撰，中華書局1980年版。

《落花時節又逢君——杜甫》，何文禎、于洪英撰，三思堂文化事業
　　有限公司2000年版。

《亂世流萍——杜甫傳》，鄧紅梅撰，河北人民出版社1999年版。

《論杜詩及其它》，曹聚仁撰，上海教育出版社1993年版。

《論杜詩沉鬱頓挫之風格》，蕭麗華撰，花木蘭文化出版社2008
　　年版。

《論李杜詩》，周紹賢撰，臺灣中華書局1975年版。

《論“詩史”的定位及其他》，許德楠撰，學苑出版社2004年版。

M

《美國學者論唐代文學》，倪豪士編，上海古籍出版社1994年版。

《毛澤東讀書筆記（上冊）》，陳晉主編，廣東人民出版社1994年版。

《民國詩話叢編》，張寅彭主編，上海書店出版社2002年版。

《明末清初杜詩學研究》，劉重喜撰，中華書局2013年版。

《目錄學發微》，余嘉錫撰，中國人民大學出版社2004年版。

P

《潘光旦文集》，潘光旦撰，北京大學出版社1995年版。

《評郭沫若的〈李白與杜甫〉》，林曼叔編撰，香港新源出版社1974

年版。

《浦江清文錄》,浦江清撰,人民文學出版社 1958 年版。

Q

《七綴集》,錢鍾書撰,上海古籍出版社 1985 年版。

《錢牧齋箋注杜詩補》,彭毅撰,臺灣精華印書館股份有限公司 1964 年版。

《錢箋杜詩研究》,陳菡珊撰,學苑出版社 2011 年版。

《錢注杜詩與詩史互證方法》,郝潤華撰,黃山書社 2000 年版。

《親身實見:杜甫詩與現地學》,(高雄)中山大學出版社 2018 年版。

《秦州上空的鳳凰:杜甫隴右詩叙論》,薛世昌、孟永林撰,中國社會科學出版社 2013 年版。

《清代杜詩學史》,孫微撰,齊魯書社 2004 年版。

《清代杜詩學文獻考》,孫微撰,鳳凰出版社 2007 年版。

《清代詩論與杜詩批評——以神韵、格調、肌理、性靈爲論述中心》,徐國能撰,花木蘭文化出版社 2009 年版。

《清初杜詩學研究》,簡恩定撰,文史哲出版社 1986 年版。

《仇注杜詩引文補正》,譚芝萍撰,西南師範大學出版社 1995 年版。

《全杜詩新釋》,李壽松、李翼雲編撰,中國書店 2002 年版。

S

《詩》,蔣伯潛、蔣祖怡撰,世界書局 1946 年版。

《詩論》,朱光潛撰,重慶國民圖書出版社 1943 年單行本。

《詩歌評點與理論研究》,周興陸撰,鳳凰出版社 2011 年版。

《詩仙詩佛詩聖》,張弓長編撰,常春樹書坊 1975 年版。

《詩學發凡》,劉聖旦撰,天馬書局 1935 年版。

《詩學綱要》,陳去病撰,國光書局 1927 年版。

《詩學指南》,謝無量撰,上海中華書局1918年版。

《詩學詩律講義》,黃節撰,天津古籍出版社2007年版。

《詩聖:憂患世界中的杜甫》,韓成武撰,河北大學出版社2000年版。

《詩聖的寫作藝術》,文自成、范文質撰,對外貿易教育出版社1990年版。

《詩聖的遊踪與創作》,范文質、文自成撰,對外貿易教育出版社1988年版。

《詩聖杜甫》,孟修祥撰,湖北人民出版社1998年版。

《詩聖杜甫》,劉新生撰,四川文藝出版社1997年版。

《詩聖杜甫對後世詩人的影響》,胡傳安撰,幼獅文化事業公司1985年版。

《詩聖杜甫三峽詩新論》,鮮于煌撰,重慶出版社2001年版。

《詩聖杜甫——以杜詩作傳以唐史證詩》,龔嘉英撰,臺北杜詩研究山房1993年版。

《詩聖杜甫與現實主義詩歌》,陳少志編著,吉林文史出版社2010年版。

《時代精神與風俗畫卷——唐詩與民俗》,趙睿才撰,河北人民出版社2013年版。

《少陵律法通論》,侯孝瓊撰,中州古籍出版社1996年版。

《少陵新譜》,李春坪輯,北平來薰閣書店1935年版。

《少陵詩傳》,江希澤撰,吉林人民出版社2000年版。

《山東杜詩學文獻研究》,張忠綱、綦維、孫微撰,齊魯書社2004年版。

《社會良知——杜甫:士人的風範》,劉明華撰,山西教育出版社1994年版。

《盛唐詩》,(美)斯蒂芬·歐文(宇文所安)撰,賈晋華譯,黑龍江人民出版社1992年版,生活·讀書·新知三聯書店2004

年版。

《説杜甫》,黃玉峰撰,上海辭書出版社 2008 年版。

《隋唐五代文學批評史》,王運熙、楊明撰,上海古籍出版社 1994
　　年版。

《宋代杜詩藝術批評研究》,李新撰,花木蘭文化出版社 2012 年版。

T

《談藝録》,錢鍾書撰,生活·讀書·新知三聯書店 2001 年版。

《唐代的戰争文學》,胡雲翼撰,商務印書館 1927 年版。

《唐代詩學》,楊啓高撰,南京正中書局 1935 年版。

《唐代文學隅論》,趙睿才撰,上海古籍出版社 2014 年版。

《唐李白杜甫詩名篇賞析》,杜少春編撰,天際文化事業股份有限公
　　司 1999 年版。

《唐集叙録》,萬曼撰,中華書局 1980 年版。

《唐詩概論》,蘇雪林撰,商務印書館 1934 年版。

《唐詩西傳史論——以唐詩在英美的傳播爲中心》,江嵐撰,學苑出
　　版社 2009 年版。

《唐詩選本杜甫詩采選統計》,凌子鎏撰,香港珠海書院 1970 年版。

《唐詩與民俗關係研究》,趙睿才撰,上海古籍出版社 2008 年版。

《唐詩雜論》,聞一多撰,上海古籍出版社 1998 年版。

《唐詩研究》,胡雲翼撰,上海商務印書館 1930 年版。

《唐人詩中所見當時婦女生活》,劉開榮撰,商務印書館 1943 年版。

《唐音佛教辨思録》,陳允吉撰,上海古籍出版社 1988 年版。

W

《吳宓詩話》,吳宓著,吳學昭整理,商務印書館 2005 年版。

《吳宓詩集》,吳宓著,吳學昭整理,商務印書館 2004 年版。

《吳宓日記》,吳宓著,吳學昭整理,生活·讀書·新知三聯書店

　　　1998 年版。

《吳小如講杜詩》,天津古籍出版社 2012 年版。

《文學大綱》,鄭振鐸撰,東方出版社 2012 年版。

《文學概説》,郁達夫撰,花城出版社 1991 年版。

《聞一多全集》,湖北人民出版社 1993 年版。

《聞一多選集》,四川文藝出版社 1987 年版。

《聞一多研究 40 年》,季鎮淮撰,清華大學出版社 1988 年版。

《王國維遺書》,王國維撰,上海古籍書店 1983 年影印版。

X

《西南聯大行思録》,張曼菱撰,生活‧讀書‧新知三聯書店 2013
　　　年版。

《習坎庸言　鴨池十講》,羅庸撰,新星出版社 2015 年版。

《蕭滌非杜甫研究全集》,蕭滌非著,蕭光乾整理,黑龍江教育出版
　　　社 2006 年版。

《現代中國學術論衡》,錢穆撰,生活‧讀書‧新知三聯書店 2005
　　　年版。

《香港中國古典文學研究論文選粹——詩詞曲篇》,鄺健行、吳淑鈿
　　　主編,江蘇古籍出版社 2004 年版。

《香港與中西文化之交流》,羅香林撰,香港中國學社 1961 年版。

《續杜工部詩話》,蔣瑞藻輯,上海廣益書局 1915 年版。

《熊希齡集》,湖南人民出版社 2008 年版。

Y

《一個人的史詩:漂泊與聖化的歌者杜甫大傳》,范震威撰,河北大
　　　學出版社 2009 年版。

《嚴復集》,中華書局 1986 年版。

《飲冰室詩話》,梁启超撰,人民文學出版社 1959 年版。

《俞平伯全集》，花山文藝出版社 1997 年版。

《域外詩話珍本叢書》，蔡鎮楚編，北京圖書館出版社 2006 年版。

Z

《朱子語類》，朱熹撰，黎靖德編，中華書局 1986 年版。

《朱自清選集》，人民文學出版社 2004 年版。

《中國"詩史"傳統》，張暉撰，生活・讀書・新知三聯書店 2012 年版。

《中國兩大詩聖：李白與杜甫》，吳天任撰，藝文印書館 1972 年版。

《中國古典文學學術史研究》，薛天緯等主編，新疆人民出版社 1997 年版。

《中國現代思想史》，李澤厚撰，生活・讀書・新知三聯書店 2008 年版。

《中國哲學之悦樂精神》，吳經熊撰，東大圖書公司 1981 年版。

《中國純文學史綱》，劉經庵撰，北方著者書店 1935 年版。

《中國詩論》，胡懷琛撰，世界書局 1934 年版。

《中國詩歌藝術研究》，袁行霈撰，北京大學出版社 1987 年版。

《中國詩學大綱》，江恒源撰，上海大東書局 1928 年版。

《中國詩學大綱》，楊鴻烈撰，商務印書館 1928 年版。

《中國詩學通論》，范況撰，商務印書館 1930 年版。

《中國詩史》，陸侃如、馮沅君撰，商務印書館 1931 年版。

《中國詩詞概論》，劉麟生撰，世界書局 1933 年版。

《中國人民文學史》，蔣祖怡撰，上海北新書局 1950 年初版，上海文藝出版社 1991 年影印。

《中國三大詩人新論》，黃國彬撰，源流出版社 1982 年版。

《中國文學發展史》，劉大杰撰，上海人民出版社 1976 年版。

《中國文學理論批評發展史》，張少康、劉三富撰，北京大學出版社 1995 年版。

《中國文學論叢》,錢穆撰,生活・讀書・新知三聯書店 2002 年版。

《中國文學簡史》,林庚撰,古典文學出版社 1957 年版。

《中國文學講演集》,錢穆撰,巴蜀書社 1987 年版。

《中國文學史》,錢穆講述,葉龍記錄整理,天地出版社 2015 年版。

《中國文學史》,中國社科院文研所編,人民文學出版社 1962 年版。

《中國文學史》,游國恩等主編,人民文學出版社 1962 年版。

《中國文學史導論》,羅庸著,杜志勇輯校,北京出版社 2016 年版。

《中國文學史簡編》,陸侃如、馮沅君撰,作家出版社 1957 年修
　　訂版。

後　記

　　《杜詩學通史》的撰寫經歷了長期的籌劃和寫作。最早可以追溯到張忠綱先生指導的系列博士學位論文，諸如杜詩與先秦文化、杜詩與兩漢思想、杜甫與六朝詩人、遼金元杜詩學、明代杜詩學、清代杜詩學等，這些研究多數已經出版多年。幾乎同時，張忠綱先生帶領我們編纂《杜甫大辭典》《杜集叙録》，在"研究學者"和"版本著作"欄目增加了域外、現當代兩個重要部分。

　　此部分所用的"現當代"，如《緒論》所説，不是傳統意義上的"現當代"，而是上溯到1911年的辛亥革命，以與"清代編"相銜接。具體説來，主要是指從李詳《杜詩證選》刊發，到蕭滌非先生主編、張忠綱先生終審統稿的《杜甫全集校注》出版，中國百餘年之間關於杜甫其人其詩的研究成果。

　　受西學影響，在現代現實主義思潮的作用下，杜甫漸漸被轉向"全寫實派"，杜詩的"詩史"價值和精神也隨着"現實主義"觀念在各個歷史時期表現出不同的意義，呈現出不同的思想和藝術內涵。大約自北宋起，"杜詩學"就逐漸成爲一門歷久不衰的"顯學"，而且出現了宋代和明末清初兩個研究高峰。究其原因，主要在於，每一個歷史時期都有各自關心的命題或新興的研究方法，使得杜詩學的內涵遠遠超越了杜甫當時所創製的文本，而爲歷代研究者各取所需，並反映了詮釋者所處的時代的風貌，進而造就了其豐富的生命力。前賢説"文變染乎世情，興廢繫於時序"，杜甫研究隨時代而變，是學術發展的必然。如何推陳出新，焕發其持久的學術生命力，便成爲杜甫研究繞不開的話題。

　　杜甫云"未及前賢更勿疑,遞相祖述復先誰"。整個二十世紀的杜甫研究,我們"遞相祖述"的是從《杜詩證選》到《杜甫全集校注》期間杜甫研究的成果。在中國大陸,百餘年間杜甫研究深受新舊文化、東西文化交互撞擊及多次政治思潮的影響,以 1949 年、1976 年爲界呈現出三個時期,依次表現爲三個特點:一是剝去封建時代加給杜甫的"聖化"外衣,祇將其作爲普通詩人來研究,將之視爲時代的代言人;二是經歷被送以"人民詩人"的桂冠到將"揚李抑杜"推到驚世駭俗地步的大轉折;三是正本清源後全方位的復興、總結及努力建構"杜詩學通史"。在這一曲折的研究進程中,交織着"詩聖"的沉浮與"詩史"的反復詮釋等核心問題。從梁啓超提出"情聖"説,到胡適稱杜甫"平民詩人",到聞一多贊杜甫"良心與文學齊備",再到二十世紀五六十年代被冠以"人民詩人",對杜甫的評價一路攀升,這些美譽都包含着道德意義。就在"人民詩人"被過度強調的同時,"詩聖"就漸漸淪落爲"庸俗詩人"了,"文革"中,從"庸俗"變爲"法家詩人",甚至"封建衛道士"和"地主詩人",這不能不激起群體性反思。隨着人們對郭沫若抑杜傾向的批判,"詩聖"的榮耀也漸漸回歸,杜甫不僅被看作儒家詩人,他的人格也被賦予更豐富的文化內涵,這就是"詩聖"的現代沉浮史。在"詩聖"沉浮的同時,"詩史"的闡釋也與各種社會思潮密切關聯。二十世紀初,梁啓超倡"小説界革命"之時,説杜甫祇是一個"半寫實派"。後來大倡現實主義,杜甫又成了"全寫實派"。又如 1949 年以前,"詩史"的闡釋是以啓蒙主義爲前提的,杜甫成爲"平民詩人",是啓蒙主義思潮重新審視中國古典詩歌的結果,"平民詩人"與"寫實詩人"是統一的。1949 年以後,"詩史"被納入"革命現實主義"的範疇,便具有了"時代的鏡子"的意義:它不僅要寫現實,還要寫理想。可是,當"革命的現實主義"與"革命的浪漫主義"被提升和融合的時候,"詩史"的內涵就不能完全滿足將兩者結合的價值訴求了。經過一段時間的撥亂反正,至二十世紀八十年代,

"詩史"説漸漸淡出,而爲杜詩的"詩性"研究所取代。另外,關於杜甫與宗教的關係、李杜優劣等問題,也都有了現代裁決。在這個百年中,中國臺港澳地區的杜甫研究也取得了令人矚目的成績。如臺灣地區,杜甫研究成果呈現出量多、質高、精細、多樣的特點,可謂"舊學商量加邃密,新知培養轉深沉"。港澳地區則重視杜詩的普及工作。總之,百餘年來衆多學者並駕齊驅,共同鑄起"杜詩學"的第三個高峰。在這個時期,學者們既重視材料的積累,也注重理論的開拓,既重視杜詩"史"的梳理,也注重杜詩現代意義的挖掘,真正形成了"百花齊放、百家爭鳴"的可喜局面,正可謂"揮翰綺繡揚,篇什若有神"。

"不薄今人愛古人","轉益多師是汝師",是杜甫論詩的態度,也是我們研究杜甫應有的態度。以過去百餘年的研究積澱爲基礎,展望未來杜甫研究的趨勢,正當其時。杜甫當年期待與李白"重與細論文",我們也期待着下個百年杜甫研究的大作宏文出現,以與同仁"細論"之。杜甫是歷史的。杜甫研究是一個最適於"歷史研究"的對象,新的百年會出現新的問題。以杜甫研究有待開拓的領域和解決的問題爲研究的主要走向或課題,進一步增強研究的問題意識,既可避免重複研究,又可從總體上深化和提升杜甫研究水平。

這裏要特別感謝陳文華先生率衆弟子爲本編提供臺灣地區重要資料。

本編由趙睿才主筆,劉冰莉參與撰寫並負責文獻校對工作,裴蘇皖主要負責材料檢索及部分文字輸入工作。

趙睿才

壬寅年臘月

已 出 書 目

第一輯
目録版本校勘學論集
秦制研究
魏晉南北朝文體學
李燾學行詩文輯考
杜詩釋地
關中方言古詞論稿

第二輯
兩漢文獻與兩漢文學
秦漢人物散論
秦漢之際的政治思想與皇權主義
文心雕龍學分類索引
宋代文獻學研究
清代《儀禮》文獻研究

第三輯
四庫存目標注（全八册）

第四輯
山左戲曲集成（全三册）

先秦人物與思想散論

《論語》辨疑研究

百年“龍學”探究

晚明士人與商業出版

衣食行：《醒世姻緣傳》中的明代物質生活

清代杜詩學文獻考（增訂本）

前主體性詮釋——生活儒學詮釋學

第九輯

杜詩學通史·唐五代編

杜詩學通史·宋代編

杜詩學通史·遼金元明編

杜詩學通史·清代編

杜詩學通史·現當代編

杜詩學通史·域外編